U0646494

40
譯文

福尔摩斯探案精选

A Treasury of Sherlock Holmes

〔英〕柯南·道尔 著　梅绍武 屠珍 译

Arthur Conan Doyle

上海译文出版社

图书在版编目（CIP）数据

福尔摩斯探案精选 /（英）柯南·道尔
（Arthur Conan Doyle）著；梅绍武，屠珍译．—上海：
上海译文出版社，2018.6
（译文40）
书名原文：A Treasury of Sherlock Holmes
ISBN 978-7-5327-7827-0

Ⅰ.①福… Ⅱ.①柯… ②梅… ③屠… Ⅲ.①侦探小
说—小说集—英国—现代 Ⅳ.①I561.45

中国版本图书馆CIP数据核字（2018）第074643号

Arthur Conan Doyle
A TREASURY OF SHERLOCK HOLMES

福尔摩斯探案精选
［英］柯南·道尔 著 梅绍武 屠珍 译
责任编辑 / 冯涛 装帧设计 / 张志全工作室

上海译文出版社有限公司出版、发行
网址：www.yiwen.com.cn
200001 上海福建中路193号 www.ewen.co
浙江新华数码印务有限公司印刷

开本 890×1240 1/32 印张 18 插页 2 字数 319,000
2018年6月第1版 2018年6月第1次印刷
印数：0,001—8,000册

ISBN 978-7-5327-7827-0/I·4811
定价：38.00元

福尔摩斯像
（这幅肖像由英国著名插图画家悉尼·佩吉特绘制，被认为最能表现福尔摩斯气质的一幅画。英国歇洛克·福尔摩斯学会1953年曾将此画印成圣诞节贺卡分赠。）

阿瑟·柯南·道尔爵士(1859—1930)
（这幅肖像由英国画家亨利·盖茨1933年绘制，现存伦敦国家肖像馆。）

译 序

福尔摩斯探案故事自19世纪90年代出版以来，一直畅销不衰而拥有广大的读者，迄今几乎已有世界上各种文字译本。阿瑟·柯南·道尔塑造的福尔摩斯神探的形象，可以说在世界各国家喻户晓。

一般说来，西方侦探小说之父是19世纪的美国作家爱伦·坡。柯南·道尔虽承认受到爱伦·坡和法国作家爱弥尔·加波利奥的作品影响，在创作上有所仿效，却做了很大的改进。他曾说：

> "我是在一所医学院接受极为严谨的教育的，尤其受到了爱丁堡大学那位具有非凡观察力的贝尔教授的深刻影响。贝尔教授在观察病人时，不仅能指出他患的病症，而且还能道出他的职业和居住地。我阅读当今一些侦探故事后，发觉几乎每起案件都是由于偶然的机遇而予以破案的。我觉得我会试写些侦探故事，那位侦探会像贝尔医生观察治疗病人那样侦破罪案，以科学的方式取代偶然机遇的方式。"

确实，柯南·道尔写的案件最终都是以缜密的调查研究和逻辑推理破案的，他首创了侦探小说中着重推理的流派，对后来流行的这一流派产生了重要影响。福尔摩斯探案故事的情节一般都离奇曲折，扑朔迷离，十分引人入胜，同时也揭示了当时英国社会上的阴暗面，并对形形色色的犯罪和不道德行为进行了谴责，在一定程度上具有劝人万勿作恶的警世涵义，读后会给人留下这样的印象：罪犯不管多么狡猾地作案，最后都会被睿智的福尔摩斯侦破，由警方缉拿归案，绳之以法，真可说是"天网恢恢，疏而不漏"。

阿瑟·柯南·道尔1859年诞生于苏格兰爱丁堡市一个笃信天主教

的中产阶级家庭，父亲是政府建工部门的公务员，母亲靠丈夫微薄的工资抚养十个子女，阿瑟排行老二。青少年时代，他在耶稣会创办的学校读书，后来放弃天主教信仰。1876 年进爱丁堡大学攻读医学，并先后在赴格陵兰的捕鲸船和赴西非洲的货轮上任随船医师，以挣取工资接济家庭。大学毕业后，他在朴次茅斯市郊区索思西开业行医，因对文学怀有浓厚兴趣，不时业余写作投稿。1885 年，他获爱丁堡大学医学博士学位；1887 年，首篇福尔摩斯探案小说《血字的研究》在《毕顿圣诞年刊》发表，引起美国《利平科特》月刊总编约翰 · 斯托达德的兴趣，他赴伦敦为刊物安排英国版时宴请柯南 · 道尔和王尔德并向他俩约稿。1890 年，柯南 · 道尔的另一篇侦探小说《四签名》和王尔德的《道林 · 格雷的肖像》相继在该刊发表。同年，柯南 · 道尔赴维也纳钻研眼科医学。

1891 年，他在伦敦开办眼科治疗业务，因生意清淡遂决定弃医从文，开始为《河滨杂志》撰写福尔摩斯探案短篇故事，第一组以《波希米亚丑闻》为首的六篇引起读者极大兴趣，杂志社要求他续写六篇，但柯南 · 道尔并不积极，索要每篇 50 镑稿酬，杂志社一口同意，于是他又写了第二组故事，1892 年这 12 篇汇编成《福尔摩斯探奇历险记》出版。随后他厌倦续写侦探小说，而愿仿效沃尔特 · 司各特从事严肃的历史小说创作，后经母亲劝说才搁置这一打算，但他向《河滨杂志》社提出 12 篇故事需付一千英镑的优厚稿酬，未料杂志社慨然允诺，他遂再次续写《银额驹》等 12 篇探案故事，不过在最后一篇《最后的问题》中他还是让福尔摩斯和他的宿敌莫里亚蒂在瑞士顿兴巴赫瀑布悬崖上搏斗，双双堕入深渊而亡。这 12 篇短篇于 1893 年汇集成《回忆录》一书出版。

英伦广大读者对柯南 · 道尔处死福尔摩斯深感遗憾和愤怒，纷纷致函杂志社表示抗议，并退订刊物。据说当时伦敦城内不少人佩戴黑臂箍以悼念神探之死，有位女士甚至怒骂柯南 · 道尔为畜生。后经近十年的间隔，柯南·道尔听到朋友讲述一条鬼怪似的猎犬奇闻，乃决定把它作为福尔摩斯早期探案的情节，于1902年发表《巴斯克维尔的猎犬》，作品大受读者欢迎。1903年，他不再固执己见，在《空房子》那个短篇中使福尔摩斯死而复生，从而为刊物续写另一组故事，后汇集为《归来记》于1905年出版。嗣后，他又写了《恐怖谷》(1915)、《最后的致意》(1917)和《新探案》(1927)三组侦探故事。《福尔摩斯探案全集》于1928—1929年出版，共收集四部中长篇和56部短篇。

柯南·道尔另写过多部历史小说、科幻小说和剧本，但最终他在英国文学史上主要是以侦探小说闻名于世。他因对英国在南非战争的政策的辩护而于1902年被封为爵士。晚年他由于其子在第一次世界大战中负伤不治身亡而沉迷于通灵，宣称能与亡灵对话，并著有《唯灵论历史》等书。1930年7月7日，柯南·道尔心脏病发作，病逝于萨塞克斯郡家中，享年71岁。

柯南·道尔继承西方文学传统，在探案中还塑造了福尔摩斯的一个陪衬人物——记述他的探奇历险事迹的华生医师淳厚忠诚的形象。福尔摩斯和华生，就像唐吉诃德和桑丘、约翰逊和鲍斯韦尔、匹克威克先生和萨姆·韦勒那样，是一对令人难忘的美好搭档。时至今日，西方仍有不少读者视福尔摩斯为真人，投邮至伦敦贝克街向他咨询各种问题，请他协助破案。福尔摩斯探案故事自1901年给拍摄成默片以来，至今屡经改编成电影和电视片，越拍越精彩。另有众多英美作家一直在仿效柯南·道尔的笔法续写福尔摩斯探案。尤为令人惊奇的是鉴于福尔摩斯在业余时间喜好做化学实验，英国皇家化学学会2002年10月宣布破例授予福尔摩斯这一虚构人物以荣誉会员资格，并纪念他在《巴斯克维尔的猎犬》一书中复出破案百周年。另据英国佳士得拍卖行2004年透露，一批遗失的柯南·道尔的私人文件已在伦敦一家律师事务所里发现；这批私人信件、笔记和手稿大部分从未发表过。据估计，这批珍贵收藏品拍卖成交价将高达两百万英镑云。

前年，上海译文出版社约我俩编选一本福尔摩斯精选集并进行重译。我们考虑后决定从56个短篇中选择20余篇佳作，但这也绝非易事。幸好作者本人帮了大忙，《河滨杂志》1927年3月号举办过一次竞赛，约请读者从当时已汇集成书的44篇福尔摩斯探案故事中选出12篇最佳作品，柯南·道尔本人也参加这一活动并把自选的目录封入一个信封，读者所选若与作者所选完全相同便会赢得一百英镑和一本柯南·道尔自传《回忆与奇遇》的签名本。结果仅有一位读者与作者的选目中的十篇相同而获奖。柯南·道尔自选的12篇佳作是《波希米亚丑闻》、《红发会》、《五粒橘核》、《斑点带子案》、《穆斯格瑞夫家族的礼仪》、《赖盖特乡绅》、《跳舞小人儿》、《最后的问题》、《空房子》、《寄宿学校》、《第二块血迹》和《魔鬼之足》。他当时还认为《狮鬃毛》和《显贵的委托人》堪称佳作，只因尚未编入书内而舍弃选择。我们把这两篇也选入这个中译本。此外，另选了下列七篇：

《豁嘴男人》（这一篇揭示当年伦敦下层的阴暗面。福尔摩斯盘腿坐在枕塾当中彻夜沉思而神奇地破解了谜案。）

《蓝宝石案》（这是惟一一篇以圣诞节为背景的福尔摩斯探案故事。）

《紫铜榉》（情节曲折古怪，最后以激动人心的结局完篇。）

《银额驹》（尽管赛马细节描述上有误，可是“狗在夜间没有吠叫”这一怪现象却使福尔摩斯推理出案情。）

《希腊语翻译》（本篇介绍了福尔摩斯的长兄麦克洛夫特和怪异的第欧根尼俱乐部。）

《孤独的骑车人》（其中展示了福尔摩斯高超的拳击本领。）

《查尔斯·奥古斯塔斯·米尔弗顿》（这一篇里出现了福尔摩斯探案中一个最令人痛恨的恶棍。）

共计21篇40余万字。

在重译过程中，我们改正了坊间旧译本中的一些误译。这里仅举几例，诸如《波希米亚丑闻》里有一句原文是“He is Mr. Godfrey Norton, of the Inner Temple”，给误译成“他是住在坦普尔的戈弗里·诺顿先生。”其实 the Inner Temple 是指英国伦敦四个培养律师的组织之一的内殿律师学院。《红发会》中“On account of the bequest of the late Ezekiah Hopkins, of Lebannon, Penn., USA”一句译成了“宾夕法尼亚州已故黎巴嫩人伊乔基亚·霍普金斯之遗赠。”这里的 Lebannon 实为宾夕法尼亚州的黎巴嫩市。又如《穆斯格瑞夫家族的礼仪》开首描述福尔摩斯坐在扶手椅上开枪射击对面的墙壁，原文是用“his hair-trigger and hundred Boxer cartridges”，误译为“用他的手枪和一百匣子弹”，正确的译法应为“用他那把一触即发的手枪和百发博克瑟子弹”。博克瑟子弹是英国博克瑟(Boxer)上校 1867 年设计的一种打靶练习的标准子弹。笔者过去曾对外国文学名著重译热并不太赞同，经过这次实践，体会到重译有时还是颇有必要的。

这个译本中的插图大都选自当年伦敦《河滨杂志》所配的插图，作者是著名画家悉尼·佩吉特(Sidney Paget)。他的插图深受广大读者欢迎，使公众有了一个普遍认可的神探形象。

最后，我们这个新译本当也有不足之处，尚祈读者不吝批评指正。

梅绍武

写于中国社会科学院美国研究所

2005 年 3 月

目　录

波希米亚丑闻

1

歇洛克·福尔摩斯一向管她叫那个女人。我很少听到他用别的称呼提起过她。在他的心目中，她在所有的女性中当属才貌超群，别的女人都为之黯然失色。这倒并非说他对艾琳·艾德勒有什么近乎爱情的感情，因为对他那种严谨精确而令人钦佩的沉着冷静的头脑来说，一切情感，尤其是爱情那种感情，都是格格不入的。我认为他简直就是人世间一架用于推理和观察的最完美无缺的机器，但是作为情人，他势必会把自己置身于错误的地位。他从不谈及温柔的感情，只会对之加以嘲讽。乐于观察的人赞赏那种感情——那种极好地揭示人们的动机和行为的感情。然而，对训练有素、善于推理的人来说，容许这种感情侵扰自己那种调整得蛮好的灵敏性情，无异于引进一种使人分心的因素，从而可能会使他对自己的智力成果都产生怀疑。一粒沙子落入精密仪器里也好，一条裂纹出现在他那副高倍数镜片中的一片上也好，都比不上一种强烈感情掺入他那种性情更起扰乱作用。然而，对他来说，惟独一个女人，就是那已故的艾琳·艾德勒，却令他疑惑不解地耿耿于怀，难以忘却。

近来我很少跟福尔摩斯相晤。我因为结了婚，彼此就较疏远了。我自己的美满幸福啦，那种首次感到自己成为一家之主而对家务事的关心啦，都足以使我专心一致，无暇旁顾；福尔摩斯则怀着他那种豪放不羁的气质，厌恶社交界的繁缛礼仪，依旧住在我俩先前合租的贝克街住所里，成天埋头于他的旧书堆里，一周周地交替于这样的状态之间：时而用可卡因提提神，时而因毒品而引起瞌睡，时而又因自身天生的好体质而精力旺盛。他仍然一如既往，专心研究犯罪活动，并用他那卓越的才能和超凡的观察力追查线索，侦破谜案，那些案件都是警方无能为力而放弃的。我时不时听到一些有关他的活动的含糊报道，例如他给召唤到敖德萨去调查特雷波夫谋杀案啦，侦破亭可马里[①]那起阿特金森兄弟的古怪惨案啦，最近又为荷兰王室成功地完成那么一项微妙的使命啦，等等。这些情况，我跟读者诸君一样，都是从日报上读到的；除此之外，我对这位老友和伙伴的情况就知之甚少了。

一天晚上——1888 年 3 月 20 日那天夜里——我在出诊回家的途中（我现在又已开业行医），经过贝克街。那扇我熟悉的大门，在我头脑里，总跟《血字的研究》一案中那些阴森事件以及后来我的求婚联系在一起，我突然极想见见福尔摩斯，了解一下目前他正在怎样发挥他那非凡的本领。他那几间屋里点着明亮的灯，我抬头仰视，看到窗帘上两次掠过他那瘦高条的黑侧影。他耷拉着脑袋，反背着手，正在室内急切而快速地来回踱步。我一向对他的种种情绪、生活习惯、态度举止都很熟悉，他又在工作呐。他无疑已从毒品产生的梦幻中清醒过来，正在苦苦思考某个新问题的线索。我拉一下门铃，接着就给引进那间先前我也有一份儿的房间。

他的态度并不很热情，这种情况倒是少见的，可我心想他还是很高兴见到我吧。他几乎没吭声，目光却蛮亲切，用手指着一张扶手椅让我坐下，然后把他那个雪茄烟盒扔过来，又指一下旮旯里那个放酒和饮料的架子以及苏打水罐。接着，他便站在壁炉前，带着他那种独特的内心反思的神态望着我。

“结婚对你倒挺合适，”他说。“华生，自从咱俩上次见面以来，你的体重恐怕增加了七磅半。”

“七磅，”我答道。

“真格的，我认为该是七磅多。华生，七磅多一点。我注意到你又

---

①亭可马里，今斯里兰卡东北部港市。

开业行医了，可你并没跟我说过要出诊啊。”

“这你是怎么知道的？”

“我是看出来的，推断出来的，否则我怎么会知道你近来经常挨雨淋，而且家里有个粗心大意、笨笨咧咧的女仆呢？”

“亲爱的福尔摩斯，”我说，“你可真有两下子。你要是活在几个世纪前，准保会遭受宗教火刑活活给烧死。星期四我确实步行到乡下去了一趟，回家时让雨淋得成了落汤鸡。可我已经换了衣服，真猜不透你是怎样推断出来的。至于女仆玛丽·简嘛，她简直无可救药，我太太已经把她辞退了；可我还是纳闷儿你这是怎样推断出来的。”

他格格笑了起来，搓着他那双细长而神经质的手。

“这事简单得很嘛，”他说，“我的两只眼告诉我，你左脚那只鞋左侧，也就是炉火刚好照到的地方，皮面上有六道几乎是平行的裂痕，这些裂痕明明是有人要去掉鞋底沾上的泥，便顺着鞋跟笨手笨脚地刮掉时弄出来的。因此，你瞧，我就得出两项推断：一是你曾经在恶劣的天气中出过门，二是你雇了一个刷靴子刷出不少裂纹的特别笨的伦敦女仆。行医的事嘛，那是因为一位先生走进我的房间，身上带有一股碘酒气味儿，右手食指上有硝酸银的黑斑点，大礼帽一边鼓出一块，表明他在那里面放进去过听诊器。我要是不说他是医学界的一位积极分子，那可真够蠢的了。”

他解释完这一推理过程，我不由得笑出声来。“听你讲这些推理，”我说道，“事情仿佛总是显得简单到了荒唐可笑的程度，连我自个儿也很容易办得到；不过我对你这一系列推理的每一步还是感到困惑不解，直到你解释完了全过程才明白。可我还是相信在眼力上我跟你不相上下。”

“没错儿，”他点燃一支烟卷儿，坐进一把扶手椅，答道，“但是你只是在看，没有观察。这两种情况的区别十分明显，比如说，你常看到那段从楼下过道到这间屋子外面的楼梯台阶吧？”

“经常看到。”

“多么经常？”

“嗯，至少几百次了吧。”

“那么，说说看，一共有多少级台阶？”

“多少级台阶！我不知道。”

“这就对了！因为你没观察，光是看见。这就是我要指出来的。我却知道，总共有17级台阶，因为我既看见也观察了。顺便说一下，你既然对这类小问题蛮感兴趣，又乐意记录下我的一两个小经验，那你没准儿对这个也会感兴趣。”他把桌子上放着的一张粉红色厚信纸扔过来，说道，“这是最近一班邮差送来的。大声念念吧！”

信上没写日期，也没有署名和地址。

“今晚七点三刻有位先生前去拜访，有件要事相商。”信上写道，“你最近大力为欧洲一王室效劳，表明委托你承办一件绝非夸张的大事是足可信赖的。有关你的事迹报道我们已从四面八方得到。届时望勿外出。来访者若戴面具，请勿介意为幸。”

“这确实是件神秘的事，”我说。“你想像得出这是什么意思吗？”

“我现在还没有什么论据，在没有论据之前就任意加以推测，那是大错特错的。有人不知不觉地歪曲事实以适应理论，而不是拿理论来适应事实。不过，这封信在这儿，你能从中推断出什么吗？”

我仔细检查那张信纸，辨认笔迹。

“写这封信的主儿大概相当阔气，”我说，尽力模仿我的伙伴那种推理方法。“这种信纸少说得花半个克朗[1]才能买到一叠，质量特别结实挺括。”

“特别，这个词儿用得对，”福尔摩斯说。“它根本不是英国造的纸。你举起它来，朝亮处照照看。”

我照办了，看到纸的纹理中有个大“E”字母和一个小“g”字母，有个“P”，另有个“G”和一个小“t”两个字母连在一起。

“你理解这是什么意思吗？”福尔摩斯问道。

“当然是制造者的名字，要么毋宁说是他的姓名缩写标记。”

“完全错了，‘G’和‘t’代表的是‘Gesellschaft’，也就是德文里‘公司’这个单词，跟我们常用的‘Co.’这个缩写一样。‘P’当然代

① 克朗，英国旧制五先令硬币。

表的是‘Papier’——‘纸’。现在该说说‘Eg’啦。咱们查一下《欧洲大陆地名词典》。”他从书架上取下一部棕色书皮的厚书。“Eglow，Eglonitz——有了，Egria。那是在一个说德语的国家里——也就是在波希米亚，离卡尔斯巴德[①]不远。‘该地以华伦斯坦[②]卒于此处以及众多玻璃工厂和造纸厂而闻名于世。’哈哈，老弟，你理解这是什么意思吗？”他两眼闪闪发光，洋洋得意地喷出一大口烟卷儿的蓝色烟雾。

“这种纸是在波希米亚制造的。”

“完全正确。写这封信的人是个德国佬。你有没有注意到‘有关你的事迹报道我们已从四面八方得到’这个句子的特殊结构？法国人或俄国人是不会这样写的。只有德国人才这样没有礼貌地运用动词。因此，现在要查明这个用波希米亚纸写信、宁愿戴面具而不露真面目的德国佬想要干什么。嗯，要是我没弄错的话，他来了，很快就会解除咱们的疑问。”

就在他说话那当儿，外面响起一阵清脆的马蹄嘚嘚声和车轮摩蹭路边石的嘎嘎声，接着就有人猛拉一阵门铃。福尔摩斯吹声口哨。

“听声响是两匹马的蹄声，”他说。“没错儿，”他朝窗外瞥一眼，接着说，“一辆精致的小马车和一对骏马，每匹值150畿尼哩。甭说别的，华生，这桩案子有的是钱可挣咧。”

“我最好还是离开吧，福尔摩斯。”

“别介，大夫，就坐在那儿。我若没有我的鲍斯韦尔[③]，就会不知所措。这事看来一定会蛮有趣儿，错过它未免太可惜啦。”

“可是你这位委托人会不会……”

---

①卡尔斯巴德，在今捷克境内。

②华伦斯坦(1583—1634)，神圣罗马帝国统帅，三十年战争时统率帝国军队，战绩卓著，在吕岑战役中被瑞典击败(1632)，因谋反被撤职(1634)，后被刺杀。

③鲍斯韦尔(1740—1795)，苏格兰作家，为著名文学家约翰逊的助手，著有《约翰逊传》和《科西嘉岛记事》。

“甭管他，我也许需要你的协助，他也可能同样需要。他来了。大夫，就坐在那把扶手椅里，请多加关注吧。”

我们听到一阵缓慢而沉重的脚步声，先在楼梯上，后在过道里，到了门口骤然停止。随即是一记响亮而带权威命令式的敲门声。

“请进！”福尔摩斯说。

一个男人走进来，身高不低于六尺六寸[①]，长着海格立斯[②]那样的宽胸脯和壮实的四肢。他衣着阔绰华丽，华丽得在英国会让人觉得有点俗气。那件双排扣的上衣前襟和袖口都镶着阿斯特拉罕[③]黑羊羔皮。他肩上披一件用猩红色丝绸作衬里的深蓝色大氅，领口别着一枚镶嵌绿宝石的火焰形饰针，脚踏一双半高腰的皮靴，靴口上镶着棕色毛皮，整个外表给人留下一种粗野奢华的深刻印象。他手里拿着一顶宽檐帽，脸的上半部戴着一个盖过颧骨的黑色假面具。显然他刚刚调整过那副面具，因为他在进屋时，手还举在面具上呐。从他那张脸的下半部来看，嘴唇厚而下垂，下巴长而直，显出他是个性格坚强、近乎顽固而果断的家伙。

“收到我的短信了吗？”他问道，嗓音深沉沙哑，带着浓重的德国人口音。“我告诉过你我要前来拜访。”他朝我们俩看来看去，像是拿不准该跟谁说话才好。

“请坐，”福尔摩斯说，“这位是我的朋友兼同事——华生大夫，他偶尔好心帮我调查案件。请问，该怎么称呼您？”

“可以称呼我冯·克拉姆伯爵，我是波希米亚贵族。我理解你这位朋友是个值得尊敬和谨慎的人，我也可以把一件特别重要的事信任地托付给他吧。要不然，我宁愿跟你单独谈谈。”

---

①此处均指英尺英寸。以下类同。

②海格立斯，罗马神话中宙斯和阿尔克墨涅之子，力大无比，以完成12次英雄业绩闻名。

③阿斯特拉罕，在今俄罗斯境内。

我于是站起来准备离开，福尔摩斯却一把拉住我的手腕，又把我推进扶手椅。“要么跟我们俩一块儿谈，要么就什么也不谈，”他说。“要对我说的话，您都可以在这位先生面前说。”

伯爵耸耸他那宽肩膀，说道：“那我首先要求二位得为我要说的事保守两年秘密。两年后，这事就无关紧要了。目前说这事重要得可能会影响到整个欧洲历史都不为过！”

“我保证遵守，”福尔摩斯答道。

“我也保证！”

“请原谅我戴着面具，”我们这位古怪的来客接着说，“那位雇用我的贵人不愿意让你们知道他派来的代理人是谁，因此我可以承认我刚才报的姓名也并非是我的真名实姓。”

“这我早已料到，”福尔摩斯干巴巴地说。

“情况非常微妙，必须采取一切预防措施，才能防止事态不会发展成为一大丑闻，以免使一个欧洲王室遭受严重伤害。简单说吧，这事会使伟大的奥姆斯坦家族——波希米亚世袭王室受到牵连！”

“这我也已料到，”福尔摩斯喃喃道，随即坐进扶手椅，闭上两眼。

这当儿，我们的来客不由得用显然十分惊讶的目光冲这个体态懒洋洋而倦怠的人扫一眼，在他心目中，这人曾被描述为欧洲分析问题最透彻的推理专家和精力最充沛的大侦探啊！福尔摩斯又慢慢睁开两眼，不耐烦地望着那个体魄魁伟的委托人。

“陛下若肯屈尊阐明案情，”他说，“我就可以更好地为您效劳啦。”

那人猛地站起来，激动得无法控制地在室内来回踱步。接着，他打个绝望的手势，一把扯下脸上的面具，把它扔在地上。“你说得对，”他喊道，“我就是国王，干吗要隐瞒呢？”

“就是嘛！”福尔摩斯喃喃道，“陛下还没开口，我就知道我是在跟卡赛尔-费尔斯坦大公、波希米亚世袭国王、威廉·戈特莱希·西格斯蒙德·冯·奥姆斯坦交谈呐。”

“不过，你能理解，”我们这位怪客又坐下来，摩挲一下他那又高又白的脑门儿，说道，“你能理解我不习惯亲自出马料理这种事。这事却又那么敏感，叫我简直没法委托别人代办而又不受那人的摆布。我是为了向你征询意见才微服私访，从布拉格来到这里。”

“那就请说说吧，”福尔摩斯又闭上两眼。

“简单说吧，事情是这样的：大约五年前，我有一次去华沙，逗留了很久，结识了那位大名鼎鼎的交际花艾琳·艾德勒。你一定熟悉这个姓名吧。”

“大夫，请在我的资料索引里查一查艾琳·艾德勒这个女人，”福尔摩斯连眼睛也没睁一睁，对我喃喃道。他多年来养成一个习惯，就是把许多人事材料摘编入卡片备查。因此，要想让他没法立刻提供某人某事的情况，那是很不容易办到的。在这件事上，我找到了她的个人简历，给夹在一位犹太法学博士和一名写过一篇深海鱼类专题论文的指挥官两份材料之间。

“让我看看，”福尔摩斯说。“唔！1858 年出生在新泽西州。女低音——唔！意大利歌剧院——唔！华沙帝国歌剧院首席女歌手。从歌剧舞台退休——哈！住在伦敦——是这么回事！据我理解，陛下跟这位年轻女人有过瓜葛，给她写过几封有失体面的信，现在急想把那些信

收回来吧。”

“就是这么回事，可怎样才能……？”

“你们俩有没有秘密结过婚？”

“没有。”

“没有什么法律文件或证明吗？”

“没有。”

“那我就闹不明白了，陛下。这个年轻女人如果想拿那些信来敲诈或者为了什么别的目的，她又怎么能够证明那些信是真的呢？”

“我亲笔写的字啊！”

“哼！伪造的。”

“我私人的信笺。”

“偷的。”

“我自己的印鉴。”

“仿造的。”

“我的照片。”

“买的。”

“我们俩合照的啊！”

“噢，老天！那就太糟糕了。陛下确实犯了太不谨慎的错误。”

“我当时真是昏了头——神经错乱。”

“您已经严重地伤害了自己。”

“当时我只是王储，年纪很轻，现在也不过30岁。”

“那就得把那张照片收回来。”

“我们已经试过，却失败了。”

“陛下得出钱，把照片买回来。”

“她不肯卖。”

“那就偷呗。”

“这我们也试过五次。两次我花钱雇小偷儿搜遍了她的房子；一次她在旅行时，我们调换了她的行李；另有两次对她进行拦路抢劫。可是都一无所获。”

“没有那张照片的踪影？”

“一点儿也没有。”

福尔摩斯笑着说：“这还真是件不小的麻烦事咧。”

“可这对我来说却挺严重，”国王用责备的口气顶他一句。

“倒也确实挺严重。她打算拿那张照片干什么呢？”

“毁掉我！”

“怎么个毁法？”

“我就要结婚啦。”

“这我倒也听说了。”

“是跟斯堪的纳维亚国王的二公主克洛蒂尔德·洛特曼·冯·萨克斯－曼宁根结婚。你也许知道这个家族严厉的家规吧。她本人就是个很敏感的女人，只要对我的行为有一丝怀疑，就会终止这桩婚约。”

“艾琳·艾德勒打算怎么样呢？”

“威胁要把那张照片送交他们。她会那样做的。我知道她会的。你不了解她，她有钢铁般的意志。她既有女人最美貌的容颜，也有男人最倔强的个性。只要我跟另外一个女人结婚，她什么事都干得出来——绝对会的。”

“您肯定她还没把那张照片寄出去吗？”

“这我敢肯定。”

“为什么？”

“因为她说过她会在公开宣布婚礼那天把它寄出，那就是下星期一。”

“噢，那咱们还有三天时间呢，”福尔摩斯打个呵欠，说道。“目前我还有一两件重要的事要处理。陛下当然还要呆在伦敦吧？”

“当然。你可以在兰厄姆饭店找到我，用的是冯·克拉姆伯爵这个姓名。”

“那我们会写信把进展情况告诉您。”

“请一定这样做。我会焦急地等待。”

“那么，费用怎么说呢？”

“全由你自行决定。”

“没有任何条件吗？”

“不瞒你说，我宁愿付出我领土上的一个省份换回那张照片。”

“那么眼前的费用呢？”

国王从他的大氅里面拿出一个很沉的羚羊皮钱袋，放在桌上。

“这里有三百镑[1]金币和七百镑钞票，”他说。

福尔摩斯在笔记本中一页上潦潦草草地写了收条，撕下来递给国王。

“那位小姐的地址呢？”他问道。

“圣约翰·伍德区塞潘廷大街布里奥尼邸宅。”

福尔摩斯记下来。“还有个问题，”他说，“照片是六寸的吗？”

“是的。”

“那么，再见，陛下。我们相信不久就会给您带来好消息。”国王的马车走远后，福尔摩斯对我说，“华生，咱俩也再见吧。明天下午三点钟你再来，我跟你好好聊聊这桩小事。”

2

三点钟整，我来到贝克街，福尔摩斯出门还没回来。房东太太告诉我他早上八点钟一过就出去了。可我还是在壁炉旁坐下，甭管他何时才能回来，我都准备等他，因为我已经对他的调查工作深感兴趣，尽管这桩案子并没有我记录过的那两起犯罪案件所具有的那种残忍而奇特的特征，可是此案的性质和委托人的显贵身份仍然使它具有非同寻常的特色。真格的，除了我的朋友着手调查此案的性质以外，还有他掌握情况的那种高明手法啦，那种敏锐而透彻的推理啦，那种破解最难解决的谜案的快速而精细的方式啦，都叫我乐意研究和学习。我已经那么习惯他一贯会取胜，从没想到他也有可能会失败的时候。

接近四点钟那当儿，房门开了，进来一个醉醺醺的马夫，蓄着络腮胡子，面红耳赤，衣衫褴褛，一副邋遢样儿。我虽然很熟悉我朋友那种惊人的乔装改扮的化装术，可还是得再三审视一番才敢肯定那人的确是他。他朝我点下头就走进卧室。没过五分钟，他便像往常那样身穿一套

① 此处指英镑。以下类同。

花呢服装，体面地出现在我面前。他把手插在兜儿里，在壁炉前舒展开双腿，开心地笑了好几分钟。

“哈哈哈，真是的！”他笑道，接着呛住了，随后又大笑起来，笑得浑身无力，不得不瘫在椅子上。

“这是怎么回事？”

“简直太逗乐儿了。我敢肯定你绝对猜不出整个这一上午我在忙些什么，忙出什么结果。”

“我猜不出来。你大概一直在侦察艾琳·艾德勒小姐的生活习惯，也许还有她的住处吧。”

“就是就是，结果却很不寻常。可我还是要告诉你，今天早晨一过八点我就离开了这里，打扮成一名失业的马夫。那些马夫有股相互同情、互助友爱的深厚感情。你若成为他们当中的一员，就能了解到你想知道的一切。我很快便找到了布里奥尼邸宅，那是一幢小巧雅致的两层楼楼房，后面有个花园，正对着马路。大门上装有丘伯[①]保险锁。宽敞的起居室在右侧，布置得很华丽，长窗户几乎挨到地面，那些荒唐的英国窗栓连小孩都打得开。房子后身没有什么值得注意的，只有过道那扇窗户倒可以从马厩房顶够得到。我围着那幢房子转了一圈，从各个角度仔细观察一番，没再发现什么令人感兴趣的了。

“随后我便在街上溜达，果然不出我所料，我在花园一面墙外找到一条小巷，那里有一排马厩。我便帮助那些马夫刷洗马匹。他们酬劳我

① 丘伯，19 世纪伦敦锁匠，发明了保险锁。

两便士，一杯淡啤酒掺黑啤酒的混合酒，两斗满满的板烟，还给我讲了许多我想知道的有关艾德勒小姐的情况，更甭提还有我并不感兴趣的附近住家六七个人的底细，我只好耐着性子听。”

“都说艾德勒小姐什么了？”我问道。

“哦，她把那一带的男人都迷得晕头转向。她是这个行星上最秀丽诱人的美人儿。塞潘廷马厩的马夫无一例外地都这么说。她过着宁静的生活，在音乐会上演唱，每天下午五点钟乘马车出门，准七点钟回家吃晚饭。她除了去演唱外，其他时间均深居简出。她只跟一个男人交往，而且过从甚密。那人一头深发，相貌英俊，一身帅气，每天至少来看望她一次，经常是两次。他是内殿律师学院①的戈弗雷·诺顿先生。看出把马车夫作为心腹朋友的好处了吧。他们赶车从塞潘廷马厩那儿送他回家多次，对他的底细一清二楚。我听完他们所说的一切，再次在布里奥尼邸宅附近来回转悠，思考我的下一步行动计划。

“戈弗雷·诺顿这个人显然是这档子事当中的一位关键性人物。他是一名律师。听起来可不太妙。他俩之间究竟是什么关系？他一再来看望她，目的何在呢？艾琳·艾德勒小姐是他的委托人，他的朋友，还是他的情人儿？如果是委托人，那她大概已经把那张照片交给他保管了。如果是他的情人，那她就不大会那样做了。要弄清楚这个问题，我就得决定该继续对布里奥尼邸宅进行调查呢，还是把注意力转移到那位先生在内殿律师学院里的住所。这是个挺微妙的问题，而且也扩展了我调查的范围。华生，这些琐碎的细节恐怕惹得你厌烦了吧。可是你如果想了解情况，我就不得不让你知道我的一些小小的困难。”

“我在洗耳恭听呐，”我答道。

“我正在斟酌这个问题，忽然有辆双轮马车在布里奥尼邸宅门前停下，从车上跳下一位先生。他是个相貌很英俊的男子，深发，高鼻梁，

① 内殿律师学院，英国伦敦四个培养律师的组织之一。

蓄着唇髭——显然就是我刚才听说的那个男人。看上去他像是有急事，叫车夫等着他。他从开门的女仆身旁擦身而过，透着一副在那个邸宅里无拘无束的派头。

“他在房子里待了约摸半个小时光景，我通过起居室窗户隐隐约约看得见他在室内踱来踱去，挥动双臂，激动地谈着什么。至于女主人，我什么也没看见。随后，他便走出来，显得比刚才还要急的样儿。他登上马车，从兜儿里掏出一块金表，郑重地看看，随即喊道：‘给我拼命赶，先去摄政街格罗斯·汉基旅馆，然后去埃格韦尔路圣莫尼卡教堂。你要是能在20分钟之内赶到，我就赏你半个畿尼[①]！’

“他们便一溜烟走了，我正在寻思要不要跟踪前去，这时忽然从小巷那边来了一辆小巧洁净的四轮马车，车夫那件外衣的纽扣只扣上了一半，领带歪在耳朵下面，马匹挽具上的金属箍环都还没扣好。车还没停稳，艾德勒小姐便从大门里飞奔出来。我在那一瞬间只瞥见了她一眼，却已看出她真是个可爱的人儿，容貌艳美得足以叫男人倾倒。

“‘约翰，去圣莫尼卡教堂！’她喊道，‘你要是能在20分钟之内赶到那里，我就赏你半镑金币！’

“华生，这可是千载难逢的好机会，不能错过。我正在琢磨该跟在马车后面跑呢，还是偷偷攀登在马车后面的踏板上，这当儿又过来一辆马车。车夫对我手举的微薄车费瞟了两眼，我没等他拒绝就跳上马车。‘去圣莫尼卡教堂。20分钟能赶到，我就付你半镑！’当时是差25分钟12点；什么重要的事即将发生，是足够清楚的了。

“马车夫赶得飞快，我平生恐怕还从来没乘坐过比这更快的车了，但是那两辆马车却已先行到达。我抵达时，那辆出租马车和那辆四轮马车以及两匹冒汗喘气儿的马都已停在教堂门前。我连忙付了车钱，走进教堂。那里只有我跟踪的那两个人和一位身穿白色法袍的牧

---

① 半个畿尼，等于52个半便士。

师，别无他人。牧师像是在规劝他俩。他们仨围在一起，站在圣坛前。我就像个偶然来教堂闲逛的人，顺着旁边的通道朝前溜达。令我吃惊的是，圣坛前那三个人忽然间都把脸转向我。戈弗雷·诺顿飞快地朝我跑来。

“‘谢天谢地！’他喊道。‘有了你就行了。来！来！’

“‘怎么回事？’我问道。

“‘来，老兄，来，只消三分钟，否则就不合法了。’

“我给半拉半拖地弄到圣坛前。还没弄清干什么，我就发觉自己在对耳边低声的话语作出喃喃的答复，为我一无所知的事在作证，总的来说，就是相助未婚女艾琳·艾德勒小姐和单身汉戈弗雷·诺顿先生结为连理。这一切是在很短的时间内完成的。紧跟着就是男方在我这一边道谢，女方在我那一边表示感谢，牧师则站在我对面冲我微笑。这可是我有生以来压根儿没遇到过的最荒谬的场面。刚才我就是一想起这事便不由得大笑起来。看来是他们的结婚证书有点不够合法，牧师在没有证人的情况下断然拒绝给他俩证婚。幸亏我的出现才使得新郎倌不必跑到大街上去找一位男傧相。新娘子赏给我一镑金币，我打算把它拴在表链上戴着，作为这次奇遇的纪念。”

“这真是出乎意料的转折，”我说。“后来呢？”

“唉，我发现我的计划受到了严重干扰。看来这对新婚夫妇可能会立刻离开这里，因此我得采取迅速而有效的措施。他俩在教堂门口分手后，他乘车回内殿律师学院，她则回自己的住处。‘我还像往常那样，五点钟乘车到公园去，’她辞别时对他说。我只听到这句。他俩各自乘车驶向不同方向。我也离开那里，为自己做些安排。”

“什么安排呢？”

“来杯啤酒和一点卤牛肉！”他摇下铃，答道，“我一直忙得都忘了吃东西。今天晚上看来还会更忙。顺便说一句，大夫，今晚我需要你的合作。”

“我很乐意帮助你。”

“你不怕犯法吗？”

“一点也不怕。”

“也不怕万一给逮捕吗？”

“要是为了一件好事，那就不怕。”

“哦，这事是再好不过啦。”

“那我听从你的吩咐。”

“我早就确信能够指望你的帮助。”

“可你究竟想干什么啊？”

“等特纳太太端进来吃食，我就跟你说明。”房东太太送进来简单食物，他便一边狼吞虎咽地吃着，一边说道，“眼下嘛，我不得不边吃边谈这件事，因为时间很紧迫啦，眼下已经快到五点钟。我们得在两小时之内赶到行动地点。艾琳小姐，要么该称夫人了，七点钟会乘车回家。我们得在布里奥尼邸宅跟她会面。”

“然后呢？”

“以后的事由我来办。将会发生什么事我都做好了安排。只有一点我得坚持，那就是甭管发生什么事，你都别插手干预。明白吗？”

“完全不介入吗？”

“对，什么事都别管。可能会发生一点不大愉快的事，你别介入。我一给带进屋，事情就马上会结束。四五分钟过后，那扇窗户会给打开，你得守候在窗户那儿。”

“嗯。”

“你一定要盯着我，我会让你看得见。”

“嗯。”

“等我一举手——就是这样——你就把我叫你扔的东西扔进房间里，同时扯起嗓门高喊‘着火了！’听明白了吗？”

“明白了。”

“没什么可怕的，”福尔摩斯从兜儿里掏出一个像雪茄烟那样的长卷筒，说道：“这是管子工一般用于污水沟检漏的喷烟器，两头都有火药帽使它自行点火。你的任务就是专管这玩意儿。你一大喊着火了，肯定招来不少人救火。那当儿你就可以走到街的尽头那边去，不出十分钟我便去跟你会合。我说的你都听明白了吧？”

“我得一直保持不介入的态度；挨近那扇窗户盯视着你；一看到信号就把这玩意儿扔进去；接着高喊着火了；然后到街头拐角那边去等你。”

“完全正确。”

“那你就放心等着瞧我的吧。”

“太好了。现在大概到了我该去扮演新角色的时候啦。”

他进入卧室，过了几分钟再出来时，已经乔装改扮成一名纯朴而和蔼可亲的新教牧师。那顶宽大的黑帽子啦，那条鼓鼓囊囊的裤子啦，那条白领带啦，那种同情的微笑啦，那种仁慈而好奇的凝视神态啦，只有约翰·黑尔[①]先生堪与之相比。福尔摩斯不只是换了装束，就连他的表情、举止和灵魂似乎都随着他扮的新角色而起了变化。他成为一名研究犯罪的专家时，舞台上便少了一名优秀演员，连科学界都少了一名敏锐的理论家。

我们六点一刻离开贝克街，提前十分钟到达了塞潘廷大街。天色已暗，我俩在布里奥尼邸宅外面来回溜达，等待女主人回来，这时街灯刚刚点亮。那幢房子正如我根据歇洛克·福尔摩斯的简单描述所想像的那样，只是地点并不像我所预料的那样僻静。恰恰相反，附近地区虽然挺安静，这条小街却蛮热闹。街头拐角那边有一群穿着破衣烂衫、抽着烟卷儿、说说笑笑的人，一个带着砂轮的磨剪子人，两个正在跟一个女仆调情的警卫，还有几个衣着体面、叼着雪茄烟荡来荡去的小伙子。

“你看，”我们在那幢房子前面踱来踱去时，福尔摩斯说，“这件婚事倒把事情简单化了。那张照片现在已成为一把双刃剑。情况可能是她不愿意让戈弗雷·诺顿看到那张照片，就像咱们那位委托人害怕照片出现在公主眼前一样。因此，目前的问题是咱们到哪儿去找到那张照片？”

“真格的，到哪儿去找呢？”

“她不大可能随身带着它，因为那是一张六寸的照片，大得很难藏在一个女人的衣服里。她也明白国王会拦劫她或者搜查她，这种办法已经试过两次。因此，我们可以肯定她不会随身携带着它。”

“那又能在哪儿呢？”

“在为她管理钱财的银行家或她的律师手里。有这两种可能性，可我又觉得这两种可能性都不现实。女人天生来爱保密，喜欢自己想办法藏东西。她干吗要把东西交到别人手中呢？她信得过自己的保管能力，可这就可能会给一个受托办事的人带来何等程度的间接或政治影响压

① 约翰·黑尔（1844—1921），19 世纪中叶到 20 世纪初英国著名喜剧演员。

力，她就不知道了。除此之外，别忘了她决定几天之内要利用那张照片，因此那张照片肯定在她随手拿得到的地方。一定在她自己家里呐。”

“可她家已经两次在夜间被盗过了。”

“嗐，那些小偷儿不知道怎样寻找呗。”

“你又怎样寻找呢？”

“我不必去寻找。”

“那怎么办呢？”

“我要让她亲自亮给我看。”

“可她会拒绝的。”

“她不会拒绝。我听见车轮声了，那是她乘坐的马车。现在要严格按照我的命令行事。”

他正说着，街道拐弯那边出现了一辆马车的侧灯闪烁的亮光。那是一辆漂亮的四轮马车辘辘地驶到布里奥尼邸宅门前。马车刚一停下，街道拐角那儿一个流浪汉立刻冲上前去开车门，希望能挣一个铜子的赏钱，却被另一个有同样想法而冲过去的流浪汉用胳臂肘顶开。于是两人激烈地争吵起来，两名警卫参加进来，站在一名流浪汉一边，而那个磨剪子人则同样起劲地站在另一名流浪汉一边，争吵便由此而加剧。有人动手挥了一拳，这当儿那位夫人正好下车，立刻就被围困在那些纠缠在一起的人群当中。那伙人面红耳赤，拳打棒击，扭在一起野蛮地斗殴。福尔摩斯连忙冲进人群去保护那位夫人，可他刚到她身边，就大叫一声，倒卧在地，鲜血顺着脸淌下来。众人见他倒下，那两名警卫拔腿就朝一个方向逃走，两名流浪汉则朝另一方向逃之夭夭，几个衣着体面、没参加斗殴而站在一旁看热闹的人便挤进去为夫人解围并照顾那位受伤的先生。艾琳·艾德勒——我还是愿意这么称呼她——急忙跑上台阶。她在最高一级台阶那儿站住了，在门厅里的灯光背景衬托下显现出她那极其优美的身材轮廓。她回头望着街道。

“那位可怜的先生伤得厉害吗？”

“他死了，”几个人异口同声地喊道。

“没有，没有，他还活着，”另一个人嚷道，“可您要是不赶紧把他送医院，那他可就没命了！”

“他真是个勇敢的好汉，”一个女人说。“要不是他，夫人的钱包和表早就让那群流浪汉抢走了。他们是个团伙，都是些粗暴的家伙。啊，他喘气儿了！”

“不能让他这样躺在街上，我们能不能把他抬进屋去，夫人？”

“当然，把他抬进起居室里去吧，那儿有张舒服的沙发。请走这边！”

于是，大伙儿慢慢而严肃地把福尔摩斯抬进布里奥尼邸宅，把他安顿在那个主要的房间里，而这时我依然站在窗户旁边我那个岗位上，没动窝，一直观察着这事的全过程。灯都给点亮了，窗帘却没给拉上，所以我看得见福尔摩斯躺在沙发上。我闹不清他当时是否对自己所扮演的角色感到有点内疚，可我却觉得自己平生从来没有比眼下更感到羞愧了，因为我看到自己协力反对的那个美人儿正在温柔亲切地服侍伤者。然而，现在我如果甩手不干福尔摩斯委托我的事，那可是一种最卑鄙的背叛。我于是硬起心肠，从我宽大的长外套里取出那个喷烟器，心想反正我们并非要伤害她，只是想让她别伤害别人罢了。

福尔摩斯靠在那张沙发上。我看到他好像呼吸挺困难似的，一名女仆赶紧跑过去把窗户打开。这时我见到他举起手来，一见这个信号，我就立刻把那个玩意儿扔进房间，嘴里高声喊道：“着火了！”我的喊声刚一落音，那伙看热闹的人，衣着整齐的和破衣烂衫的——绅士啦，马夫啦，男仆啦，女仆啦——全都异口同声地尖叫：“着火了！”滚滚浓烟缭绕全室，从那扇敞开的窗户冒出来。我瞥见一群慌张奔跑的身影。片刻后，我听到从屋里传出福尔摩斯的喊声，叫大家不要惊慌，这只是一场虚惊。我急忙穿过大声喊叫的人群，跑到街道拐角那儿。不出十分钟，我欣喜地发现我的朋友挎着我的胳臂逃离了那乱哄哄的现场。他一言不发地快步走了好几分钟，等我们走进一条通往爱吉韦尔街的安静小巷，他才开口。

“大夫，你刚才干得很漂亮，”他说。“简直不能再好了。一切顺利。”

“莫非你弄到了那张照片？”

“我闹清楚它给放在哪儿了。”

“这你是怎样发现的？”

“就像我跟你说过的那样，她亮给我看了。”

“我还是闹不明白。”

“我并不想把这事搞得神秘兮兮，”他笑着说。“这事挺简单嘛。你当然看得出来街上那些人都是咱们的同伙。他们今天晚上都是花钱给雇来的。”

“这我倒也猜到了。”

“那阵骚乱一开始，我便手握一块湿漉漉的红颜料，急忙冲过去，跌倒在地，把手捂在脸上就成了一副可怜相。这是老花招了。”

“这我也揣摩出来了。”

“然后他们就把我抬进屋去。她没法不把我弄进去。在那种情况下，她不那么做，又能怎么办？我就进了她的起居室，正是我猜疑过的那间屋子。那张照片不是藏在那间屋里，就是在她的卧室里。我倒要看看究竟藏在哪间屋里。他们把我安顿在沙发上，我便装出喘不过气儿的样儿，他们只好打开窗户，你就有了机会。”

“这样做对你又有什么帮助呢？”

“太重要了。女人一看到自己的房子着了火，首先就会本能地抢救自己最珍贵的东西。这种不可抗拒的强烈冲动我已经不止一次利用过。在达林顿调包丑闻一案中，我用过一次；在那起阿恩斯沃斯城堡案中也用过。结了婚的女人会赶紧去抱起她的婴孩，未婚女子则会首先去抓起她的首饰盒。我早已明白，对今天这位夫人来说，家里没有什么再比咱们在寻找的那样东西更宝贵的了。她会冲向前去把它抢救出来。着火的警报真不赖，烟雾和喊叫声足以震惊钢铁般的神经。她反应得妙极了。那张照片就藏在室内拉铃绳索上方那块能挪动的嵌板后面的壁龛里。她立刻奔到那里，我瞥见她把那张照片抽出了一半。我一喊这只是一场虚惊，她又把它放回去了。她瞟一眼那个喷烟器就匆匆走出那间屋，此后我就没再看到她了。我站起来，找个借口便偷偷溜出那幢房子。当时我曾犹豫是不是该立刻把那张照片弄到手，但是马车夫那当儿进来了；他一个劲儿死盯住我。为了更保险起见，看来还是另待良机吧。过分急躁，反倒会把事情搞砸。”

“现在该怎么办呢？”我问道。

“咱们的调查差不多结束了。明天我要跟国王一块儿去拜访她。你如果愿意去，也可以一起去。仆人会把咱们引进那间起居室等候夫人，可是等她一出来，恐怕既见不到咱们，也见不到那张照片啦。陛下如果亲手拿回那张照片，一定会感到非常满意的。”

“那你们准备什么时候去拜访呢？”

“早上八点钟。趁她还没起来，咱们可以不受干扰地干。再者，咱们不能耽误，因为这件婚事可能会改变她的生活习惯。我得马上给国王打个电报。”

我们已经走到贝克街，在门口停下来。他在兜儿里掏摸钥匙的时候，忽然有人路过，向他打个招呼：——

“晚安，福尔摩斯先生！”

当时人行道上有好几个人，那句问候像是出自一个身穿宽大的长外套、匆匆走过的瘦小伙子之口。

“这话音我以前听见过，”福尔摩斯注视着昏暗的街道，说道，“可是眼下一时闹不清刚才打招呼的那个人究竟是谁了。”

3

那天晚上，我就在贝克街过夜。清晨起床后，我们俩正在吃烤面包片，喝咖啡，波希米亚国王匆匆忙忙进来了。

“你真拿到那张照片了吗？”他用双手紧紧抓住歇洛克·福尔摩斯的两个肩膀，焦急地望着他，大声问道。

“还没有呐。”

“可是有没有希望啊？”

“有希望。”

“那就赶快去吧，我都等不及啦。”

“咱们得雇辆马车。”

“不必了，我那辆四轮马车在外面等着呐。”

“那可就省事多了。”我们便走下台阶，再次动身去布里奥尼邸宅。

“艾琳·艾德勒结婚了，”福尔摩斯说。

“结婚了！什么时候？”

“昨天。”

“跟谁啊？”

“跟一位姓诺顿的英国律师。”

“可她不会爱他。”

“我倒巴不得她爱他。”

“为什么这样想呢？”

“因为这样就可以使陛下今后不必担心一切麻烦啦。那位女士如果爱她的丈夫，就不爱陛下了。她要是不爱陛下，就没有理由要干涉陛下的计划啦。”

“这倒是实在的，可是……！唉，我真希望她跟我的身份一样就好了！她会是一位多么了不起的王后啊！”在我们的马车抵达塞潘廷大街之前，国王一直陷入悒郁的沉思。

布里奥尼邸宅的大门敞着呢，台阶上站着一位上了年纪的女仆。她用蔑视的目光望着我们从马车上下来。

“我想您是歇洛克 · 福尔摩斯先生吧？”

“是啊，”我的伙伴有点吃惊而诧异地注视着她，答道。

“真是的！我的女主人告诉我您多半会来。今天清晨她跟她老公一块儿走了，从查林十字街乘 5 点 15 分那趟火车去欧洲大陆了。”

“什么！”歇洛克 · 福尔摩斯朝后打个趔趄，惊讶懊恼得脸色煞白。

“你是说她已经离开英国了吗？”

“再也不回来了。”

“那些信件呢？”国王粗暴地问道。“完了，完了，全完了！”

“咱们进去看个究竟吧，”福尔摩斯推开那个女仆，匆匆进入起居室，我和国王紧跟在后。室内家具到处乱放着，壁橱搁板给卸了下来，抽屉都给拉开了，好像夫人临走之前翻箱倒柜地匆匆忙忙翻查了一遍似的。福尔摩斯冲到铃索那儿，打开一扇小拉门，伸手掏出一张照片和一封信。照片是艾琳 · 艾德勒本人穿着夜礼服照的单人相。信封上写着：“致歇洛克 · 福尔摩斯先生。留交本人亲收。”我的朋友撕开信封，我们仨一起看信。写信日期是今日凌晨，内容如下：

敬爱的歇洛克 · 福尔摩斯先生，

您干得的确挺精彩。您把我整个儿蒙骗了。在发出火警之前，我一点也没起疑。可我后来发现自己泄露了机密，便开始思索。几个月前就有人忠告过我要提防您。他们告诉我国王要是雇用侦探的话，那准是阁下。他们把您的地址告诉我了。尽管如此，您还是让我泄露了您想知道的事。我甚至在开始怀疑时，都难以把那么一位上了岁数、和蔼可亲的牧师想得居然那么恶劣！

但是，您该知道，我本人是个训练有素的演员。男人的服装对我来说并不生疏。我常常趁机利用女扮男装这种便利。我当时派马车夫约翰去起居室监视您，自己跑上楼去换上我称之为散步的便服。我下楼时，您刚刚离开。

随后，我便尾随您，走到您家门口。于是我肯定了自己真是大名鼎鼎的歇洛克·福尔摩斯先生感兴趣的一名对象。我便相当冒失地向您道个晚安，然后就去内殿律师学院找我的丈夫。

我们俩都认为受到这样一位可怕的对手追逐，最好的办法就是逃走吧，所以您今天前来寒舍时会发现这里已经是一座空巢。至于那张照片，请您那位委托人尽管放心。我爱上了一个比他强得多的男人，那人也深深爱着我。国王爱干什么就干什么吧，不必顾虑他错待过的人会出面阻碍。那张照片我是要保留的，只是为了保护自己，保留一件永远防备他将来可能会采取任何手段来对付我的武器。我现在留给他一张他可能乐意收下的照片。谨向敬爱的歇洛克·福尔摩斯先生致意。

艾琳·艾德勒敬启。

“噢，这个女人可了不得！——哎呀呀，一个多么了不起的女人啊！”我们仨看完那封信，波希米亚国王高声嚷道。“我不是跟你们说过她多么机灵，多么果断吗？她要是当上了王后，真会是一位令人赞美的王后呵！怪可惜的是她跟我门不当户不对，不在一个水平上，是不是？”

“我倒从这位女士身上看出，论水平，她似乎确实跟陛下大不一样，”福尔摩斯冷淡地答道，“很遗憾我没能使陛下的事得到一个更圆满的结局。”

“亲爱的先生，恰恰相反，”国王大声说。“没有什么比这个结局更圆满的了。我知道她说话算数。那张照片现在就跟给烧掉了一样叫

我放心了。”

“听陛下这么说，我也很高兴。”

“真是十分感谢你。请告诉我该怎样酬谢你。这只戒指……”国王从手指上褪下一枚蛇形的绿宝石戒指，托在手掌上递给他。

“陛下有件我认为比这枚戒指更有价值的东西。”

“那你就明说吧。”

“这张照片！”

国王惊讶地望着福尔摩斯。

“艾琳的照片！”他大声说，“当然当然，你要是想要，就拿去吧。”

“谢谢陛下。这事就到此结束了吧。祝您早安！”他鞠个躬，转身没再答理国王向他伸出的手，就跟我一起返回他的住处。

这就是波希米亚国王怎样受到一桩特大丑闻的威胁，歇洛克·福尔摩斯的杰出计划又怎样让一个女人的才智给挫败的经过。他以往总是对女人的聪明机智加以嘲讽，可近来我没再听到他这种讥笑了。如今每逢一提到艾琳·艾德勒或者她那张照片，他总是用那个女人这一尊称来称呼她。

（1891）

红发会

去年秋季，有一天我去拜访我的朋友歇洛克·福尔摩斯先生，他正在跟一位满头红发、面色红润、上了年纪的胖绅士深谈呐。我为自己的打搅道声歉，就打算退出，我的朋友却突然把我拉进室内，关上房门。

“你来得真是再巧不过了，亲爱的华生，”他热情地说。

“我看你正忙着呐。”

“对，正忙着呐，而且忙得可以。”

“那我暂到隔壁房间里去等你吧。”

“不用。威尔逊先生，在我过去许多成功的侦破案例中，这位先生是我的好搭档好助手。我敢肯定在我调查你这个案子时，他也会是我的极好的帮手。”

那位胖绅士从座位上微微欠身向我行个屈膝礼，那双厚眼皮下的小眼睛当即闪现一丝怀疑的目光。

“坐在那把靠背椅子上吧，”福尔摩斯说，自己又坐回他的扶手椅，把双手的指尖抵在一起，这是他审慎思考时的习惯。“亲爱的华生，我知道你跟我一样喜欢稀奇古怪的事物而不是日常生活当中平凡单调的常规惯例。你那股热情促使你把那些怪事都记录了下来，足见你对它们挺感兴趣，恕我这样说，同时也给我那些小小的奇遇多多少少增添了点光彩。”

“我对你经办的案件确实都挺感兴趣，”我答道。

“你还记得那天咱俩在谈论玛丽·萨瑟兰小姐[1]提出的那个挺简单的问题前我说的一番话吧，为了取得新奇的效果和惊人的配合，咱俩得深入到生活当中去，任何奇思遐想都一向远不及生活当中某些事物那样大胆。”

“记得，我当时还曾冒昧地对你这种提法产生过怀疑呢。”

“是啊，大夫，可你还是得同意我的看法，要不然我就会不断地给你列举事实，非攻破你的道理，叫你承认我说得对才罢休。现在，这位杰贝斯·威尔逊先生今天上午来访，讲了我近些日子听到的一件最离奇的事。你听我说过最离奇最独特的事往往并非跟较大的罪行而是跟较小的罪行有关联，有时确实还可以怀疑是否真犯了罪。这件事，就我听来，我还不能断定它是否真是桩犯罪行为。不过，事情的经过也确实是我平生所听到的最离奇的了。威尔逊先生，我想请你把这事再从头讲一遍，不仅是因为我的朋友华生大夫没听到开头那部分，也因为这事离奇得让我更想再听你把细节说一遍。一般来说，我一听到一点说明事情经过的情节，就能让我联想到其他上千件类似案件来作为我的指南。可这一次我不得不承认在我看来这些事实真是怪独特的。”

那位矮胖的委托人挺起胸脯，带着颇为自负的样儿，从大衣里兜儿掏出一张又脏又皱的报纸，把它展平在膝头。他探头扫视广告栏目，我这时趁机仔细打量一下这个人，力图模仿我伙伴的方法，从他的衣着或外表上看出点底细来。

可我审视的收获并不大。我们这位来客具有一名普通英国商人的种种特点：肥肥胖胖，浮夸自负，动作迟缓。他穿一条松松垮垮的灰格裤子和一件不大干净的黑燕尾服，燕尾服前面没扣上纽扣，露

①玛丽·萨瑟兰小姐是《身份案》中的人物。

出里面那件土灰色坎肩，那小兜儿上挂着一条粗铜表链，上面坠着一个晃里晃荡、有个方孔的圆金属饰品。他身旁那把椅子上放着一顶磨损了的礼帽和一件丝绒领子皱皱巴巴的褪了色的棕色大衣。依我看，这人除了长着一头火红的头发，脸上现出极端懊恼和不满的表情之外，没什么特别的地方。

歇洛克·福尔摩斯敏锐的目光看出我在干什么。他发现我那种疑问的眼神，便微微一笑，摇摇头。“他干过一阵子体力活儿，吸鼻烟，是一名共济会会员，到过中国，最近还写过不少字，除了这些显而易见的事实外，别的我就推断不出什么来了。”

杰贝斯·威尔逊先生在座位上吃惊得挺直身子，食指还点着那张报纸，两眼却望着我的伙伴。

“福尔摩斯先生，我真纳闷儿你究竟怎么知道得这么多？”他问道，“比如，你怎么知道我干过体力活儿？这跟福音一样千真万确，当初我就是在船上当木匠的。”

“亲爱的先生，你的右手比左手大得多。你用右手干活儿，所以右手的肌肉就比较发达嘛。”

“唔，那么吸鼻烟和共济会会员又是怎么回事呢？”

“我不愿告诉你我是怎么看出来的，以此来低估你的智慧，何况你还违背了你那个团体的严格会规，佩戴了一枚指南针模样、弯弓的胸别针呢。”

“哦，当然，我忘了这一点。可是写字呢？”

“你右手的袖子上足有五寸长的地方磨得光溜溜的，左袖子胳臂肘那儿由于经常靠在桌面上而打了一块整洁的补丁啊。”

“那么，中国呢？”

“靠近你手腕那儿文的一条鱼，只能是在中国文的。我对文身花纹作过一点研究，甚至还写过这方面的文章呢。把鱼鳞染成淡淡的粉红色是中国才有的绝技。此外，我还看到你那条表链坠着一枚中国钱币，这不就更加一目了然，十分简单了吗？”

杰贝斯·威尔逊先生大笑起来，说道：“唔，这我压根儿也没料到！起先我还当你简直是神机妙算，可说穿了，这也毕竟没什么了不起。”

福尔摩斯说：“华生，我开始觉得这样详尽解释是做错了。要知道，人得‘Omne ignotum pro magnifico’①才对。如果太实在，我这可怜的小小名气就会一败涂地啦。威尔逊先生，你找到那条广告了吗？”

“找到了，就在这儿，”他答道，那又粗又红的手指正指在那栏广告当中间。“就在这儿，这就是整个这档子事的起因。二位，你们自己看看吧。”

我接过报纸，念出如下内容：——

谨致红发会会员：

由于原住美国宾夕法尼亚州黎巴嫩市②已故伊齐基亚·霍普金斯的遗赠，现有一空缺名额，薪金每周四镑，纯属挂名职务。凡红发会男性会员，年满21岁，身体健康，智力健全，皆有资格申请。应聘者请于星期一上午11时亲至弗利特街③教皇院7号红发会办公室邓肯·罗斯处提出申请为荷。

我读了两遍这条极不寻常的广告，不由得大声说：“这到底在搞什么名堂？”

福尔摩斯在座椅上扭动两下，格格笑出声来，他兴致高的时候素来这样。“这条广告有点离奇古怪，是不是？”他说。“好了，威尔逊先

---

①拉丁文，意为大智若愚。

②黎巴嫩市，在美国宾夕法尼亚州内，距费城西北八公里。

③弗利特街（一译舰队街），英国伦敦一条以报馆集中著称的街，弗利特河经过此街。

生，你就从头说说你自己，你家里的人，还有这条广告给你带来的好运道吧。华生，请先把这份报纸名称和日期记下来。”

“这是 1890 年 4 月 27 日①的《纪事晨报》。正好是两个月前的一份报。”

“很好，现在，威尔逊先生，请讲讲吧。”

“唔，歇洛克·福尔摩斯先生，就像我刚才跟你说的，”杰贝斯擦擦脑门儿，说道，“我在市区附近的科伯格广场开了一家小当铺。买卖不大，近几年来只能勉强靠它维持生计。过去我还雇得起两个伙计，可

① 本文开始时，华生说是在秋季，这里又是四月，显然是作者笔误。

现在只能雇一个了；就连这一个我都雇不大起，这个伙计为了要学会这行买卖，自愿只拿一半工资。”

歇洛克·福尔摩斯问道：“这个如此乐于助人的小伙子叫什么名字？”

“他叫文森特·斯波尔丁，算不上是个小伙子了。我也说不清他究竟多大。福尔摩斯先生，我再也找不到比这个伙计更精明能干的了，我心里也挺明白他本来可以把生活改善得好些，能比我付给他的工钱多赚一倍。可他自己如果挺满意，我又何必让他想入非非呢？”

“可不是嘛，看来你能出比市价低得多的工钱雇到一个伙计，运气真不错。这年头，老板雇人真不容易啊。我不知道你那个伙计是不是跟那条广告一样非同一般。”

“哦，他也有他的毛病，”威尔逊先生说。“再也没有谁比他更爱照相了。他不在工作上多用点脑子，而是成天价拿着照相机四处去拍照，然后就像兔子钻洞那样飞快地进入地下室去洗印。这就是他的主要毛病。不过，总的来说，他是个好伙计，没有什么坏心眼。”

“他大概还在你那儿干活儿吧？”

“对，先生。除他之外，还有一个14岁的小女孩儿管做饭，打扫房间——我那所房子里就是这样，因为我是个单身汉，从来没成过家。先生，我们仨住在一起过着很安静的日子。我们住在一个屋檐下，欠了债一起还，没有什么更多的事干。

“头一件打扰我们的事就是这条广告。正好在八个星期前那天，斯波尔丁走进办公室，手里拿着这张报纸，说道：——

“‘威尔逊先生，上帝啊，但愿我是个红头发的人！’

“‘为什么呢？’我问他。

“‘为什么？’他说，‘红发会现在又有个空缺职位。谁要是得到这个美差，简直就等于发笔小财咧。据我了解，空缺多得很，那些负责管理那笔资金的理事真不知该怎么办才好。我的头发要是能变颜色就

好了，这个美好的安乐窝就等着我进去啦。’

“‘怎么回事？’我问道。要知道，福尔摩斯先生，我是个深居简出的人，因为我的买卖都是人家送上门来的，用不着我到外面去兜生意，我经常一连几个星期足不出户。因此，我对外界的事孤陋寡闻，总乐意听到点什么消息。

“‘您压根儿没听说过红发会吗？’他瞪大两眼，问道。

“‘压根儿没听说过。’

“‘怎么，我还真有点纳闷儿，因为您本人就有资格申请那个空缺啊。’

“‘那能挣多少钱？’我问道。

“‘哦，一年只给两百镑，不过活儿很轻松，也不会过多干扰您的别的业务。’

“你们不难想见这事叫我多么动心，因为这些年来我的生意并不太好，一笔额外的两百镑收入，想必会很有用场的。

“‘那就给我讲讲全部情况吧，’我说。

“他便把那条广告指给我看，说道：‘您自个儿看看吧，这个红发会有个空缺职位，上面有地址，您可以去办理申请手续。据我所知，红发会的发起人是一位叫伊乔基亚·霍普金斯的美国百万富翁。这人作风十分古怪。他本人长了一头红发，并对所有红头发的人都怀有深厚的感情；他死后，大家才发现他把巨额财产移交给几位受托人管理，留下遗言要用他的遗产利息提供给红头发的人一个舒适的差事。据我所知，待遇十分丰厚，要干的活儿却很少。’

“‘可是，’我说，‘那会有上千万红发人去申请啊。’

“‘不会像您想的那么多，’他答道。‘您看，这只限于伦敦人和成年男子。这个美国佬年轻时是在伦敦发迹的，他想回报一下这座古老的城市。我还听说，如果你的头发是浅红色或深红色，而不是真正发亮的火红色，你去申请也白搭。威尔逊先生，您如果现在愿意去申请，走

进去准保成；不过，为了这区区两百镑，您也许犯不上走一趟。’

“二位，你们现在可以看到这一事实：我的头发真是火红火红的，所以我觉得若去竞争一下的话，我比谁都更有希望。文森特·斯波尔丁似乎对这事挺了解，因此我想他可能对我有帮助，我就叫他关好百叶窗歇业，马上跟我走一趟。他很乐意能有一天假，我们俩就动身前往那条广告上登出的地址。

“福尔摩斯先生，我永远不希望再见到那种情景了。红发深浅不等的男人从东南西北四面八方涌到这座城市来应征广告上那个空缺职位。弗利特街上挤满了红发人群，教皇院看上去就像叫卖水果的小贩放满柑橘的一辆手推车。我没料到那样一条广告竟召集到了全国那么多人。他们的头发什么颜色都有——草黄色、柠檬色、柑橘色、砖红色、爱尔兰长毛猎狗那种红棕色、肝色、土黄色等等；但是，正如斯波尔丁所说的那样，真正鲜艳的火红色倒不多。我一见那么多等待的人，顿时心凉了，真想放弃算了；斯波尔丁却说什么也不同意。我真想像不到他哪儿来的那股劲儿，连推带搡地带我从人群中硬挤过去，一直挤到那个办公室的台阶前。台阶上有两股人流，一些人满怀希望地往上走，另一些人垂头丧气地往下走；我们俩拼命往里挤，很快就进入了办公室。”

“你这段经历真够逗乐儿的，”那位委托人停顿一下，猛吸一撮鼻烟以唤醒自己的记忆时，福尔摩斯插嘴道。“请接着往下讲你这桩蛮有趣儿的事吧。”

“办公室里除了两三把木椅和一张松木板写字台外，啥也没有。写字台后面坐着一个头发颜色比我的还要红的小个子；他对每一个走上前去的候选人都说上几句话，接着总是想法子挑他们一点毛病，说不合格。想得到这样一个空缺职位原来并非那么容易。然而，轮到我时，那个小个子对我却比对别人都客气得多；我们俩进去后，他就把门关上，好跟我们俩单独谈谈。”

“‘这位是杰贝斯·威尔逊先生，’我那个伙计说，‘他愿意填补红发会这个空缺职位。’

“那人答道：‘他倒挺适合这个职务，完全符合我们的一切条件。我不记得见过还有谁的头发颜色比他的更火红的了，’他往后退一步，歪着脑袋，凝视我的头发，看得我都不好意思了。随即他突然扑过来，拉住我的手，热烈祝贺我求职成功。

“他说：‘我要是再犹豫不决，就太不对头啦。不过嘛，我不得不采取明显的谨慎措施，相信你不会介意吧，’他一边说，一边就用双手狠狠揪住我的头发，使劲往上拔，疼得我喊叫起来，他才撒手。‘你眼泪都流出来了！’他松手后，对我说，‘我看出全都符合条件，可我们不得不小心谨慎，因为我有两次让戴假发的家伙、一次让染发的小子骗过。我还可以告诉你一些鞋线蜡的事儿，会叫你听了感到恶心。’他走到窗前，冲外面声嘶力竭地高声宣布那个空缺职位已经有人填补。窗下传来一阵大失所望的叹息声。人群便朝四面八方散开，只剩下了我本人和那位干事，再也见不到另一个红发人。

“‘我叫邓肯·罗斯，’他说，‘我就是那位高贵施主遗留下的基金的一名养老金领取人。威尔逊先生，你有没有结婚？成家了吗？’

“我回答说没有。

“他的脸色顿时一沉。

“他一本正经地说：‘哎呀！这事可的确挺严重！很遗憾听你这么说。设立这项基金的目的当然既是为了维持也是为了繁殖生育更多的红发人。你居然是个单身汉，真是太糟糕了。’

“福尔摩斯先生，我一听这话，脑袋顿时耷拉下来了，因为我认为自己最终还是没能得到那个空缺职位；可他考虑一会儿，又声称这也没有多大关系。

“‘要是换了另一个人，’他说，‘这缺点就没治了，可你的头发长得这么好，我们对你得特别照顾。你什么时候能来上班？’

“‘嗯，这事真有点尴尬，因为我已有个生意买卖了，’我说。

“‘那不碍事，我能替您照管好您的店铺，’文森特·斯波尔丁插嘴道。

“‘上班时间是几点到几点？’我问道。

“‘上午十点到下午两点。’

“福尔摩斯先生，开当铺的人多半在晚上做买卖，尤其是在发薪前的星期四和星期五晚上，所以我在上午额外挣点钱倒也蛮合适。再说，我知道我那个伙计是个好人，要是有什么买卖，他会替我照料好的。

“我于是就说：‘这对我来说挺合适。但不知薪金多少？’

“‘每周四镑。’

“‘干什么工作呢？’

“‘那纯属挂名而已。’

“‘纯属挂名是什么意思呢？’

“‘嗯，那就是说在那段工作时间你得呆在办公室里，或者说至少也得在这栋楼房里。你如果离开一会儿，就永远丢掉这个职位。那份遗嘱上对这一点说得明明白白，清清楚楚。你要是在那段时间里离开办公室一步，就没照章办事。’

“我说，‘一天只干四个小时工作，我该不会想离开的。’

“‘那就好，记住不得以任何借口离开，’邓肯·罗斯先生又说，‘无论是生病，还是有事等等原因都不行。你得呆在这里，否则你就会丢掉这个职位。’

“‘都干什么活儿呢？’

“‘你的活儿就是抄写《大英百科全书》，这儿有这个版本的第一卷。你自备墨水、笔和吸墨纸，我们只提供这张桌子和这把椅子。明天能来上班吗？’

“‘当然可以，’我答道。

“‘那么，杰贝斯·威尔逊先生，再见！让我再一次祝贺你这么幸运地得到这个重要职位。’他鞠一躬，把我送出房间；我便跟我的伙计回家，为自己的好运气真是高兴得不知所措。

“可是我全天都在思量这件事，到了晚上情绪又低沉下来，因为整个这档子事让我不禁觉得必定是一场大骗局或大诡计，尽管我猜不出其目的是什么。有人竟会立下这样一个遗嘱，付那么多钱让人只抄写《大英百科全书》这样简单的活儿，简直叫人不可思议。文森特·斯波尔丁尽力鼓舞我；后来去就寝时，我自己对整个这件事作出了结论。不管怎么说，我决定第二天早晨去看看究竟是怎么一回事，我于是买一瓶一个便士的墨水、一支羽毛笔和七大张书写纸，就前往教皇院。

“嗯，叫我又惊又喜的是，那里安排得很让人满意，桌子已经给我摆好，邓肯·罗斯先生已经在那里照料，好让我顺利开始干活儿。他让我从字母 A 开始抄写，随后就走了；不过他时不时进来一下看我干得是否顺当。下午两点钟他向我道声再见，还赞扬我抄得真不少。我一走出办公室，他就把门锁上。

“福尔摩斯先生，事情便这样一天天延续下去，星期六那位干事进来，付给我四镑作为一周的工资。第二个星期依然这样，第三个星期也如此。我每天早晨十点钟准时开始干活儿，每天下午两点钟离开。邓肯·罗斯先生逐渐每天上午只来一次了，又过了些日子，他根本就不来了。我当然依旧一刻也不敢离开办公室，因为我不敢肯定他会什么时候进来，再说这个活儿那么轻松对我也挺合适，我真不敢冒丢掉这个职位的风险。

“就这样过了八个星期，我已经抄写了‘Abbots’（修道士）、‘Archery’（射箭术）、‘Armour’（盔甲）、‘Architecture’（建筑学）、‘Attica’（阿提卡①）等等条目，希望由于我的勤奋，不久就可以开始抄写以 B 字母为首的词条啦。我花了不少钱买了大页书写纸，抄写的东西几乎堆满一格书架了。随后，整个这档子事就突然一下子结束了。”

“结束了？”

“是啊，先生。就是今天上午结束的。我照常十点钟去上班，门却

---

①阿提卡，古希腊中东部一地区。

关着还上了锁，房门的嵌板上用图钉钉着一张方形卡片。就是这张卡片，二位可以自己看看。”

他举着一张便条纸大小的白卡片，上面写着：

红发会业已解散。此启。

1890年10月9日

歇洛克·福尔摩斯和我仔细看了看这张简短的通告和后面那人懊恼的脸容。这事滑稽可笑的一面超过了其他各方面，我们俩禁不住哈哈大笑起来。

“我看不出这有什么可笑的地方，”我们那位委托人气得满面通红，怒冲冲地嚷道，“你们如果只会取笑我，啥也干不了，那我可以到别处去请教。”

“不，不，”福尔摩斯连忙一边大声说，一边把欠起身的威尔逊先生推回那把椅子里。“我真的决不会放弃你这个案子。这事太不寻常，太新鲜了。不过，恕我直说，这事实在有点滑稽可笑。请告诉我，你一发现门上这张卡片，当时采取了什么措施？”

“先生，我真是大吃一惊，不知该怎么办才好啦。

我向周围的办公室打听，可他们看来也闹不清这是怎么回事。最后，我去找房东。他是一位会计师，就住在一层楼；我问他可否告诉我红发会出了什么事。他说他压根儿没听说过有这样一个团体。我又问邓肯·罗斯先生是干什么的。他说他压根儿也没听说过这个姓名。

“我就说：‘就是住在四号的那位先生。’

“‘什么，那个红头发的男人吗？’

“‘是啊。’

“‘哦，’他答道，‘那人叫威廉·莫里斯。他是一名律师，暂时租住我的一间屋，因为他的办公室还没布置好。他昨天搬走了。’

“‘那我能在哪儿找到他呢？’

“‘噢，在他的新办公室。他确实把他的地址告诉我了。嗯，爱德华国王街 17 号，就在圣保罗教堂附近。’

“我立刻就赶到那儿去了，福尔摩斯先生。可我一找到那个地方，却发现是个护膝制造厂，那个厂子里谁也没听说过有个叫威廉·莫里斯或邓肯·罗斯的人。”

“那你怎么办呢？”福尔摩斯问道。

“我只好返回萨克斯-科伯格广场我的家。我接受了我那个伙计的劝告。可他什么忙也帮不上，只是劝我等等，兴许会收到来信，得知消息。可是，福尔摩斯先生，这样做可不大妙。我不甘心连争都不争一下就丢掉这样一个美差，于是我听说你肯给那些需要帮助的可怜人出主意，我就径直找你来了。”

“你这样做很明智，”福尔摩斯说。“你这个案子非同一般，我乐意管一管。从你讲的情况来看，它牵连的问题可能比乍看起来要严重得多。”

“够严重的！”杰贝斯·威尔逊先生说。“想想看，我每周损失四镑呐！”

“对你个人来说，”福尔摩斯说，“我看不出你该抱怨这个极不寻常的红发会。正相反，据我所知，你赚了30多镑，更甭提还抄写了那么多A字母为首的词条，大长了知识。你干这事并不吃亏嘛！”

“是不吃亏，先生。可我想弄明白这到底是怎么回事，他们是些什么人，他们开我这个玩笑——如果真是玩笑——是为了什么目的。开这个玩笑可真花了不少钱，足足花了32镑呢！”

“这些问题我们会尽力替你弄清楚。威尔逊先生，首先我想先问你一两个问题。那位叫你注意看那条广告的伙计在你那儿干活儿干了多久了？”

“这事发生之前，他大概干了一个月左右吧。”

“他是怎么来的？”

“看广告应征来的。”

“他是唯一的应征人吗？”

“不是，有十来个人申请。”

“你为什么选中了他呢？”

“因为他精明能干，要的工钱也低。”

“其实只要一半工钱。”

“对。”

“这个文森特·斯波尔丁什么模样？”

“小个子，身材健壮，动作很敏捷；他虽然30开外了，面皮倒是光溜溜的，脑门儿上有块让硫酸烧伤的白伤疤。”

福尔摩斯挺兴奋地在座位上挺直身子。“这些我都想到了，”他说。“你有没有注意到他两耳有戴耳环的穿孔？”

“注意到了，先生。他跟我说是他少年时一个吉卜赛人给他的耳朵穿了孔。”

“嗯，”福尔摩斯陷入沉思，接着问道，“他还在你那里吗？”

“在，先生，我刚离开他不大会儿。”

“你不在的时候，他一直照料你的生意吗？”

“先生，我对他的工作没什么可抱怨的。每天上午本来就没有多少买卖。”

“就这样吧，威尔逊先生。一两天之内，我就会告诉你我对这事的看法。今天是星期六，我希望星期一咱们就可以得出结论。”

客人走后，福尔摩斯问我：“华生，依你看，这是怎么一回事呢？”

“我啥也没看出来，”我坦率地答道。“这事太神秘了。”

福尔摩斯说：“一般来说，越是离奇的事，一旦真相大白，就越不神秘。反倒是那些普普通通、毫无特色的罪行才真让人困惑不解，就跟一张平淡无奇的面孔叫人最难辨认一样。可我得马上处理这件事。”

“那你打算怎么办呢？”我问道。

他答道：“抽烟，这是个要抽三斗烟才能解决的问题；15 分钟之内，请你别跟我说话。”他便坐在椅子上，蜷起两腿，瘦膝盖对着他那鹰钩鼻，闭着两眼，嘴里叼着的那个陶制黑烟斗很像某种珍禽长长的尖嘴。我原以为他睡着了，自己也就打起盹儿来。就在那当儿，他忽然像个拿定了主意的人从座位上一跃而起，把烟斗放在壁炉台上。

“今天下午萨拉萨特[①]在圣詹姆斯会堂演出，”他说，“怎么样，华

① 萨拉萨特（1844—1908），西班牙著名小提琴家、作曲家。

生？你的病人能给你几个小时假吗？”

“我今天没事。业务也从来不是那么离不开的。”

“那就戴上帽子，咱们走吧。我要先经过市区，咱们顺路还可以吃顿午饭。我注意到节目单上有不少德国音乐，比起意大利或法国音乐我更喜欢德国音乐，它能令人深思反省，我正想做点反思呐，走吧！”

我们乘地铁一直到阿尔德斯门，再走一小段路便到了萨克斯-科伯格广场。这里就是我们上午听到的那件怪事发生的地点。这是一条狭窄破旧的穷街陋巷，四排灰暗的两层砖房坐落在周围有铁栏杆的围墙里。院子里有一片杂草丛生的草坪，上面有几簇枯萎的月桂树丛在一片烟雾弥漫、很不相宜的环境里顽强地生长着。街道拐角一所房子上有三个镀金圆球[①]和一块棕色木板，木板上标有“杰贝斯 · 威尔逊”白字招牌，说明这里就是我们那位红发委托人做生意的地点。歇洛克 · 福尔摩斯在那所房子面前站住，歪着脑袋仔细观察，两眼在起皱的眼睑下炯炯有神。接着，他在街上慢慢踱步片刻，又返回那个拐角，注视着那些房屋。最后，他回到那家当铺前，用他的手杖使劲戳敲两三下那里的人行道，然后走到当铺门前敲门。一个看上去挺精神、胡子刮得干干净净的小伙子当即打开门，请他入内。

“谢谢，”福尔摩斯说，“我只想打听一下从这儿到河滨大街[②]怎么走。”

“从第三个路口往右拐，到第四个路口再往左拐，”那个伙计立刻答道，随即关上门。

我们从那里走开时，福尔摩斯说：“真是个精明能干的小伙子。依我的判断，他称得上是伦敦城里第四个最精明能干的人；至于胆略方面，我不敢说他是不是数第三。我以前对他有些了解。”

---

①英国当铺的传统标志。

②河滨大街，在伦敦的中西部，与泰晤士河平行，以其旅馆和戏院著称。

“威尔逊先生的伙计，”我说，“在这个红发会谜案中显然起了很大的作用。我肯定你去问路只是想看看他罢了。”

“不是看他。”

“那又是为了什么呢？”

“是看看他裤腿膝盖那个地方。”

“看见了什么？”

“看到了我想要看的东西。”

“刚才你干吗又戳又敲人行道啊？”

“亲爱的大夫，眼下是注意观察而不是闲扯的时候。咱们现在是在敌人领域里侦查呐。咱们知道了萨克斯-科伯格广场的一些情况。现在再去侦察一下广场后面那些地方。”

我们从那偏僻的萨克斯-科伯格广场拐角一转弯，发现前面那条路上是一种截然不同的景象，就跟一幅画儿正反两面迥然不同一样。那是市区通往西北的一条交通大动脉。街道上车水马龙，熙来攘往，堵塞不畅；人行道上黑压压一片匆匆赶路的行人。我们看到一排华丽的商店和富丽堂皇的商业楼宇，简直叫人难以相信它们竟跟我们刚离开的荒凉萧条的广场毗邻。

福尔摩斯站在拐角那儿，顺着那排房子望过去，说道：“让我想想，我得记住这些房子的顺序。准确熟悉伦敦是我的一大癖好。这里有一家莫蒂麦烟草店，一爿售报小店，一家城市和郊区银行的科伯格分行，一家素菜餐馆和麦克法兰马车制造厂。这里把咱俩一直带到另一街区。现在，大夫，咱们已经完成该做的工作，该去消遣一下啦。来一客三明治和一杯咖啡，然后就到小提琴演奏场所去享受一番悦耳、优雅而和谐的气氛，那里没有红发委托人拿猜不透的难题来打扰咱们。”

我的朋友是个热情奔放的音乐家，不但是位技艺精湛的演奏家，而且还是个才艺超群的作曲家。整个下午，他坐在观众席里，沉浸于最完美的欢悦境界，随着音乐节拍轻轻挥动自己的瘦长手指；他面带微笑，眼神倦怠恍惚，那种神情跟那个铁面无私、多谋善断、果敢敏捷的刑事大侦探福尔摩斯的神态迥异，俨然判若两人。在他那独特的性格中，这种双重性交替展现，我常常认为他那种极其严谨的作风跟他那种有时在他身上占主导地位的富有诗意的沉思神态，形成明显的反差。他的性格就是这样，使他从一个极端转换到另一个极端，时而疲惫倦怠，时而精神亢奋。正如我很熟悉那样，他最令人敬畏的时候莫过于接连几天一直靠在他那把四周围着他的即兴作品和已印成白纸黑字的著作的扶手椅上沉思冥想那一阶段。接着，一股强烈的追捕欲望突然涌上心头，这时刻他的推理本领便会提升到直觉程度，使得那些不熟悉他的工作方法的人会以疑惑的目光把他看成是个料事如神的家伙。那天下午，我看到他在圣詹姆斯会堂彻底沉醉在音乐当中，就觉出他决意要追捕的那些家伙该倒霉啦。

我们走出会堂时，他说：“大夫，你一定想回家了吧。”

“对，该回去啦。”

“我还得花几个小时办件事。科伯格广场这件事很严重。”

“为什么严重呢？”

“有人正在密谋一起重大犯罪案件。我有充分理由相信咱们能及时制止他们。可今天是星期六，事情变得有点复杂了。今天晚上我需要你的协助。”

“几点钟？”

“十点钟来就行了。”

“那我十点钟准时到达贝克街。”

“很好。不过，大夫，这事可能有点危险，请把你在部队里使用过的那把手枪放在兜儿里。”他扬下手，转过身去，立即消失在人群中。

我敢说我这个人并不比世人愚钝，可我和歇洛克·福尔摩斯交往，总是沉重地觉得自已太笨。就拿这件事来说吧，他听到的我也都听到了，他见到的我也都见到了，可是从他的言谈话语中明显地听出他不但看清了已经发生的事，而且还能预见到将会发生的事；而在我看来，整个这档子事仍然杂乱无章而荒诞离奇。我乘车回到肯辛顿我家时，又把这事从头到尾思索一遍，从抄写《大英百科全书》的那个红发人离奇古怪的事直到去访问萨克斯-科伯格广场，再到福尔摩斯跟我分手时说的不祥之词。今夜出征是怎么回事呢？干吗要带上武器？我们要去哪儿？去干什么？我从福尔摩斯口中得到暗示，当铺老板那个颜面光溜溜的伙计是个可怕的人——一个可能要弄狡猾花招的家伙。我试图破解这个谜，最后却在失望中作罢，只好把它搁在一边，等到晚上让它真相大白吧。

九点一刻我从家里出来，穿过公园，路经牛津街到达贝克街。门口停着两辆马车。我一走进过道，就听到楼上传来说话声。走进福尔摩斯的房间，我看见他正跟两个人谈得很热烈，一人是警察厅的彼得·琼斯侦探，另一人是个面带愁容的瘦高个儿，头戴一顶亮晃晃的大礼帽，身穿一件很讲究的厚礼服大衣。

“好！咱们人都到齐了，”福尔摩斯一边说，一边扣上粗呢上衣的纽扣，又从架子上取下他那根沉重的打猎鞭子。“华生，你大概认识伦敦警察厅的琼斯先生吧。让我介绍你认识一下麦里韦瑟先生，他也是咱们今夜冒险行动的伙伴。”

“大夫，你看，咱们又一起搭档追捕啦，”琼斯趾高气扬地说，“咱们这位朋友是位追捕能手。他需要的只是一条老狗帮他把猎物抓获。”

麦里韦瑟忧郁地说：“我倒期望这次追捕不要成为一场徒劳无功的行动。”

那位警探高傲地说：“先生，您可以对福尔摩斯先生充满信心。他有自己的一些小办法。这套办法，恕我直言，就是有点太理论化和异想天开。他倒具有一名侦探所必备的素质。有那么一两次，比如舒尔托凶杀案和阿格拉宝物盗窃案[①]，他都比官方侦探判断得更接近正确，我这样说并非夸大其词。”

那个陌生人顺从地说：“琼斯先生，你要这样说，我也没意见！可我还是要声明，我错过了打桥牌的时间，这是我 27 年来头一次星期六晚上不打桥牌。”

福尔摩斯说：“我想您会发现您今晚下的赌注比您以往下过的都大。这场牌局会更加激动人心。麦里韦瑟先生，您的赌注约摸三万镑哩；而对你来说，琼斯，那人会是你一直想逮捕的那个家伙。”

“约翰·克莱这个杀人犯、盗窃犯、抢劫犯、诈骗犯是个年轻人，麦里韦瑟先生，可他是那个犯罪团伙的头目。我铐住他比铐住其他任何伦敦罪犯都要紧。约翰·克莱这个小伙子是个非凡人物，他爷爷是位公

---

① 均见《四签名》一案。

爵，他本人在伊顿公学和牛津大学念过书，头脑跟双手都一样灵活，我们虽然经常听说他出没的踪迹，却始终闹不清能在哪里找到他。他这个星期在苏格兰闯入人家偷盗，下个星期却又在康沃尔郡筹款兴建一个孤儿院。我已经跟踪他多年，至今还没见过他一面。”

“我希望今晚能荣幸地把你介绍给他。我也跟约翰·克莱先生交过一两次手，我同意你刚才说的他是一个盗窃团伙的头目。眼下已经过了十点钟，该是咱们出发的时刻啦。如果你们俩乘坐头一辆马车，我和华生就坐第二辆跟着。”

挺长的一段路途中，歇洛克·福尔摩斯很少讲话；他靠在车座上，哼着下午听过的乐曲。马车在没有尽头、迷津般的点着煤气灯的马路上辚辚行驶，一直驶入法林顿街。

“咱们快到啦，”我的朋友说。“麦里韦瑟这人是位银行董事，他本人对这个案子挺感兴趣。我想让琼斯跟咱们一块儿来也好。这人不坏，只是在干他那个行当里纯粹是个笨蛋。不过他也有个该肯定的优点。那就是他一旦遇到了罪犯，就勇猛得像条斗牛犬，顽强得像只大龙虾。好，咱们到了，他们在等着呐。”

我们到达上午去过的那条人群熙来攘往的大街。马车给打发掉之后，我们便在麦里韦瑟先生的带领下，经过一条窄巷，走进他打开的一扇门。那里面有条小过道，尽头是一扇结实的大铁门。这扇门也给打开，进门后是盘旋式石板台阶通向另一扇令人望而生畏的大门。麦里韦瑟先生停下来把提灯点着，接着就带领我们进入一条泥土味儿的过道，随后打开第三道门，走进一个庞大的拱顶地下室，那里面四周堆满着板条箱和沉重的大箱子。

福尔摩斯把提灯举起来四周察看，说道：“你们这个地下室要从上面突破倒不容易。”

“从下面也一样不容易，”麦里韦瑟先生一边说，一边用手杖敲打着地上的石板。接着他忽然惊讶地抬起头来说，“哎呀，老天，这儿听

上去怎么是空空洞洞的！”

“我真的得请求您安静些，”福尔摩斯严厉地说，“您已经危及我们这次出征的全面胜利。我请您找个箱子坐下，别再干扰，好不好？”

这位仪表堂堂的麦里韦瑟先生只好坐在一个板条箱上，满脸带着受了委屈的表情。这当儿，福尔摩斯跪在石板地上，拿着提灯和一个放大镜开始仔细检查石板之间的隙缝。短短几秒钟的检查就使他满足了，他站起来，把放大镜放回兜儿里。

“咱们至少还得等待一个小时光景，”他说，“因为他们只能等那位好心肠的当铺老板睡瓷实了才会采取行动。他们会分秒必争地抓紧时间动手，因为他们越早下手，逃跑的时间就越充分。大夫，你肯定已经猜到咱们现在是在伦敦一家大银行的市内分行的地下室里吧。麦里韦瑟先生是这家大银行的董事长，他会向你们解释伦敦那些胆大包天的罪犯现在为什么对这个地下室那么感兴趣。”

那位董事长低声说：“这里储存着我们的法国黄金。我们已经多次接到警告，提醒我们有人可能在这上面打主意呐。”

“你们的法国黄金？”

“对，几个月前我们恰好有个机会增加我们的资金来源，为此我们就向法兰西银行借了三万法国拿破仑头像金币①。世人都已知道我们一直没时间开箱取出这笔钱，因此钱仍旧放在我们的地下室里。我坐着的这个板条箱里就有两千枚法国金币，用锡箔一层一层地包着呐。我们现在的黄金储备比一家分行平时储存的数量要大得多。董事们一直对这事挺担心。"

"他们担心是有道理的，"福尔摩斯说。"现在是咱们安排一下小小的计划的时候啦。我估计过不了一小时，情况就会达到紧要关头。现在，麦里韦瑟先生，咱们得把这盏灯遮隐一下。"

"坐在黑暗里等着吗？"

"恐怕就得这样。我兜儿里倒是带来了一副扑克牌，咱们恰好凑成partie carrée②，本来您可以照样打打桥牌。可我觉得敌人已经准备就绪，咱们不能甘冒露出亮光的风险。首先，咱们得选好自己的位置。那些人都是胆大妄为的亡命徒，咱们虽然可以打他们个措手不及，可是除非咱们小心谨慎，他们还是可能会叫咱们受些损伤的。我站在这个板条箱后面，你们都藏在那些箱子后面。等我一用灯光照亮他们，你们就迅速扑过去。他们如果开枪，华生，你就毫不含糊地把他们击倒。"

我把上好子弹的手枪放在我蹲在后面的木箱上。福尔摩斯立刻拉下提灯滑板遮住亮光，我们便陷入一片漆黑之中——我还压根儿没体验过这样黑咕隆咚的环境呢。烤热了的铁皮气味叫我确信灯还亮着呐，一到时机就会亮出灯光。我呢，在那阴湿冰凉的地下室里神经紧张地静候着，那突如其来的黑暗真给人一种压抑而沮丧的感觉。

福尔摩斯悄声说："他们只有一条退路，就是奔回那所房子，逃出去，退到萨克斯-科伯格广场。琼斯，我想你已经照我的嘱咐安排好了吧。"

---

①一枚拿破仑头像金币价值20法郎。

②法语，四人一组。

“我已经派好一名巡官和两名警官守候在前门那儿。”

“那咱们就把所有的洞口都堵上了，眼下咱们得静静地在这儿等待。”

时间过得真慢！事后我们核对了一下笔记，其实只等了一小时十五分钟，可我当时却以为熬了一整夜，曙光差不多就将来临似的。我不敢变换位置，手脚又累又麻，神经紧张到了极点，可我的听觉却十分敏锐，不但能听到几位伙伴轻微的呼吸声，还能分辨出大块头琼斯发出的粗声粗气和那位银行董事长悄悄的叹息声。从我的位置，我可以从箱子上方望到石板地那个方向。我蓦地发现那儿隐约闪现一丝亮光。

起先只是石板地上显露一星半点灰黄色亮光，接着连成亮晃晃的一条黄线。随后没有任何预兆或声响，地面似乎忽然出现一条裂缝，从里面伸出一只手，一只几乎像女人那样白嫩的手，在那一小块亮的地方摸索。约摸一分钟后，那只蠕动手指头的手伸出地面，随即又像伸出来那样突然缩回去，周围又是一片漆黑，只有那一星半点的灰黄亮光标示出那条裂缝。

然而，那只手只隐没了一会儿。紧接着便是一阵刺耳的撕裂声响，一块宽大的白石板翻了起来倒向一边，露出一个四方洞口，从洞口里透出一盏提灯的亮光。洞边出现一张清秀的男孩似的脸，他向四周敏捷地观察一下，然后便用两手按住缺口两边把身子撑上来，先是肩膀，接着是腰部升到缺口上面，随后一个膝盖跪在洞口边缘。转瞬间，他就站在洞口一边，弯腰拉上来另一个跟他同样轻巧灵活的、面色苍白、头发火红的小个子。

他悄声说：“一切顺利，把凿子和袋子递给我。老天爷，大事不好！阿尔奇，快跳进去！我来对付！”

歇洛克·福尔摩斯已经一跃而起，窜过去一把揪住那个闯入者的衣领。另外那个人耸身跳进洞去；我听见琼斯抓住他的衬衫，喳地一声撕扯下来的声响。一把左轮手枪的枪管倏地在亮光下一闪，福尔摩斯那根猎鞭嗖地一声抽在那人手腕上，手枪应声落地。

“约翰·克莱，那不管用，”福尔摩斯平稳地说。“这次你逃脱不掉啦！”

“算我倒霉，”对方极其冷静地答道，“可我的伙伴会平安无事，尽管我看见你们揪下了他的上衣后摆。”

福尔摩斯说：“三个人正在门口那边等着他呢。”

“噢，真格的，你们这事办得倒挺周到，我该称赞你们！”

“我也该夸奖你，”福尔摩斯答道。“你出的红头发那个主意挺新颖别致，也蛮有效嘛！”

“你很快就会见到你那位同伙，”琼斯说。“他钻洞的本事真比我快一手。伸出手来，让我铐上！”

“请你别用你那脏里巴唧的手碰我。你们也许不知道我是王室后裔。我还要请你们跟我说话，任何时候都得用‘先生’和‘请’字。”我们铐住那名罪犯的手腕时，他抗议道。

琼斯瞪他一眼，讥讽道：“好吧，那就请先生上台阶吧，到了上面，我们再叫辆马车把阁下送往警局。”

“这还像话，”约翰·克莱安详地说。他向我们仨很快地鞠一躬，由那名警探押着，默默无言地走出去。

我们跟在他们身后走出地下室，麦里韦瑟先生说：“我真不知银行该怎么感谢和酬劳你们才好。你们无疑用了最严谨周密的方式侦察并破获了这起我平生从没见过的最精心策划的盗窃银行案。”

“我自己也有一两笔账要跟约翰·克莱算清，”福尔摩斯说。“为了破这个案子，我花了点钱，我想银行会付给我的。除此之外，我还得到了其他方面的优厚报酬。这次破案的经验在许多方面都是独一无二的，光是听到红发会这件不寻常的事就收获不小嘛。”

凌晨，我们俩在贝克街喝搀苏打水的威士忌时，福尔摩斯解释道：“华生，你看，打一开始就很明显，红发会那条奇特的广告，加上抄写《大英百科全书》那种事，惟一可能的目的就是要叫那个头脑糊涂的当铺老板每天离开他的铺子几个小时。这个做法挺新奇，却很难再想出比这更绝妙的法子了。这个办法无疑是克莱那个同伙的头发颜色引起他精明的头脑想出来的。每周四镑是引当铺老板上钩的诱饵，而这对他们想把成千上万镑弄到手的人来说又算得了什么，对不对？他们登出那条广告之后，一个流氓租一间临时办公室，另一个流氓就撺掇那人去申请那个肥缺。他俩确保那人每周一到周五上午都会离开他的铺子。我一听到那名伙计只要一半工钱，就看出他去当铺当伙计明明有某种重要的特殊动机。”

“可你是怎样猜出了他的动机？”

“如果那家店铺里有女人，我想必就该怀疑无非是搞些庸俗的风流韵事。然而根本不是那么一回事。那个老板经营的是小买卖，店里没有什么值钱的玩意儿，根本用不着他们那么精心策划，花那么多钱。因此，他们的目标肯定在当铺那所房子之外。那又可能是在搞什么名堂呢？我想到了那个伙计喜欢照相，还经常消失在地下室那个花招。地下室！这就找到了这起错综复杂的案子线索。随后我便调查了这个神秘伙计的底细，发现我是在跟伦敦一个头脑最酷、胆子最大的罪犯打交道。他正在地下室里搞那么一样鬼名堂，每天得干几个小时，一连干几个月才行。那可能是什么呢？我想除了是挖一条通往其他楼房的地道之外，不会是别的。

“我一去察看作案地点，心里就明白了。我用手杖戳敲人行道，曾经使你感到惊讶。当时我是想弄清楚那条地道是朝前还是朝后延伸。它不是朝前。随后我就敲当铺的门，正如我们期望的那样，是那个伙计开的门。我跟他过去有过几次较量，但彼此从未见过面。我几乎没看他的脸，只想看看他的膝盖那儿。你也一定注意到了他那条裤子的膝部磨得那么破旧，又皱又脏。这说明他花了不少时间在挖地道。惟一没解决的问题是他们挖地道想干什么？于是，我在那个拐角周围巡视一番，发现原来那家城市和郊区银行的分行跟我们朋友那所房子紧挨着，便觉得问题解决了。咱们听完音乐会，你乘车回家了，我就先后走访了伦敦警察厅和那家银行的董事长，结果你已经见到了。”

“那你怎么断定他们会在今晚动手呢？”我问道。

“哦，那个红发会关门大吉就是个征兆。他们已经不在乎杰贝斯·威尔逊先生是不是呆在当铺里了，换句话说，他们的地道已经挖通。但是，最重要的是因为地道可能会被人发现，黄金也可能会给搬走，因此他们得尽快利用地道。对他们来说，星期六比其他日子更合适，这样就会有两天时间可以供他们逃跑。根据这些理由，我断定他们会在今天晚上下手。”

我毫不掩饰自己的钦佩心情，赞叹道：“你的推理真是太棒了。这一连串推理，每个环节连连相扣，都是实实在在的正确！”

“这就省得我感到无聊了，”他打个呵欠，答道，“唉！我近些日子已经深感无聊。我就是力求不要庸庸碌碌地虚度一辈子。这些小案子真帮了我的忙。”

“你真是个造福人类的英才！”我说。

他耸耸肩说：“唔，这毕竟也许有点用处吧，正如居斯塔夫·福楼拜在给乔治·桑的信中所说的‘L'homme c'est rien — l'œuvre c'est tout！’①”

（1891）

---

①法语，人是渺小的——著作才是一切。

五粒橘核

我翻阅自己记载的1882年至1890年间有关福尔摩斯探案的笔记和记录，发现竟有那么多具有特色的离奇而有趣儿的案子，想写篇东西，真不知该怎样取舍才好。有些案子已经通过报章广为流传，可是有些案子却没有使我这位朋友尽情发挥他的杰出才能，而那种本领正是报章亟想报道的题材。另有些案子又使他的分析本事受到了挫折，正跟某些记事那样有了头，却无尾；还有一些案子只弄清了案情一部分，而那种解释是出于推测或臆断，也不是基于我的朋友所珍视的那种准确无误的逻辑论证。但是，在上述最后一类的案子当中有一桩案子，情节那么离奇，结局又那么惊人，使我不由得想在这里说一说，尽管该案当中有几个细节压根儿没能弄明白，而且恐怕永远也没法完全弄明白了。

1887年，我们经手了一系列趣味或大或小的案件，这些案件的记录我都保存着呐。在这一年12个月里的记录标题下，有以下各案的记载：《帕拉多尔①室内案》啦，一个团伙在一家家具店库房地下室设有一个穷奢极侈的俱乐部的《业余丐帮案》啦，《英国帆船'索菲·安德逊'号失事真相案》啦，《格赖斯·彼德逊在乌法岛上的奇遇案》啦，最后还有《坎伯韦尔放毒案》。在最后那个案件调查中，大家也许还记得歇洛克·福尔摩斯在给死者的怀表上发条时，居然发现那块表两小时前就已经上紧发条，从而证明死者在那段时间里业已上床就寝，这一推论对弄清案情来说至关重要。这些案子我以后也许会略述其详。不过，其中没有哪个案子在情节上像我现在要提笔叙述的这个案子那样扑朔迷离，那样怪诞不经。

那是在9月下旬，秋分时节的暴风雨猛烈异常。全天狂风呼啸，大雨击窗，以至于连这座靠人类双手辛勤兴建起来的了不起的伦敦城市的中心，我们也不得不承认自然界无比威力的存在，而使我们一时失去从事日常工作的心情。那就像没给驯服的笼中兽，通过人类文明那道铁栅栏在向人类怒吼呐。随着夜幕降临，暴风雨更加猛烈，风时而大声呼啸，时而低声咽泣，颇像从壁炉烟囱里传出的婴儿哭泣声。福尔摩斯心情郁悒地坐在壁炉一旁，编制他破获的罪案记录互见索引；我则坐在另一端，埋头阅读一本克拉克·拉塞尔②著的精彩的海洋小说，这当儿，屋外的狂风咆哮，瓢泼大雨渐渐犹如海浪冲击，仿佛在跟小说题材相呼应，融为一体似的。我的妻子近日正回娘家探亲，因此我又成为贝克街旧居的一名房客。

“咦，”我抬头瞥一眼我的伙伴，“肯定有人在拉门铃。今天晚上有谁还会来呢？要么是你的哪位朋友？”

“除了老兄外，我没有什么别的朋友，”他答道，“我向来不鼓励人们来访。”

“那一定是位委托人吧？”

“如果是的话，案情肯定很严重。否则在这种天气，这个钟点，若不是很严重的事，决不会有人来的。可我觉得来人大概是房东太太的亲友吧。”

然而，福尔摩斯却猜错了，因为过道里有脚步声，接着便有人敲门。福尔摩斯立即伸出长胳臂把那盏照着自己的灯转向那把来客必定会坐的空椅子那边，然后便说声“请进！”

进来的是个年轻人，从外貌上看约摸22岁左右，衣着讲究，服饰整洁，举止文雅。他手里那把水流如注的雨伞和身上那件水珠闪亮的雨衣，都说明他一路上饱尝风吹雨打的境遇。他在灯光下焦急地四下里张望。我看得出他脸色苍白，眼神忧郁，一个让沉重忧虑压得喘不过气的

---

① 指法国作家卢桑-阿纳多尔·普列沃斯-帕拉多尔（1829—1870）在1870年7月自杀于美国首都华盛顿一家旅馆房间内的案件。

② 克拉克·拉塞尔（1844—1911），英国小说家和《每日电讯报》专栏作家，以写海洋故事著称。

人往往现出那种神情。

“我该向您道歉，”他一边说，一边戴上一副金丝边夹鼻眼镜。“但愿我没打搅您！我担心我已经把外面暴风雨的污水带进来弄脏了您这间整洁的屋子。”

“把你的雨伞和雨衣交给我吧，”福尔摩斯说。“把它们挂在挂钩上，一会儿就会干。我看出你是从西南那边来的。”

“对，是从霍舍姆来的。”

“从你鞋尖上沾着的那种搀和着黏土和白灰的污迹就可以看出这一点。”

“我是专程来向您求教的。”

“这不困难。”

“还需要您的帮助。”

“那可就不总是那么容易啦。”

“我久闻阁下大名，福尔摩斯先生。我听普伦德加斯特少校说过，您是怎样把他从坦克维尔俱乐部丑闻一案中拯救出来的。”

“哦，当然。有人诬告他打牌时作弊。”

“他说您什么问题都能解决。”

“这太过奖了。”

“他说您压根儿没失败过。”

“不，我失败过四次——三次栽在几个男人手下，一次败于一个女人。”

“可这跟您取胜的数量没法相比。”

“我一般都能成功，这倒是事实。”

“那您对我这件事想必也会成功。”

“请把椅子挪近壁炉这边来一点，告诉我你这件案子的一些细节。”

“这是一件极不寻常的案子。”

“到我这儿来谈的都说极不寻常，我这里成了最高上诉法院啦。”

“不过，先生，我怀疑您有没有在您的经历中听说过比我家族中发生的一连串事故更神秘更难解释的了。”

“这话说得倒叫我挺感兴趣，”福尔摩斯说。“那就把这件事的主要事实从头跟我们说说，随后我认为其中最重要的细节会给提出来问问。”

那个年轻人把椅子挪近些，两只湿脚伸向炉边。

他说：“我叫约翰·奥彭肖，就我个人的理解，我本人跟这件可怕的事没多大关系。这是长辈遗留下来的问题。为了让您对这事有个大致的概念，我得从头说起。

“您该知道我爷爷有两个儿子——我伯父伊莱西斯和我爹约瑟夫。我爹在考文垂开了一家小工厂，在发明自行车时代他扩展了业务，享有奥彭肖防裂车胎的专利权，生意由此兴隆得使他后来能把工厂卖掉，过着富裕的退休生活。

“我伯父年轻时移居美国，成了佛罗里达州一名种植园主，据说他也经营得不错。南北战争期间，他参加杰克逊[①]部队作战，后来又隶属胡德[②]部下，升任上校。南军统帅罗伯特·李[③]投降后，我伯父便解甲

---

①托马斯·乔纳森·杰克逊(1824—1863)，美国内战时南军的将军，在布尔溪畔战役中以少胜多，赢得“石壁”杰克逊的绰号。

②约翰·贝尔·胡德(1831—1879)，美国内战时南方联盟军将领，坚守亚特兰大五周，曾负重伤，失去一腿。在富兰克林、纳什维尔两次战役中遭到惨败。

③罗伯特·爱德华·李(1807—1870)，美国内战时南军统帅，原为北军将领，参加南军后受命任南军总司令(1862)，以出色战略战术多次击败北军，最终失利投降，战后致力于教育。

归田，重返他的种植园，在那里又住了三四年。大约在1869年或1870年，他返回欧洲，在萨塞克斯郡霍舍姆附近购置了一小块地产。他在美国挣了不少钱，离美返英是因为他厌恶黑人，也不喜欢共和党给予黑人选举权的政策。他是个怪人，凶狠急躁，发怒时出言不逊，性情极为孤僻。他在霍舍姆居住那些年月里深居简出，我都怀疑他是否去过城镇。他有座花园，住房周围有两三块田地，他可以在那里活动活动身体，可他却经常一连几个星期都足不出户。他喝大量白兰地，烟瘾也很大。他不喜欢社交，也不交什么朋友，连跟自己的亲弟弟也不来往。

“他不讨厌我，其实还挺喜欢我，因为他初次见我时，我才12岁左右。那是1878年，他已经回国八九年了。他要求我爹让我住到他家里去，他按照自己的方式疼爱我。他清醒不醉时，喜欢跟我斗双陆[①]，下象棋。有时他还让我代他跟仆人和商贩打交道，所以我到了16岁，已经在家里像个小当家的了。我掌管所有的钥匙，我想去哪儿就去哪儿，想干什么就干什么，只要我不打搅他的隐居生活就行。但是，有个奇特的例外，那就是阁楼上有一间堆藏破烂儿的房间，长年上着锁，无论是我还是别人他都不许进去。我曾经怀着小男孩儿的好奇心，从钥匙孔向里窥视，看到除了预料中那样一间屋里会存放的一堆破旧箱笼和包裹外，别无他物。

“有一天——那是在1883年3月里，一封贴有外国邮票的信在餐桌上，放在上校的餐盘前。对他来说，一封来信是件极不寻常的事，因为他的账单都用现款支付，再说，他什么样的朋友也没有啊。‘从印度来的！’他拿起信封，说道，‘彭地治里的邮戳！这是怎么回事？’他急忙拆开信封，只见五粒干瘪的橘核从中掉出落在他的盘子里。我正想发笑，可是一见他的脸色，顿时从嘴边收敛了笑容。他的嘴唇耷拉下来，两眼鼓出，面色发灰，他瞪视着自己发颤的手还拿着的信封。

①一种供两人玩的十五子棋，以掷骰子决定棋子行进的游戏。

‘K. K. K.’他尖叫一声，接着喊道，‘我的上帝！我的上帝！我的罪孽真是难逃啊！’

“‘怎么回事，大爷？’我问道。

“‘死亡！’他答道，随即从餐桌前站起来，回进自己的房间，剩下我独自一人在那里吓得直发抖。我拿起那个信封，看到信封口里面涂胶水处的上端有用红墨水潦草写下的三个 K 字。除了那五粒干瘪的橘核外，别无他物。什么原因把他吓得那样魂飞魄散呢？我离开餐桌上楼时，碰见他手里拿着一把生了锈的钥匙走下楼来，那准是阁楼上那间屋的房门钥匙，另一只手托着一个像钱盒那样的小铜匣子。

“‘他们爱干什么就干什么吧，可我还是会战胜他们，’他赌咒道。‘去告诉玛丽，今天把我房间里的壁炉生起火来，再派人去把霍舍姆的福德姆律师请来！’

“我照他的吩咐办了；律师来后，我也给唤进室内。炉火生得挺旺，壁炉栏里有一堆焚烧了的蓬松的黑纸灰。炉边放着那个铜匣子，匣盖儿开着，里面空空如也。我瞥一眼那个匣子，吃惊地发现匣盖儿上印着跟早上那个信封上一样的三个 K 字。

“‘我要你，约翰，’伯父说，‘做我的遗嘱见证人。我把我的财产，连带它的有利和不利的两方面，都留给我的弟弟——也就是你爹。到时候，肯定都会转给你。但愿你能平安而顺利地好生享用！你如果认为办不到，我的孩子，那就听从我的劝告，把它留给你那不共戴天的敌人吧。我很遗憾给你这样一个具有双重性的遗产。可我又没法说准事情会向哪个方向发展。现在请照福德姆律师指给你的地方，在这份遗嘱上签个名吧。’

“我在指定的地方签了名，律师就把遗嘱带走了。您可以想像这件怪事给我留下多么深刻的印象，我翻来覆去地琢磨，也没闹明白其中的奥秘。可我却没法摆脱这给我留下的隐隐约约的恐怖感，尽管随着时光的流逝，这种感觉渐趋缓和，何况也没发生什么干扰我们日常生活的事。然而，我却看出伯父举止上的一些变化。他喝酒喝得比以前更多了，更不愿意参加任何社交活动。大部分时间他都倒锁上门独自待在自己屋里，可有时他又会像发酒疯那样冲出住房，手里握着一把手枪，在花园里狂奔乱跑，嘴里大声喊着他谁也不怕，还说不管是人是鬼，谁也甭想把他像头绵羊那样圈禁起来。等这阵激烈的酒疯发作之后，他又急急忙忙奔回屋里，把门锁上，还插上门栓，好像再也没法掩饰自己内心深处的恐惧。在这种时刻，我看见他那张脸，即使在寒冷的天，也净是冷汗，就跟刚从洗脸盆里抬起头来那样湿淋淋的。

“嗯，福尔摩斯先生，现在说说这事的结局吧，不再辜负您的一片耐心。有一天晚上，他又撒一回酒疯，奔跑出去，再也没有回来。我们四处寻找，结果在花园一端发现他脸朝下跌进一个泛起绿泡沫的小池塘里。没有发现任何受到暴力袭击的迹象，池塘的水也不过两英尺深。因

此，陪审团鉴于众所周知他平日那种古怪行径，判定为‘自杀’事件。可我深知伯父多么惧怕死亡，怎么也说服不了自己相信他竟会跑出去自寻短见。然而，这事也就这么过去了，我爹继承了房地产以及约摸一万四千镑的银行存款。”

“等一下，”福尔摩斯插嘴道，“我预料你说的这件事会是我听到过的一起最离奇的案子。请告诉我，尊伯父收到那封信的日期以及他被人推测是‘自杀’的那个日期。”

“信是 1883 年 3 月 10 日收到的。他是在七个星期后的 5 月 2 日那天晚上死的。”

“谢谢。请接着往下说吧。”

“我爹接管了霍舍姆房地产后，在我的请求下，仔细检查了阁楼上那间一向锁着的房间，我们在室内找到了那个铜匣子，尽管里面的东西都已销毁。匣盖儿里层贴着一张纸标签，上面写着 K. K. K. 三个大写字母，下面写着‘信件、记事、收据和一份花名册’的字样。我们断定这就说明了奥彭肖上校销毁的东西的性质。此外，还有不少散乱的文件和一些记录伯父在美国生活的笔记本，除此之外，阁楼那间屋里就没有什么别的重要的东西了。那些散乱的文件中，有些是关于战争时期的情况和他恪尽职守而荣获英勇战士称号的记载，有些是关于南方各州重建时期的记述，大都跟政治相关，因为伯父曾经明显地积极参加过反对那些由北方派来随身只带一个毯制手提包前来南方投机的政客。

“嗯，自从我爹 1884 年迁到霍舍姆来住，直到 1885 年前，我们一直生活得称心如意。新年过后的第四天，我们坐在一起吃早饭，我忽然听到我爹尖叫一声，只见他一手拿着一个刚拆开的信封，另一只五指伸开的手掌上有五粒干瘪的橘核。他平时总讥笑我所说的伯父的遭遇纯属无稽之谈，但是眼下同样的事也落到他身上时，他却大惊失色，困惑不解了。

“‘怎么，这究竟是怎么回事，约翰？’他结结巴巴地问道。

“我心头十分沉重，便说：‘这是K. K. K.。’

“他又看看信封里面，大声说道：‘不错，就是这三个字母，可那上面写的是什么啊？’

“我从他肩膀上方望过去，念道：‘把那些文件放在日晷仪上。’

“‘什么文件，什么日晷仪？’他问道。

“‘花园里那个日晷仪，别处没有，’我答道。‘文件一定指的是那些已经销毁了的东西。’

“‘呸！’他壮着胆子说，‘我们这里是文明国土，不容许存在这类蠢事。这封信是从哪儿寄来的？’

“我看一下邮戳，答道：‘是从邓迪寄来的。’

“‘一出荒唐的恶作剧，’他说。‘我跟文件和日晷仪有什么关系？我才不理睬这种无聊的事呢。’

“‘该去报警，’我说。

“‘让人家笑话我的痛苦。我不干。’

“‘那由我去报警吧？’

“‘不行，我不准你去。我不愿为这种事庸人自扰。’

“跟他争辩也白搭，因为他生性固执。可我走开后，心中充满不祥的预感。

“收到来信后的第三天，我爹出门去拜访一位老友弗里博迪少校，少校现在是波兹当山要塞的指挥官。我很乐意他出门，因为我觉得他不在家倒离危险更远些。他出门的第二天，我收到少校打来电报，嘱我立刻去他家。我爹跌进了附近一个很深的石灰坑，头骨摔碎，躺在那里不省人事。我急忙赶去，可他老人家没再恢复知觉就去世了。看来他是在黄昏时分从费勒姆回家，由于对乡间道路不熟悉，那个石灰坑又没有栅栏遮挡，就掉进去了。陪审团毫不犹豫地作出‘由于意外事故致死’的判定。我仔细检查了一切跟他死亡有关的事，也找不出什么跟谋杀有所关联。现场没有任何暴力迹象，没有脚印，没有发生抢劫，也没有什么陌生人出现在路上被人发现的记录。可是，不瞒您说，我的内心非常不安，我敢肯定有人对我爹策划了某种卑鄙的阴谋。

“我便在这种不祥的情况下继承了遗产，您会问我干吗不把那些房地产处理掉呢？我的回答是，因为我深信我们家这些灾难在一定程度上跟我伯父生前某件事有关联，因此不管是在这所房子里还是在另一所房子里都同样会遭到威胁。

“可怜的老爹是1885年1月惨遭不幸身亡的，至今已有两年八个月；在这段期间，我在霍舍姆生活得还算幸福，我开始巴望这种诅咒已远离我而去，已跟我的长辈了结。可我过早地沾沾自喜了。昨天早上，灾祸再次临门，就跟当年降临到我爹头上的过程完全一样。”

那个年轻人从坎肩兜儿里取出一个皱皱巴巴的信封，转身走到桌前，从信封里倒出五粒干瘪的橘核。

“这就是那个信封，”他接着说。“邮戳盖的是伦敦东区。里面写的话跟上次给我爹那封信一样，‘K. K. K.’，然后是‘把那些文件放在日晷仪上！’”

“那你怎么办呢？”福尔摩斯问道。

“啥也没干。”

“啥也没干？”

“说实话，”——他低下头，两只又瘦又白的手捂住脸——“我不知道该怎么办。我觉得自己就像一只可怜的小白兔面对一条蜿蜒前来的毒蛇。我好像陷入一双没法对抗的残酷无情的魔爪中，任何预见和预防措施都防范不了。”

“啧！啧！”福尔摩斯大声说。“你得采取行动，男子汉，否则你可就完了。只有振作起精神来才能得救。眼下可不是失望泄气的时候。”

“我报过警了。”

“是吗？”

“可他们听我诉说后，只付之一笑。我相信那位警官已有固定看法，认为那些信纯属恶作剧，我的两位长辈的死亡，正如陪审团所说的，确实出于意外，因此不必跟那些前兆联系在一块儿。”

福尔摩斯挥动着他紧握的双拳，大声说道：“真是一群白痴！”

“他们倒是派来一名警察留住在我家中。”

“今天晚上他跟你一块儿来了吗？”

“没有，他奉命呆在我的住宅里。”

福尔摩斯又气得挥舞起拳头。

“那你干吗又来找我？”他问道。“再说，你干吗不一开始就来找我呢？”

“我先前不知道，直到今天我跟普伦德加斯特少校谈起我的困境，他才建议我来找您。”

“你收到那封信已经整整两天了。咱们本应该早就行动起来。除了你放在我们面前这五粒橘核外，大概没有什么别的凭证——没有什么可能会有助我们的启发性细节了吧？”

“还有一件，”约翰·奥彭肖一边说，一边在上衣兜儿里摸索一下，掏出一张褪色的蓝纸，把它摊开放在桌上。“我记得伯父焚烧文件那天，我发现灰堆里有些没烧着的纸边就是这种特殊颜色。后来我在伯父屋里的地板上发现了这张纸，料想这可能是从那叠文件里掉下的一页没被烧掉。这张纸上除了提到橘核之外，我看不出它对咱们有什么帮助。我个人认为这可能是私人日记里的一页，字迹无疑是我伯父的手笔。”

福尔摩斯移动一下台灯，我们俩便俯身察看那张纸，纸边参差不齐，的确是从一个本子上撕下来的。上端写着“1869 年 3 月”的字样，下面是莫名其妙的记载：——

4 日：赫德森来，抱着同样的旧政见。

7 日：把橘核交给圣·奥古斯丁的麦考利、帕拉莫尔和约翰·斯温。

9 日：麦考利已给清除。

10 日：约翰·斯温已给清除。

12 日：走访帕拉莫尔。一切顺利。

福尔摩斯把那张纸折好交还给来访人，说道：“谢谢！你现在连一分钟也不能再耽搁啦。我们甚至没时间讨论你刚才告诉我的一切啦。你得立刻回家，行动起来。”

“该干什么呢？”

“只做一件事，而且马上就得做。你得把这张给我们看过的纸放在你说的那个铜匣子里。还得写封短信说明其他文件都已经让你伯父焚毁了，这张纸是惟一留下的一页。信上的措词必须诚恳得让他们相信。然后，立刻把那个匣子放在日晷仪上。明白了吗？”

“明白了。”

“目前先别想复仇什么的。我认为咱们可以靠法律来解决。他们已经布下罗网，咱们也得安排好咱们的法网。首先要考虑的是消除那种正在临近威胁你的危险。其次才是破解这个谜，严惩那个犯罪团伙。”

“谢谢您，”年轻人起身，穿上大衣，说道，“您真是给了我新的生命和希望。我一定按照您的指点去做。”

“一定要分秒必争。目前最重要的是你该注意自身的安全，因为我认为你现在无疑正面临一种真正而紧迫的危险威胁。你怎样回去呢？”

“从滑铁卢车站乘车回去。”

“现在还不到九点钟，街上的人还不少，所以我相信你会平安无事。你一定要严加保护自己。”

“我带着武器呐！”

“那就好。明天我就开始办理你这个案子。”

“那明天咱们在霍舍姆见，行吗？”

“不，你这个案子的奥秘在伦敦。我得在这里搜寻线索。”

“那我过一两天再来，把有关铜匣子和文件的结果告诉您。我会按照您指点的每个细节去做。”他和我们握手告别。门外狂风依旧在呼啸，大雨滂沱，雨点嗒嗒地打在玻璃窗上。这件离奇凶险的事似乎是随着狂风暴雨来到我们这儿的——宛如一根由狂风吹到我们身上的海草——现在又让暴风雨席卷走了。

福尔摩斯默默地坐了片刻，脑袋向前探着，两眼凝视着壁炉里的红火苗。随后，他点燃烟斗，背靠在椅子上，望着嘴里喷出来的蓝色烟圈儿一个接一个地袅袅升向天花板。

“华生，”他终于开口道，“在咱们办理的所有案件中，此案大概是最离奇的了。”

“除了《四签名》那个案子外，也许是的。”

“嗯，对，除去那个案子，兴许是这样的。可我却觉得这位约翰·奥彭肖比舒尔托那家人[①]面临更大的危险。”

“这是什么样的危险你是否已有明确的看法？”我问道。

“性质是没有什么疑问的了，”他答道。

“是什么呢？K. K. K. 是谁啊？他们干吗一直纠缠这个不幸的家庭呢？”

歇洛克·福尔摩斯闭上两眼，把两肘放在椅子扶手上，双手的指尖抵在一起，说道：“对一个理想的推理家来说，一旦有人向他指出一桩事实的一个方面，他就能从这方面不仅推断出导致这桩事实的各个方面，而且还能推测出由此而会产生的一切后果。正像居维叶[②]经过深思熟虑就能根据一块骨头准确地描绘出一头完整的动物那样，一名观察家，既然已经彻底了解一系列事件中的一环，就该能正确地说明前前后后所有的其他环节。我们现在还没掌握那只有靠推理才能得出的结论。有些问题难倒了所有那些曾经企图凭感性知觉来解决的人，倒可能在书房里得到解决。然而，要使这种本领达到登峰造极的地步，推理家就该能够利用他已掌握的全部事实，这是必须的；而这本身就意味着要掌握一切知识，这一点你很快就会理解，但是要做到这一点，即使当今已有免费教育和百科全书，这种成就也还是有点稀罕的。不过，一个人要掌握可能对自己工作有用的全部知识，倒也未必绝对办不到，我本人就一直在朝那个方向努力呐。我如果没记错的话，咱俩初交时，你曾经

---

①舒尔托那家人，指《四签名》中的人物约翰·舒尔托上校和他的两个儿子。

②居维叶（1769—1832），法国动物、古生物学家。

在一次场合蛮精确地指出了我在知识上的局限性。”

“对，”我笑着说。“那是一份独特的文献。我记得：哲学、天文学、政治学，我给你打了零分；植物学，说不准；地质学，就辨认伦敦50里以内任何地区的泥土污迹来说，算得上造诣极深；化学，异乎寻常；解剖学，全无系统；惊险文学和罪行记录方面，那是独一无二的；同时又是小提琴演奏家、拳击手、剑术家、律师以及可卡因和烟草的自我毒害者。我认为这些全是我分析的要点。”

福尔摩斯一听我说的最后一项，咧嘴笑了。“嗯，我现在一如既往，还是要说一个人该给自己那个小小的头脑阁楼里装满他可能需要使用的一切知识，其余的可以暂放到他的藏书室里，需要时随取随用。眼下，为了今晚咱们接办的这个案子，咱们肯定需要集中所有的资料。劳驾把你身边书架上的《美国百科全书》K字部首那一卷递给我。谢谢！让咱们考虑一下情况，看看从中可能做出什么推断。首先，咱们完全可以推断奥彭肖少校离开美国是有很重要的缘故的。一般来说，他那个年龄的人不大容易改变生活习惯，可他却甘愿放弃佛罗里达州那种宜人的气候，而跑回英国住在一个小乡镇里过寂寞的生活。他在英国那么罕见地热爱孤独生活，这就暗示他是在惧怕某人或某事，因此作为工作前提咱们可以假定他就是由于对某人或某事的恐惧而被迫离开了美国。至于他惧怕什么，我们只能凭他本人和他的继承人接到的那三封可怕的信来推断。你注意到那几封信的邮戳没有？”

“第一封是从彭地治里，第二封是从邓迪，第三封是从伦敦。”

“是从伦敦东区，你从这上面又能推断出什么呢？”

“那几处都是港口。投邮人是在船上写的信。”

“太棒了。咱们现在已经有了一条线索。毫无疑问，很可能——极其可能——写信的人是在一条船上。现在再考虑另一点。就那封由彭地治里寄发的信来说，从收到这封恐吓信到出事那天，其间经过了七个星期。而从邓迪寄发的那封信，只经过了三四天。这说明了什么问题呢？”

“前者路程较远。”

“可那封信也要经过一段较远的路程啊？”

“这我就闹不明白了。”

“这至少叫咱们又有个设想：那人或那伙人乘的是一条帆船。看来他们那些怪诞的警告或信号好像总是在他们启程执行任务之前发出的。你看，从邓迪发出信号后，事情发生得多快。他们如果是乘轮船从彭地治里来的，那他们便可以跟信同时抵达。然而，事实上，隔了七个星期才出事。我认为这七个星期就说明那封信是邮船载来的，而写信人则是乘帆船来的，由此而构成这一时差。”

“这倒是可能的。”

“不仅可能，而且恐怕就是如此。现在你可以看出这个新案子致命的紧迫性，也可以看出我为什么告诫奥彭肖小伙子要多加小心。灾祸总是在发信人旅程终了时来临的。而这封信是从伦敦发出的，因此咱们一分一秒也不能耽误啦。”

“老天爷！”我喊道。“这种无情的迫害究竟为的是什么呢？”

“奥彭肖带回来的那些文件明明对帆船上那个人或一伙人有着生死攸关的重要性。我认为这分明不止一个人，单独一个人不可能接连杀害两个人，而所用的手法又居然骗过了验尸陪审团。这想必是一伙又有智谋又有决心的人干的。甭管那些文件藏在何人手中，他们非把它们弄到手不可。从这个角度可以看出 K. K. K. 不是某人的姓名缩写，而是一个团体的标志。”

“可那是个什么样的团体呢？”

福尔摩斯探身向前，压低嗓音说：“你压根儿没听说过三 K 党吗？”

“压根儿没听说过。”

福尔摩斯一页一页地翻着膝盖上那卷书。“瞧这儿！”随后他念道：——

"克·克鲁克斯·克兰[①]这个名字来源于想像中那种酷似扳起枪支的击铁声。这个可怕的秘密组织是南方各州前联邦士兵在南北战争后组成的，并迅速在全国各地成立了分会，其中在田纳西、路易斯安那、卡罗来纳、佐治亚和佛罗里达各州的尤为引人注目。它的势力在于实现其政治目的，主要是对黑人选民使用恐怖手段，谋杀或驱逐反对他们观点的人出国。他们施行残酷手段之前通常是先寄给受到敌视的人一种形状奇怪而尚可辨认的东西——有些地方是一小根带叶的橡树枝，有些地方是几粒西瓜籽或橘核，作为警告。受到威胁的人接到警告后可以放弃原有观点或逃亡国外。如果置之不理，则必将遭到杀害，而且通常是用一种奇怪或意想不到的方式执行的。那个团体组织得那么严密，使用的方法又那么有系统，竟使那些有案可稽的案件中，几乎从未见有哪个敢与之对抗的人能够免遭杀害，也从未能追查出执行暴行的作案人。尽管美国政府和南方上层社会竭力阻止，这个团体在几年内还是到处蔓延滋长。最后到了 1869 年，这个三 K 党活动突然垮台，尽管此后还偶尔发生这类暴行。"

① 英文为 Kn Klux Klan，即三 K 党。

福尔摩斯放下手中那卷百科全书，说道：“你一定注意到那个组织突然垮台是跟奥彭肖带着文件逃出美国同时发生的。这两件事很可能互为因果。怪不得奥彭肖和他的家人总有一些死对头在追踪他们。你可以理解那本记事本和日记可能牵涉到美国南方的某些头面人物，另外还可能有不少人不重新找到那些东西是连觉都睡不踏实的。”

“那咱们见过的那一页……”

“正如咱们所料想的。我如果没有记错的话，那上面写着‘送橘核给甲、乙和丙’——就是说把团体的警告通知他们。接着又写道：甲和乙已给清除或者已出国；最后还说走访过丙；我担心这会给丙带来不祥的后果。对，大夫，我想咱们可以让那个黑暗地方获得一线光明。我相信奥彭肖小伙子目前惟一的机会就是按照我的指点去做。今天晚上没有什么更多可说更多可做的了，那就请把小提琴递给我，让咱们把这种烦人的天气和咱们同胞更加不幸的遭遇忘掉半个小时吧！”

次日清晨，天已放晴，太阳透过笼罩在这座了不起的城市上空的朦胧云雾，闪烁着柔和的光芒。我下楼时，福尔摩斯已经在吃早饭。

“原谅我没等你，”他说，“我预感要为小奥彭肖的案子忙碌一整天。”

“你打算采取什么步骤呢？”我问道。

“这要看我初步调查的结果。我毕竟还是得去一趟霍舍姆。”

“你不首先去那里吗？”

“不，我得从城里开始。你拉下铃，女仆就会给你端来咖啡。”

我在等待咖啡时，拿起桌上一份还没打开的报纸，浏览一下内容。我的目光停留在一个叫我打了个冷战的标题上。

“福尔摩斯，”我喊道，“你晚了一步！”

“啊！”他放下杯子，说道。“我也一直在为这事担心。怎么回事？”他很冷静地问道，可我还是看得出他内心很不平静。

“我看到了奥彭肖的名字和‘滑铁卢桥畔的悲剧’这个标题，内容是这样的：

‘昨晚九点至十点之间，H 分局[1]巡警库克在滑铁卢桥附近值勤，忽然听到有人呼救和落水声。是夜伸手不见五指，再加狂风暴雨肆虐，虽然有过路数人协助，也根本无法营救。但是当即发出了警报，经水上警察的协同努力，终于捞获那具尸体。经验明该尸为一年轻绅士，从其衣袋取出一个信封，得知该人姓名为约翰·奥彭肖，生前住在霍舍姆附近。据推测，可能是急于赶搭滑铁卢车站开出的末班火车，匆忙间在一片漆黑中迷途，误踩一轮

①H 分局，指伦敦市警察局的惠特查普尔区分局。

渡小码头的边缘而失足落水。尸体未见有任何暴力痕迹。死者无疑是因意外不幸遇难，此事应引起市政当局对河滨码头登岸设施予以关注。’”

我们默默地坐了几分钟，我从没见过福尔摩斯的情绪如此低沉沮丧。

“这事伤害了我的自尊心，华生，”他终于开口道。“这无疑是微不足道的情感，却伤害了我的自尊心。现在这事成为我个人的事了，上帝若赐我健康，我就要亲手抓住那帮匪徒。小奥彭肖跑来向我求救，而我竟然打发他去送死……！”他从椅子上一跃而起，灰黄的面颊涨得通红，情绪激动，难以克制地在室内踱来踱去，两只瘦长的手一会儿神经质地紧握在一起，一会儿又松开。

“那些家伙一定是狡猾的魔鬼，”他终于说道。“他们怎么竟会把他骗到那儿去的呢？那个堤岸并不在直达车站那条路线上啊！即使在这样一个黑夜里，那座桥上来来往往的人肯定还是不少，对他们下手并不是很有利啊。唉，华生，咱们倒要看看谁赢得最后胜利！眼下我要出去一趟！”

“去警察厅吗？”

“不，我自已当警察。等我把网撒好，警方就可以捉拿那伙败类啦，而不是在这之前。”

我一整天都在忙着医务工作，晚上很迟才回到贝克街。歇洛克·福尔摩斯还没回来。快到十点钟，他才面色苍白、筋疲力尽地进来。他走到橱柜前，撕下一块面包，狼吞虎咽地吃着，喝一大杯水把它冲下去。

“你饿了，”我说。

“饿极啦。我一直忘记吃东西了，从早餐后到现在什么也没吃。”

“没吃东西？”

“一点也没吃。哪有工夫想到吃。”

“那有了什么进展吗？”

“不错。”

“有了线索？”

“他们已经在我的手掌中了。小奥彭肖的仇不会报不了的。嘿，华生，让咱们以其人之道还治其人之身。这是经过深思熟虑想到的！”

“你这是什么意思？”

他从碗柜里拿出一个橘子，掰成几瓣儿，把橘核挤出来，放在桌上，从中选出五粒，装进一个信封。在信封封口盖儿里层他写上“S. H. 代 J. O.”[①]他把信封好，又添上“美国佐治亚州萨瓦纳，‘孤星’号三桅船，詹姆斯·卡尔霍恩船长收”等字样。

“等他进港时，这封信已经在等着他了，”他格格笑着说。“这会让他夜不成眠。他还会发现这封信是他死亡的预兆，正如奥彭肖在他之前所遭遇的命运一样。”

“这个卡尔霍恩是什么人？”

“那帮团伙的头目，别的人我也要处理，不过首先把他解决掉。”

“你是怎样追查出来的呢？”

福尔摩斯从兜儿里掏出一张纸，上面净是日期和姓名。

“我花了一整天工夫，”他说，“查阅了劳埃德船级社船名录和文件案卷，追查1883年一月和二月在彭地治里港停靠过的每艘船在离港以后的航程。从报道上看，在那两个月里，抵达那里吨位较大的船只共有36艘，其中一艘叫作‘孤星’号，它立刻引起了我的注意，因为这艘船虽然据报道是在伦敦结关离港的，船名却用了美国一个州的别称[②]。”

“我想是得克萨斯州吧。”

“是哪一州我当时和现在都说不准，可我明白那艘船一定是艘美国船。”

---

①歇洛克·福尔摩斯（Sherlock Holmes）代约翰·奥彭肖（John Openshaw）之意。

②孤星州（Lone Star State），美国得克萨斯州的别称，因该州州旗和州印的图饰中都只有一颗星而得名。

“又怎么样了呢？”

“我又查阅邓迪的记录，一找到那艘‘孤星’号船到过那里，原来的猜疑就变成确信无疑了。我接着又查查目前停泊在伦敦港内的船只。”

“结果呢？”

“那艘‘孤星’号船上星期抵达了这里。我便到艾伯特船坞，查到那艘船今天早晨已经趁早潮顺流而下，返航到萨瓦纳港去了。我打电报到格雷夫森德，得知那艘船已经在不久前驶过该港口，由于风向是朝东的，我敢肯定那艘船目前已经驶过古德温斯，离怀特岛不远啦。”

“那你怎么办呢？”

“我要逮住他。据我了解，卡尔霍恩船长和大副二副是那艘船上仅有的美国人，其余的都是芬兰人和德国人。我还了解到他们仨昨天晚上离船上过岸，这是当时正在给他们装货的码头工人告诉我的。等他们那艘船一到达萨瓦纳，邮船已把我那封信载到那里了，同时我也发了电报通知萨瓦纳警方，说明这三位先生是伦敦正在通缉的犯有谋杀罪的要犯。”

然而，人布置下的天罗地网，有时也会出现漏洞。那三位谋杀约翰·奥彭肖的凶手竟然没收到那五粒橘核，而那几粒橘核原本可以让他们知道世上另有一个跟他们一样狡猾而坚决的人正在追捕他们呐。那年秋分时节暴风刮得很久，而且十分猛烈。我们等了很长时间想得到萨瓦纳“孤星”号船的消息，却一直落空。后来我们才终于听说：在遥远的大西洋某处，有人看到在一次海浪的退潮中漂泊着一块破碎的船尾柱，上面刻着“L. S.”[①]两个字母；有关“孤星”号船的命运我们也就知道这些了。

(1891)

① “L. S.”是“孤星”(“Lone Star”)的缩写。

豁嘴男人

艾萨·惠特尼是圣·乔治文学神学院已故院长、科学博士伊莱亚斯·惠特尼的弟弟，沾染上了很重的鸦片烟嗜好。据我了解，他是由于在大学读书时阅读了德·昆西[①]描述吸毒后的梦幻和快感而染上了这个恶习的，他把烟叶浸在鸦片酊里后再抽，企图获得同样的效果。艾萨·惠特尼跟许多人一样，后来才发现这种做法上瘾易，戒掉难，多年来便一直成了毒品的奴隶，一个叫亲友既厌恶又怜悯的对象。他那副德行样儿我至今记忆犹新，面色蜡黄，憔悴不堪，眼皮耷拉，瞳孔缩小，全身蜷缩在一把椅子里，活脱儿一副衰败贵族的落魄相。

一天晚上——那是在1889年6月里——有人拉响我的门铃。那当儿已是人们打呵欠，瞥一眼时钟的时辰。我当即在椅子上坐起身来，我太太把手中的针线活儿放在膝头，脸上略显不大高兴的样儿。

“病人！”她说，“你又得出诊啦！”

我哼一声，因为我今天忙了一整天，已经疲惫不堪，刚回到家。

我们听到开门声和几句急促的话音，随即是一阵快步走过毡毯的声响。我们的房门给打开了，一个身穿深色衣服、蒙着黑面纱的女人走了进来。

“请原谅我这么晚来打搅你们，”她说道，接着就失控地奔向前搂住我太太的脖子，伏在她肩上哭起来。“唉，我真倒霉透顶了！”她哭着说，“太需要有人帮帮我啦。”

我太太把她的面纱掀起来，说道：“哦，原来是凯蒂·惠特尼。你可真吓了我一大跳，凯蒂！你方才进来，我一点也没想到是你。”

“我真不知道该怎么办了，就直接找你来了。”事情总是这样的，人们有时遇到了麻烦，都会来找我的贤妻，就跟鸟儿在黑夜扑向灯塔似的。

“你来找我，我感到很高兴。那就先喝点酒和水，舒舒服服地坐会儿，再慢慢告诉我出了什么事，要么我让杰姆斯②先去睡，咱俩私下里谈谈，好不好？”

“哦，不，不，我也需要听听大夫的指点和帮助。是关于艾萨，他有两天没回家了。我真为他担心。”

我作为一名医生，我太太作为她的一个老朋友和老同学，听她说她先生的麻烦事，已经不止一次了。我们尽量用诸如此类的话来安慰她，例如，她知道她先生去哪儿了吗？我们有可能把他找回来吗？

看来这倒是可以办到的。她掌握了确切的信息：她老公近来一犯鸦片烟瘾，就去老城区最东边一家鸦片烟馆厮混。迄今为止，他一向只在外荒唐一天，晚上浑身抽搐，散了架那样返回家来。可是，这次，他竟鬼迷了心窍，出去了48小时都没回来，他现在准是跟码头上那些社会渣滓一起躺在烟馆里吞云吐雾，要么就是过足了瘾，倒头酣睡，等慢慢缓过劲儿来。她敢肯定能在北天鹅坝巷那家“黄金窟”里找到他。可她又能怎么办呢？她这样一个年轻弱女子，怎能进入那样的地方，从那帮无赖当中拽走她的丈夫呢？

情况就是如此，当然也只有一个办法可想，那就是我能否陪她一块儿去呢？可我后来转念一想，她又何必去呢？我本人是艾萨·惠特尼的健康顾问，对他也有些影响力。我如果独自前去，也许会处理得更好些。我便答应她，艾萨要是真在她说的那个地方，我就会在两小时之内雇辆出租马车把他送回家。于是，四分钟后，我便离开我的安乐椅和温馨的起居室，乘一辆出租马车急速赶往东区，去完成一项怪使命。当时

---

①托马斯·德·昆西(1785—1859)，英国散文作家和评论家，吸鸦片成瘾，以作品《一个英国鸦片服用者的自白》而闻名。该作品一方面根据新体会说明吸毒的害处，另一方面又自相矛盾地大谈吸毒后飘飘然的快感。

②华生的名字是约翰，中间缩写名是H，不知何故其妻管他叫杰姆斯。——译注

我是这么想的，可后来竟会是那么离奇古怪，真叫我没有料到。

不过，我这次探奇历险活动头一阶段倒没遇到多大麻烦。北天鹅坝巷隐藏在伦敦桥东沿河北岸的高大码头建筑场后边，是一条最脏的小巷，夹在一家出售廉价现成服装的商店和一个小酒馆之间，有条陡峭的台阶直通下面一个洞口般的黑门，我在那儿找到了我要寻访的那家烟馆。我吩咐马车夫停下车等着，便顺着台阶走下去，这段石台阶中间已让那些川流不息、摆摆晃晃的脚步踩得凹陷不平；我借助那扇门上方一盏闪烁不定的油灯亮光，找到了门闩，便走进一个矮矮的长房间，里面弥漫着浓重的棕褐色鸦片烟雾，靠墙排列着一长串木榻，就跟移民船只甲板下面的统舱一样。

透过昏暗的灯光，你可以隐隐约约瞥见一些躺在木榻上面东倒西歪的人影儿，有的缩头耸肩，有的屈膝蜷卧，有的头向后仰 ，下巴朝天，这儿那儿都有倦怠无神的目光望着新来的客人。那些阴影里闪烁着红红的小光圈，随着点燃的毒品融化进金属的烟枪锅而忽明忽暗。大多数烟鬼都静悄悄地躺在那里，也有个别人在嘟嘟囔囔地自言自语，还有几位用一种单调古怪的腔调在交头接耳，窃窃私语，滔滔不绝，接着话音又突然越来越低而沉寂，各人嘟哝起自己的心事，对旁边人的话充耳不闻。远处那头有个小火盆，炭火熊熊，盆旁边有个瘦高的老头儿坐在一个三只腿的矮木凳上，双拳托腮，两肘支在膝盖上，双目盯视着炭火。

我一进屋，就有一个肤色灰黄的马来伙计急忙走过来，递给我一杆烟枪和一份鸦片烟，招呼我到一张空榻那边去。

“谢谢，我不是来抽烟的，”我说。“我有个朋友艾萨·惠特尼先生在这儿，我想找他说几句话。”

有人在我右边蠕动，喊了一声；我透过昏暗的灯光瞧见面色苍白、憔悴不堪、邋里邋遢的惠特尼，瞪着大眼在望着我呐。

“老天爷！原来是华生，”他说道，反应出一副可怜兮兮的样儿，激动得每根神经都在发颤。“我说呀，华生，现在几点钟了？”

“快 11 点了。”

“是哪天呢？”

“6 月 19 号，星期五。”

“我的天！我还以为是星期三呢。今天明明是星期三嘛，你干吗要吓唬人？”他低下头，把脸埋在双臂之间，尖声刺耳地呜咽起来。

“我跟你说，今天就是星期五。尊夫人在家里整整等你两天了。你该感到羞耻。”

“对，我是该感到羞耻，可你弄错了，华生，我到这里才几个小时，只抽了三锅烟，四锅烟——我都记不清几锅了。不过，我会跟你回家。我不该让凯蒂担心害怕，可怜的小凯蒂，扶我一把！你雇马车了吗？”

“早就雇好了一辆，在外面等着呐。”

“那我就乘坐它吧，可我还得付账呢，华生，去算一下我欠了多少钱。我真是一点精神也没有了，没法自己办事啦。”

我从那条窄过道穿过去，两边的木榻上都躺着人，我屏住呼吸，免得吸进那令人麻木恶心的鸦片臭气，到处寻找店老板。我走过那个坐在

炭火盆旁边的瘦高个子身旁，觉得有人猛揪一下我的衬衫，还有人在悄声说："往前走几步，再回头看看我！"这两句话清清楚楚地传入我的耳中。我低头一看，这话只能是出自我身旁那个老头儿，可他坐在那里跟刚才一样沉思呢，他骨瘦如柴，满脸皱纹，衰老佝偻，一杆烟枪摇摇晃晃地耷拉在他的双膝间，好像是因为他手指无力握着才滑落下去的。我朝前走两步，回头一看，真是大吃一惊，幸好我竭力克制才没喊出声来。他转过身来，除我之外，不让别人看到他的脸。他舒展开身子，脸上的皱纹消失了，呆滞的两眼又炯炯有神。那个坐在炭盆旁边咧嘴笑我吃惊的神情的家伙不是别人，正是歇洛克·福尔摩斯。他微微冲我暗示叫我走近，随即转身侧面朝向众人，又显出一副老态龙钟、哆哆嗦嗦的痴呆样儿。

"福尔摩斯！"我喃喃问道，"你在这烟馆里干什么啊？"

"嗓音尽量放低些，我耳朵灵得很，"他答道。"你如果能把你那个瘾君子朋友打发掉，我倒很想跟你谈几句话。"

"外面有辆小马车在等着呐。"

"那就叫车送他回家吧。你可以完全放心，他分明已经没精神再惹是生非了。我还建议你写个便条让车夫捎给尊夫人，就说咱俩又搭上伙了。你先到外边等一会儿，我过五分钟就来找你。"

要拒绝歇洛克·福尔摩斯的任何请求，那是很困难的，因为他的请求一向极其明确，总是以挺高超的温和气度提出来，因此我也认为一旦把惠特尼关进马车里，我的任务也就实际上完成了；剩下的事嘛，能跟我的朋友一道去进行一次探奇历险活动，那可是再好不过的事了，而那对福尔摩斯来说，则是他正常的生活境况。我花了几分钟工夫写好短信，付清惠特尼欠的账，领他出去上了车，目送他在黑夜中乘车而去。没多会儿，就从鸦片馆里走出来一个衰颓的老头儿，我便跟歇洛克·福尔摩斯顺着街道走下去。在两条街的路程上，他都驼着背，晃晃悠悠地蹒跚而行。接着，他向四周迅速望一下，便挺直身子，放声哈哈大笑

起来。

“华生，”他说，“我猜想你大概认为我除了可卡因注射以及你从医学观点加给我的其他小毛病之外，现在又增添了抽鸦片烟这个癖好了吧。”

“在这里碰到你，当然叫我感到惊讶。”

“可决不会比我在这里见到你更惊讶吧。”

“我是来这儿找一个朋友。”

“我却是找一个敌人！”

“一个敌人？”

“对，我的一个天然敌人，要么可以说我的一个当然捕猎物。简单说吧，华生，我在进行一次极不平凡的侦察呐。我想按照从前干过的那样从那些烟鬼的胡言乱语中找出一条线索。我如果在那个烟馆里让人认出来，过不了一小时性命就会不保，因为以前我为了破案在那里侦察过。那个开烟馆的流氓拉斯卡发过誓要找我报仇。那所房子后身有个活暗门，就在保罗码头拐角附近，黑黢黢的深夜里通过那扇门发生过不少怪事。”

“什么？你别是指尸体吧？”

“对，华生，正是尸体。我们如果为每一个在那烟馆里给弄死的倒霉蛋伸冤而挣到一千镑，咱们就该会成为阔人啦。那里是整个沿河一带最险恶的杀人陷阱。我担心奈维尔·圣克莱尔先生走了进去，就再也出不来啦。哦，咱们的轻便马车应该就在这里等着呐！”他把两手的食指塞进上下牙之间，吹出一声尖哨，远处回应了一声同样的哨声，没多会儿就传来一阵辘辘的车轮声和嘚嘚的马蹄声。

一辆单匹马拉的双轮马车从黑暗的地方驶过来，两旁的吊灯射出黄光。福尔摩斯说：“华生，你现在愿意跟我一块儿去吗？”

“我如果能派上用场，当然乐意去。”

“嗯，一个信得过的伙伴总是有用的，更甭提还是一个记录我的事迹的人呢。我在杉园那间屋里有两张床。”

“杉园？”

“对，那是圣克莱尔先生的房子。我调查这桩案子就住在那里。”

“那在哪儿啊？”

“在肯特郡，离李镇不远。马车要走七里路。”

“可我真是一无所知啊。”

“你当然马上就会知道。上车吧！好了，约翰，不麻烦你了，这儿是半克朗①。明天11点钟左右等着我。把缰绳交给我吧，再见！”

①旧制，一克朗等于五先令。

他轻抽那匹马一鞭子，马车就驶行起来，经过一条条寂静无人的漆黑街道，随后路面渐渐展宽，我们飞快驶过一座两侧有栏杆的大桥，桥下缓缓流着黑沉沉的河水。前方出现一片净是砖头灰泥的荒地，只有巡警沉重的脚步声或一些狂欢寻乐的人在晚归中唱歌喊叫声，打破了那里的寂静。一堆散乱的乌云从天空缓慢飘过，这儿那儿一两颗星星在云缝中微微闪亮。福尔摩斯默默地驾驶着马车，脑袋耷拉在胸前，像是陷入了沉思；我坐在他身旁，好奇地想知道这到底是一桩什么案子，竟会使他耗费如此大的精力，可我又不敢打断他的思路。我们行驶了几英里，渐渐来到郊外别墅区的边缘，这时他忽然振作起来，耸耸肩，点燃他的烟斗，现出洋洋自得的神气。

“华生，你可真有保持沉默的天赋，”他说，“这使你成为一个非常难得的好伙伴。哎，说真话，有个可以推心置腹地说说话的人，对我来说，倒也至关重要咧，因为我的想法不一定招人喜欢。我正踌躇今天晚上那位可亲的年轻夫人在门口迎接我的时候，我该对她说什么。”

“你忘了我对这事一无所知啊。”

“咱们到达李镇之前，我正好有时间把案情给你说说。这事看上去简单得出奇，可我不知怎的，却摸不清头脑。线索倒是很多，却让我抓不到头绪。我现在简明扼要地把案情讲给你听听，华生，也许你能替我看出点眉目来。”

“那就讲吧。”

“几年前——更确切地说是 1884 年 5 月——有位绅士叫奈维尔·圣克莱尔，来到了李镇，看上去他挺有钱，购置了一栋大房子，周边也修饰得挺漂亮，过着蛮体面的日子。他跟邻居逐渐交了朋友，1887 年娶了当地一位酿酒商的女儿，现在他已经有了两个孩子。他没有固定职业，却对几家公司挺感兴趣，作些投资，他平常每天早晨进城，傍晚 5 点 15 分从坎农街乘车回家。圣克莱尔先生现在 37 岁，没有什么不良嗜好，是个好丈夫，有爱心的父亲，受相识者欢迎的人。我还可以补充说，他目前就我们已经可以查明的全部债务是 88 镑 10 先令，而他在那家首都与郡府银行里存有 220 镑呢。因此没有理由认为他有财务上的思想压力。

“上星期一圣克莱尔先生比往常要早些进城。临走前，他提到有两件重要的事要办，还说会给小儿子带回一盒积木。说来也巧，就在同一天早晨，他走后不久，他太太收到一封电报，说有个相当贵重的小包裹——一个她一直在等待的包裹——已经寄到亚伯丁运输公司办事处，请她去取。喏，你如果熟悉伦敦街道，就会知道那家公司办事处在弗雷斯诺街，那是天鹅坝巷上的一条岔道，也就是你今夜见到我的那个地方。圣克莱尔太太吃过午饭就进城了，在商店买了些东西便到公司办事处去取了她那个包裹，正好在午后 4 点 35 分穿过天鹅坝巷前去车站。你听明白了吗？”

“听得清清楚楚。”

“你还记得星期一那天特别热吧，圣克莱尔太太慢慢走着，朝四下里张望，巴望雇到一辆出租马车，因为她不喜欢那里四周围的环境。她沿着天鹅坝巷朝前走，蓦地听到一声惊叫或喊声，抬头一看，只见她老公在一栋楼房的三层楼窗口那儿朝下望着她，像是在朝她招手呐，这真叫她惊吓得浑身冰凉。那扇窗户是敞着的，她清清楚楚看到他的脸，据她形容，那样子十分焦虑不安。他向她拼命挥手，却又突然一下子从窗口消失，像是让后面一种没法抗拒的力量揪了回去。她那双女性敏感的眼睛发现了一个异常现象，那就是她老公虽然还穿着进城时穿的那件深色上衣，脖子那儿却没有硬领，也没有领带。

“她确信她老公一定出了什么事，便急忙奔下台阶——因为那幢房子正是今晚你发现我在那儿呆过的烟馆——她穿过前屋，打算登上通往二楼的楼梯，却在楼梯口遇到了我刚才提到过的那个流氓拉斯卡，他把她推开，并在一名丹麦籍伙计的帮助下把她推到街头。她满怀焦虑和恐惧的心情，极其恼火地顺着小巷跑出去，难得幸运地在弗雷斯诺大街遇到了正在巡逻的一名警官和几名警察，他们便跟她返回。尽管烟馆老板再三阻拦，他们还是进入了圣克莱尔先生刚才让人发现的那个房间，可是屋子里却没有他呆过的任何迹象。整个那层楼里其实除了有个面目丑陋的瘸子住在那里之外，别无他人。瘸子和拉斯卡都赌咒发誓说那天下午没人来过这间前屋。他俩说得那么肯定，连警官也动摇了，正想认为圣克莱尔太太准是看错了人，这时她忽然大叫一声，扑到桌上放着的一个松木盒儿前，把盒盖儿打开，

哗啦啦地倒出一大堆儿童积木玩具。这正是圣克莱尔曾经答应要带回家的玩具。

“这一发现和那个瘸子明显惊惶失措的神情，让那位警官意识到了事态的严重性。于是，那几间屋都给仔细搜查了一通，结果表明一切都跟一桩可憎的罪行相关。前屋陈设简朴，是一间起居室，通向一间小卧室，从卧室窗户可以望见一个码头的后身。码头和卧室窗户之间有条窄沟，落潮时是干涸地面，涨潮时至少让四尺半的深水淹没。卧室那扇窗户挺宽敞，由底下朝上开启。大家在检查时，发现窗台上有斑斑血迹，卧室地板上也有几滴血。拉开前屋里一道布帘子，后面竟放着圣克莱尔先生的全套衣服，只缺那件上衣。他的靴子呀，袜子呀，帽子呀，手表呀，全都在那里。从那些衣物上倒看不出发生过什么暴力的痕迹，却也不见圣克莱尔先生的踪影。他想必是从窗口跳出去的，因为没发现屋里还另有别的出口；从窗台上不祥的血迹来看，他想游泳逃生是不大可能的，原因是这场悲剧发生时，潮水正涨得高极了，来势汹涌。

“再说说那些看来跟此案有直接牵连的歹徒吧。那个拉斯卡是个臭名昭彰的地痞流氓。可是按圣克莱尔太太的说法，她老公在窗口出现后仅仅几秒钟，拉斯卡便已经站在楼梯口那儿，这家伙至多是这起犯罪案件的一个帮凶而已。拉斯卡分辩说自己对这事一无所知，对楼上的房客修·波恩的所作所为也完全不清楚，对那位失踪的先生的衣服出现在现场，更说不出个所以然来。

“拉斯卡老板的情况就是这些。现在再说说那个住在鸦片烟馆三楼样儿阴险的瘸子吧。他当然是最后一个亲眼见到圣克莱尔先生的人。他叫修·波恩，凡是常去市中心的人都熟悉他那张丑陋的脸。他是个职业乞丐，由于要避免警方的管制，他装作卖蜡火柴的小贩。在离针线街不远的地方，靠左那边，你可能也注意到过，有个小墙角，那个可怜的家伙每天就坐在那里，盘着双腿，把少得可怜的几盒火柴放在膝上；由于他那副可怜相，人们布施给他的硬币就像雨点那样落进他放在身边人

行道上的一顶油腻腻的皮革便帽里。我曾经不止一次注意过这个家伙，后来我了解了一下他的乞讨情况，才对他一会儿工夫就有那么丰盛的收入深感吃惊。要知道，他的形象那么异常，谁在他面前走过，都会看他一眼的。一头蓬松的红头发；一张苍白的脸让一块可怕的伤疤毁了容，那块伤疤一收缩就把上唇外部边缘翻卷上去；一副哈巴狗似的下巴；一双目光挺锐利的深色眼睛，那两只眼跟他的头发在颜色上形成奇特的鲜明对比；这一切都显出他跟其他一般乞丐迥然不同；此外，他的智力也不一般，甭管过路人投给他什么破烂儿，他都能脱口道出一句相应的回答。我们现在知道他就是那个烟馆楼上的房客，也是最后一个亲眼见到我们正在寻找的那位绅士的人。”

“可是一个瘸子！”我说。“他独自一人又能把一个正当壮年的人怎么样了呢？”

“就走路一瘸一拐这一点来说，他是个残疾人，可在其他方面，他看上去却是个蛮有力气、营养良好的家伙。华生，你的医学知识肯定会告诉你，人一肢不灵活的弱点，常常可以由其他肢体格外强壮有力而得到补偿嘛。”

“请接着往下说吧。”

“圣克莱尔太太一见到窗台上的血迹就晕了过去，随即便由一名警察雇一辆马车护送她回家了，因为她在场，对他们的调查毫无帮助。巴顿警长负责此案，非常仔细地检查了现场，却没找到什么弄清此案的线索。当时犯了一个错误，没有立即把修·波恩逮捕，因此想必使他有了几分钟时间可以跟他的朋友拉斯卡串供。不过，这个错误很快就给纠正了；他被拘捕，并受到搜查，可是并没发现什么可以定他罪的证据。他的衬衫右袖子上确实有些血迹，可他指着自己左手第四指的指甲边缘被刀划破的地方，解释说血是从那儿流出来的，还补充说他刚才曾到窗口那边去过，那里发现的血迹无疑也是这么来的。他坚决否认曾经见过奈维尔·圣克莱尔先生，并且赌咒发誓说那些衣服出现在他的房间里，他也跟警方一样感到是个谜。至于圣克莱尔太太确认她真看见了她老公出现在窗口，他声称她想必不是疯了，就是在做梦。他在大声抗议下给押往警察局，而警长仍留在案发现场，希望等退潮后能发现些新线索。

"他们虽然没在泥滩上找到他们担心会找到的尸体，可还是找到了一样东西，那不是圣克莱尔先生本人，而是他的上衣。那件上衣在退潮后暴露在泥滩上。你猜他们在那件上衣兜儿里发现了什么？"

"猜不出来。"

"嗯，我料你也猜不出。每个兜儿里都装满了一便士和半便士的硬币——总共有 421 枚一便士硬币和 275 枚半便士硬币。怪不得这件上衣没让潮水冲走。可是人的躯体就是另外一回事了。那座码头和那栋楼房之间有一股水势汹涌的退潮。看来很可能是那件挺沉的上衣给留了下来，而那赤裸的身躯却给咂进河里去了。"

"可我理解警官发现别的衣服都在那间屋子里啊。难道他只穿了一件上衣吗？"

"不，华生，这事也许能自圆其说嘛。假定波恩这家伙把奈维尔·圣克莱尔推出了窗外，却没人亲眼目睹这件事。随后，他会再干些什么呢？他当然马上会想到得把那些会泄露天机的衣服赶快处理掉。他就拿起那件上衣，正要往外扔的时候，一转念想到那件衣服会飘浮在水面上而沉不下去。这当儿，他已经听见那位太太非要上楼不可的吵闹声，

也许还听见他的同伙拉斯卡说街上已有几名警察正朝这里跑过来。他剩下的时间不多了，刻不容缓。他就冲到那个藏匿着自己靠乞讨而积攒下来的银钱的密柜，能抓出多少硬币就抓出多少，塞进那件上衣的兜儿，确保它能沉入水底。他扔出上衣后，想必还打算如法炮制，把另外几件衣服也处理掉，却听到了楼下急促的脚步声，因此警察出现在那间屋里时，他只来得及把那扇窗户关上。”

“听起来确实像是这么回事。”

“好，咱们在没有更好的推测前，就暂且把这当作有用的假设吧。我刚才跟你说了，波恩给逮捕带到局子里去了，可警方又拿不出什么证据证明他犯过什么前科而可以控告他。他多年来一直是众人皆知的叫花子，过着似乎挺安静而于人无害的生活。目前情况就是这样摆在咱们面前。该弄清的问题不少，诸如奈维尔 · 圣克莱尔到烟馆去干什么？他在那里究竟出了什么事？眼下他身在何处？修 · 波恩跟他的失踪有什么关系？这些问题都还远远没有得到解答。我不记得我经办过的案件当中曾经有这样一件乍一看似乎挺简单却出现这么多难题的案子。”

福尔摩斯在详述这一连串怪事时，我们乘坐的马车正飞快地驶过这座大城市的郊区，后来把那些零零落落的房子也甩在后面了。马车随即顺着两旁有篱笆的乡间小道行进。他刚一讲完，马车便驶过两旁有疏疏落落农舍的村庄，有几家窗户微闪着灯光呢。

“咱们现在到了李镇边缘，”我的伙伴说。“在这短短的旅途中，我们竟路过了英格兰的三个郡，从米德尔赛克斯郡出发，经过萨里郡一角，最后抵达肯特郡。你看到树丛中的灯光了吗？那里就是杉园，那盏灯旁边坐着一位妇女，忧心如焚，支楞起耳朵倾听呐，无疑已经听到咱们的马车奔驰的嘚嘚声。”

“可你干吗不在贝克街办这件案子呢？”

“因为有不少事得在这里询问。圣克莱尔太太已经盛情安排了两个房间供我使用。你尽管放心，她一定会对我的朋友兼同事表示热烈欢迎。华生，我没有得到她老公的消息之前，真不想见到她。咱们到了。吁，吁！”

我们在一座大别墅前停下车，这座别墅坐落在庭园中。一个马童跑过来，拉住马头。我跳下车，跟福尔摩斯踏上一条通往楼房的弯弯曲曲的小碎石道。我们走近时，楼房的前门开了，一位金发小妇人站在门口，身穿一套浅色真丝薄绸衣服，领口和袖口镶着蓬蓬松松的粉红薄纱花边；她在灯光衬映下，轮廓鲜明，一手扶门，一手急切地半举着，腰微微弯倾，探首向前，双唇微张，目光充满着渴望，一副询问的神情。

“怎么样了？”她喊道，“怎么样了？”随后她看到我们是两个人，又见我的伙伴摇头耸肩，起先还充满着希望地喊着，便转而陷入叹息。

“没有好消息吗？”

“还没有。”

“没有坏消息吗？”

“也没有。”

“那我谢天谢地！请进来吧。二位足足辛苦了一整天，一定很累了吧。”

“这是我的好友华生大夫。他在我以往办的一些案子里帮了我很大的忙。我很幸运能把他请来跟我一起调查这个案子。”

“很高兴见到您，”她说，跟我热情地握手，“您要是能考虑到我们遭受的打击，就会原谅我们任何接待不周的地方。”

“尊敬的夫人，”我说，“我可是个久经沙场的老战士，即使不是，也看得出您根本没必要道什么歉。我要是能对您或者对我的朋友有所帮助，那就真是太高兴啦。”

“福尔摩斯先生，”那位夫人说，这时我们走进一间灯光明亮的餐室，桌上摆好了冷餐，“我很想问您一两个直截了当的问题，请您给我一个坦率的回答。”

“当然可以，夫人。”

“请不必担心我的情绪。我不会犯歇斯底里，也不会轻易晕倒。我只想听听您实实在在的意见。”

“哪方面呢？”

“请您说真心实话，您认为奈维尔还活着吗？”

歇洛克·福尔摩斯好像被这个问题窘住了。“请说真心实话！”她又说了一遍，站在地毯那儿俯视着正坐进一把柳条椅子里的福尔摩斯。

“那么，说实话，夫人，我不认为。”

“您认为他已经死了吗？”

“对。”

“让人谋杀了？”

“我没那么说，也许吧。”

“那他是哪天被害的？”

“星期一。”

“福尔摩斯先生，那就请您解释一下我怎么会在今天收到了他寄给我的这封信呢？”

歇洛克·福尔摩斯像触了电似的，从椅子上跳起来。

“什么？”他喊道。

“没错儿，就在今天。”她面带微笑站在那里，高高举起一张纸。

“我可以看看吗？”

“当然可以。”

他从她手中抓过来那封信，把它抚平在桌上，挪过灯来，仔细审视。我也离开座椅，从他背后注视那封信。信封挺粗糙，盖着格雷夫森德的邮戳，发信日期是当天，要么可以说是昨天，因为现在已经过了半夜。

“字迹潦草，”福尔摩斯喃喃道。“这肯定不是您先生的字迹吧，夫人。”

“不是，不过信中附来的一样东西却是他的。”

“我还看出，信封甭管是谁写的，那人都得先打听一下地址。”

“您怎么能这样说呢？”

“您看，人名是用深黑墨水写的，自动干的，其余部分则是淡灰色，说明用吸墨纸吸过。要是一气儿写下来的，再用吸墨纸吸过，便不会有深黑色字了。这人写下姓名，停顿了一下，才写地址，这只能表明他不熟悉这个地址。这当然是件区区小事，然而再也没有什么比小事更重要的了。现在咱们看看这封信！嘿！随信还附来一样东西呐！”

“对，一枚戒指，他的图章戒指。”

“您能肯定这是您先生的笔迹吗？”

“是他的一种笔迹。”

“一种？”

“一种他在匆忙中写字的笔迹，跟他平时的笔迹不大一样，可我还是认得出来。”

“‘亲爱的，甭害怕。一切都会好转的。事已铸成大错，也许需要些时间来纠正。请耐心等待。奈维尔。’这封信是用铅笔写在一张八开本书的扉页上的，纸上没有水纹。嗯，这封信是由一个大拇指挺脏的人今天从格雷夫森德寄出的。嘿！信封盖儿是用胶水粘的，我如果没弄错的话，封信的人是一个一直在嚼烟草的家伙。您敢肯定这是您先生的笔迹吗，夫人？”

“这我敢肯定，是奈维尔写的字。”

“而且信和戒指都是今天从格雷夫森德寄来的。那就好，圣克莱尔太太，乌云已散，可我还不敢说危险已过。”

“这么说，他一定还活着呐，福尔摩斯先生。”

“除非这封信是巧妙伪造的，想诱导咱们误入歧途。这枚戒指也毕竟证明不了什么，那可以从他手上摘下来嘛！”

“不，不，这是——这是他的亲笔！”

“那好，可这封信也可能是星期一写的，今天才给寄出。”

“这倒也可能。”

“如果是这样的话，这段时间里也可能发生不少事。”

“哦，福尔摩斯先生，请您别叫我丧失信心。我知道他一定没事儿。我跟他之间有一种敏锐的心灵感应，他要是遭到不幸，我就会感到。我最后见到他那天，他在卧室里划破了手指，而我在楼下饭厅里心里一惊，就知道他准是出了什么事，马上奔上楼去。您想我对这么一件小事都有反应，难道对他的死亡会一点反应都没有吗？”

“我见过的人情世故太多了，哪能不知道一位妇女心中的敏感印象也许会比一位分析推理家做出的论断更有价值呢。何况您从这封信得到一个强有力的证据来支持您的看法。不过，您的先生如果还活在世上，又能写信，却为什么不回家来呢？”

“我想像不出为什么。这真叫人不可思议。”

“他星期一出门时没对您说什么吗？”

“没有。”

“您在天鹅坝巷望见他时吃惊了吗？”

“真是大吃一惊。”

“窗户敞着吗？”

“敞着呐。”

“那他可能是在喊您？”

“可能是的。”

“按我理解，他只不大清楚地喊了一声。”

“对。”

“您认为那是呼救声吗？”

“是的。他还摆动双手呢。”

“可那也可能是一声惊呼。出乎意料地见到了您，使他可能惊讶得举起了双手。”

“这倒也可能。”

“可您认为他是让人从后面给揪开的吗？”

“他一下子就消失了。”

“那也可能是他朝后跳开了。您没见到屋里还有别人吗？”

“没有，可是那个面目丑陋的家伙承认自己一直在那里，还有那个拉斯卡在楼梯口那儿。”

“这倒也是。就您所见到的情况来说，您先生身上穿的是他平时穿的那身衣服吗？”

“是的，只是没了硬领和领带。我清清楚楚看到他光着脖子呐。”

“他以前提起过天鹅坝巷没有？”

“压根儿没有。”

“他以往显露过抽鸦片烟的迹象吗？”

“压根儿没有。”

“谢谢您，圣克莱尔太太。这正是我绝对要弄清楚的几个重点。我们现在先吃点晚饭，然后就休息，因为我们明天可能要忙碌一整天呢。”

一间宽敞舒适的房间里放着两张床供我们使用。经过一夜探奇历险的奔波，我已经累得筋疲力尽，很快便钻被窝了。歇洛克·福尔摩斯却是这样一个人，他每逢心中有个尚未解决的问题就会连续几天，甚至一个星期，废寝忘食地反复思考，重新梳理自己掌握的各种情况，从各个角度审查那个问题，一直要么弄个水落石出，要么深信自己搜集的材料还不够充分时才肯罢休。我很快就明白他又准备坐个通宵啦。他脱掉外衣和坎肩儿，穿上一件宽肥的蓝睡袍，然后在房间里四处转悠，把床上的枕头以及沙发和扶手椅上的靠垫收拢在一起，摆成一个东方式沙发。他盘腿坐在上面，面前放好一盎司劣质板烟丝和一盒火柴。在那昏暗的灯光下，我看见他端坐在那里，嘴里叼着一个欧石楠根雕成的老烟斗，两眼茫然地凝视着天花板，蓝色烟雾从他嘴边盘旋缭绕冉冉升起。他默默不语，纹丝不动，灯光照在他那山鹰般坚定的容貌上。他就那样坐在那里，我则渐渐堕入梦乡。我有时撒呓挣叫唤一声，从梦中惊醒，他还那样坐着呐。最后，我睁开两眼，夏日朝晖已经照进屋里。那个烟斗依然叼在他嘴里，青烟在他头上缭绕。浓重的烟雾弥漫全屋，昨夜我

见到的那堆板烟丝已经荡然无存。

“睡醒了，华生？”他问道。

“嗯。”

“早上赶车出去遛一趟如何？”

“好吧。”

“那就赶快穿上衣服。眼下谁都还没起床呐。我知道小马童睡在哪儿，咱们可以立刻把马车套好出去。”他一边说，一边格格发笑，两眼闪烁着光芒，似乎跟昨夜冥思苦想的他判若两人。我穿上衣服，看下表，这时才清晨4点25分，怪不得还没人起床。我刚穿好衣服，福尔摩斯就走进来说小马童正在套车呢。

“我要去检验一下我这个小小的推理，”他穿上靴子，说道。“华生，你现在大概正站在全欧洲一个最笨的蠢货面前。我该让人一脚从这里踢到伦敦查林十字街去！可我眼下已经找到开启这个谜案那把锁的钥匙了。”

“在哪儿呢？”我微笑着问道。

“在洗手间里呐，”他答道。“哦，是的，我没在开玩笑。”他发现我不大相信的样子，又接着说。“我刚去过那儿，已经把它拿出来了，放在这个格莱德斯通手提包[①]里了。走吧，伙计，让咱们瞧瞧我这把钥匙对不对得上锁。”

我们尽量不出声，悄悄下楼，走出大门，迎向明媚的晨曦。那辆套好的马车在路边，那个还没穿好衣服的小马童站在车前拉住马。我们俩跃上马车，顺着伦敦大道飞奔而去。路上有几辆往城市运输蔬菜的农村大车在走动，可是路旁两边一排排别墅还寂然无声，了无生气，宛如梦境中的城镇。

“有些疑点显示这是桩奇案，”福尔摩斯一边说，一边扬鞭驱马疾驶。“我承认先前我的两眼瞎得像鼹鼠，不过，聪明才智学得虽晚，总比不学强。”

我们的马车经过萨里郡边缘一带街道时，城镇里起床最早的人刚刚睡眼惺忪地朝窗外眺望呐。马车驶过滑铁卢大桥，越过泰晤士河，飞快奔驶在威灵顿大街上，然后向右急转弯，来到博街[②]。警方人员都认识福尔摩斯，看守所门旁两名警察向他致敬，其中一名接过缰绳，拉住马，另一名便引我们进去。

“今天谁值班？”福尔摩斯问道。

“布莱德斯特里特警长，先生。”

“布莱德斯特里特警长，你好！”一位身材魁梧的警官从石板铺的通道走出来，头戴一顶鸭舌帽，身穿带有盘花纽扣的上衣。“我想跟你悄悄商量个事，布莱德斯特里特。”

“当然可以，福尔摩斯先生，请进屋来吧。”

---

①格莱德斯通手提包，一种铰合式手提旅行包。

②博街，伦敦市中心一街名，伦敦警察法庭的所在地。

那是一间像办公室的小房间，桌上放着一本厚实的分类登记簿，墙上挂着一架电话机。警官临桌坐下。

“大驾光临，不知有何吩咐，福尔摩斯先生？”

“我是来看看那个叫花子波恩——那人被控跟李镇奈维尔 · 圣克莱尔先生失踪一案有关。”

“对，他是给押到这里来候审的。”

“这我听说了。他在这儿吗？”

“在牢房里。”

“他闹不闹啊？”

“哦，一点也不捣乱，可他是个脏透了的坏蛋。”

“脏得很？”

“没错儿，我们只能做到叫他洗了洗手。他那张脸黑得跟补锅匠的一样。哼，等他的案子判完后，他得按监狱的规定洗个澡；我想，您见到了他，也会同意他真该好好洗洗啦。”

“我倒真想见见他。”

“您想见他吗？那好办。请跟我来。您可以把手提包留在这里。”

“不，不，我还是随身拿着吧。”

“那也好，请跟我来，”他领着我们走过通道，打开一道上了闩的门，从盘旋式楼梯下去，把我们带到一条两边墙刷得粉白的甬道，两旁各有一排牢房。

“右边第三间就是他的牢房，”警官说。“就是这间！”他轻轻打开牢门上的一扇小窗，朝里望一眼。

“这家伙睡着了，”他说，“您可以从这儿很清楚地看到他。”

我们俩通过小窗的格栅往里窥视。那名囚犯脸朝着我们躺在那里正在酣睡，气儿喘得又粗又慢。他中等个儿，穿着一套跟他那个行当相称的粗料子衣服，贴身一件黑衬衫从那件破烂的上衣几处裂缝中显露出来。他确实像警官所说的那样脏里巴唧，脸上的污垢还是掩盖不住他那叫人恶心的丑容，从眼角到下巴有一道宽宽的旧伤疤，这道伤疤一收缩便把上唇一边翻卷起来，那张豁嘴就露出三颗牙齿，像是一直在嗥叫的样子。一头乱蓬蓬锃亮的红发低低覆盖着脑门和两眼。

“是个大美人儿，对不对？”警官说。

“他的确得好好洗洗，”福尔摩斯说，“我倒想了一个可以给他洗洗的好主意，还擅自带来了些家伙。”他一边说，一边打开他那个手提包，从里面取出一块个儿挺大的洗澡海绵，这真叫我大吃一惊。

“嘻，嘻！您可真会逗乐儿，”警长格格笑着说。

“现在，劳您驾，把门轻轻打开，咱们马上就会让他变成一个蛮体面的人物！”

“行，这有何不可，”警长说。“他这副丑样儿一点儿也没给我们博街这个看守所增光，对不对？”他把钥匙插入门锁，我们便悄悄走进牢房。那个睡着的家伙翻下身，又睡熟了。福尔摩斯弯腰就着水罐蘸湿了那块海绵，便在囚犯那张脸上上下下使劲擦了几下。

“让我给诸位介绍一下，”他大声说，“这位是肯特郡李镇的奈维尔·圣克莱尔先生！”

我一辈子也没见过这种场面。那人的脸就像剥去树皮那样让海绵剥下一层皮。粗糙的棕色不见了！脸上缝着的那道可怕的伤疤和那显出一副可憎的冷笑的豁嘴唇也不见了。那一头乱蓬蓬的红头发也一下子给揪掉了。这当儿，床上坐起来的是个面色苍白、愁眉不展、相貌英俊的男子，一头黑发，皮肤平滑，揉着惺忪的双眼，困惑地四下里张望。接着，他忽然领悟到事已败露，不由得尖叫一声，扑倒在床上，把脸埋在枕头里。

“老天！”警长惊呼道，“他的确是那个失踪的人，我从相片认出他来了！”

那名囚犯转过身来，摆出一副听天由命、满不在乎的架势，说：“就算是，你又能控告我犯了什么罪？”

“犯了藏匿奈维尔·圣——先生的罪。哦，好了，除非他们把这个案子当做自杀未遂案，否则不会控告你这个罪名，”警长咧嘴一笑，说道。“我已经干了27年警察，这次可真中了大奖。”

“如果我本人就是奈维尔·圣克莱尔先生，那我就分明没犯什么罪，因此我现在是被非法拘留。”

“没犯罪，可是犯了一个很大的错误，”福尔摩斯说。“你要是信得过尊夫人，想必就会更好地跟我们配合。”

“倒不是因为我的太太而是为了我的孩子们，”那名囚犯嘟哝道，“愿上帝保佑，我不愿意他们因为他们的爹做的事而感到羞耻。天哪！这事暴露出去多丢人呵！我该怎么办？”

福尔摩斯坐在那张床上他的身边，和蔼地拍拍他的肩膀。

“这事你若让法庭来查清就难免会宣扬出去，”他说，“可你只要让警察当局相信这不是一桩什么可以控告你的案子，我想也就没理由把案情细节由媒体公诸于世啦。我相信布莱德斯特里特警长会把你告诉我们的话记录下来，上报有关当局。这样一来，这事就根本不会上法庭啦。”

“上帝保佑您！”那名囚犯激动地大声说。“我宁愿忍受拘禁关押，唉，甚至处决，也不愿把我这悲惨的秘密作为家庭的一个污点留给孩子们。

“您是第一个听到我的身世的人。我爹是切斯特菲尔德的小学校长，我在那里受过优良的教育。年轻时，我爱旅游，爱演戏，后来在伦敦一家晚报当了记者。有一天，总编想登一组反映大城市里乞丐生涯的报道文章。我自告奋勇承担这个任务。这就成了我平生探奇历险的开端。

“我只能化装成客串的叫花子，才收集得到写这组文章所需的一些基本材料。我当过演员，当然就学会了化装秘诀。我的化装技巧在剧场后台是很有名气的。我便利用这套本事，先用油彩抹脸，然后为了尽量把自己打扮成最叫人怜悯的模样，便用一小块肉色橡皮膏做出一个惟妙惟肖的伤疤，把嘴唇一边向上扭卷起来，戴上一个红色假发套，配上相应的服装，就在城里最热闹的地区选定一个地方，表面上是个卖火柴的小贩，实际上是个叫花子。我这样乞讨了七个小时，晚上回到家，惊讶地发现竟得到了26先令4便士。

“我写完那组报道文章，就不再想到那档子事了；后来过了一阵子，我在一位朋友的一张票据背面签了名做了担保，没想到后来接到一张传票要我赔偿25镑。这真叫我不知所措，我不知从哪儿能弄来这么多钱，可我灵机一动，想出一个主意。我请求债主容我半个月时间筹款，又向报社请了半个月假，便化装成叫花子到市里去乞讨。只用了十天光景，我就有了钱，偿还了那笔债务。

“嗯，您想像得到在报社一周挣两镑薪金，多么辛苦呵！何况我知道只消在脸上涂抹点油彩，把帽子放在地上，静静地坐着，一天就能干挣那么多钱。是要自尊心呢，还是要钱，我思想斗争了很久，最后还是金钱占了上风，我便放弃了记者工作，天天坐在我第一次选定的那条街的拐角，借着我那副可怕的面容引起人们的恻隐之心，镚子就装满了我的兜儿。只有一个人知道我这个秘密，那人就是我在天鹅坝巷寄宿的那个下等烟馆的老板；我在那里可以每天清早以一个邋里邋遢的叫花子模样出现，晚上又变成一个衣着体面的男人走出来。这个拉斯卡， 我付给他高额的房租，这样我就感到踏实，深信他不会泄露我的秘密。

“嗯，我很快就发现自己已经积存了一大笔钱财。我并非说伦敦街头的任何一个叫花子都能每年挣到七百镑——这数还够不上我的平均收入——我本人有化装特技，又有机智的应付本领，这两方面真是越练越精，就使我成了城里大众熟悉的人物。全天都有大批各式各样的银币流水般进入我的私囊，如果哪天收入不到两镑，那就算运气不济了。

“我越阔越有野心，就在郊区买了一座楼房，还结了婚，也从没引起谁对我的职业产生过怀疑。我那爱妻只知道我在城里做生意，却不晓得我究竟干些什么。

“上星期一，我干完了一天的活儿，正在烟馆楼上的房间里换衣服，朝窗外看了一眼。叫我大为惊恐的是，见到了我太太站在街心，正两眼瞧着我呐。我不由得惊呼一声，赶紧用两只胳臂遮住脸，随即立刻跑去找我那位知己朋友拉斯卡，请求他别让任何人上楼来找我。我听到她在楼下说话的声音，心里明白她一时半会儿还不会上楼来，便连忙脱掉身上的衣服，换上叫花子那身装束，又戴上假发，脸上涂好油彩，连我太太都没法看出我这种伪装。随后我又想到他们也许会搜查我那个房间，我的秘密就可能让那些衣服败露，我便连忙打开窗户，由于用力过猛，竟又碰破我清晨在卧室里割破的那个小伤口；平时我把讨来的钱都放在一个皮革袋子里，我就把里面的硬币掏出来塞进我那件上衣兜儿里，好让它增添分量，然后就把它扔出窗外，它就沉入泰晤士河没影儿了。别的衣服我本想也都扔下去，可是那当儿，楼梯上传来了警察冲上来的脚步声；片刻后，我发现自己没被认出是奈维尔·圣克莱尔先生，反倒给当成杀害他的凶手，并遭到了拘捕，可我承认这倒让我松了口气。

“我不知道还有什么别的情况需要解释。我当时下定决心尽可能长期保持我的化装样儿，这就是我宁愿保留着一张脏兮兮的面孔的原因。我知道我太太会焦急万分，便在警察没注意的时候摘掉手指上的戒指，匆匆写封短信塞进拉斯卡手里，托他转告我太太不必着急。”

“可她昨天才收到你那封短信，”福尔摩斯说。

“老天！这一周她该是怎么熬过来的呵！”

“警方监视住了拉斯卡，”布莱德斯特里特警长说，“这我完全可以理解，他要想把信发出去而又不让人注意，是很困难的。也许他把信又托给了他的某位海员顾客寄发，那人又把这事忘了好几天。”

“就是这么回事，”福尔摩斯同意地点点头，“这我一点也不怀疑。可你压根儿也没因为乞讨而挨过处罚吗？”

“挨过多次，可罚点钱在我又算得了什么。”

“事情就到此为止吧，”布莱德斯特里特警长说。“如果要警方不声张出去，那么修·波恩就该不再存在了。”

“我已经郑重发过誓，保证说话算话。”

“要是这样，我想这事也就大可不必再深究下去啦。可你如果再让我们发现在街头行乞，那我们便会把这事和盘托出。我得说，福尔摩斯先生，我们非常感谢您帮助我们澄清了这个案子！我很想知道您是怎样得出了这个答案的呢？”

“这个答案嘛，”福尔摩斯说，“是全靠坐在五个枕头上，抽完一盎司板烟丝得出来的。我想，华生，咱俩如果现在乘车回贝克街，正好赶上吃早饭哩。”

（1891）

蓝宝石案

圣诞节的次日早晨，我为了向好友歇洛克·福尔摩斯祝贺佳节，便去看望他。他身穿一件紫红色晨袍，懒洋洋地斜靠在躺椅上，右手够得着的地方有个放烟斗的架子，身边还有一堆揉皱了的晨报，显然都刚刚翻阅过了。躺椅旁边是一把木椅子，椅背一角上挂着一顶脏里巴唧、破烂不堪的硬胎礼帽，那顶帽子简直糟得都没法再戴了，上面有好几处裂了缝。椅座上放着一个放大镜和一把镊子，这说明那顶帽子给那样挂在那里，是为了便于查看。

"你正忙着呐，"我说，"我大概打搅你了。"

"一点也没打搅，我倒乐意有个朋友能跟我一块儿讨论一下我得出的结论。这纯粹是件琐碎小事，"（他用大拇指指一下那顶破旧的帽子）"不过有几点跟这顶帽子有关的事，却并非索然无味，甚至还会大有教益咧。"

我在一把扶手椅上落座，就着劈啪作响的炉火暖暖双手，因为严寒已至，玻璃窗上都结了晶莹的冰花。"我料想，"我说，"这顶帽子尽管看上去并不雅观，却跟某桩人命案有牵连——你从它可以找到破解一桩奇案的线索，惩治那么一项犯罪行为吧。"

"不，不。没有什么犯罪行为。"歇洛克·福尔摩斯笑着说。"这只是那些离奇小事当中的一桩罢了。想想看，四百万人拥挤不堪地居住在一块仅有几平方英里的弹丸之地上，这类小事是少不了的。在这样稠密的人群相互角逐中，各种各样错综复杂的事件都可能发生，而且不少问题也许会出现得古怪而惊人，却并非是犯罪行为。这类事咱们早就有了体验。”

“是啊，”我说，“我最近增添记载的六个案例，其中就有三桩跟法律上的犯罪完全无关。”

“正是这样。你指的是我想方设法找回艾琳·艾德勒的相片那回事、玛丽·萨瑟兰小姐奇案和那个豁嘴男人的案子吧。嗯，我敢肯定这桩小事也会属于这类无罪范畴。那个看门人彼得森你认识吗？”

“认识。”

“这个战利品是他的。”

“是他的帽子。”

“不是，不是，是他捡来的，帽子的主人是谁目前还没闹清楚。请你不要把它简简单单地看成是顶破帽子，而该把它当做一个靠智力来破解的问题。首先，它是怎么来到了我这儿的。这是在圣诞节早晨跟一只大肥鹅一起给送到我这儿来的，我敢肯定那只鹅眼下正在彼德森的炉火上烘烤着呢。情况是这样的：圣诞节凌晨四点左右，彼德森你也知道是个蛮诚实的家伙，参加一个小型联欢庆祝会之后，沿着托特纳姆法院路往家走的时候，在煤气灯下看见一个高个子在他前面有点蹒跚地走着，肩上搭着一只白鹅。彼德森正路过古治街拐角时，那个高个子忽然跟一小群流氓争吵起来。一个流氓把他的帽子打落在地，他便举起手杖在自己脑袋上方挥舞自卫，一不留神把身后一家店铺的玻璃窗打得粉碎。彼德森见此情景，便奔过去保护那个陌生人别再受到袭击，可那人由于打碎了玻璃窗而惊恐不已，又见一个穿制服的警察模样的人朝他跑来，就丢下那只鹅，拔腿逃之夭夭，很快便消失在托特纳姆法院路后面弯弯曲曲的小巷里。那伙流氓看到彼德森赶过来，也四散而逃，结果只

剩下他独自一人留在那个打斗的战场上，而且掠夺了两样战利品：这顶破帽子和一只完美的圣诞节大肥鹅。”

“他一定把东西归还原主了吧？”

“亲爱的伙伴，问题就出在这里。那只鹅的左腿上确实系着一张写着‘献给亨利·贝克夫人’的小卡片，这顶帽子的衬里上也标着字迹清楚的姓名缩写‘H·B’字样；可是在咱们这座城市里，姓贝克的人数以千计，而叫亨利·贝克的人又何止数百。因此，要在这么多人当中找到失主，把东西还给他，决非一件容易办得到的事。”

“那彼德森后来怎么办呢？”

“他知道我连最细小的问题都会感兴趣，便在圣诞节那天清晨把帽子和鹅送到我这里来了。我们把那只鹅留到今天早上，虽然天气较冷，可还是有迹象表明没必要再保存下去，还是趁早吃掉它算了。因此，彼德森就把它拿走，去了结那只鹅最终的命运，我则保留了那位失去了圣诞佳肴的陌生先生的帽子。”

“他没登报寻找失物吗？”

“没有。”

“那你有什么线索能找到那人的身份吗？”

“只能尽量推测呗。”

“从这顶帽子？”

“没错儿。”

“你别是在开玩笑吧。你又能从这顶破帽子找到啥呢？”

“我的放大镜在这儿呐。你素来知道我的工作方法。你自己能否推测出那个戴过这顶帽子的人什么特征吗？”

我把那顶破帽子拿在手中，无奈地把它翻过来看看，这是一顶极其普通的圆形黑帽子，硬邦邦的，破旧得真没法再戴了。红色丝绸衬里已经大大褪色，制帽商的商标也没有了，但是正像福尔摩斯所说的那样，一侧却有潦草写下的姓名缩写“H · B”两个字母。帽檐上有箍带的穿孔，可是那松紧带已经没影儿了。其他方面嘛，那顶帽子尽管看来有几处褪了色的地方都用墨水涂黑了，却还是有几处裂开了，灰尘仆仆，污点斑斑。

“我啥也看不出来，”我说，把帽子交还给我的朋友。

“恰恰相反，你什么都看得出来，可你没有作出推理。你啊，太胆怯，不敢妄加推论。”

“那就请你说说你能从这顶帽子作出什么推论吗？”

他拿起帽子，用他那种独特的内心思考方式琢磨，目光凝视着它，说道：“这顶帽子可能提供的引人联想的事物或许并不多，可还是有几点明明可以推论出来，另有一些至少也很有可能给推测出来。从表面上看，这人当然明显是个知识渊博的人，而且在过去三年里，生活相当富裕，尽管目前他处境窘迫。他以往颇有远见，眼下却今非昔比了，再加上经济状况每况愈下，家道中落，导致他精神委靡不振，某种不良嗜好，也许是酗酒吧，看来便乘虚而入。这也分明可以看出他的夫人不再爱他了。”

“哪儿会呢，亲爱的福尔摩斯！”

“不过他还保持着某种程度的自尊心，”他没答理我的反驳，接着说。“他这个人一向深居简出，根本不锻炼身体，是个中年人，头发灰白了，最近几天刚理过发，涂过柠檬发膏，这些都是从他那顶帽子推断出来的明显事实。顺便说一下，他家中绝对不大可能安有煤气灯。”

“你准是在开玩笑吧，福尔摩斯！”

“一点也不是。即使我现在跟你说了这些结论，你可能还是没看出这都是怎么得出来的吧？”

“我不否认自己太笨，可我得承认没法领会你说的话。譬如，你怎么推断出这人是个知识渊博的家伙呢？”

福尔摩斯把那顶帽子啪的一下扣在自己的脑袋上作为答复。帽子盖住了他的脑门儿，搭在鼻梁上。“这无非是个容积问题，”他说，“一个人有这么大的脑袋，脑子里想必存有不少玩意儿吧！”

“那么，家道中落又是怎么推断出来的呢？”

“这顶帽子已经买了三年，当时这种帽边向上卷的平檐帽子很时兴，是质量最优的帽子。瞧瞧这条罗纹丝绸箍带，还有这讲究的衬里！这人三年前如果买得起这么昂贵的一顶帽子，可后来再也没买过别的帽子，那他肯定是走下坡路了。”

“嗯，这一点倒也讲得通，可是说这人颇有远见，又说他精神委靡不振，这是怎么回事呢？”

福尔摩斯笑了。“看这儿，说明他有远见，”他一边说，一边把手指放在那个钉松紧带的小圆环和搭扣上。“这种帽子出售时并不带这些小零碎儿。这人如果定做了这些，正好说明他颇有远见，因为他特地用这个办法来预防帽子让风刮跑。可咱们又看到他把松紧带弄坏了，而又不愿意费点劲儿重新钉上一条，这显然说明他已不如以前那样有远见了，也是他意志日渐消沉的明证。另一方面，他设法用墨水涂抹来遮盖帽子上的污迹，又表明他还没完全丧失自尊心。”

“你的推论似乎言之有理。”

“再者，他是个中年人，头发灰白了，最近刚理过发，头上抹过柠檬发膏，这些都是从帽子衬里底部仔细检查后得出来的。通过放大镜，看到了不少新头发楂儿，是理发师用剪子剪下来的，那些楂儿都黏在一起，还有股柠檬膏味儿。你也会注意到帽子上的尘土不是街上那种颗粒灰砂，而是屋子里扬起的绒毛灰尘，说明这顶帽子大部分时间都给挂在室内，里面的湿印儿又明显证明戴帽子的人爱出汗，因此不可能是个身体锻炼得很好的人。”

“可是他的夫人——你说她不再爱他了。”

“这顶帽子已经有好几个星期没给刷过了。亲爱的华生，我要是见到你的帽子上落了一个星期的尘土，而且尊夫人就让你那副脏样子出门，我便会担心阁下也不幸失去了尊夫人的爱情。”

“可他也可能是个单身汉啊！”

“不可能，那天晚上他要把那只鹅带回家去作为一件向夫人讲和的礼物啊。别忘了鹅腿上系着那张小卡片呢。”

“你对每个问题都作了解答，可你究竟怎么推断出他家里没安装煤气灯呢？”

“要是一滴蜡烛油，甚至雨滴，那可能是偶然滴上去的，可我一看到至少有五滴烛油，就肯定这人经常跟点燃的蜡烛打交道了——也许是每天夜里上楼时，一手托着淌油的蜡烛，一手拿着帽子。反正，他绝不可能从煤气灯沾上烛油污迹。你满意了吗？”

“嗯，你真是个机灵鬼！”我笑着说，“可你既然刚才说这里面没有什么犯罪行为，除了丢失一只鹅之外，没造成什么危害，那你这样仔细察看看来真是瞎浪费了精力。”

歇洛克·福尔摩斯正要张嘴答话，这时房门猛地给打开，看门人彼德森跑了进来，两颊通红，面带茫然吃惊的神情。

“那只鹅，福尔摩斯先生！那只鹅，先生！”他气喘吁吁地说。

“呃？怎么了？莫非鹅又活了，拍打着翅膀从厨房窗口飞出去了吗？”福尔摩斯为了把那人激动的表情看得更清楚些，从躺椅上转过身来。

“您瞧瞧，先生！您瞧我老婆在鹅的嗉囊里发现了啥！”他伸出手，手心上展现一颗光芒四射的蓝宝石。那颗蓝宝石比一粒蚕豆稍微小一些，却那么晶莹洁净，光辉夺目，就像一道电光在他那黝黑的手掌里闪烁。

歇洛克·福尔摩斯吹声口哨，坐起来。“老天，彼德森！”他说，“这确实是一件珍藏的宝贝啊！你大概知道你得到的是什么吧？”

“一颗钻石，先生！一颗宝石！用它切割就像切腻子一样。”

“这颗宝石可非同一般，而是那颗名贵的宝石。”

“莫非就是莫卡伯爵夫人那颗宝石吗？”我蓦地喊道。

“正是！我最近每天都看《泰晤士报》有关这颗宝石的报道，因此知道它的形状大小。这颗宝石绝对是独一无二的珍宝，它的价值只能猜测，那笔悬赏报酬一千镑肯定还不到这颗宝石市价的二十分之一。”

“一千镑！我的老天爷！”那个看门人扑通一下跌坐在椅子上，瞪着大眼来回望着我和福尔摩斯。

“那只是失物寻找的悬赏金额而已，我确实知道伯爵夫人还出于某种感情上的考虑，只要能够找回这颗宝石，她宁可把财产分一半给人也心甘情愿。”

“我如果没记错的话，这颗宝石是在大世界酒店丢失的，”我说道。

“完全正确，12月22日，也就是五天前，一名管子工约翰·霍纳被指控从伯爵夫人的首饰匣里偷走了这颗宝石。由于他犯罪的证据确凿，这个案子现在已经提交巡回审判庭处理，我相信我这里还有些关于这事的报道呢。”他翻弄那堆报纸，扫视每份上面的日期，最后抚平一张，再对折一下，念出下面的段落：

> “大世界酒店宝石失窃案。约翰·霍纳，26岁，管子工，因本月22日从莫卡伯爵夫人首饰匣中窃取一颗以‘蓝宝石’闻名的贵重宝石而被送交法院起诉。酒店侍者领班詹姆士·赖德，对此案作证如下：盗窃发生那天，他曾带领约翰·霍纳到楼上莫卡夫人的化妆室内焊接壁炉前第二根业已松动的栏杆。他陪同霍纳呆了会儿，就给召唤离去。他回来时，发现霍纳已不见踪影，而梳妆台抽屉则已被撬开，一个空空的摩洛哥皮革小首饰匣给丢弃在梳妆台上，后来听说伯爵夫人习惯把首饰存放在那个匣子里。赖德当即报了警。于是霍纳当晚即被捕，可是从他身上和他的住所里都没找到那颗宝石。伯爵夫人的女仆凯瑟琳·丘萨克宣誓作

证，说她听到赖德发现宝石被窃后的惊叫声，就冲进房间，看到室内的情况跟上述证人所述相符。B区分局[1]布莱德斯特里特警长证明霍纳被逮捕时拼命抗拒，并用最强烈的措词申辩自己清白无辜。鉴于有人证实霍纳以前曾经犯过类似的盗窃行为，地方法官不便草率处理此案，现已把此案提交巡回审判庭审理。在审判过程中，霍纳表现得异常激动，结论时竟然昏厥倒地而给抬出法庭。"

"哼，治安法庭提供的情况也就是这些，"福尔摩斯把报纸扔到一边，若有所思地说。"咱们现在要解决的问题是，从首饰匣中的宝石被窃作为起点，到托特纳姆法院路拾到的那只鹅的嗉囊作为终点，把这一系列事件按顺序理清。你看，华生，咱们的小小推论突然出现并非完全无罪这一极为重要的方面了。这颗宝石眼下在这儿，它来自那只鹅，那只鹅又来自亨利·贝克先生，也就是戴这顶破帽子、还有我讲得叫你感到厌烦的其他种种特征的那位先生。咱们现在要认真地去寻找他，并且搞清楚他在这桩神秘的小事件中扮演了什么角色。要做到这一点，咱们首先得试用最简单的办法，无非就是在所有的晚报上登载一则启事。这个办法若不成功，就得另想别的辙啦。"

"启事上说啥啊？"

"给我一支铅笔和一张纸。就这样写：

'兹于古治街拐角处拾得鹅一只和黑毡帽一顶。请亨利·贝克先生今晚六点半到贝克街211号B座联系，以便领回失物。'

这样写既清楚又明了。"

---

①B区分局，指伦敦市警察局的切尔西、奈斯布里奇和富勒姆三区的分局。

“挺不赖。可他会看到这个启事吗？”

“他准会注意看报的，因为对一个穷人来说，这项损失真是太大了。他明明是因为打碎了玻璃窗闯了祸，彼德森当时又走过去，才吓得不知所措，只顾逃跑了，可后来他一定感到后悔莫及，痛惜一时冲动而把他那只鹅丢下了。另外，报上登出了他的名字他一定会看到，因为认识他的人都会提醒他看报。彼德森，给你这个，赶快把它送往广告公司，让他们刊登在今天的晚报上。”

“登在哪家报纸上呢，先生？”

“嗯，《环球报》啦，《星报》啦，《蓓尔美尔报》啦，《圣詹姆斯宫报》啦，《新闻晚报》啦，《回声报》啦，还有你想得到的什么报，都登。”

“好吧，先生，可这颗宝石呢？”

“噢，对了，这颗宝石就先保存在我这儿。谢谢你。另外，彼德森，你回来时买一只鹅，送到我这里来，因为咱们得给贝克先生准备一只，取代你们全家现在正在大吃大嚼的那一只。”

那位看门人走后，福尔摩斯拿起那颗宝石对着光线鉴赏。“真是一颗绝妙的宝石！”他说，“你看，它多么光彩四射啊！当然，它又是罪恶的渊薮。每颗珍贵的宝石都是如此，它们是魔鬼最得意的诱饵。在那些更大更古老的宝石上，每个刻面都可能意味着一桩血腥的罪行。这颗宝石问世以来还不到20年，它是在中国南方厦门河岸上发现的。它的可贵之处在于蔚蓝色而不是鲜红色，可是它却具有红宝石的一切特点。它虽然流传在世不久，却已有一段不祥的历史。为了这颗40格令[①]重的结晶碳石，人世间已经发生过两起谋杀案，一起硫酸毁容报复案，一起自杀案，还有几起抢劫案。谁能想到一个如此美丽的小装饰品竟会是

① 格令，英美制最小重量单位，等于0.0648克，亦为珍珠宝石重量单位，等于1/4克拉。

向绞刑架和大牢输送罪犯的供应手段。我现在要把它锁进我的保险柜里，并且给伯爵夫人写封短笺，告诉她咱们已经寻获这颗宝石。”

“你认为霍纳这人无罪吗？”

“这我还说不准。”

“那你认为另外那个人亨利·贝克跟这事有所牵连吗？”

“我认为亨利·贝克很可能绝对清白无辜。他决不会想到手里那只鹅在价值上会比一只金子铸成的鹅还要贵重。咱们那则启事若有答复，我就能用极其简单的检验办法来证明这一点。”

“在此之前，你就没事可干了吧？”

“没有了。”

“既然如此，那我去接着出诊啦。可我会在今晚你刚才说的钟点回来，倒要看看这件错综复杂的事怎样得到解决。”

“很乐意再见到你，华生。我七点钟吃晚饭，大概会有只山鹬。顺便说一下，近来怪事频繁出现，我也许该让赫德森太太也检查一下那只山鹬的嗉囊咧！”

有位患者耽误了我一些时间，我又回到贝克街时，已经过了六点半。我走近寓所，见到一个高个子男人，身穿一件纽扣直扣到下巴底下的外衣，头戴一顶苏格兰无边软帽，正等在屋外那片从楣窗里射出来的半圆形亮光下。我来到门口，门正好打开，我们俩便一起给引进福尔摩斯的房间。

“我料想您就是亨利·贝克先生吧，”福尔摩斯一边从扶手椅上站起来说，一边尽快摆出一副和蔼可亲的神态迎接来客。“请坐在靠近壁炉那把椅子上吧，贝克先生，今天晚上挺冷，我注意到您的血液循环较适应夏季胜于冬季。哦，华生，你来得正是时候。贝克先生，这是您的帽子吧？”

“是的，先生，是我的帽子，没错儿。”

他是个大高个子，厚实的圆肩膀，大脑袋，一张透着聪明样儿的宽脸，蓄着一把棕里透灰的络腮胡子，前端尖尖翘起。鼻子和两颊略显红润，手伸出时微微发抖。这些特征使人不由得想起福尔摩斯对这人的推测。他那件黑礼服已经褪了色，纽扣全都扣齐，领子竖起，瘦长的手腕从大衣袖口里裸露出来，不见里面有衬衣或衬袖。他说起话来慢慢腾腾且不连贯，措词严谨，总的说来给人留下一个时运不佳的文人学者的印象。

"这两样东西在我们这儿保存好几天了，"福尔摩斯说，"因为我们一直期待从寻物启事上看到您的地址。我纳闷儿您为什么没登报呢？"

我们那位客人不好意思地笑笑。"我眼下不像过去那么宽裕了，"他说。"我相信那伙袭击我的流氓肯定把我的帽子和鹅都抢走了。我也就不想徒劳无益地试图找回它们再花钱了。"

"这倒说得也合情合理。顺便说一下，那只鹅嘛，我们不得不把它吃掉了。"

"吃掉了！"我们的来客不由得激动得从椅子上欠起身来。

"是啊，我们若不那样做，那只鹅想必就会使谁都没法享用了。不过，我认为那只放在条案上的鹅跟您那只在分量上差不多，也更新鲜，同样会叫您满意的。"

"哦，当然，当然！"贝克先生松口气，答道。

"我们当然还保留了您那只鹅的羽毛啦，爪子啦，嗉囊啦什么的，所以您如果希望……"

那人放声哈哈大笑起来。"那些玩意儿倒是可以作为我这次遇险的纪念品，"他说，"除此之外，我看不出那只鹅的 disjecta membra[①] 对我还有什么用场。先生，您如果允许的话，我还是把精力都放在我看到条案上那只绝妙的肥鹅上吧。"

---

①拉丁文，支离碎片。

歇洛克·福尔摩斯机警地朝我瞥一眼，微微耸下肩。

“那么，您的帽子和您的鹅在那儿，”他说。“顺便问一声，您能不能说说您是打哪儿弄到那只鹅的？我对家禽饲养挺感兴趣，很少见到再比您那只养得更肥的鹅了。”

“当然可以，先生，”贝克站起来，把新得的那只鹅夹在腋下，说道，“我们有几个人常去博物馆附近的阿尔法小酒店——因为我们白天都呆在博物馆里，您明白吗？今年我们那位好店主温迪盖特创办了一个鹅俱乐部，考虑到我们每周向俱乐部交几个便士会费，便在圣诞节送给我们每人一只鹅；我一向都是按时付钱，后来发生的事您已经都知道了。我十分感谢您，先生，另外还请您多多原谅，因为我戴着这样一顶苏格兰无边软帽既不适合我的年岁，也不适合我的身份。”他摆出一副令人可笑的自负神态，向我们俩严肃地鞠一躬，就迈开大步走了出去。

“亨利·贝克先生的事到此就结束了，”福尔摩斯关上房门后说。“完全可以肯定他对这件事一无所知。华生，你饿了吗？”

“不太饿。”

“那我建议咱们干脆把晚饭改为夜宵吧。咱们现在该马上顺藤摸瓜，趁热打铁。”

“好，当然可以。”

这是一个寒冷的夜晚，所以我们穿上长大衣，脖子围上厚围巾。外面繁星点点，在无云的空中闪烁着寒光。过往行人嘴里吐出的哈气犹如许多手枪射击时的烟雾。我们的脚步发出清脆而响亮的声音，一路上我们经过伦敦民事律师公会，温波尔街，哈利街，然后穿过威格莫尔街来到牛津大街。一刻钟内我们便到达布卢姆斯伯里区内的阿尔法小酒馆，它坐落在通往霍尔伯恩区的一条街的拐角处。福尔摩斯推开那家私营酒馆的门，向那位红光满面、系着白围裙的店老板要两杯啤酒。

“你的啤酒若能跟你的鹅一样出色，就该是世间最棒的啤酒啦，”他说道。

“我的鹅？”店老板似乎显得有点惊讶。

“对，半小时前，我刚跟你们的鹅俱乐部那位亨利·贝克先生谈过。”

“哦，我明白了。可是，先生，那些并不是我们养的鹅。”

“真格的，那又是谁的呢？”

“哦，我是从科文特加登[①]广场一位推销商那里买来了24只。”

“真格的，他们当中有些人我也认识。你是从哪位手中买来的啊？”

“他姓布雷肯里奇。”

“哦，我不认识他。好，老板，祝你身体健康，生意兴隆！再见。”

“咱们现在去找布雷肯里奇先生，”我们俩走出酒馆，外面天气严寒，福尔摩斯扣上大衣纽扣说。“记住，华生，咱们这根链条尽管一端是一只普普通通的鹅，另一端却肯定是个会给判处七年劳役徒刑的家伙，除非咱们能证明他无罪。可是咱们的调查也可能证明他有罪。不管怎么样，反正咱们抓到了一条被警方忽略了的调查线索；一定要趁这难得的机会追查下去，直到水落石出为止。现在咱们往南快步前进！”

我们穿过霍尔伯恩区，折入恩德尔街，接着又路过蜿蜒曲折的贫民

---

①科文特加登，英国伦敦一广场名，曾为伦敦主要水果、花卉和蔬菜市场。

区来到科文特加登广场。一个较大的摊位挂着布雷肯里奇的姓名招牌，摊主是个长着马脸的家伙，下巴削瘦，蓄着整齐的络腮胡子，正在帮助一个小伙计收摊。

“晚安，今天晚上可真冷啊，”福尔摩斯说。

摊主点点头，拿怀疑的目光打量一下我的伙伴。

“看来你的鹅都卖光了，”福尔摩斯指着空荡荡的大理石柜台说。

“明天早晨，您要五百只都会有货。”

“不行，我现在就想要。”

“煤气灯那边的货摊上还有几只。”

“可人家介绍我到你这里来买。”

“谁介绍的？”

“阿尔法酒馆老板。”

“对，我给他送去了24只。”

“那些鹅可真不错。你是从哪儿进的货啊？”

叫我大吃一惊的是，这一询问竟使那位摊主勃然大怒。“哼，先生，”他扬起脑袋，双手叉腰，说道，“你这是什么意思？有话就明说！”

“我说得够明白了，很想知道你供给阿尔法酒馆的那些鹅是从谁那里进的货？”

“可我不想告诉你，就这样！”

“哦，那也没什么关系，可我闹不明白你干吗为这点小事大发脾气？”

“大发脾气！你要是也让人这样纠缠个没完没了，也会大发脾气的。我花好价钱进好货，这不就结了吗？可你却要问，‘鹅哪儿去了？’‘你把鹅都卖给谁了？’‘你们这些鹅要卖多少钱啊？’你听到人家对这些鹅这样没完没了的唠叨，也许还当它们真是世间独一无二的鹅了。”

“我可跟那些向你打听的人都没关系，”福尔摩斯漫不经心地说。“你若不肯告诉我，这个打赌也就算吹了。就这样吧。可我一向坚持我对家禽的判断。我吃的那只鹅是乡下饲养的，为此愿意下五镑的赌注。”

“那你可就输了你那五镑，因为那只鹅确实是城里饲养的，”摊主斩钉截铁地说。

“绝对不是。”

“我说就是。”

“我不信你的话。”

“你以为你对家禽的了解比我还强吗？告诉你，我从小就干这一行了。不瞒你说，所有供应阿尔发酒馆那批鹅都是在城里饲养的。”

“你永远甭想说服我。”

“那你敢打赌吗？”

“那只会叫你输钱，因为我知道我是正确的。不过嘛，我还是愿意拿出一枚金币跟你打这个赌，好教训教训你以后别再这样固执己见。”

摊主格格冷笑几声，说道：“比尔，把账本给我拿来！”

一个小伙子拿过来一个薄薄的小账本和一个封面油腻腻的大账本，把它们摊在吊灯下。

“好，过分自信先生，”摊主说，“刚才我还以为我的鹅都卖光了，可我在收摊前，你会发现我店里还有一只呐。看见这个小本子了吗？”

“怎么样呢？”

“这是卖鹅给我的人名单。看见了吗？嗯，这一页上面是老乡的，他们的姓名后面的数目字是总账的页码，他们的账都记在那个大本的总账本上呢。好，你看见红墨水写的另一页了吗？这是一张城里卖鹅给我的人名单。现在，你再瞧那第三个姓名，念给我听听！”

“奥克肖特太太，布里克斯顿街117号249页，”福尔摩斯念道。

“不错，现在再查看一下总账本吧！”

福尔摩斯翻到指明的那一页。“有了，‘奥克肖特太太，布里克斯顿街117号，鸡蛋和家禽供应商。’”

“好，看看最后一笔账是怎么记的？”

“‘12月22日，24只鹅，每只7先令6便士。’”

“不错，再看看下面一行写的什么？”

“‘卖给阿尔法酒馆温迪盖特先生，每只12先令。’”

“你现在还有什么话可说？”

歇洛克·福尔摩斯显出十分懊恼的样儿。他从兜儿里掏出一个金镑硬币扔在大理石柜台上，带着一种难以言传的厌恶神情走开了。走出几步之后，他在路灯杆下面站住，用他那特有的默默高兴的样儿微微发笑。

“你要是遇到一个留着那样的络腮胡子、兜儿里揣着粉红报[①]的人，总可以用打赌的方式让他吐露真情，”他说，“我敢说即使我拿出一百镑放在他面前，那家伙也不会像通过打赌那样痛快地提供给我如此全面的情况。好了，华生，我想咱们已经接近调查的尾声。眼下惟一要决定的是，咱们今天晚上就去找奥克肖特太太呢，还是留待明天再去。听那个阴阳怪气的家伙的口气，除了咱们之外，明明还有别人也在急着了解这件事，那我该不该……”

他的话音突然让我们刚离开的那个摊位那儿发出的一阵喧哗声打断。我们回头一看，只见一个獐头鼠目的小个子站在那盏摇摇晃晃的吊灯黄烘烘的光晕下，布雷肯里奇摊主挡在他的摊位前，向那个畏畏缩缩的家伙狠狠地挥动拳头。

“你和你的鹅真惹得我烦透了！”他喊道。“巴不得你们全见鬼去吧！你要是再胡言乱语纠缠我，我就放狗出来咬你。你去把奥克肖特太太叫来，我会答复她，可这跟你又有什么关系？难道我的鹅是从你那儿买来的吗？”

“不是，不过其中有一只鹅是我的啊！”那个矮个子唉声叹气地说。

“那你找奥克肖特太太要去吧！”

“可她让我来找你。”

“那你可以去找普鲁士国王讨要嘛，我管不着。我已经听够了，给我滚开！”摊主恶狠狠地冲向前，那个问话人吓得一溜烟跑掉，消失在黑暗里。

“哈，这倒可以省得咱俩去布里克斯顿街了，”福尔摩斯小声说，“快跟我来，咱们看看从这个家伙身上可以查出点什么来。”我们便穿过那些在灯光照耀下的摊位周围闲逛的三五成群的人。我的伙伴迅速

---

①粉红报（Pink’un），指当时用粉红纸印刷的《体育时报》（Sporting Times）。

赶上那个小个子，拍一下他的肩膀。那人猛地转过身来，我在煤气灯光下看得出他那张脸煞白得全无血色。

“你是谁？你要干什么？”他颤悠悠地问。

“对不起，”福尔摩斯和蔼地说，“我刚才无意中听见你跟那个摊主的对话。我想我倒能帮你点忙。”

“你？你是谁？这事你怎么知道的？”

“我叫歇洛克·福尔摩斯。知道别人不知道的事是我分内的事。”

“可你对这事又能知道些什么呢？”

“对不起，这事我全知道了。你是在急着寻找那几只鹅，它们是布里克斯顿街的奥克肖特太太卖给布雷肯里奇摊主的，他又转手卖给阿尔法酒馆老板温迪盖特，他呢，又把鹅转到他的鹅俱乐部，而亨利·贝克是那个俱乐部的一名会员。”

“哎呀呀，老哥，您正是我巴望见到的人，”小个子哆哆嗦嗦地伸出双手，大声说道，“我简直没法向您解释我对这事多么感兴趣呵！”

歇洛克·福尔摩斯叫住一辆路过的四轮马车。“要是这样的话，咱们与其在这寒风飕飕的菜市场交谈，倒不如找个舒适的房间去聊聊，”他说。“不过，咱们出发之前，请告尊姓大名。”

那人犹豫一下，答道：“我叫约翰·鲁宾逊。”

“不，不，我问的是你的真名实姓，”福尔摩斯和蔼地说，“用化名办事，总是不太方便嘛。”

那个陌生人苍白的脸刷地一下涨得通红。“那好吧，”他说，“我的真名实姓是詹姆士·赖德。”

“一点儿也不错，大世界酒店的领班。请上车吧。我很快就会把你想知道的全部详告。”

小个子站在那里，来回打量我们俩，眼神显得又有点担心又心存希望，一个人处于不知是凶是吉的境地时往往都会这样。他上了马车，我们在车上都沉默不语，那位新伙伴呼吸急促而微弱，两手时而攥紧，时而放松，显出他内心极度紧张。半小时后，我们回到了贝克街，进入起居室。

“到家了！”我们鱼贯走进屋子，福尔摩斯欢欣地说。“在这样糟糕的天气里，这炉火真叫人看上去高兴。赖德先生，你好像浑身挺冷似的，那就请坐在这把藤椅子上吧。在解决你这件区区小事之前，让我先换上拖鞋。好了，现在你是想知道那些鹅的情况吧？”

“是啊，老哥。”

“毋宁说是那一只鹅吧。我料想你感兴趣的那只鹅是一只白色的，尾巴上有一道黑。”

赖德激动得直发颤。“哦，老哥，”他喊道，“您能告诉我那只鹅到哪儿去了吗？”

“它啊，来过这儿。”

“这儿？”

“对，确实是一只旷古未闻的鹅。你对那只鹅如此关怀，我一点也不感到奇怪。那只鹅死后下了个蛋——人世间最美丽最明亮的小蓝蛋。我把它珍藏在我的私人博物馆里了。”

我们那位客人摇摇晃晃地站起来，右手紧紧抓住壁炉台。福尔摩斯打开他的保险柜，拿出那颗像寒星那样光芒四射的蓝宝石。赖德站在那里耷拉着脸，直瞪着那颗宝石，不知该认领呢，还是放弃好。

“玩的这出把戏该结束啦，赖德！”福尔摩斯平静地说。“站稳些，赖德，要不然你就会跌进炉火里去啦。华生，扶他坐下！他还没有足够的胆量泰然自若地犯重罪。给他喝点白兰地。好了，他看上去有点人样儿了。他可真够瘦小的，活像只虾米！”

那人一时跌跌撞撞地差点儿摔倒，白兰地使他的两颊现出点血色；他又坐下来，惊恐不安地盯视着那谴责他的人。

“我差不多掌握了这事的各个环节，也有了可能需要的全部证据，因此也没有什么太多的事需要你告诉我啦。不过嘛，为了使这件案子圆满结束，还是得搞清楚一件事。赖德，莫卡伯爵夫人这颗蓝宝石你听说过吗？”

“是凯瑟琳·丘萨克告诉我的！”他急促地轻声答道。

“嗯，我明白，是伯爵夫人那位侍女。于是，如此唾手可得的大笔横财对你的诱惑实在太大了，就跟那颗宝石以前引诱过比你本事更大的人一样，可你使用的手法却不太高明。在我看来，赖德，你这个人生性就是个很狡猾的大恶棍。你知道那个管子工霍纳曾经犯过类似的盗窃行为，因此怀疑便很容易落在他头上。那你干了什么呢？你在夫人房间里做了点手脚——伙同你的同谋犯丘萨克一起干的——你设法派霍纳去夫人那个房间。然后，在他走后，你撬开那个首饰匣，紧接着就报警，说是发生了盗窃，警方便把那个不幸的家伙抓起来。随后你……”

赖德突然扑通一声跪倒在地毯上，抓住我朋友的双膝。“看在上帝分上，饶了我吧！”他尖声哀求道，“想想我的老爹！想想我的老娘！这会叫他们伤透了心的。我过去从没干过坏事！我再也不敢了。我赌咒发誓。我可以把手按在圣经上发誓。噢，千万别把我送上法庭！看在基督的分上，千万别这样！”

“坐回椅子上去吧！”福尔摩斯严厉地说。“你现在倒知道畏畏缩缩地趴在地上求饶了，可你就没想到那个可怜的霍纳却被诬告犯了一桩他根本不知情的罪名而受审。”

“我逃走，福尔摩斯先生。我逃离这个国家，先生。这样一来，对霍纳的控告就会给撤销了。”

“哼！这个问题我们是要好好谈谈的。可现在先让我听听这个把戏的第二幕真实情况。那颗宝石怎么进了鹅的肚子，那只鹅怎么又到了菜市场？跟我说实话，这可是你能获救的惟一希望啦。”

赖德用舌头舔舔他那干裂的嘴唇。“我一定照实告诉您，”他说，“霍纳被捕后，我觉得应该立刻带着宝石逃走为妙，因为我不知道何时警方会想起搜查一下我和我的房间。可是酒店里没有一处安全的地方，我便佯装受人差遣出去办事，跑到我姐姐家。姐夫姓奥克肖特，住在布里克斯顿街，姐姐靠饲养家禽供应菜市场。一路上，我碰到的每一个人都像是警察或侦探，因此那天晚上尽管天气十分寒冷，我到达布里克斯顿街时，已经汗流满面。我姐姐问我出了什么事，为何脸色那么苍白，可我只告诉她，酒店里丢失宝石那件事搅得我心烦意乱。随后我就到后院去抽烟斗，琢磨该怎么办才好。

“以前我一度有个叫莫兹利的朋友，他后来变坏堕落了，刚在潘顿威尔服刑期满。有一天他碰到我，跟我谈起偷窃的门径，还有赃物怎样出手的办法。我相信他不会出卖我，因为他有那么一两件犯法的事我一清二楚。我便决定到基尔伯恩他的住处去找他，把他当作知心人，吐露这件事。他会教我怎样把这颗宝石换成钱。但是，如何才能安全到达他那里呢？我一想到从酒店来的一路上惶恐不安的痛苦心情，就感到也许随时都会遭到逮捕和搜查，而那颗宝石就在我的坎肩兜儿里。当时我正倚着墙，望着一群鹅在我脚下摇摇摆摆地走来走去。我突然心生一计，相信一定能瞒过世上最精明能干的侦探。

“几个星期前，我姐姐跟我说过我可以挑一只白鹅作为她送给我的圣诞节礼物，我知道我姐姐向来说话算数。我不如现在就把那只鹅拿走，把宝石藏在鹅的肚子里，带到基尔伯恩去。后院里有个小棚子，我便从棚子后面赶出一只鹅，一只大白鹅，尾巴上有一道黑边。我抓住它，掰开它的嘴，用手指头尽力把宝石塞进它的喉咙，一直塞到手指能够达到的地方。那只鹅把宝石吞咽下去了，我觉出宝石已经顺着鹅的食道到了它的嗉囊。可是那只鹅拍打着翅膀拼命挣扎，我姐姐闻声跑了出来，问我发生了什么事。我转身跟她讲话那一刹那，那只鹅从我手中挣脱，拍打着翅膀回到鹅群里去了。

"'杰姆，你抓住那只鹅在干什么？'她问道。

"'嗯，'我说，'你说过送我一只过圣诞节嘛，我在摸摸哪一只最肥！'

"'我们早把准备送给你的那只留在一边了，我们管它叫"杰姆的鹅"，就是那边那只大白鹅。我们一共有 26 只鹅，一只送给你，一只留给自己，24 只要送到市场上去。'

"'谢谢你，麦琪，'我说，'如果对你来说都是一样的话，我还是想要我刚才抓住的那只鹅。'

"'给你留的那只足有三磅重呢，'她说，'我们特意为你喂肥的。'

"'没关系，我就要我抓的那只。我打算现在就把它拿走，'我说。

"'噢，那就随你的便吧，'她有点生气地说，'你要的是哪一只啊？'

"'那只尾巴上有一道黑的白鹅，就在那群鹅里面。'

"'那好吧，你去把它宰了带走吧。'

"于是我就照她说的做了，福尔摩斯先生，我随即就把那只鹅带到基尔伯恩。我把我做的事都跟我那个伙伴说了，因为他是一个可以推心置腹相告这类事的人。他笑得喘不过气来，我们就拿刀把鹅开了膛。可我一下子透心凉了，因为鹅肚子里根本没有那颗宝石。我明白这一定是出了糟糕透顶的差错。我丢下鹅，急忙奔回我姐姐家，匆匆走进后院，可是那里一只鹅也没有了。

“‘麦琪，那些鹅哪儿去了?’我喊道。

“‘已经送到经销商那里去了。’

“‘哪一家?’

“‘科文特加登广场的布雷肯里奇。’

“‘有没有尾巴上有道黑的那只?’我问道。‘跟我挑的那只一样。’

“‘有啊，杰姆，我养了两只尾巴上有道黑的鹅，连我都分不清哪只是哪只。’

“我当然明白这是怎么回事了，便撒腿尽快跑到布雷肯里奇摊主那里，可他早就把那批鹅统统卖掉了，他说什么也不肯告诉我鹅究竟给卖到哪儿去了。二位今天晚上也都听到了。唉，他一直就那样回答我。我姐姐认为我疯了，我自己有时也这么认为。可现在——我已经成了一个带有标记的窃贼，却压根儿没得到为此出卖自己人格的财富。上帝宽恕我吧！上帝宽恕我吧！”他双手捂着脸，放声大哭起来。

房间里久久陷入寂静，只能听到赖德呼呼的喘气声和歇洛克·福尔摩斯的手指尖颇有节奏地叩打桌沿声。随后，我的朋友突然站起来，把门打开。

“滚出去！”他喊道。

“什么，先生?！噢，上帝保佑您！”

“少废话，快滚！”

无须乎再多说什么了。只听见楼梯上一阵噔噔的脚步声，接着是砰的一声关门声。随即从街上传来一阵清脆的奔跑声。

“华生，”福尔摩斯一边说，一边伸手去拿他那个陶土制的烟斗。“我毕竟没受警方的聘用，也就没必要非向他们提供他们不知道的案情

不可啦。霍纳如果现在处于危险境地，那当然又当别论啦。不过看来这个家伙不会再出庭作伪证控告他了，这个案子也就会不了了之。我认为我这样减轻了一项重罪，无非是在挽救一个人。这人从此不会再干坏事，他已经给吓得魂飞魄散。现在若把他送进大牢，那他就会成为一名终身监禁的罪犯。再说，目前正是宽恕人的圣诞季节，咱们何乐而不为呢。纯属偶然的机会使咱们碰上了这个最为奇特的古怪问题，这样解决也算是它本身应得的回报了。大夫，劳驾拉下铃，咱们开始调查另一个案子吧，其中主要的特点还是一只家禽。”

（1892）

斑点带子案

近八年来，我陆续记录了我的好友歇洛克·福尔摩斯经办的七十多起案件，研究了他的破案方法；我粗略翻阅一遍这些案例记录，发现其中悲剧性案例居多，也有一些是喜剧性的，绝大部分仅是离奇古怪而已，却没有一例是平淡无奇的，这是因为他干活儿与其说是为了获得酬金，还不如说是出于对他那一行的调查本领的爱好。他拒绝接办任何调查起来毫不离奇甚至毫不怪诞的案子。在这些形形色色的案件中，我记得有一个案子更具异乎寻常的特色，那就是萨里郡斯托克·莫兰镇著名的罗伊洛特家族那桩案子。这事发生在我跟福尔摩斯交往的早期。当时我们俩都是单身汉，在贝克街合租一套寓所。我原本早就可以把这事记录下来，可我当时做出了保守秘密的许诺，直到上个月我给予保证的那位女士不幸过早去世，这项约束才算解除。现在，这事也许该公诸于世了，因为我确实知道外界对格里姆斯比·罗伊洛特医生的死因众说纷纭，广泛流传的种种谣言使那件事变得比真实情况更加骇人听闻。

事件发生在1883年4月初。一天清晨，我一觉醒来，发现歇洛克·福尔摩斯衣着整齐地站在我的床边。他通常是个爱睡懒觉的家伙，壁炉架上的时钟表明刚刚七点一刻。我有点诧异地冲他眨眨眼，也许还有点不大高兴，因为我的生活习惯一向很有规律。

“真对不起，华生，把你叫醒了，”他说，“今天一大早咱们的命运都一样，先是赫德森太太让敲门声吵醒，她作为报复把我唤醒，现在我又来叫醒老兄。”

“出了什么事？着火了吗？”

“没有。来了一位委托人，像是一位年轻女郎，情绪相当激动，坚持非要见我不可。她眼下正在起居室里等着呐。年轻小姐如果大清早这个钟点徘徊在城市街头，又把睡得香甜的人叫醒，我想她必定有十分紧急的事要找人商量商量。如果这是件挺有趣儿的案子，我确信你一定从一开始就愿意关注，因此我考虑无论如何也得把老兄叫醒，免得你失去这个机会。”

“老伙计，我当然不愿意失去这个好机会。”

我平生最大的乐趣就是跟随福尔摩斯进行专业性调查工作，欣赏他迅速作出的推论，那种推论都是凭直觉快速作出来的，却又一向基于逻辑。就这样他一一解决了那些委托给他的疑难问题。我连忙穿上衣服，几分钟后便准备就绪陪同我的朋友进入起居室。一位身穿黑衣服、戴着厚面纱的女郎刚才一直坐在窗前，一见我们进来，便站起来。

“早安，小姐，”福尔摩斯愉快地说。“我叫歇洛克·福尔摩斯，这位是我的好友兼同事华生大夫，你在他面前跟我谈话，无须乎顾虑。我很高兴赫德森太太想得很周到，已经把壁炉点着了。请靠近火些，我会叫人给你端来一杯热咖啡，因为我注意到你浑身在发抖。”

“不是冷得发抖，”那位小姐低声说，按照福尔摩斯的要求换了个座位。

“那又是为什么？”

“是因为担惊害怕，福尔摩斯先生，因为恐惧！”她一边说，一边揭开面纱，我们看得出她确实处于焦虑不安、让人怜悯的状态。她脸色灰白，十分憔悴，两眼流露出被追逐的动物那种惊惶失措的神情。相貌和身材像30岁女人的模样，可头发却过早夹杂着几缕银丝，表情委靡不振。歇洛克·福尔摩斯迅速上下打量她一下。

“不必害怕，”他弯身拍拍她的前臂，抚慰道，“咱们很快就会把事情处理好，这我可以保证。你是今天早晨乘火车来的吧？”

“这么说，您认识我？”

“不认识，我注意到你右手手套里露出半截回程票。你想必很早就动身了，到达火车站之前，还乘坐一辆双轮轻便马车在泥泞道路上赶过一段路程吧？”

那位女郎大吃一惊，目瞪口呆地望着我的伙伴。

“这并不神秘，亲爱的小姐，”他微笑着说。“你的外衣左袖子上有好几处溅了泥。泥点都是新溅上去的，只有双轮轻便马车驶过泥泞道路才会这样，而且你是坐在马车夫左边，才会溅到泥。”

“不管您是怎么推理的，说得都对极了。”她说，“我今天早晨六点以前就出门了，六点二十到达莱瑟海德，赶上了开往滑铁卢的第一班火车。先生，我再也受不了这种紧张的压力，照这样下去，我就会发疯啦。我求助无门——没有真能帮助的人，除去只有一个真正关怀我的人，可他，可怜的人，也一点办法都没有。我听说过您，福尔摩斯先生，我是从法林托希太太那里听说的，您曾经在她最需要帮助的时候援助过她。我是从她那儿打听到您的地址的。噢，先生，您不认为也能帮助我，至少在那围绕我的黑暗中给我指出一线光明吗？目前我无力酬劳您对我的帮助，不过一两个月内我就会结婚，便可以支配自己的收入；那当儿您至少会发现我不是个忘恩负义的人。”

福尔摩斯转身走向他的书桌，打开抽屉上的锁，取出一个案例小记事本，查阅一下。

“法林托希太太，”他说，“哦，是啊，我记起那个案子了，那是一起涉及乳白宝石冕状头饰的案子。华生，你那时大概还没来呢。小姐，我只能说我愿意像当初为你的朋友效劳那样也为你这事尽点力。至于酬劳嘛，我有活儿干就是酬劳，以后你感到最合适的时候可以随便支付我可能在调查这件事情上的花费。那现在就请把情况都告诉我们吧，好让我们对这事有个判断。”

“唉！”我们的来客答道，“我的处境可怕之处在于我的恐惧十分模糊不清，心中猜疑的事在别人眼中全像是微不足道的琐碎小事。就连我那个最亲近而且能够给予帮助和指点的人，也把我告诉他的事看成是神经质女人的胡思乱想。他倒没这样说，可我能从他安抚的话语和回避的眼神中觉察出来。福尔摩斯先生，我听说您能洞察人心里的种种邪恶。请您告诉我，我在这危机四伏的情况下该怎么办？”

“我在认真听着呐，小姐。”

“我叫海伦·斯托纳，跟继父住在一起。他是萨里郡西边斯托克·莫兰镇的罗伊洛特家族最后一位幸存者，这个家族是英国最古老的撒克逊家族之一。”

福尔摩斯点点头，说道：“这个姓氏我蛮熟悉。”

“这个家族一度是英国最富有的家庭，产业占地较广，超出了本郡边界，北至伯克郡，西至汉普郡。可是到了上世纪，由于四代子嗣都是生活放荡、挥霍无度之辈，到了摄政时期①，家业终于让一个赌棍彻底败掉，除了几亩地和那栋两百年历史的古老宅邸外，都已荡然无存，就连那座宅邸也已典押得差不多了。最后一位老爷在那里过着落魄贵族贫困可悲的生活。但是，我的继父就是这位老爷的独生子，他认识到自己得适应新的处境，便从一位亲戚那里借到了一笔钱，这使他得到了一个医学学位，随后他便到加尔各答去行医，在那里凭借他医术高明和坚强性格，业务十分发达。但是后来由于家里不断被盗，他在盛怒之下把那个印度管家殴打致死，差点儿给判处死刑，结果遭到了长期监禁。后来，他返回英国，变成了一个性格暴躁、失意潦倒的人。

“罗伊洛特医生在印度时跟我母亲结了婚，我母亲当时是孟加拉炮兵司令斯托纳少将的遗孀。我和我的姐姐朱莉娅是双胞胎，母亲再婚

① 指英王乔治四世王太子的摄政时期，即自 1811 年至 1820 年期间。

时，我们俩才两岁。母亲相当有钱，每年不少于一千镑收入。我们跟罗伊洛特医生住在一起时，母亲就立下遗嘱，把全部财产遗赠给他，但是附加了一个条件，那就是我们姐妹俩日后如果结婚，每年得拨给我们俩一定数目的钱。我们回到英国后不久，母亲便不幸去世了——她是八年前在克鲁附近一次火车事故中丧生的。母亲去世后，罗伊洛特先生便放弃了在伦敦重新开业的意图，带我们一起回到斯托克·莫兰镇故居生活。母亲遗留下的钱足够支付我们的一切开销，看来我们的幸福似乎毫无障碍。

“在这段时间里，继父的变化非常之大。我们的邻居起初看到斯托克·莫兰镇的老宅中又住上了一位罗伊洛特家族的后裔都十分高兴。可他却跟邻居互不来往，整天待在自己的住房里，深居简出；不管碰到什么人，他都跟对方穷凶极恶地争吵。这种近乎疯狂的暴脾气在这个家族男人当中有遗传性，我想他长期旅居在热带地区，更加重了他这种脾气。一系列使人丢脸的争吵接连发生，其中两次是在治安法庭上结束的。结果他成了村镇里人人望而生畏的家伙，人们一见到他，无不敬而远之，赶紧躲开，因为他是个力大无穷的壮汉，又有一个根本无法控制的暴戾脾气。

“上星期，他把当地的铁匠扔出桥边上的矮档墙，掉进河里，最终还是由我赔偿了我能凑到的一笔钱，才避免了另一桩社会丑闻。他除了跟那些流浪的吉卜赛人来往之外，没有一个朋友。

他跟那伙吉卜赛人相处得非常融洽，允许他们在他那几亩象征着家族产业的荆棘丛生的土地上扎营居住，他会到那些帐篷里去作客，有时还跟他们一块儿出外流浪几周。他还特别宠爱一名记者送给他的印度动物，他现在养着一头印度猎豹和一只狒狒作为他的宠物，这两个动物在他的土地上自由地跑来跑去，村里人就像害怕它们的主人那样怕它们。

“您们通过我的叙述，不难想像我们姐妹俩过着多么不愉快的日子。家中雇不长仆人，我们俩已经很长时间担负起一切家务。我姐姐死时才 30 岁，可她跟我一样早已有了白发。”

“这么说，你姐姐已经去世了？”

“她是两年前去世的，我想跟您谈的就是姐姐死亡的事。您能明白我刚才说的那种生活状况，我们姐妹俩几乎见不到任何跟我们同年龄同地位的人。幸亏我们有个姨妈——霍诺丽娅 · 韦斯法尔小姐，是我母亲的姐姐，终生未嫁，住在哈罗市附近。我们只是偶尔允许去看望她。朱莉娅两年前到她家去过圣诞节，遇到一位领半薪的海军陆战队少校，跟他订了婚。我姐姐回来后，继父听说了她的订婚事，并没表示反对；但是在预订婚礼日子的前半个月发生了一件可怕的事，夺走了我惟一的伴侣。”

歇洛克 · 福尔摩斯一直仰靠在椅背上，闭着两眼，脑袋沉陷在一个软垫里，这当儿他半睁开眼，瞥一下他的客人。

“请把细节说清楚些。”他说。

“这太容易了，因为那段时期发生的每件事我都记忆犹新。我刚才说过宅邸很古老，如今只有一侧住人。那侧的卧室都在一楼，起居室在楼房中间。三间卧室连接在一起，第一间是罗伊洛特先生的，第二间是我姐姐的，第三间是我自己的。三间房间互不相通，房门都朝向一条共同的通道。我说清楚了吗？”

“蛮清楚。”

“三个房间的窗户都朝向外面的一块草坪。发生命案那天晚上，罗伊洛特医生很早就回自己的房间去了，可我们知道他并没就寝，因为我姐姐让他习惯抽的那种印度雪茄浓烈的烟味儿熏得够呛。她就离开自己的屋，到我的房间坐一会儿，谈起她即将举行的婚礼。11 点钟，她起身回自己的屋，走到门口时，她回过身来。

"'告诉我，海伦，'她说，'你在深更半夜听见过有人吹口哨吗？'

"'从来没听到过，'我答道。

"'我想你睡觉时不可能吹口哨吧？'

"'当然不会，怎么了？'

"'因为最近几天深夜里，我总在三点钟左右听到清晰的轻轻口哨声。我是睡不沉的人，那声音就把我吵醒了。我闹不清那声音是打哪儿来的——可能是来自隔壁房间，也可能是从草坪那边传过来的。我当时就想该问问你是不是也听见了。'

"'没有，我没听见过。想必是那些在种植园里可怜的吉卜赛人弄出的声音吧。'

"'很可能是。可是如果是从草坪那边传来的，我纳闷你怎么会没听见呢。'

"'哦，我睡得比你沉吧。'

"'好了，反正也没多大关系，'她朝我笑笑，关上我的房门；没多会儿，我听到她的钥匙在门锁里转动的声音。"

"真格的，"福尔摩斯说，"晚上睡觉前锁上门，这是不是你们一贯的习惯？"

"一向如此。"

"为什么？"

"我想我刚才说过了，医生养了一头印度猎豹和一只狒狒。不把门锁上，我们感到不安全嘛。"

"倒也是。请接着讲。"

“那天夜里我睡不着，有一种模模糊糊不祥的预感。要知道，我们姐妹俩是双胞胎，连接我们两颗心的纽带是多么微妙。那天夜里，狂风呼啸，雨点劈劈啪啪地打在窗户上。在那嘈杂的风雨声中，突然传来一声女人惊恐的狂叫。我听出那是我姐姐的叫声，就从床上跳起来，裹上一块披巾，冲向通道。我打开房门时，好像听到一声姐姐形容过的那种口哨，紧接着又听到像是一堆金属落下来的哐啲一声。我沿着通道跑过去，姐姐的房门已经打开锁，正在慢慢开启呐。我惊恐地注视着那扇门，不知会从里面出来什么。借着通道上的灯光，我看见姐姐出现在房门口，她那张脸苍白如纸，满布恐惧的神情，双手向前摸索着寻求援救，整个身子就像醉汉那样摇摇晃晃。我急忙跑上前去，双手搂住她，可她仿佛浑身无力，一下子跌倒在地。就像一个感受剧痛的人那样，她在地上翻滚扭动，四肢可怕地抽搐。起初我还当她没认出我，可我俯身要搀她起来时，她突然发出一阵我这一辈子也忘不了的凄厉喊声：‘噢，天哪！海伦，是一条带子！一条斑点带子！’她似乎还想说些什么，把手举起来，指向医生那个房间，可又一阵抽搐使她说不出话来了。我奔跑出去，大声喊我的继父；我看见他穿着睡袍正急急忙忙从他的房间那边赶过来。他赶到我姐姐身边时，姐姐已经不省人事。尽管继父给她灌了白兰地，又派人到镇上请来了医生，可是一切努力都无济于事，因为姐姐已经奄奄一息，咽气之前没再苏醒过来。这就是我那亲爱的姐姐悲惨的结局。”

“等一下，”福尔摩斯说，“你敢肯定听到了口哨声和金属撞击声吗？能发誓保证吗？”

“本郡验尸官在调查时也这样问过我。我明明听见了，印象很深，可是那天夜里狂风暴雨，还有老房子吱吱嘎嘎的响声，我也有可能听错。”

“你姐姐当时还穿着白天穿的衣服吗？”

“她已经换上了睡衣。右手有根燃过的火柴棍儿，左手握着一个火

柴盒儿。”

“这说明出事时，她划过火柴，向四下里看过。这点很重要。验尸官得出了什么结论？”

“他挺仔细地调查了这个案子，因为罗伊洛特医生的品行早已在郡里臭名远扬，可他还是没能找出任何能说服人的致死原因。我做了证明，房门是从里面上了锁，窗户都由带有宽铁栅的老式百叶窗护挡着，每天夜里都关得严严实实。四面墙仔细敲过，都很牢固，地板也彻底检查过，结果一样。烟囱虽然挺宽，却已用四个 U 形大马钉拦住，从上面下不来人。因此，可以肯定我姐姐死时，房间里只有她一个人。再说，她身上没有任何受过暴力的痕迹。”

“会不会是中了毒？”

“医生为此做了检验，却没查出来。”

“那你认为你那不幸的姐姐是怎么死的呢？”

“我认为她纯粹是由于恐惧，神经受到震惊而死的，可是究竟是什么把她吓得那样我却想像不出。”

“当时种植园里有吉卜赛人吗？”

“有，那里几乎总有些吉卜赛人。”

“另外，她提到了带子——斑点带子，你推断出那是什么意思吗？”

“我有时想那只是一时神志不清的胡言乱语，有时又觉得她指的是一帮人[①]，也许就是种植园里那些吉卜赛人。他们有好多人头上裹着带斑点的头巾，我闹不清她使用了这个怪形容词，可不可能指的是这个。”

福尔摩斯摇摇头，好像实在不能满意这个说法。

“问题很复杂，”他说，“请继续谈下去。”

“从那以后，两年过去了，直到最近，我感到比以往越发孤单寂寞。一个月前，我认识多年的一个好朋友向我求婚。他叫阿米蒂奇——珀西·阿米蒂奇，是雷丁市近郊克兰·沃特镇上的阿米蒂奇先生的二儿子。继父对这桩婚事没表示不同意，我们便决定春季结婚。两天前，我们的旧宅西侧要修缮一下，我那间卧室的墙已经给打穿，因此我不得不搬到姐姐死在里面的那间卧室去住，睡在她睡过的那张床上。您倒想想看，昨天夜里，我躺在她的床上根本睡不着，回忆起她那可怕的遭遇，忽然在那寂静的黑夜里听到那曾经预告姐姐死亡来临的轻轻口哨声，不禁毛骨悚然。我跳起来，点亮灯，却在房间里什么也没发现，我吓得浑身哆嗦，不敢再上床睡觉，于是就穿上衣服；天一亮，我便悄悄溜出门，在对面皇冠酒店雇辆轻便马车去莱瑟海德，今天清晨从那里来到您这儿，拜访的目的是想听听您的指教。”

“你这样做很明智，”我的朋友说。“可你是否全都讲给我听了？”

---

①原文 band 作“带子”解，亦可作“一帮”解。

“全都说了。”

“斯托纳小姐，你没有。你在袒护你的继父呐。”

“呃，您这是什么意思？”

作为回答，福尔摩斯把来客放在膝上那只手的黑花边袖口褶边朝上捋一捋，那白皙的手腕上露出五个青肿印儿，那是四个手指头和大拇指的压痕。

“你受过虐待，”福尔摩斯说。

那位女郎刷地一下涨红了脸，立刻捂住手腕，说：“他是个壮老汉，也许不知道自己的力气有多大。”

一阵长时间的沉默，福尔摩斯托着腮，凝视着壁炉里劈啪作响的火焰。

“这事并不简单，”他最后开口道，“在决定采取什么行动之前，我还需要了解更多的细节。可是时间紧迫，我们如果今天就去斯托克·莫兰镇，有没有可能让我们查看一下那三个房间而又不让你继父知晓？”

“巧得很，继父说他今天要进城办几件非常重要的事。今天一整天他都很可能不在家，这就对你们不会有什么干扰。我们家现在有个女管家，年纪大了，有点糊里糊涂，我很容易就能把她支开。”

“太好了，华生，你不反对走一趟吧？”

“决不反对。”

“那咱俩都去。小姐，你还有什么事要办吗？”

“我既然已在城里，倒真有一两件事想去办。可我会乘12点钟那班火车回去，好在那边及时迎接二位。”

“我们一过中午就到。我本人也有点零碎事儿要去办。你不在这儿吃点早点吗？”

“不了，我得走啦。我把自己的烦恼告诉您二位之后，心情好多了。我下午等着你们。”她拉下厚厚的面纱，就悄悄走出房间。

“华生，你认为这究竟是怎么一回事啊？”福尔摩斯靠在椅背上问道。

“在我看来，这是一件十分阴险毒辣的事。”

“够阴险毒辣的。”

“如果那位小姐说地板和墙都挺结实，门窗和烟囱又钻不进人，那她姐姐神秘死亡时，想必是独自一人在屋里。”

“那么，半夜哨声是怎么回事呢？还有那个姑娘临死前说的话又是什么意思？”

“这我倒也想不出来。”

“半夜哨声啦，那群跟老医生关系密切的吉卜赛人的存在啦，我们有理由相信那位老医生存心阻止继女的婚姻啦，姑娘临死前提到的带子啦，最后还有海伦·斯托纳小姐听见哐啷一下金属撞击声很可能是扣紧百叶窗的铁条落回原位，你把这些情况联系起来，我想就有充分理由相信咱们沿着这些线索便可解开这个谜。”

“可是那些吉卜赛人当时干了些什么呢？”

“这我也想像不出。”

“我倒觉得这样的推论存有不少漏洞。”

“我也有这种感觉。这正是咱们要去斯托克·莫兰镇的理由。我想看看这些漏洞是否无法弥补呢，还是通过解释可以给消除。嚯！真见鬼！”

我的伙伴这一声叫喊是因为我们的房门突然给猛地撞开，一个彪形大汉堵在房门口。他那身装束古里古怪，使他既像个专业人员又像个庄稼汉。他头戴一顶黑色大礼帽，上身穿一件长燕尾服，脚蹬一双带绑腿的高统靴，手上挥动着一根猎鞭。这人个头儿很高，帽子实际上都擦到了门框上的横梁，大块头的身子几乎把门堵得严严实实。那张宽脸晒得焦黑，满布皱纹，神情邪恶，两只凶光逼人的凹陷眼睛冲我们俩来回怒视，再加上那细高的鹰钩鼻子，使他活脱儿像一头老朽凶残的猛禽。

“你们俩谁是福尔摩斯？”那个鬼怪似的家伙问道。

“我就是，先生，不知您是哪位？”我的朋友平静地说。

“我是格里姆斯比·罗伊洛特医生，住在斯托克·莫兰。”

“幸会幸会，请坐！”福尔摩斯和蔼地说。

“少跟我来这一套！我的继女刚才来过你这儿。我一直在跟踪她。她都跟你说了什么？”

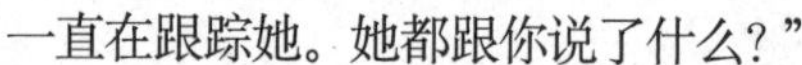

“今年这个季节还真有点冷啊，”福尔摩斯说。

“我问你她都跟你说了什么？”那个老头儿狂怒地喊道。

“可我听说番红花会开得很好。”我的朋友继续泰然自若地说。

“哼！你这是想敷衍我吗？”来客挥舞起手中那根鞭子，向前迈一步说。“我知道你，你这个无赖！我早就听说过你，你就是专爱搬弄是非的福尔摩斯！”

我的朋友微微一笑。

“你就是爱管闲事的福尔摩斯！”

我的朋友更加笑容可掬。

“你就是伦敦警察厅自命不凡的小官吏福尔摩斯！”

福尔摩斯格格笑出声来。“你说的倒蛮有趣儿，”他说，“请你出去，把门关好，因为有股过堂风。”

“我得把话说完才走。你要是胆敢管我的闲事，那我可对你不客气！我知道斯托纳小姐来过这儿——我一直在跟踪她！要是把我惹翻了，我可不是好惹的！瞧这个！”他向前急走几步，抄起火钳，用他那两只褐色大手把它拗弯了。“当心别让我逮住你！”他咆哮道，把那根弯曲的火钳掼在壁炉旁，甩开大步走出房间。

“他倒挺和蔼可亲啊！”福尔摩斯笑着说。“我没有他的块头大，可他若多呆会儿，我倒可以让他看看论手劲儿我并不比他差。”他一边说，一边拿起那根火钳，猛地一使劲，把火钳又拗直了。

“真没想到他居然如此无礼地把我混淆成官府侦探！这倒给咱们的调查工作增添了兴味儿；我只巴望咱们那位小朋友别粗心大意地让这个畜生跟踪，吃到什么苦头。华生，咱俩现在吃早饭，然后我要去医师学会，希望能从那里搞到一些有助于咱们调查这事的材料。”

福尔摩斯从医师学会回来已经快午后一点了。他拿着一张蓝纸，上面潦草地写着一些笔记和数字。

“我查到了他那位已故的妻子的遗嘱，”他说，“为了弄清遗嘱的确切意义，我不得不计算出有关投资目前的价值。那笔投资在那位女士去世时的每年进项略低于一千镑，可现在由于农产品价格下跌则不超过750镑了。两个女儿结婚时可以各拿250镑，显然两个女儿若都结了婚，那位妙人儿的收入就少得可怜了。即使是一位小姐结了婚，那也会严重削弱他的财源。我今天上午干的活儿没白费，证实他确实有阻止两位姑娘结婚的强烈动机。华生，现在情况十分紧急，尤其是那个老家伙已经意识到咱们要干预此事，所以你如果已经准备好，咱们就雇辆马车去滑铁卢车站。你最好揣上你那把左轮手枪。对付一位能把火钳拗弯的先生，一把埃利二号手枪是解决争端最好的工具了。那把枪再加上牙刷，大概就是咱们需要带的东西了。”

在滑铁卢，我们正巧赶上一班开往莱瑟海德的火车，从那里我们雇了一辆双轮轻便马车，沿着可爱的萨里郡小道行驶了四、五里路。那天阳光明媚，空中飘浮着几朵白云，树木和路边的树篱刚刚绽出嫩绿的新枝。空气中散发着令人心旷神怡的湿润泥土气息。就我来说，我至少觉得眼前春意盎然的景色跟我们要去干的险恶调查形成奇特的反差。我的伙伴坐在马车前部，交叉着双臂，帽子拉低遮住两眼，脑袋耷拉在胸前，显然深深陷入了沉思。可他忽然抬起头来，拍拍我的肩膀，指着前方的草地。

“瞧那边！”他说。

那是一片树木茂盛的园地，沿着平缓的斜坡向上延伸，在顶点形成一片密林。树丛中矗立着一栋十分古老的宅邸，灰色山墙和高高的屋顶隐约可见。

“斯托克·莫兰镇吧？”他问道。

“是的，先生。格里姆斯比·罗伊洛特医生的宅邸就在那边，”马车夫说。

“那边有些房屋在进行修缮呐，”福尔摩斯说，“我们就是要去那里。”

“村镇在那边，”马车夫指着左边远处的一些屋顶，说，“你们如果想去罗伊洛特医生家，顺着这条路去更近些；越过篱墙边上的阶梯，沿着地里小道走过去就到了。瞧，那位小姐正在那条小道上走着呐。”

“我猜那位小姐就是斯托纳小姐吧，”福尔摩斯把手遮在两眼上方，说道，“好，我们就接受你的建议。”

我们下了车，付了车钱，马车便嘎嘎地返回莱瑟海德。

我们登上篱墙边上的阶梯时，福尔摩斯说：“我觉得让那个家伙把咱俩当成来这儿的建筑师或是办别的事的人也好，免得他四处散播流言蜚语。午安，斯托纳小姐，你看我们说话算数吧。”

那位清早来过的委托人急忙跑过来迎接我们，脸上流露出高兴的神情。“我一直焦急地等着你们到来，”她一边跟我们热情握手，一边说。“一切顺利。罗伊洛特医生进城去了，傍晚之前不会回来。”

“我们已经荣幸地认识了医生，”福尔摩斯三言两语地说了说早上

发生的事。斯托纳小姐听着听着，整个脸连嘴唇都变得煞白。

“老天！”她惊呼道，“这么说，他一直在跟踪我！”

“看来是这样的。”

“他狡猾得真是叫我压根儿不知道什么时候不受他的威胁。他回来后会说什么呢？”

“他必定会设法保护自己。因为他可能发现有个比他更狡猾的人在监视他。今天夜里你得提防他，把房门锁上。他如果动粗，我们就把你送到哈罗市你姨妈家里去。现在咱们得抓紧时间，请立刻带我们去那几间得检查的房间。”

这栋宅邸是灰石砖砌成的，石壁上布满了青苔，中央部分高高耸起，两侧是呈弧形的厢房，就像一对蟹钳那样向两边延伸。一侧的房屋窗户都已破碎，钉着木条，房顶也有部分坍陷，真是一幅破败景象！房子中央部分稍微做了些修缮，右边那排房子则比较新式些。窗户上有窗帘，烟囱冒出袅袅青烟，说明这边是这家人居住之处。墙尽端那边架了些脚手架，石墙上有几处给凿通了，可我们去的时候却没见到工人的踪影。福尔摩斯在那片马马虎虎修剪过的草坪上慢慢踱步，仔细检查几扇窗户的外部。

“我料想这间是你过去睡的那间卧室吧，中间是你姐姐那间，紧挨着主楼那间是罗伊洛特医生的卧房吧？”

“正是。可现在我睡在当中那间屋里。”

“我理解是因为房屋在修缮吧。顺便说说，我注意到尽端那边的墙似乎没必要急需修缮啊。”

“根本没必要，我认为那只是让我迁出自己那间屋的借口罢了。”

“啊！这倒是个想法。嗯，这狭窄的一侧另一边有条通道，三个房间的房门都朝向它，那里面当然有窗户吧。”

“有，不过窄小得很，连人都钻不进去。”

“你们俩夜里睡觉时都锁上门，不可能有人从那边进入你们的房间。现在请你回到你的房间里去，并且闩上百叶窗。”

斯托纳小姐照吩咐做了。福尔摩斯认真检查那扇敞着的窗户，随后想方设法打开百叶窗，却怎么也办不到，就连插一把刀的裂缝都没有。接着他又用放大镜检查合叶，可那铁制的合叶牢牢嵌入坚硬的石墙。“嗯，”他有点困惑不解地搔着下巴，说，“我的推论肯定有些地方出了差错，这扇百叶窗一旦闩上，就没人能够钻进去。好吧，咱们进屋瞧瞧有没有什么可以说明问题的线索。”

一扇小旁门通向墙刷得雪白的通道。三间卧室的门都朝着这条通道。福尔摩斯不想检查第三间卧室，我们便径直走到第二间，这是斯托纳小姐现在睡的那间卧室，也就是她那不幸的姐姐死在里面的那一间。那是一间简朴的小屋子，天花板低，壁炉开口式，完全按照乡镇旧式宅邸的样式盖的。房内一隅立着一个棕色五斗柜，另一隅放着一张窄床，床上罩着白床单，窗户左侧有个梳妆台，另有两把柳条椅子，室内中央铺着一块威尔顿机织绒头方地毯，房间里的摆设仅此而已。室内四周的棕色栎木的木板墙和镶板上蛀孔斑斑，显得十分陈旧而且褪了色，像是当年盖这栋房子时的原样。福尔摩斯拉过一把椅子，默默坐在墙旮旯里，两眼四下里上上下下打量，全神贯注地观察室内每处细节。

最后他指着那条垂在床边上的粗铃绳，问道：“这条拉铃绳跟哪儿联系？”铃绳头儿上的流苏就搭在枕头上面。

“跟管家的房间联系。”

“看上去它比房间里别的东西要新一些。”

“是的，它才给装了一两年时间。”

“我猜想是你姐姐要求装的吧？”

“不是，我从没听说她用过。我们姐妹俩想要什么，一向都是自己去拿。”

“是吗？真格的，那就根本没必要装这么一根漂亮的铃绳了。对不起，我得花几分钟查看一下地板。”说完他就趴在地上，手里拿着放大镜，轻快地前后匍匐移动，挺认真地察看地板之间的隙缝。接着他又以同样方式察看一下护墙板。最后，他走到床边，盯视那张床好长一段时间，顺着墙上上下下来回打量。最后他抓住铃绳，猛地使劲一拉。

“咦，是根假铃绳，”他说。

“不响吗？”

“不响，上面甚至没接上线。这倒蛮有趣儿！现在你可以看出绳子一头刚好系在那个小小的通气孔上面的钩子上。”

“多荒谬啊！我过去压根儿没注意到。”

“太奇怪了！”福尔摩斯拉着那根绳子，喃喃道。“这屋里有那么一两处显得挺怪。譬如说，那个盖房子的人多么愚蠢啊，竟把通气孔通向另一间屋，他原本可以花费同样的工夫把通气孔通向户外啊！”

“这也是新安装的，”那位小姐说。

“是跟装那根铃绳同时吗？”福尔摩斯问道。

“是同时，那一次还另有几处做了些小改动。”

“看来这些都是挺有趣儿的特征——假铃绳啦，通气孔不换气

啦。斯托纳小姐，请允许我们再到里面那间屋去查一下。”

罗伊洛特的房间比他的两个继女的房间宽敞些，可也布置得同样简朴，一张行军床，一个摆满书籍的木书架，上面排列的大都是技术书，床边放着一把扶手椅，靠墙还有一把普通木椅，另有一张小圆桌和一个个儿挺大的铁保险柜，一眼能看到的就是这些摆设了。福尔摩斯慢慢地绕一圈儿，极其敏锐地逐一做一番检查。

“这里面放着什么？”他轻敲一下保险柜，问道。

“我继父的文件。”

“哦，你见过里面的东西吗？”

“好几年前见过一次。我记得里面都是文件。”

“打个比方，那里面没养只猫吗？”

“没有，您这个想法多奇怪啊！”

“那你看看这个！”他拿起放在保险柜上面的一小盘牛奶。

“没有，我们家没养猫，可是养了一只狒狒和一头猎豹。”

“哦，对了，一头猎豹倒像只大猫，可是用一小盘牛奶来喂猎豹，我敢说这哪儿够啊！还有一点我得确定一下。”他说完就蹲在那把木椅前面非常仔细地检查椅座。

“谢谢，这里都检查完了。”他站起来，把放大镜放进上衣兜儿里。“嘿！这儿还有件蛮有意思的玩意儿！”

他发现那件蛮有意思的东西是挂在床头上的一条打狗的鞭子。可是那根鞭子是卷起来的，而且上面还打了个结，使鞭绳有了一个圈儿。

“你说这是干什么用的，华生？”

“这是一条再普通不过的鞭子，可我却闹不明白干吗要扎个扣儿。”

“这就不太普通了吧，是不是？唉！这真是个万恶的世界。一个聪明人若把自己的智慧用在犯罪上面，那可就再糟糕不过了。我想我在这儿已经看够了，斯托纳小姐，现在咱们一块儿到草坪上去走走吧。”

我们离开调查现场时，我从没见过我朋友的神情那么严峻，眉头那样紧锁。我们在草坪上来回散步，福尔摩斯陷入了沉思冥想，我和斯托纳小姐都不想打断他的思路。

最后他终于说道：“斯托纳小姐，现在至关重要的是你得在各方面绝对听从我的吩咐。”

“行，我一定照办。”

“情况十分严重，不容任何犹豫不决。你的性命就在你听从不听从啦。”

“我向您保证，绝对听您的安排。”

“首先，我和我的朋友今天夜里得在你的房间里过夜。”

斯托纳小姐和我都目瞪口呆地望着他。

“对，必须这么做。让我解释一下。那边大概就是村镇里的旅馆吧？”

“是的，那是皇冠旅馆。”

“好极了，从那边看得到你那间屋的窗户吧？”

“当然看得见。”

“你的继父一回来，你得谎称头疼，待在房间里别出来。等你听到他躺下睡觉后，你就打开房间的百叶窗，拉起窗户搭扣，把灯放在窗口作为给我们的信号，然后你就带上可能需要的东西回到你原来的房间里去过夜。我毫不怀疑那里尽管在修缮，过一夜总还是可以的。”

“嗯，当然可以。”

“别的事就由我们来处理。”

“可你们要干什么啊？”

“我们要在你那间卧室里过夜，调查一下那种打扰过你的声音是从哪儿来的。”

“福尔摩斯先生，我相信您已经打定了主意，”斯托纳小姐把手放在我朋友的袖子上，说道。

“也许是的。”

“那就可怜可怜我吧，告诉我，我姐姐是怎么死的。”

“我倒宁愿找到更确切的证据后再告诉你。”

“您至少可以告诉我她是不是突然受了惊吓而死的，我这个看法是否正确？”

“不，我并不那么认为。我认为可能有某种具体原因。现在，斯托纳小姐，我和华生得走啦，要是让罗伊洛特医生回来碰上，那我们这趟就算白来啦。再见，勇敢些，你若照我的嘱咐去做，那就尽管放心，我们很快便会驱走那些威胁你的危险。”

歇洛克·福尔摩斯和我在皇冠旅馆挺顺利地订了一间卧室和一间起居室。房间在二楼，我们从窗口可以清楚地望到斯托克·莫兰镇那座宅邸临街大门和住人的那侧厢房。傍晚时分，我们看到罗伊洛特医生乘马车经过，他那大块头的身躯赫然耸现在赶车的瘦小伙子身旁。男仆打开沉重的大铁门时费了点事，我们听到医生嘶哑的怒吼声，还看见他冲

那个男仆挥舞拳头。轻便马车驶进大门；没多会儿，我们便看到树丛间亮出灯光，那间起居室点上了灯。

“华生，”我们俩坐在夜幕渐渐降临的黑暗里，福尔摩斯说，“今天晚上我带你来，心里真有点不安，因为这事明显会有危险。”

“我帮得上忙吗？”

“有你在场，可能会价值连城。”

“那我当然要去。”

“真是太感谢你啦。”

“你谈到危险，想必你在那间屋里看到的比我要多。”

“没有，我可能只稍微多做了些推断。我想你跟我一样看到了所有的东西。”

“除了那根铃绳外，我几乎没看到什么值得注意的东西，而且那根绳子究竟有什么用场，不瞒你说，我还真想不出来。”

“你也看到了那个通气孔吧？”

“看见了，可我认为两间屋之间开个小洞也并不稀奇古怪，那个洞口小得连耗子都钻不过去。”

“咱俩来斯托克·莫兰镇之前，我就知道会发现一个通气孔。”

“亲爱的福尔摩斯，怎么会呢？”

“嗯，我确实那么想的。你记得那位小姐告诉过咱们她姐姐闻得到罗伊洛特医生的雪茄烟味儿。那当然就是说那两间屋之间必定有个通口。那只能是很窄小的，要不然验尸官在询问时会提到的，因此我推断是个通气孔。”

“可那又能造成什么危害呢？”

“嗯，至少在时间上有着古怪的巧合。凿了一个通气孔啦，挂上一根铃绳啦，睡在床上的小姐的暴死啦，这难道叫你不感到奇怪吗？”

“我还是想不出这三者之间有什么联系。”

“你有没有注意到那张床有什么不大寻常的地方吗？”

“没有。”

“它是让螺丝钉固定在地板上的。你以前见到过那样固定的床吗？”

“压根儿没见过。”

“那位小姐没法移动她那张床，床总得跟通气孔和绳子保持在一定位置上，咱们管它叫绳子，因为那明明不是用来做铃绳的。”

“福尔摩斯，”我喊道，“我似乎隐隐约约领会了你暗示的意思。咱们正好来得及阻止某种阴险可怕的罪行发生。”

“是够阴险可怕的。一个医生一旦误入歧途，就会是最凶恶的罪犯。他既有胆量又有智慧。帕尔默①和普里查德②就是他们那一行的杰出人物。但是我认为这个家伙更技高一筹，可是，华生，我相信咱们比他还要更高明。不过在天亮之前，让人担心害怕的事还会不少，看在上帝分上，先让咱们静静抽袋烟，在这几个小时里想点叫人更愉快的事吧。”

大约夜里九点钟左右，从树丛中透过来的灯光熄灭了，宅邸里一片漆黑。两个小时慢慢过去了，时钟正敲响 11 点钟的时候，我们的正前

---

①威廉 · 帕尔默因毒死约翰 · 帕 · 库克于 1856 年被处死。

②爱德华 · 威 · 普里查德是英国格拉斯哥市医生，因毒死其妻和丈母娘，于 1865 年被处以绞刑。

方蓦地出现一盏孤灯明亮的光芒。

“那是发给咱们的信号，”福尔摩斯跳起来说，“灯光是从当中那间屋的窗户亮出来的。”

我们俩走出旅馆时，福尔摩斯跟店老板打了个招呼，说我们要去夜访一位老朋友，很可能就在他那里过夜。我们很快便来到一条漆黑的路上，一股凉飕飕的寒风吹在我们脸上，一柱昏黄的灯光在我们前方闪烁，在这朦胧的夜色中引导我们去完成严峻的使命。

我们没费什么劲儿就进入了那栋宅邸的院子，因为庭园的古老围墙上有不少没有修补的豁口。我们穿过树丛，越过草坪，正准备钻进窗户，忽然从月桂树丛中窜出一样像是丑陋畸形的小孩儿模样的东西，扭动着四肢纵身跳到草坪上，随即飞快跑过草坪，消失在黑暗里。

“老天！”我低声说，“你看见了吗？”

福尔摩斯也跟我一样吓了一跳。他紧张得用他那老虎钳似的手紧紧攥住我的手腕，接着他轻声笑了起来，朝我耳边说声悄悄话。

“真是绝妙的一家子！这是那只狒狒！”

我已经忘了医生喜欢养的怪宠物。还有一头猎豹呢，我们随时随刻都可能发现它趴在我们的肩膀上呐。我承认我学福尔摩斯那样脱掉鞋子钻进卧室，心情才感到踏实些。我的伙伴轻轻关上百叶窗，把那盏灯挪到桌上，向四周扫视一眼。室内全都跟我们白天看见的一样。他蹑手蹑脚地走到我身边，把手圈成喇叭形，又在我耳边说声悄悄话，声音低得叫我刚能听清他说的意思：“如果出一点声，咱们的计划就彻底完蛋！”

我点点头表示明白了。“咱俩还得熄了灯，摸黑儿坐着。他会从通气孔发现亮儿。”

我又点点头。

“可千万别睡着，这关系到你的性命。准备好手枪，咱们也许用得着。我坐在床边，你坐在那把椅子上。”

我掏出手枪，把它放在桌角上。

福尔摩斯随身带来了一根细长的藤条，把它放在身边的床上。床旁边他放了一盒火柴和一个蜡烛头。然后他就熄灭了灯，我们俩便坐在黑暗里。

这次可怕的守夜叫我这一生怎能忘怀呢？我听不见一点声响，连喘气声儿也听不见，可我知道我的伙伴睁着大眼就坐在离我几尺远的地方，跟我一样处于神经紧张的状态。百叶窗挡住了外面微弱的亮光，我们彻底在黑咕隆咚的室内等待。外面偶尔传来一声猫头鹰的叫唤，还有一次就在我们的窗户下有一声野猫似的长长嚎叫，这说明那头猎豹确实在院子里到处乱跑呢。我们还可以听到远处教堂深沉的钟声，每隔一刻钟就敲响一次。那每一刻钟显得多么漫长啊！钟敲响十二点，一点，两点，三点，我们还默默坐在那儿等待可能出现的任何情况。

突然间一丝瞬间即逝的亮光从通气孔那儿闪现出来。随之而来的是一股煤油燃烧和金属加热发出的强烈气味。隔壁房间里有人点着了一盏遮光的提灯。我听到一阵轻微的挪动声，随后一切又都静下来，只是那股气味越来越浓。我坐着侧耳倾听足足有半个小时光景。接着又突然听到另一种声音——非常柔和的轻微声响，就像一把沸腾的水壶不断发出的嘶嘶喷气声。我们刚一听到这声音，福尔摩斯就立刻从床上一跃而起，

划着一根火柴，用藤条使劲抽打那根铃绳。

“华生，你看见了没有？”他喊道，“看见了吗？”

可我却啥也没看见。福尔摩斯刚才划火柴那当儿，我倒是听到了一阵低微清晰的口哨声，可是突然那一闪亮，照花了我的两眼，使我没看清我朋友在拼命抽打的是什么东西。但是，我看得出他面色煞白，一脸恐惧和憎恶的神情。

他已经停止抽打，正抬头注视着通气孔。这当儿，黑夜里忽然爆发出我这辈子听到的最吓人的惨叫声。叫声越来越响，一种掺和着疼痛、恐惧和愤怒的可怕的尖声哀嚎。据说，村镇里，甚至连遥远的教区，人们都让这阵惨叫声从睡梦中惊醒，这可真使我们毛骨悚然，我站在那里望着福尔摩斯，他也望着我，一直到凄厉的嘶叫回声最后消失，周围恢复原来的寂静时为止。

“这是怎么回事？”我气喘吁吁地问道。“这表明这事全都结束了，”福尔摩斯答道，“总的看来，这个结局也许是最好的了。拿着你的枪，咱们到罗伊洛特医生那间屋里去看看。”他面带严峻的神情，点着了灯，带头从通道朝医生那间卧室走去。他敲了两次门，里面没有一点反应。他便转动门把，开门走进去，我紧随在后，手里握着扣起扳机的手枪。出现在我们眼前的是一幅奇特景象。桌上放着一盏遮光的提灯，遮光板半开着，一道亮光照射在柜门半开着的铁保险柜上。桌边那把木椅上坐着罗伊洛特医生，他身穿一件灰色睡袍，两只光脚脖子露在下面，脚伸在一双土耳其式平底拖鞋里。膝盖上横放着我们白天注意到的那根短柄长鞭子。他的下巴翘起，两眼盯视着天花板上一处的旮旯儿。脑门儿上绕着一条奇特的黄带子，上面有棕色斑点，那条带子似乎紧紧盘在他的脑袋瓜子上。我们走过去，他既没出声也没动晃。

“带子！带斑点的带子！”福尔摩斯低声说。

我向前迈一步，那个古怪的头饰开始蠕动起来；从他的头发里竖起一条脑袋钻石型、脖颈鼓胀、又矮又粗的毒蛇！

“这是一条沼泽地带的蝰蛇！”福尔摩斯惊呼道，“印度最毒的蛇。人被它咬后，十秒钟之内便会丧命。真是恶有恶报，阴谋家掉进自己挖的陷坑，害人反害己。咱们先把这条毒蛇弄回它的窝里去，就可以把斯托纳小姐转移到一个安全地带，然后再通知当地警方这里出了什么事。”

他一边说，一边迅速从死者膝盖上抽出那根鞭子，轻轻把活结甩过去套牢毒蛇脖子，把它从那可怕的盘踞地拉起来，伸直胳臂拎着它，把它扔进保险柜，随手关上铁门。

这就是斯托克·莫兰镇罗伊洛特医生死亡的真实情况。这篇叙述已经够长了，至于我们后来怎样把这可怕的经过告诉那位吓坏了的小姐啦，我们陪她乘早车到哈罗市，交给她那好心肠的姨妈照看啦，警方怎样经过漫长的调查而得出结论，判定医生是轻率地玩弄自己养的危险宠物时不慎丧生啦，等等等等，我就没必要再赘述。案情中我还有点不大了解的地方，福尔摩斯在次日回城的路上详细给我解释了。

“亲爱的华生，我曾经得出一个完全错误的结论，”他说，“这表明根据不充分的材料进行推论是多么的危险。那些吉卜赛人的存在，还有那位可怜的小姐使用了‘带子’这个词条，无疑是在说明她在划亮火柴后惊恐瞥见到的东西，这些情况足以引导我跟踪一条完全错误的线索。后来我弄清那种威胁到室内人的任何危险都不可能来自窗户，也不可能来自房门，我便立刻重新考虑了想法，只有这一点可以说是我的成绩。我刚才已经跟你说过，我的注意力马上被那个通气孔和那根挂在床头的铃绳吸引住了。我一发现那根铃绳是个幌子，那张床钉牢在地板上不能移动，这就引起我猜疑那根绳子很可能是给什么钻过小孔来到床上的东西起个桥梁作用，我当即想到了蛇，又联想到医生养了一些印度动物，就觉得自己的思路完全对头。只有受过东方式锻炼的聪明而又冷酷的人才会想到利用任何化学试验都检验不出的毒物。从他的观点来看，这种毒物又能立刻起作用也会大为有利。只有目光十分敏锐的验尸官才能验出毒牙咬的两个小黑点。接着我又想到口哨声。当然啦，天没亮之前，他就得把那条蛇召唤回去，免得让受害人发现。他可能是利用我们看见过的那一小盘牛奶训练了那条蛇一听到口哨便回到他那里去。他会在他认为最合适的时候把蛇送过通气孔，确信它会顺着绳子爬到床上。蛇也许会咬也许不会咬床上的人。姑娘可能整整一周每天夜里都幸免于难，却迟早难逃此劫的。

“我还没走进医生的房间就已经得出了这个结论。检查了他那把椅子，使我明白了他为了够到通气孔当然得常常站在椅子上。再见到那个保险柜啦，那盘牛奶啦，那条鞭子上的活结啦，就足以消除剩下的疑点了。斯托纳小姐听到那金属的哐啷声显然是她继父急急忙忙把那条毒蛇关进保险柜后关上铁柜门的响声。你知道，我一旦打定了主意，就要采取什么步骤来证明这件事。我一听到那爬虫动物发出的嘶嘶声，这你无疑也听到了，我就马上点个亮儿，猛烈抽打它。”

“抽打的结果是把它赶回了通气孔。”

“不但如此，还使它在另一头向它的主人反扑过去。我那几下子藤鞭子抽得它够呛，激起了毒蛇的本性，它就对准看到的第一个人狠咬了一口。因此，我对格里姆斯比·罗伊洛特医生的死亡无疑负有间接责任，可是凭良心说，我对此并不感到十分内疚。”

(1892)

紫铜榉

歇洛克·福尔摩斯把《每日电讯报》的广告页扔在一边，说道：“对为艺术而艺术的人来说，最大的乐趣往往是从最普通最平凡的艺术表现形式中获得。华生，你够辛苦地给我们经办的那些案件做了小小的记录，我高兴地从中发现你倒是掌握了这一真理，而且我还得说，你偶尔添油加醋时，突出的并非是我出头露面的许多 causes célèbres [①]的侦破和耸人听闻的审讯，而倒是那些情节本身可能平凡琐细却给我留下了发挥那已成为我特殊本分的推理和逻辑综合才能的余地的事件。”

我微笑着说：“可我还是没能完全使自己摆脱那种竭力反对过我在记录中使用耸人听闻手法的指控。”

“你大概确实有错误，”他一边说，一边用火钳夹起一块火红的炉渣点着他那个樱桃木长烟斗，通常他在争论而不是在考虑问题时，习惯

用这个烟斗替换那个陶制的。“你的错误也许在于试图把每项记述都写得生动活泼，而不是把你的任务局限在记述事物因果关系的严谨推理上——其实这才是事物惟一值得注意的特点。”

“在这件事上，我觉得自己对你还是相当公正嘛，”我有点冷冰冰地说，因为我不止一次注意到我这位朋友独特的性格中有一种叫我反感的很强的、自以为是的因素。

“不，这既不是自私自利，也不是骄傲自满，”他说，像惯常那样，是在回答我的想法而不是我的话语。“我若要求公正对待我的本事，那是因为这种本事并非属于个人，而是已经超越了我本人。犯罪的事常见，逻辑性则罕见。因此你该把重点放在逻辑上而不是在罪行上。你已经把本该是一套讲授课程降低为一系列故事。”

那是早春一个寒冷的清晨，我们俩在贝克街那个老房间里吃过早饭，各自坐在熊熊炉火的两旁。户外滚滚浓雾弥漫在一排排暗褐色房屋之间，对面住宅的窗户在那缭绕的黄色雾圈中隐隐变得阴暗、模糊不清而不成形。我们点着的煤气灯的灯光照在台布上，照在闪亮的瓷器和金属器皿上，因为早餐后的桌子还没有收拾干净。歇洛克·福尔摩斯整个早晨都一直沉默地翻阅一系列报纸的广告栏，最后他显然放弃了查阅，带点情绪地就我的文笔上的缺点教训了我一顿。

他停顿一下，一边坐着抽他的长烟斗，一边盯视着炉火，又接着说：“可同时也不会有人指责你使用耸人听闻的笔法，因为你感兴趣的案件，其中一大部分根本就不是法律意义上的犯罪行为，例如我尽力帮助波希米亚国王那件小事啦，玛丽·萨瑟兰小姐的奇特经历啦，那个跟豁嘴男人有关的问题啦，那个贵族单身汉的事件啦，这些都是法律范围以外的事。但是，避免了耸人听闻，我又担心你记述得可能过于繁琐细碎了。”

---

①法语，著名案件。

“结尾可能是这样，”我答道，“可我采用的手法却既新颖别致又饶有兴味儿。”

“得了吧，亲爱的老兄，人间大众，那些不善于观察的广大公众，几乎不会从一个人的牙齿看出那是一名编织工，从一个左拇指看出那是一名排字工，他们根本就不在乎分析和推理的细微差别！不过嘛，你如果写得过于繁琐，我也不怪你，因为做大案的时代已经过去。如今的人，要么至少是犯刑事罪的人，已经没有以往那种冒险创新的精神。我自己这个小行当似乎也退化到了一家代办处的地步，只能办理替人寻找丢失的铅笔啦，替寄宿学校的年轻姑娘出出主意啦，等等小事了。我想我的事业已经跌到了谷底。今天早上我收到的这封短信，看来正标志着我的事业的最低点。看一下这个吧！”他把一封揉成一团的信扔给我。

这是头天晚上从蒙塔克广场寄来的，内容如下：

敬爱的福尔摩斯先生，

我非常希望能跟您商量商量我是否该接受人家聘请我当家庭女教师这件事。如果方便的话，我明天十点半前来拜访。

薇奥莱特·亨特敬启

“你认识这位小姐吗？”我问道。

“不认识。”

“眼下已经十点半了。”

“是啊，我敢肯定这是她在拉门铃。”

“这事兴许要比你想像的有趣儿。你记得那起蓝宝石事件一开始只是异想天开的念头，后来却演变成一场严肃的调查。这事也许会一个样儿。”

“嗯，但愿如此！不过，咱们的疑团很快就会给解开，因为我若没弄错的话，当事人已经来了。”

他正说着，房门开了，只见一位年轻小姐走进屋来。她衣着简朴，却十分整洁，一张透着机灵样儿的脸，长着鹬鸟蛋那样的雀斑，举动敏捷，像个为人处世很有主意的女人。

“您大概会原谅我的打搅吧，”我的伙伴起身迎接她，她说道，“我遇到了一件怪极了的事。我因为没有父母或任何亲属可以请教，就想到您也许会好意指点我该怎么办。”

“请坐，亨特小姐，我很高兴能为你效劳。”

我看得出福尔摩斯对这位来客的谈吐举止印象良好，他用敏锐的目光打量她一番，便静下心来，垂下眼皮，两手的指尖相抵着，倾听她讲述。

“我在史潘斯·芒罗上校家里当了五年家庭教师，”她说，“但是两个月前，上校奉命调到加拿大新斯科舍省哈利法克斯去工作，他便带着几个孩子去了美洲，我便失了业。我登报求职，也按报纸上的广告去应征，却都没有成功。最后我的点滴积蓄眼看着就要花光，我已经到了智穷计尽的地步。

“西区有一家叫做魏斯塔韦的著名家庭女教师介绍所，我每周去那里一次，看看有没有适合我的工作。魏斯塔韦是这家介绍所创办人的姓氏，实际上是由斯托珀小姐管理。她坐在她那间小办公室里，求职的妇女在接待室里等待，然后一个接一个地给唤进去；她查阅登记簿，看看有没有适合她们的工作。

“嗯，上星期我又去那家小公司，给唤进那间小办公室，可我发现室内并非斯托珀小姐独自一人，她身旁还坐着一个面带笑容、特胖的男人，下巴叠起好几层厚厚实实地耷拉在喉咙前，鼻子上架着一副眼镜，仔细观察每个进去求职的小姐。我进去的时候，他在座椅上为之一震，立刻转身对斯托珀小姐说：‘这位可以了，再好不过了。太棒了！太棒了！’他看上去十分激动，极其和蔼可亲地搓着双手。他那种和和气气的样儿叫人看着他感到蛮愉快。

“‘你是来找工作吗，小姐？’他问道。

“‘是的，先生。’

“‘做家庭教师？’

“‘对，先生。’

“‘你要求多少薪水？’

“‘我以前在芒罗上校家里是每月 4 镑。’

“‘哎呀呀，太少了——真是少得可怜！’他一边大声说，一边伸出两只胖手情绪激动地在空中挥动。‘怎么竟会有人出这么一丁点儿薪水给这样一位具有造诣和魅力的女郎！’

“‘我的造诣也许没有您想像的那么高，先生，’我说，‘懂点法文，懂点德文，懂点音乐和绘画……’

“‘啧，啧！’他大声说，‘这些都不是主要问题，关键在于你有没有一位有教养的妇女那种举止和风度？简而言之，就是这么一回事。你如果没有，就不适合教育一个有朝一日会在国家的历史上扮演重要角色的孩子。可你如果有，那么，哎呀呀，任何一位先生怎么能叫你委屈

地接受少于三位数的薪水呢？小姐，你若肯受雇于我，薪水会从一年一百镑开始。'

"您可以想像，福尔摩斯先生，这样的待遇对我这个穷得嗒嗒滴的人来说简直好得难以叫人相信！那位先生可能看出我脸上现出怀疑的表情，就打开钱包，取出一张钞票。

"'这是我的一贯作风，'他说，愉快地笑着，笑得两眼在他那满布皱纹的脸上都眯成了两条亮缝儿，'一向预先支付一半薪水给我雇用的年轻小姐，好让她们能应付旅费上的零星开支，添置几件服装什么的。'

"我觉得我从没遇到过这样感人这样体贴人的东家，因为我当时还欠着零售商不少债呢。这笔预付的薪水倒会解我的困。然而，这整个洽谈总叫我觉得有些不大自然，我在许诺之前还想多了解些情况。

"'请问您住在哪里，先生？'我问道。

"'汉普郡紫铜榉，可爱的乡村地区，离温切斯特五里路。真是一处最可爱的乡村，亲爱的小姐，并且还有一座最可爱的古老的乡村房子呢。'

"'我的工作是什么呢，先生？我很想知道自己做什么事。'

"'照看一个小孩儿——一个刚六岁的可爱的小淘气。你要是看见他用一只拖鞋拍死蟑螂，啪哒！啪哒！啪哒！你还没眨下眼，三只已经报销了！'他靠在椅背上，笑得两眼又眯成了缝。

"孩子这样取乐倒叫我有点吃惊，可他爹的笑声却又让我觉得他也许是在说笑话。

"'那我惟一的职责就是照看一个小孩儿？'我问道。

"'不，不，不，不是惟一的，不是惟一的，亲爱的小姐，'他大声说。'你的职务还有，我想你是通情达理的，听从我太太可能会做出的小小的吩咐，那些吩咐如果对一位小姐来说可以得体地遵从的话。这没有什么困难吧，是不是？'

"'我很乐意使自己能对你们有点用。'

“‘那太好了。比如说，衣着方面！我们是讲究时尚的人家；要知道，讲究时尚，却心地善良。我们如果要求你穿上我们可能会提供给你的衣服，你不会反对我们这种小小的癖好吧？’

“‘不会，’我答道，可是对他说的话还真有点惊讶。

“‘或者让你坐在这儿，坐在那儿，你也不会反对吧？’

“‘哦，不会的。’

“‘或者让你来我们家之前把头发剪短呢？’

“我简直不敢相信自己的耳朵。您也许注意到了，福尔摩斯先生，我的头发长得很密，有一种相当特殊的栗色光泽，颇为美观，我做梦也没想到要如此随随便便地把它牺牲掉！

“‘这一点恐怕不大可能，’我说。他一直用他那双小眼睛盯视着我，我说完后看得出一股阴影掠过他那张脸。

“‘这一点恐怕还是相当重要的，’他说，‘这是我太太的一个小小的癖好，女士的癖好；要知道，小姐，女士的癖好也必须顾及的。这么说，你不肯剪短头发？’

“‘不行，先生，我办不到，’我坚决地答道。

“‘好吧，那就算了，真怪可惜的，因为你在其他各方面都挺合适。斯托珀小姐，让我再从别位女士当中挑挑吧。’

“那位女经理一直忙着处理自己的事，没对我们俩说过一句话，可这时她明显露出很不耐烦的神情，瞥我一眼，使我不由得怀疑她是否因为我的拒绝而失掉一笔可观的佣金。

“‘你还愿不愿意把名字留在登记簿上？’她问道。

“‘给我留下吧，斯托珀小姐。’

“‘唉，你既然这样拒绝了人家提供的最优厚的待遇，看来再登记上也没用了。’她尖刻地说。‘你很难指望我们再为你尽力找到这么好的工作啦。再见，亨特小姐！’她按一下桌上的铃，我就由一名小僮带出去了。

“福尔摩斯先生，可是等我一回到家，看到食橱里几乎空空如也，桌上还放着两三张账单，就觉得自己是不是做了件蠢事。这些人如果有些怪癖，期望别人听从那种异乎寻常的要求，毕竟至少准备为自己这种古怪行为付钱啊，英国很少有家庭教师一年挣一百镑。再说，我的头发对我又有什么用途呢？如今好多人都留短发，觉得更时髦，我或许也该成为她们当中的一员。第二天，我倾向于认为自己大概是错了。第三天，我肯定自己是做错了事。我几乎已经克制了自己的傲气，想去介绍所打听一下那个工作是否还空着；就在这时，我收到了那位先生写来的一封亲笔信。我把它带来了，念给您听听。

温切斯特近郊紫铜榉

亲爱的亨特小姐，

承蒙斯托珀小姐把你的地址给了我，使我得以写信征询你是否重新考虑过你的决定。我太太很盼望你能来，因为我对你的描述引起了她的好感。我们愿意每一季度给你30镑，也就是每年120镑，以补偿我们的癖好给你带来的小小的不便。这些要求毕竟对你并非过于苛刻。我太太偏爱特别深的铁蓝色，希望你早晨在室内穿着这种颜色的服装。你用不着花钱添置新的，因为我们有这样一套衣服，原是（现居美国费城的）我们亲爱的女儿艾丽丝的，我认为你穿上一定很合身。再者，让你坐在这里或那里，或者指定你怎样消遣时光，这些要求也不至于叫你感到什么不便。至于你的头发，剪掉确实很可惜，尤其是我在短暂会见你时，就不由得大为赞赏你那头美发。可我恐怕还得坚持要求你剪短，我只希望增加的薪水也许能够补偿你的损失。至于照看那个孩子的职责，那会是很轻松的。请务必前来，我会乘一辆双轮轻便马车到温切斯特接你。盼告搭乘的火车班次。

杰夫罗·鲁卡斯尔敬启

“福尔摩斯先生，这就是我刚收到的那封信的内容，我已经决定接受这个工作，可我想做出最终决定之前，要把整个这件事跟您说说，听听您的意见。”

“亨特小姐，你若已经打定了主意，那就这么办吧，”福尔摩斯微笑着说。

“可您为什么不劝我拒绝呢？”

“说老实话，我倒是不想看到自己的姐妹申请这样一个职务。”

“为什么呢，福尔摩斯先生？”

“我眼下没有具体论据，说不上来。你自己也许已经有了什么看法吧？”

“我认为这只有一种可能的解释。鲁卡斯尔先生看上去是个很善良而温厚的人。他夫人会不会是个疯子，因此他希望把这事捂住，不让人知道，以免她给送进疯人院；为了不让她的神经病发作，他便想方设法满足她的怪癖要求。”

“这倒是一个说得过去的解释，实际上，照目前的情况来看，真可能就是这样。但是，无论如何，对一位年轻小姐来说，看来那并不是一户好人家。”

“可是那笔薪水，福尔摩斯先生，钱可给得不少啊！”

“对，当然，薪水是很高的——太高了！这正是叫我担心的原因。他们蛮可以花40镑就能挑选一个家庭教师，凭什么要付给你一年120镑呢？这背后必定隐藏着某种特殊缘故。”

“我想我把情况都告诉了您，以后万一我需要您的帮助，您就明白这是怎么回事了。而且我觉得您是我的后盾，自己就会更胆壮些。”

“哦，你可以带着这种感觉前去。我向你保证，你这个小难题很可能是近几个月来我遇到的一件最有趣儿的事。这里面有些特征明明很怪。你如果感到没把握或者感到危险……”

“危险？您预见到什么危险了吗？”

福尔摩斯严肃地摇摇头。“咱们若能给危险下定义，那就不成其为危险了，”他说，“但是不论什么时候，白天也好，夜晚也好，给我打个电报，我就会帮助你。”

“这就足够了，”她从椅子上敏捷地站起来，脸上焦虑的神情一扫而光。“现在我可以安心地去汉普郡啦。我会马上写信回复鲁卡斯尔先生，今天晚上就把我这可怜的头发剪短，明天便去温切斯特。”她又对福尔摩斯说了几句感谢的话，向我们俩道了晚安，便匆匆忙忙地走了。

我听到她下楼的矫捷步伐，便说道：“看来她至少是个蛮有主意的姑娘，能照顾好自己。”

“她正需要这样，”福尔摩斯一本正经地说，“要是好多天后听不到她的消息，我就大错特错了。”

没过多久我朋友这个预言就兑现了。半个多月来我时常在思索那件事，闹不清那位孤单的姑娘误入了什么样古怪的人生歧途。那笔异乎寻常的薪水啦，奇特的要求啦，轻微的职务啦，全都表明情况不大正常，那究竟是一种个人癖好呢，还是一项阴谋诡计；那个家伙究竟是一位慈善家呢，还是个恶棍，我都没有能力做出判断。至于福尔摩斯嘛，我发现他经常坐在那里皱着眉头沉思半个多小时光景，可我一提起那件事，他就会一扬手表示不愿意谈。“论据！论据！论据！”他不耐烦地嚷道。“没有黏土我做不出砖头。”最后他总是嘟囔着说他绝对不会让自己的姐妹接受这样的工作。

终于在一天深夜里我们接到一封电报。当时我正要上床睡觉，福尔摩斯则准备安顿下来，着迷地搞一个通宵化学试验；往往是夜间我离开他时，他弯着腰在试管或曲颈瓶前面搞化验，次日清晨我下楼来吃早饭时，他还保持着那个姿势呢。他打开那个黄信封，瞥一眼电报内容，就把它扔给我。

“查一下去布拉德肖的火车时间，”他说，又转身做他的化学试验。

电报内容简短而紧急：

请于明天中午到温切斯特黑天鹅饭店。务必前来。我已经智穷计尽。

亨特敬启

“你愿意跟我一块儿去吗？”福尔摩斯抬头问道。

“愿意。”

“那就查一下火车时刻表吧！”

“九点半有一趟车，”我一边说，一边查看要找的布拉德肖，“11点半到达温切斯特。”

“这倒很合适。那我最好推迟一下我的丙酮分析吧，因为明天早晨也许咱们的精神和体力都需要处于最佳状态。”

次日 11 点钟，我们已经顺利地在前往英国旧都的途中。福尔摩斯一路上只埋头翻阅晨报，可是一过汉普郡边界，他便扔下报纸，欣赏起风景来了。这是一个理想的春天日子，淡蓝的天空点缀着从西到东飘浮着的朵朵卷毛白云，阳光灿烂，可还是有点令人爽快而振奋的凉风。在那整个乡野，远至环绕奥尔德肖特的绵延起伏的山峦，到处都有红色和灰色的农舍小屋顶显露在青翠新绿的叶丛中。

“多么清新美丽的景色啊！”我来自烟雾腾腾的贝克街，不禁热情地大声赞叹起来。

福尔摩斯却严肃地摇摇头。

“你知道吗，华生，”他说，“我观察事物总得跟自己探讨的问题联系起来，这是我的心灵该诅咒的一面。你是在欣赏那些星罗棋布的房舍，美丽的景色给你留下深刻印象，而我看到它们，心里惟一的感觉却是这些房舍相互之间疏远隔离，会使那里可能发生的犯罪行为得不到应有的惩罚。”

“老天！”我惊呼道，“谁会想到把那些可爱的乡村古老房屋跟犯罪联系起来呢？”

“它们一向叫我充满某种程度的恐怖感觉，华生。根据我的经验，我相信那些令人欢欣的美丽的乡村与伦敦最底层恶劣的小巷相比，可能会发生更可怕的犯罪行为。”

“你在让我感到害怕！”

“可这是显而易见的道理嘛。在城市里，公众舆论的压力能起到法律起不到的作用。没有一条小巷会坏到连一个受虐待的孩童的哀叫声或者一个醉汉的殴打声都引不起邻居的同情或愤慨那种地步，况且司法机关离得很近，一旦有人提出控诉，就会马上采取行动，犯罪离被告席只有一步之遥。但是，看看这些孤零零的房子，全都盖在各自的田园里，里面住的人大都是愚昧可怜的老乡，对法律了解得很少。想想看，这些地方可能年年都发生凶恶残暴的行为和暗藏的罪恶，却没被人发觉。那位前来向咱们求助的小姐如果住在温切斯特，我就绝对不会为她担忧。危险出就出在她住在五里以外的乡村。不过嘛，她本人眼下明明还没受到威胁。”

“没有，她能到温切斯特来跟咱们见面，就说明她还能脱身跑出来！”

“对，她眼下还有个人自由。”

“那究竟会是怎么一回事呢？你能解释解释吗？”

“我曾经设想过七种不同的解释，每种只适用于迄今咱们所知道的事实情况。但是，只有得到那正等待咱们的新信息，咱们才能决定哪种设想正确。嗯，那边是教堂塔楼，咱们马上就会听到亨特小姐要告诉咱们全部新情况啦。”

黑天鹅饭店在这条大道上是个有名的小客栈，距火车站不远；我们在那里找到了那位等待我们的女士。她已经在餐厅订了一个雅座，午餐已经摆好在桌上。

“你们来了我真高兴，”她热情地说。“太感谢二位了；我真不知道该怎么办才好啦。你们的指点会对我十分宝贵。”

“那就告诉我们你遇到了什么麻烦？”

“我会的，我还得赶紧说，因为我答应鲁卡斯尔先生三点钟以前回去。今天早晨我向他请假到城里来，他并不知道我进城的目的。”

“那就按顺序讲讲吧，”福尔摩斯把他那两条瘦长的腿伸到火炉旁，静下心来听她讲。

“首先，我得说，大体上我没受到鲁卡斯尔夫妇的虐待。这样说对他们是公平的，可我却没法理解他们，对他们总不放心。”

“你没法理解他们什么呢？”

“他们为自己的行为所做的辩解。我说说所发生的事吧。我初到这里，鲁卡斯尔先生到车站接我，用他那辆双轮轻便马车接我到紫铜榉。那里像他说过的那样，环境优美，房子本身并不美，是一幢粉刷成白色

的四方形大房子，都让潮湿和坏天气侵蚀得斑斑驳驳了，四周围着空地，三面有树林，另一面是个斜坡，一直伸展到南汉普顿公路，那条公路距离那栋房子的前门约摸百码远，弯弯曲曲地经过。房子前面那块地是属于这个宅子的，而周围的树林则是萨瑟敦勋爵领地的部分防护林。那座宅子大门前种有一片紫铜榉树丛，因此那里就以紫铜榉命名。

“我那位东家还像先前那样和蔼可亲，驱车接我到家中。晚上把我介绍给他的夫人和孩子。福尔摩斯先生，咱们在贝克街您家里猜测的情况并不符合事实。鲁卡斯尔夫人没有疯，我发现她是位不言不语、脸色苍白的夫人，比她老公年轻得多，我估计她至多 30 岁，而她的老公至少有 45 岁了。从他们的谈话中我了解到他俩已经结婚大约七年了；他原是个鳏夫，跟前妻生下的惟一的女儿去了美国费城。鲁卡斯尔私下告诉我他女儿离开他们是因为她对继母有一种不合情理的反感情绪。由于那个女儿大概不会小于20岁，我完全可以想像她跟她爹年轻的妻子住在一起，处境想必不很舒服。

“我觉得鲁卡斯尔夫人的面色和心灵都一样苍白。我对她既无好感也无恶感。她是个无足轻重的人。很容易就看出她全心全意热爱她的老公和她的小儿子。她那双淡灰眼睛不时地左顾右盼，一觉察到他们俩有什么小小的需要，就赶紧抢先满足他俩。鲁卡斯尔先生对她也很好，只是方式上虚张声势些；大体上，他们像是一对幸福夫妇。但是，那位夫人却私下有点忧愁，经常会陷入沉思，脸上现出十分悲伤的神情。我不止一次惊讶地发现她在落泪。我有时想这一定是她那个脾气坏的孩子惹得她伤心，因为我从没见过一个给惯得那样坏的小家伙。他个头儿没有同龄孩子那么高，脑袋很大，显得跟身躯很不相符，好像整天不是野性发作，就是板着面孔不高兴。他惟一的消遣就是对那些比他弱小的动物施加酷刑。他在捕捉耗子、鸟儿和昆虫这方面所想出来的招儿，表现出很了不起的才智。我不想再谈这个孩子，福尔摩斯先生，真格的，他跟我要谈的事没多大关系。”

“我对所有的细节都感兴趣，”我的朋友说，“不管你觉得它们跟你有没有关系。”

“我会尽量不漏掉任何重要细节。那个宅子顿时叫我感到不愉快的事是仆人的外表和行为。家里只有两个仆人，一名男仆和他的老婆。男仆叫托勒，粗鲁笨拙，头发灰白，蓄着连鬓胡子，整天酒气熏人。我有两次跟他们在一起时，他醉得挺厉害，鲁卡斯尔先生却好像没看见似的，满不在乎。他的老婆是个大高个儿，身强体壮，面目可憎，跟鲁卡斯尔夫人一样沉默寡言，却远不如她那样和气。他俩是一对最叫人讨厌的夫妻。幸运的是我大部分时间都待在保育室和自己的房间里，这两间屋毗连，都在那个宅子的一个角落里。

“我到紫铜榉之后，头两天生活挺安静；第三天，鲁卡斯尔夫人吃过早饭后下楼来，跟她老公悄悄说了几句话。

“‘哦，对，对，’他转身对我说，‘我们十分感谢你，亨特小姐，接受了我们的癖好把头发剪短了；我向你保证，这一点也没损伤你的美貌容颜。现在我们要看看那套铁蓝色服装合不合你的身，那套服装就放在你屋里的床上，你如果肯穿上它，我们夫妇俩都会非常感激的。’

“放在那里等我穿的那套服装的颜色特别暗蓝，是用一种极好的哔叽料子做的，可是一眼就能看出那是穿过的。我穿上它就像是量身定做的那样合身，鲁卡斯尔夫妇看见后都非常高兴，甚至有点激动。他们在客厅里等着我，那是一间很大的屋子，占据了那栋房子的整个儿前半部，有三扇落地窗，当中那扇窗的近旁摆着一把椅背朝窗户的椅子。他们让我坐在那把椅子上，随后鲁卡斯尔先生便在房间另一头来回踱步，开始给我讲一连串我从没听过的很有趣儿的故事。你们想像不出他有多么滑稽，我都笑累了。可是鲁卡斯尔夫人却显然没有什么幽默感，压根儿连笑都没笑一笑，只是端坐在那里，双手放在膝上，脸上现出又忧郁又焦虑的神情。大概过了一个小时光景，鲁卡斯尔先生突然宣称我该开始一天的工作，换掉衣服去保育室找小爱德华啦。

“两天之后，我又在完全相同的情况下照样表演了一次：换上那套服装，坐在那扇落地窗近旁，听我那位东家讲那些逗乐儿的故事，他讲得真是别人都模仿不出来，我不由得再次尽情大笑。随后他递给我一本黄封面的小说，把我的座椅向旁边挪动一下，好让我的身影不至于遮挡住那本书。他请我大声念给他听。我就从某一章当中开始念，念了约摸十分钟，正当我念到一个句子的半中腰时，他忽然叫我停住，去更换衣服。

“您不难想像，福尔摩斯先生，我多么难以理解这种离奇的表演究竟是什么意思。我注意到他们总是很小心谨慎地不让我的脸面对窗户，

这就引起我极想看看我背后到底发生了什么事的心情。一开始，这似乎是不可能的，可我很快便想出了一个妙法子。我有一面手镜碎了，我灵机一动，偷偷把一小片碎镜藏在我的手绢儿里。在又一次场合中，我在发笑时便把手绢儿举到眼前，稍做调整就能看到背后的情况。坦率地说，我很失望，头一眼啥也没发现。

“头一个印象至少是如此。可我再瞥一眼，却看到一个小伙子站在南汉普敦公路那边，他身穿灰色衣服，蓄着络腮胡子，好像正朝我这个方向眺望呐。那条路是一条重要的公路，总有人来来往往。可是那人却斜倚在我们围着空地的栏杆上，而且是在认真地观望。我放低手绢儿，瞥一眼鲁卡斯尔夫人，发现她正用最锐利的目光盯视着我呢。她啥也没说，可我深信她猜到了我手中有块镜片，而且我也看到了背后的情景。她顿时站起来。

“‘杰夫罗！’她说，‘公路那边有个没规矩的家伙在盯着瞧亨特小姐呐！’

“‘是不是你认识的人，亨特小姐？’他问道。

“‘不是，我在这里谁也不认识。’

“‘老天！多么没礼貌！请转身，挥手叫他走开！’

“‘最好还是不答理他。’

“‘不，不，那他就会常在这里闲荡。转过身去，就这样扬手叫他

走开！’

“‘我便按照吩咐做了，就在同时鲁卡斯尔夫人放下了窗帘。这是一个星期以前的事，从那时起，我就没再坐在那扇窗户前了，没再穿过那套蓝装，也没再见到那个小伙子站在公路那边了。”

“请接着讲，”福尔摩斯说。“你说的事听来将会挺有趣儿。”

“我担心您会觉得我要讲的事有点支离破碎，相互之间没有什么关联。我第一天抵达紫铜榉时，鲁卡斯尔先生领我去厨房附近一小间外屋；走近那间小屋时，我听到一根铁链的咣啷声和一头个儿挺大的动物走动声。

“‘从这儿往里瞧！’鲁卡斯尔先生指着两块木板之间的隙缝，说。‘多漂亮的家伙！’

“我从板缝往里一看，只见黑暗中蜷伏着一个模糊的身躯和两只炯炯放光的眼睛。

“‘不用害怕！’我的主人说，见我那副吃惊的样子格格直笑。‘那是卡罗，我的大猛犬，虽说是我的，其实只有我的男仆老托勒才管得住它。我们每天只喂它一次，不能喂得太多，这样才能叫它总有股火辣辣的狠劲儿。托勒每天晚上放它出来。谁要是胆敢私自闯进我的家门，碰上它那尖利的牙齿，那就只能求上帝保佑他啦。看在上帝面上，晚上你可千万别以任何借口跨出这个门槛，那样做可就不要命啦！’

“这个警告并非随便说说。过了两夜，我在半夜两点钟左右，偶然从卧室朝窗外看看。那天夜里月光皎洁，屋前的草坪银光闪闪，明如白昼。我站在那里，沉浸在美丽宁静的夜色中，忽然间察觉有什么东西在紫铜榉树丛阴影下移动。它一出现在月光下，我便看清那是什么了，原来是一条像小牛般大的狗，全身棕黄，颚骨耷拉下来，黑嘴一张，骨骼庞大鼓出，慢慢穿越草坪，消失在另一边阴影里。这个不出声的吓人守卫真叫我心里打了个寒噤，没有一个窃贼会像它那样吓坏我。

“现在我要告诉您一件特怪的事。要知道，我是在伦敦把头发剪短的，我把它卷好放在我的衣箱底儿里。一天夜里，孩子上床睡觉后，我开始欣赏卧房里的摆饰，也重新整理一下我的零碎东西。

“房间里有个旧衣柜，上面两个抽屉空着没上锁，下面一个锁着，我把衣物装满那两个抽屉，却还有些东西没处放。我当然由于不能使用那第三个抽屉而感到不悦。后来我蓦地想到那也许是无意中锁上的，我便拿出自己的一串钥匙试着打开它，第一把钥匙就正合适，锁一下子便给打开了。抽屉里只放着一样东西，可我敢肯定你们一定猜不出那是什么。它竟是我那卷头发！

“我拿起它来仔细察看，简直跟我的头发特有的色泽完全一样，密度也一样。这种事根本不可能嘛，我的头发怎么会锁在这个抽屉里呢？我双手发颤地打开自己那个衣箱，把里面的东西翻出来，找出自己的头发。我把两卷头发平摆在一起，我向你们保证它们完全一样。这不是太离奇了吗？我百思不得其解，琢磨不出这是什么意思。我把那卷奇怪的头发又放回抽屉，后来也没跟鲁卡斯尔夫妇提起这事，因为我觉得打开人家锁上的抽屉是不正当的。

“福尔摩斯先生，您也许已经发现我生来爱观察事物吧。没多久我的脑子里便对那个宅子的格局有了一个清晰的轮廓。一侧的厢房看来根本没人住。托勒夫妇住的下房前面有条通道，那里有扇门直通那侧的厢房，可是那扇门总是锁着。有一天，我正上楼，碰见鲁卡斯尔先生从那扇门走出来，手里提着一串钥匙，脸上的神情跟我平时常见的那个胖乎乎圆脸蛋儿上的愉快表情大不相同，使他俨然判若两人。他因发怒而两颊涨得通红，眉头紧锁，激动得两边的太阳穴青筋毕露。他把门锁上，从我身旁匆匆走过，一语未发，连瞧都没瞧我一眼。

“这引起了我的好奇心。后来我带着孩子在外面散步，便兜个圈子，溜达到宅子那一侧，可以看到房子那部分的窗户。那里一溜儿四扇窗，三扇脏里巴唧，另一扇关着百叶窗。看上去里面显然没人住。我在那里来回溜达，偶尔朝那边瞥一眼。这当儿，鲁卡斯尔先生来到我面前，显得跟往常一样欢欣愉快。

“‘啊！’他说，‘我如果从你身旁一声不响地走过去，请你千万别以为我无礼，亲爱的小姐，我刚才是忙着处理一些事儿。’

“我叫他放心，我并不介意。‘顺便问一下，’我说，‘那边好像有一整套房间空着，其中一间还关着百叶窗。’

“他显得有些出乎意外，而且我觉得他听了我的话有点吃惊。

“‘摄影是我的一项爱好，’他答道，‘那边几间屋是我洗相片的暗室。可是，哎呀呀，我们遇到了一位多么心细的小姐啊！谁会相信呢？谁会相信呢？’他用一种开玩笑的口吻说，可他却并非用打趣儿的目光望着我。我只看出一副怀疑和不满的神情，绝不是在开玩笑。

“嗯，福尔摩斯先生，我自从明白那套房间有些我不该知道的事那一时刻起，就巴望非查个明白不可。这不单纯是出于好奇心，尽管我承认有这方面的因素，而更可以说是出于一种责任感，觉得识破那里的隐秘，说不定是做了件好事。人们常谈论女人的本能，或许正是女人这种本能使我有了那种感觉。不管怎么说，这种感觉确实存在。我便特别留意任何可以进入那道禁门的机会。

“直到昨天我才遇到了这个机会。不瞒您说，除了鲁卡斯尔先生外，托勒夫妇也常在那几间废弃的空房间里忙着做些事。我有一次看见托勒抱着一个大黑布袋从那扇门里出来。他近来一直酗酒，昨天晚上还喝得酩酊大醉，我上楼发现那扇门上插着钥匙，这肯定是他落在那儿了。鲁卡斯尔夫妇那时都在楼下，那个孩子也跟他们在一起呐，我可有了一个难得的大好机会，便轻轻转动钥匙，把门打开，悄悄溜了进去。

“我面前有条小通道，没糊墙纸，也没铺地毯，尽端拐弯处是个直角。拐过那个弯儿有三扇并排的门，第一和第二扇门敞着，里面是空屋子，灰尘仆仆，阴阴沉沉，一间里有两扇窗，另一间只有一扇，窗户上都积满厚厚的尘土，夕阳光线只能微微透进来一点儿。当中那间的房门关着，门外挡着旧铁床的几根粗铁杠，一头用挂锁锁在墙上的一个环儿上，另一头用粗绳捆住。那扇门也锁着，钥匙不在门上。堵住门明明是跟关上百叶窗相一致的。可是从门底下的隙缝透出来的微弱亮光，使我明白房间里并非黑咕隆咚。显然室内有个天窗可以透进光线。我站在通道里注视着那扇不祥的门，心里纳闷那里面隐藏着什么秘密。这时我忽然听到室内有脚步声，从房门底下的隙缝透出的微光我看出有个人影儿在里面来回走动。这真使我心中骤然产生剧烈的莫名恐怖。福尔摩斯先生，我神经一下子紧张得失去控制，转身就跑，跑的时候像是有只可怕的手在后面揪住我的衣裙，我跨过那扇门，一个趔趄撞在鲁卡斯尔先生的怀里，他正在门外等着我呐！

“‘果然是你，’他微笑着说，‘我看见门开着，心想准是你！’

“‘哎呀，真把我吓死了！’我气喘吁吁地说。

“‘亲爱的小姐！亲爱的小姐！’——您想像不出他当时多么亲热多么体贴——‘是什么把你吓成这个样儿啊，亲爱的小姐？’

“可他的话音却有点像是在哄骗。他装得太过分了。我顿时警觉起来。

“‘我走进空房子那边，真够傻的，’我答道，‘可是在昏暗的光线下，那边多凄凉多可怕啊！我给吓得跑了出来。噢，那里真是死气沉沉，寂静得可怕！’

“‘就是这些吗？’他问道，目光尖锐地瞧着我。

“‘怎么，那您怎么想呢？’我问道。

“‘你知道我干吗锁上这扇门吗？’

“‘不知道。’

“‘就是不准闲人入内，你明白吗？’他依然笑容可掬地说。

“‘我要是早知道，肯定就……’

“‘那好，你现在知道了！你要是胆敢再跨过这个门槛……’这当儿他那种微笑顿时变成愤慨的狞笑，那张脸好似魔鬼的脸，两只凶眼瞪视着我，‘我就把你扔给那条大猛犬！’

“我当时真给吓坏了，闹不清自己干了什么，想必是从他身边飞快跑开，奔回自己的房间。我啥也记不起来了，浑身哆嗦地躺在床上，随后我就想到您了，福尔摩斯先生。如果没人给我出出主意，我真是没法再在那里待下去啦。我害怕那幢房子，那个男人，那个女人，那两个仆人，甚至那个孩子，他们都叫我害怕。我要是能带领你们去那里，那就好了。当然我也可以从那里逃跑，可我的好奇心几乎跟我的惧怕同样强烈。我便很快做出决定，给您打个电报。我穿上大衣，戴上帽子，走到约摸一里半开外的电报局，然后又返回来，心里踏实多了。可我走近大门时，忽然担心那条恶狗可能会给放了出来，但是我又记起那天夜里托勒喝得烂醉不省人事，我知道家里只有他管得住那头野畜生，没有人胆敢把它放出来。我悄悄安全地溜进家中，一想到很快就会见到你们，心里高兴得躺在床上彻夜未眠。今天早晨我挺顺利地请假来到了温切斯特，不过得在下午三点以前赶回去，因为鲁卡斯尔夫妇要出门去做客，整个晚上都不在家，因此我得回去照看孩子。现在我把经历的事都讲给您听了，福尔摩斯先生，您要是能告诉我这究竟是怎么回事，那我可太高兴啦；关键在于我现在该怎么办？”

福尔摩斯和我着迷地听完她讲的这些怪事。我的朋友站起来在室内来回踱步，两手插在兜儿里，脸上现出极为严肃的神情。

“托勒现在还醉着没醒吗？”他问道。

“醉着呐，我听他的老婆对鲁卡斯尔夫人说她拿他一点办法也没有。”

“那好，鲁卡斯尔夫妇今天晚上要出门，对不对？”

“对。”

“宅子里有没有一个地窖和一把结实的好锁？”

“有个存酒的地窖。”

“我觉得你在整个这件事情上表现得像个勇敢机智的姑娘，亨特小姐。你能不能再扮演一个角色？我要是不认为你是个很了不起的女士，就不会这样要求你的。”

“我会尽量试试看。要我干什么呢？”

“我和我的朋友七点钟到达紫铜榉。鲁卡斯尔夫妇那时已经出门不在家中，我希望托勒那时还醉得什么事也干不了。家里只剩下托勒太太一个人，她也许会报警，可你如果能差使她去一趟地下的酒窖，然后把她锁在里面，那就大大有利于咱们的调查啦。”

“这我会办到，绝对没问题。”

“太好了！那咱们就可以彻底调查一下这件事。当然，只有一个说得通的解释。你给雇到那里是为了冒充一个人，而那人正给锁在那间空屋子里呐。这是很明显的。至于那个给囚禁起来的人是谁，我敢说就是鲁卡斯尔先生的那个女儿艾丽丝，我如果没记错的话，据说她去了美洲。你被选中，肯定是因为你跟她在个头儿、身材和头发色泽上都很相像。她的头发可能是由于患了什么病而给剪掉了，所以你的头发也得牺牲掉。你发现了她那卷头发纯属偶然。那个站在公路上观望的小伙子无疑是她的好朋友——也可能是她的未婚夫——当然，你穿上她的服装那么像她，他每次看见你的时候，从你的欢笑和姿态都深信鲁卡斯尔小姐蛮幸福愉快，不再需要他的关注。那条恶犬每天夜里都给放出来，是阻止他想跟艾丽丝联系接触。这些都一清二楚了。这个事件最严重的一点是那个小男孩儿的性情。”

“他跟这事又有啥关系？”我插嘴道。

“亲爱的华生，你作为一名医务人员，要了解一个孩子的癖好就得不断研究他的父母才会得到领悟。你难道没看出相反的研究也同样有道理吗？我经常从研究孩子入手，从而对他的父母的品格得到真正的认识。那个男孩儿的品行异常残忍，只是为残忍而残忍，不管这种性格像我猜疑的那样，是来自他那笑眯眯的父亲呢，还是来源于他的母亲，反正这对他们控制的那个可怜的姑娘都肯定是坏兆头。”

“我相信您说的完全对，福尔摩斯先生，”我们那位委托人大声说，“我回想起好多事，都使我确信您说到了点子上。哦，咱们别再耽搁啦，赶快去拯救那个姑娘吧！”

“咱们得小心谨慎，因为咱们是在对付一个非常狡猾的家伙。七点钟之前咱们办不了什么事。一到七点，我们俩就会跟你在一起，很快便能识破这个谜。”

我们俩恪守诺言，七点钟准时抵达紫铜榉，把那辆双轮轻便马车停放在路旁一家小客栈那边。那树丛，还有它那在夕阳照耀下好似擦亮了的闪闪发光的紫黑叶子，都使我们足以认出那个宅子，即使亨特小姐没一直站在门口台阶上等我们，也不要紧。

“你都安排停当了吗？”福尔摩斯问。

这时从楼下什么地方传来了挺响的撞击声。“托勒太太给关在地窖里了，”她说，“她老公躺在厨房地毯上鼾声如雷地大睡呐。这是他的那串钥匙，跟鲁卡斯尔先生那串完全一样。”

“你干得实在出色！”福尔摩斯大声称赞道，“现在你领路，咱们很快就会见到这个勾当的结局。”

我们走上楼梯，打开一扇门的锁，沿着通道直奔亨特小姐所说的那扇给堵住的门前。福尔摩斯剪断那根粗绳，挪开那几根横挡着的铁杠，然后试用几把钥匙开门锁，可是都没有成功。屋子里没有一点动静，福尔摩斯面对这种寂静，脸色阴沉下来。

“我相信咱们来得并不太迟啊！”他说。“我想，亨特小姐，你先避一避，我们两个人最好先进去。现在，华生，用你的肩膀，看看咱俩能不能把门撞开。”

那是一扇不牢靠的旧门，我们俩一起一使劲就把它撞开了。我们冲进去，里面却空无一人。室内除了一张简陋的床、一个小圆桌和一筐替换衣服外，别无他物。屋顶上的天窗是敞着的，可是里面那个给囚禁的人却没影儿了。

“肯定有人做了手脚，”福尔摩斯说，“那个坏蛋大概已经猜到亨特小姐的意图，抢先一步把那个受害人转移了。”

“怎么转移的呢？”

“从天窗。咱们马上就能弄明白他是怎么干的，”他攀登到屋顶。“啊，对了，”他喊道，“这里有个轻便的长梯子靠在屋檐上，他肯定是这么干的。”

“这不太可能，”亨特小姐说，“鲁卡斯尔夫妇走的时候，这架梯子不在那儿。”

“他又跑回来搬来的，我说过他是个狡猾的家伙嘛。你听楼梯上的脚步声，如果不是他才怪咧。华生，我想你最好把枪准备好。”

他还没说完，房门口就出现一个挺胖的粗鲁家伙，手里拿着一根粗棒。亨特小姐一见到他就尖叫一声，缩身靠在墙边，歇洛克·福尔摩斯却纵身向前，面对那人。

“你这个恶棍，你的女儿在哪儿?”

那个胖子四下里环视一下，抬头看一眼那敞开的天窗。

“这个问题该我问你，”他尖声嚷道，“你们这伙窃贼！奸细和窃贼！可让我逮住了你们，是不是?你们跑不了啦。我会伺候诸位！”他转身噔噔地跑下楼梯。

“他去放出那条恶犬啦！”亨特小姐喊道。

“我手里有枪，”我说。

“最好把那扇前门关上，”福尔摩斯大声说。我们便一起冲下楼梯，还没走到前厅就听见那条恶犬的狂吠声，接着传来一声痛苦的尖叫声，随后又是一阵听起来吓人的撕咬声。一个满脸通红、上了年纪的人摇摇晃晃地从边门走了出来。

“我的上帝！”他喊道。“有人把那条狗放出来了。我已经两天没喂它了。快，快，要不就来不及啦！”

福尔摩斯和我急忙冲出去，拐过房角，托勒紧跟在后。那条饿慌了的巨大的畜生正用黑嘴紧紧咬住鲁卡斯尔的喉咙，他在地上痛苦地打滚儿，凄惨地尖叫。我跑上去，一枪把那条狗的脑袋打开了花，它倒下去，一嘴白牙还嵌在鲁卡斯尔那胖脖子的皱褶里呢。我们费了好大的劲儿才把人和狗扯开，把他抬进屋；他还活着，可是已经血肉模糊，伤势不轻。我们把他放在客厅的沙发上，叫那个给吓醒了的托勒赶快去通知鲁卡斯尔夫人，我尽力减轻他的疼痛。我们围着他忙乎，这时进来了一个瘦高的女人。

“托勒太太！”亨特小姐喊道。

“是我，小姐。鲁卡斯尔先生回来时把我放了出来，才上去找你们。唉，小姐，可惜你没事先告诉我你的打算，否则我就会劝告你，别瞎操那份心！”

“哈！”福尔摩斯说，敏锐地望着她。“托勒太太明明对这事比谁都了解得更清楚。”

“对，先生，我确实了解，随时准备说出我知道的情况。”

“那就请坐下，讲给我们听听吧，因为我得承认这件事里面确实还有几点我还不太明白。”

“我这就给你们讲明白，”她说，“我要是能早点儿从酒窖里出来的话，早就可以这样做了，”她说，“这事如果闹到治安法庭上去解决，你们得记住，我作为一个朋友，站在你们一边，而且我也是艾丽丝小姐的知心朋友。

“艾丽丝小姐在家里压根儿就没快乐过。自打她爹再婚以来，小姐便一直郁郁不乐。她在家里受到怠慢，啥事都没有发言权。在她还没在一个朋友家中认识福勒先生之前，情况倒还不算太坏。据我所知，艾丽丝小姐根据母亲的遗嘱享有自己的权利。她不言不语，安静忍让，从没提起过自己的权利，事事都交给鲁卡斯尔老爷处理。她爹明白对她可以放心，可她一旦有了老公，那个男人肯定会要求她在法律范围内应得的东西。所以她爹认为是该出面阻止的时候了。他就让小姐在一份文件上签字，声明不管结婚与否，他都可以用她分内的钱。小姐不愿意签，老爷就没完没了地折磨她，闹得她后来得了脑炎，六个星期里差点儿死了。后来小姐渐渐康复，却已骨瘦如柴，并且把那头美发也剪掉了；可是那个小伙子一点也没变心，对她依然一片忠诚。”

“嗯，”福尔摩斯说，“谢谢你告诉了我们这些情况，让我们明白了这件事。其余的我也能推断出来了。我料想鲁卡斯尔先生因此就采取了囚禁这个措施。”

“对，先生。”

“他把亨特小姐从伦敦请来，好摆脱福勒先生那种叫人不愉快的纠缠。”

“是这样，先生。”

“可是福勒先生是个执著的人，就像优秀的海员该做的那样，封锁了这幢房子。后来他碰到了你，用论证、金钱或别的方式说服了你，让你相信你们俩的利益是一致的。”

托勒太太开朗地说：“福勒先生是个说话和气、手头慷慨的人。”

“他就这样设法让你的老公不缺酒喝，让你一等主人出门就准备好一架梯子。”

“您说得对，先生，就是这么一档子事。”

“我想我们方才把你锁在地窖里，真该向你道个歉，托勒太太，”福尔摩斯说，“因为你已经把我们困惑不解的事都解释清楚了。现在，村里的外科医生和鲁卡斯尔太太就要来了。华生，我想咱们最好护送亨特小姐去温切斯特，因为我觉得咱俩目前在这里的 locus standi① 颇成问题了。”

那座门前有紫铜榉的不祥的宅子之谜就这样解开了。鲁卡斯尔先生虽然保住了一条命，却成了一个精神颓丧的人，只是在他那忠心耿耿的太太的护理下苟延残喘。他们还跟那两个老用人住在一起，大概因为那对夫妇对鲁卡斯尔老爷过去的底细知道得太多了，使得鲁卡斯尔先生很难把他俩辞退。福勒先生和艾丽丝小姐出走后的第二天，便在南安普敦市申请特许证书结了婚。目前福勒先生在毛里求斯岛担任一个官职。至于薇奥莱特·亨特小姐，福尔摩斯叫我感到失望，因为她不再是他探讨的一个问题的中心人物，他便不再对她感兴趣了。现在亨特小姐是沃尔塞尔地区一家私立学校的校长。我相信她在教育工作上一定做出了出色的成绩。

（1892）

---

①拉丁文，出庭的权利，合法地位之意。

银额驹

某日清晨，我们俩坐下来吃早饭，福尔摩斯开口道："华生，我恐怕不得不走一趟啦。"

"走一趟？去哪儿啊？"

"去达特穆尔——金斯匹兰德镇[①]那边。"

我对此并没感到惊讶。真格的，惟一叫我纳闷的是，英国目前到处都在谈论一桩离奇案件，唯独福尔摩斯却还未曾执一词。我这位伙伴全天都紧锁双眉，耷拉着脑袋，在房间里来回踱步，一再把浓烈的黑烟丝装满他的烟斗，抽个不停，对我提出的问题或议论全都置若罔闻。报贩给我们送来当天的几份报纸他也只浏览一下就给掼进室内一个旮旯。尽管他沉默不语，我却完全明白他心里正在思考什么事。当前只有一个使公众深感困惑的问题能对他的分析能力提出挑战，那就是韦赛克斯赛马会即将举行的时刻，那匹最受人欢迎的名驹却离奇地失踪了，它的驯马师也惨遭杀害了。因此他突然说要去出事现场调查，这可真是我早已期望而巴不得的事啦。

"要是不碍你的事，我倒很愿意跟你一块儿去，"我说。

"亲爱的华生，你愿意一块儿去，那可真会帮我一个大忙啦。我想这也不会叫你白白浪费时间，因为这个案子有些疑点，看来绝对会是一桩十分独特的案件。咱们现在就去帕丁顿车站，正好赶上火车，一路上我把案情跟你谈谈。劳驾带上你那个精良无比的双筒望远镜！"

于是，约摸一个钟头过后，我发现自己已经坐在一列开往埃克塞特的火车头等车厢里；福尔摩斯戴着他那顶旅行帽，两边的护耳褡框住了他那张轮廓分明、神情急切的脸，他匆匆浏览着他在帕丁顿车站买的一大摞当天报纸。火车驶过雷丁站好远一段路之后，他才看完最后一份报，把它塞进座椅底下，掏出雪茄烟盒敬我。

“火车开得蛮快嘛！”他望着车窗外，瞥一眼手表，说道，“现在的车速是每小时53里半。”

“我倒没留神看那些间隔四分之一里的路标，”我说。

“我也没看。不过这条铁路干线旁边的电线杆的间隔却是60码，因此计算起来简单得很嘛。我料想你已经听说那匹银额驹失踪和约翰·斯垂克遇害的事了吧。”

“我从《电讯报》和《纪事日报》上看到了相关报道。”

“善于推理的人，对待这样一桩案子，该把他的本领应用在详查细节这方面，而不该浪费在寻找新证据那方面。这桩惨案那么奇特，干得那么干净利落，而且关系到那么多人的切身利益，真叫我们颇费心思来推测、猜想和假设。困难在于得把构成此案的一些事实——确凿而无可争辩的事实——跟那些理论家和新闻记者添油加醋的渲染之词区别开来。一旦立足于这个可靠的基础，咱们就有责任作出判断，确定哪些是整个儿这桩案子里的疑点。星期二晚上，我收到了那匹名驹的主人罗斯上校和格雷戈里警长分别打来的电报，格雷戈里正在负责调查此案，约我前去跟他一起合作侦破。”

“星期二晚上，”我惊呼道。“今天已经是星期四早晨。你为何昨天没去呢？”

“因为我犯了个错误，亲爱的华生——这恐怕是常有的事，凡是只通过你写的回忆录知道我的人未必想像得到这一点。事实是我不信那匹英国名驹会给隐藏得很久，尤其是在达特穆尔北部那样人烟稀少的地方更是不可能。昨天我时时刻刻期望听到那匹马已被找到、那个拐马人就是杀害约翰·斯垂克的凶犯这样的消息。可是直到今天早晨，我发现除了逮捕了菲茨罗依·辛普森那个小伙子之外，别无任何进展。我因此感到眼下该是我出动的时刻啦，可我倒觉得昨天一天也并没白白浪

① 金斯匹兰德镇(King's Pyland)，即今德文郡的普林斯镇。

费掉。”

“那你已经做出了分析推测？”

“至少已经掌握了这个案子的主要事实，我现在可以给你一一列举出来。要弄清楚一件案子，最好的办法莫过于把案情跟另一个人说说，而且我要是不给你指明咱们的起点，那就简直没法指望得到你的协助嘛。”

我便朝椅背上一靠，抽起雪茄烟；福尔摩斯俯身向前，一边用他那瘦长的食指在左手掌上戳戳指指，一边给我概括地讲述这桩导致我们出行的案件。

“那匹银额驹是一匹依索诺密种马，”福尔摩斯说，“跟它有名的祖辈一样，始终保持着出色的赛马记录。它如今五岁口，已经在每次赛

马会上都给它那幸运的主人罗斯上校赢得头奖。直到这次灾难发生之前，它是韦赛克斯杯锦标赛中最看好的一匹马，赌注是三比一。它一向是那些赌马赛的人最宠爱的名驹，从没让他们失望过，因此尽管是那样的投注赔率，还是有大量的钱已经押在它的身上了。所以分明有不少人竭力想阻止那匹银额驹参加下周二的赛马会。

“上校的驯马厩坐落在金斯匹兰德镇，那里的人当然早已对此事有所闻，便对那匹名驹采取了各种预防的保护措施。驯马师约翰·斯垂克原是罗斯上校的赛马骑师，后因体重增加而退了下来。斯垂克在上校家里当了五年骑师和七年驯马师，表现得一向不错，是个热情诚实的仆从。他手下有三个小马倌，因为马厩不大，总共只畜养了四匹马。一个小马倌彻夜守护在马厩里，另两个睡在草料棚内。三个小伙子的品性都很好。约翰·斯垂克已经结了婚，住在离马厩两百码远的一栋小房子里。他没有孩子，雇用了一名女仆，生活过得还算舒适。这片乡野相当荒凉，不过朝北约摸半英里那边倒有几栋别墅，是塔维斯托克镇的承包商盖的，专供病人前来疗养和其他愿来享受达特穆尔那一带的新鲜空气的人租住的。塔维斯托克镇就在西边两英里处，再越过一片荒野，差不多也有两里远那边有个较大的梅普里顿驯马场，是属于贝克沃特勋爵的，由赛拉斯·布朗驯马师负责管理。那片荒野四下里也荒凉得很，只有少数流浪的吉卜赛人散居着。星期一发生灾祸那天夜里，情况大致如此。

“那天晚上，四匹马像往常那样经过训练，给刷洗干净，九点钟马厩便上了锁。两名小马倌去驯马师家厨房吃晚饭，另一名小马倌奈德·亨特留下看守。九点过后几分钟，女仆伊迪丝·巴克斯特把奈德的晚饭送往马厩，那是一盘咖喱羊肉。她没带去什么饮料，因为马厩里有自来水龙头。按照规定，值班看守的马倌不许喝别的饮料。天色漆黑，那条小道又穿过荒野，那名女仆便拎着一盏提灯。

“伊迪丝·巴克斯特走到离马厩还有30码那里时，忽然有个男人从暗处走出来把她叫住。在那盏提灯黄灿灿的亮光下，她看出那人穿戴得倒像个上流社会人士，身穿一套灰色花呢衣服，头戴一顶棉帽，脚蹬一双带绑腿的高统靴，手拿一根沉甸甸的圆头手杖。不过，那人给她留下的深刻印象则是脸色极为苍白，神情紧张不安。她认为那人大概有30多岁了。

“‘你能告诉我这里是什么地方吗？’他问道，‘要不是看到你这盏提灯的亮光，我都差不多决定睡在这片荒野里了。’

“‘您来到金斯匹兰德驯马场的马厩附近了，’她答道。

”‘噢，真格的，运气还真不赖！’他大声说，‘我知道每天夜里有个小马倌独自睡在马厩里。这大概就是你给他送去的晚饭吧。我相信你不至于骄傲得连买件新衣服的钱都不想赚吧，对不对？’那人从坎肩兜儿里掏出一张折好的纸条。‘你要是今晚能把这张纸条交到那个小伙子手中，便可以赚到买件最漂亮的上衣的钱哩。’

“他那副急巴巴的样儿把她吓坏了，便急忙从他身旁跑开，奔向她惯于把饭食递进去的那扇窗户。窗户已经敞开，奈德坐在厩内一张小桌旁边。伊迪丝刚开始把发生的事告诉他，那个陌生人就走过来了。

“‘晚安，’陌生人朝窗里窥视，说道，‘我有话要跟你说。’女仆发誓说她看见那人说话时，手里攥着的那张小纸条露出了一角。

“‘你到这里来有啥事？’小马倌问道。

“‘这事可以让你荷包里有点进账，’那人说，‘你们有两匹马参加韦赛克斯杯锦标赛，一匹是银额驹，另一匹是贝亚德。你若能把可靠消息透露给我，绝对不会吃亏的。听说在五弗隆[1]赛程中，贝亚德能超过银额驹一百码，你们把赌注都押在它身上了，是这样吗？’

“‘这么说，你是个该死的赛马探子！’小马倌喊道，‘我倒要你见识见识金斯匹兰德这儿的人怎样对付你们这帮家伙！’他一跃而起，跑向马厩后面去把狗放出来。那名女仆转身奔回家去，可她一边跑，一边回头瞧，只见那个陌生人还在弯身朝窗户里探视呐。没多会儿，奈德带着猎狗跑出来，那人却已经走开；小马倌尽管围着马厩绕了一圈，也没再找到那个家伙。”

“等一下，”我问道，“小马倌带着狗跑出来，没把门锁上吗？”

“问得好，华生，好极了！”我的伙伴低声说，“这一点我也认为非常重要，所以昨天我已经打电报到达特穆尔查询了这件事。那个小马倌出来时倒是把门锁上了。我还可以补充一句，那扇窗户小得根本钻不进去人。

“奈德等那两个伙伴吃完晚饭回来，就去向驯马师报信儿，把发生的事告诉他。斯垂克听说后，尽管似乎闹不大清这事实在的用意，却感到惊惶不安。斯垂克太太半夜一点钟醒来，发现丈夫在穿衣服，便问他要去干什么，他答说心里在担心那几匹马，睡不着觉，得去马厩看看是否一切正常。但是她听到雨点嗒嗒地打在窗户上，便劝他别出门，可他不听她的劝告，披上雨衣就离开了家。

---

① 弗隆，英国长度单位，等于八分之一英里。

“斯垂克太太清晨七点钟一觉醒来，发现丈夫还没回来，便急忙穿好衣服，叫醒女仆，一道去马厩。到了那里，只见厩门大开，奈德昏迷不醒地瘫坐在里面的一把椅子上，那匹名驹的隔栏里空空如也，驯马师也无影无踪。

“她们连忙把那两个睡在马具房那边草料棚里的小马倌叫醒。他们俩睡得很沉，夜里什么也没听见。奈德明明是被强烈的麻醉药蒙住了，怎么也叫不醒他。那两位妇女和两个小马倌只好任他睡去，一块儿跑出去寻找失踪的驯马师和那匹名驹。他们仍然希望驯马师只是出于某种原因把马拉出去晨练罢了，可他们登上马厩附近的小山丘，朝荒野四处望去，非但没看到那匹名驹的踪影，反倒发现一样东西，不由得预感到出了事。

“距离马厩大约四分之一里远那边，约翰 · 斯垂克的大衣飘荡在一簇金雀花丛中，近旁的荒野上有个挺大的圆陷坑，他们在坑底发现了不幸的驯马师的尸体，脑袋让一件沉重的凶器狠狠砸碎了，大腿股也受了伤，有一道整齐的长口子，显然是让一把锋利的刀划破的。不过斯垂克明明为了自卫跟那个袭击他的歹徒英勇搏斗过，因为他右手握着一把小刀，连刀把上都凝结着血块呢，左手还紧攥着一条黑红两色的丝领带，那名女仆顿时认出头天晚上那个到马厩来的陌生人就系着那条领带。

“奈德苏醒后也肯定那条领带是那个家伙的。他还确信就是那个陌生人站在窗口那当儿往咖喱羊肉里下了麻醉药，这就使马厩失去了看守人。

“至于那匹丢失的名驹嘛，那个要人命的坑底烂泥地上有不少蹄印儿，足以证明那两人搏斗时马也在场。可是从那天清晨起它就失踪了；尽管出了重金悬赏，达特穆尔的吉卜赛人全都在警觉地搜寻，却一直没见到它的踪影。最后还有一点就是，那个小马倌吃剩下的那顿晚饭经过化验证明含有大量麻醉药，而斯垂克家里人那天晚上也吃了同样的菜，却没有什么恶性反应。

“这桩案子的主要情况就是这些，我讲给你听时并没加什么推测，也尽可能地不加虚饰。现在再扼要说说警方已经做了些什么事。

“受命调查此案的格雷戈里警长是位蛮有能力的官员。他要是再多多少少有点想像力，便可能会在他那个行当里得到高升。他一到出事地点就立刻找到了那名嫌疑犯，把他拘捕。其实找到那个人并不难，因为他就住在我方才提到过的那些小别墅的一栋里。闹了半天，原来他名叫菲兹罗伊·辛普森，出身挺高贵，受过良好的教育，却在赛马场上挥霍了大量钱财，如今在伦敦体育俱乐部干着闲散斯文的赛马赌注的登记活儿。检查他的赌注记录本，发现他已经把五千镑巨款押在那匹银额驹输局上了。

“辛普森被捕后，主动交代了他去达特穆尔是想探听金斯匹兰德那两匹马的情况，也想弄到梅普里顿马厩赛拉斯·布朗照管的另一匹名驹戴斯博罗的信息。他并没打算否认那天夜里他走访马厩那件事，声称他毫无歹意，只不过是想得到第一手情报罢了。可是，一给他看那条领带，他顿时傻眼了，脸色变得苍白，根本没法说清那条领带怎么竟会攥在那个遇害人手里。他那身湿衣服也说明他那天夜里确实冒雨外出过，还有他那根槟榔木手杖顶端镶着个滚圆的铅球，正好是一件武器，可以用来反复挥击，致使那位驯马师遭受重创。

“然而，从另一个角度来看，辛普森本人身上却又没有一丝伤痕，而驯马师攥着的那把刀上的斑斑血迹却表明至少该有一个袭击他的凶手身上带有刀伤才合情合理。情况大致就是这样，华生，你若能给我点启发，我会无限感激。”

我怀着极大的兴趣听完了福尔摩斯这番有声有色、条理清楚的叙述。我尽管对该案的大部分情况早已知晓，却闹不大清楚那些情况的相对重要性，也理不清它们相互之间的关系。

“有没有可能是，斯垂克跟凶手激烈搏斗时，头部受了重伤，自己手中那把刀误伤了自己呢？”我提出自己的看法。

“大有这个可能，也许就是这样，”福尔摩斯说。“果真如此，那么认同被告是嫌疑犯的一个主要论点就不存在了。”

“可是直到现在，”我说，“我还摸不清警方会有怎样的推断呢？”

“不管咱们做出什么样的推测恐怕都会跟他们的推断大相径庭，”我的伙伴答道。“据我揣测，警方会设想菲兹罗依·辛普森麻醉倒了那个小马倌，然后用一把事先设法复制的钥匙打开马厩大门，牵出那匹银额驹，目的明明是要把它盗走。那匹马没带辔口，辛普森只好用他那条领带权当缰绳把它牵走。接着，他就让门大敞着，把马带往荒野，半道儿上要么是赶巧撞上了驯马师，要么就是驯马师追上来了。一场争吵油然而起，辛普森便用他那根沉重的手杖击碎了驯马师的脑壳，自身却没受到驯马师用来自卫的那把小刀的丝毫伤害；随后这个盗马贼就把马隐藏到一处秘密地点，要不就是他俩在搏斗那当儿，那匹名驹撒腿逃跑了，如今还在荒野里游荡呐。看来警方就是如此看待这桩案子，尽管看法不大可靠，可是别的各种解释也都不见得更靠得住。不管怎么说，我一到现场，就会立马查证；在这之前，我真的看不出咱们怎样才能从目前的立足点再迈进一步。"

我们抵达塔维斯托克小镇，已是傍晚时分。该镇宛如盾牌上的浮雕那样坐落在达特穆尔辽阔的区域中心。车站上已有两位绅士在迎接我们：一位身材高大，面貌英俊，生着狮子般鬈曲的头发和胡须，淡蓝眼睛的目光咄咄逼人；另一位是个机警的小个子，衣冠楚楚，身穿礼服大衣，脚蹬高绑松紧鞋，戴着单眼镜，络腮胡子修剪得整整齐齐，此公就是著名体育爱好者罗斯上校，前者则是格雷戈里警长，一位正誉满英国侦探界的飞黄腾达人士。

"福尔摩斯先生，大驾光临，真叫我感到高兴，"上校说。"这位警官已经尽全力调查了此案，可我希望能够千方百计地破获此案，为不幸的斯垂克报仇，并找回我那匹名驹。"

"已经有什么新进展了吗？"福尔摩斯问道。

"很遗憾，进展不大，"那位警长说。"我们在车站外边备了一辆敞篷马车，天黑之前你想必愿意去看看现场吧，咱们可以一路上谈谈。"

一分钟后，我们便都坐在一辆舒适的四轮马车里，匆匆穿过德文郡那个古雅的城镇。格雷戈里警长满脑子案情，滔滔不绝地讲个不停，福尔摩斯只偶尔问一句或插句嘴。罗斯上校则把双臂抱拢在脑后，朝后靠着，帽子斜耷拉在两眼前；我呢，倒饶有兴味地倾听两位侦探的对话。格雷戈里系统地阐述他的推断，说的几乎跟福尔摩斯在火车上预测的完

全一样。

“法网已经紧紧套牢菲兹罗伊·辛普森，”格雷戈里说，“我个人相信凶手就是他，不过我同时倒也承认现有证据是纯属偶然性的，如果调查有了新的进展，也有可能给推翻。”

“斯垂克那把刀是怎么回事呢？”

“我们差不多已经得出结论：是他倒下去的时候自己划伤的。”

“我们来这儿的路上，我的朋友华生大夫也是这样推测的。如果真像你所说的那样，那就可以控告辛普森那个家伙啦。”

“这是毫无疑问的。他尽管既没有刀，浑身也没有什么伤痕，可是那些对他不利的证据却是确凿无疑的。他极想叫那匹名驹失踪啦，又有给小马倌下毒的嫌疑啦，确实在那天暴风雨的夜里外出过啦，还有一根挺沉的手杖，再说他的领带也给攥在被害人手中啊！我深信这就足以把他送上审判席了。”

福尔摩斯摇摇头，说道：“一名聪明的律师完全可以驳倒这些证据。辛普森干吗要把马牵出马厩呢？他要是想伤害它，干吗不在马厩里就动手呢？从他身上有没有搜出一把复制的钥匙？麻醉药粉是哪家药品商卖给他的？首要的是他这样一个外地人能把马藏在哪里呢，何况那又是一匹名驹？他让女仆转给小马倌那张纸条，自己又是怎样解释的呢？”

“他说那是一张十镑的钞票。他的钱包里确实有那么一张。你提出的其他疑难问题看来也不难解答。他并非是这个地区的一名陌生人，年年夏季他都到塔维斯托克镇来住两次。麻醉药粉大概是从伦敦带来的。那把钥匙，既已完成任务，也许就给扔掉了。那匹名驹没准儿躺在荒野一处深洼或旧矿坑里呐。”

“他对那条领带怎么说呢？”

“他承认那是他的领带，却声称不小心丢掉了。不过有个新情况倒很能证明是他把那匹名驹从马厩里牵出去的。”

福尔摩斯侧耳倾听。

“我们发现了不少脚印儿，说明有一伙吉卜赛人星期一夜里在距离凶杀现场一里之内的地方安营扎寨过，可是星期二又离开了。现在可以设想辛普森跟那伙吉卜赛人有些默契，他让人追赶上来那时刻，不是很可能把马交给吉卜赛人了吗？那匹名驹不是也可能还在吉卜赛人手中吗？”

“当然可能。”

“我们已经走遍荒野搜寻那伙吉卜赛人。我还把塔维斯托克镇方圆十里以内的每一家马厩和小屋都检查过了。”

“听说离这里不远的地方另有一个驯马场？”

“对，这一点我们当然不会忽视。他们那匹名叫戴斯博罗的马是马赛赌注中的第二名名驹，因此他们对那匹银额驹的失踪倒很感兴趣。据知在即将举行的马赛，那位驯马师赛拉斯·布朗已经下了很大一笔赌注，他跟遇难的斯垂克一向也不大友好。可我们已经查过他那里的马厩，没发现他跟这个案子有什么关系。”

“辛普森这个人跟梅普里顿马厩没有什么利害关系吗？”

“完全没有关系。”

福尔摩斯朝座背上一靠，谈话中断了。几分钟过后，马车夫在路旁一座房檐挑出的、整洁的红砖小住房前把马车停下。离那里不远，越过驯马围场，有一排长长的灰瓦房。四下里微微起伏的荒野，满布枯萎的古铜色凤尾草，一直延伸到天边，只有塔维斯托克镇上的一些尖塔偶尔遮断荒野；西边不远处有一排房屋是梅普里顿马厩。我们都跳下马车，唯独福尔摩斯还靠在座背上，眺望着前方的天空，彻底陷入了沉思冥想。我碰了碰他的胳臂，他才如梦方醒，猛地惊起，跳下车来。

“真抱歉，”福尔摩斯对那位正惊望着他的罗斯上校说，“我做起白日梦来了。”他两眼微微闪现光芒，满脸现出那种克制住兴奋的神情，这就叫我像以往习惯他的作风那样相信他已经掌握了一条线索，尽管我想像不出他是从哪儿找到的。

“你大概愿意马上就到犯罪现场去看看吧，福尔摩斯先生？”格雷戈里问道。

“我想还是应该先在这儿待一会儿，问清楚一两个细节问题。斯垂克的尸体想必已经给抬回来了吧？”

“对，就在楼上呐，明天验尸。”

“他在您这里工作多年了吧，罗斯上校？”

“是啊，我一直觉得他是个挺不错的仆人。”

“警长，你大概已经检查过死者兜儿里的东西，列了清单吧？”

“我把东西都放在起居室里了，你如果想看看，就请吧。”

“那可太好了。”

我们便鱼贯进入前厅，围着一张桌子坐下。警长打开一个锡制方盒，从里面取出一小堆东西放在我们面前，其中包括一盒蜡火柴啦，一根两英寸长的蜡烛啦，一个 A. D. P. 牌的欧石南根烟斗啦，一个装着半盎司板烟丝的豹皮烟袋啦，一块带金表链的银怀表啦，五枚一金镑硬币啦，一个铝制铅笔盒啦，几张纸啦，还有一把象牙柄小刀，刀刃精细坚硬，上面刻有伦敦韦斯公司制造的字样。

“这把小刀倒挺特别，”福尔摩斯一边拿起它仔细观察，一边说。“上面有血印儿，这大概就是死者手中攥着的那把小刀吧。华生，这种刀肯定是干你那一行的人使用的。”

“我们医生管这种刀叫做白内障摘除刀，”我说。

“我也这样认为。刀刃精细极了，是用来作非常精密的手术的。一个人在暴风雨中外出，带着这样一把小刀，又没把它放在兜儿里，这可真是件怪事。”

“我们在他的尸首旁边找到了这个用来护住刀尖的软木塞，”警长说，“他老婆告诉我们这把小刀放在梳妆台上好几天了，他夜里离开卧室时带走了它。这根本不是一件挺得力的武器，可也许是他那时刻能拿到手的最好的一件了。”

“完全可能。这些纸片都是什么啊？”

“三张是干草商开的收据。一张是罗斯上校下达给他的指示信。另一张是妇女服饰商开的 37 镑 15 先令的发票，开票人是邦德街莱苏里尔太太，抬头是开给威廉 · 德比希尔先生的。据斯垂克太太说德比希尔先生是她老公的朋友，那人的信有时给寄到她家转交。”

“德比希尔太太倒蛮阔气咧，”福尔摩斯看了看发票说，“22 畿尼买套服装，真不便宜！不过这儿没什么可再查看的了，咱们可以到犯罪现场去啦。”

我们走出起居室，一个女人正在过道里等着呢，这时走上前来，把手放在警长的袖口上。她面容憔悴，露出新近受过惊吓的慌张神情。

“抓到凶手了吗？找到他们了吗？”她气喘吁吁地问。

“还没有，斯垂克太太，不过福尔摩斯先生打伦敦来这儿帮助我们了，我们一定尽全力破案。”

“斯垂克太太，前不久我肯定在普列茅斯一次游园会的场合中见到过您，”福尔摩斯说。

“没有，先生，您搞错了。”

“啊，怎么没有呢，我敢发誓，您当时穿一套镶着驼毛边的鸽灰色服装。”

“我压根儿没有过那样一套衣服，先生，”那位太太答道。

“哦，那就算了，对不起！”福尔摩斯道声歉，便跟随警长走出去。我们穿越荒野没多远，就来到那具尸首被发现的地方，坑边便是曾经挂着斯垂克那件大衣的金雀花丛。

“听说那天夜里没有刮风，”福尔摩斯说。

“没有，不过雨下得蛮大。”

“既然如此，那件大衣绝不会是让风刮到金雀花丛上面去的，而是有人把它放在那儿的。”

“对，是给放在那上边的。”

“这倒值得注意。我看出这块地遭人践踏得够呛。自星期一那天晚上起，这儿无疑让不少人踩过。”

“我们倒是在尸首旁边放了一张草席，都站在席上检查。”

“很好。”

“这个布袋里我装了斯垂克的一只长统靴、菲茨罗依的一只皮鞋和那匹银额驹的一块马蹄铁。”

“哦，亲爱的警长，你真够高明的！”福尔摩斯接过布袋，走下坑洼，把那张草席挪到更靠近坑底当中一点，然后伸长脖子，仔细观察面前让人践踏过的泥地。

“嗬！”他蓦地喊道，“这是什么？”

那是一根点燃过一半的蜡火柴，裹着烂泥，乍一看像根小木棍儿。

“嗐，我怎么居然没注意到呢！”警长懊丧地说。

“它埋在泥里，不大容易让人发现。我是特地在找，才找到了。”

“怎么，你早就料到会找到它吗？”

“我想这未必不可能吧。”福尔摩斯从布袋里取出那两只鞋，跟地上的脚印一一比较。接着，他爬到坑边沿，在羊齿草和金雀花丛中蠕动。

“这里恐怕不会再有脚印儿啦，”警长说，“我已经在方圆一百码之内的地方全都仔细检查过了。”

“真格的，”福尔摩斯站起来说，“既然你这样说，我就不必再多此一举啦。不过，天黑前我倒愿意在荒野里遛一遛，明天说话好有个讨论的依据。我就把这块马蹄块带在我的兜儿里，讨个吉利吧。”

罗斯上校对我的伙伴这种不慌不忙而井然有序的工作方法已经显得有点不耐烦，瞥一眼手表。

“警长，我想请你跟我回去一趟，”他说。“还有几件事想征求一下你的意见，尤其是我们该不该从赛马名单上撤下我那匹马，好对得住公众。”

“当然不必撤，”福尔摩斯果断地大声说，“我看，该把它的名字留下！”

上校点点头，说：“很高兴听到你这个意见，先生。你在荒野上遛完之后，就请到斯垂克家来找我们，咱们再一块儿去塔维斯托克镇。”

他就跟警长转身返回，福尔摩斯和我便开始在荒野上慢慢溜达。夕阳在梅普里顿马厩后面渐渐下沉，把我们前面辽阔倾斜的平原染成一片金色，余辉使上面生长的枯萎的羊齿草和黑莓变得棕红棕红的。可是福尔摩斯却对这种绚丽的景色无暇欣赏，彻底沉浸在深思冥想中。

“华生，就这样吧，”他后来终于开口道，“咱们暂时把谁杀害了约翰·斯垂克这个问题搁一搁，先把精力放在寻找马的下落这方面。你看，那匹马若是在那场悲剧发生时或者发生后逃跑了，又能跑到哪儿去了呢？马是爱合群的动物。按照它的本性，它想必不是回到金斯匹兰德马厩，就是跑到梅普里顿马厩那边去了。它怎么会在荒野上游荡呢？要是那样，它现在势必会让人见到。再说，吉卜赛人干吗要拐走它呢？那些人一听说哪儿出了乱子，总是躲得远远的，唯恐警察找他们的麻烦。那样一匹名驹他们也根本甭想卖掉。带走它吧，他们又会冒很大的风险，而且什么好处也捞不到。这一点当然是明明白白的。”

“那么，那匹马如今在哪儿呢？”

“我方才已经说过，它想必不是回到金斯匹兰德就是去梅普里顿那边了。既然不在金斯匹兰德，那就一定在梅普里顿。咱们就按照这个推测去查访，看看会不会有什么结果。警长说过这一带的荒野土质非常坚硬干燥，可是朝梅普里顿那边的地形却越来越倾斜，你从这儿可以看到那边有片洼地，星期一那天夜里想必是湿漉漉的。咱们的推测如果正确，那匹名驹必然会朝那边跑，咱们就该去那边找找它的蹄印儿。”

我们俩一边谈着，一边轻快地朝前走，没多会儿就到了那片洼地。我遵照福尔摩斯的要求，走下斜坡，朝右方走去，他则走向左方，可我还没走出50步便听到他在喊我，还直朝我招手。原来福尔摩斯面前松软的土地上有不少清晰的马蹄印儿，他从兜儿里掏出那块马蹄铁，跟地上的蹄印儿一比较，竟完全吻合无误。

“看出想像力的价值了吧，”福尔摩斯说。“格雷戈里正是缺少这种素质。咱们对可能发生过的事做一番设想，然后按照这种推测去调查，结果发现是正确的。那咱们就进行下去吧。”

我们便穿越那片湿软的洼地，再走过四分之一里干硬的草地。地形在那里又开始倾斜，我们再次发现了一些蹄印儿。接着，蹄印儿消失了半里路程，在挨近梅普里顿处才再次出现。这是福尔摩斯先发现的，他站在那儿指指点点，脸上浮现一股得意的神情。蹄印儿旁边还可辨认出一个男人的脚印儿。

“马起先是独自行走的啊！”我大声说。

“完全正确。一开始它是孤零零的。嚯，这又是怎么回事？”

原来地上的脚印儿又突然转向了金斯匹兰德，福尔摩斯吹声口哨，我们俩便追踪回去。他紧紧盯视着脚印儿，我则偶然朝旁边瞟了一眼，惊讶地发现那些脚印儿又折回了原方向。

“华生，你可真了不起！”福尔摩斯在我指给他看时说，“这叫咱俩少走不少冤枉路，那就还是追踪那些折回来的脚印儿吧。”

我们俩没走多远，便发现那些脚印儿终止在那条通往梅普里顿马厩大门的沥青路上。我们刚一走近马厩，就有一名马夫从门里跑出来。

“这儿不许外人闲逛！”那人说。

“只想问你一个问题，”福尔摩斯把拇指和食指插在坎肩兜儿里，说道。“明天清晨五点钟我来拜访你的主人赛拉斯·布朗先生，会不会太早了点？”

“老天保佑您！先生，那个钟点谁来，他都会见，因为每天头一个

起床的一向是他。噢，他自个儿来了，先生，您自己问他吧。不，不，先生，他要是看到我收您的小费，就会把我轰走的。您如果乐意，呆会儿再赏吧。”

福尔摩斯正把掏出来的那枚半克朗金币又放回兜儿里，一个满脸凶相的老汉迈着大步子走出了大门，手里挥舞着一根猎鞭。

“干什么呐，道森？”他大声说，“不许闲扯淡，干你的活儿去！还有你们俩——来这儿究竟想干什么？”

“只想跟你谈十分钟话，尊敬的先生，”福尔摩斯声调悦耳地说。

“我没闲工夫跟瞎逛荡的人谈话。这里不许外人停留。滚开，要不然我就放狗出来咬你们！”

福尔摩斯俯身向前，在那位驯马师耳边悄声嘀咕了几句。那人不禁大吃一惊，满脸涨得通红。

“这是胡扯！”他吼道。“无耻谎言！”

“很好，很好！那咱俩是在这儿当着大伙儿争论呢，还是到你的客厅里去私下谈谈？”

“唔，你如果愿意，就请吧。”

福尔摩斯微微一笑。“华生，我不会让你在外面久等，”他说。“好，布朗先生，请带路吧。”

二十分钟过后，福尔摩斯和那位驯马师从门里走了出来，这时天边的霞光已经暗淡下来。我还从来没见过有谁像赛拉斯·布朗那样，竟在如此短短的时刻起了那么大的变化。他脸色煞白，脑门儿上沁出汗珠，两手发颤，抖得那根猎鞭有如风中摆动的细树枝儿。他方才那种气势凌人的架势全垮了，畏畏缩缩地跟随在我那个伙伴身旁，活脱儿像条跟着主人的狗。

“一定照您的指示办，您放心，”他说道。

“绝对不许出岔子，”福尔摩斯回头望着他说。那人战战兢兢，像是从福尔摩斯的目光中领会到了威力。

“哦，不会，一定不会出岔子，准会到场，需不需要我先给它换个样儿？”

福尔摩斯思忖一下，笑了起来，说道：“不，不用了，这事我会写封信给你。现在可别耍什么花招，否则……”

“哪儿会呢，您可以相信我，相信我！”

“嗯，倒是可以。好，明天等着接我的信吧。”说完他转身就走，没理睬那人向他伸过去的手，随后我们俩便朝金斯匹兰德走去。

我们疲劳地返回，途中福尔摩斯说：“像赛拉斯·布朗这类既霸道又胆小又鬼鬼祟祟的家伙，我还很少见到谁能比他把那三种品质结合得更出色咧。”

“这么说，那匹马在他那儿？”

“他原想气势汹汹地赖掉这事，可我把他那天清早干的事一五一十地讲得那么丝毫不差，他只好相信我当时是一直在观望着他呢。你当然注意到了地上那些特别的方头鞋印儿，他那双长统靴印儿恰跟它们符合。再说，这种事当然不是一般下人胆敢干的。根据他总是头一个起床的习惯，我对他说他怎样大清早看到了一匹陌生的马在荒野上徘徊，他怎样走过去迎它，惊奇地从马的银额认出它是那匹名驹，只有此马能战胜他下赌注的那匹马，眼下它居然落入了他的手掌心。接着，我又描述他起先一瞬间怎样打算把它送回金斯匹兰德，可是后来又怎样陡生邪念，干脆把它藏匿到赛马会结束后再说，于是就怎样把那匹名驹牵回藏在梅普里顿了。我这样详详细细地讲完，他不得不认输，只想保全自己，免遭祸患。”

“可是马厩都给搜查过了啊？”

“哼，他这样的驯马老混混诡计多着呐！”

“既然他因利害关系而有意伤害那匹马，可你现在还把它留在他手中，难道就不担心吗？”

“亲爱的伙计，他会像保护自己的眼珠那样保护它。他心里明白只有把它保护好，才能得到宽恕。”

“我倒觉得罗斯上校无论如何也不会宽恕人哩！”

“这事并不完全取决于罗斯上校。我遵循自己的方式方法，多说也好，少说也好，全由我自己选择，这就是非官方侦探的有利条件。华生，我不知道你有没有发现罗斯上校对我有点傲慢。我现在倒想拿他开开心。那匹马的事先别告诉他。”

“没有你的许可，我当然不会说。”

“这事跟谁杀害了约翰·斯垂克那个问题相比，当然微不足道。”

“那你打算接着追查凶手吗？”

“正好相反，咱俩今天就搭夜车回伦敦。”

这句话真叫我大吃一惊。我们俩来到德文郡才几个小时就已经调查得蛮不错，可他居然要在半途中放弃，这可使我颇为费解。在返回驯马师住宅的途中，我从他嘴中再也问不出一句话。上校和警长一直在客厅里等着我们俩呐。

“我和我的朋友今晚就搭夜车回伦敦，”福尔摩斯说，“我们已经在你们达特穆尔这里尽情享受了点新鲜空气。”

警长目瞪口呆，上校轻蔑地撇撇嘴。

“这么说，你对抓获杀害斯垂克的凶手这件事丧失了信心，”上校说。

福尔摩斯耸耸肩，说道：“这当然有很大的困难，可我完全相信你那匹马会参加星期二那场赛马会。请你准备好骑师吧。我可以要一张约翰·斯垂克的照片吗？”

警长从他兜儿里的一个信封中抽出一张照片递给福尔摩斯。

“敬爱的格雷戈里，你把我需要的东西样样都事先准备好了，谢谢！请稍等一下，我要去问女仆一个问题。”

我的朋友刚一走出那间屋子，罗斯上校便直截了当地说：“我看不出他来这里使我们的调查有了什么进展。”

“他至少保证您那匹马会参加比赛啊，”我反驳道。

“对，他倒是向我保证了，”上校耸耸肩说，“可是对我来说，我倒宁愿现在先看到我那匹银额驹。”

我正想说几句维护我朋友的话，福尔摩斯走回来了。

“诸位，”他说，“我现在准备好去一趟塔维斯托克镇啦。”

我们便登上马车，一个小马倌给我们扶着打开的车门。这当儿，福尔摩斯好像忽然想起一件事，俯身向前，摸一摸小马倌的衣袖。

“你们那个驯马的围场里有些绵羊吧，”他问道，“谁照料它们啊？”

“我照料，先生。”

“有没有发现它们近来出了什么毛病？”

“哦，先生，没出什么大事，只不过其中三头的腿瘸了。”

我看得出福尔摩斯听后感到非常满意，因为他搓着双手，在暗自发笑。

“一个大胆的推测，华生，挺大胆的推测！”福尔摩斯捏一下我的胳臂，说道。“格雷戈里，我要提醒你注意一下羊群出现的这种传染病的异常现象。好，走吧，车夫！”

罗斯上校仍然面带那种鄙视我朋友的神情，可我从警长脸上的表情倒是看出那句话引起了他的警觉。

“你认为那事重要吗？”他问道。

“非常重要。”

“还有什么别的疑点你需要我注意吗？”

“还该注意那条狗在那天夜里的古怪反应。”

“狗在那天夜里没干啥啊。”

“这正是一件怪事嘛！”福尔摩斯提醒道。

四天过后，我和福尔摩斯又乘火车到温切斯特去观看韦赛克斯杯赛马。罗斯上校按照约定的时间在车站接我们。我们便搭乘他那辆四匹

马拉的大马车去镇外的赛马场。罗斯上校脸色阴沉，态度非常冷淡。

“至今我还没见到我那匹马的影儿呐！”上校说。

“我想你一看到它，总会认得它吧？”福尔摩斯问道。

上校十分恼怒。“本人以赛马为业已经干了20个年头，还从来没听见过有人问我这样一个问题，”他说。“就连小孩儿都会认得那匹银额驹的银白额头和色彩斑驳的右前腿。”

“赌注怎么样了？”

“嗐，真是怪事。昨天还是十五比一，可是价值越来越降低，现在几乎连三比一都不到了。”

“哼，”福尔摩斯说，“分明有人知道了什么内情。”

马车在靠近看台的围场里停下，我看一眼通告牌上参赛的马儿名单。上面写着：

韦赛克斯金杯赛

赛马年龄：以四、五岁口为限。新赛程：一里五弗隆。每匹参赛马交出场费50镑。头一名除金杯外得奖金1 000镑，第二名300镑，第三名200镑。

1. 希恩·牛顿先生的赛马尼格罗（骑师戴红帽，身着黄棕色茄克衫）。

2. 沃德洛上校的赛马帕吉利斯特（骑师戴粉红帽，身着蓝黑两色茄克衫）。

3. 巴克沃特勋爵的赛马戴斯博罗（骑师戴黄帽、黄袖套）。

4. 罗斯上校的赛马银额驹（骑师戴黑帽，衣着红色茄克衫）。

5. 巴尔莫拉公爵的赛马艾里斯（骑师身着黄黑两色条纹上衣）。

6. 辛格利福特勋爵的赛马拉斯佩尔（骑师戴紫色帽、黑色袖套）。

"我们把另一匹马撤了下来，全部希望都寄托在你那句话上了，"上校说。"啊，怎么回事？银额驹？"

"银额驹，五比四！"赛马赌注登记经纪人在大声吆喝，"银额驹，五比四！戴斯博罗，十五比五！其余的马，五比四啦！"

"有的投注赔率上扬了，"我大声说，"六匹马全在那边。"

"六匹全在那边！这么说，我那匹马也参赛啦，"上校十分激动地喊道。"可我没看到它的影儿啊！没有我那类肤色的马出场啊！"

"刚出来五匹。这一匹准是您的。"

我正说着，一匹矫健的栗色马从磅马的围栏里昂首阔步地出来，从我们面前慢跑而过，背上坐着上校那位知名的黑帽红衣骑师。

"那不是我的马！"上校喊道，"这匹马身上连一根银白毛也没有。你这是在搞什么鬼名堂，福尔摩斯先生？"

“哦，别着急嘛，咱们看它跑得怎么样，”我的朋友沉着冷静地答道。他用我那个双筒望远镜观望了几分钟。“太棒了！起步起得太好了！”他突然喊道。“马都跑过来了，转弯儿了！”

我们站在那辆大马车上望过去，赛马疾驶而来，情景十分壮观。六匹马起先紧紧相挨，一条地毯都能把它们统统盖住，可是跑到中途，梅普里顿马厩那名黄帽骑师策马领先了。然而，六匹骏马跑到我们面前那当儿，戴斯博罗已经精疲力竭，而罗斯上校那匹名驹一冲而上，奔过终点，把它的对手落下六驹长的距离，巴尔莫拉公爵的艾里斯名列第三。

“看来那真是我那匹马！”上校用一只手遮在两眼上方探视，气喘吁吁地说，“我承认真是闹不清这是怎么一回事。福尔摩斯先生，你不认为你已经保密保得够久了吗？”

“够久了，上校，不过一切情况您马上就会弄清楚。咱们现在先顺便一道去看看那匹马吧。它就在这儿，”福尔摩斯说。我们便走进那个磅马的围栏，那里只许马主人和他的朋友入内。福尔摩斯接着说，“您只消用酒精把它的脸和腿擦洗一下，就会看出它是您那匹完好如初的银额驹。”

“你可真叫我大吃一惊！”

“我在一名滑头的骗子手中找到了它，就自作主张让它这样出场参赛了。”

“亲爱的先生，你确实创造了奇迹。看来这匹马挺健康。它还压根儿没像今天跑得这样好过呢。我先前怀疑过你的能耐，实在万分抱歉。你给我找回了马，帮了我一个大忙。若能再抓获那个杀害约翰·斯垂克的凶手，那就更加功德无量啦。”

“这我其实已经办到了，”福尔摩斯从容不迫地说。

上校和我都诧异地望着他。上校问道：“难道你已经抓到了他！那他在哪儿？”

“就在这儿。”

“这儿！在哪儿？”

“眼下就跟我在一起呐。”

上校一听此话气得满脸涨红。

“福尔摩斯先生，我承认受到了你的恩惠，”上校说，“可我没法儿不认为你刚说的话不是一个恶劣的玩笑，就是在侮辱人！”

福尔摩斯笑了，说道：“我向您保证我并没把您跟罪犯扯到一块儿，上校。”

他走过去，把手搭在那匹良种马的脖颈上。

“这匹马！”上校和我异口同声喊道。

“对，正是这匹马。我若说它是为了自卫而杀了人，那就可以减轻它的罪过了，而约翰·斯垂克嘛，却是个根本不值得您信赖的家伙。哦，铃响了，我还想在下一场赛马下把注赢点钱。等有更适当的时刻，我再详细给您解释吧。”

那天晚上我们乘坐普尔曼式卧车返回伦敦。一路上，罗斯上校和我一直倾听福尔摩斯讲述星期一夜里达特穆尔马厩那里发生的事，以及他破案的方式方法，真叫我们听得入了迷，使我不禁觉得这次旅程对上校和我来说都未免太短了。

“我承认，”福尔摩斯说，“我最初根据新闻报道所做的推测全都错了，不过其中也有些迹象，若没让其他一些隐瞒事实含意的细节所遮掩，倒还是蛮重要的。我去德文郡时，也深信菲茨罗依·辛普森是真凶，尽管我也看出控告他的证据并不完整齐全。

“就在咱们乘马车抵达驯马师的住房那当儿，我忽然想到那盘咖喱羊肉大有问题。你们也许记得你们都从车上下来，我却坐在车上发愣没动窝。我是在纳闷自己的头脑怎么竟会忽略了如此明显的一条线索。”

“我得承认，”上校说，“甚至现在我也看不出那盘羊肉对破案有什么帮助。”

“那可是我的推理链条上的头一个环节。粉末麻醉药决不会没味儿。气味虽不难闻，却能让人觉察出来。要是把它掺在普通的菜肴里，吃主儿肯定会察觉就可能不再吃了，而咖喱却正好可以掩盖那种气味儿。然而，又不可能设想是那个陌生人菲茨罗依·辛普森曾经促使驯马师那家人在那天晚上做咖喱饭菜；另外设想他那天晚上带着粉末麻醉药前来，正巧碰上一盘能掩盖那种气味儿的菜肴，这种巧合也未免过于牵强而荒谬，当然叫人难以置信。因此，辛普森的嫌疑就可以从这个案子中给排除，我们的注意力便应集中在斯垂克夫妇身上，想必只有他俩会选定做咖喱羊肉为那天晚饭的主菜。麻醉药是在菜肴做好后，单加在给小马倌拨出来的那一份里的，因为别人也吃了同样的菜却没有恶性反应嘛。那么，他们俩是谁没让女仆发现而挨近了那份菜呢？

“我在肯定这个问题之前，已经领会到那条狗当时没吠叫的重要原因，因为一个正确的推断一向会启发出别的推断。辛普森事件使我知道那个马厩里养着一条狗，可是尽管有人走进来，并且牵走了一匹马，那条狗却没吠叫得足以惊动那两个睡在草料棚里的小马倌。这位午夜来客分明是那条狗认识的熟人。

“我已经确信，或者近乎确信，深更半夜进入马厩牵走银额驹的那个家伙是约翰·斯垂克。为了什么目的呢？显然是不怀好意，要不然他干吗要麻醉自己的小马倌呢？可我一时却想不出原因。以前倒是有过一些类似的案子，驯马师通过代理人把大量赌注押在自己那几匹马的失败上，随后靠欺诈手段不让它们得胜。有时是让骑师放慢赛马速度，故意跑输，有时用一些更有把握更阴险狡猾的手段。这里用的是什么手法呢？我希望驯马师兜儿装的东西能助我得出结论。

“那些玩意儿还真帮了我大忙。你们想必不会忘记从死者手中发现的那把奇特的小刀吧，一个神志正常的人当然不会用它当作武器。正如华生大夫告诉我们那样，那是外科手术室用来做精密手术的一种手术刀。那天夜里，那把小刀也正是准备用来做精密手术的。罗斯上校，您对赛马场上的事经验丰富，该知道用小刀在马后踝腱肉上划个小口子，而且是划在皮下面，就绝对不会留下痕迹。马一这样给划过，腿便会渐渐有点瘸，你还当它是训练过了度，要么就是害了风湿症，而决不会想到那是奸诈勾当造成的。”

“恶棍！坏蛋！”上校喊道。

“我们现在已经解释清楚约翰·斯垂克为什么要把马牵到荒野去的原因了。这样一匹烈马一旦受到力刺，肯定会嘶声叫喊，那就会惊醒那两个熟睡在草料棚的小马倌。因此他绝对需要到野外去干那个勾当。”

“我过去真是瞎了眼！”上校高声喊道。“怪不得他得用蜡烛和火柴。”

“没错儿。不过我在检查他的东西时，真够幸运的，不但发现了他犯罪的方式，而且连他犯罪的动机也找到了。上校，您是个老于世故的人，当然知道一个人不会在自己兜儿里随身揣着别人的账单。我们大都是自己付自己的账单。因此我顿时断定斯垂克过着双重人格的生活，另有一处住宅。那张账单的性质表明这桩案子里有位女郎，而且是个喜欢挥霍的女人。尽管您对仆人一向慷慨大方，我们也很难设想他们能花20畿尼给他们的女人买套便服。我曾经出其不意地向斯垂克太太打听那套服装，得知她压根儿就没有过，这个答复使我挺满意，说明那套服装跟她没关系。我记下了那位服饰商的地址，心里明白带着斯垂克的照片前去拜访，就会很容易搞清楚那位神秘的德比希尔的身份。

“从那时起全都一清二楚了。斯垂克把那匹名驹牵到一处坑洼里，在那儿烛光不会让人看到。先前辛普森慌张逃走时，把领带掉在地上了，斯垂克把它捡了起来，心想也许可以把它缚在马腿上止血。到了坑洼那儿，他落在马的后面，点起了蜡烛，可是亮光突然一闪现，那头牲口受了惊吓，出于动物奇特的本能，预感到有人要伤害它，便猛地一尥蹶子，铁蹄正踢在斯垂克脑门儿上。他当时为了要干那种细致活儿，已经脱掉了大衣，因此他倒下去的时候，那把小刀就把他自己的大腿股划破了。我说清楚了吗？”

“妙极了！”上校高声说道，“真了不起！你好像亲临其境似的。”

“我承认自己的最后一项推测十分大胆。在我看来，斯垂克是个诡计多端的家伙，他不经过若干次试验决不会轻易在马的后踝腱肉上做那种细致的手术。他能拿什么来做试验呢？我的目光落在了绵羊身上，于是我便问了个问题，令我感到惊奇的是所得的答复居然说明我的推测完全正确。”

“你说得真是非常清楚，福尔摩斯先生。”

“我那次回伦敦，拜访了那位服饰商，她一下子就认出斯垂克是那个叫德比希尔的阔主雇，他有个打扮得挺漂亮的老婆，特别喜欢昂贵的服装。我毫不怀疑正是那个女人叫斯垂克背上了一身债，由此导致他搞了这么一个可耻的阴谋。”

“你全都讲解清楚了，唯独一件事，”上校大声说，“那匹马后来到哪儿去了？”

“哦，它逃跑了，您的一位邻居照料了它几天。在这方面，我想咱们势必应该加以宽恕。如果我没弄错的话，火车已经到了克拉帕厄姆联轨站，过不了十分钟咱们就到维多利亚车站啦。上校，您要是愿意到寒舍坐坐，抽支雪茄烟，有什么别的细节愿意知道，我会很高兴讲给您听。”

（1892）

穆斯格瑞夫家族的礼仪

我的朋友歇洛克·福尔摩斯常使我感到他的性格异常，也就是说他尽管思维方式敏捷过人，有条有理，衣着也相当朴素整洁，却在个人生活习惯方面杂乱无章，惹得跟他同住的人心烦意乱。我自己在这方面当然也并非无可指摘。当年我在阿富汗工作时那种乱糟糟的情况，再加上自身天生来的放荡不羁的性格，使我养成了相当马虎的习惯，不大跟医生身份相符。可我再怎么样，也有个限度，因此一看到一个人把雪茄烟放在煤斗里，把烟丝放在一只波斯拖鞋顶端里面，用一把大折刀把一些尚未答复的信件钉住在木制壁炉台正中间，还真觉得我自己蛮不错哩。再说，我总认为枪击练习显然该是一种户外运动，而福尔摩斯却突发奇想，一时兴起，竟会坐在一把扶手椅上，用他那把一触即发的手枪和百发博克瑟子弹[①]朝对面墙砰砰射击，结果用密密麻麻的弹孔修饰出了富有爱国情调的 VR [②]两个字母。我深感这种做法既不能改善我们室内气氛，也无助于室内美观。

我们俩住的几间屋里一向堆满了试验用的化学药品和罪犯的遗物，而这些东西又经常给乱放在让人料想不到的地方，有时竟会出现在黄油碟子里乃至一些更不合适的地方。但是，他的文件才是一个最叫我伤脑筋的难题。他最怕文件给销毁，尤其是那些经他调查的老案子的文件更舍不得毁弃，可他每隔一两年才会有一次集中精力去摘录处理它们，因为正如我在这些零零碎碎的回忆录中某处提到过的那样，他那股热情劲儿，只在他建立了丰功伟绩时才会爆发一阵子。随即他又会变得懒散冷漠，无动于衷，天天只跟小提琴和书籍为伴，除去往返于沙发和书桌之间，几乎懒得动窝儿。就这样，日积月累，他的文件便越积越多，室内每个旮旯里都堆满了一捆捆手稿，这些玩意儿是决计不能给焚毁的，除文稿主人之外，谁也不许挪动它们。

某年冬天一个夜里，我们俩坐在炉旁，我突然提议，等他把案件摘录进他的札记本中之后，可不可以花两个钟头工夫整理一下房间，搞得更适宜人居住些。他没法拒绝我这个正当要求，便面带相当懊丧的神情，走进卧室，没多会儿就转回来，身后拖着一个个儿挺大的铁皮箱子。他把它放在地板当中间，拿个小凳坐在箱子前面，打开箱盖。我看到箱子里已有三分之一空间装进了文件，件件都用红带子捆得好好的。

“这里面存有够多的案卷了，华生，”他调皮地望着我说，“我想你倘若早就知道这箱子里装的是什么，就会让我取出一些，而不是再把别的装进去吧。”

“如此说来，这些都是你早期经手的案子记录，对不对？”我问道。“我倒一直想给这些案子做些札记咧。”

“对，我的伙计，这些都是我的传记作家还没颂扬我之前我所接办的早期案子，”他十分爱惜地轻轻取出一捆捆文件，说，“这些并不都是成功的记录，华生。不过，其中也有些蛮有趣儿的。这是塔勒顿谋杀案记录，这是范贝里酒商案，还有俄国老太太之谜那个案子啦，铝拐奇案啦，跛脚李考莱蒂和他那恶老婆的案件详细记录啦。噢，这儿还有一件，这才是一桩简直不可思议的案子！”

他伸手从箱底儿捞出一个小木匣子，就跟一个儿童玩具盒儿一模一样，盒盖儿可以滑动。他从匣子里取出一张皱皱巴巴的纸，一把老式铜钥匙，一个缠着线球的木桩和三个陈旧生锈的金属小圆片儿。

“嗯，伙计，你从这些东西能看出什么来吗？”他面带微笑，望着我的惊讶表情，问道。

“一堆古怪的收藏品！”

---

①博克瑟子弹，英国曾以此名通称打靶练习的子弹。这种标准子弹是由英国博克瑟(Boxer)上校1867年设计完善的。

②VR指维多利亚女王。

“对，古怪极了，围绕它们所发生的事会更叫你感到惊奇咧！”

“这么说，这些遗物还有段历史来历吗？”

“它们离奇得本身就是历史。”

“你这是什么意思？”

歇洛克·福尔摩斯把它们一一拿起来，沿着桌边摆成一行，然后坐在椅子上看着那些玩意儿，两眼闪现得意洋洋的神情。

“这些玩意儿都是我留下来，好让我回忆穆斯格瑞夫家族的礼仪那桩案子，”他说。

我曾不止一次听他提起过那桩案子，可是压根儿没能知悉详情。

“你要是能给我详细讲讲，”我说，“那我可太高兴啦。”

“那咱们可就不收拾屋子，让这些杂乱的东西原地不动啦，”他大声说，“其实这并不会过分有碍你的整洁习惯，华生。你该把这个案子加进你记载的案例记录里去，因为我认为这件案子在国内外的犯罪记录中都是极为罕见的。一本记录只收集我经办的那些微不足道的案件，而没收进这件离奇古怪的案子，当然就很不完备了。

“你也许还记得‘格洛瑞亚·斯科特’号帆船事件，连带我跟那个不幸的人的谈话，以及我给你讲述的他的遭遇，怎样叫我把注意力破题儿第一遭转向了我如今在干的这个终身行当吧。你现在看到的我，那已经是名扬四海，公众和警方都普遍承认我是疑难案件中的上诉法院最终判决者。不过，甚至你初次跟我相识时，也就是我在调查你后来追记为《血字的研究》一案那个时期，我就已经开业，生意并不兴隆，倒也有了不少主顾。你很难想像我最初是多么的艰难，经过多么长久的奋斗才取得了进展。

“当初我首次来到伦敦，住在大英博物馆附近的蒙塔古街，闲居无事，便专心研究各门科学，以便日后能有所成就。那时候，偶尔也有人来找我破案，大都是通过我的一些老同学介绍来的，因为我在大学念书的后几年里，同学们经常谈论我和我的思维方式。我破的第三个案子就是穆斯格瑞夫家族的礼仪那个案子。正是那一系列离奇事件所引起的那种兴趣，以及那些证明是利害攸关的大问题，使我首次朝我现在所干的这个行当迈出了一大步。

“瑞金纳德·穆斯格瑞夫是我的同学，我跟他只是泛泛之交。他在同学当中并不普遍受到欢迎，尽管我总觉得一个人被人认为高傲，其实他只是想遮隐自己天生来的怯懦罢了。在外表上，瑞金纳德是个具有十足贵族气派的人，身材瘦削，高鼻梁，大眼睛，干什么都慢条斯理而温文尔雅的。他确实是大英帝国一家最古老贵族的后裔，尽管他那一支是幼子的后裔，早在16世纪某个时期就从北方的穆斯格瑞夫家族中分离出去，定居在西萨塞克斯郡，那里的赫尔斯通庄园大概是那个郡至今还有人居住的最古老建筑了。他本人身在伦敦，却似乎总在惦记着家乡的

事物；我每次一看到他那张神情机灵而苍白的脸和他那头部的姿态，就总会联想到封建古堡的灰色拱道、直棂窗户和所有别的古老遗迹。有一两次我们俩闲谈，我记得他不止一次表示对我的观察推理方法很感兴趣。

“后来我有四个年头没见到过他；一天早晨他忽然走进蒙塔古街我的住处。他没多大变化，穿戴得像个上流社会的年轻人——他一向有点公子哥儿的派头——依然保持着他以往那种与众不同的文静儒雅的风度。

“‘你一向还好吗，穆斯格瑞夫？’我们俩热情地握过手，我问道。

“‘你大概听说我那可怜的老爹去世了吧，’他说。‘老人家是两年前走的。从那时起我当然就管理起赫尔斯通庄园。我因为是我们那个区的议员，所以生活过得一直很忙乱；福尔摩斯，我听说你正把你当年常叫我们感到惊奇的本领运用到实际工作上去了，是吗？’

“‘是的，’我答道，‘我已经靠自己这点小聪明谋生了。’

“‘听你这么说我很高兴，因为目前我正需要得到你的宝贵指教。我们赫尔斯通庄园那里最近连续发生了一些很古怪的事，警方没能查出什么头绪。那些真是叫人费解、离奇透顶的事。’

“华生，你可以想像我当时听他讲的时候，心情多么急切，因为好几个月我一直无所事事，眼看一直渴望的机会终于到来。在我心眼儿里，我深信别人没干成的事，我准能办成功，我现在有机会一显身手啦。

“‘那就请你详细说说吧，’我大声说。

“瑞金纳德·穆斯格瑞夫便坐在我对面，点上我递给他的烟卷儿。

“‘你该知道，’他说，‘我现在虽然还是个单身汉，却不得不在赫尔斯通庄园雇用许多仆人，因为那是个凌乱的旧庄园，需要很多人照料。我也愿意维护它；另外，在猎雉季节，我常常举办留客过夜小住的聚会，缺少人手是不行的。我那儿现有八名女仆，一个厨师，一位管家，两名男仆和一个小听差。花园和马厩当然另有一班人管理。

“‘在那些仆人当中，管家布伦顿资历最深。当初我爹雇用他的时候，他是个不称职的小学教员，不过他倒精力旺盛，个性很强，很快就在我们家中受到了器重。他是个身材适中、英俊的男子，印堂饱满，虽然跟我们已经相处廿年，现在却只有40岁。这人具有很多优点，又有非凡的才能，因为他会说好几种语言，几乎样样乐器都会弹奏，可他居然如此长期满足于一个仆从的卑贱地位，实在太怪了，不过我料想他大概是过得蛮舒服，也就懒得改行了。凡是来过我们家的人都记得赫尔斯通庄园这位大管家。

“‘但是这个完美的人有个缺点。他有点唐璜[①]作风，像他这样的人在穷乡僻壤扮演个风流荡子并不太困难嘛。

“‘他当初结了婚，倒也守本分，可是自从他妻子故去以后，他就没完没了地给我们增添麻烦。几个月前，我们原本期望他再次安顿下来，因为他跟我们的二等使女瑞琪尔·豪厄尔斯订了婚，可他后来又把她甩了，去跟猎场看守长的女儿珍妮特·特雷杰里斯厮混。瑞琪尔是个很好的姑娘，不过具有威尔士人那种容易激动的性格；她前不久得了一场严重的脑膜炎，现在或者不如说直到昨天才能起来走动走动，简直成了一个眼眶青肿的幽灵，跟过去相比，判若两人。这是我们赫尔斯通庄园发生的头一桩戏剧性事件，可是紧接着又出了第二桩，叫我们都忘了第一桩，那是由于布伦顿管家干了丢脸的事并且被解雇而引起的。

“‘事情是这样的。我说过那个家伙蛮聪明，可是聪明反被聪明误，因为那种机灵似乎导致他对一些跟他毫不相干的事产生难以遏制的好奇心。我本来不大清楚他那种好奇心会发展到何等程度，直到最近偶然发生了一件事才叫我看明白。

“‘我刚才说过我的住家凌乱得很。上星期有一天——更确切地说，是上星期四——晚上，我吃完晚饭，愚蠢地喝了杯浓黑咖啡，久久不能入睡，直熬到深夜两点钟，我觉得根本没法儿睡着了，便起床点上蜡烛，打算接着看那本我没看完的小说，可是那本书留在弹子房里了，我就穿上晨衣，走出卧室去取。

“‘要到弹子房，得下一段楼梯，穿过一段走廊，藏书室和枪支陈列室在走廊尽端那边。我下到走廊，朝前望去，忽然见到一道微弱的亮光从藏书室那扇门透露出来，你可以想像我当时多么的吃惊。去就寝之前，我明明亲自把藏书室的灯灭了，把门也关上了啊！我自然首先想到的是窃贼闯进了家门。走廊里的墙壁上装饰着许多收缴的古代武器战

①唐璜，西班牙传奇中的一个浪荡子，屡见于西方诗歌和戏剧中。

利品，我挑了一把战斧，放下蜡烛，便蹑手蹑脚地向前走去，来到那扇敞开的门前，朝里探视。

“‘原来是布伦顿管家在里面。他衣着整齐地坐在一把安乐椅里，膝上摊着一张纸，看上去像是一张地图，手托着脑门儿，正在沉思。我目瞪口呆地站在那里，暗中观察他的动静，只见桌边上放着一支小蜡烛，微弱的亮光使我足可以看出他衣着整齐。我正望着，他突然站起来，走向旁边一个写字台，把锁打开，拉出一个抽屉，取出一份文件，然后又回到原来的座位。他把文件展平，放在桌边那支蜡烛旁边，聚精会神地钻研起来。一见到他那样镇静自若地查看我们家族的文件，我不由得勃然大怒，便一步跨向前去；布伦顿抬头一看，见是我站在门口，便一跃而起，吓得脸色发青，急忙把他刚才研究的那张地图似的纸张塞进怀里。

“‘“好哇！”我说，“你居然这样报答我们对你的信任！明天你就给我辞职滚蛋！”

“‘他像个彻底给打垮的家伙，耷拉着脑袋，一言未发地从我身旁溜了出去。那支蜡烛还在桌上，我便借助亮光看看布伦顿从写字台里取出的是什么文件。叫我惊讶的是，那是一份根本无关紧要的文件，一份离奇的古老仪式的问答词，那种仪式我们称之为“穆斯格瑞夫家族的礼仪”，是我们家族所特有的。几个世纪以来，凡是穆斯格瑞夫家族的人，一到成年都要举行一次这种仪式——这只跟我们家族的私事有关，就跟我们家族的纹章图记一样，也许在考古学家眼里还有点价值，却根本没有一丁点儿实际用场。’

“‘那份文件咱们待会儿最好也详细谈谈，’我插嘴道。

“‘你如果认为真有这个必要，当然可以，’他有点犹豫地答道，‘我先接着往下说。我用布伦顿留下的那把钥匙把写字台锁好，正转身走开，惊讶地发现管家又转了回来，站在我面前。’

“‘“先生，穆斯格瑞夫先生，”他情绪激动地嘶哑说，“我丢不起这份儿脸，先生，我尽管身份低微，却一向爱面子，丢这份儿脸就会要了我的命！您要是非逼我走向绝路不可，我的死亡就会归罪于您，先生，真会这样。发生了这事，您如果不肯再留我，那就务必请您让我自动辞职，一个月内离开。这样我还受得了，穆斯格瑞夫先生，但是当着许多熟人面把我轰走，却叫我受不了。”

“‘“你不配得到那么多照顾，布伦顿，”我答道，“你的行为极其恶劣。不过，念你在我们家这么多年了，我也不想叫你当众丢脸。可你要求一个月时间未免太长了。好，限你一周之内走人，随便找个什么理由都行！”

“‘“只给一周，先生？”他绝望地喊道。“求求您给两周——至少两周吧！”

“’“一周，”我又说一遍，“你该认为这对你已经十分宽大为怀了。”

“‘他便像个绝望的家伙，垂头丧气地悄悄离开了。我吹灭了灯，回到自己的卧室。

“‘随后两天，布伦顿这个家伙十分勤奋，恪守职责。我也没提那件不愉快的事，而是怀着好奇心等着瞧他怎样保全面子。但是，第三天早晨他没露面，平时每天早餐后他都来接受我下达的全天工作指示。我从餐厅走出来，赶巧遇见女仆瑞琪尔·豪厄尔斯。我方才说过她最近刚刚大病初愈，面色十分苍白，虚弱不堪，我就劝她先别忙着干活儿。

“‘“你该卧床休养，”我说。“等身体结实了，再干活儿不迟。”

“‘她却那么怪模怪样地瞧着我，真叫我怀疑她的脑子是不是又犯了病。

“‘“我已经够结实的了，穆斯格瑞夫老爷，”她说。

“‘“那得听大夫怎么说，”我答道。“现在你得停止干活儿；你下楼后，叫布伦顿来一下，说我找他。”

“‘“管家走了，”她说。

“‘“走了！到哪儿去了？”

“‘“他走掉了，没人见到他，他没在自己的卧室里。噢，对，他离开了——滚蛋了！”接着瑞琪尔便仰倒在墙上，发出阵阵狂笑，这阵突然发作的歇斯底里真把我吓坏了，连忙跑去拉铃唤人来。几个仆人赶来把瑞琪尔搀回房去，我问他们布伦顿的情况时，那个姑娘还在尖声叫喊，抽抽噎噎低泣呐。布伦顿确实已经失踪。头天晚上他回屋以后，就没人再见到过他，床也没睡过，可是很难说明他是怎样离开住宅的，因为清早大伙儿发现门窗都是闩着的。他的衣服、挂表乃至钱财都在屋里原封没动，只有他常穿的那套黑服装不见了。他的拖鞋也不在了，而那双长统靴却留了下来。那么，布伦顿管家半夜三更又能到哪儿去了呢？他眼下究竟怎么样了呢？

“‘我们当然从地窖子到阁楼四下里都搜寻了一遍，却没找到他的踪影。我刚才说过那是一座迷宫似的宅邸，尤其是两侧古老的厢房如今几乎没人住，可是我们搜查了每间屋和地窖子，却没发现任何蛛丝马迹。我很难相信布伦顿会抛弃所有财物空手走掉；再说，他又能到哪儿去呢？我唤来了当地警察，也无济于事。前夜下过雨，我们察看了宅邸四周围的草坪和小道，还是一无所获。情况就是这样，后来事态又有了新发展，把我们的注意力从那个疑团引开了。

“‘瑞琪尔·豪厄尔斯两天来病得很厉害，时而昏迷不醒，时而歇斯底里大发作，我便雇了一名护士夜里照看她。布伦顿失踪后的第三个夜晚，护士发现病人睡得香甜，便坐在扶手椅上打盹儿，第二天大清早一醒过来，发现病床上空空如也，窗户大开，病人无影无踪了。我当即给唤醒，便带领两名仆人立刻出发寻找失踪的姑娘。她的去向并不难辨认，因为我们可以从那扇窗户下面开始，沿着她的脚印儿，毫不费劲地穿过草坪，来到小湖边沿，脚印儿就在那儿穿过庭院的石子路附近消失了。那个小湖水深八尺，我们一看到可怜的疯姑娘的脚印儿终止在湖边，当时那种心情你可想而知了。

“‘我们当然立即进行打捞，搜寻遗体，却连尸首的影子也没找到。可是我们却捞出一件最料想不到的东西。那是一个亚麻布口袋，里面装着一堆陈旧生锈的破铜烂铁以及一些色影暗淡的水晶和玻璃制品。我们从湖里就只捞出了这些怪玩意儿；昨天我们尽管竭尽全力搜寻查询，却对瑞琪尔·豪厄尔斯和理查德·布伦顿的下落还是一无所知。当地警方已经智穷计尽，我只好前来找你，作为最后一着了。’

“华生，你想像得到当时我怀着多么急碴儿的心情听着这一连串离奇事件，真想把它们串起来，找出那条串联它们的主线。

“管家不见了。女仆也没影儿了。那个女仆爱过那个管家，可后来又有理由恨他。她具有威尔士血统，性格热情，脾气急躁。管家一失踪，她顿时激动万分，还把那个装着怪玩意儿的布袋扔进湖里。这些全是应该加以考虑的因素，可它们又都没有触及问题的核心。这一连串事件的起因是什么呢？现在只见到了这桩错综复杂的事件的结尾。

“‘我得看看那份文件，穆斯格瑞夫，’我说道，‘你那位管家认为那是值得冒险查阅的，哪怕丢掉职位也在所不惜嘛。’

“‘我们家族那种礼仪其实相当荒唐可笑，’他答道，‘可取之处只在于那是祖辈传下来的。你如果愿意过目，我倒带来了那份礼仪问答词的抄件。’

“华生，穆斯格瑞夫便把我眼下手里拿着的这份文件递给了我。这就是穆斯格瑞夫家族成员一到成年都得遵从的古怪教义问答。我念给你听听：——

“‘它是谁的?’

“‘是那个走了的人的。’

“‘谁应该得到它?’

“‘那个即将到来的人。’

“‘太阳在哪里?’

“‘在橡树上方。’

“‘阴影在哪里?’

“‘在榆树下面。’

“‘怎样步测到它?’

“‘朝北十步再十步，朝东五步再五步，朝南两步再两步，朝西一步再一步，它就在下面了。’

“‘我们该拿什么来换取它?’

“‘我们所有的一切。’

“‘我们为什么要拿出去呢?’

“‘为了信义。’

“‘原件上没署日期，但是那是用 17 世纪的拼写法写成的，’穆斯格瑞夫说。‘可我觉得这恐怕对你破解这个谜案不会有多大帮助。’

“我答道：‘这至少给了我们另一个谜，比起原来那个谜更有趣儿嘛。很可能破解了这个谜，也就破解了那个谜。穆斯格瑞夫，请你原谅，在我看来你那位管家是个绝顶聪明的人，比主人家十代人都更有见识。’

“‘我不大明白你的意思，’穆斯格瑞夫说。‘在我看来这份文件并没有什么实际的重要意义。’

“‘可我觉得它倒实际得很，我料想布伦顿也同样有这样的看法。

在你抓到他那天夜里之前，他大概早已看过这份文件。’

“‘这倒很可能。我们从来也没费神把它好好藏起来过。’

“‘据我推测，他在那最后一次场合只是想重温一下那份文件的内容罢了。按我的理解，他当时正用那么一张地图或草图跟那份文件原稿对照着查阅，你一出现，他就慌里慌张地连忙把那张图塞进自己的兜儿里，对不对？’

“‘对，确实如此，可是他跟我们家族这种旧习俗又有什么关系呢？这套烦琐无聊的家礼仪式又意味着什么呢？’

“‘我不认为查明这个问题会有多大困难，’我说。‘你如果同意，咱俩可以搭首班火车去萨塞克斯，在现场对这件事深入调查一番。’

“我们俩当天下午就到了赫尔斯通庄园。你可能早已见过那座著名的古老宅邸的照片，读过有关它的记载吧，华生，那我就不详加介绍了，只想说明那是一座‘L’形建筑物，长的一排房屋比较近代化，短的一排则是古建筑的核心，其他房屋都是从那里扩展出去的。老房子中央低矮笨重的门楣上镌刻着1607这个年份，一些建筑专家则认为房梁和石构件的实际年代还要早些。那部分房屋的墙壁厚重瓷实，窗户窄小，使得那家人在上一世纪加盖了那些新厢房，老房子如今便用来做库房和酒窖，别无其他用途。宅邸四周环绕着茂密的古树，形成一个幽雅的小花园，我的委托人提到的那个小湖紧挨着林阴道，离宅邸约有两百码远。

“华生，我已经确信这并不是三个各自孤立的谜，而只是一个谜；我如果能正确地看懂穆斯格瑞夫家族的礼仪那份文件，就一定能抓住线索，查明布伦顿管家和瑞琪尔·豪厄尔斯两人的事件真相。于是我便使出浑身解数干起来。那位管家干吗那样急于掌握这个古老仪式的习用词句呢？显然是他看出了其中的奥秘，而这个奥秘却一直没受到这家几代乡绅的重视，布伦顿则指望从中获得某种个人利益。可那又是什么呢？那又怎样影响了他的命运呢？

“我阅读了仪式的问答词句，便明明觉得其中提到的测量必定是涉及文件中其他部分暗指的某个地点。若能找到那个地点，我们便可以弄清楚穆斯格瑞夫的先辈认为有必要以这种古怪方式让后代万勿忘却的那个秘密究竟是什么。那里有两棵树，一棵橡树和一棵榆树，可以引导我们开始搜寻。那棵橡树嘛，找起来倒根本不成问题，车道左侧就有一片橡树林，其中矗立着一棵顶顶古老的橡树，真是我平生所见过的最宏伟的一棵树。

“‘当初尊府起草那份礼仪文件时就有这棵树吗？’我们乘坐马车经过那棵橡树时，我问道。

“‘当年诺曼人征服英格兰时[①]，很可能就有这棵橡树了，’穆斯格瑞夫答道，‘现在腰围足有二十三尺呢。’

“我确定的几点当中，这一点已经十分牢靠。

“‘你们这儿有老榆树吗？’我问道。

“‘那边本来有棵古老的榆树，可是十年前让雷电劈了，我们就把它锯掉了。’

“‘你能指出那棵榆树原来的位置吗？’

“‘嗯，当然可以。’

“‘没有别的榆树了吗？’

“‘没有老榆树了，倒是有不少山毛榉。’

“‘我很想看看那棵老榆树所在的地方。’

“我们乘坐一辆单匹马拉的马车，到了宅邸门口，我的委托人没领我先进屋，而是立刻便带我到草坪上那棵老榆树余留下来的树桩那儿。它几乎就位于那棵老橡树和宅邸之间的正当中。看来我的调查正有所进展。

---

① 指诺曼底公爵威廉于1066年对英格兰的征服。

“‘这棵榆树以前的高度大概不可能知道了吧？’我问道。

“‘这我倒能马上告诉你，树高六十四尺。’

“‘你这是怎么知道的呢？’我惊奇地问道。

“‘当年我的家庭老师经常叫我做三角数学练习，往往是测量高度。我在少年时代测量过庄园里的每棵树和每幢房屋。’

“这可真是出乎意料的好运气。我需要的数据来得比我心中原本指望的要快得多。

“‘告诉我，’我问道，‘管家问过你那棵榆树的事吗？’

“瑞金纳德·穆斯格瑞夫惊讶地望着我。‘经你这一提醒，我倒想

起来了，’他答道，‘几个月前，布伦顿跟马夫发生一场小小的争论，确实问过我那棵榆树的高度。’

“这真是个好信息，华生，说明我的路子对。我抬头仰望，太阳已经偏西，我估计不出一小时夕阳便会落在那棵老橡树的枝头上方。仪式词句中提到的一个状态已经落实。榆树的阴影一定是指阴影的尽头，否则的话势必就会选那树干作导标啦。我便决定在太阳偏过橡树顶那时刻寻找榆树阴影尽端落在哪里。”

“那一定挺困难吧，福尔摩斯，因为那棵榆树已经不存在。”

“嗯，可我心里至少明白布伦顿如果能办到，我也一定能办到。何况这其实并不困难。我就跟穆斯格瑞夫走进他的书房，削了这个短木桩，缠上这条每隔一码打个结的长绳子。我又找了两节钓鱼竿连接在一起，全长恰好六尺，便跟我的委托人去到那棵老榆树原来所在之处。这当儿，阳光正从那棵橡树顶端斜射过来，我就把钓鱼竿竖插在地上，标出阴影方向，然后丈量阴影长度。竿影长九尺。

“现在计算起来当然就很简单啦。高六尺的长竿投影若是九尺，那么高六十四尺的树木投影就会是九十六尺。渔竿阴影的方向当然也是榆树阴影的方向。我便开始丈量那段长距离，一量之下几乎叫我来到了宅邸的墙根底下，我在那儿插个木桩。华生，我发现离那个木桩不到两寸之处有个圆锥形小窟窿，我明白那是布伦顿丈量时做的标记，我正在尾随他呢。

“从这一起点我便开始步测，首先掏出我那个袖珍指南针定下基本方位，随后便沿着宅邸大墙向北走二十步，插下一个木桩，再向东迈十步，向南迈四步，便来到了旧宅门槛下。再向西迈上两步，我便走进里面的石板通道上啦，而那儿正是仪式问答词句中所指出的地方。

“我还压根儿没像当时那样透心凉地失望过呢，华生。一时间我觉得我的测量肯定出现了重大差误。斜阳把通道地面照得亮晃晃的，我看得出那些古老的灰石板虽经长年累月的踩损，却由水泥牢牢固定在一

起，肯定多年没让人移动过。布伦顿分明没在这儿干过什么。我敲敲石板，到处声音都一样，没有什么裂缝缺口的迹象。这当儿，幸好穆斯格瑞夫开始理解我这样做的用意了，他跟我一样激动万分，连忙掏出那份手稿核对我的计算。

“‘就在下面，’他喊道，‘你忽略了“就在下面”这一句！’

“‘我还以为那意思是说咱们得挖掘地面呐，现在我当然一下子全明白了。这么说，这通道下面有地窖子？’我大声说。

“‘有，古老得跟这栋房子一样，从这扇门进去，就在下面。’

“我们便走下那盘旋式的石阶，我的伙伴划着一根火柴，点上墙旮旯一个木桶上放着的提灯。霎时间我们明白终于来到了真正要找的地方，而且发觉那里最近还有别人来过。

“这里早就成为堆放木料的仓库，可是那些乱丢乱放的短碎木头如今都已经给堆积在两旁，当中腾出了一块空地。那里有一块沉重的大石板，石板中央有个生了锈的铁环，铁环上系着一条黑白格子的厚围巾。

"'天哪！'我的委托人惊呼道，'这是布伦顿的围巾啊！我发誓看见他围过这条围巾。这个坏蛋来这儿干什么勾当？'

"在我的建议下，马上召来当地两名警察，我便抓牢围巾，力图使劲提起那块重石板，可我只能把它挪动一点点，多亏一名警察帮把手，我才终于把它挪到一旁。下面是个黑窟窿，我们低头窥视，穆斯格瑞夫跪在窟窿边上，把提灯伸进去探照。

"下面原来是一间七尺深、四尺见方的斗室，一边放着一个带黄铜箍的矮木箱子，箱盖给打开了，锁孔上插着这把样儿古怪的老式钥匙。箱子表面积了厚厚一层灰尘，由于潮湿和蛀虫的侵蚀，箱板已经烂穿，箱内长满了青灰色霉菌。一些金属小圆片儿——显然是古代钱币——就像我手上拿着的这些，散放在箱底，箱内再无别的东西。

"然而，这当儿我们却顾不上那个旧木箱子啦，因为木箱旁边蜷缩着一样东西把我们的目光都吸引住了。那是个人形，身穿黑衣服，蹲在那里，脑门儿抵在箱子边上，两只胳臂紧抱着箱子。这个姿势使他浑身的血液都凝聚在脸上，没人能认出这个扭曲了的猪肝色面容的人是谁；但是我们把那具尸体抬了出来，他那身材、衣着和头发都足以向我的委托人指明死者确实是那个失踪的管家。他已经死了好几天，身上却无伤痕，没法说明他是怎样落到了这般可怕的境地。尸体给运出了地窨子，我们仍然面临一个难题，这几乎就跟我们开始时遇到的那个难题同样难于对付。

“华生，我承认当时我对自己的调查深感失望。我原本指望一旦找到了仪式词句所提到的这个地方，便可顺理成章地破解这个谜团；可我当时在那里却分明远远没搞清楚这个家族采取如此谨慎的措施来隐匿起来的事情究竟是什么。诚然我已经使布伦顿的死亡昭然若揭，可我还得弄清他是怎样遭遇了这样悲惨的灾难，那个失踪的姑娘在这件事情上又扮演了什么角色。我便坐在墙旮旯里的一个小木桶上认真思考这档子事。

“华生，你知道我在这种情况下所进行的推理方式：我呢，设身处地替那人想想，首先衡量一下他的智商，试想我自己在同样的情况下该怎样着手进行。在这档子事情上，布伦顿的智力堪称头等，这就好办了，因此无须考虑天文学家所称的那种在观察上的‘人为误差’。他知道有些宝物给藏了起来，而且准确无误地找到了藏宝地。他发觉那块盖在上面的石板太沉，一个人根本没法挪动。那他该怎么办呢？他不能从庄园外边寻求帮助，即使有个信得过的人，也得给那人开门而冒被人发现的极大风险。最好的办法莫过于在庄园内部找个帮手。可他能找谁呢？有个姑娘曾经爱过他。男人不管自己多么亏待过一个女人，向来难以认识到他最终可能会失掉那个女人的爱情。布伦顿会试着献点儿殷勤，跟瑞琪尔姑娘言归于好，然后约她一块儿干。他俩便会夜间一块儿来到那个地窨子，合力掀开那块重石板。至此我可以说好似亲眼目睹那样注视着他俩的行动。

“但是要掀起那块石板谈何容易，就他俩来说，一个还是女人，想必是件挺吃力的活儿，连我和那个粗壮的萨塞克斯警察一起干都觉得挺费劲儿。掀不起来，那他俩又该怎么办呢？也许就是用的我自己原本想采取的办法。我站起来，仔细察看地上到处乱放的各种木料，几乎顿时见到我期望见到的东西，一根约摸三尺长的木头一端带有明显的凹痕，另有几根的边缘似乎也让什么很重的东西压平了。无疑是他俩一边揪起石板，一边往隙缝里塞进木头，直到隙缝可以钻进去一个人的时候便用一根直插进去的木头支撑住石板。石板重重地把那根木头的底端挤压在另一块石板边缘，从而造成了凹痕。至此我的推断还是很可靠的。

“那么，我怎样再现那天夜里发生的事呢？那个洞穴显然只能钻进去一个人，那人当然是布伦顿，姑娘想必是在上面等待。随后，大概是布伦顿打开那个箱子，把里面的东西递上去——由于没人会发现他俩——于是后来——后来出了什么事？

“那个性情急躁的凯尔特裔姑娘，一见到那个亏待过她的男人——那个家伙待她也许比咱们猜想的还要恶劣得多——眼下竟落到她的手掌中，可以任她摆布，心中窝着的一腔复仇怒火会不会一下子爆发出来呢？是那根木头偶然滑倒，石板落下，把布伦顿关死在那个成为他的石墓里吗？还是她只犯了对他的死亡保持沉默的罪过呢？要么就是她突然把那根顶木推开，让那块重石板轰隆一声落回洞口？甭管是哪种情况，我都似乎看到那个女人的身影，双手紧紧抱着那宗宝贝，飞快地奔跑在那弯弯曲曲的石阶梯上，耳边回响着大概是背后传来的瓮声瓮气的喊叫声和双手疯狂捶打石板的响声。那块重石板正在闷死她那个薄情郎。

“怪不得第二天早晨她面色煞白，神经紧张，歇斯底里地阵阵发笑。但是，那箱子里装的是什么呢？那些玩意儿她怎样处置了呢？当然啦，箱子里的东西想必就是我的委托人从湖里捞出来的那些陈旧的破铜烂铁和水晶石。她一有机会便把它们扔进湖里，销赃灭迹了。

“我在旮旯那儿一动不动地坐了20分钟光景，思索这件案子。穆斯格瑞夫还面色苍白地站在那里，摆动着那盏提灯，朝石洞里凝视呐。

“‘这些是查理一世[1]时代的硬币，’他亮出手中几枚箱子里剩下的钱币，说道，‘你看，咱们确定礼仪写成的时代完全正确。’

“‘咱们还可以找到查理一世时代的其他东西呢，’我蓦地想起礼仪头两句问答词的可能涵义，大声说道。‘让我看看你从湖里捞出来的那些东西吧。’

“我们便回到他的书房，他把那些破烂玩意儿摆在我面前。我一看就明白他为什么不重视它们了，因为金属几乎已变黑，水晶石也暗无光泽。可我拿起一块，用袖子擦一擦，竟在我手心窝儿里熠熠放光。那块金属制品呈双环形，却已给弯折扭曲得不再是原型。

“‘你一定还记得，’我说，‘即使在查理一世死后，保皇党还在英国进行抵抗，后来他们终于逃亡，走之前可能埋藏了许多极为贵重的宝物，等待日后较为太平的时期回国再挖掘出来。’

“‘我的祖先拉尔夫·穆斯格瑞夫爵士，是查理一世时代的著名保皇党成员，后来查理二世[2]逃亡期间，他也是国王的得力助手。’

“‘啊，真格的，’我说道，‘我认为现在这才真正找到了咱们需要的最后一个环节。我得祝贺你得到这样一件遗物，尽管来得颇具悲剧性，却是一件价值连城的纪念物，而作为古玩珍品，则更具有重大历史意义。’

“‘可是这究竟是什么啊？’穆斯格瑞夫惊讶地喘着气儿说。

“‘这是一顶古代的英国王冠，绝对没错儿，’

“‘王冠！’

“‘丝毫不假。想想礼仪词句吧。怎么说来着？“它是谁的？”“是

---

① 查理一世（1600—1649），英国斯图亚特王朝国王（1625—1649），因对抗国会，压迫清教徒，引起内战，战败后作为“暴君、叛徒、杀人犯和国家的公敌”被国会判处死刑。

② 查理二世（1630—1685），英国斯图亚特王朝国王（1660—1685），查理一世之子，1660 年王政复辟，继承王位，两次发动对荷兰的战争，其亲法、亲天主教政策遭到议会和臣民的反对。

那个走了的人的。”这是指查理一世被处死说的。接着是“谁应该得到它？”“那个即将到来的人。”这是指查理二世说的，连他的出现都预见到了。因此我可以肯定这顶不成样子的破旧王冠一度曾经戴在斯图亚特王朝国王头上的。’

“‘那它怎么竟会出现在湖里呢？’

“‘嗯，这个问题就得花些时间来答复啦。’我于是便把自己的一系列推测和查证的整个儿过程从头到尾给他讲一遍，一直讲到皓月当空，我才讲完。

“‘那为什么查理二世回国后，没来取走这顶王冠呢？’穆斯格瑞夫把那件遗物放回麻布袋，问道。

“‘呃，这你可指出一个咱们也许永远没法搞清楚的问题了。或许是令高祖，那位保守这项秘密的穆斯格瑞夫，在那段间隔期间去世了，由于一时疏忽，在把这种礼仪传给后辈时没说明它的含意。从那时起直到今日，这礼仪代代相传下来，最终让一个外人插手进来解了密，自个儿却在这种投机冒险的行动中丧了命。’

“这就是穆斯格瑞夫家族礼仪的轶事，华生。他们把那顶王冠存放在赫尔斯顿庄园了——不过他们为此遇到了一些法律上的麻烦，后来付了一大笔钱才把王冠留下来。我相信你只消提一下我的名字，他们就会很高兴把那顶王冠拿给你看。至于那个姑娘嘛，一直杳无音信，她大概一直惴惴不安地记得自己犯下的罪，离开英国，逃亡国外去了。”

(1893)

赖盖特乡绅

1887年春季，我的朋友福尔摩斯因操劳过度累垮了，尚未完全康复。荷兰—苏门答腊公司案和毛佩廷斯男爵的庞大计划案所暴露的整个问题公众还记忆犹新，两案又跟当今的政治和经济牵扯得过分密切，因此目前还不适合作为我这系列见闻录的报道体裁。不过，这两起案子，问题之独特复杂，犯案方式之曲折，可谓起风气之先，使得我的朋友有机会展示了一种新颖破案手法的威力，这也成为他毕生打击犯罪活动的众多手段之一。

我翻阅札记，查到那是在4月14日，当时我收到一封从里昂发来的电报，通知说福尔摩斯病倒在杜朗旅馆里了。没出24小时我便急忙赶到他的病房探视，发现他的病情并不太严重，这才放下心来。说实话，即使像他那样棒的身子骨儿，两个多月紧张的调查工作也不免会使他累垮。在那段期间，他每天工作从没少过15个钟头，而且他曾告诉我，不止一次他一连气儿干了五天五夜，觉都没睡。可是，这种繁重劳动换来的胜利喜悦却没能使他感到减轻了一点疲劳；即使他的声望响彻欧洲，如日中天，各地发来的贺电在室内堆得满坑满谷，我发现他还是提不起精神来；甚至知道三个国家的警方都归于失败，他却获得成功，他在各方面都挫败了欧洲顶狡猾的诈骗犯，也没能足以使他从神经疲惫的状态中恢复过来。

三天后，我们俩一起回到贝克街。一想到换个环境会对我的朋友更好些，那就何不趁此大好春光到乡下去呆一周呢，这个念头连我自个儿也很感兴趣。我有位老朋友海特上校，当年在阿富汗，我给他治过病，如今他在萨里郡的赖盖特置了房产，常常邀我去作客。最近他说只要我那位朋友乐意跟我一块儿去，他也很高兴款待他。不过，这事我得尽量要点外交手腕才行；福尔摩斯一听说那位主人是个单身汉，他本人在那里完全可以自由行动，便爽快地落进了我设计的这个圈套。从里昂回来一周之后，我们俩便去了上校家。海特是个豪迈的军人，见多识广，正如我所期望的那样，他很快便发现福尔摩斯跟他在许多方面都志趣相投。

在到达的那天傍晚，我们用过晚餐，到上校那间枪械陈列室去坐坐。福尔摩斯懒洋洋地躺卧在沙发上，海特陪我参观他收藏的一些枪支。

“顺便说一下，”上校突然开口道，“我得挑一把手枪带上楼去，以防不测。”

“不测！”我惊呼道。

“是啊，我们这一带最近出了挺吓人的事。老阿克顿是本地一位阔佬，上周一有贼闯入了他的家门。损失倒是不大，可那些家伙至今仍然逍遥法外呢。”

“没有一点线索吗？”福尔摩斯把目光转向上校，问道。

“至今还没有。不过那只是小事一桩，一起我们乡间小小的犯罪事件，福尔摩斯先生，你经办过举世震惊的国际大案，这事看来小得根本不值得你关注。”

福尔摩斯挥手示意请他不要夸奖，不过脸上挂着的微笑表明这种称赞还是使他蛮高兴。

“有什么有趣儿的特征吗？”

“我想没有。那伙窃贼在藏书室里仔细搜索了一通，费了挺大的劲儿，却收获甚微。那里给整个儿翻了个底朝天，抽屉全都给拉开了，书刊给翻得乱七八糟，结果只有一卷蒲柏[①]翻译的荷马诗集，两个镀金蜡烛台，一方象牙镇纸，一个橡木底板的小晴雨计和一团线不见了。”

---

①蒲柏（1688—1744），英国诗人，曾翻译荷马史诗《伊利亚特》和《奥德赛》。

“真是一批多么稀奇古怪、五花八门的货色啊！”我惊呼道。

“唉，那帮家伙明明是不想空手而归，便顺手牵羊，碰到什么就拿什么呗。”

福尔摩斯在沙发上哼了一声。

“本地警方该由此发现一些线索嘛，”他说。“嗯，这显然是……”

可我伸出一个手指提醒他。

“你到这儿是来休养，我亲爱的朋友，你的神经还很疲惫，务必别再插手什么新案子啦。”

福尔摩斯耸耸肩，无可奈何地做个怪脸，朝上校瞥一眼，我们便转而谈些不那么悬乎的话题。

然而，我作为医生所提醒的话注定全都白费了，因为次日清晨这个案子本身迫使我们不得不进行干预，简直没法置之不理。这次乡村之行来了一个我们俩都没预料到的大转变。我们正在吃早饭，上校的管家突然一点礼节也不顾地闯了进来。

“又出事了，您听说了吗，先生？”他气喘吁吁地说。“是在坎宁安家里，先生！”

“又是盗窃！”上校举着一杯咖啡，大声说。

“出了人命案了！”

上校吹声口哨。“老天！”他说，“谁给杀了？那位治安官，还是他的儿子？”

“都不是，先生，是马车夫威廉，子弹射穿他的心脏，使他当场一命呜呼，什么话也没能再说出来。”

“那么，是谁杀了他呢？”

“那个窃贼，先生。他飞也似地跑得无影无踪了。那个家伙刚从厨房窗户钻进去，就让威廉发现了。他为了保护主人家的财产，结果自己丧了命。”

“这事发生在什么时候？”

“昨天夜里，先生，大约12点钟左右。”

“那我们呆会儿过去看看，”上校说，又沉着地接着吃他的早饭。“这真是糟糕透顶的事，”管家离开后，上校添说道。“老坎宁安是我们这里的头号乡绅，也是个很正派的人。这事一定会使他很痛心，因为威廉伺候他多年了，是个蛮不错的仆人。案犯显然是那几个闯进阿克顿家的歹徒。”

“就是盗窃一堆稀奇古怪玩意儿的那伙人吗？”

“肯定是。”

“嗯，这倒可以说是人世间一件最简单不过的事了，可是乍一看这事却又有点蹊跷，是不是？可以这么说，一伙活动于乡间的窃贼决不会几天之内两次闯进同一地区的住家偷窃，总会更换更换他们作案的地点嘛。昨夜你谈起预防不测时，上校，我记得自己脑海里闪现这样一个想法：你们这个教区恐怕是英国盗贼最不会觊觎之处，看来这说明我还有很多认识不足之处，得好好学习学习。”

“我料想这是我们本地的小偷儿干的，”上校说。“果真如此，阿克顿和坎宁安两家当然是小偷儿会光顾的地方，因为他们两家是本地地产最多的大户。”

“也是本地最有钱的阔佬吧？”

“应该说是的；不过这两家打了好几年官司，我想那已经耗费了他们两家不少血汗钱。老阿克顿上诉要求得到坎宁安的一半地产，律师们一直在从中渔利呐。”

“如果是当地歹徒犯的案，倒不难查出来，”福尔摩斯打个呵欠，说，“好了，华生，我不打算插手干预这件事。”

“福雷斯特警官求见，先生，”那位管家突然打开房门，说道。

一个模样又帅又机灵的警官走进室内。

“早安，上校。”他招呼道。“我希望不至于打扰各位，可我们听说贝克街的福尔摩斯先生大驾光临本地了。”

上校朝我朋友那边一挥手，那位警官当即点头致意。

“您大概愿意协助我们破案吧，福尔摩斯先生。”

“华生，命运三女神[①]在反对你呐！”福尔摩斯笑着说。“警官，你进来的时

① 命运三女神，希腊宗教中司命运之女神，共三位，第一位在人诞生时纺出生者的生命之线；第二位决定生命之线的长短；第三位于人死亡时负责切断生命之线。

候，我们正闲聊那档子事呢。也许你能给我们详细讲讲。”说完他便照平素习惯的那种姿势朝椅背上一靠，我明白自己拿他一点辙也没有了。

“阿克顿一案我们还没有什么线索。不过，第二起案子我们倒有不少线索可以进行追查，两案无疑是同一伙人干的，有人见到了作案人。”

“是吗？”

“是的，先生。但是作案人开枪打死可怜的威廉·柯万之后就像鹿那样飞也似地逃跑了。坎宁安老先生从卧室窗户看到了他，亚历克·坎宁安少爷也从后门道看到了他。案发时间是11点三刻。坎宁安老先生刚刚睡下，亚历克少爷穿着晨衣正在抽烟斗。他俩都听见了马车夫威廉的呼救声，亚历克少爷便跑下楼去看看出了什么事。后门敞开了，他刚下完楼梯就看到门外有两个人在扭打，一人开了枪，另一人倒下了，那名凶手随即匆匆跑过花园，越过篱笆逃跑了。坎宁安老先生从卧室窗户望出去，只见那个家伙奔到大路上，转眼间便没影儿了。当时亚历克少爷因为停下脚步，看看能否救助那个快死的人，结果就让那个歹徒逃跑了。除了知道凶手是个中等个儿，身穿深色衣服外，我们还没掌握他的个人面貌线索。不过我们正在竭力调查，他如果是个外来的人，我们很快就会查出来。”

“那个威廉当时到那儿干什么去了？临死前说了什么没有？”

“一句话也没说。他跟他老娘住在大门口下房里；他是个很忠诚的家伙，所以我们猜想他去到主楼，大概是想看看那里是否平安无事。当然啦，阿克顿案件让人人都提高了警惕。那名窃贼想必是刚破门而入——门锁给撬开了——威廉就赶巧碰到了他。”

“威廉出去之前跟他老母亲说些什么没有？”

“他老娘年高耳背，我们从她嘴里打听不出什么来。这事都把她吓傻了，可我也理解她压根儿就没精明过。不过倒是有个很重要的情况。瞧这个！”

警官从笔记本里取出一张给撕毁了的小纸片，把它展平在膝上。

“我们是在死者攥着的手中发现的。看来这是从一张较大的纸上撕扯下来的。您可以看到上面提到的钟点正是那个可怜的家伙遭遇不幸的时刻。您看，这可能是凶手从死者手中撕扯后剩下来的一块，要么就是死者从凶手手中夺回来的一角儿。读起来很像是一封约会的短信。”

福尔摩斯拿起那张碎纸片儿。这里把它摹写如下：

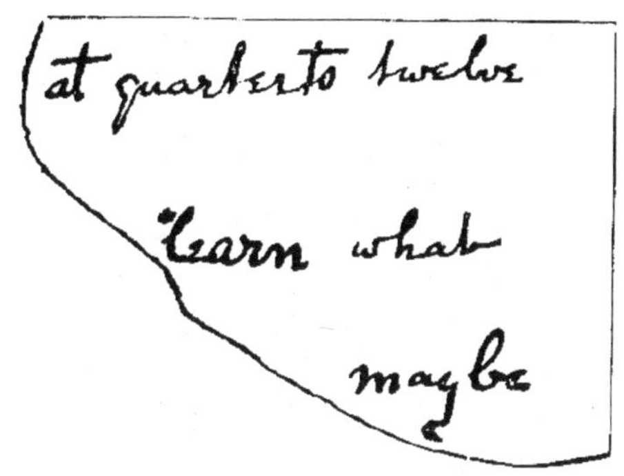

“姑且认为这是一次约会，”警官接着说，“当然就可以较为可信地推断威廉·柯万尽管素有忠诚之名，却也可能跟窃贼有勾结之嫌。他可能在那里跟窃贼相会，甚至帮助他窜进家门，随后他俩也许又闹翻了。”

“这信上的字体倒非常有趣咧，”福尔摩斯一直在聚精会神地察看那张碎纸片，开口道。“这事比我原先想像的要深奥复杂得多。”他双手托着腮，沉思起来。警官一见这个案子居然让这位大名鼎鼎的伦敦侦探专家大费心思，不禁喜形于色。

“你刚才说，”福尔摩斯沉吟片刻后说，“窃贼和仆人之间可能有默契，这张纸也许是一人给另一人的约会短信，这倒是个独到的见解，推测得并非完全不可能。可是这字体显露出……”他又低头托着腮沉思片刻。等他再抬起头来的时候，我惊讶地发现他又像生病以前那样双颊红润，目光炯炯。接着他便生气勃勃地一跃而起。

“听我说！”他说道，“我很想悄悄地去了解一下这个案子的细节。这里面有些事挺吸引我。上校，请原谅，我先向您和我的朋友华生告会儿假，跟警官走一趟，验证一下我的一两点小小的想法。过半小时我就回来。”

半小时后，警官独自返回来了。

“福尔摩斯先生在外面田野里来回踱步呐，”他说，“叫我们四个人一块儿去那家住宅。”

“坎宁安先生家吗？”

“对，先生。”

“去干什么啊？”

警官耸耸肩。“闹不大清楚，先生。不过只在咱们之间说说，我认为福尔摩斯先生的病还没全好。他的举止怪得很，情绪也过分激动。”

“我倒认为你不必大惊小怪，”我说。“我时常发现他一有点疯样儿，就对破案已经心中有数。”

“有人倒可以说，他的破案办法真有点疯劲儿咧！”警官嘟哝道。“不过，他急着忙着要去调查，上校，你们如果准备好了，咱们最好马上就去吧。”

我们发现福尔摩斯低着头，双手插在裤兜儿里，正在田野上踱来踱去。

“这个案子渐渐变得有趣儿啦，”福尔摩斯说，“华生，你这次发起的乡间休闲旅行显然已经取得成效，我度过了一个美好的早晨。”

“我明白你已经去过犯罪现场，对不对？”上校问道。

“对，警官和我已经侦察了一番。”

“有什么收获吗？”

“我们发现了一些蛮有趣儿的事。咱们边走边说吧。首先我们见到了那个不幸的人的尸体，他确实如警官所说的那样死于枪击。”

“那你曾经对此怀疑过吗？”

“哦，这也是什么都得验证一下嘛。我们的侦察并没白费。后来我们会见了坎宁安先生和他的儿子，因为他俩能指出凶手逃跑时越过花园篱笆的确切地点。这是极为重要的。”

“当然。”

“随后我们又去看望那个可怜家伙的母亲，可她年老体弱，我们没能从她那里得到什么信息。”

“那你调查的结果是什么呢？”

“结果是确信这起犯罪事件十分奇特。我们眼下去坎宁安家办点事儿，也许会使情况变得明朗些。警官，咱们俩都同意死者手中那张碎纸片上写的时间，正是他死去的时刻，这一点非常重要。”

“这总该提供了一个线索吧，福尔摩斯先生。”

“确实给咱们提供了一个线索。写这封短信的人，就是让威廉·柯万在那个钟点起床出来相会的家伙，可是这张信纸另一大半在哪儿呢？”

“我仔细检查过地面，巴不得能找到它，”警官答道。

“那是从死者手中撕去的。为什么有人那么急切地要得到那张信纸呢？因为那会把他牵连进刑事案件中去嘛。可他会怎样处理它呢？很可能是塞进自己的兜儿里，并没注意到有一角纸片还攥在死者手里呢。咱们若能找到撕去的那大半张纸，那显然就会对咱们解开这个谜大有帮助。”

“对，可咱们还没抓到罪犯，又怎能从他的兜儿里找到它呢？”

“嗯，嗯，这倒值得好好想想办法。另有一点也很明显。这封短信是写给威廉的，写信的人想必不会是亲自送交给他的，因为要是那样的话，他当然可以直接向威廉亲口说明就行了。那么，是谁送去的呢？要么是通过邮局寄去的？”

“这我已经查问过了，”警官说，“威廉昨天下午是收到了一封邮差送去的信。信封已经让他销毁了。”

“太好了，”福尔摩斯拍拍警官的后背，大声说。“这么说，你已经见过邮差了。跟你一块儿工作，真叫人高兴。嗯，这儿就是仆人住的下房；上校，您如果愿意再往前走走，我就可以把犯罪现场指给您看啦。”

我们走过被害人生前住的那座小巧的茅屋，踏上一条两旁矗立着橡树的大道，来到一栋安妮女王[①]时代的完好的古宅，门楣上镌刻着马尔普拉凯[②]的年份。福尔摩斯和警官领着我们绕了一圈，最后来到后门前，门外是个花园，花园篱笆外面是条大路。厨房门旁站着一名警察。

“请把门打开吧，警官，”福尔摩斯说。“你们看，坎宁安少爷就是站在楼梯口那儿看到了那两个人在咱们现在所站的地方搏斗。坎宁安老先生则是在那扇窗户——从左数起第二扇——看到了那个家伙正跑到那片矮树丛左边。他儿子也这么说来着。由于那片矮树丛的缘故，他俩都肯定凶手逃之夭夭了。亚历克少爷后来跑出来，跪在受伤的人身旁。你们看，这地面很硬，没留下什么痕迹可以引导咱们追踪。”

他正说着，房屋拐角那边有两个人绕了过来，走上花园小径。一个是上了年纪的人，面容刚毅，皱纹很深，两眼倦怠无神；另一个是生气勃勃的小伙子，他那欢快的笑容和花里胡哨的衣着，真跟这起把我们引来调查的案子形成异常鲜明的对比。

“还没调查完呐？”他对福尔摩斯说。“我还以为你们伦敦佬从不出毛病呢，可是看来你们毕竟也无能为力，没法很快就破案吧。”

“噢，怎么说，也得容我们一点时间嘛！”福尔摩斯和和气气地说。

---

① 安妮女王（1665—1714），英国女王（1702—1714），斯图亚特王朝最后一代君主。

② 指马尔普拉凯战役，1709 年，在西班牙王位继承的战役中，马尔伯勒公爵统率十万英荷奥联军在法比边境、蒙斯以南 16 公里的马尔普拉凯村与九万法军作战，取得胜利。

“行啊，”亚历克·坎宁安说。“可我根本看不出有什么线索。”

“倒是有个线索，”警官答道，“我们认为只要能找到……我的老天！福尔摩斯先生，您这是怎么了？”

我那可怜的朋友忽然脸色大变，现出极为可怕的表情，两眼直朝上翻，痛苦得五官都变了形。他强忍着，呻吟一声，便脸朝下，跌倒在地。他突然犯了病，又是那么严重，真把我们都吓坏了，连忙把他抬进厨房，让他躺在一把大椅子上；他呼哧呼哧地喘会儿气，才又站起来，为自己身体这样丢脸的虚弱，深表歉意。

“华生会告诉诸位，我生了一场大病，最近刚刚好些，”他解释道。“很容易犯这种神经突发病症。”

“要不要用我那辆双轮轻便马车送你回去？”坎宁安老先生问道。

“呃，我既然已经来到贵府，有几个疑点很想搞清楚。核实一下并不太难。”

“什么问题？”

“嗯，据我看，可怜的威廉很可能不是在窃贼进入房内之前而是在这之后来到这儿的。你们似乎想当然地认为那名窃贼只是撬开了大门，却没进屋。”

“我倒认为那是一清二楚的，”坎宁安老先生严肃地说，“因为我儿当时还没上床睡觉，势必会听到有人走动的声音。”

“他当时坐在哪里？”

“我正坐在更衣室里抽烟呐。”

“哪扇窗户是更衣室的？”

“左边最后一扇，紧挨着我爹的卧室那扇。”

“你们父子俩房间里的灯当然都亮着吧？”

“没错儿。”

“这就有点怪了，”福尔摩斯笑着说。“一名窃贼——而且是个颇有经验的窃贼——竟会在看到灯光，知道这家还有两人没就寝的时刻蓄意闯进房内，这难道不是挺奇怪吗？”

“他想必是个沉着冷静的老手。”

“当然啦，这个案子若不是很古怪，我们也就不会迫不得已地请你们作出解释啦，”亚历克少爷说。“可你刚才说威廉抓住那个窃贼之前，那名歹徒就已经进入房内行窃，我认为这种看法实在荒唐可笑。我们不是发现房内并没给搞乱，啥也没丢吗？”

“那得看丢什么东西了，”福尔摩斯说。“你总该记得我们是在跟一个古里古怪的窃贼打交道吧，看来他是在按照自己的思路作案呐。打个比方，看看他从阿克顿家里偷走的东西都是些什么呢？一个线团啦，一方镇纸啦，还有我闹不明白的其他零七碎八的玩意儿！”

“好了，我们听您的吩咐，福尔摩斯先生，”坎宁安老先生说，“您和警官有什么建议，尽管提出来，我们照办就是。”

“首先，”福尔摩斯说，“我想请您自己出一笔捉拿窃贼的悬赏金，因为官方要同意出这笔钱，可能得费些时间，况且也不能马上就办下来。我已经起草一份公告，您如果不反对，就请签个名。我想50镑足可以了。”

“我倒情愿出500镑！”那位治安官牛气地说，接过福尔摩斯递给他的那张纸和一管铅笔。“可这儿写得不大准确，”他浏览一下底稿后补充道。

“我写得过于匆忙了。”

“你看你开头写的：‘鉴于星期二凌晨零点三刻发生一起抢劫未遂案’等等。其实那是发生在11点三刻。”

这一差错叫我感到十分痛心，因为我知道福尔摩斯会对这类疏忽感到多么难堪。把事实搞得十分精确一向是他的特长，但是最近得的病把他折腾得够呛，眼前这件小事足以向我表明他还远远没有康复。他显然窘了片刻，警长扬了扬眉毛，亚历克·坎宁安少爷则哈哈大笑起来。老先生改正了错处，把那张纸交还给福尔摩斯。

“尽快把这份公告付印吧，”他说。“我认为您这个主意倒很高明。”

福尔摩斯把那张纸小心翼翼地夹在他的笔记本里。

“现在嘛，”他说，“咱们最好一块儿仔细检查一下楼房，弄清那个怪贼是不是确实没偷走什么。”

进屋之前，福尔摩斯检查了那个给撬开的门。很明显那是用一把凿子或锐利的小刀插进锁洞弄开的。我们可以看到利器在木门上留下的痕迹。

“你们不用门闩吗？”福尔摩斯问。

“压根儿也没认为有这个必要。”

“没养条狗吗？”

“养了，可我们一向把它拴在房子另一边。”

“几名仆人一向几点钟睡觉啊？”

“十点钟左右吧。”

“听说威廉平时也在那个钟点睡觉，对不对？”

“对。”

“那可就怪了，出事那天夜里，他怎么居然起来了。现在您如果能领我四处转转，我倒很乐意观察观察。”

从后门进去是一条石板铺的过道，侧面是厨房，它通向一段登上二楼的楼梯。二楼楼梯平台前面正对着另一段从前厅那边上来的、装饰得较为华丽的楼梯。走过平台就是几间卧室，包括坎宁安父子的两间。福尔摩斯慢慢腾腾地走着，敏锐地观察房屋的建筑格局。我从他的表情看得出他这是在紧紧追踪线索呐，可我却一点也猜不出他正在推断什么呢。

“我的好先生，”坎宁安老先生有点不耐烦地说，“这种观察确实完全没必要。对着楼梯口这儿就是我的卧室，我儿子的卧室在隔壁。我倒要请您判断判断，小偷儿若是上了楼，竟没惊扰我们，这可能吗？”

“你啊，该到外边四处转悠转悠，嗅出点新的线索！”坎宁安少爷不怀好意地笑着说。

“我还得请二位多包涵，迁就我一点儿。比如说，我很想看看从卧室窗户朝外看，能望出去多远。我明白这是您少爷的卧室”——福尔摩斯推开门——“还有那边，我料想就是出事的时候，他正坐在里面抽烟的更衣室吧。那里的窗户朝向哪方？”福尔摩斯穿过卧室，推开一扇门，环视一下里面那间斗室。

“我想您现在总该满意了吧？”坎宁安老先生烦躁地说。

“谢谢，想看的都看到了。”

“您如果认为真有必要的话，还可以到我的卧室里去看看。”

“要是方便的话，倒也想进去瞧瞧。”

那位治安官耸耸肩，就领着我们进入他的卧室。那是一间普普通通的房间，家具陈设都很简单朴素。我们朝窗前走去，福尔摩斯却走得很慢，渐渐我们俩便落在大伙儿后面了。那张床旁边有个小方桌，上面放着一盘橘子和一个玻璃水瓶。我们经过小桌旁边时，叫我大吃一惊的是，福尔摩斯忽然探身到我前面，故意把小桌推倒，上面的东西撒了一地。玻璃水瓶摔得粉粉碎，水果滚向室内四个旮旯。

“瞧你怎么搞的，华生！”福尔摩斯厚着脸皮说，“地毯都让你弄得脏里巴唧，一塌糊涂了。”

我连忙诚惶诚恐地弯下腰来，开始拣水果，心里却明白我的朋友必是为了什么原因想让我承担责任。别人也都帮着拣水果，把小桌扶起来。

“咦！”警官喊道，“他到哪儿去了？”

福尔摩斯不见了。

“你们在这儿稍等一下，”亚历克 · 坎宁安说，“依我看，这家伙准是神经错乱了。爹，跟我来，看看他钻到哪儿去了。”

父子俩便冲出门去，撇下警官、上校和我相互面面相觑。

“哎呀，我倒同意亚历克少爷的看法，”警官说，“这大概是他的病引起的，可我觉得……”

他的话突然让一阵“来人啊！来人啊！杀人啦！”的尖声叫喊打断。我听出那是我朋友的喊声，不禁毛骨悚然，急忙冲出房间，奔向楼梯平台。呼救声这时已经低弱下来，含混不清而嘶哑，从我们方才首先进去的那间屋传出来。我直冲进去，一直跑进里面那间更衣室。坎宁安父子正把歇洛克·福尔摩斯按倒在地，那位少爷双手掐住福尔摩斯的喉咙，老先生似乎在扭住他的一只手腕。我们仨立即把他俩从福尔摩斯身

上揪开。福尔摩斯摇摇晃晃地站起来，脸色煞白，显然已经精疲力竭。

“逮捕这两个家伙，警官！”他气喘吁吁地说。

“犯了什么罪过呢？”

“是他俩谋杀了马车夫威廉·柯万！”

警官困惑地盯视着福尔摩斯，愣住了。“噢，听我说，福尔摩斯先生，”他终于说道，“我敢说您并非当真要……”

“哧！伙计，看看他俩的脸色就明白了！”福尔摩斯简洁地大声说。

确实，我还压根儿没见过人脸上现出那样自愧有罪的表情呢。那个老家伙似乎呆若木鸡，刚毅的面容现出愠怒的沉重表情。那位少爷则失去了原有的那种洋洋得意、精神抖擞的神态，两只黑眼闪现困兽般咄咄逼人的凶光，那张漂亮的脸整个给扭曲了。警官没再吭声，走向门口，吹响警笛。两名警察应声而来。

“对不起，坎宁安先生，我只好照办，”警官说，“我相信这一切可能是个可笑的误会；不过，您看得出……啊，你想干啥？放下！”他挥手一击，那位少爷准备发射的那把手枪当啷一声掉在地上。

“留下它，”福尔摩斯迅速踩住那把枪，说道，“审讯的时候有用。不过嘛，这才是我们真正需要的！”他举起一个小纸团。

“给撕走的那部分！”警官大声说。

“完全正确。”

“在哪儿找到的？”

“在我料到的地方呗。呆会儿我会把这个案子给你们一五一十讲清楚。上校您和华生可以先回去啦，至多一个小时我就会返回。我跟警官得讯问一下罪犯。午饭时我一定赶回去。”

福尔摩斯很守约；一点钟左右他跟我们又在上校的吸烟室会面了。一个上了年纪、身体矮小的绅士跟他一起来了。福尔摩斯向我介绍那位是阿克顿先生，头一起盗窃案就是在这位老先生家里发生的。

“我给你们剖析这件案子时，想请阿克顿先生也一块儿听听，”福尔摩斯说，“他对案情细节当然会很感兴趣。亲爱的上校，您接待了我这样一个爱惹事的人，一定后悔了吧。”

“哪里哪里，正好相反，”上校热情地说。“我能有机会学习尊驾的侦破方法，感到十分荣幸。我承认这事完全出乎我的意料，我根本闹不明白您的结论，连一点线索也没看出来。”

“我的解释也许会让您失望，不过我一向从不把我的破案方法保密，无论是对我的朋友华生也好，还是对任何可能对我的方法感兴趣的人也好，都一视同仁。可我刚才在更衣室里遭到一阵袭击，很想先喝点您的白兰地定定神，上校。我真的已经精疲力竭。”

“我想你那种神经突发病症不会再犯了吧。”

歇洛克·福尔摩斯扬声大笑起来。“轮到该提到那种病时，我会提的，”他说。“现在我按顺序给你们讲讲这个案子，给你们指出哪几点使我做出了果断的决定。如果对我的推断有什么不太清楚的地方，请随时提问。

“在侦察这门技术中，最主要的就在于能够从众多事实当中分辨出哪些是要害问题，哪些是次要问题。否则的话，你的精力不但不能集中，反而会给分散。所以，这个案子从一开始调查，我就毫不怀疑全案的关键一定在于死者手中那张碎纸片。

“在讨论这个问题之前，我想提请诸位注意这一事实，如果亚历克·坎宁安说的那一套是真的，如果凶手在打死威廉·柯万之后马上就逃跑了，那么显然就不可能是他从死者手中撕去那张纸。不是他，那想必就是亚历克·坎宁安本人了，因为老先生下楼那时刻，几名仆人已经在现场。这一点很容易看出来，警官却忽视了，因为他一开始就先料想这些乡绅不会跟此案有关。我却特别注意这一点，决不带任何偏见，而是遵循事实所指引的方向进行调查，因此一开始，我就带着点怀疑的目光盯视着亚历克·坎宁安所扮演的角色。

“我仔细查看了警官交给我的那张纸角儿，顿时明白这是非常可贵的部分证据。瞧！就是这张碎纸片。你们没看出什么很有启发性的问题吗？”

“字体看起来很不整齐划一，”上校说。

“亲爱的先生，”福尔摩斯大声说，“毫无疑问，这是两个人彼此交替写的。请你们注意‘at’和‘to’这两个字强劲有力的‘t’，再请你们把它跟‘quarter’和‘twelve’那两个字中软弱无力的‘t’相比较，就立刻会承认这个事实。对这四个字做了很简单的分析，便使你们可以满有把握地说‘learn’和‘maybe’这两个字是出自那个笔锋强劲有力的人之手，而‘what’则是那个笔法软弱无力的人写的。”

“天哪！这真是再清楚不过了，”上校喊道，“可是那两个家伙究竟为什么要用这样的方式写封信呢？”

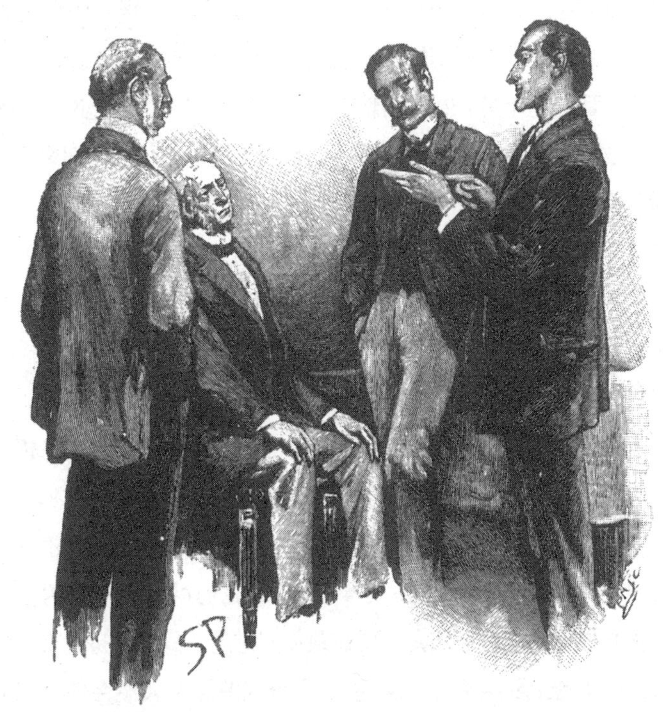

“明明是要干坏事呗，其中一人不信任另一人，于是决定不管干什么，两人都得一起承担责任。在这两人当中，那个写‘at’和‘to’字的家伙分明是主犯。”

“这你是根据什么得出来的呢？”

“只消把两人的笔迹一比较，就可以推断出来。不过，咱们还有比这种猜想更可靠的理由。你们如果仔细查看这张碎纸片，就会得出这样一个结论：那个笔锋强劲有力的人把他要写的字先写完，留下一些空档叫另一个人填上。那些空档留得并不都很宽余，你们可以看出第二个人在‘at’和‘to’之间填写‘quarter’这个字时写得非常挤，说明‘at’和‘to’那两个字是先写好的。那个把他要写的字先写好的家伙无疑就是策划这一事件的主谋。”

“太妙了！”阿克顿先生大声说。

“不过，这还只是浮浅的一面，”福尔摩斯说，“现在咱们要谈到重要的一点啦。你们兴许不知道专家们可以根据一个人的笔迹，相当准确地推断出那人的年龄。在正常情况下，可以相当有把握地断定一个人的实际岁数。我说在正常的情况下，这是因为健康不佳或体弱多病会使人呈现老年人的征兆，哪怕是个年轻病人，也会如此。在这起案子里，只消看看一个人的笔迹强劲有力，另一个人的则有点不大平稳，但还算清楚，尽管‘t’这个字母少写了一横，我们便可以说，其中一人是个年轻人，另一人虽未老朽，却也上了一把年纪。”

“妙极了！”阿克顿先生又大声说了句。

“另有一点相当微妙而且挺有趣儿。这两个人的笔迹有些相同之处，说明他俩具有血缘关系。对诸位来说，最明显之处也许在那个字母‘e’上面，两人都写成希腊文字母‘ε’，可是在我看来，还有不少微妙的地方都能说明这个问题。我毫不怀疑我们可以在书写的抽样中找出家族的独特风格。当然，我现在跟你们讲的，只不过是我查看这张小纸片得出来的主要结论罢了。还有23个别的推论大概会使专家们比你们更感兴趣。这一切都有助于加深我头脑中的印象，那就是坎宁安父子合写了这封信。

“得出了这个结论，我下一步当然就是调查犯罪的细节，看看能对我们有多大帮助。我和警官便去坎宁安家，见到了该看的一切。我可以绝对有把握地断定死者身上的伤口是手枪在四码开外射击的。死者衣服上没有手枪近距离射击造成的火药污黑的痕迹。因此亚历克·坎宁安说是两人在搏斗时凶手开了枪，这纯属谎言。另外，父子俩都异口同声地指出凶手是从何处逃往大路的，然而赶巧的是那里有条宽沟，沟底湿漉漉的，沟的附近也没有发现脚印儿。我因此不仅绝对相信坎宁安父子又撒了谎，而且肯定犯罪现场当时根本就没来过什么来历不明的人。

“接下来我就得考虑这桩奇案的犯罪动机啦。为了达到这一目的，我首先尽力弄清楚头一起在阿克顿先生家的盗窃案的原因。我从上校告诉我们的一些情况中了解到，阿克顿先生，您和坎宁安家一直在打官司。当然啦，我当即想到他们闯进您的藏书室，是想窃取那么一件可能

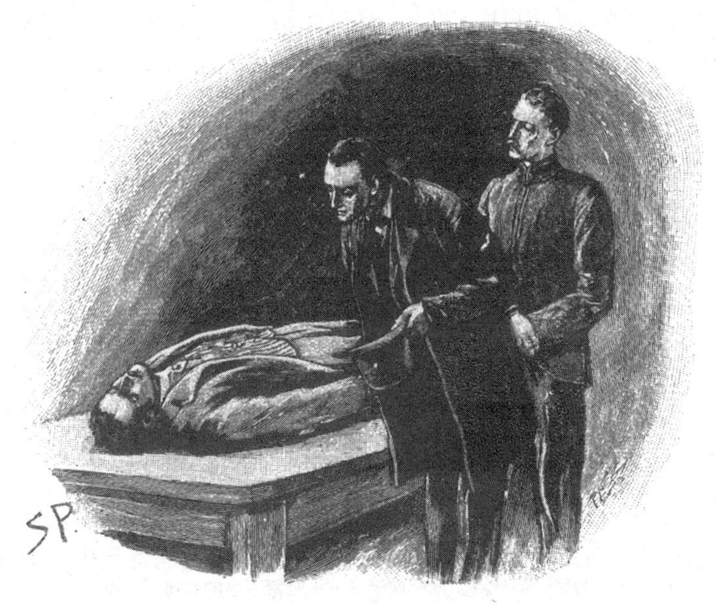

对那场官司至关重要的文件。”

“完全正确，”阿克顿先生说，“他们毫无疑问是想那么干的。我完全有权要求得到他们家一半的地产所有权。可他们如果找到我那一纸证据——幸好我已经把它存放在我律师的保险箱里了——他们势必就会使那场官司陷入瘫痪。”

“你们看怎么样！”福尔摩斯含笑着说，“那次行窃是一次不顾后果的危险企图，我好像觉得从中可以看出亚历克小伙子的支配作用。他们什么也没找到，便故布疑阵，顺手牵羊地拿走一些东西，让人觉得那只是一次普通的盗窃案。这一点是够清楚的了，可还有不少没弄清的地方。首先就是我得找到那封短信丢失的部分。我确信那是亚历克从死者手中撕扯走的，还几乎敢肯定他想必把它塞进了自己的晨衣兜儿里了。他还能把它放在什么别的地方呢？唯一的问题是那张纸是否还在晨衣兜儿里。这倒值得花点力气把它找出来。为了这个目的，我就跟你们一块儿到坎宁安家里去了。

“你们当然还记得坎宁安父子是在厨房门外跟咱们相遇的。头等大事当然是不能当着他们的面提起那张信纸，否则他们就会立即把它销毁。警官正要跟他们说我们十分重视那张信纸时，我便像是突然犯病那样晕倒在地，才万分侥幸地把话题岔开了。”

“老天爷！”上校笑着说，“你是说我们大伙儿都白替你着急了，敢情你突然发病是装着玩儿的。”

“用内行话来说，这一手干得太棒了！”我一边大声说，一边惊奇地望着这个经常变换他的精明手法搞得我晕头转向的朋友。

“这是一种常常很管用的手法，”福尔摩斯说。“我后来恢复常态之后，又略施小计，让坎宁安老家伙写下‘twelve’[①]这个字，好拿它

---

①twelve，英文中的十二，英文十一点三刻，写为差一刻十二点。福尔摩斯故意把时间写为差一刻一点，以使坎宁安更正时留下他的笔迹“twelve”。

跟那张碎纸片上写的'twelve'对比一下。"

"哎呀，我当时可真是太蠢了！"我惊叹道。

"华生，我看得出当时你对我身体那样虚弱不堪深表怜悯，"福尔摩斯笑着说。"我心里明白我惹得你非常着急，真是十分对不住。后来咱们一块儿上楼，进入那间屋子，我看到那件晨衣挂在门后，便故意弄翻小桌，好把他们的注意力吸引过去，我就趁机溜回去查看那件晨衣的几个兜儿。果然不出我所料，那张信纸真在一个兜儿里，可我刚把它摸到手，坎宁安父子便向我扑来，要不是你们及时搭救，我确信他俩想必就会在当时当场把我宰了。事实上，我感到那个小伙子已经掐住我的脖子，他老子已经扭转我的手腕，硬要从我手中夺回那张纸片。要知道，他俩明白我准是已经闹明白这个案子的全部真相，便从绝对保险一下子变成彻底绝望，只好铤而走险，跟我一搏了。

"后来我跟坎宁安老头儿谈了几句，询问他犯罪的动机。老家伙倒还够老实的，他的儿子却是个十足的恶棍，当时他若能举起那把手枪，就会打死别人或者自杀了事。坎宁安老头儿一见案情对他十分不利，便完全失去信心，彻底作了坦白交代。原来是坎宁安父子那天夜里偷偷摸摸地闯进阿克顿家时，威廉悄悄跟踪了他的老少两位主人，知道了他们干的事，便要挟打算揭发他们，开始进行敲诈勒索。然而，那位亚历克少爷却是个惯于玩弄这类把戏的危险人物。他绝顶聪明地看出震惊全乡的盗窃案倒是个绝好的机会可以铲除他畏惧的那个家伙。于是，父子俩便把威廉诱骗出来，把他干掉了；他俩其实只要把那张信纸完完整整地弄到手，对他们同谋作案的细节更加细心地注意一点，便很可能永远不会露馅儿让人怀疑了。"

"那张撕毁的信纸在哪儿呢？"我问道。

歇洛克·福尔摩斯便把那张纸拼凑起来，全文如下：

If you will only come round at quarter to twelve
to the east gate you will learn what
will very much surprise you and maybe
be of the greatest service to you and also
to Annie Morrison But say nothing to anyone
upon the matter

（你如果在 11 点三刻到东门口来一下，就可得知一件会使你惊喜万分的事，那事也许对你和安妮 · 莫里森都会有极大的好处。但是，别把这事告诉任何人。）

“这正是我非常期望得到的那类物证，”福尔摩斯说，“当然啦，咱们还闹不清亚历克 · 坎宁安、威廉 · 柯万和安妮 · 莫里森三者之间有什么关系。从结局来看，这封约会的短信写得十分灵巧，真让威廉中了圈套。我敢肯定你们从信上的‘p’和‘g’的尾端发现他们父子俩写起来明显具有遗传的共同特点，一定不会不感到高兴吧。那老头儿写‘i’这个字母不点上面那一点，倒也十分独特。华生，我认为我们在乡间这段安静的休养已经取得显著成效，明天回到贝克街我准会更加精力充沛啦。”

（1893）

希腊语翻译

我跟歇洛克·福尔摩斯虽然相识很久，亲密无间，却压根儿没听他谈起过他的亲属，也几乎没听他讲过自己的早年生活。他如此缄默不语使我深感他不大近人情，以至于有时我竟把他看成是个孤僻的怪物，有头脑而无情感，智力超群却缺乏同情心。他不喜欢接近女人，也不愿结交新友，这都表明他那种不易动感情的性格特征，尤为甚者是他绝口不提自己的家人，因此我确信他是个孤儿，没有在世的亲属了，可是有一天，使我大吃一惊的是，他居然跟我谈起他的长兄来了。

一个夏天的黄昏，我们俩喝完下午茶，漫无边际地闲聊起来，话题从高尔夫俱乐部到黄赤交角①变化的原因，最后谈到返祖现象和遗传倾向，讨论的要点是：一个人非凡的才能有多少成分来自遗传，又有多少成分出于自身早年所受的训练。

"就拿你来说吧，"我说道，"从你跟我讲过的情况来看，你的观察才能和独到的推理能力明显都取决于自身的系统训练。"

"在某种程度上是这样的，"福尔摩斯若有所思地说，"我的祖辈世世代代是乡绅，看来他们都过着大致相同的生活，这对他们那个阶层来说是很自然的。不过，我的脾性还是来自血缘，可能是传自我的祖母，她是法国画家韦尔内②的妹妹。血液中的艺术细胞倾向于采取最非凡的形式嘛。"

"可你怎么知道这是遗传呢？"

"因为我的兄长麦克洛夫特在拥有非凡的观察能力这方面比我强得多。"

这对我来说真是个新闻。英国如果还另有一个人拥有这样的奇特本领，警方和公众怎么竟然没听说过他呢？我暗示说这是因为我这位朋友谦虚，才认为长兄比他强。福尔摩斯对我这种说法付之一笑。

“我亲爱的华生，”他说，“我不赞成有些人把谦虚当作美德。对逻辑学家来说，一切事物该给看成原是什么样就是什么样。对自己估价过低或夸大自己的本领，都是违背真理的。所以，我说麦克洛夫特在观察能力方面比我强，你可以相信我说的全是实话。”

“他比你大几岁？”

“比我大七岁。”

“他为何默默无闻呢？”

“噢，他在自己那个小圈子里蛮有名气。”

“在哪儿呢？”

“嗯，比如说，在第欧根尼③俱乐部里。”

我压根儿没听说过那个团体，脸上想必显露出那种困惑的表情，因为歇洛克·福尔摩斯当即掏出他的挂表看了看，说道：

“第欧根尼俱乐部是伦敦最古怪的一个俱乐部，麦克洛夫特也是个最古怪的人。他一向从下午四点三刻起在那里待到七点四十分。眼下是六点，你如果有兴致在这美妙的傍晚出去遛遛，我很高兴把那个俱乐部和我的老兄这两大奇品介绍给你。”

五分钟后，我们俩便来到街上，走向摄政王广场。

“你一定纳闷儿，”我的朋友说，“麦克洛夫特既然有那种本领，为何不干侦探活儿呢！他啊，其实干不了这一行。”

“可我还当你说的是……”

“我是说他在观察和推理这两方面都比我强。如果侦探这门技艺只是自始至终坐在扶手椅上进行推理，那我的兄长准会是个举世无双的大侦探。可他既没有想当侦探那种奢望，也没有那种精力。他连去证实一

---

① 黄赤交角，天文学上黄道面与天赤道面之间的锐角，约为23°27′。

② 尤瑟夫·韦尔内(1714—1789)，法国风景画和海景画家，其最佳作品为组画《法国海港》图，共15幅，是18世纪生活的出色记录。

③ 第欧根尼是古希腊的哲学家，相传他生活在一个木桶内，与世隔绝。

下自己的论断都嫌麻烦，宁可被人认为是谬误，也不肯花点力气去证明自己是正确的。可我有了疑问却常去向他讨教，从他那里得到的解答，后来证实都是对的。但是，一件案子在提交给法官或陪审团之前，要他提出确凿有力的证据，他就无能为力了。”

“那他不是干侦探这一行了。”

“根本不是。我赖以为生的侦探事业，在他看来，纯属业余爱好者的癖好而已。他对数字的概念特别强，在政府某些部门做审计查账的活儿。麦克洛夫特住在蓓尔美尔街，拐个弯儿就到白厅[①]，他每天步行上

① 白厅，伦敦的一条街道，英国政府机关所在地。

班，早出晚归，年年如此，没有别的什么活动，也从不到别处去，惟一的去处就是他寓所对面的第欧根尼俱乐部。”

“我记不起有叫这个名字的俱乐部了。”

“你很可能不知道。要知道，伦敦有不少人，有的生性羞怯，有的愤世嫉俗，他们不愿与人为伍，却并不反对到舒适的地方去坐坐，看看最新的刊物。为了提供这种方便，第欧根尼俱乐部便成立了，如今接纳了城里最孤单最不爱交际的人。会员们不准相互理会，除去在会客室里，绝对不许交谈；若犯规三次，引起俱乐部委员会的注意，谈话者便会给开除。我兄长是俱乐部创办人之一，我个人觉得这个俱乐部的气氛倒十分怡人咧。”

我们俩边走边谈，从圣·詹姆斯街尽头转弯，不觉来到蓓尔美尔街。歇洛克·福尔摩斯在离卡尔顿广场不远的一座楼房门口停下来，嘱咐我不要说话，领我进入前厅。我通过门上的玻璃瞥见一间宽大豪华的房间，里面有不少人在坐着看报，每人各守一隅，互不干扰。福尔摩斯领我走进一间斗室，从那里的窗户可以望见蓓尔美尔街；随后他离开了一会儿，很快就领来一个人，我明白那就是他的兄长。

麦克洛夫特·福尔摩斯比他弟弟高大粗壮得多。他胖乎乎的，脸盘儿虽然厚实，却带有那么一点他弟弟那种十分显著的机警神情。他的两眼呈淡灰色，水灵灵的，似乎总保持着出神沉思的神色，这种神色我只在歇洛克全神贯注时见到过。

“很高兴见到你，先生。”他说，伸出一只像海豹鳍那样宽肥的大手。“自从你成为歇洛克经办的案子记述者，我到处都听到他的大名。顺便说一下，歇洛克，我原以为你上星期会来向我讨教那起庄园宅邸案呢。我想你大概有点力不从心了吧。”

“不，那个案子我已经侦破了，”我的朋友微笑着说。

“案犯一定是亚当斯吧？”

“对，是亚当斯。”

“从一开始我就肯定了这一点，”兄弟俩在俱乐部凸肚窗那边坐下来。“谁要是想研究人类，这里是最好的地方，”麦克洛夫特说。“看看这些极好的典型！比如说，那两个朝咱们走过来的人！”

“那个台球记分员和他身旁那个人吗？”

“对，你怎样推断那个人呢？”

那两个人这时已经在我们那扇窗对面站住。我从其中一人身上能看出惟一跟台球有关的迹象就是他的背心兜儿上有点粉笔末儿。另一人瘦小，面色黝黑，帽子给推在后脑勺上，腋下夹着几个小包。

“我看他是个老兵，”歇洛克说。

“并且是新近退伍的，”他的兄长说。

“我看他是在印度服役的。”

“是一名军士。”

“我猜是皇家炮兵队的，”歇洛克说。

“还是个鳏夫。”

“不过有个孩子。”

“不止一个，我的老弟，有不止一个孩子哩。”

“得了，”我笑着插嘴道，“这说得未免有点太玄乎了。”

“没错儿，”歇洛克答道，“这样说其实并不难，一个人带有那么威严的神情，皮肤又晒得那么黑，肯定是一名军人嘛，而且还不是一名普通士兵，是最近刚从印度返回来的。”

“他刚刚退伍不久，这表现在他还登着那双所谓的弹药靴，”麦克洛夫特说。

“他走路的姿势不像个骑兵，可他一向歪戴着帽子，这从他一边眉梢上方较浅的皮肤看得出来。他的体重又不符合工兵的要求，因此他准是在炮兵队服役的。”

“另外，他那种十分愁伤的表情，当然表明他失去了一个最亲爱的人。从他自己出来购物这种情况来看，像是他的妻子去世了。你看他给孩子买了东西。那是个拨浪鼓，说明有个孩子年纪很小。他的妻子大概死于难产。他腋下夹着一本图画书，说明他心里还想着另一个孩子。”

我开始理解歇洛克·福尔摩斯为什么说他兄长在观察能力方面比他本人更敏锐了。歇洛克瞥我一眼，微微一笑。麦克洛夫特从一个玳瑁盒儿里取出鼻烟，用一块大红丝手绢儿拂去掉在身上的烟末儿。

“顺便说一下，歇洛克，”他说，“近日有那么一件相当合你心意的事——一个非常独特的问题——交到我手里分析判断。可我只能很不完备地琢磨琢磨，实在没有精力把它探究到底，不过这倒也提供给我一个进行蛮有趣儿的推理依据。你如果乐意听听这事的情况……”

“亲爱的麦克洛夫特，我当然很乐意听听。”

他的兄长从笔记本上撕下一页纸，匆匆写下几个字，按下铃，把它交给侍者。

“我已经叫人去请梅拉斯先生前来，”麦克洛夫特说。“他就住在我的寓所楼上，我跟他略为相识，因此他一遇到困惑的难题，就常来向我讨教。据我所知，梅拉斯先生血统上是希腊人，精通数国语言。他谋生的来源一半靠在法院里充当翻译，一半靠给那些住在诺森伯兰大街旅馆的东方阔佬游客作向导。我看还是让他本人把他那十分奇怪的经历告诉你们吧。”

几分钟后，来了一个矮胖结实的人，橄榄色面容和煤黑的头发说明他是个南方人，尽管讲起话来却像是个受过教育的英国人。他热情地跟歇洛克·福尔摩斯握手。他发现这位侦探专家愿意听听他的奇遇，两只黑眼睛闪烁出喜悦的光芒。

“我不相信警方会信我的话——说实话，真的不相信，”他哀叹道。“只因为他们以前从来没听说过这样的事罢了。可我明白，除非得知那个脸上贴满橡皮膏的可怜的人现在情况怎么样了，否则我的内心永远不会再轻松下来。”

“那我愿意洗耳恭听，”歇洛克·福尔摩斯说。

“眼下是星期三傍晚，”梅拉斯先生说，“嗯，那事是发生在星期一夜里——您明白，也就是两天前。我是一名翻译，也许我这位邻居已经跟您说过了。我能翻译各种语言——毋宁说，所有的语言——可是因为我出生在希腊，取的又是希腊名字，因此我主要翻译希腊语。多年来，我在伦敦是首席希腊语翻译，在各家旅馆里蛮有名气。

“外国人遇到了困难或者旅游人士到达晚了，需要我的服务，便往往会在意想不到的时刻请我去当翻译，这种情况并非少见。因此，星期一夜间有位衣着时髦的年轻人拉蒂默先生来到我家，请我跟他一起乘坐一辆等候在门口的马车出趟差，我并没感到奇怪。他说有位希腊朋友因事来找他，可他自己只会讲本国话，因此需要请一位翻译。他告诉我他家离这里较远，在肯辛顿；这人似乎挺着急，我们一来到街头，他就催促我赶紧进入车内。

“我虽说进入车内，可我顿时起了疑心，因为我发现乘坐的并非是辆普通的马车。那辆马车里面相当宽敞，装饰虽已磨损，却很讲究，不像伦敦那种寒伧丢脸的普通四轮马车。拉蒂默先生坐在我对面，我们经过查林十字街，转入谢夫特斯伯里大街，又来到牛津街，我正想冒昧地说从这里去肯辛顿是在绕远，却让我那个同车人的古怪举动止住了。

“他从大衣口袋里掏出一根挺吓人的、灌了铅的大头短棒，前后挥舞了几下，似乎是试试它的分量和威力，然后一言不发地把它放在身旁的座位上。接着，他把两边车窗上的遮阳帘提起来，使我吃惊的是，那上面都蒙着纸，好让我看不到外面。

“‘很抱歉，挡住了你的视线，梅拉斯先生，’他说，‘我不想让你看到我们要去哪儿；你若是能找到原路再去我们那里，那对我们来说是很不适宜的。’

“你们可以想像他这句话使我多么的吃惊。我那个同车人是个肩宽力大的小伙子，他即使没有武器，我也绝不是他的对手。

“‘这实在是一种越轨行为，拉蒂默先生。’我结结巴巴说，‘要知道，你这样做真是相当非法的。’

“‘这当然是有点失礼，’他说，‘可我们会给你补偿。不过，我得警告你，梅拉斯先生，今天夜里不管什么时候，你如果企图报警或者做出什么对我不利的事，那可是一件对你很危险的事。我还请你记住，目前没人知道你身在何处，无论你在这辆马车里还是在我家中，你都同样逃不出我的手心掌。'

"他说得倒平心静气，话音却刺耳，极尽威胁之能事。我默默地坐着，心里纳闷他究竟为何要采用这种怪办法绑架我呢。不管怎么说，我心里明白，抵抗是没有用的，只好听天由命吧。

"马车行驶了大约两个小时光景，我一点也闹不清要去哪里。马车有时发出咯噔咯噔声响，说明是行驶在石板路上，有时又走得平稳无声，说明是走在柏油路上；除了这些声响变化之外，根本没有什么别的能够略微让我猜出我们在哪里。车窗被纸遮得严严实实，不透一点亮光，车厢前面那扇小玻璃窗门也拉上了蓝色窗帘。我们离开蓓尔美尔街时是七点一刻，而马车最后终于停下时，我的挂表指针已指明差十分九点了。那个同车人拉下遮阳帘，我见到了一个低矮的拱形大门，门上点着一盏灯。我连忙从车上下来，门敞开了；一进入院内，我隐隐约约地记得走过一片草坪，两旁种着树，可我不敢说那里究竟是私人庭院呢，还是乡间宅第。

"前厅里点着一盏彩色煤油灯，亮光拧得很暗，我只能看出房间挺大，墙上挂着不少画儿。在暗淡的灯光下，我还能辨认出开门那个人身材矮小，样儿猥琐，是个拱背曲肩的中年人。他向我们转过身来，眼前一闪亮，我这才看出他戴着眼镜呐。

"'是梅拉斯先生吗，哈罗德？'他问道。

"'是。'

"'办得好，办得好！梅拉斯先生，我们没有恶意，可是没有你，我们办不成事。你如果肯诚实地跟我们打交道，是不会吃亏的，可你要是耍花招，那就让上帝保佑你吧！'

"他说话时，心神不安，声音发颤，还夹杂着格格的干笑，可是不知怎的，他给我的印象比那个年轻人更可怕。

“‘你们要我做什么？’我问道。

“‘只是请你向那位前来拜访我们的希腊先生问几个问题，并且请他答复。不过，我们叫你说什么就说什么，不许多嘴，否则的话’——他又格格笑几声——‘你还不如压根儿就没出生呢。’

“他一边说着，一边打开一扇门，领我走进一间屋，室内陈设得很华丽，然而亮光也是来自一盏拧得很暗的灯。房间宽敞，我走进去，脚踩在地毯上，觉得软绵绵的，说明那是奢华贵重的。我看到了几把丝绒面的软椅，一个又高又宽的大理石壁炉台，一旁立着一副像是日本武士的铠甲。灯下有把椅子，那个中年人冲我打个手势，示意叫我坐在那里。年轻人离开了一会儿，突然从另一扇门返回，领进一个穿着松松垮垮的睡袍的人，慢慢朝我们走来。等他走到昏暗的灯光下，我才把他看清楚些，那副样儿真把我吓得毛骨悚然。他面色煞白，憔悴不堪，两只明亮而鼓出的眼睛表明他尽管体力不佳，锐气尚在。除了他身体虚弱的迹象之外，使我更加震惊的是他脸上横七竖八地贴满了奇形怪状的橡皮膏，还有一大块封住了他的嘴。

“‘石板拿来了吗，哈罗德？’那个怪人颓然倒在椅子上时，中年人喊道。‘把他的手松开了吗？好，那就给他一管铅笔。梅拉斯先生，请你向他发问，让他把答复写下来。首先问他，他是否准备在文件上签字？’

“那个怪人两眼闪现怒火。

“‘决不签，’他在石板上用希腊文写道。

“‘没有一点商量的余地吗？’我按照那个专横的家伙的吩咐问道。

“‘除非我亲眼看见她是在我认识的希腊牧师作证下结婚，别无其他商量的余地。’

“那个中年人恶毒地格格笑笑。

“‘那你知道你会得到什么下场吗？’

“‘我什么都不在乎。’

“这只是我们这种半说半写的谈话中一些问答实例。我不得不一再问他是否愿意让步，在文件上签字，可我一次又一次得到同样愤怒的答复。但是，我很快就转了一个绝妙的念头。我在每次发问时试着加上自己要问的短话，一开始问些无关痛痒的话，试试那两个在座的家伙能否听懂，后来我发现他俩毫无反应，便更加大胆地探询，玩起挺悬乎的游戏。我们的谈话大致是这样的：——

“‘你这样固执可没有什么好处。你是谁啊？’

“‘我不在乎。我在伦敦是个异乡人。’

“‘你的命运全由你自己来决定。你在这里待多久了？’

“‘爱怎么着就怎么着吧。三个星期了。’

“‘那财产永远不会归你所有了。你哪儿不舒服？’

“‘那决不会落入恶棍手里。他们在饿死我。’

“‘你如果签字，就可以获得自由。这是谁家的住宅？’

“‘我决不签字。我不知道。’

“‘你一点也不为她着想吗？你叫什么名字？’

“‘我得听她自己说才相信。克莱蒂代斯。’

“‘你如果签了字，就可以见到她。你是从哪儿来的？’

“‘那我只好这辈子不见她啦。雅典。’

“再有五分钟时间，福尔摩斯先生，我想必就能当着他们的面探查清楚整个这档子事。再问一个问题就行了，但是这当儿门开了，进来一个女人。我看不清她的容貌，只觉得她身材颀长，仪态优美，一头黑发，穿着有点肥大的白长袍。

“‘哈罗德，’她操着不标准的英语说，‘我没法再待下去啦。这里太叫人寂寞啦，只有……噢，我的上帝！这不是保罗吗？’

“最后两句话是用希腊语说的，就在那瞬间，那个男人用力扯下嘴上的橡皮膏，尖声唤道‘索菲，索菲！’一下子扑进那个女人的怀里。可他俩只拥抱了一会儿，年轻人便抓住那个女人，把她推出房间；中年人毫不费劲地抓住那个瘦削的受害人，把他从另一扇门拖走。一时间室内只剩下我一个人，我于是一跃而起，暗自觉得可以趁机探查点线索，弄清自己究竟在什么地方。然而，幸好我没做，因为我一抬头，只见那个中年人正站在门口盯视着我呐。

“‘行了，梅拉斯先生，’他说，‘你看我们很信任你，才请你参与我们的私事。我们原本不该麻烦你，只是因为我们本来有个会讲希腊话的朋友帮助我们谈判，可他因有急事，不得不返回东方，因此我们需

要找个人接替他，很幸运听说你的本事高超。’

“我点点头。

“‘这儿有五镑，’他走过来对我说，‘我希望这足够作为酬金了。不过，请记住，’他轻轻拍拍我的胸脯，格格笑着添说道，‘你如果把这事讲给别人听——请注意，只要对一个人说了，哼，那就但愿上帝怜悯你的灵魂吧！’

“我简直没法形容那个样儿不起眼的家伙叫我多么厌恶，也叫我多么惊吓不已。这当儿，灯光照在他身上，使我看清楚了点儿，他面色灰黄，一小撮尖胡须又细又干。他说话的时候，脸朝前探，嘴唇和眼皮不断抽搐，活脱儿像个圣·维特斯[①]舞蹈病患者，我不由得想到他那种时断时续的怪笑也是一种神经病症状。不过，他那张脸可怖之处还在于那双铁灰眼睛，寒光逼人，恶毒而残酷无情。

“‘你如果把这事宣扬出去，我们会知道的，’他说，‘我们自有办法得知情况。现在有辆马车在外面等着，我的伙伴会送你回去。’

“我急忙穿过前厅，又坐上马车，一时间再瞥一眼花园和树木，拉蒂默先生紧跟着我，一言不发地坐在我对面。我们又默默地行驶一段漫长的路程，车窗上的遮阳帘又给提了上去。最后，都过了半夜，马车才停住。

“‘请你在这儿下车吧，梅拉斯先生，’我那位同车人说，‘对不起，让你在离家较远的地方下车，可是别无其他办法。你要是企图跟踪这辆马车，那你就会自找麻烦。’

“他一边说，一边打开车门。我刚跳下来，马车夫便扬鞭抽马，车便嘎啦嘎啦地疾驰而去。我惊愕地环顾四周，原来置身于荒野，四下里净是暗黑的荆豆丛。远处有一排房屋，这儿那儿的楼上窗户亮着灯。我看到另一面有铁路的红色信号灯。

“那辆送我来到这里的马车已经消逝得无影无踪。我站在那里茫然四顾，纳闷自己到底身在何处；这当儿，我看到黑暗中有一个人朝我走来。等他走近，我才看出他是个铁路搬运工。

“‘你能告诉我这是什么地方吗？’我问道。

“‘这儿是旺兹沃思公地。’

“‘我能搭火车进城吗？’

“‘你如果步行一里左右到克拉珀厄姆联轨站，’他说，‘正好赶上去维多利亚站的末班车。’

“我这段惊险的经历就到此为止，福尔摩斯先生。除了我刚跟您讲

---

①圣·维特斯，公元三世纪舞蹈病患者的保护圣徒。

的情况之外，我既闹不清自己到过何处，也不知道那些跟我说过话的人是些什么人。可我认为那里正在进行肮脏的勾当；如果可能的话，我真想帮助那个不幸的人。第二天早晨，我把整个这件事都告诉了麦克洛夫特·福尔摩斯先生，随后又报了警。”

听完这段离奇古怪的叙述后，我们都默默地坐了会儿。随后，歇洛克的目光扫向他的兄长。

“采取什么措施了吗？”

麦克洛夫特拿起墙边桌上一份《每日新闻》报。

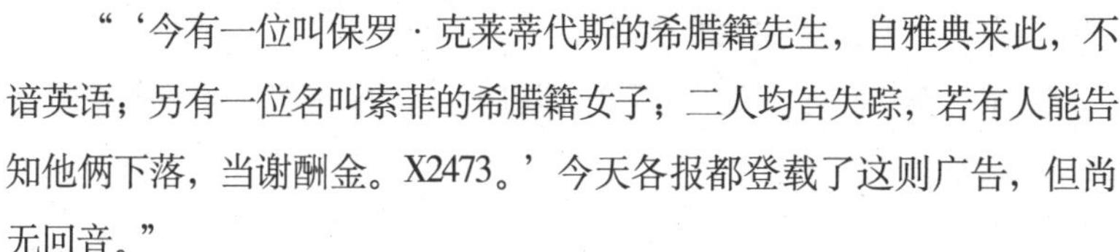

“‘今有一位叫保罗·克莱蒂代斯的希腊籍先生，自雅典来此，不谙英语；另有一位名叫索菲的希腊籍女子；二人均告失踪，若有人能告知他俩下落，当谢酬金。X2473。’今天各报都登载了这则广告，但尚无回音。”

“希腊使馆知道了吗？”

“我问过了。他们一无所知。”

“那就给雅典警察局长发个电报吧。”

“歇洛克是我们家中精力最充沛的一员，”麦克洛夫特对我说。“好了，歇洛克，你务必查办这个案子吧，有了好消息就告诉我。”

“那当然，”我的朋友站起来答道。“我会让你知道的，也会告诉梅拉斯先生。不过，梅拉斯先生，我如果是你的话，在此期间该特别加以警惕，因为他们看到这则广告，必然知道这是你出卖了他们。”

我们俩步行回家，经过一家电报局，福尔摩斯进去发了几封电报。

“你看，华生，”福尔摩斯说，“咱们今晚并没白白浪费吧。我经办的一些顶有趣儿的案子都是这样通过麦克洛夫特转给我的。我们刚才听到的那个问题，尽管只能容许一种解答，倒具有一些可以辨认得出的特征。”

“你能破解吗？”

“嗯，既然知道了这么多情况，若不能查明剩下的问题，那倒确实是件怪事啦。你想必已有可以解释这件事的推测了吧。”

“对，只是一些不成熟的想法。”

“那你是怎么想的呢？”

“我觉得那个叫哈罗德·拉蒂默的年轻人拐骗了那个希腊姑娘。”

“从哪儿拐骗来的？”

“兴许是雅典。”

歇洛克·福尔摩斯摇摇头。“那个年轻人连一句希腊话都不会说，那位女郎倒是能讲一嘴挺好的英语。据我推测，她已经在英国呆了一个时期，而那个年轻人却没到过希腊。”

“哦，那咱们可以设想她是前来访问英国的，是那个哈罗德说服她跟他一起私奔的。”

“这倒很有可能。”

“后来她哥哥——因为我想他俩必是亲属——便从希腊赶来干涉。他冒冒失失地落入那个年轻人和他的老同伙手中。他俩便拘留了他，采用暴力手段逼他在一些文件上签字，好把那个姑娘的财产转移给他们俩，她哥哥大概是那笔财产的受托管理人。可他拒绝签字，为了跟他谈判，那两个家伙不得不找个翻译，就选中了梅拉斯先生，先前当然还另用过一名翻译。他们没跟姑娘说她哥哥来到了伦敦，后来她纯粹出于偶然才发现了。”

“好极了，华生！”福尔摩斯大声说，“我的确认为你的推测已经离事实不远啦。你看咱们已经掌握了整个局势，惟一担心的是他们会突然使用暴力。只要咱们还来得及动手，便一定能把他们缉拿归案。”

“可咱们怎样才能找到那所宅院呢？”

“嗯，如果咱们推测得正确，那个姑娘一直使用索菲·克莱蒂代斯这个姓名，那咱们就不难把她找到。这该是咱们的主要希望，因为她哥哥在伦敦当然是个陌生的外来人。虽然自从哈罗德跟那个姑娘建立了——少说已有几周之久——那种关系以来，自从她哥哥后来花费时间打听到这事后连忙赶到伦敦以来，至今其间已相隔一段时间。在这段期间，他们如果一直就住在那个地方，没动过窝，那大概就会有人看到麦克洛夫特登的那则广告，便会给咱们一个答复。”

我们俩一边说着，便回到了贝克街。福尔摩斯走在前面，登上楼梯。他打开房门，吃了一惊。我从他肩头望过去，也感到惊奇。原来他的兄长麦克洛夫特坐在扶手椅上抽烟呐。

“快进来，歇洛克！进来吧，先生！”他见我们俩面带惊讶的表情，愣在那儿，便和蔼地笑着说，“你没想到我有这么好的精力吧，歇洛克？可是，不知怎的，这个案子挺引起我的兴趣。”

“你是怎么来的？”

“我乘坐一辆双轮马车超过了你们。”

“有什么新的进展吗？”

“有人回复了我那则广告。”

“真的吗？”

“没错儿。你们刚离开几分钟，我就收到了。”

“怎么说的？”

麦克洛夫特取出一张纸。

“在这儿，”他说，“信是一个体质虚弱的中年人用宽笔尖钢笔写

在一张米色王裁纸[①]上的。‘先生，’那人说，‘兹复您今日所登的广告，愿奉告我对那位女郎的情况知之甚详。若愿来访，当详告该女的惨痛经历。她目前住在贝肯纳姆区默特尔斯。您忠诚的J·达尔波特。’

“他是从下克里斯顿发出来的，”麦克洛夫特说，“歇洛克，咱们现在何不乘车到那人那里去详细了解一下细节呢，你觉得怎么样？”

“亲爱的麦克洛夫特，看来挽救那个哥哥的性命比了解他妹妹的情况更有价值。我想咱们该到伦敦警察厅去找葛莱逊警官，然后一道去贝肯纳姆。咱们知道那人的性命危在旦夕，得马上行动，事不宜迟。”

“顺路最好请梅拉斯先生一块儿去，”我建议道，“咱们也许需要

① 王裁纸，指19×24英寸的写字纸或20×25英寸的印刷纸。

一名翻译。”

“好极了！”歇洛克·福尔摩斯说，“叫那男孩儿赶快去雇辆四轮马车，咱们马上就去。”他一边说，一边拉开桌子抽屉，我看见他往兜儿里揣了一把手枪，“对，”他见我在望着他，便开口道，“我应该说，从听到的情况来看，咱们正在跟一个非常危险的匪帮打交道呐。”

我们来到蓓尔美尔街梅拉斯先生家时，天差不多全黑了。一位先生刚来过他家，已经把他请走了。

“能告诉我们他到哪儿去了吗？”麦克洛夫特·福尔摩斯问道。

“不知道，先生，”那个给我们开门的女人说。“我只知道他跟那位先生乘坐一辆四轮马车走了。”

“那位先生通名报姓了吗？”

“没有，先生。”

“他是不是一个身高英俊的年轻人？”

“哦，不是，先生。那人个头儿不高，戴一副眼镜，脸盘儿消瘦，不过倒挺和气，因为他说话的时候总在格格笑。”

“快走！”歇洛克·福尔摩斯突然喊道。“事态已经危急！”我们驱车去伦敦警察厅途中，他说，“那两个家伙劫持了梅拉斯。他们前天夜里就看出梅拉斯是个软弱的人；他一给带到那里，那名恶棍便会恐吓他。他们无疑还需要他当翻译，可是一用完他，就可能因为他走漏了消息而处置他。”

我们巴望搭乘火车能比乘坐马车更快些赶到贝肯纳姆。可是未料到了伦敦警察厅，我们等了一个多小时才见到葛莱逊，随即办了允许进入私宅的法律手续。我们四个人九点三刻去到伦敦桥，十点半到达贝肯纳姆火车站，又乘马车行驶半里路，才抵达默特尔斯。只见离开道路有一段距离那边有一幢阴森森的楼房矗立在一所大宅院里。我们把马车打发走，便沿着车道走过去。

“窗户里都是黑乎乎的，”警官说，“这所宅院看来没人住。”

“咱们要抓的人已经逃跑，只剩下空房子了，”歇洛克·福尔摩斯说。

“你为何这样说？”

“一辆四轮马车满载着行李，不到一小时前已经离开这里了。”

警官笑了。“我倒是在大门口的灯光下见到了车辙，可是行李又从何说起呢？”

“你看到的可能是同一辆马车去另一方向的车辙。不过，这朝大门外驶去的马车车辙却很深，因此咱们可以断定车上载着挺沉的东西嘛。”

“你可比我看得仔细，”警官耸耸肩，说。“嗯，这扇门不是很容易就给推开。咱们先叫门，如果没人应答，便试试把它弄开。”

警官就用力敲打门环，猛按门铃，却毫无回应。福尔摩斯这时走开了，几分钟后又折回来。

“我已经打开一扇窗，”他说。

“幸好你也赞成而不反对破门而入，福尔摩斯先生，”警官见到我的朋友已经那么灵巧地弄开窗钩，说道。“嗯，我想在这种情况下，咱们可以不等邀请就进去吧。”

我们便一个接一个地钻进窗户，进入一间大屋子，这显然是梅拉斯先生上次来过的地方。警官点上提灯，我们借助亮光可以看到梅拉斯说过的两扇门啦，窗帘啦，灯啦，还有那副日本武士的铠甲。桌上有两个玻璃杯，一个空白兰地酒瓶和一些残羹剩饭。

“什么声音？”歇洛克·福尔摩斯忽然问道。

我们都静静地站在那里侧耳倾听。一阵轻微的呻吟声从我们头顶上方某处传来。福尔摩斯急忙冲向门口，奔进前厅。那凄凉的声音来自楼上。他奔上楼去，警官和我紧随在后，他的兄长麦克洛夫特虽然块头很大，也尽快赶了上来。

二楼上有三扇门，那不祥的声音是从当中那扇门传出来的，时而哼哼唧唧，时而尖声哀号。门给锁上了，钥匙却留在锁洞里。福尔摩斯赶紧打开门，冲进去，可又用手按紧喉咙退了出来。

“里面烧着木炭呐！”他喊道，“稍等一下，让毒气散出去。”

我们朝里张望，只见室内正中间有个小铜鼎在冒出蓝色火焰，地板上映出一个青灰色怪光圈，我们看到阴影里有两个模糊的人影儿蜷缩在墙边。一股可怕的毒气从那扇打开的门里涌出来，呛得我们都喘不过气来，咳嗽不止。福尔摩斯奔到楼梯口那儿呼吸几口新鲜空气，然后一下子冲进室内，推开窗户，把那个铜鼎扔进花园。

“再稍等一会儿，咱们就可以进去啦，”福尔摩斯又飞快地跑出来，气喘吁吁地说。“蜡烛在哪儿？我看在这种情况下未必划得着火

柴。麦克洛夫特，你拿着提灯，站在门口，我们进去把那两个人救出来。走！”

我们便冲到那两个中了毒的人身旁，把他俩拖出来，放在楼梯平台那儿。两人都已失去知觉，嘴唇发紫，面部充血囊肿，两眼鼓出。真格的，他俩的容貌变得那么厉害，要不是那黑胡子和胖身子，我们真难认出其中一人就是那位希腊语翻译，几小时前刚在第欧根尼俱乐部跟我们分手的那位先生。他手脚都给绑得结结实实，一只眼有挨过揍的青肿痕迹。另一人，也同样给捆绑起来，是个高个子，憔悴不堪，脸上奇形怪状地贴着不少橡皮膏。我们把他放下时，他已经停止呻吟；我一眼就看出，至少对他来说，我们已经救得太晚了。不过，梅拉斯先生还活着，我用了阿摩尼亚和白兰地，满意地看到他不到一小时便睁开了眼，知道我已经把他从死亡边缘抢救了回来。

梅拉斯只需简单说一下他的遭遇，就证实了我们的推断完全正确。那个去找他的家伙一进他的屋便从袖子里抽出一根护身棒，逼他去服务，要挟他若是不去，就当场揍死他，因此再次把他绑架走了。真格的，那个格格发笑的恶棍在那位不幸的语言学者身上所产生的威力几乎是无法抗拒的，他吓得脸色发白，双手发抖，说不出话来。这位翻译便很快给带到贝肯纳姆，充当二次会谈的翻译，这次会谈比前次越发吓人，那两个英国人威胁他们那个囚犯若不服从他们的命令，就立即处死他。后来他们见他宁死不屈，只好又把他推回囚禁室。接着，他们便斥责梅拉斯在报纸广告上出卖了他们，随即用棍棒把他击昏，梅拉斯便一直不省人事，直到我们俯身救他才醒过来。

这就是希腊语翻译那桩奇案。不过仍有些未解之谜，我们只能从那位答复广告的先生那里查明。原来那位不幸的姑娘出身于希腊一个阔人家，到英国来访友，在英国认识了一个叫哈罗德·拉蒂默的年轻人；那个小伙子赢得了她的芳心，占了支配地位，最后终于说服她跟他私奔。她的几个朋友惊悉此事，连忙通知雅典她的哥哥，以洗清自己与此事毫无关联。她的兄长便来到英国，却冒冒失失地落入拉蒂默和他那个叫威尔逊·肯普的老同伙手中。肯普是个臭名昭著的家伙。他俩发现他不谙英语，人地生疏，便把他囚禁起来，用残酷和饥饿手段逼他签字，好夺走他和他妹妹的财产。他们把他关在那栋房子里，姑娘对此并不知情。为了使姑娘即使瞥见她哥哥也认不出来，便在他脸上横七竖八地贴了许多橡皮膏。但是，由于她那种女性的敏感，在翻译初次去的时候，她第一次见到哥哥，便识破了那伪装。可是那个可怜的姑娘自己也是个被囚禁的人，因为在那所宅院里，除了马车夫夫妇之外，别无他人，而马车夫夫妇也是那两个阴谋家的爪牙。那两个恶棍发现他们的秘密已经暴露，那名囚徒又决不屈服，就带着姑娘逃离了那栋他们租来的家具齐全的住宅，几小时前便通知房主退了房。临走之前，他们便对那个公然反抗的人和那个出卖了他们的人进行了报复。

几个月后，我们收到从布达佩斯寄来的一张古怪的剪报，上面有条消息，报道了两名英国人携一女子同行，忽遭横祸。两名男子均被刺死，匈牙利警察署认为他俩是因争吵不和而彼此残杀而亡的。可我想，福尔摩斯却对此不以为然，至今他还认为要是能找到那位希腊姑娘，便会弄清楚她是怎样为自己和她哥哥报仇雪恨的。

（1893）

最后的问题

我怀着沉痛的心情写下最后这些话，还是要记录我的朋友歇洛克·福尔摩斯卓越的独特天赋。自从《血字的研究》一案首次使我俩有机会结伴那时起，直到他介入《海军协定》一案——这一介入无疑防止了一场严重的国际纠纷——那个时期，我曾经尽力断断续续地、也深感很不充分地记载了我跟随他一起所经历过的许多奇案。我本打算写到《海军协定》一案就搁笔，决不提那起造成我终身遗憾的事件，尽管事情已经过去两年光景，这种遗憾惆怅的心情依然丝毫未曾减弱。但是，詹姆斯·莫里亚蒂上校最近发表了几封信为他已故的兄弟辩解，这就迫使我别无选择，只好提笔把当时所发生的事如实写下来公诸于世。我是惟一了解那次事件真相的人，而且确信如今时机已到，没必要再秘而不宣了。据我所知，报刊对当年那次事件只有过三次报道：一次披露于1891年5月6日的《日内瓦杂志》，另一次见于1891年5月7日英国各报刊所载的路透社电讯，最后一次就是我上面提到的最近发表的那几封信。第一次和第二次的报道都极为简略，而最后这次，正如我现在要指出的，却完全歪曲了事实。我有责任把歇洛克·福尔摩斯先生和莫里亚蒂教授之间发生的事实真相首次在这里讲出来，以正视听。

大家也许还记得我在结婚并开业行医以后，我跟福尔摩斯亲密无间的关系就在某种程度上有所疏远了。他在调查案件需要个助手，虽然还时不时来找我协助，这种情况却渐渐越来越少了，我发现1890年我只记载了三件案子。那年冬季到1891年初春，我从报章上看到福尔摩斯受到法国政府的邀请，一直在协助调查一起大案，我收到过福尔摩斯两封信，一封发自纳博讷，另一封寄自尼姆。我由此而猜想他大概要在法国逗留较长一段时间吧。因此，1891年4月14日夜间，我见他突然神不知鬼不觉地走进我的诊室，真是叫我惊讶不已。我吃惊地发现他比以往更加消瘦，脸色越发苍白了。

“是啊，我最近一直忙着干活儿，真是干得筋疲力尽了，”他与其说在回答我的问候，倒不如说是在回应我的神情，“近日我在被人紧追猛赶呐。我想关上你的百叶窗，你不会反对吧？”

室内惟一的亮光来自桌上那盏灯，我当时正在桌旁看书。福尔摩斯顺着墙边走过去，把两扇百叶窗关上，还把插销插紧。

“你在担心什么吧？”

“对。”

“担心啥啊？”

“担心气枪袭击。”

“亲爱的福尔摩斯，你这是什么意思？”

“华生，我想你是很了解我的，知道我绝不是个胆小怕事的懦夫。可是，一旦危险临头，却还拒绝承认，那与其说是勇敢，倒不如说是愚

蠢了。能给我根火柴吗？”福尔摩斯点着烟卷儿抽起来，似乎蛮欣赏那种使人能镇定下来的作用。

“这么晚来打搅你，真是很抱歉，”福尔摩斯说，“可我还得请你破个例，允许我现在从你的花园后墙翻出去，马上离开。”

“可这到底是怎么回事啊？”我问道。

他伸出一只手，我在灯下发现他有两个手指关节受了伤，还在流血。

“你看并非无中生有吧，”福尔摩斯笑着说，“而是实实在在的，足可以弄断手哩。尊夫人在家吗？”

“没有，她出远门访亲探友去了。”

“真格的，就你一个人在家吗？”

“对。”

“这就便于我向你建议跟我一块儿到欧洲大陆去旅游一周啦。”

“去哪儿？”

“嗯，哪儿都行，我无所谓。”

整个这件事真是挺奇怪。福尔摩斯向来不喜欢度什么漫无目的的假期啊，可他那苍白憔悴的面容使我看出他的神经紧张到了极点。他从我的眼神看出了这种疑问，便把双手指尖抵在一起，胳膊肘支在膝上，解释他的处境。

“你可能压根儿就没听说过莫里亚蒂教授吧？”他说。

“确实压根儿没听说过。”

“是啊，天下真有英才和奇迹！”福尔摩斯大声说。“那人的势力遍布整个伦敦，却没人听说过他。这就使他的犯罪记录达到登峰造极的地步。我认真地告诉你，华生，我如果能战胜那个家伙，能为社会除掉那个败类，那我就会觉得自己的事业达到了顶峰，便该准备换一种比较安静的生活方式啦。这只在咱俩之间说说，最近我协助斯堪的纳维亚王室和法兰西共和国调查了几件大案，使我蛮有条件今后可以过一种我最喜爱的安静生活，也可以集中精力搞我的化学研究。可我一想到莫里亚蒂那样的家伙还在伦敦街头横行无阻，就没法儿休息，没法儿坐在安乐椅里无所事事。”

“那他究竟干了些什么坏事啊？”

“他的经历可非同一般。他出身高贵，受过良好教育，天赐非凡的数学天赋。他21岁时写了一篇二项式定理的论文，曾经在欧洲风靡一时，正是凭借这篇论文之力，他在咱们一所小学院里赢得一席数学教授职位，前程明明会是十分辉煌的。可是这个家伙具有祖辈那种凶恶本性的遗传倾向，血缘中那种犯罪性格非但没有改变，反而由于他的非凡智能而变本加厉。那个大学城里不断流传着他的恶行劣迹，终于使他被迫辞去教职，来到伦敦充当一名部队教练。世人只知道他这些经历，我现在要告诉你的却是我自己掌握的情况。

“华生，你晓得没人对伦敦那个高级犯罪团伙的情况比我知道得更清楚。近年来，我一直意识到那些犯罪分子背后有股势力，一股组织得极其严密的势力，总在阻碍法律的制裁，庇护那些作恶的家伙。那些五花八门的案件，伪造案啦，抢劫案啦，凶杀案啦，使我从中一再感到那股势力的存在，我从多起由于没向我咨询而终未破案的犯罪事件中推断出了那股恶势力的活动。多年来，我竭尽全力在揭开那道遮蔽这股势力的黑幕，这一时刻终于到来，我抓住了线索，跟踪追击，经过千百次精巧而迂回曲折的手法，才找到了那位数学名流、退职教授莫里亚蒂。

“他是犯罪行当里的拿破仑，华生。伦敦这个大城市里的一半犯罪活动都是他组织的，几乎所有没被侦破的案件也全是他组织的。他是一个奇才，一位哲学家，一名深奥的思想家。他有头等聪明的头脑。他像一只蜘蛛蛰伏在网络中心，安然不动，但是那网络千丝万缕，每根丝一颤动他都了如指掌。他本人很少出头露面，只在暗中出谋划策。他手下的人马众多，组织严密。我们说，有人如果要作案啦，盗窃文件啦，暗杀某人啦，只消传句话给教授，这起犯罪活动便会周密组织起来，付诸实施。他手下的成员即使被捕，也会有钱给保释出来，或者有人为之辩护。可是指挥这些人的魁首却压根儿没被捕过——压根儿连嫌疑都没挨上。这就是我推断出来的那个组织，华生，我一直在殚精竭虑地揭露并摧毁它呢。

“可是这位教授四周围防范得那么严密，安排得那么狡猾，以至于我尽管竭尽全力，还是没法取得把他送上法庭的罪证。你是了解我的能力的，亲爱的华生，可是经过三个月的较量，我不得不承认我终于遇到了一个在智力上跟我势均力敌的对手。我佩服他的本事甚至胜过我厌恶他的罪行。不过，他最终还是出了纰漏——一个小小的纰漏——当然，我在那么盯紧他的时候，他是没法顶得住的。我抓住这个机会，便在他周围布下天罗地网，至今一切已经就绪，就等收网啦。三天之内，也就是下星期一，时机便会成熟，教授和他那帮主要成员便会落入警方手中，给一网打尽。那时就会进行本世纪对罪犯的一次最大的审判，弄清楚 40 多起谜案，把他们统统判处绞刑——可是我们的行动如果稍有不周，你明白，他们甚至会在最后一刻从我们手中溜掉。

“现在我要是能把这事办得叫莫里亚蒂毫不知晓，那就会万事顺遂。但是那个家伙太狡猾，我在他周围布网的每一步他都洞察无误，一再设法破网而逃，可我经常把他拦截住。我跟你说，我的朋友，如果把我和他这场暗中较量的详细情况记载下来，那准会成为侦探史中激烈交锋最为光辉的一页。我从没达到过那样的高峰，也从没让一名对手逼得那么吃紧过。他挥重拳过来，我却正用勾拳反击他一记。今天早晨我已经做好最后部署，再有三天便能一举成功，了却这档子事。可我正坐在室内再通盘考虑一遍这件事，房门突然开了，莫里亚蒂教授竟出现在我的面前。

“我的神经还是相当坚强的，华生，不过我得承认一见那个总在我脑海里盘旋的家伙站在门槛那儿，我也不由得吃了一惊。我很熟悉他的外表。他高高的个儿，身材消瘦，前额隆起呈白弧状，双目深陷，脸蛋

儿刮得光光溜溜，面色苍白，活脱儿像个苦行僧，却还保持着一点教授风度。他由于过度钻研，背有点驼，脸朝前探，脑袋像蛇蝎那样总在古怪地摆动。他眯缝着两眼，十分好奇地盯视着我。

“‘阁下的脑门并不像我想像的那样宽阔嘛！’他终于开口道。‘啊哈，用手摆弄晨袍兜儿里上了膛的手枪，可是个危险的习惯。’

“事实上，是我一见他进来就顿时认识到自己面临极大的危险，因为使他可以摆脱困境的惟一办法就是把我杀死灭口。因此我马上从抽屉里抓起手枪揣进兜儿里，并且隔着衣服对准他。他一提到这点，我便把手枪拿出来，扳起枪的扳机，把它放在桌上。他依然面带笑容，眨眨眼，可是那眼神却叫我暗庆手头幸有那把手枪。

“‘你显然不了解我。’他说。

“‘恰恰相反，’我答道，‘我认为我对你非常了解。请坐吧。你要是有什么话要说，我可以给你五分钟时间。’

“‘我要说的你早就全知道了，’他说。

“‘那我的回答你也早就知道了，’我答道。

“‘不肯让步吗？’

“‘决不让步。’

“他倏地把手伸进兜儿里，我当即举起桌上那把手枪，可他只掏出一个记事本，上面清楚地记着一些日期。

“‘1 月 4 日你挡了我的路，’他说，‘23 日你又碍了我的手脚；2 月中旬你给我制造了很大的麻烦；3 月底你整个儿破坏了我的计划。而现在，快到 4 月底，我发现由于你的不断迫害，我肯定会有丧失自由的危险。事态正变得叫人忍无可忍啦！’

“‘那你有何打算呢？’

“‘你得马上住手，福尔摩斯先生，’他晃着脑袋瓜子说，‘要知道，你真得马上住手才是。’

“‘过了下星期一再说吧，’我答道。

“‘啧，啧！’他说，‘我深信你这样聪明的家伙当然会明白这事只能有一个结局，那就是你必须退出。你把事情搞得这么绝，叫我们只能剩下这最后一着。看到你把这事抓得那么紧紧不放，这对我来说，倒是一种斗智的乐趣。可我要诚心诚意地告诉你，如果我被逼得不得不采取极端措施，那会叫我感到痛心的。你在笑，先生，可我向你保证确实会那样的。’

“‘干我这一行，危险是免不了的，’我说。

“‘这不是危险，’他说，‘而是不可避免的毁灭。你阻挡的不只是一个人，而是一个强大的组织；你即使运用了自己整个儿智慧，也一直没能认清这个组织的雄厚力量。你必须站开，福尔摩斯先生，否则就会给活活踩死！’

“‘有幸跟你谈得如此愉快，’我站起来说，‘可我还得去办重要的事，恕我不能再奉陪啦。’

“他也站起来，默默地望着我，沉痛地摇摇头。

“‘好，好，’他终于说道，‘看来真怪可惜的，可我已经仁至义尽。你要的把戏每一步我都一清二楚。星期一之前你什么也干不成。这已经是一场你死我活的决斗，福尔摩斯先生。你想把我推上被告席，我告诉你，我决不会站在被告席上的。你想打败我，我告诉你，你永远打不败我。你如果聪明得足以把我毁灭，那就请你放心，我会跟你一块

儿同归于尽的。’

“‘承蒙过奖，莫里亚蒂先生，’我说。‘容我也答谢你一句，我告诉你，我如果能确保把你毁灭掉，那么，为了公众的利益，我即使跟你一块儿同归于尽，也是心甘情愿的。’

“‘我倒允诺你后一项，但没法答应你前一项，’他咆哮道，随即把他那佝偻的后背转过去，背着我，一边眨巴着眼四处踅摸，一边走出房间。

“这就是我和莫里亚蒂惟一的一次面对面谈话。我承认这在我脑海里留下了不愉快的印象。他的话倒讲得平和精确，叫人相信他确有诚意，单纯的恶棍是办不到这一点的。你当然会说：‘那为何不找警察防备他呢？’原因是我确信他本人不会亲自动手，而会叫他的爪牙加害于我。我有充分的证据可以证实这一点。”

“那你已经遭到袭击了吗？”

“亲爱的华生，莫里亚蒂教授是个抓紧时间采取行动的家伙。那天中午，我到牛津街去办点事，刚从班廷克街转弯到韦尔贝克街十字路口，就有一辆双马拉的货车闪电般向我猛冲过来。我急忙闪开，跳向人行道，千钧一发间得以幸免于难。那辆货车冲向玛丽勒邦巷那边，一转弯便消失了。经过这次事故，我便只在人行道上行走，华生，可我刚走到维尔街，突然从一家屋顶上掉下来一块砖，在我脚边摔得粉粉碎。我唤来警察，检查了那座楼房。楼顶上堆满了修房子用的石板和砖瓦，他们叫我相信那块砖头是让风刮下来的。我心里当然清楚得很，却又没法证明什么。随后我便雇了一辆马车，去蓓尔美尔街我兄长家，在那里足足待了一个下午。刚才我到你这里来，路上又遇到一名暴徒用大头棒袭击我。我把他打倒了，警察已经把他拘留。我因为挥拳打在那个家伙的门牙上，手指关节擦破了皮，可我绝对有把握地告诉你，警方根本查不出那个暴徒和那位退职的数学教授之间有什么关系。我敢说那位教授眼下正站在十里以外的一块黑板前解答问题呐。你听了这些，就不会纳闷我干吗一到你家就首先要把百叶窗关上，接着又要求你让我少惹人注目地从你那后墙而不是前门离开吧。”

我一向钦佩我这位朋友的胆识，现在更佩服得五体投地，眼下他坐在那里平心静气地回顾全天所发生的一系列事件，那些事件合起来想必真构成了相当恐怖的一天啊。

“你就在我这儿过夜吧，”我说。

“不行，我的朋友，我在你这儿过夜，会给你带来危险。我已经安排好计划，一切都会顺利的。现在事态已经进展到不必我协助的程度，警方就可以逮捕那些不法之徒啦，当然日后还需要我出庭作证。因此，在警方自行采取行动之前，我分明最好离开几天为好。你若能跟我一块儿去趟大陆，我会非常高兴。”

“最近我的业务倒也清闲，”我说，“而且还有一位邻居可以替我干几天活儿，我很乐意随你前去。”

“明天早晨就动身，可以吗？”

“必要的话，当然可以。”

“哦，是啊，当然必要。那我就给你一些指示，亲爱的华生，请你一定要严格遵守，因为你现在跟我一齐在同最狡猾的暴徒和欧洲最有势力的犯罪集团作殊死决斗呐。现在，听着！不管你打算带什么行李，别在上面写运往何处，托一个可靠的人今晚就送往维多利亚站。明天早晨，你雇辆双轮双座马车，嘱咐仆人别雇第一和第二辆主动来揽生意的马车。你上了马车，用纸条写一个地址交给马车夫，上面写驶往河滨道尽头劳瑟拱廊，请他别扔掉那张纸条，以免让别人捡到跟踪。你事先准备好车费，车一停下，你就穿过拱廊，九点一刻到达另一头，便会见到一辆四轮轿式小马车等在街边，赶车人披着深黑斗篷，领子上镶着红边。你上了车，便能及时赶到维多利亚车站，搭乘那列去欧洲大陆的快车。”

“我在哪儿跟你见面？”

“在车站。我们订的车位是在从车头往后数第二节头等车厢里。”

“这么说，车厢就是咱俩碰头的地点。”

“对。”

我留福尔摩斯在我家里过夜，却没成功。显然他认为那会给我招来麻烦，这就是他非走不可的原因。他再次匆匆就我俩明日远行的计划交代几句话，便起身跟我一块儿走进花园，越墙到莫蒂默街，吹几声口哨，唤来一辆马车。我听见他乘车离去了。

次日清晨，我便严格遵照福尔摩斯的指示出发。我十分谨慎地选雇一辆马车，以避免误上一辆专为我俩准备的贼车。吃完早饭，我便立刻乘那辆马车前往劳瑟拱廊，飞快穿过那里。一位胖乎乎的马车夫披着厚黑斗篷，驾着一辆四轮马车正等在路边；我一上车，他就马上挥鞭策马，驶往维多利亚车站。我下车后，他便调转车头，都没回头看我一眼，就疾驰而去。

至此一切顺遂。我的行李已经托运，我毫不费劲儿便找到了福尔摩斯指定的那节车厢，因为只有一节标着“预定”字样。现在只剩下一件事叫我着急，那就是福尔摩斯却没露面。车站上的钟指出还有七分钟便开车啦。我在旅客和送行人群中寻找我朋友那轻巧的身躯，却不见他的踪影。我看到一位上了年纪的意大利教士，说一嘴蹩脚的英语，挺费劲儿地想让搬运工明白把他的行李托运到巴黎，我便走过去帮了点忙，花

了几分钟时间。随后，我又四下里张望片刻就走进车厢，发现那个搬运工不管票号对不对，竟把那位衰老的意大利朋友带进我们的车厢跟我做伴。我向那个老人解释他这样做是占了别人的座位，却白费唇舌，因为我的意大利语比他的英语还糟，只好屈从地耸耸肩，继续焦急地向车窗外张望寻找我的朋友。我心想他没来，也许是昨夜遭到了袭击，不禁恐惧得浑身直打冷战。每节车厢都关上了门，汽笛响了，就在这当儿……

“亲爱的华生，”我背后传来说话声，“你还没屈尊向我道声早安呐。”

我不觉大吃一惊地转过身来，老教士也已冲我转过脸来。顷刻间他脸上的皱纹平整了，鼻子鼓了出来，下唇不再突出，嘴巴不再瘪着，呆滞的目光又炯炯有神，弯弓的身子也舒展开了。可是整个身躯随即又一下子垮下来，福尔摩斯来得快，消失得也快。

“老天爷！”我惊呼道，“你可真把我吓了一跳！”

“严密的防范仍然必要，”福尔摩斯低声说，“我有理由相信他们正在追踪咱们俩呐。啊，你看，莫里亚蒂本人就在那儿！”

福尔摩斯说这话时，火车已经开动。我朝后瞥一眼，只见一个高个子气呼呼地从人群中冲出来，不住地挥手，好像要叫火车停下来似的。可是为时已晚，列车正在加速运行，转瞬间就驶离了车站。

“你看，咱们虽然经过这样的小心防范，还是把时间扣得相当紧凑嘛，”福尔摩斯笑着说。他站起来，脱下乔装打扮的教士黑长袍和帽子，把它们塞进一个手提包里。

“今天的晨报你看了吗，华生？”

“没看。”

“那你还不知道贝克街发生的事吧？”

“贝克街？”

“昨天夜里他们点着了咱们住的那所房子。还好，没造成重大损失。”

“天哪！福尔摩斯，这简直叫人没法忍受啦。”

“那个挥舞大头棒袭击我的家伙被拘捕之后，他们大概就彻底失去了我的行踪线索，否则他们不会设想我回家去了。不过，他们明明早就对你进行密切监视了，这就是为什么莫里亚蒂居然追到了维多利亚车站。你来的时候没出什么差错吗？”

“我完全遵照你的指示做的。”

“你找到那辆四轮马车了吗？”

“找到了，正等着呐。”

“你认出那位马车夫了吗？”

“没有。”

“那是我老兄麦克洛夫特啊。办这种事，万不可依赖一个雇来的外人。现在咱们得制定怎样对付莫里亚蒂的计划啦。”

“既然这是一列快车，轮船又和列车联运，我应该认为咱们已经很有效地甩掉了莫里亚蒂。”

“亲爱的华生，我跟你说过那个家伙在智力水平上跟我不相上下，可你明明没有完全理解我的意思。你不会想像我如果是那个追踪的人，就因遇到那样小小一点障碍便会给难倒了吧。你又怎能这样小看他呢？”

“那他会干什么呢？”

“干我会干的事呗。”

“那你会干什么呢？”

“赶快租一辆专车追赶嘛。”

“可是为时已晚，追不上咱们了。”

“绝对不晚。咱们这趟车在坎特伯雷站停下，一向至少要在联运船上耽搁一刻钟光景才过海呐。他会在那里追上咱们。”

“这样一来，人家还当咱俩是罪犯呢。何不等他一到，咱们就把他逮捕？”

“那就会使我三个月的心血全都白费啦。我们应该抓住那条大鱼，但是那些小鱼便会横冲直撞，脱网而逃。星期一咱们就可以把他们一网打尽。不行，现在还不能逮捕他。”

“那咱们该怎么办呢？”

“咱们在坎特伯雷站下车。”

“然后呢？”

“嗯，然后咱们就做一次横穿全国的旅行，去纽黑文，再到迪那普。莫里亚蒂自然会干我会干的事。他会去到巴黎，认准我们托运的行李，在车站等候两天。在这期间，咱俩买两个毯制手提包[①]一路旅行，借此还可以鼓励那些国家的制造商，然后从容自在地经过卢森堡和巴塞尔到瑞士一游。”

于是，我们便在坎特伯雷站下了车，却发现还得等一小时才有车去纽黑文。

我还在有点沮丧地望着那节装着我的行装的行李车疾驶而去，这时福尔摩斯揪了揪我的衣袖，用手指着远处的铁轨。

“你看，果然来了。”他说。

只见远方肯蒂什森林里腾起一缕黑烟，一分钟后，便有一辆机车拖着一节列车沿着弯道向车站疾驶而来。我们俩刚在一堆行李后面躲藏起来，那节列车便鸣着汽笛隆隆驶过，一股热蒸气朝我们迎面扑来。

“他走了，”我们望着那节列车摇摆颤动地驶过道岔，福尔摩斯说道，“你看，我们这位朋友的智力毕竟有限。他要是能推断出我会作出的推断，并且采取相应行动，那就会是个 coup-de-maître[②] 啦。”

“他要是赶上咱们，又会怎么样呢？”

“毫无疑问，他想必就会杀死我。不过，这是一场两个人可以玩玩

---

① 毯制旅行手提包，19 世纪时曾流行于美国，一些投机商常拎着这种包四处奔走。

② coup-de-maître，法语，杰作，绝招，巧妙的一着。

的游戏。现在的问题是咱俩该在这儿先吃午饭呢，还是饿着肚子到纽黑文再吃自助餐。”

那天夜里，我们到了布鲁塞尔，在那里逗留了两天，第三天抵达斯特拉斯堡。星期一早晨，福尔摩斯给伦敦警察厅打了一个电报，当晚回到旅馆就收到了回电。福尔摩斯拆开看后，咒骂一声，便把它扔进壁炉。

“我本来早就该预料到这种事！”福尔摩斯哼一声。“他逃跑了。”

“莫里亚蒂吗？”

“伦敦警察厅破获了整个那个团伙，惟独没抓住莫里亚蒂。他溜走了。我已经离开英国，当然没人能对付他啦。可我确实认为自己万无一失地把这事全交给他们去办了。华生，我想你还是回英国去吧。”

“为什么？”

“因为你现在跟我做伴会很危险。那个家伙的老窝已经给端掉，他如果回伦敦，也同样会完蛋。我如果对他的性格了解得很正确的话，那他必定会竭尽全力找我报仇雪恨。他在那次跟我简短的谈话中，已经说得很清楚，我想他是确有此意的。因此，我当然该劝你还是回去行医吧。”

我曾经多次协助福尔摩斯调查案件，又是他的老友，真是难以同意他这个要求。我们俩坐在斯特拉斯堡 salle-à-manger[①] 里对这个问题争论了半个小时光景，不过当天夜里我们还是决定继续旅行，一道前去日内瓦。

我们一路漫游，在罗讷峡谷度过美好的一周，然后从洛伊克转往盖米山隘，山上积的雪还很厚，最后取道因特拉肯去迈林根。这是一次赏心悦目的旅行，山下春色宜人，一片嫩绿，山上寒冬冷冽，白雪皑皑，可我心里很明白福尔摩斯一时一刻也没忘却那笼罩着他的阴影。无论是在亲切好客的阿尔卑斯山村，还是在荒凉的山隘，他对每个从我们身旁走过的人都迅速投以警惕的目光，仔细打量一番，我由此可以看出他心中确信我们不管走到哪里，都摆脱不掉被人跟踪的危险。

我记得有一次我们走过盖米山隘，沿着令人抑郁的道本湖边行走，忽然一块个儿挺大的山石从我们右方山脊上坠落下来，轰隆隆地滚进我们身后的湖里。福尔摩斯立刻奔上山坡，站在高耸的山顶上，伸长脖颈，四下里张望。我们那位向导尽管向他保证这里在春季常有山石坠落这类事，却没能说服他。福尔摩斯没说什么，但是带着那种早就料到会发生此事的神情冲我笑笑。

然而，他虽然处于高度警惕的心理状态，却并没垂头丧气。恰恰相反，我还从没见他如此精神抖擞过呢。他一再提起他若能为社会除掉莫

---

① salle-à-manger，法语，餐室。

里亚蒂教授这个祸害，便会心甘情愿地结束自己的侦探生涯。

“华生，我觉得自己蛮可以说我这一生并没有虚度，”他说，“即使我的生涯到今夜终止，我还是会处之泰然的。伦敦的空气由于我的存在而得以清新。在我经办的一千多件案子里，我知道自己从没把力量用错地方。近来我一直很想调查研究大自然提供的种种问题，而不再想研究我们社会该负责的那些人为状态的问题。华生，等我有一天把欧洲那个最危险最有本事的罪犯抓获或消灭，圆满完成我的事业后，你记述的回忆录也就可以结束啦。”

容我尽量简明扼要而又准确无误地把这事讲完。这个话题原本不是我愿意讲述的，可我意识到自己有责任不该遗漏任何细节。

5 月 3 日那天，我们俩抵达瑞士迈林根小村镇，住在老彼得 · 斯泰勒开设的英国旅馆里。我们这位店主是个聪明人，曾经在伦敦格罗夫诺旅馆当过三年侍者，会说一口流利的英语。4 日下午，经他建议，我们俩出发，打算翻山越岭到罗森劳伊村庄去过夜。他还郑重地建议我们千万别错过半山腰的赖兴巴赫瀑布，可以绕道去游览一下。

那里确实是一处地势险峻之地。融雪汇成激流，泻入万丈深渊，水花飞溅，喷雾如云，好似房屋着火冒起的浓烟。那猛冲下来的激流使山岭间构成一个巨大的峡谷，两边耸立着闪亮煤黑的岩石；水流渐渐变窄，注入沸腾的乳白色无底深渊，满溢得溅起浪花水柱，腾越锯齿般的谷底边缘。那连绵不断的碧波雷鸣般倾泻而下，闪亮的厚实水帘经久不息地发出哗哗声响。峡谷那种漩涡和喧嚣使人头晕目眩。我们站在山边小径上凝视着下方拍击黑岩石的浪花，倾听着来自深渊波涛隆隆的似人非人的喊声。

半山坡上开辟了一条小径，使人在那里可以饱览瀑布全景，可是小径却骤然终止，游客不得不顺原路返回。我们俩也只好转身折回，忽然看到一个瑞士少年手拿一封信从小径跑上来。信上有我们刚离开的那家旅馆的标记，是店主写给我的。原来我们离开不久，就有一位英国妇女来到，她的肺病已经到了晚期。她一直在达沃斯镇过冬，现在去卢塞恩访友，不幸路过这里突然吐血。据认为她数小时之内就会有生命危险，如果有位英国医生能为她诊治，她将会感到无比宽慰，问我可否立刻返回一趟，等等等等。好心的店主斯泰勒还在附言中说，因为那位夫人断然拒绝瑞士医生给她看病，他只好请我回去帮他一个大忙；他不得不感到自己责任重大。

这种请求是没法置之不理的。不能拒绝一位身在异乡而生命垂危的女同胞的请求嘛。可是离开福尔摩斯，我又有顾虑。最后我们俩同意，在我返回迈林根这段时间里，他把那个送信的瑞士少年留在身边作向导和旅伴。福尔摩斯说他会在瀑布旁边再逗留会儿，然后慢慢翻山越岭到罗森劳伊去，叫我傍晚在那里跟他汇合。我转身走开之前，看到他背靠着岩石，双臂交叉在胸前，朝下凝视着奔腾的激流。万没想到这竟然注定是我在这世上最后一次看到他啦。

我走到快近山坡底下，回头观望，已经见不到瀑布，却还能看到山腰那条通往瀑布的蜿蜒崎岖的小径。我记得当时看见一个人正顺着小径快步走上去。

在他身后的绿荫衬托下，我能很清楚地看到他那黑黝黝的身躯。我还注意到他走路时那股冲劲儿，可我因有急事在身，很快就把他置之脑后了。

我走了差不多一个多小时才回到迈林根。老斯泰勒正站在门口呐。

“好了，”我连忙走过去说，“我相信她的病情没有恶化吧？”

他脸上掠过一阵惊讶的神情，眉毛一颤，我的心顿时沉了下来。

“难道你没给我写过一封信吗？”我从兜儿里掏出信来问道，“旅馆里没有一个生重病的英国女太太吗？”

“当然没有，”他大声说，“可这信纸上倒有旅馆的标记！嘿，这准是那个高个子英国人写的，他是在你们走后来到这儿的。他说……”

我没等店主解释，便惊惶失色地沿着村路急奔那条我刚走下来的小径。我方才下山时走了一个小时，可我拼命奔跑再上山回到赖兴巴赫瀑布时，却用了两个多小时。福尔摩斯那根登山手杖还斜靠在我跟他分手时他身旁那块岩石上呢，可是不见他的踪影。我大声唤他，却只听见四周峭壁回荡着我自己的喊声嗡嗡的回音。

一见那根登山手杖，我不由得浑身发凉，难过极了。那他根本就没去罗森劳伊。在他遭到仇敌袭击之前，他一直待在这条三尺宽的小径上，一边是峭壁，一边是深涧。那个瑞士少年也没影儿了，他大概收了莫里亚蒂的赏钱，撇下这两个对手，自己走开了。那后来发生了什么事呢？谁能说明后来发生了什么事呢？

我让这事吓蒙了，呆站在那里一两分钟，竭力想镇定下来。接着我想到福尔摩斯那种推理方法，试着用它来解答这场悲剧。唉，其实这也并不难。我们俩刚才交谈时，并没走到那条小径尽头，那根登山手杖标明了我俩方才站的地方。微微发黑的泥土受到经久不断的水花喷溅，始终是松松软软的，即使一只小鸟落在上面都会留下爪印儿。在我脚下，就有两排清晰的脚印一直通向小径尽端那边，而且没有返回的痕迹。离小径尽端几码远处，地面给践踏得泥泞一片，峡谷边缘的荆棘和羊齿草给折断踩污。我俯身朝深渊谷底张望，水花在我周围泼溅。我方才离开旅馆时，天已经渐渐黑下来，眼下我只能看到水珠在黑峭壁这儿那儿闪亮，只能看到深深的谷底浪花飞溅的闪光。我大声呼唤，却只有瀑布隆隆的似人非人的喊声又不绝于耳。

但是，我注定毕竟找到了我的朋友和同志临终前留给我的遗言。我刚才说过他那根登山手杖斜靠在小径旁边一块凸出的岩石上，那块圆石顶上有件闪亮的东西引起我的注意。我伸手去取，发现那是福尔摩斯经常随身携带的银烟盒。我拿起烟盒，压在底下的一张折叠起来的小方块纸飘落在地上。我捡起来打开一看，原来是他从笔记本上撕下来的三页纸，写给我的一封信。信完全显示了他固有的特征，依旧指示得十分明确，笔迹还是那样刚劲有力，清清楚楚，就像是他在书房里写就的。

“我亲爱的华生，”他在信中说，“蒙莫里亚蒂先生允许我写下这几行字，他眼下正等着就我们两人之间存在的问题进行最后的讨论。他已经向我概述了他怎样摆脱了英国警方的追捕，怎样一直知晓我们的行踪。这当然证实了我对他的才能所做过的极高评价。一想到能使社会摆脱他今后造成的祸害，我就十分高兴，尽管为此要付出的代价会给我的朋友们，尤其是你，我亲爱的华生，带来悲痛。可我已经向你解释过我的生涯总之已经到了危急关头，而对我来说，再也没有什么比这样的结局更合我的心意了。实际上，不瞒你说，我当时就深知那封迈林根来信是个骗局，可我却劝你离开去办那件事，是因为我确信这骗局会接着发展下去。请告诉帕特森警官，他需要那些给那个团伙定罪的证据文件放在字首M的分类架内，有个蓝信封，上标‘莫里亚蒂’字样。我离开英国之前，已把薄产作了安排，转交给了我的兄长麦克洛夫特。我亲爱的伙伴，请代我问候尊夫人。歇洛克·福尔摩斯敬启。”

剩下来的事只需几句话就可以说清楚啦。经过几名专家的现场调查，证实那两个人无疑进行了一场搏斗，在那种情况下最终的结果只能是两人紧紧扭在一起，双双摇摇晃晃地坠入深渊低谷。他俩的尸体根本没希望寻获。在那儿，当代最杰出的维护法律的英勇斗士和最危险的凶恶罪犯永远葬身在那可怕的漩涡激荡、泡沫翻腾的深渊里了。至于那个团伙，公众都会记得福尔摩斯搜集到的罪证多么完整地揭露了他们的组织，那个已死的家伙的铁腕多么严密地控制了他的爪牙。在起诉过程中，有关他们那位可怕的魁首的罪恶细节很少给揭发出来，现在我之所以不得不把他的罪恶勾当和盘托出，是由于那些不明智的辩护者妄图利用攻击福尔摩斯的手段来为莫里亚蒂翻案，而我则永远把福尔摩斯看成是我所知道的人世间最聪慧最好的人。

(1893)

SIDNEY PAGET
1893

空房子

那是在1894年春季，尊敬的罗纳德·阿代尔在一种极不寻常而令人费解的情况下遭人暗杀，当时这一事件引起整个伦敦各界的关注，并使上流社会人士惶恐不安。公众已从警方公布的调查报告了解到案情，可是还有不少细节却被压下没有披露，因为已有那么强有力的证据可供起诉，就没必要把全部事实公诸于世了。直到现在，将近十年之后，我才获准来补齐那一系列惊人事件中漏掉的环节。那件案子本身就饶有兴味，不过那种兴味，若跟后来那种叫人想像不到的结局相比，对我来说，就不足为道了。在我经历的所有惊险事件中，这桩案子的结局最令我感到震惊和诧异。尽管此事时隔已久，可我现在一想起来，依然十分激动，再次感到那一阵彻底沉浸于惊奇而难以置信中的欢乐心情。公众当中有不少读者一直乐意关心一个我曾经偶尔撰写介绍的非凡人物的想法和活动，现在容我向他们解释一下，请别责怪我没有跟大家共享我所知的事实真相，那其实是那位非凡人物曾经亲口禁止我那样做，我呢，原本认为把事实和盘托出该是我的首要责任。这一禁令直到上个月三号才给解除。

我跟歇洛克·福尔摩斯的密切交往使我对刑事案件产生了浓厚兴趣，这是可以想像得到的。自从他失踪以后，凡是报章上刊载的各种疑案我都仔细阅读过，无一遗漏，而且为了满足自己的兴趣，还不止一次试用过福尔摩斯的方法来破解，尽管成功率并不高。但是，其中最吸引我的案子莫过于罗纳德·阿代尔那桩惨案了。我读到调查中的证据以及据此判定为不明身份的某某人或某些人蓄意犯下的谋杀罪时，真是比以往更深切地意识到福尔摩斯的去世使社会蒙受了多么巨大的损失。我确信这件怪事有好几个疑点势必会特别吸引他，而且这位欧洲首席刑事侦探，以他训练有素的观察力和机敏的头脑，想必会弥补警方力量的不足，或者更可能抢先侦破了此案。我尽管天天忙于出诊，脑子里却总想着这个案子，可是怎么也找不到一个足以使我满意的答案。我甘冒讲一个陈旧故事那样的风险，把警方调查后公诸于世的案情在这里再扼要复述一遍。

尊敬的罗纳德·阿代尔是驻澳大利亚某殖民地的总督梅努斯伯爵的次子。阿代尔的母亲从澳大利亚回国来做白内障手术，带着儿子罗纳德和女儿希尔达住在公园道427号。年轻的阿代尔出入上流社会，就大家所知，并无仇敌，也没有什么恶习。他曾跟卡斯泰尔斯的伊迪丝·伍德利小姐订过婚，但是几个月前经双方同意又解除了婚约，嗣后彼此也没留下什么很深的留恋迹象。他每日都把时间消磨在一个保守的狭圈子里，因为他好静，天性也冷漠。然而，在1894年3月30日晚上10点至11点20分之间，死神却以最叫人意想不到的奇特方式突袭了这位悠闲懒散的年轻贵族。

罗纳德·阿代尔喜欢玩纸牌，经常打几盘，却从不下损失会很大的赌注。他是鲍德温、卡文迪什和巴格特尔三家俱乐部的会员。遇害那天晚饭后，他曾在巴格特尔俱乐部玩了一局惠斯特[①]。当天下午他也在那里打过牌，跟他一块儿打牌的莫瑞先生、约翰·哈代爵士和莫兰上校证明他们打的是惠斯特，大家的牌运都差不多。阿代尔可能输了五镑，不会更多。他有一笔可观的财产，输这点钱不至于对他有什么影响。他几乎每天不是在这家俱乐部就是在那家俱乐部打牌，可他一向打得小心谨慎，离开牌桌时常是赢家。证词中还提到几星期前有一次他跟莫兰上校搭档，赢了戈弗里·米尔纳和巴尔莫瑞勋爵420镑。调查报告中有关他的近况就这些。

出事那天晚上，他从俱乐部回到家里是十点钟整。他母亲和妹妹出门到亲戚家去了。女仆宣誓作证说她听见少爷走进三楼那间他通常作

---

①惠斯特，一种类似桥牌的牌戏。

为起居室的屋子。她在那间屋里生了火，因为冒烟曾经把窗户打开了。在梅努斯夫人和小姐 11 点 20 分回来之前，那间屋子里一直没有什么动静。夫人想进儿子房间道声晚安，却发现门从里面锁上了。母女二人又喊又敲门，都没得到回应，只好找人来撞开门，只见那个不幸的青年躺在桌边，脑袋被左轮手枪一发开花弹击碎，模样真是可怕极了，可是室内却没发现任何武器。桌上摆着两张十镑的钞票和总共 17 镑 10 先令的金币和银币，这些钱码成了几小堆，钱数不一。另有一张纸条，上面写着一些数目字，对着这些数字的是几个俱乐部朋友的姓名，由此推测他在遇害前正在计算打牌的输赢呐。

现场的调查只使案情变得更加复杂。首先，举不出什么理由可以说明那个年轻人干吗要从室内把门锁上。也有可能是凶手锁上的，随后他从窗口逃走了。但是，从窗口到地面起码有 20 尺高的距离，窗下的花坛盛开着番红花，花丛和地面却没有被人踩过的痕迹。房屋和街道之间那块狭长的草地上也没有发现任何脚印。因此，显然是那个年轻人自己把门锁上的。可他又是怎样死去的呢？没人能从地面爬到窗户那儿而不留下任何痕迹。如果有人能用左轮手枪通过窗口开了一枪，造成那样的致命伤，那人必定是个出色的射手。其次，公园道是条行人川流不息的大道，离那幢房子百码之内还有个马车站，却没人听见了枪声。然而，这儿却有一个人死了，还有那颗会立刻致人死命的开花弹。这就是公园道谜案的情况。由于找不出犯罪动机而使此案变得更加复杂，因为正如我所说，没人听说年轻的阿代尔有过什么仇人，他房间里的金钱和贵重物品也没人曾经企图抢走。

我整天反复思考这些事实，力图作一个能符合一切的推测，找出那阻力最小的方向，我那位可怜的朋友就曾说过这是一切调查的起点。可我不得不坦白我的进展并不大。傍晚，我漫步穿过公园，六点钟左右来到连接公园道的牛津街尽头。一群游手好闲的人正聚在人行道上仰视一扇窗户，他们给我指出了我特地要去瞧瞧的那栋房子。一个戴墨镜的

瘦高个子，我非常怀疑他是个便衣侦探，正在提出自己的推测，别人都在围着听他讲。我也尽量凑过去听听，他的观察在我听来却近乎荒谬，我就厌恶地从人群中退出来。就在这当儿，我撞在身后一个残疾老人身上，把他手中抱着的几本书碰翻在地。我记得捡起那些书时，发现其中有一本书名是《树木崇拜的起源》，心想这个老头儿必定是个穷酸的藏书家，收集一些鲜为人知的书籍，不是作为职业就是出于个人爱好吧。我为这一意外事故连连道歉，可是那几本让我碰掉在地的书明明在那位书主人眼里是极为珍贵之物，他轻蔑地吼一声，就转身走去。我看到他那弯弓的后背和白花花的连鬓胡子消失在人群里。

我对花园道427号的观察，使我没怎么弄清我所关心的问题。那栋房子和大街只隔着一道栏栅，高不过五尺。因此，谁都很容易进入那座花园，不过根本没法爬到那扇窗户前，因为墙上并没有排水管什么的可以让身手矫健的人抓住爬上去。我比先前更加困惑不解，只好折回肯辛顿。我在书房里还没呆五分钟光景，女仆便进来说有人要见我。使我吃惊的是来人并非别人，正是那个古怪的旧书收藏家，苍白的须发间露出他那张轮廓分明而干瘪的脸，右臂下夹着他心爱的书，少说也有十来本吧。

“您没料到是我吧，先生？”他说，嗓音嘶哑而怪里怪气。

我承认确实没料到是他老先生。

“嗯，我很过意不去，先生。刚才我一瘸一拐地跟在您身后，赶巧见您进了这栋房子，我琢磨得进去见见那位好好先生，告诉他刚才我的态度要是有点粗暴，其实并无恶意，我非常感谢他帮我把书捡了起来。”

“这点小事真算不了什么，”我说。“请问您是怎么认出我的？”

“嗯，如果不算太冒昧的话，我是您的街坊邻居啊，因为我开的那家小书店就在教堂街拐角那儿，欢迎您有空大驾光临小店。您大概也收藏书吧，先生。喏，这儿我给您带来了《英国鸟类大全》、《卡图卢斯[①]》和《圣战》——每本书都可以讨价还价。您再有五本书就可以把

① 卡图卢斯（公元前84？—54？），罗马抒情诗人，尤以写给情人莉丝比妞的爱情诗闻名，诗体对文艺复兴以后欧洲抒情诗的发展产生影响。

书柜里第二层的空当填满啦，现在看起来不大整齐，对不对，先生？”

我转身看看身后的书柜。等我一回过头来，歇洛克·福尔摩斯竟隔着书桌站在那儿冲我微笑呐。我站起来，十分吃惊地盯视他好几秒钟，随即想必是平生惟一的一次晕倒了。一片灰雾确实在我眼前转悠，等它消失后，我发现领口给解开了，嘴上有股刺激的白兰地余味儿。福尔摩斯正俯身在我的椅子上方，手里拿着他那个扁酒壶。

“亲爱的华生，”那熟悉的声音传入我耳中，“真是抱歉得很，没想到你会这样大为震惊。”

我紧紧抓住他的胳臂。

“福尔摩斯！”我大喊一声，“真是你吗？难道你还活着？你居然从那可怕的深渊爬了出来，这可能吗？”

“等一下，”他说。“你能肯定现在的身体状况真适合谈论往事吗？没料到我这种没必要的戏剧性露面竟给了你那么大的刺激。”

“我没事儿，可是真格的，福尔摩斯，我简直不敢相信自己的眼睛。天哪！真没想到是你——天底下所有的男人当中竟会是你——站在我的书房里，”我又抓起他的一只袖子，摸摸里面那只精瘦而有力的胳臂。“可是不管怎样，你不是个鬼，”我说。“亲爱的伙计，看到你真是太高兴了。坐下吧，说说你是怎样从那个可怕的峡谷中逃生出来的。”

福尔摩斯在我对面坐下来，照以往那样若无其事地点燃一支烟卷儿。他穿着旧书商那种破旧的礼服大衣，其他那堆白发和几本旧书都已放在桌上。他显得比以前更加清瘦，更加机警，那张似鹰的脸却挺苍白，使我看出他最近的生活很不正常。

“我很高兴现在能伸直腰了，华生，”他说。“让一个高个子不得不一连几小时哈着腰，缩矮一尺，可真不是滋味儿。我亲爱的老伙伴，那次事件嘛，等一等，我若能请你合作的话，现在咱们今晚还有一项艰巨而危险的活儿要干。也许最好等咱俩先干完这趟活儿，我再把那次遇险的情况讲给你听吧。”

“我好奇心特重，更愿意现在就听听。”

“那你今天晚上愿意跟我一块儿去吗？”

“随你说什么钟点，去哪儿，我都愿意奉陪。”

“这真跟以往一样。咱俩需要出发之前，还来得及吃口饭。那好吧，说起那个峡谷嘛，我从中逃出来并不太困难，因为我根本就没掉下去。”

“根本没掉下去？”

“是啊，华生，压根儿就没掉下去。不过，我给你写的那封短信倒完全是真的。我一见到那位已故的莫里亚蒂教授相当邪恶的身躯站在那条通往前方止步处的窄径时，就毫不怀疑自己的生涯快到尽头啦。我从他那双灰眼睛的眼神察觉到一种残酷无情的意图。我便跟他交谈几句，蒙他好意允许我写下那封你后来收到的短信。我留下那封信、我的香烟盒儿和手杖，就沿着那条小径向前走去，莫里亚蒂仍然紧跟在后。我走到尽端，便陷入绝境。他倒没掏出武器，却突然冲过来把我拦腰抱住。他明白自己玩的把戏彻底完蛋了，一心只想找我报复。我们俩在瀑布边缘扭作一团，可我会点日本式摔跤，过去不止一次使用过，对我来说，那还挺管用。我从他的臂腕中脱身而出，只听他发出一声凄厉的尖叫，见他疯狂地乱踢几下，两手向空中乱抓，尽管费尽力气，还是没能保持身体平衡，便掉下去了。我趴在悬崖边缘，看到他坠落下去，先撞在一块岩石上给弹了起来，然后就扑通一声跌入汹涌波涛里了。”

我惊讶地听着福尔摩斯一边抽烟一边讲述那段惊险万分的经历。

“可是那些脚印儿又是怎么回事呢！”我大声说道。“我亲眼见到那条小径上有两人朝前走的脚印儿，却没见有返回来的啊。”

“情况是这样的。就在教授跌进深渊那一刹那，我蓦地想到这倒是命运之神给我安排的一个极妙的机会。我知道不单单是莫里亚蒂一个人发誓要置我于死地，至少还另有三个家伙也有向我报复的意愿，只会由于他们的头目已经死亡而变本加厉。他们都是很危险的人物，早晚会有一个来找我算账。另一方面，世人要是都相信我死了，那三个家伙便会肆无忌惮，自行暴露出来，我就迟早能把他们消灭掉。到那时，我便可以宣布我还活在人间呐。大脑活动得那么神速，我相信莫里亚蒂还没沉到瀑布深渊底儿，我就拿定了主意。

“我站起来观察身后的悬崖。你写的那篇生动有趣的记述文章我在几个月后津津有味地拜读过了，你断言那是陡峭的绝壁，说得并不完全对。悬崖上还是露出一些可以让人立足的小块岩石，另有一块像是岩架的地方。想攀上那么高的峭壁显然是办不到的，可是再沿着那条湿漉漉的小径返回而不留下脚印儿也是不可能的。说实话，我当然可以像以往类似的场合所做过的那样，倒穿着鞋返回去，但是同一方向出现三套脚印儿，让人一看到，势必就会联想到是个骗局。于是，总的看来，最好的办法该是冒险爬上去。这可不是开玩笑的事，华生，瀑布在我脚底下轰鸣。我不是个爱幻想的人，可我听见莫里亚蒂从深渊底下冲我喊叫的声音。往上爬稍有闪失就会丧命。不止一次我没抓牢一簇草或是脚从潮湿的石豁口滑跌下来，我心想这下可没命了。但是我拼命朝上爬，终于爬到一个几尺宽的岩架上，那里长着柔软的青苔，我可以挺舒服地躺下而不被人发现。亲爱的华生，你和一些跟随你来的人在极其同情而又无效地调查我的死亡境况时，我正安卧在岩架上呢。

“后来你们不可避免地作出了完全错误的结论，你就离开那里回旅馆了，撇下我孤单单一个人。我原以为我的险遇到此就结束了，没想到又发生了另一事故，这向我表明还有不少惊险的事等着我呐。一块个儿挺大的岩石从上方落下来，轰隆一声从我身边擦过，砸在小径上，弹起来掉进深渊。我一时还当这是一起意外事故；可是没多会儿，我一抬头，看到昏暗的空中露出一个人脑袋，又有一块石头落下来，砸在我躺着的岩架上，离我的脑袋只差一尺。当然，这意味着什么就很清楚了。莫里亚蒂并非单独行动。他在对我下手时，一个同伙——我一眼就看出那是个多么凶狠的家伙——一直在观望守卫着呐。他躲在一处我看不见的地方，亲眼目睹了他朋友的死亡和我逃脱的情况。他便等待时机，绕到崖顶，企图完成他的伙伴未竟之业。

“我立即思索一下，华生。我又看到那张冷酷无情的脸从崖顶朝下张望，我明白这是另一块大石头落下来的预兆。我便决定朝下爬回那条小径，心里嘀咕不一定能爬到，这比往上爬还要难百倍。可我没工夫考虑那种危险啦，因为我双手抓住岩架边缘，身体悬空时，又有一块石头呼地一声从我身旁落下去。我出溜到一半时，脚一下子踩空。幸好上帝保佑，我跌在那条小径上了，摔得头破血流。我立刻爬起来逃之夭夭，在山里摸黑儿走了十里路。一星期后，我到了佛罗伦萨，肯定人世间没人再知道我的踪迹了。

“当时我只有一个可信赖的人，那就是我的兄长麦克洛夫特。我得向你道歉，亲爱的华生，不过当时最要紧的事就是该让公众相信我已经死了。你若不信那是事实，就肯定写不出一篇那么令人信服有关我悲惨结局的报道了。过去三年里，我几次拿起笔来想给你写封信，却总是担心你对我的深切关怀会使你一不小心而泄漏我的秘密。正是为了这个缘故，你刚才碰掉我手上的书时，我只能避开你，因为当时我的处境很危险，只要你显露一点惊奇和激动的神情，就可能会引起别人注意我，从而暴露了我的身份，导致极其可悲而无法弥补的后果。至于麦克洛夫特嘛，我为了得到需用的钱，不得不信赖他。在伦敦，事态的发展并没像我期望的那样顺利，因为莫里亚蒂团伙一案的审理漏掉了两名最危险的成员，使那两个与我不共戴天的仇人逍遥法外。因此，我便去西藏旅游，在那里待了两年，以访问拉萨跟大喇嘛一起消磨几天为乐。你也许看过一个叫西格森的挪威人写的出色的西藏考察报告吧，可我敢说你决不会想到你看的正是你朋友的信息。后来我经过波斯，游览了麦加圣地，又到喀土穆对哈里发①作了一次简短而有趣的拜访，并且把访问的成果向外交部作了汇报。回到法国以后，我花了几个月工夫研究煤焦油派生物，这项研究是在法国南部蒙彼利埃的一个试验室里进行的。我满意地完成了那项研究，又听说我的仇人现在只剩下一个在伦敦了，我便准备返回伦敦，这时公园道那桩谜案更使我加快了行程，因为这个案子不仅本身的是非曲直吸引了我，而且似乎提供给我个人一个很难得的机会。我马上回到伦敦，亲自走访贝克街故居，竟把赫德森太太吓得歇斯

---

①哈里发，穆罕默德的继承人，中世纪政教合一的阿拉伯国家和奥斯曼帝国国家元首的称号。

底里大发作，而且发现麦克洛夫特把我的房间和文件保存得很完整。就这样，亲爱的华生，今天下午两点钟，我便坐在自己的旧宅那把旧椅子上，巴不得见到我的老友华生也坐在他以往喜欢坐的那把椅子上。”

这就是四月里那天晚上我听到的出人意料的叙述——要不是我亲眼见到那个原以为永远也见不到的瘦长身躯和热诚面容，这段叙述想必就会使我难以置信。他有点知道了我丧妻的哀伤，便以关切而不是以言词来表达他的慰问。“工作是消除忧伤的最好的办法，亲爱的华生，”他说，“今天夜里，我给咱俩安排了一项工作，如果能胜利完成，那就可以说在这世上没枉活一生。”我请他说得具体些，却落了空。“天亮之前，事情多得足够你看啊听的，”他答道。“三年的往事是要谈谈的，等九点半咱们到那栋空房子去历险，就蛮可以说明问题啦。”

真跟以往一样，九点半我就挨着福尔摩斯坐在一辆双轮双座马车上，我兜儿里揣着手枪，满怀历险的激动心情。福尔摩斯坚定而冷静，一语不发。街灯微弱的亮光闪烁地映在他那严肃的脸上，我发现他紧锁双眉，抿紧嘴唇，陷入了沉思。我闹不清我们要在伦敦这个充斥着犯罪案件的黑暗丛林里搜索什么样的野兽，不过从这位狩猎高手的神态来看，我完全相信这是一次十分惊险的行动，他那张严肃而沉郁的脸上时而显露讥讽的微笑，预示我们搜寻的那个对象恐怕凶多吉少啦。

我原本料想我们会去贝克街，可是在卡文狄什广场拐角那儿，福尔摩斯就叫马车停下来。我注意到他一下车就机警地左右探视，接着路过每条街拐角时又尽力弄清楚身后有没有人跟踪。我们俩这样行走真是怪独特的。福尔摩斯特别熟悉伦敦的偏僻小巷，在这个场合他信心十足地迈着轻快的步伐，迅速穿过一连串我从来不知道的小巷和马厩。最后我们俩出现在一条小路上，两旁是些阴暗的老房子；我们从这条小路走入曼彻斯特街，再到布兰福特街。他在这里倏地拐进一条窄巷，又穿过一道木栅门，进入一个荒凉的院子，他随即用钥匙打开一幢房子的后门。我们一走进去，他就连忙把门关上。

这地方漆黑一片，明显是栋空房子。我们踩在光秃秃的地板上，弄出吱吱嘎嘎的响声。我伸手摸到一面墙，壁纸已经裂成碎条七零八落地悬挂着。福尔摩斯用冰凉的瘦手抓住我的手腕，领我走进一条长过道，一直走到我隐隐约约看见一扇门上昏暗的楣窗时才站住。福尔摩斯在那儿突然向右一转，我们俩便进入一间面积很大的方形空屋子。四个角落都很暗，只有当中一块让远处的街灯微微照亮。附近没有灯光，窗户上积着厚厚的灰尘，我们俩在室内只能看清彼此的轮廓。我的伙伴把一只手搭在我肩上，嘴凑近我的耳边。

“你知道咱们在哪儿吗？”他悄声问道。

“那边当然是贝克街，”我透过模糊的窗玻璃凝视着对面，答道。

“对。这里就是咱们的老住宅对面的卡姆登会堂。”

“咱们到这儿来干吗啊？”

“因为从这里可以很清楚地看到对面楼房的景致和动静。亲爱的华生，我能不能请你走近窗户一点，不过要小心别暴露自己，然后再瞧瞧咱们那老房间——咱们那么多次小小的历险的起步处？倒要看看我不在伦敦这三年是否已经完全丧失了我那种能叫你吃惊的本事？”

我匍匐向前，朝对面那扇熟悉的窗户望过去，目光刚落到窗上，不禁喘吁吁地惊呼一声。窗帘已经拉上，室内亮着灯，明晃晃的窗帘上清晰地映出一个坐在椅子上的人的黑身影，脑袋的姿态啦，宽阔的肩膀啦，轮廓分明的头部啦，都不会让人认错。那张脸的侧影就像我们的爷爷奶奶喜欢装上镜框的那种黑剪影。那真是一幅福尔摩斯完美的复制品。我惊奇得把手探过去，想搞清楚他本人是不是还在我身边呐。福尔摩斯闷声笑得浑身直颤。

“怎么样？”他问道。

“天哪！”我惊呼道，“太绝了！”

“我相信我的变化多端的手法并没随同岁月流逝而枯萎或陈旧吧，”他说，我从这位艺术家的声调中体会到他为自己的创作流露出来

的自豪和高兴劲儿。“确实有点像我，是不是？”

“我都想赌咒发誓说那就是你本人嘛。”

“这应归功于格勒诺布尔市的奥斯卡·穆尼埃先生，他花了好几天工夫塑造了那座蜡像。其他都是我今天下午回贝克街布置的。”

“可这是为了什么呢？”

“亲爱的华生，因为我有充分的理由期望某些人当真以为我在那里。其实我却在别处。”

“那你认为有人在监视你的住所吗？”

“我知道确实有人在监视呐。”

“谁啊？”

“我的宿敌，华生，那个可爱的团伙嘛，他们的头目已经躺在赖兴巴赫瀑布的深渊里了。你该记得他们知道我还活着，也只有他们知道。他们相信我早晚会回我的住宅，便一直在监视。今天早上他们见到我回来了。”

“这你是怎么知道的？”

“因为我从窗户朝外瞥一眼，认出了他们派来的放哨人。那是个对我不足为害的家伙，姓派克，专以勒索抢劫为生，还会出色地弹奏犹太竖琴。我倒不在乎他，可我挺担心他背后那个更难对付的家伙，那人是莫里亚蒂的知心朋友，伦敦顶顶狡猾而危险的罪犯，也就是那个从崖顶上向我投扔石块的家伙。华生，今天夜里在追踪我的正是此人，可他一点也不知道咱俩也正在追踪他呢。”

我朋友这次的行动计划已经渐露端倪。从这个蛮方便的隐蔽处，监视的人正受人监视，追踪的人正被人追踪呢。对面窗户上那个瘦削的黑身影是个诱饵，我们俩是猎人。我们默默地站在黑暗中，注意着街上熙来攘往的行人。这是个喧嚣的阴冷夜晚，大风呼啸地刮过那条长街，街上来来往往的过路人络绎不绝，大都裹着外衣和围巾。我有一两次似乎看到一个人刚才见到过，又复出现，我还特别注意到两个人像是在附近一家门道里避风。我让我的伙伴注意那两个家伙，他却不耐烦地哼了一声，继续盯视着街道。他不止一次烦躁地挪动两脚，用手指急扣几下墙壁。在我看来，他明明显得心神不安，他的计划没完全像他期望的那样行之有效。后来将近午夜时分，街上行人渐渐稀少，他没法再控制自己的焦虑不安，开始在室内来回踱步。我正想跟他说点什么，抬头朝对面那间亮着灯光的屋子望一眼，不由得再次大吃一惊。我抓住福尔摩斯的胳臂，朝那边的窗户指着。

“那个黑人影儿动晃了！”我喊道。

真格的，窗帘上的影子不再是侧面而是后背冲着我们了。

三年流逝的时光并没使他变得心平气和些，脾气还是那么暴，或者说并没使他减少对智力比他差的人那种不耐烦的情绪。

“他当然动晃了，”他说。“难道我是个那么可笑的笨蛋，竟会支起一个明显的假人，期望靠它蒙骗住欧洲几个顶顶狡猾的家伙吗？咱俩在这间空屋子里呆了两个小时，赫德森太太已经把蜡像的姿势改换了八次，每一刻钟换一次。她从前面转动它，这样便决不会让人看到她的身影儿。啊！”他忽然兴奋得尖声倒抽口气。在微弱的光线下，我见他朝前探着头，摆出全神贯注的姿态。街上空无一人。那两个人还可能蜷缩在门道里，可我没能再看到。万籁俱寂，漆黑一片，只有我们对面那扇窗亮着，挂着黄窗帘，正中间现出一个黑身影儿。在那片寂静中，我又听见福尔摩斯发出微微的咝咝声，说明他在竭力克制自己的兴奋心情。接着他马上把我拽到室内最黑的旮旯里，另一只手捂住我的嘴。那只抓住我的手在发颤，我可压根儿没见过我的朋友如此激动。外面黑黢黢的街道上依然寂静而杳无人迹地展现在我们面前。

但是，我突然明白他那非常敏锐的感官已经有所察觉。一阵轻微的声音传到我的耳边，这并非来自贝克街而是从我们藏身的这幢房子后身传来的。一扇门打开又给关上，接着过道里顿时响起微微的脚步声——这脚步原不想弄出声来，却在这空荡荡的屋子里引起一阵刺耳的回响。福尔摩斯马上靠墙蹲下来，我也跟着蹲下，手里紧握着我那把左轮手枪。我在朦胧中看到一个人模模糊糊的轮廓，一个比敞开的门外还要黑的人影儿。他站了片刻，随后便猫着腰威胁地悄悄走进屋来。这个凶险的身影离我们不到三码，我已经迅速作好防备等他扑过来，转念一想他根本不知道我们在这儿。他从我们身边走过去，悄悄贴近窗户，无声地把窗户朝上提起半尺。他跪下来，街上的灯光不再受灰尘仆仆的

玻璃遮挡，把他那张脸照得清清楚楚。这人似乎兴奋得忘乎所以，两眼星星般闪亮，脸在痉挛地抽搐。他是个上了年纪的人，鼻子瘦小而凸出，脑门高而光秃，蓄着硕大的灰白唇髭。一顶夜礼帽给推在后脑勺上。那身敞开的外套露出里面夜礼服衬衫的硬前胸。他那张脸瘦削黝黑，满是凶悍的深皱纹。他手里拿着一根手杖似的木棍儿，可他把它放在地板上时，却发出金属的铿锵声。随后他从外套兜儿里掏出一大块东西，摆弄一阵，最后咔哒一声响，像是一根弹簧或一个螺栓给卡好了位置。他依旧跪在地上，弯身把全身力量压在什么杠杆上，结果发出一阵旋转和摩擦声，最后又咔哒响一声。他随即直起腰来，我这才发现他手里拿着的是一管枪，枪托奇形怪状。他拉开枪膛，把什么东西放进去，又啪地一声推上枪栓。他俯下身子，把枪筒架在窗台上，我看到他那长唇髭散垂在枪托上面，闪亮的眼睛对准瞄准器。他把枪托紧抵在肩头时，我听见一声满意的叹息，也看见那个令人惊奇的目标——那个黄色底面的黑身影儿毫无遮拦地暴露在他的视线前。他一时凝神不动，随即扣动扳机。飕地一声怪响，接着是哐啷一串玻璃破碎的清脆声。就在这当儿，福尔摩斯好似猛虎一般扑向那名射手的后背，一下子把他脸朝下推倒在地，后者立刻翻身跃起，颤巍巍地使劲掐住福尔摩斯的脖子。我急忙用枪柄猛击一下那个家伙的脑袋，他便再次倒在地上。我扑过去狠狠按住他，我的朋友吹了一声刺耳的警笛。人行道上顿时响起哒哒的跑步声，两个穿制服的警察和一名便衣侦探从前门冲进来，进入室内。

“是你吗，莱斯垂德？”福尔摩斯问道。

“是我，福尔摩斯先生。我亲自来执行任务。很高兴见您又回伦敦来了，先生。”

“我觉得你需要点非官方的协助。一年里居然有三起谋杀案没有侦破，这可不行啊，莱斯垂德。不过你在处理莫莱塞谜案没像往常那样——我是说，你处理得蛮不错嘛。”

这当儿，我和福尔摩斯已经站起来，那名囚犯在呼呼喘气，身边有两名高大的警察在揪住他。街头这时又聚集了一些过路闲逛的人。福尔摩斯走到窗前，把窗户关上，拉下百叶窗。莱斯垂德点着两支蜡烛，警察也打开他们的提灯，我终于能好好看看这名囚犯啦。

一张显示精力充沛而又阴险凶恶的脸，转向了我们。这家伙长着哲学家的宽脑门儿和酒色之徒的下巴颏儿，不论是好是歹，想必是以了不起的智能起家的。但是，人一看到他那双冷酷的蓝眼睛，下垂而讥诮的眼睑，或者那凶狠挑衅样儿的鼻子和那两道咄咄逼人的浓眉，不会不觉察出造物主设计的最明显的危险信号。他不注意别人，两眼只盯着福尔摩斯的脸，那种神情交融着仇恨和惊讶。“你这个魔鬼！”他一个劲儿嘟哝道，“你这个狡猾透顶的魔鬼！”

“啊，上校！”福尔摩斯一边整理好他那给弄皱了的衣服领子，一边说，“正如那出老戏所说，‘恋人的相遇终结了行程，’[①]自从我躺在赖兴巴赫瀑布悬崖岩架上，蒙你关照之后，我就没再有幸见到过

---

① 此句出自莎士比亚《第十二夜》第二幕第三场小丑之口。这里引用的是朱生豪的译文。

你了。”

上校像个神志恍惚的人，还在紧紧盯视着我的朋友，只能说出这句话：“你这个狡猾透顶的魔鬼！”

“我还没把你介绍给大家呢，”福尔摩斯说。“诸位，这位是赛巴斯蒂安·莫兰上校，一度在女王陛下的印度陆军中效力，是咱们的东方帝国造就的狩猎猛兽最优秀的射手。上校，说你猎虎的成绩举世无双，我大概没说错吧。”

那个凶狠的老家伙一声不吭，仍然瞪视着我的朋友，那凶猛的目光和竖起的唇髭使他本人活脱儿像只老虎。

“我真纳闷我略施小计居然使一个老练的猎手上当受骗了，”福尔摩斯说。“这该是你很熟悉的计谋嘛。你不是也在一棵树下拴一只小山羊，自己带着来复枪躲在树上，等那诱饵把老虎引来吗？这栋空房子成了我的树，你就是我要猎的老虎。你可能还带着几支备用的枪，以防出

现好几只老虎，要么就是因为你自己没能瞄准好，可这种推测又显得不大可能。瞧，这几位都是我备用的枪，”他指指周围的人，“这个比喻倒蛮确切吧。”

莫兰上校一声怒吼，向前冲来，却让那两名警察拽了回去。他脸上那副愤怒的表情叫人看着真够可怕的。

“我承认你也叫我小小吃了一惊，”福尔摩斯说，“我没料到你也会利用这幢空房子和这扇挺方便的前窗，我原以为你会在街上采取行动咧，我的朋友莱斯垂德和他的好汉们都在那儿等着你呐。除此之外，一切倒都进行得如我所料。”

莫兰上校转向那位官方侦探。

“你也许有也许没有逮捕我的正当理由，”他说，“至少没有理由让我该受这个家伙的嘲弄。我如果现在受制于法律，那就一切听凭法律来办事吧。”

“嗯，说得倒也够合理的，”莱斯垂德说。“福尔摩斯先生，我们走之前，您还有什么要嘱咐吗？”

福尔摩斯已经从地上捡起那把威力很大的气枪，正在察看它的结构。

“真是一件极好而独特的武器，”他说，“无声而且威力无比。我认识那个双目失明的德国技工冯·海德尔，这把枪是已故莫里亚蒂教授向他定制的。多年来我一直知道这把枪的存在，尽管从来没机会摆弄过它。莱斯垂德，我现在特地把它和这些适用于它的子弹交给你保管吧。”

“交给我们保管，您尽可放心，福尔摩斯先生，”大家朝门口走去，莱斯垂德说，“您还有什么事要关照吗？”

“只问一下，你打算拿什么罪名提出控告呢？”

“什么罪名？当然是企图谋杀福尔摩斯先生了。”

“不行，莱斯垂德，我根本不打算在这件事情上露面。你这次逮捕得十分出色，功劳全是你的，只归你一人。对，莱斯垂德，我祝贺你，你像以往那样智勇双全地抓住了他。”

“抓住了他！抓住了谁啊，福尔摩斯先生？”

“就是警方全部出动都没找到的那个家伙——赛巴斯蒂安·莫兰上校啊，他在上个月30号用这把气枪对准公园道427号三楼正面那扇敞开的窗户开了一枪，那一发开花弹把尊敬的罗纳德·阿代尔打死了。控告的就是这个罪名，莱斯垂德。现在嘛，华生，你如果忍受得了我那扇给打碎玻璃的窗户透进去的冷风，不妨到我的书房去抽支雪茄烟，待半个小时，这或许能提供给你稍许有益的乐趣。”

我们那几间老房间，多亏麦克洛夫特·福尔摩斯的监管和赫德森太太的精心照料，完全没改样儿。我一走进去，就注意到屋子里给收拾得异常整洁，原有的界标依然如旧。这边是做化学试验的角落，摆着那张让酸液弄污了桌面的松木桌，那边书架上排列着大部头的剪贴本和参考书，大都是许多英国人巴望烧掉才高兴的材料。我环视四周，挂图啦，提琴盒啦，烟斗架啦，连那只装烟丝的波斯拖鞋，都历历在目。室内已有两位在，一位是笑脸相迎我们回来的赫德森太太，另一位是那个在今晚历险中起了重要作用的假冒的怪人。那是我朋友的一尊上彩蜡像，真是塑得惟妙惟肖，给放在一个带垫座的支架上，披着福尔摩斯的一件晨袍，给街上过往的行人造成绝对完美的错觉。

“所有预防措施您都遵守了吧，赫德森太太？”福尔摩斯问道。

“全照您的吩咐，我是跪着干的，先生。”

“好极了。您完成得很出色。您看见子弹打在哪儿了吗？”

“看见了，先生。您这座漂亮的半身塑像怕是已经给毁了，因为子弹恰恰穿过脑袋，在墙上撞扁了。这是我在地上捡到的，给您吧！”

福尔摩斯伸手把子弹递给我。“华生，你看，是一颗左轮手枪的开花弹。这家伙真有两下子，谁会想到这样的子弹竟会是气枪打出来的。好了，赫德森太太，非常感谢您的协助。华生，现在请你还坐在那把你喜欢坐的椅子上吧，我还有几点想跟你谈谈。”

他已经脱掉那件旧礼服大衣，换上他从蜡像上取下来的那件鼠色晨袍，于是又成了往日的福尔摩斯。

“那个老猎手居然手不颤，眼不花，”他一边观察蜡像给打碎的脑门儿，一边笑着说，“瞄准后脑勺中部，恰好射穿大脑。他以前在印度是一名最优秀的射手，如今在伦敦也恐怕少有比他更强的。你听说过他吗？”

“没听说过。”

“嗯，嗯，名望也就出在这一点上！那我如果没记错的话，你也没听说过詹姆斯·莫里亚蒂吧，他是本世纪的一位大学者。劳驾把书架上那本传记索引拿给我，好吗？”

福尔摩斯靠在椅背上，嘴里喷出雪茄烟的浓烟雾，懒洋洋地逐页翻着他收集的资料。

“我收集在 M 字首里的这些材料很不错，”他说。“莫里亚蒂这个家伙给收在哪个字首里都会使那个字母生辉。这是放毒犯莫根，这是遗臭万年的梅里丢。还有马修斯，这家伙在查林十字广场候车室里打掉了我的右犬齿。最后这个就是咱们今夜见到的那位朋友。”

他把那个本子递给我，我念道：“赛巴斯蒂安·莫兰上校，无业，原属孟加拉轻工兵一团。1840 年出生于伦敦，系英国原驻波斯公使奥克斯塔斯·莫兰爵士之子。曾就读于伊顿公学和牛津大学。参加过乔瓦基战役和阿富汗战役，在查拉希阿伯（受派遣去的）、谢尔布尔和喀布尔服过役。著作：《喜马拉雅山西部猛兽猎物》（1881）和《丛林中三月》（1884）。住址：喷泉街。俱乐部：英印俱乐部、坦克维尔俱乐部和巴格特尔纸牌俱乐部。”

在这页页边空白处，福尔摩斯明确地写着：“伦敦第二号最危险的人物。”

“真叫人惊讶，”我把那个本子递还给他时说，“从这个家伙的履

历来看，倒是个蛮体面的军人嘛！”

“确实是的，”福尔摩斯答道，“他在一定程度上干得还不赖。他一向颇有胆量。印度至今还流传着他怎样爬进沟渠捕捉一头受伤的吃人老虎的事迹呢。华生，有些树木长到一定高度时就会突然分岔变成难看的模样儿。这种现象在人身上也常会见到。我有个理论，就是说个人在成长中再现了他祖辈成长的全过程，这种突然变好或变坏，意味着受了家族世系中某种强大的影响。这个人似乎成了他家族史的缩影。”

“你这种想法真有点离奇古怪。”

“嗯，这我倒也并不坚持。甭管什么原因吧，反正莫兰上校渐渐开始堕落了。他尽管在印度没有什么公开的丑闻曝光，可还是折腾得没法再呆下去了。他只好退伍，返回伦敦，却又搞得声名狼藉。就在这当口，他被莫里亚蒂教授挑中收留了，一度成为他的主要参谋。莫里亚蒂慷慨地供他钱花，只在一两件一般匪徒承担不了的挺高级的活儿上启用了他。你也许还记得1887年劳德市斯图尔特夫人之死吧。不记得了？嗯，我敢肯定那是莫兰干的，却又什么证据也查不出来。这位上校隐蔽得非常巧妙，即使莫里亚蒂团伙已被端掉，我们也没法控告他。你记不记得那天我到你的住所去的时候，怎样为防范气枪射击而关上了百叶窗吗？当时你无疑认为我想入非非，可我心里明白自己干的事没错儿，因为我知道世上存在着这样一把不同寻常的枪支，也晓得世上一名最优秀的射手会使用它。咱们在瑞士时，他跟莫里亚蒂一起在追踪咱俩，毫无疑问就是他让我在赖兴巴赫瀑布悬崖岩架上度过了那可怕而难熬的五分钟。

“你可以想像得到我待在法国那阵子一直注意看报，就是想找个机会把他制服。只要他还在伦敦逍遥法外，我就不配活在这人间。他那阴影势必会始终笼罩在我头上，而且他早晚必定会对我下手。那我该怎么办呢？总不能一见到他就毙了他吧，那就会使我自己得受审坐牢。即使向行政长官求援，也会无济于事。在他们看来，我只是胡乱猜疑，他们没法凭借这一点进行干预。因此，我真是一筹莫展，什么也不能做。可我留意报章上报道的犯罪案件，心里明白早晚我会把他逮住。后来我见到了罗纳德·阿代尔惨死的消息，我的机会终于来到了。据我所知的情况，这不明明是莫兰上校干的吗？他先跟那个小伙子一块儿打牌，随后从俱乐部一直跟踪他到家，对准那扇敞开的窗户开枪打死了阿代尔。这是毫无疑问的。光凭这种子弹就足可以把他送上绞刑架。我便立刻赶回伦敦，却被那个放哨的家伙发现了，他当然会告诉上校留神我的出现。上校没法不把我的突然归来跟他所犯的案联系到一块儿，而且十分惊恐不安。我确信他会立刻力图把我除掉，并且为此目的再次会使用那件凶恶的武器。我在窗口给他留下一个明显的靶子，预先通知了伦敦警察厅协助——顺便说一下，华生，你当时准确无误地发现了他们待在门道里——然后我便找了一处审慎的监视点，可我绝没料到那个家伙也会选中那个地点袭击我。亲爱的华生，现在还有什么需要我解释吗？”

“有，”我说。“你还没说清楚莫兰上校谋杀罗纳德·阿代尔的动机是什么？”

“哦，亲爱的华生，这一方面咱们只能做些推测，即使最富逻辑的头脑也可能会出错。各人可以根据现有的证据作出各人的推测，你我的推测都可能对。”

“那你已经作出了推测？”

“我觉得这事并不难解释。从证词中知道莫兰上校和年轻的阿代尔搭档赢了一大笔钱。无疑莫兰作了弊——他打牌作弊我早就知晓。我相信就在阿代尔遇害那天，阿代尔发觉了莫兰作弊，很可能私下跟莫兰谈了这事，还威胁要揭发他，除非他自动退出俱乐部并且从此不再打牌。按说阿代尔这样的年轻人不大可能立刻就揭发一个比他年纪大得多且有点名望的莫兰，闹出一场骇人听闻的丑事。他大概像我估计的那样，还没有揭发。但是，对那位靠打牌作弊赢钱的莫兰来说，开除出俱乐部就等于绝了他的生路。因此他就谋杀了阿代尔，当时阿代尔正在计算自己该退还多少钱，因为他不想靠搭档作弊而获利。他锁上房门是害怕母亲和妹妹突然进来，硬要弄明白桌上摆着一摞摞钱币，还有那张人名单，他究竟在干什么呐。这样解释还说得通吧？”

“你真是把事实真相都说清楚了，我完全相信。”

“这会在审讯时得到证实或遭到反驳。反正，不管怎么样，莫兰上校再也不会打搅咱们啦。冯·海德尔制作的那把出名的气枪会使伦敦警察厅博物馆增辉不少。歇洛克·福尔摩斯先生又可以自由自在地致力于调查伦敦错综复杂的生活中出现的丰富有趣儿的小问题啦。”

（1903）

跳舞小人儿

福尔摩斯弯着瘦长的身子，已经默默地坐了好几个小时光景，一直在盯视着面前的一个容器，那里面正熬着一种发出特别恶臭的化合物。他的脑袋耷拉在胸前，从我这边望过去，活脱儿像只精瘦的怪鸟，浑身披着深灰色羽毛，顶冠则是黝黑的。

“这么说，华生，”他突然开口道，“你不打算购买南非债券进行投资啦？”

我大吃一惊，尽管我已经习惯福尔摩斯那种神奇本领，可他居然一语道破我内心最隐秘的想法，倒真叫人根本没法理解。

“这你是怎么知道的？”我问道。

他在圆凳上转过身来，手里拿着一个冒着蒸气的试管，两只深陷的眼睛微微显现自己感到蛮有趣儿的神情。

“华生，你现在承认自己大吃一惊了吧。”

“对，我承认。”

“我该用张纸把你这句话记下来，让你签个名留着。”

“为什么？”

“因为不出五分钟，你又会说这事本来就简单得多么荒唐可笑嘛。”

“我保证不这样说就是。”

“要知道，亲爱的华生”——他把试管插回架子，带着教授给班上的学生讲课那种神态讲起来——“做出一系列推理，其中每项推理都从属于前面那项推理，而且每项推理本身又很简单，这其实一点也不难。然后，你若把当中那些推理都刨除，只对听你讲的人摆出起点和结论，那就会产生一种惊人的效果，尽管可能有点虚夸，也不碍事。喏，我一看到你左手大拇指和食指的虎口那儿，就觉得蛮有把握地说你不打算把你那点资金投资金矿了，这种推测真的并不难。”

“我看不出这两方面有什么联系。”

“看上去像是没有，可我能马上给你指明这两方面紧密的联系。这一连串很简单的事明明缺了一些连接的环节。首先，你昨夜从俱乐部回来，左手虎口上有白垩粉。第二，只有在打台球时，为了稳住球杆，才在虎口抹上白垩粉。第三，你除了跟瑟斯顿打打台球之外，从来也不打。第四，四周前你跟我说过瑟斯顿有购买南非某项产业的特权，可是再过一个月就要过期无效了，他巴望你能跟他共享这个特权。第五，你的支票本锁在我的抽屉里，你却没向我要过钥匙。第六，你不打算把钱在这方面投资了。”

“这事简单得多么荒唐可笑呀！”我大声说。

“正是这样！”他有点恼怒地说，“什么问题，一经给你做出解释，就变得十分简单幼稚了。哼，这里倒有个还没解释的问题，看你怎样解释吧，华生。”他把一张纸条掼在桌上，转身又去做他的化学分析去了。

我惊奇地望着纸上画着的一些荒诞的象形符号。

“怎么，福尔摩斯，这是小孩儿画的一张画儿啊，”我大声说。

“哦，这只是你的看法！”

“难道还会有什么别的意思吗？”

“这正是希尔顿·丘比特先生急着想搞清楚的问题，他住在诺福克郡赖丁·索普庄园。这个叫人猜不透的小问题是今天首班邮车送来的，他本人准备搭下一班火车前来。门铃响了，华生。来人如果就是他，我一点也不会感到吃惊。”

从楼梯上传来一阵沉重的脚步声，随即就进来一位个儿高、身体健壮、脸刮得挺干净的绅士，那双明亮的眼睛和红润的面颊说明他生活在远离贝克街那种雾气腾腾的地方。他一进来，似乎带进来一股东海岸那边浓郁而凉爽的新鲜空气。他跟我们握过手，正要坐下来，目光落在我刚才细看后放在桌上的那张画着古怪符号的纸条上。

“嗯，福尔摩斯先生，这您怎样解释呢？”他大声说。“据说您喜欢探索古怪的谜，我想您再也找不到什么比这更奇怪的了吧。我先把这张纸条寄给您，是想让您在我来这里之前先有点时间研究一番。”

“这确实是件相当古怪的作品，”福尔摩斯说，“乍一看就像是那么一个幼稚的玩笑，在纸上画一排奇形怪状的跳舞小人儿。你为何如此重视这张怪画儿呢？”

“我压根儿也不会的，福尔摩斯先生，只是我太太很重视。这张画儿真是把她吓得要命，可她什么也没说，我却从她的眼神看出她的恐惧。这就是我想把这事彻底弄清楚的原因。”

福尔摩斯把那张纸举起来，让阳光充分照亮它。那是从笔记本上撕下来的一页纸。上面是用铅笔画的一些跳舞小人儿，排列如下：

福尔摩斯仔细看了看，然后把它小心折起来，放进自己的皮夹子。

“这可能是件最有趣儿、最不寻常的案子，”他说。“你在信里告诉了我一些细节，希尔顿·丘比特先生，可我想请您再给我的朋友华生大夫说说。”

“我不是个会讲故事的人，”我们的来客说，那双壮实的大手时而神经质地握紧，时而松开。“我如果有什么地方说得不清楚，请尽管提问。那就从去年我结婚的时候说起吧，不过我先想声明一下，我虽然不是个富有的人，可我们这户人家已经在赖丁·索普居住了五个世纪之久，可以说诺福克郡再也没有哪一家比我们更有声望了。去年我来到伦敦参加维多利亚女王即位60周年①纪念，住在罗素广场一家寄宿公寓里，因为我们教区的派克牧师住在那儿。那家公寓里还住着一位年轻的美国小姐，姓帕特里克，全名是埃尔茜·帕特里克。于是我们俩就成了朋友，还没等我在伦敦住满一个月，我便深深陷入了情网。我们就悄悄登记结了婚，没举行宗教仪式，随后便作为夫妇返回诺福克。福尔摩斯先生，您会认为一位名门子弟居然以这种方式娶了一个身世不明的妻子，简直是太不像话了吧，可您要是亲眼见到她，对她有所了解，就会理解这一切了。

“埃尔茜在这桩婚事上倒也十分直爽。我不能说她没有给我改变主意的机会，如果我愿意那样做的话。‘我过去跟一些人有过极不愉快的交往，’她说，‘现在我希望把他们统统忘掉。我宁愿永远不再提起往

① 指1897年。

事，因为那会使我十分痛苦。你如果娶我，希尔顿，会娶到一个没做过任何自愧的事的女人，可你得满足于我的诺言，并且在我嫁给你之前，允许我对自己以往的经历保持沉默。你如果觉得这个条件太苛刻，那你就回诺福克去，让我依旧过我的孤独生活吧。'这是在我们结婚的前一天，她对我说的一番话。我告诉她我愿意依从她的条件娶她，我也一直遵守着我的诺言。

"就这样我们至今已经结婚一年，一直过得很幸福。可是大约一个月前，六月底那阵子，我第一次见到麻烦事出现的迹象。有一天我太太收到一封从美国寄来的信，我看到了上面贴着美国邮票。她的脸色变得煞白，看完信就把它扔进火里烧了。后来她没再提这事，我也没提，因为诺言总归是诺言嘛，可她从那时起就不再有一时一刻安宁，脸上总带着恐惧的神情——一种仿佛在等待什么的神情。她要是相信我就会好些，她会发现我是她最好的朋友，但是除非她本人开口，我什么都不便说。请您注意，福尔摩斯先生，她是个诚实的女人，不管她过去在生活中可能出现过什么麻烦事，那也不会是她的错儿。我只是个诺福克郡的普通乡绅，可是在拥有家族声望这方面，英国没有另一个男人比我更高了。她很了解这一点，而且在没跟我结婚之前就很清楚了。她决不愿意给我们家族的声誉带来任何污点——这我完全相信。

"好，现在我该谈到怪事儿那部分啦。大约一周前——就是星期二那天——我发现一个窗台上画了一些荒唐可笑的跳舞小人儿，跟这张纸上画的一模一样，是用粉笔乱涂的，我还当是我家小马倌画的呢，可那孩子赌咒发誓说他绝对没干过那种事。不管怎么说，那些跳舞小人儿是在夜间画上去的，我就把它们擦掉了，后来才跟我太太提起这事。叫我吃惊的是，她把这事看得很严重，要求我如果再看到这种画儿出现，让她看一看。随后一周里，什么也没出现，可是昨天早晨我在花园里的日晷仪上又找到了这张纸条。我便拿给埃尔茜看，她一看就顿时昏倒了。从那时起，她便像个做梦的女人，神志恍惚，总是带着惊恐不安的眼神。我就在那时，福尔摩斯先生，给您写了那封信，连带那张纸条一齐寄给您了。我没法把那玩意儿交给警方，因为他们势必会笑话我，可您却会告诉我该怎么办。我虽然并不富有，可是万一我太太会有什么灾祸临头，我愿意不惜倾家荡产来保护她。”

这个土生土长的英国男子，身材很帅，纯朴，正直，文雅，生着一双真诚的蓝眼睛和一张清秀的脸。他满脸现出自己对妻子热爱和信任的神情。福尔摩斯聚精会神地听他讲完这件事之后，坐着沉思片刻。

“丘比特先生，难道您不认为，”他最后开口道，“最好的办法就是直接请求尊夫人把她的隐秘告诉您吗？”

希尔顿·丘比特摆摆他那大脑袋。

“诺言总归是诺言，福尔摩斯先生，埃尔茜要是愿意告诉我，就会自动说出来的。要是她不愿意说，我也不想强迫她说。反正我自己有理由想办法把这事弄清楚——我会的。”

“那我愿意全心全意帮助您。首先，您有没有听说贵府附近一带出现过什么陌生人？”

“没有。”

“按我猜想你们那一带是个很僻静的地方，任何陌生面孔一出现，都会引人注意吧？”

“在近邻一带是这样的。可是，离我们不太远那边有好几处饮牲口的地方，那里的老乡常留人住宿。”

“这些象形符号明明具有含意。如果纯粹是随意画的，那咱们也许就做不出什么解释。如果是有系统的，我倒确信咱们可以把它们彻底弄个明白。可是只有这张太简短的，我实在没法着手分析；再者，您提供给我的这些情况又那么模糊，没法作为调查的基础。我建议您回诺福克，密切注视事态的发展，把可能再次出现的跳舞小人儿的画儿都临摹下来。早先用粉笔画在窗台上那些跳舞小人儿咱们没留下一张临摹的，实在太可惜了。您还得仔细打听一下最近邻近来过什么陌生人。等您搜集到了一些新的证据，就再来我这儿一趟。我眼下能给您的建议就是这些。万一有什么紧急的新发展，我可以随时赶到诺福克贵府去。”

这次会面后，福尔摩斯总爱默默沉思冥想，一连几天我看见他好几次从笔记本里取出那张纸条，久久认真琢磨那上面画的古怪小人儿。但是他绝口不提这件事，直到约摸两周后，有一天下午我正要出门，他却把我叫住了。

“华生，你最好别走。”

“为什么？”

“因为今天早上我收到希尔顿·丘比特先生来的电报——你还记得他和那些跳舞小人儿吗？他一点二十分抵达利物浦街车站，随时可能到这儿来。从那封电报中我推测他家里又出现了重要的新情况。”

我们没等多久，那位诺福克乡绅就坐马车直接从车站赶来了。看上去他又焦急又沮丧，两眼现出倦怠的神情，脑门满布皱纹。

“这事搅得我真是心烦意乱了，福尔摩斯先生，”他像个筋疲力尽的人，跌坐在一把扶手椅里，说道。“你感到被人无形中包围，可又闹不清谁在算计你，这就够糟糕的了；再加上你眼看着这事正在一点一点地伤害自己的太太，那就不是血肉之躯所能忍受的了。埃尔茜给折磨得越来越瘦了——就在我眼前渐渐瘦下去。”

“她至今说了什么没有？”

“没有，福尔摩斯先生。她还是什么也没说。不过，可怜的姑娘有好几次想说，却又鼓不起勇气冒险尝试。我也曾试图帮助她，可我也许做得太笨拙，反倒吓得她不敢说了。她提起了我的古老家族啦，我们在郡里的声望啦，我们的荣誉没受过玷污而引以自豪啦，我总以为她快要谈到点子上了，可是不知怎的，话还没讲到那儿就又给岔开了。”

“那您自己又发现了什么？”

“发现得还真不少，福尔摩斯先生。我给您带来了一些新的跳舞小人儿的画儿。更重要的是，我看到了那个家伙。”

“什么，是画小人儿那个家伙吗？”

“对，我看见他在画呢。让我还是按先后次序跟您说说吧。我上次拜访您之后，回家的第二天早上，头一样见到的东西就是一排新的跳舞小人儿，是用粉笔画在工具房那扇黑木门上的，那座工具房挨着草坪，面对楼房前窗。我照原样临摹了一张，给您带来了。”他打开一张叠着的纸，把它抚平放在桌上。临摹的象形符号如下：

“太好了！”福尔摩斯说。“太好了！请接着说。”

“临摹完了，我就把那些符号擦掉了；可是过了两天，又出现一排新的。这我也临摹了下来。在这儿，您看！”

福尔摩斯搓着双手，高兴得格格笑出声来。

“咱们的资料积累得蛮快嘛，”他说。

“三天后，我又在日晷仪上找到一张纸条，上面压着一块鹅卵石。纸上乱画的一排小人儿跟上次在工具房门上画的完全一样。从那以后，我就决定夜里守候着；我取出左轮手枪，坐在书房里通宵不睡，因为从那里可以观望到草坪和花园。约摸凌晨两点钟，我坐在窗户旁边，除了外面的月光外，四下里一片漆黑，这时我听见身后有脚步声，原来是我太太穿着睡衣走来了。她央求我去睡觉吧，我则真诚地告诉她，倒要看看是谁在捉弄我们。她回答说这是一种毫无意义的恶作剧，劝我别去搭理。

“‘如果这事真叫你发火，希尔顿，那咱俩可以出外去旅游，躲开这个讨人厌的家伙。’

"'什么，让一个搞恶作剧的家伙把咱俩撵出家门?'我说。'那可叫全郡的人都会笑话咱们啦。'

"'睡觉去吧，'她说，'咱们可以在早晨再商量。'

"她正说着，我突然发现她那张脸在月光下变得越发苍白，一只手紧紧抓住我的肩膀。这当儿，工具房那边的阴影里有什么在移动，我定睛一看，是个黑糊糊的人影儿在蹑手蹑脚地走动，偷偷绕过墙角走到工具房门前蹲了下来。我抓起手枪就要冲出去，我太太却使劲把我揪住。我想甩脱她，可她拼命抱住我不放。最后我还是挣脱出来，但是我打开房门，跑到工具房前，那个家伙已经不见了。不过，他留下了痕迹，门上又有一排跳舞小人儿，排列得跟前两次的完全相同，我已经在那张纸上临摹过了。我尽管把院子里四处都搜了个遍，却再也没见到那个家伙的踪影。可这事怪就怪在他并没走开，想必一直在院子里，因为我清晨检查工具房那扇门时，发现除去我已见到过那排小人儿，上面又添了几个新画的小人儿。"

"那些新画的你有没有临摹?"

"临摹了，很短一行，就是这一张。"

他又拿出一张纸。新画的舞蹈形式如下：——

"告诉我，"福尔摩斯说——我从他的眼神看得出他心情十分激动——"这些新画的是画在上一行下面呢，还是完全分开画的？"

"是画在另一块门板上的。"

"好极了！这对咱们的研究来说至关重要。我觉得大有希望了。现在，希尔顿·丘比特先生，请接着讲这件蛮有趣儿的事吧。"

"没有什么可说的了，福尔摩斯先生，只是那天夜里我很生我太太的气，因为我正可以逮住那个偷偷溜进来的无赖，她却把我揪住了。她说怕我会受到伤害，我脑子里却顿时闪现这样一个想法：她真正担心的也许是怕那个人会受到伤害吧，因为我没法不怀疑她知道那个家伙是谁，而且她也懂得他写的那些怪符号的意思。不过，福尔摩斯先生，我太太那种话音和眼神却又不容我猜疑，我相信她心里担心的确实是我的人身安全。情况就是这样，我现在要向您请教该怎么办。我自己想派我农场里的五六个小伙子埋伏在灌木丛里，等那小子再来时狠狠揍他一顿，叫他以后别再来打搅我们。"

"这是个挺深奥的案子，您那套简单的办法恐怕无济于事，"福尔摩斯说，"您能在伦敦呆几天？"

"今天我就得回去。我放心不下让我太太一整夜独自呆在家里。她神经很紧张，也要求我回去。"

"您回去大概是对的，可您要是能呆下来，说不定过一两天我也许能跟您一块儿去。那您把这些纸条先留下吧，我可能不久就会去拜访您，帮助您把这事搞清楚。"

福尔摩斯在我们那位客人没离开之前，一直保持着他那个行当的沉稳态度，可我很了解他，很容易就看出他其实心里兴奋得很。希尔顿·丘比特那宽阔的背影刚从门口一消失，我这位伙伴便急忙奔向书桌，把那些画着跳舞小人儿的纸条都摆在面前，全身投入精细而复杂的分析。我一连两小时看见他在一张接一张的纸上画满小人儿，写上字母，掉来换去的，干得那样全神贯注，明明已经忘记我在他身边呢。他有时干得有了进展，便吹声口哨，哼句小调，有时又给难住了，便紧皱眉头，两眼发愣，呆坐在那里好一阵子。最后，他满意地叫了一声，从椅子上一跃而起，不住地搓着双手，在室内踱来踱去。接着，他在一张电报纸上写下很长的电文。“如果我对这事的解答像我希望的那样，华生，你便可以在你收集的纪录里又增添一桩怪有趣儿的案子啦，”他说，“我想咱俩明天就可以去诺福克，给咱们那位朋友带去一些有关那件惹他烦恼的事的秘密确切的消息。”

我承认自己当时满怀好奇心，真想问个明白，可我知道福尔摩斯喜欢在自己认为合适的时候才用自己的方式透露他的机密，于是在他觉得何时向我透露比较合适之前，我就等着呗。

但是，迟迟不见回音，我们耐着性子等了两天；在这期间，只要门铃一响，福尔摩斯便侧耳倾听。第二天傍晚，希尔顿·丘比特寄来了一封信，说他家里平安无事，只是那天早晨日晷仪上又出现了一长排跳舞小人儿。他临摹了一张，随信附来了：——

福尔摩斯俯身察看这张怪诞的图案好几分钟，突然站起来沮丧地惊呼一声，焦急得满脸都憔悴了。

“这事咱们可不能不管啦，”他说，“今天晚上有去北沃尔舍姆的火车吗？”

我查阅火车时间表，末班车刚开走。

“那咱们明天早点吃早饭，坐头班车去，”福尔摩斯说，“咱们现在非出面不可了。啊，咱们期盼的电报来了。等一下，赫德森太太，也许得发个回电。哦，不必了，果然不出我所料。得知这个信息，咱们更得马上赶去，好让希尔顿 · 丘比特知道事情真相，一刻也不能耽搁啦，因为我们这位头脑简单的诺福克绅士已经陷入异常危险的罗网。”

后来证明情况确实如此。现在我快讲到那件最初我还当是幼稚可笑的怪事的结尾时，再次体验到当时那种惊愕、沮丧和恐怖。尽管我愿意传达给读者诸君一个比较美好的结尾，可是这里是在记述事实，我不得不把那一连串怪事照实叙述下去，一直讲到那不幸的结局，那些事件一度曾使赖丁 · 索普庄园在英国家喻户晓哩。

我们俩在北沃尔舍姆站下车，刚一提到要去的目的地，站长就匆匆朝我们走来，问道：“二位大概是从伦敦来的侦探吧？”

福尔摩斯脸上现出厌烦的神情。

“你怎么居然会这样认为呢？”

“因为诺里奇的马丁警长刚打这儿过。要么二位是外科医生吧。她还没死——至少最近的消息是这样说的。二位也许还来得及把她救活——可那也只是让她活着上绞刑架罢了。”

福尔摩斯顿时忧虑得愁容满面。

“我们是去赖丁·索普庄园，”他说，“可没听说那边出了什么事啊。”

“真是太可怕了，”站长说。“希尔顿·丘比特夫妇俩都遭到了枪击，先是太太开枪打死了丈夫，随后太太也饮弹自尽了——这是他们家的仆人说的。男的死了，女的生还的希望也不大了。唉，唉，诺福克郡一户最古老最荣耀的家族呵！”

福尔摩斯什么话也没说，急忙搭乘一辆马车。在七里的长途中，他一直没开口。我很少见他如此失望过。从伦敦来的一路上，福尔摩斯就显得心神不安，我注意到他十分关切地逐页查阅晨报；现在他所担心的最坏的情况一下子变成事实，不由得使他茫然若失，忧郁消沉，他靠在车座上默默沉思这一令人沮丧的变故。然而，这一带有不少引起我们兴趣的事物，因为我们正穿过英国一片独一无二的乡野，这儿那儿只有少数农舍，表明今日这里人口已经稀少。四方都有高大的方塔型教堂耸立在一片平坦苍翠的景色中，显示昔日东盎格里亚王国[①]的繁荣昌盛。最后又有北海的紫色海面出现在诺福克青葱的岸边，马车夫用鞭子指着小树丛中露出来的两堵砖木的古老山墙，嘴里说道：“那边就是赖丁·索普庄园！”

我们的马车一驶进那有圆柱门廊的前门，我就看到门前网球场旁边那座曾引起我们诸多古怪联想的黑门工具房和那个日晷仪。一个短小

---

① 东盎格里亚王国，中世纪英国早期七国时代的王国之一，位于东英吉利，在今英格兰东部，包括诺福克郡和萨福克郡。

精干、动作敏捷、蓄着涂过蜡的唇髭的汉子从一辆单匹马拉的马车上跳下来，自我介绍是诺福克警察局的马丁警长。一听说我的伙伴的大名，他不免大吃一惊。

“怎么，福尔摩斯先生，这桩案子今天凌晨三点才发生，您怎么在伦敦就听到了，而且跟我们一样快赶到现场来了？”

“这事我早就料到了，来这儿本想阻止它发生。”

“那您一定掌握了我们一无所知的重要证据，因为据说他们俩是一对顶顶和睦相处的夫妇啊。”

“我只有一些跳舞小人儿可作为物证，”福尔摩斯说，“呆会儿我会给你解释。眼下，既然没来得及阻止这场悲剧发生，我非常期望用我掌握的情况来伸张正义。你愿意我参加你的调查工作呢，还是宁愿让我独自行动？”

“您要是愿意跟我们一起行动，那我会感到十分荣幸，”警长真诚地说。

“那我就想立刻听取证词，四处检查一番，一刻也不能耽误啦。”

马丁警长让我的朋友自行调查，自己则满足于仔细记录成果，不失为明智之举。本地那位外科医生是位白发苍苍的老头儿，刚从丘比特太太的卧室出来，连忙走下楼来报告说她的伤势十分严重，倒不一定致命。子弹是从脑门儿打进去的，多半要经过一段时间才能恢复知觉。至于她是被别人枪击的还是自戕，他不敢妄加断语。不过这一枪肯定是从离她很近之处射发的。室内只发现了一把手枪，射出了两发子弹。希尔顿 · 丘比特先生的心脏已被射穿。既可以设想希尔顿先生开枪射杀了他的太太，然后自杀，也可以设想他的太太是凶手，因为那把左轮手枪掉在了他俩正中间的地板上。

“这个男人有没有给挪动过？”福尔摩斯问。

“没有，我们只把太太抬出去了。我们不能看着她伤成那样还让她躺在地板上。”

“您到这儿来多长时间了，大夫?”

“从凌晨四点钟一直到现在。”

“还有别人来过吗?”

“有，就是这位警长。”

“您什么都没碰过吗?”

“没碰过。”

“您倒很小心谨慎。谁去请您来的?”

“这家的女仆桑德丝。”

“是她发现了这场惨剧?”

“是她跟厨娘金太太一块儿发现的。”

“她们俩眼下在哪儿?”

“大概在厨房里吧。”

“那我想咱们最好马上听听她俩怎么说吧。”

那间橡木墙板和高窗户的古老大厅成了侦讯室。福尔摩斯坐在一把老式的大椅子上，面容憔悴，严峻的目光却炯炯有神。我从他的眼神看得出他下定了决心要把这个案子彻底调查清楚，好为那位他没能搭救的委托人最终报仇。大厅里还聚着衣着整洁的马丁警长、白发苍苍的乡村大夫、我本人和一名呆头呆脑的乡村警察，形成一伙古里古怪的调查人员。

那两位妇女讲得够清楚的。一声爆炸把她们俩从梦中惊醒，接着又响了一声。她俩睡在两间相连的房间里，金太太跑进桑德丝的房间，两人便一块儿奔下楼。书房门敞着呐，桌上点着一支蜡烛。男主人脸朝下趴在室内正中间，已经死了。女主人蜷缩在窗户近旁，脑袋靠在墙上。她伤势严重，满脸是血，大口大口地喘气，却说不出话来。书房和走廊里净是烟雾和火药味儿。窗户是关着的，并且是从里面插上的；在这一点上，她俩都说得十分肯定。她们立刻叫人去找医生和警察。随后，她们在马夫和小马倌的帮助下，把受伤的女主人抬回她的卧室。出事前夫妇俩已经准备就寝，她还穿着衣服，没换睡衣呐，他在睡衣外穿着晨袍。书房里的东西都没给动过。就她们所知，夫妇俩压根儿也没吵过架。她们一直把这对夫妇看成是非常和睦美满的一对。

两名女仆的证词就是这些。在回答马丁警长的讯问时，她俩肯定所有的门都从里面闩好了，谁也没法从楼房里逃出去。在答复福尔摩斯询问时，她俩都说记得从顶楼房间一跑出来就闻到了火药味儿。“我提醒你注意这一事实，”福尔摩斯对他的同行马丁警长说，“好了，我想咱们现在可以开始彻底检查一下那间书房啦。”

书房的面积并不大，三面墙都排列着书籍，一张书桌面对一扇可以眺望花园的窗户。我们首先注意的是那位不幸的乡绅的尸体，他那魁伟的身躯四肢大张地躺在室内。子弹射中他的正面，穿进心脏留在里面了。他肯定当场就死了，没受什么痛苦。他的晨袍和双手上都没有火药痕迹。据乡村医生说，女主人脸上有火药污迹，不过手上倒一点也没有。

“没有火药痕迹并不能说明什么，要是有的话，倒能解释一切啦，”福尔摩斯说。“除非是子弹太不合辙，火药才会朝后喷出来，否则你开多少枪，也都不会留下痕迹。我建议现在可以把丘比特先生的尸体移走啦。大夫，您大概还没取出那颗打伤女主人的子弹吧？”

“没有，那得做一次很复杂的手术才办得到。不过，那把左轮手枪里还留有四颗子弹呐。两颗已经射出，造成了两处伤口，因此可以说六发子弹颗颗有了下落！”

“看来像是这样的，”福尔摩斯说，“可是这颗明显打在窗户框子上的子弹，您大概也能作出解释吧？”

他突然转身，用他那细长的手指指着离窗框底边一寸的地方，那里有一个让子弹射穿的小窟窿。

“老天爷，确实有个弹孔！”那位警长惊呼道，“您这是怎么发现的？”

“因为我在找它嘛。”

“真是太神奇了！”那位乡村医生说，“您完全正确，先生。那就是说当时一共开了三枪，因此想必另有一位第三者在场。可是，那又会是谁呢？他怎么竟会跑掉了呢？”

“这正是咱们现在要追查的问题，”歇洛克·福尔摩斯说。“马丁警长，你记得那两名女仆说她俩一出房门就闻到了火药味儿，我当时跟你说过这一点至关重要，是不是？”

“是的，先生。可我得承认我当时并不太懂您的意思。”

“这就是说开枪的时候，书房的门窗都开着呐，否则火药的烟不会那么快就给吹遍整所房子，到处都可以闻到。书房里非得有穿堂风才行。不过嘛，门窗敞开的时间很短。”

“这您又怎么证明的？”

“因为那支蜡烛并没让风吹得淌下蜡油来嘛。”

“对极了！”警长大声说，“对极了！”

“我一肯定这场悲剧发生时窗户是敞着的，就料想到这里面可能会有个第三者，那人站在窗外，朝屋里开了一枪。这时候，屋里如果有人对准那人也开了一枪，就也许打在窗框上面了。我一搜寻，果然那儿有个弹孔。”

“可是窗户怎么给关上了呢？”

“女主人出于本能，首先就会把窗户关上插好。啊，这是什么？”

桌子上放着一个鳄鱼皮镶银边的女用小手提包。福尔摩斯把它打开，倒出里面的东西，只见是一卷英国银行钞票，50 镑一张，一共 20 张，用橡皮圈箍在一起，此外没有什么别的东西。

“这个手提包得给保管起来，日后审讯时可以作为物证，”福尔摩斯把手提包和那捆钞票交给警长，说道，“现在咱们得弄清楚这第三颗子弹是怎么回事；从木头碎片来看，它明明是从书房里朝外打出去的。我想再问问厨娘金太太。金太太，您刚才说是让一声很响的爆炸惊醒的。您的意思是不是说那比第二声要响得多？”

“呃，先生，我是在睡梦中给惊醒的，所以很难分辨出来，不过，听起来似乎确实很响。”

“您不觉得那几乎可能是同时放的两声枪响吗？”

“这我可说不准，先生。”

“我倒相信那确实是两声枪响。马丁警长，我看这间屋子里没有什么可再调查研究的了。你如果愿意跟我一块儿走走，咱们不妨到花园里去看看是不是可以发现什么新证据。”

一座花坛一直伸展到书房窗前。我们一走近花坛，都异口同声地惊呼起来。花坛里的花卉都给踩倒了，松土上满是脚印儿。那是男人的大脚印儿，脚趾特别细长。福尔摩斯像条猎犬在寻回一只被击中的鸟儿那

样在草地和树叶当中到处搜寻。忽然他满意地欢呼一声，弯腰捡起一粒圆锥形铜玩意儿。

“哈，不出我所料，”他说，“那把左轮手枪有推顶器，这就是那第三颗子弹。马丁警长，咱们的案子，我想，真的调查得差不多了。”

那位乡村警长的脸上现出他对福尔摩斯办案如此神速深感惊讶的表情。最初他本想露露自己办案的主张，眼下他对福尔摩斯则无限钦佩，愿意无条件地听从他。

“那您怀疑是谁开的枪呢？”他问道。

“这我呆会儿再谈。眼下这个问题我还有几点没法给你解释。既然已经走到这一步，我最好照我的办法进行下去，然后把这事给你一次讲清楚。”

“那好吧，福尔摩斯先生，只要咱们能抓住凶手就好。”

“其实我并不想故弄玄虚，只是在行动时就夸夸其谈地瞎解释，这我是办不到的。这个案子的线索我已经全都掌握了。即使女主人不能再恢复知觉，咱们还是可以把昨夜发生的事一一构想出来，并且保证叫凶手受到制裁。首先，我想知道邻近是不是有个叫做埃尔里奇的小客栈？”

几名仆人都给盘问了，谁也没听说过这样一家小客栈。倒是小马倌帮了点忙，他记得有个叫埃尔里奇的农场主住在离这儿几里远的东鲁斯顿。

“是个偏僻的农场吗？”

“偏僻极了，先生。”

“这么说，那边的人也许还不知道这里夜间发生的事吧。”

“大概不会知道，先生。”

福尔摩斯思索一下，脸上展现一丝古怪的微笑。

“赶快准备一匹马，孩子，”福尔摩斯说，“给我送封信到埃尔里奇农场去。”

他从兜儿里取出几张画着跳舞小人儿的纸条，摆在书桌上，坐下来忙乎一阵子。随后他交给小马倌一封短信，嘱咐他把它交到收信人手中，特别叮嘱他别回答收信人可能提出的任何问题。我看见短信上的地址和收信人姓名都写得凌乱不整齐，非常不像出自福尔摩斯那种向来严谨的手笔。上面写的是诺福克郡东鲁斯顿埃尔里奇农场阿贝·斯兰尼先生收。

“警长，”福尔摩斯说，“我想你不妨打个电报派几名警卫来，因为我若没估计错的话，你可能要把一个很危险的要犯押送到郡监狱去。送这封短信的小马倌可以顺便把你的电报发出去。华生，要是午后有去伦敦的火车，我想咱俩就搭那趟车回去吧，因为我还有一项蛮有趣儿的化学分析要完成，这次调查工作很快就会圆满结束啦。”

福尔摩斯打发小马倌去送信之后，便嘱咐全体仆人如果有客人前来拜访丘比特太太，千万别把太太目前的情况告诉那人，而且立刻把他领进客厅。他极其认真地叮嘱仆人一定要记住这一点。随后他就领我们进入客厅，说现在还没法预测到事态的发展，叫大家尽量休息会儿，等着瞧吧。那位乡村医生已经离开，给别的病人看病去了，只有马丁警长和我留了下来。

“我想我可以用一种又有趣儿又有益的方式让你们俩消磨一个小时，”福尔摩斯说，接着就把椅子挪近桌子，把那几张画着古怪的跳舞小人儿的纸条摆在自己面前。“华生老友，我让你本能的好奇心久久没能得到满足，现在就来偿还这笔债吧。至于你嘛，警长，处理整个儿这桩案子可以作为一次很好的职业学习。我首先得把希尔顿·丘比特两次来贝克街找我咨询时说的那些有趣儿的情况讲给你听听。”接着他便扼要地重述一遍前面已说过的事实。“我面前摆着的这些奇特的作品，要不是成了一场如此可怕的悲剧的预兆，谁看了都会一笑置之，不把它们当回事。我却挺熟悉各种形式的秘文，还自不量力地写过一篇有关这方面的论文，分析了160种不同的密码。可是这一种却是破题儿第一遭见到过。发明这套系统的人，目的是要隐藏这些符号所传达的信息，让人误以为那只是随意乱涂的儿童画儿。

“可是，一旦识破这些符号是代表字母的，再用分析各种秘文的指导规律，便不难找到解决的办法。交到我手里的第一张纸条上的信息很短，我只能稍有把握地认定代表字母E，因为要知道，E在英文字母中最为常见，即使在一个短句中，它出现的频率也最高。第一张纸条上有15个符号，其中有四个完全一样，因此把它估计为E是合乎道理的。在这些小人儿的图形中，有的还带一面小旗子，有的没带。从这些

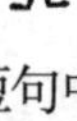

小旗子分布的情况来看，带旗子的图形大概是用来把句子当中的单词一个个分开来。我把这一点当做一种假设，同时记下 E 这个字母是用来代表的。

“但是，最难的问题出现了，因为除了 E 以外，其他英文字母出现频率的顺序并不很明显。一些字母在一张印刷页上可能出现的频率较高，而在一个短句里却可能正相反。大致说来，字母出现的数序排列为T，A，O，I，N，S，H，R，D，L，可是T，A，O，I 出现的次数却又几乎不相上下。要是把每种组合都试一遍，直到得出一个意思来，那将会是一项没有止境的工作。因此，我只好等来了新材料再说。希尔顿·丘比特先生二次来访时，给我又带来了另外两个短句和另一个看来只是个单词的信息，因为其中没带小旗子。在那个由五个小人儿组成的单词里，我发现第二和第四个小人儿符号都是 E 这个字母，这个单词由此可能是 sever(切断)，或是 lever(杠杆)，或是 never(决不)。毫无疑问，never 这个单词作为对一项恳求的答复可能性最大，而且就当时的情况来看，这无疑是丘比特太太写的答复。这个判断如果正确，那么这三个小人儿符号

就分别代表字母 N,V 和 R。

“即使到了这一步，我的困难依然很大。可是一个想法却使我开了窍，又认出了另外几个小人儿所代表的字母。我忽然想到这项恳求若是出自某个跟丘比特太太年幼时就很亲近的人，那个两头是 E 而当中由三个别的字母组成的单词，很可能便是 ELSIE(埃尔茜)这个名字。我一检查，发现这个单词曾经出现在那个重复三次的信息的结尾。这当然是对埃尔茜提出某种恳求。这样一来，我又找出了 L，S 和 I 这三个字母。可是究竟恳求什么呢?‘埃尔茜’前面那个单词只有四个字母，末

了一个是 E，这无疑是‘COME’（来）。我也试过其他以 E 结尾的单词，却都不符合这一情况。由此我又找到了 C,O 和 M 这三个字母。现在再来破解那第一次信息，把跳舞小人儿换成字母，未知的字母用一个点儿来代替，经过这样安排就成了：

.M .ERE ..E SL .NE

“现在看来，第一个字母只能是 A。这是个最有用的发现，因为它在这个短句中出现了三次。第二个单词开头该是 H，这也是显而易见的。现在这句话就成了：

AM HERE A.E SLANE

再把那显然是姓名所缺的一个字母添上：

AM HERE ABE SLANE

（我在此地。阿贝 · 斯兰尼）

我现在有了这么多字母，就能破解那第二次信息啦。这句话是这样的：——

A. ELRI.ES

这里我看只能在所缺字母的两处加上 T 和 G，成为 AT ELRIGES（在埃尔里奇）就有意思了，并且猜想这是写此信息的人住的地方或客栈。”

马丁警长和我怀着很大的兴趣听我的朋友详细讲解了他怎样得出答案的全过程，这一成果真使我们完全掌控了困境。

“那您后来怎么办呢？”警长问。

“我有充分理由猜想阿贝 · 斯兰尼是美国人，因为阿贝是一个名字的美国式缩写，而且所有这些麻烦事都起因于一封来自美国的信。我还有充分理由认为这事当中有些犯罪的隐情。女主人曾经含糊地提起过自己的往事，却又不肯把实情告诉她的丈夫，这都说明了这一点。于是我就给纽约警察局一个叫威尔逊 · 哈格雷夫的朋友发了一封电报，问他是否知道阿贝 · 斯兰尼这个姓名。这位朋友不止一次利用过我所知的伦敦犯罪情况。他的回电是：‘该人是芝加哥最危险的歹徒。’就在接到回电那天晚上，希尔顿·丘比特又给我寄来了阿贝·斯兰尼画的最后一批跳舞小人。我用已知的字母破解成这样一句话：

ELSIE .RE.ARE TO MEET THY GO.

在空缺的地方再添上P和D这两个字母就完整了，意思是'埃尔茜，准备去见上帝吧'。这说明那个歹徒已由劝诱改为威胁了。我对芝加哥那帮歹徒很了解，深知他很快就会把威胁的言词付诸行动。我便立刻跟我的朋友兼同事华生大夫赶来诺福克，不幸的是我们来晚了，最糟糕的情况已经发生。"

"我能跟您一起办案子，真是荣幸之至，"马丁警长热情地说。"不过，恕我直言，您只对自己负责，我则需要对我的上司负责。这个现在住在埃尔里奇农场的阿贝·斯兰尼如果真是凶手，而我眼下坐在这儿，他要是逃跑了，那我准会在上司面前遇到很大的麻烦。"

"这你不必担心，他跑不了。"

"这您怎么知道的？"

"逃跑就等于承认自己犯了罪嘛。"

"那咱们就去逮捕他吧。"

"别着急，我认为他自己马上就会来这儿。"

"他干吗要来呢？"

"因为我已经写信请他来啦。"

"这简直叫人没法相信，福尔摩斯先生！为什么您请他，他就得来呢？这不正会引起他的猜疑而逃跑吗？"

"我想我早已知道该怎样写成那封信了。真格的，我如果没弄错的话，那位先生正沿着院子里那条车道走过来啦。"

一个男人正在门外那条道上迈着大步子走来。他是个肤色发黑、漂亮的高个子，身穿一套灰法兰绒衣服，头戴一顶巴拿马草帽，留着短而硬的络腮胡子，长着气势逼人的鹰钩鼻子。他边走边挥动着手杖，那种昂首阔步的神气，仿佛这地方是属于他的似的；我们听见他信心十足地把门铃按得哨哨响。

“诸位，”福尔摩斯小声说，“我认为咱们最好都站在门后面。对付这样一个家伙，处处得多加小心。警长，你准备好手铐，由我来跟他交谈。”

我们默默等了会儿——这可是叫人永远忘不了的片刻。接着，门开了，那人刚一走进来，福尔摩斯就用枪柄狠击他的脑袋一下，马丁警长把手铐铐上他的手腕。这事干得那么麻利，那家伙还没闹清怎么回事就瘫了下来。他那双黑眼睛冒火地冲我们挨个儿瞧过来，苦笑道：

“好，先生们，这次你们高我一着，我好像撞在什么硬东西上了。可我是接到希尔顿·丘比特太太的邀请信才来的。不至于这鬼花招里也有她的份儿吧。难道她竟会帮你们给我设下了这个圈套？”

“希尔顿·丘比特太太受了重伤，都快死啦。”

那人发出一声嘶哑的哀叫，真是响彻全屋。

“你在胡扯！”他凶狠地喊道，“受伤的是希尔顿，不是她。谁会忍心伤害小埃尔茜？我可能威胁过她，求上帝宽恕我，可我决不会触犯她那美丽的脑袋上的一根头发。收回你那句话——你！说她没有受伤。”

“我们发现她伤得很重，就倒在她丈夫旁边。”

他痛苦地呻吟一声，一屁股跌坐在一把靠椅上，用两只给铐住的手捂住脸。他沉默了五分钟光景，接着抬起头来，失望而冷静地开始交代。

“诸位先生，不瞒你们说，我要是开枪还击那个先开枪打我的人，这不该算是谋杀。你们要是认为我会伤害那个女人，那你们根本就不了解我，也不了解她。我告诉你们，在这世上决不会再有一个男人爱一个女人比我爱她还要深。我本来有权娶她。几年前，她也对我起过誓嫁给我。这个英国佬是个什么人，他凭什么要把我们俩生生分开？我告诉你们，我首先有权娶她，我只是在要求自己的权利。”

“她一发现你原来是个什么样的人，就挣脱了你的摆布，”福尔摩斯严厉地说。“她逃出美国，就是为了躲开你，并且在英国跟一位体面的绅士结了婚。你跟踪她，追到英国，使她生活过得十分痛苦，你撺掇她抛弃自己心爱的丈夫，跟你这个她既怕又恨的家伙逃跑，结果你使一名贵族死于非命，逼得他的夫人自杀。这就是你犯下的罪行。阿比·斯兰尼先生，你将会为此受到法律制裁！”

“要是埃尔茜死了，我也就啥都不在乎啦，”那个美国佬说。他张开一只手，望一眼手掌里一张揉成一团的信纸。“慢着，先生，”他蓦地大声说，两眼露出起疑的神情，“你别是在吓唬我吧？要是她真像你所说的那样受了重伤，这封短信又是谁写的呢？”他把那封信朝着桌子扔过来。

“我写的，就是要把你叫来！”

“你写的？在这世上，只有我们帮里的人会写，从来也没有外人懂得这种跳舞小人儿的密码。你怎么会写呢？”

“既有人能发明，就有人能破解，”福尔摩斯说。“斯兰尼先生，外面来了一辆马车送你去诺里奇。眼下你还有点时间对你造成的伤害稍加弥补。你知道吗？丘比特太太已经蒙受谋杀丈夫的重大嫌疑，只因为我今天在场，并且依据我正巧掌握的情况，才使她不至于受到指控。你欠了她那么多情，至少该向世人说明她对她丈夫的惨死并没有任何直接或间接的责任。”

“也就只好如此了，”那个美国佬说。“为了我自身，恐怕也最好实话实说了吧。”

“我倒有责任提醒你，这样做可能会对你不利，”马丁警长本着英国刑法公平对待的高尚精神，大声说。

斯兰尼耸耸肩膀。

“那就碰碰运气吧，”他说，“首先，我想请诸位理解我在这位太太还是个小姑娘的时候就认识她了。当初我们一共有七个人在芝加哥结成一个团伙，埃尔西的老爹是我们的头头。老帕特里克是个聪明的家伙，发明了这种密码，你除非懂得怎样破解，否则就会把它当成小孩儿乱涂的画儿。埃尔西后来对我们干的事有所闻，没法容忍我们那种行当。她有点靠自己干正当的活儿挣来的钱，便趁我们不备的时候溜到英国来了。她已经跟我订过婚，我要是干的另一行，相信她早就跟我结婚了，可她想必是不愿意再跟任何不正当的行当沾上边吧。她跟这个英国佬结了婚，我才知道她在哪儿。我就给她写信，却没得到回音。后来我便赶来英国，由于写信没用，我就把我要说的话写在她看得到的地方。

“我来这里已经一个月了，住在那个农场里，租了楼下一间屋，每天夜里可以自由进出，谁也不知道我在干啥。我想尽办法要骗走埃尔西。我知道她看到了我写的那些话，因为她有一次在其中一句下面作了答复。我于是急了，便开始威胁她。她给我寄来一封信，央求我离开，并说要是让她的丈夫蒙受到任何丑闻，那会叫她心碎的。她还说只要我答应见她一面就离开，永远不再来折磨她，那她便可以在那天凌晨三点等她老公睡着后，下楼来在楼房尽端那扇窗口跟我说几句话。她下楼来了，还带着一笔钱，想贿赂我离开。这可叫我气急了，便一把抓住她的胳臂，想把她拽出窗口。就在这当儿，她老公拿着手枪冲了进来。埃尔茜瘫倒在地，我和她老公面对面了。当时我也有枪，便举起它来想把他吓跑，自己好逃走。可他开了枪，没打中我。差不多在那同一瞬间，我也开了枪，他当场就倒下了，我便急忙转身穿过花园逃走，这时刻还听见了身后有关窗户的声音。我说的句句是实话，诸位，千真万确。后来的事我就不清楚了，直到那个小男孩骑马送来一封短信，叫我像个傻瓜似的来到这儿，让自个儿落入你们手中。”

美国佬说这番话时，一辆马车已经来到门前，里面坐着两名身穿制服的警察。马丁警长站起来，用手碰碰那名罪犯的肩膀。

“该跟我们走啦！”

“我能不能先见埃尔茜一面？”

警长答道：“不行，她还没恢复知觉。歇洛克·福尔摩斯先生，下次再遇到什么大案，我还巴不得有您在我身边这样的好运道。”

我们站在窗前，望着马车驶走了。我一转身，见到那名犯人扔在桌上的纸团，那是福尔摩斯诱骗他前来的那封短信。

“华生，你看看，能不能读懂？”福尔摩斯面带微笑，问道。

信上没有字，只有短短一排跳舞小人儿：

“你若使用我解释过的密码，”他说，“就会发现意思不过是‘马上到这里来’罢了。我深信这是一次他决不会拒绝的邀请，因为他绝对

想不到除了埃尔茜以外，还有别人也会写这样的信。因此，亲爱的华生，咱们最终把这些过去曾是罪恶代理人的跳舞小人儿转变成有益的了。另外，我大概已经履行了诺言，给你的笔记本又增添了一些极不寻常的材料吧。三点四十分有趟火车，我想咱俩该回贝克街去吃晚饭啦。”

再说句收场白。那个美国佬阿贝·斯兰尼在诺里奇冬季一次巡回审判中被判处死刑，后来由于考虑到若干可以减轻罪行的情况以及确实是希尔顿·丘比特先开的枪这一事实，又改判终身劳役。至于丘比特太太嘛，我只听说她后来彻底康复了，一直孀居，管理着她丈夫的产业，并献身于救助穷人的事业。

（1903）

孤独的骑车人

从1894年到1901年歇洛克·福尔摩斯一直是个大忙人。可以说，这八年期间公家办的各种疑难杂案没有一件没向他请教过。另有千百件私人案件，其中有些案件十分复杂且具有特色，他在其中也都起了重要作用。在这段长期的连续工作当中，他取得了许多惊人的成就，也遭受了若干不可避免的失败。由于我保留了这些案件的详细记录，自己也参加了不少次破案过程，因此可以想像我该挑选哪些案件公诸于世，还真不是件容易的事。可我仍然可以按照以往的原则，优先选择的不是那些犯罪凶残的案子而是那些以破案手法巧妙并富有戏剧性而引人入胜的案子。由此我现在愿意介绍给读者诸君的是查林顿孤独的骑车人薇奥莱特·史密斯小姐那起事件，以及我们调查后以出人意料的悲剧而告终的古怪结局。说实话，这个案子并没给我朋友那种遐迩闻名的才能增添什么光彩。不过，在我为这些小小记述寻找材料的众多犯罪记录中，此案倒是有些突出特色的。

我翻阅1895年的笔记，发现那是在4月23号星期三首次听到薇奥莱特·史密斯小姐这个姓名的。我记得福尔摩斯对她的来访颇不欢迎，因为他当时正在全力关注另一件有关著名烟草大王约翰·文森特·哈登遭受古怪迫害的错综复杂而难解的问题。我这位朋友最喜欢思想集中和精确性，厌烦手头正在进行工作时受到干扰，可他却又生性从不粗暴，根本不可能拒听那位身材修长、仪态优雅、高贵而美貌的女子讲述的事。何况她又是在夜晚亲自来到贝克街请他帮助指点的。他再三强调自己的时间已经排满，却都白搭，因为那位年轻姑娘非要讲讲她的事不可，明明不达到目的决不罢休，除非动用武力才能把她轰走。福尔摩斯显出无可奈何的神情，苦笑一下，就请那位美丽的不速之客坐下，把她所遇到的麻烦事讲给我们听。

“至少不会是有关你的健康这类事吧，”福尔摩斯一边说，一边用锐利的目光打量姑娘。“像你这样一个喜欢骑自行车的人，精力必定十分充沛。”

她惊讶地看看自己的双脚，我也注意到她那双鞋底一边都让自行车脚蹬子边缘磨得毛糙了。

“对，福尔摩斯先生，我常骑自行车。这也跟我今天来拜访您有很大关系哩。”

我的朋友拿起姑娘那只没戴手套的手，像科学家审视标本那样全神贯注而又不动声色地观察。

“我相信你会原谅，这是我的职责，”他把她的手放下，说道。“我差点儿犯了一个错误，还当你是个打字员呢，当然，你显然是个搞音乐的。华生，你注意到匙形指端是这两种行当共有的特点吗？不过，这位小姐脸上透着一股灵气儿，”——他把她的脸轻轻转向亮处——“这是打字员所不具备的。这位女士是位音乐家。”

“是的，福尔摩斯先生，我教音乐。”

“从你的肤色来看，我想你是在乡下任教吧。”

“是的，先生。在萨里郡边境接近法纳姆镇的地方。”

“倒是个美丽的居住区，使人联想到许多有趣儿的事。华生，你记得咱们就是在那里附近逮住了伪币制造犯阿奇·斯坦福吧。薇奥莱特小姐，你在萨里郡边境接近法纳姆镇的乡间遇到了什么事啊？”

那个姑娘沉着冷静、清清楚楚地讲出下面这件离奇古怪的事。

“福尔摩斯先生，我爹已经去世。他叫詹姆斯·史密斯，曾是老帝国剧院乐队的指挥。我和母亲在这世上亲戚不多，我只有一个叫拉尔夫·史密斯的叔叔。25 年前他去了非洲，从此我们就跟他没有什么联系。爹去世后，我们的生活困苦，可是有一天有人告诉我们，《泰晤士报》上有则广告寻找我们的下落。您可以想像我们真是多么的激动，因为我们以为有人给我们留下了一笔遗产。我们就立刻去找报纸上提到的那位律师。在那里我们遇见了另两位先生，卡鲁萨斯先生和伍德利先生，他俩刚从南非回来，说我叔父是他们的朋友，已于几个月前在约翰内斯堡贫困去世。他临终前委托他俩寻找他的亲属，务必使他们不至于穷困潦倒。我们感到很奇怪，拉尔夫叔叔在世时从没关切过我们，怎么竟会在临死时那么关心我们呢，但是卡鲁萨斯先生解释说因为我叔叔刚刚听说他哥哥的死讯，所以感到有必要关照我们今后的生活。”

“请原谅，你们这次见面是在什么时候？”福尔摩斯问道。

“去年 12 月，四个月前的事了。”

“请接着往下说。”

“我觉得伍德利先生是个惹人十分讨厌的人，老是冲我挤眉弄眼，他是个脸蛋虚胖、蓄着红唇髭、粗鲁的年轻人，头发紧贴在脑门儿两边。我认为他十分可憎。我相信希里尔一定不乐意我认识这样一个家伙。”

“哦，希里尔是你的男朋友吧！”福尔摩斯微笑着说。

姑娘脸红了，也笑了。

“是的，福尔摩斯先生，他叫希里尔·莫顿，是一名电气工程师，我们俩打算在夏末结婚。哎呀，我怎么竟扯起他来了？我想说的是伍德利先生讨厌极了，可是那位年纪稍大一些的卡鲁萨斯先生却比较好，他虽然面色土黄，脸刮得光溜溜，沉默寡言，却面带微笑，很有礼貌，他问了我们的境况，得知我们很穷困，就建议我去给他十岁大的独生女儿做家庭教师。我说我不愿意离开母亲。他又建议我每个周末可以回城去看望母亲，并且愿意每年付给我一百镑薪水，这当然是很丰厚的酬金。最后我便接受了，去到离法纳姆镇六里左右的奇尔特恩田庄。卡鲁萨斯先生是个鳏夫，雇了一位叫狄克逊太太的十分可敬的女管家照料家务。那个孩子也挺乖，一切都很顺心。卡鲁萨斯先生蛮和善，喜爱音乐，我们晚上在一起过得挺愉快。每个周末我都进城看望母亲。

“在我的快乐生活当中，首先一个缺陷就是那个蓄着红唇髭的伍德利先生的到来。他在卡鲁萨斯先生家住了一周，哎呀，我觉得那一周真比三个月还长！他实在是个可怕的人，对谁都指手画脚，横行霸道，对我更加肆无忌惮。他丑态百出地向我求爱，吹嘘他的财富，还说我如果嫁给他就可以戴上伦敦最精美的钻石，我始终不理睬他，最后有一天吃完饭后，他竟把我搂在怀里——他一身牛劲——赌咒发誓说我如果不亲吻他，他就不放开我。就在这当儿，卡鲁萨斯先生进来了，把他从我身边扯开。他为此跟我东家翻了脸，把卡鲁萨斯先生打倒在地，脸上还划了个大口子。您可以想像，他的来访也就到此结束。第二天，卡鲁萨斯先生向我道歉并保证今后绝不会让我再受到那样的侮辱。自那以后，我便没再见到过伍德利先生。

“现在，福尔摩斯先生，我终于要谈到今天前来向您请教的具体事啦。您该知道我每星期六上午都是骑自行车去法纳姆车站搭乘 12 点 22

分那班火车进城。从奇尔特恩田庄出来的那条路十分偏僻，有一段尤其荒凉，长度约有一里多，一边是查林顿庄园外围的树林，另一边是灌木丛生的查林顿荒地。您再也找不到比那段路更荒凉的地段了，在没到克鲁克斯伯里山峰附近的公路前很难遇到一辆马车或一个庄稼汉。两星期前，我骑车路过那段路时，偶然回头望一眼，只见我身后两百米左右的地方有个男人骑着自行车。他像是个中年人，蓄着短短的黑胡子。我在抵达法纳姆之前，又回头看一眼，那人却没影儿了，我也就没再多想这件事。可是星期一我回去的时候，福尔摩斯先生，您可以想像我多么惊讶，竟发现那人又出现在那段路上。后来每星期六和每星期一都发生了同样的事，我便更加惊异不止。那人一向跟我保持一定距离，并没打搅过我，可这事毕竟很奇怪。我把这事告诉了卡鲁萨斯先生，他似乎很关心我说的这件事，告诉我他已经订购了一辆轻便马车和一匹马，今后我再走那段荒凉的路时就不会觉得孤孤单单啦。

"轻便马车和马该在这个星期到，却不知怎的，没给送来，我只好再骑自行车去车站。这是今天早晨的事。我骑到查林顿荒地回头看一眼，那人又跟前两个星期那样骑着自行车出现在那里了。他离我总是那么远，让我瞧不清他那张脸，可我敢肯定我并不认识那个人。他身穿一套黑服装，戴顶布帽子。我只能看清他蓄着黑胡子。今天我并没害怕，而是充满好奇心，就下定决心弄清他到底是谁，要干什么。我便放慢速度，他也放慢了。我后来干脆停下车，他也随之停下。接着我灵机一动给他设个圈套。那段路上有个急转弯的地方，我便加快蹬一阵拐过弯去，随后就倏地停下等着他。我巴望他快速拐过来，来不及停下而超过我。可他根本就没过来，我只好又骑回去，在拐弯那儿朝四下里张望。我望得见一里远的路，却没见到他的踪影。尤其令人不解的是，那里根本没有可以让他走掉的岔路。"

福尔摩斯格格一笑，搓搓双手。

"这事还确实有它的特色，"他说道。"你拐过弯去，后来又回来

发现没人了，这其间有多长一段时间？”

“也就只有两三分钟吧。”

“那他不可能从原路退了回去，你说那里也没有岔路吗？”

“没有。”

“那他一定是从路旁这边或那边的人行小道走开的。”

“他不可能从灌木丛生的荒地那侧走开，因为那会叫我看见他的。”

“这么说，按照排除推理法，我们可以认为他是去查林顿庄园那侧了。据我理解，查林顿庄园位于那条路一侧自身的地产上。还有别的情况吗？”

“没有了，福尔摩斯先生，我只是困惑不解，觉得前来找您得到您的指点才能安心。”

福尔摩斯默默地坐了一会儿。

“跟你订婚的那位先生现在何处？”

“在考文垂市米得兰电气公司工作。”

“他不会出其不意地看望你吗？”

“哦，福尔摩斯先生，我哪能认不出他呢？”

“还有别的爱慕你的男人吗？”

“在我认识希里尔之前，倒是有过几个。”

“后来呢？”

“再有就是那个可憎的伍德利，如果他也算得上是个爱慕我的男人。”

“没有别人了吗？”

我们那位美丽的委托人似乎有点慌乱。

“他是谁呢？”福尔摩斯问道。

“也许只是我自己在胡思乱想，可我有时似乎觉得我的东家卡鲁萨斯对我十分有意。我们俩常在一块儿。晚上我给他弹琴伴奏。他压根儿没说过什么。他是一位正人君子，可是一个姑娘总会心领神会的。”

“哈！”福尔摩斯显得十分严肃。“那他以什么谋生呢？”

“他是个很有钱的人。”

“可是没有四轮马车，没有马？”

“哦，他至少生活得相当宽裕，每周进城两三次，挺关心南非的黄金股票。”

“史密斯小姐，情况今后若有什么新发展，就让我知道。现在我挺忙，不过会挤出时间对你这件事做些调查。在此期间，万勿在没通知我之前贸然采取任何行动。再见，我相信我们从你那里得到的只会是好消息。”

“这么一位漂亮的姑娘有些追求的人，也是蛮自然的事嘛，”福尔摩斯说，沉思地抽着他的烟斗。“但是不该骑着自行车选择那样一条僻静的乡间小道啊！这肯定是个暗中爱上了她的人。不过这个事件当中也有些奇怪和引人深思的细节，华生。”

“你指的是那人只在那段路上出现吗？”

“正是。咱们首先得了解一下查林顿庄园里住着什么人。再调查调查卡鲁萨斯和伍德利这两个人之间是什么关系，因为他俩明明完全是两种不同类型的人嘛。他俩干吗都那么热衷于寻找拉尔夫·史密斯的亲属呢？另有一点，卡鲁萨斯家离火车站有六里路远，家中却连匹马都不买，可是又肯付两倍于普通工资雇一名家庭女教师，这是一种什么 ménage[①] 呢？怪事，华生！——太怪了！”

“你打算下去调查吗？”

“不，可爱的老兄，你下去调查一下吧。这可能是那么一件微不足道的小阴谋，我不能为这事中断我的别的重要调查工作。你星期一一清早就去法纳姆，隐藏在查林顿灌木丛生的荒地附近；你亲自观察一下情况，然后根据自己的判断见机行事。接着打听清楚查林顿庄园里住着什么人，便回来向我汇报。现在，华生，咱们在没找到几块可以迈过去的踏脚石来解决这件事之前，就不再谈它啦！”

我们确知那个姑娘星期一搭乘 9 点 55 分那趟由滑铁卢车站开出的火车回乡下，我便提前乘 9 点 13 分那趟车先行。到了法纳姆车站，我很容易就打听到去查林顿荒地的方向。错过那个姑娘历险的情景是不可能的，因为那段路一侧是广阔的灌木丛生的荒野，另一侧是老紫杉树篱围绕着一座花园，里面密布参天大树。庄园里有一条长满青苔的门道，大门两侧的石柱上有斑斑驳驳的家族纹章图案；但是，除了中间那条车道外，我发现树篱上有几处豁口，且有小路穿进去。从大路上看不到庄园里那幢房子，四周处处都显得衰败阴暗。

---

①法语，治家之道。

灌木丛生的荒地上满布一块块荆豆金色黄花，在灿烂的春日阳光照耀下熠熠闪亮。我在一处灌木丛后面选好藏身位置，既能观察到庄园门道，又能望到大路上那一长段的两端。我离开大路隐藏起来时，路上一个人影儿也没有。没多会儿，我便看见一个人骑着自行车从对面朝我刚才来的方向驶去。他身穿黑色服装，我看见他蓄有黑胡子。他骑到查林顿庄园尽头跳下车来，把车推进树篱一个豁口，随后就从我视线中消失了。

过了一刻钟光景，第二个骑车人出现了。这是那个姑娘从火车站那个方向骑过来。我看到她骑到查林顿庄园树篱那里时向两旁张望一眼。顷刻间那个男人便从隐匿的地方出现，跳上自行车，尾随着姑娘。在那片辽阔的景致中，只有这两个人影儿在活动。那位风度优雅的姑娘身体挺直地骑车，她身后那个男人则低伏在车把上，一举一动都显得有点鬼鬼祟祟。她回头看他，放慢了车速，他也跟着放慢了。她一停下来，他也立刻停下来，始终保持离她两百米远的距离。姑娘下个举动却出人意外。她蓦地快速掉转车头，一阵紧蹬径直朝那人骑去，可那人跟她一样灵敏，顿时忙不迭地转身拼命骑跑了。随后她便返回来，傲然昂起脑袋，不屑再理睬那个默默的跟踪人。那个男人也就转过来，依旧保持那段距离，骑向那段路的拐弯处；他俩一拐弯，我就看不到他们了。

我还躲藏在原处没动窝儿，幸亏这样做了，因为没多会儿那个男人又慢慢骑车回来了。他转入庄园大门，下了车。我看到他在树丛中站了片刻，举起双手，像是在整理一下他的领带。接着，他又骑上车，踏上车道，离开我的视线，朝庄园里那幢楼房骑去。我跑出灌木丛，从树林隙缝望过去，隐隐约约看到远处那幢古老的灰楼和那些矗立的都铎[1]式建筑的烟囱，可是那条车道穿过一片浓密的灌木林，我再也看不到那个男人了。

---

① 指英国历史上的都铎王朝(1485—1603)。

不过，我自觉这一上午干的活儿还相当不赖，就兴致勃勃地走回法纳姆镇。至于查林顿庄园的情况，当地房地产经纪人说不上什么来，就介绍我去伦敦蓓尔美尔街一家知名公司去打听。在返回途中，我在那里停留了会儿，受到那家公司负责人热诚接待。不行，今年查林顿庄园没法租给您去避暑啦，您来得太迟了。约摸一个月前，一位姓威廉逊的先生捷足先登，已经把它租走了，他是一位上了年纪的挺体面的绅士。那位彬彬有礼的负责人客气地说不能再告诉我什么了，因为他不便随意议论他的客户的事。

那天晚上，歇洛克·福尔摩斯先生注意地听我向他做了冗长的汇报，可我却并没得到期待的称赞，真是连一句短短的赞扬话都没听到。恰恰相反，他批评我做了的和没做到的事，那张严肃的面孔板得比平时还厉害。

“亲爱的华生，你隐藏错了地方。你该藏在那树篱后面，那想必就会看清那个有趣儿的男人的面貌了。可你却离他好几百里远，还没有史密斯小姐说得清楚呢。那个姑娘认为她不认识那个人，可我倒深信她肯定认识。要不然那个男人干吗尽量跟她保持一定距离而不让她看清自己的长相呢？你说他是趴在车把上骑车，你看，又是要遮掩面貌嘛。你干得真是太不怎么样了。他后来回到庄园里那幢楼房，你原本应该就地弄清他是谁，而你却跑到一家伦敦房地产公司去了解！”

“那我该怎么干才算对呢？”我有点发火地大声问道。

“该到最近的酒馆去一趟，那里是乡间流言蜚语小道消息的中心。他们势必会告诉你那里人人的姓名，从主人直到帮厨的女用人。威廉逊！我脑子里对这个人一点印象也没有。他若是个老头儿，就不可能是那个又能骑车尾随又能迅速躲开那个敏捷的姑娘的骑车人。你看，你这趟远行调查让咱们得到了什么收获呢？知道了姑娘说的是实话，这我压根儿就没怀疑过。知道了那个骑车人跟那座庄园有关联，这我也压根儿就没否认过。知道了那座庄园让威廉逊租用了，可是谁从中得益呢？好了，好了，可爱的老兄，别显得那么垂头丧气。咱们下星期六还可以去多干点事儿，目前我也许可以亲自去做一两次调查。”

次日上午我们接到史密斯小姐寄来的一封信，言简意赅地重述了我亲眼目睹的那些情况。不过，信的主旨却留在附言里：

> 我相信您会尊重我向您吐露的知心话，福尔摩斯先生，眼下我在这里的处境变得十分困窘，因为我的东家已经向我求婚。我深信他的感情是真诚而高尚的。我当然立刻告诉他我已经订了婚。他蛮严肃却也很有礼貌地接受了我这一拒绝。然而，您可以理解我现在的处境便有些尴尬了。

“咱们那位年轻朋友似乎正陷入困境，”福尔摩斯看完信，若有所思地说。“这一事件看来比我原来想像的具有更多有趣儿的特点和更多发展的可能性。我也该去乡下过一天平和清静的日子。我打算今天下午就去，检验一下我在脑子里已经形成的两个推理。”

福尔摩斯去乡间过一天清静日子，却得到一个出乎意外的结局。他晚上回到贝克街，嘴唇上划了一个口子，脑门儿上青肿了一大块，那副狼狈相使他活脱儿像伦敦警察署调查追逐的合适对象。他觉得自已这次探奇历险挺好玩儿，一边讲述，一边格格发笑。

“我经常得到那么点实实在在的小锻炼，倒也一向是件乐事，”他说。“你知道我对英国老式的优秀拳击运动略微精通一二，并且偶尔也能派上用场。譬如说今天吧，要不是有那两下子，我的下场可就惨了！”

我请他说说究竟发生了什么事。

“我找到了我曾经向你推荐过的乡村小酒馆，在那里小心谨慎地探听情况。我在酒吧间里喝酒，那位爱闲聊的老板把我要知道的事统统告诉我了。威廉逊是个白胡子老头儿，独自跟几个仆人住在那座庄园里。

传说他现在是个牧师或者曾经当过；可他在那里短暂的生活当中出了一两件事，叫我觉得他并不很像个牧师。我已经去一个牧师公会查询过，人家告诉我，确实有个牧师姓威廉逊，可他以往有过极不光彩的行径。酒馆老板还告诉我，每到周末那座庄园里总有些来客——‘一伙胡作非为的坏坯子，先生’——尤其是一位蓄着红唇髭、叫伍德利的先生，总在那里。我们正谈到这里，那位伍德利先生竟走了过来，原来他一直在酒吧间里喝啤酒呐，听见了我们的谈话。他问我是何许人？想要干什么？干吗要问这些问题？他滔滔不绝地追问，满嘴脏字，他谩骂一通之后，凶狠地使出反手一击，我完全没来得及躲闪，以后几分钟里就太精彩了。我直接用一连串左手拳痛击那个顽强抵抗的暴徒。因此我就变成你现在看到的这个样儿了。伍德利先生乘坐一辆轻便马车回去了，我这次乡村之旅也就这样告终；不过我也得承认，甭管我这次在萨里郡边境之行多么有趣儿，我这一天在收获上并不比你强多少。”星期四那天我们又收到那位委托人寄来的一封信，内容如下：

> 福尔摩斯先生，您听到我就要辞去卡鲁萨斯家的工作，不会感到惊奇吧。即使有那么优厚的报酬，我也没法再适应这种尴尬的处境了。这个星期六我进城后就不打算再回来啦。卡鲁萨斯先生已经买了一辆轻便马车，因此过去发生在那条偏僻道路上的危险也就会不复存在。
>
> 至于我辞职的原因，并非完全只是因为我和卡鲁萨斯先生之间的尴尬处境，而是那个叫人讨厌的伍德利先生又来了。他一向面目可憎，现在那副嘴脸比以前更加可怕了，因为他像是出了什么事，脸都变了形。我是从窗口看见他的，我很高兴说我并没跟他见面。他跟卡鲁萨斯先生谈了很久，后来卡鲁萨斯先生显得很激动。伍德利必定是住在附近，因为他晚间没住在我们这里，可我今天早上又看到他鬼鬼祟祟地在灌木丛里转来转去。我不久就

会在那里碰到这样一头凶猛的野兽，真是说不出多么憎恶多么惧怕他。这样一个家伙叫人一时一刻也容忍不了，卡鲁萨斯先生怎么竟会容忍得下他？反正我的一切烦恼到星期六就都会结束啦。

“我相信是这么一回事，华生，我完全相信，”福尔摩斯严肃地说，“有人正在围绕着这个姑娘进行一场隐秘的阴谋，咱们有责任不让任何人骚扰她这最后一次旅程。华生，我想星期六早晨咱俩抽空去一下，好保证这个奇妙而尚无结论的调查不至于落个不幸的结局。”

我承认直到现在我对这件事并不太重视，只觉得有点荒诞离奇而不会有什么危险。一个男人埋伏着等待一个漂亮女人并且尾随她，这并不是什么新鲜事儿。他如果只有那么点小胆儿，既不敢向她求爱，又在她转身骑车要接近他时逃跑了，那他就不是个很可怕的歹徒。那个伍德利流氓则又当别论。可是除去那一次，他也没再骚扰过我们这位委托人，何况他那次到卡鲁萨斯家也没闯到她面前去打扰啊。那个骑自行车的男人肯定是酒馆老板说的那帮在庄园周末聚会中的一个人，可他是谁，要干什么，却仍然是个不解之谜。福尔摩斯那副严峻的表情，再加上他临出发前往兜儿里塞了把手枪，都叫我感到那一系列怪事背后可能会潜伏着一场悲剧。

一场夜雨之后，迎来一个明朗的清晨，那长满灌木丛的乡野点缀着一簇簇盛开的荆豆花，对厌倦了伦敦那种昏灰阴暗色调的人来说，更觉得眼前美景如画，耳目一新。福尔摩斯和我漫步在宽阔的沙道上，呼吸着早晨的新鲜空气，欣赏着百鸟朝鸣的悦耳音乐，到处是一派春意盎然的气息。我们从克鲁克斯伯里山脊上那条路的高处可以看到那座阴森森的庄园建筑耸立在古老的栎树丛中，那些树尽管古老，却仍然显得比它们围绕的楼房年轻些。福尔摩斯指着那段长长的路，只见它蜿蜒在棕褐色灌木丛和一片嫩绿的树林之间，宛如一条黄里透红的带子。远处有个黑点，我们看得出那是一辆马车朝我们这个方向驶来。福尔摩斯惊呼一声。

“我已经预留了半小时的空当。”他说，“如果那是姑娘坐的那辆轻便马车，那她必定是赶早一班列车离开啦。华生，咱们恐怕还没来得及遇见她，那辆马车就过了查林顿。”

我们俩从过了大路高处那当儿起，就再也看不到那辆马车，可我们加快速度赶路，这使我意识到自己平时总是安坐为生，缺乏运动锻炼，不得不落在了后面。福尔摩斯却一向坚持锻炼，因为他有用之不竭的旺盛精力。他那轻快的步伐一直没放慢下来，突然间他在我前面一百米左右的地方停了下来，我看到他举起一只手做了一个失望哀伤的手势。就在这时，一辆没人坐的双轮轻便空马车出现在大路转弯那儿，那匹马缰绳拖地，慢步小跑，马车吱吱嘎嘎地向我们迎面驶来。

“太晚了，华生，太晚了！”福尔摩斯喊道，我这时正气喘吁吁地跑到他身旁。“我可真愚蠢，怎么竟没想到乘早一班火车赶来！这一定是劫持，华生——劫持！谋杀！天知道是怎么回事！挡住路！快拉住那匹马！好，这就对了。现在上车，看看咱们能不能补救一下我犯下的这个错误。”

我们跳上马车，福尔摩斯勒转马头，狠狠抽一下鞭子，我们就顺着大道往回驶去。我们一拐过弯，那座庄园和那片荒地之间的那段路便展现在我们眼前。我抓住福尔摩斯的胳膊。

“就是那个人！”我气喘吁吁地说。

一个孤单的骑车人向我们这边骑来。他低着脑袋，双肩滚圆，把浑身的力气都使在脚蹬子上了。他像个赛车运动员那样飞快奔驰。忽然他抬起那张满是黑胡子的脸，看到我们靠近便停住，从自行车上跳下来。他那张苍白的脸跟乌黑的胡子形成了鲜明的对比，两只眼睛发亮，好像他发了高烧似的。他瞪视着我们和那辆轻便马车，接着脸上显出惊讶的神情。

“喂，停下，停下！”他喊道，把自行车横过来挡住我们的去路。“停下来，你们从哪儿弄到了这辆车的？”他一边嚷道，一边从侧身的兜儿里掏出一把手枪。“停下来，听见没有，否则我就朝你们的马开一枪！”

福尔摩斯把缰绳扔到我的腿上，从车上跳下去。

“你正是我们要见的人。薇奥莱特·史密斯小姐在哪儿？”他快速而清楚地问道。

“这话我正要问你们呐。你们坐在她那辆轻便马车上呢，应该知道她在哪儿。”

“我们是在路上见到了这辆马车，车上没人。我们就把车赶回来，正要去搭救那位小姐。”

“老天爷！老天爷！我该怎么办啊？”那个陌生人绝望地喊道。“他们把她劫走了，那个恶魔伍德利和那个恶棍牧师。来吧，先生，快来，你们如果真是姑娘的朋友，就快来吧，帮我一块儿去搭救她吧，我即使横尸在查林顿森林里也在所不惜！”

他手里握着枪，朝树篱一个豁口疯了似地跑去。福尔摩斯紧跟在他身后，我把马放在路边吃草，也跟在福尔摩斯身后跑去。

“他们是从这里过去的，”他一边说，一边指着泥泞小径上的一些脚印儿。“喂！停一下，谁在草丛那边？”

那是个 17 岁左右的小伙子，衣着像个马夫，穿着皮裤，打着绑腿，他仰面躺在地上，双膝蜷起，头上有一道可怕的伤口。小伙子已经失去知觉，却还喘着气儿活着。我一眼就看出伤口没有伤及骨头。

“他是彼得，”那个陌生人惊呼道。“是他赶车护送史密斯小姐去车站的。那伙畜生把他揪下来，还用棍棒打伤了他。先让他躺在这儿吧，咱们眼下也没有什么办法，咱们得赶快先去搭救姑娘，好让她免受女人最坏的厄运！”

我们仨立即发狂似地冲向林中弯曲的小径，跑到环绕那幢房子的灌木丛前，福尔摩斯站住了。

“他们没去那幢房子，左边这里有他们的脚印儿——在这儿，在月桂树丛旁边！啊，果然没错！”

他正说着，忽然从我们眼前一片浓密的绿色草丛中传来一个女人的尖声哀叫———一种极度惊恐而发颤的狂叫声。尖叫声突然止住，接着是一阵窒息的咯咯声。

“从这儿走，从这儿走！他们在滚木球场呐？”那个陌生人冲进树丛。“哦，这两条胆怯的恶狗！跟我来，先生们！太迟了！太迟了！天哪！”

我们一下子闯进一片古树环绕的可爱的林间绿草地。远远的那边，在一棵硕大的栎树树阴下站着三个人，一个是女人，就是我们那位委托人，她耷拉着脑袋，昏厥了过去，嘴上蒙着一块手绢儿。她对面站着一个面貌凶狠、蓄着红唇髭的粗鲁小伙子，腿上扎着绑腿，劈着叉站在那儿，一只手叉着腰，另一只手晃动着一根马鞭，显出一副扬扬得意的神情。这两人之间还站着一个灰白胡子老头儿，身穿浅色花呢服装，外套一件白色短法衣，显然刚完成一场结婚仪式，因为我们出现那当儿，他正把一本祈祷书放进衣服兜儿里，还轻轻拍拍那个阴险的新郎后背，兴致勃勃地祝贺他。

“他俩结婚了！”我气喘吁吁地说。

“快来！”我们那位向导说，“快来！”他冲过林间空地，福尔摩斯

和我紧随在后。我们走近时，那个姑娘摇摇晃晃地靠在树干上以免摔倒。那个前牧师威廉逊向我们嘲弄地鞠一躬，那个暴徒伍德利野蛮地大吼一声，得意忘形地狂笑，朝我们走来。

“摘下你的胡子吧，鲍勃！”他说，“我早就认出你来了。好啊，你和你的伙伴来得正巧，让我正好给你们介绍一下伍德利太太。”

我们那位向导答复得很独特。他一把揪下那把用来伪装的黑胡子，把它扔在地上，露出刮得光溜溜的土色长脸。然后，他举起手枪，对准那个挥舞着悬乎乎的马鞭冲过来的年轻流氓。

“对，”我们的伙伴说，“我是鲍勃·卡鲁萨斯，我要搭救这个姑娘，即使上绞刑架，也在所不惜。我跟你说过你如果胆敢欺侮她，我会怎么办，上帝作证，我说到做到！”

“你太迟了，她已经是我的老婆！”

“不对，她是你的寡妇！”

枪声响了。我看到伍德利那件坎肩喷出了鲜血。他尖叫一声，转身仰面倒地，那张丑陋的红脸霎时变得斑驳而苍白，十分吓人。那个还穿着法衣的老头儿一边破口骂出一连串我从没听见过的脏话，一边也掏出自己的手枪，可还没来得及举起来，就看到福尔摩斯的枪口已经对准他了。

“够了，”我的朋友冷冷地说，“扔下你的枪！华生，你把他的手枪捡起来！对准他的脑袋！谢谢。你，卡鲁萨斯，也把你的枪交给我！咱们用不着再动武。得了，把枪交过来吧！”

“那你究竟是谁？”

“在下歇洛克·福尔摩斯。”

“我的老天！”

“看来你听说过我。在警方没到来之前，我暂时代表他们。嗨，你过来！”他冲那个站在草地边上吓得浑身直哆嗦的马夫喊道，“过来，把这个便条尽快送到法纳姆去！”他从笔记本里撕下一页，草草写几行字。“交给警察局警长。在他们到来之前，我得把你们都先处在我的监管之下。”

福尔摩斯凭着他那坚强的主宰一切的性格，在控制着这场悲惨的局面，那三个人都乖乖地听从他的摆布。威廉逊和卡鲁萨斯按照他的吩咐把受伤的伍德利抬进那幢房子。我搀扶着那个给吓坏了的姑娘。那个受伤的家伙给放在他自己那张床上，我应福尔摩斯的要求，给他做了检查。我去把检查结果告知福尔摩斯时，他正坐在那间挂着壁毯的老式餐厅里，面前坐着他的两名囚犯。

“他死不了，”我说。

“什么？”卡鲁萨斯从椅子上蹦起来，喊道。“我先上楼去结果了他再说。你别是说那个姑娘，那位天使，得一辈子受那个暴徒伍德利的束缚吗？”

“你不必为这事担心，”福尔摩斯说，“有两个很充分的理由说明她为什么在任何情况下都不能算是他的妻子。首先咱们完全有把握怀疑威廉逊先生有主持婚礼的权利。”

“我受过圣职，”那个老无赖大声说。

“可是早就给免除了。”

“一旦当牧师，终身是牧师。”

“我不这样认为。那么，结婚证书呢？”

“有一张，就在我兜儿里。”

“那是你耍花招弄来的，不算数。不管怎么说，强迫结婚绝不是婚姻，而是个十分严重的罪行，你完蛋之前会领悟的。你会用今后十年光阴或更长的时间去领会这一点，除非是我错了。至于你，卡鲁萨斯先生，你要是没把枪掏出来，想必会做得更好些。”

“我也开始在这么想呢，福尔摩斯先生，可我为了保护这个姑娘，已经想尽办法，采取一切预防措施——因为我爱她，福尔摩斯先生，而且这是我有生以来唯一一次懂得什么是爱——想到她落入了这个南非最残忍的暴徒魔掌中，这人的臭名从金伯利到约翰内斯堡人人闻风丧胆，这就叫我发疯了，拔出了枪。福尔摩斯先生，您难以相信，自从这姑娘给雇到我家那时起，我就从来没让她独自经过这幢房子，因为我知道这帮无赖潜伏在这幢房子里，我总是骑着自行车跟在她身后，直到她到达安全地带时为止。我总跟她保持一定距离，还戴上一把黑胡子，好让她认不出我，因为她是个善良高尚的姑娘，要是知道了我在乡间路上尾随她，想必就不会在我这儿工作这么久了。”

“你干吗不把这种危险告诉她呢？”

“还是怕她离开我，我接受不了那样的事实。即使她不爱我，可我只要天天能见到她那秀丽的身影在我家中走来走去，听到她的言谈话语，我就很知足了。”

“啧，”我说，“卡鲁萨斯先生，你管这叫做爱，可我却管这叫做自私。”

“这两样也许是一档子事。总而言之，我不想让她离开。再说，这帮坏家伙在四周围，那她就该有个人在她身边照顾才好。后来来了那封电报，我知道他们一定要动手了。”

“什么电报？”

卡鲁萨斯从兜儿里掏出一份电报。

“就是这个！”他说。

电文十分简明：老家伙死了。

“哼！”福尔摩斯说，“我想我现在明白是怎么回事了。我能理解这一信息，像你所说的那样，怎样叫他们冲昏了头脑。趁咱们眼下等待警察来到，你们就尽量讲给我听听吧。”

那个穿白法衣的老恶棍破口骂出一连串脏话。

“天哪！”他说，“你要是告发我们，鲍勃·卡鲁萨斯，我就会用你对付杰克·伍德利的办法来对付你！你可以把那个丫头的事说得天花乱坠，那是你自己的事，可你要是出卖老朋友给这个便衣警察，那你就不会有好下场！”

“尊敬的牧师阁下，不必激动，”福尔摩斯点燃一只烟卷儿，说道，“这个事件明显对你们不利，我问的一些细节不过是出于自己的好奇罢了。如果你们不便见告，那就由我来说说吧，然后你们可以琢磨一下自己还能隐瞒什么秘密。首先，你们仨都是从南非回来玩这个把戏的。你威廉逊，你卡鲁萨斯，还有伍德利。”

“天字第一号谎言！”那个老头儿说，“两个月前我压根儿就没见过他们俩，而且我这辈子从没去过南非，你还是把这句话就着你的烟斗抽掉吧。爱管闲事的福尔摩斯！”

“他说的倒是实话，”卡鲁萨斯说。

“好，好，那你们俩是从南非回来的，这位尊敬的牧师是土生土产的。你们俩在南非认识了拉尔夫·史密斯，后来有理由相信他活不了多久了。你们发现他的侄女会继承他的遗产。这话说得怎么样——呃？”

卡鲁萨斯点点头，威廉逊破口咒骂。

“她无疑是最近的亲属，你们也知道老头儿没法留下遗嘱。”

“对，他是个文盲，不识字，不会写，”卡鲁萨斯解释道。

“所以你们便回国到处寻找这个姑娘。打的主意是一个娶她为妻，另一个分享一部分掠夺的财产。由于某种原因，伍德利给选为丈夫，为什么会这样呢？”

“我们在回来的旅途中玩纸牌打赌决定的。他赢了。”

“我明白了。你把姑娘雇到家里来工作，再由伍德利去求爱。可她看出他是个酗酒的无赖，不愿意答理他。这时候你们俩原定的计划给打乱了，因为你本人爱上了这个姑娘。你再也容忍不了这个流氓占有她 。”

“对，我确实没法再容忍了！”

“你们俩就此闹翻了。他一怒之下离去，把你撇开，自己去想办法了。”

“威廉逊，我觉得咱们再也没有什么新鲜事儿可以告诉这位先生啦，”卡鲁萨斯苦笑一下，大声说。“对，我们俩吵了起来，他动手把我打倒了。在打架这方面，我跟他不相上下，势均力敌。自那以后，我再也没跟他见面。就在那时，他跟这个被免职的牧师勾搭上了。我发现他俩合租了姑娘去火车站必经的路上的这幢房子。这以后我就一直关注姑娘的人身安全，因为我心里明白必定会发生邪恶的勾当。我时不时去看他们俩，因为我想知道他们想要干什么。两天前，伍德利来到我家，送来这封电报，告诉我拉尔夫·史密斯死了。他问我是不是还遵守原来打赌的诺言。我答说不愿意。他问我如果我本人娶了那个姑娘，分给他一部分财产也行。我告诉他我本人倒是有这个意思，姑娘却不愿意

嫁给我。伍德利说，‘那咱们想办法先把姑娘娶到手，过一两个星期她没准儿会对这件事改变点看法。’我说我绝不愿意动用暴力手段。因此他就露出下流的无赖本色，骂骂咧咧地走了，并且赌咒发誓说他一定要把她弄到手。姑娘打算周末离开我，我便弄到一辆轻便马车送她去车站，可我总不放心，就骑自行车跟随他。没想到她先走了一步，我还没来得及追上她，祸事就发生了。我一看到你们两位先生把她乘坐的马车赶回来，就知道情况不妙了。”

福尔摩斯站起来，把烟蒂扔进壁炉。“我一直很迟钝，华生，”他说。“你上次向我汇报时，曾说你见到那个骑车人在灌木丛中整理一下他的领带，光这一件事就已经向我说明了一切。可咱们还是可以庆幸遇上了这样一起稀奇古怪而独特的事件。我看见车道上来了三位村警察，我很高兴见到那个小马夫也能跟上他们的步伐，由此看来他和那位有趣儿的新郎倌都不可能由于今天上午这场历险受了伤而终身成为残废人儿了。我想，华生，你的医术很高明，也许可以照顾一下史密斯小姐，告诉她如果她已经恢复得可以了，我们就很乐意护送她回娘家；要是她还没完全康复，你就向她暗示我们准备给米得兰电气公司一位年轻电气工程师打个电报，这大概就会把她治愈。至于你，卡鲁萨斯先生，我认为你对自己参加了这项犯罪活动已经力所能及地做了补偿。这是我的名片，先生，如果法庭在审判你的时候，我的证词能对你有利的话，那就请利用一下吧。”

在我们这些接连不断的活动中，读者诸君也许已经察觉我往往很难圆满结束我的记述，写出读者可能好奇地期待知道的那些最终的细节。每一案件都是另一案件的序幕。危机一旦结束，那些登台表演的演员就永远从我们繁忙的生活中永远退场。不过，我发现我在记述这起事件的手稿结尾有个短注，其中我记载了薇奥莱特·史密斯小姐确实继承了一大笔财产，她现在是著名的威斯敏斯特电气工程师、莫顿和肯尼迪公司的大股东希里尔·莫顿的夫人。威廉逊和伍德利二人因犯诱拐和伤害罪受审，威廉逊被判七年徒刑，伍德利被判十年。关于卡鲁萨斯的命运如何，我没有记录。不过，既然伍德利是个声名狼藉、十分危险的恶棍，我相信法庭不会过分严厉地判处卡鲁萨斯，大概判他几个月监禁也就足可以了。

（1904）

寄宿学校

我们贝克街的小舞台上，有不少人物戏剧性出场和退场。可是在我的回忆里，再也没有什么比那个荣获硕士和博士等学位的桑尼克罗夫特·赫克斯泰伯首次登场更让人感到突兀和惊讶了。那张几乎印不下他全部学术头衔的小名片刚给送进来几秒钟，他本人就走了进来。他身材那么高大，气宇那么轩昂，简直就是稳健冷静的体现。可他一走进屋关上门后的第一个动作却是摇摇晃晃地靠着桌子，随即便跌倒在地，他那魁梧的身躯趴在壁炉前那张熊皮地毯上，失去了知觉。

我们连忙站起来，一时间默默惊讶地呆视着这艘在生命海洋中突遭致命风暴袭击而给摧毁的庞大船只。福尔摩斯急忙拿起一个坐垫放在他头下，我赶紧向他嘴里灌些白兰地。他那张阴沉煞白的脸满布忧愁的皱纹，两眼紧闭，眼窝呈铅灰色，嘴角由于哀伤而耷拉下来，发颤的下巴没刮胡子，衣领和衬衫上都带着长途旅行积下的灰尘，挺像样儿的脑袋上头发倒竖而乱蓬蓬的。躺在我们面前的无疑是个忧伤过度的人。

“这是怎么回事，华生？”福尔摩斯问道。

“筋疲力尽，大概只是疲劳和饥饿造成的，”我说，把手指按在他那细微的脉搏上，感到生命之泉尚在涓涓细流。

福尔摩斯从来客那个放怀表的兜儿里掏出一张火车票，说道：“这是一张从英格兰北部麦克尔顿到伦敦的往返车票。现在还不到12点，他一定动身得很早。”

那双紧闭的眼睑开始颤动，呆滞的灰色眼珠仰望着我们。接着，那人就爬起来，满面涨得通红，十分不好意思。

“福尔摩斯先生，请原谅我的虚弱，我有点过度疲劳了。劳驾，要是能给我一杯牛奶喝，几块饼干吃，我一定就会好些。我亲自赶来这儿，福尔摩斯先生，是为了确保您能跟我走一趟。我担心电报没法叫您

相信这一事件十分紧迫。”

“等你恢复得差不多了，再……”

“我已经恢复得挺好了。我真没想到自己竟会这么虚弱。福尔摩斯先生，我希望您能跟我一块儿搭乘下一班火车去麦克尔顿。”

我的朋友摇摇头。

“我这位同事华生大夫可以告诉你，我们目前忙得很。我要处理那起费勒斯文件案，还有阿伯加文尼家的谋杀案也就要开庭审理。现在除非是一桩极其重要的案件，我才能离开伦敦。”

“重要！”我们的来客举起双手。“难道您没听说霍尔德内斯公爵的独生子被劫持的事件吗？”

“什么，那位前内阁大臣吗？”

“正是，我们一直尽力不让报章披露这一消息，可是昨天晚上已经在环球剧院传开了，我还当您已经有所闻了呢。”

福尔摩斯连忙伸出他那瘦长胳膊，从他的资料档案中取出“H”字头那一卷。

“‘霍尔德内斯，第六代公爵，嘉德勋爵，枢密院顾问’——真是占了这个字头下的一半地方——‘贝弗利男爵，卡尔斯顿伯爵’——天啊，多少头衔呵！‘自1900年起出任哈勒姆郡郡长。1888年娶爱迪丝·查理·爱波多尔爵士之女为妻。他是萨尔泰尔勋爵的独生子和继承人，拥有约25万亩土地，在兰开夏和威尔士有矿产。地址：伦敦，卡尔顿住宅区；哈勒姆郡，霍尔德内斯府邸；威尔士，班戈，卡尔顿城堡。1872年任海军大臣，继任首席国务大臣……’好家伙，这人当然是国王最伟大的一位臣民喽！”

“最了不起的，也许还是最富有的呐！福尔摩斯先生，我知道您在事业上有很高的成就，并且愿为工作而工作。不瞒您说，公爵大人已经宣布谁要是能告诉他的公子被劫持到什么地方去了，就可获得一张五千镑的支票，如果还能说出劫持者的姓名，还可再获一千镑。”

福尔摩斯说：“这可真是一笔优厚的报酬，华生，我想咱俩就跟赫克斯泰伯博士到英格兰北部去一趟吧。现在，赫克斯泰伯博士，等你喝完那杯牛奶，再告诉我们发生了什么事，什么时候发生的，怎样发生的，最后还有你这位寄宿学校的博士跟这个案子有什么关系，为什么出事三天后——你下巴上没刮胡子说明了这一点——你才到我这儿来要求我出点力呢？”

我们那位来客喝完牛奶，吃完饼干，两眼又重现光芒，脸蛋儿也渐渐红润了。他便充满活力地、清楚地叙述这事的经过。

“我得告诉二位先生，这所寄宿学校是一家预备学校，我是该校创办人兼校长。你们或许能从《赫克斯泰伯对贺拉斯[①]之管见》一书中想起敝人的名字。这所小学也不例外，是全英国一所为进入公学作准备的

① 贺拉斯（公元前65—8），罗马诗人，以写颂诗出名。

最好最优秀的私立预备学校。莱弗斯托克伯爵啦，布莱克沃特伯爵啦，卡思卡特·索姆斯爵士啦，都把他们的公子托付给我。不过，三周前，霍尔德内斯公爵派他的秘书王尔德先生前来说，公爵大人想把他的独生子和继承人，十岁的萨尔泰尔勋爵，交给我管教，我真是觉得我这所学校达到了鼎盛时期，可我万没想到这竟会是我一生毁灭性厄运的前奏。

“五月一日那个男孩儿来了，那时正是夏季学期的开始。他是个讨人喜欢的孩子，很快就适应了我们那里的生活环境。不瞒您说——我相信我也不算不慎重，发生了这样的事，再隐瞒些内情则是荒谬的——那个男孩儿在家中并不很快乐。公爵婚后的生活也并不平静，这已是个公开的秘密。最后双方同意分居，公爵夫人便在法国南部定居，这事是在前不久发生的。众所周知，那个男孩儿对他母亲怀有更深的感情。母亲离开霍尔德内斯府邸之后，孩子就一直闷闷不乐，公爵大人为此便把他送到我们这所学校来。孩子到校才半个月，就跟我相处得很好，而且也显得挺快乐。

“最后一次见到他是在 5 月 13 日夜晚——也就是这星期一的晚上。他的房间在三楼，要穿过一间大点的房间才能进去，大房间里有两个小男孩睡在那儿。那两个男孩儿啥也没听见，啥也没看见，因此可以肯定小萨尔特尔没从那间屋走出去。他房间里那扇窗户是敞着的，窗外有根粗蔓藤达到地面。我们在下面没发现脚印儿，可是只有那扇窗户是出走的惟一途径。

“星期二早晨七点钟我们发现他不见了。他的床是睡过的。孩子出走时穿了很整齐的校服——伊顿[1]式黑色上衣和深灰色裤子。没找到任何人进入过那间屋子的痕迹；如果有喊叫或挣扎声肯定会让人听见的，因为外间屋里睡的那个大点儿的男孩康特一向睡得不沉。

“发现小萨尔特尔勋爵失踪后，我立刻召集全体人员点名，包括所

---

① 指英国著名贵族中学伊顿公学，在伦敦之西。

有的学生、教员和工友。这时我们才确信小勋爵并非独自一人出走的。德语教员海德格也不见了。他的卧房在三楼尽头一端，跟小萨尔特尔勋爵那间屋同朝一个方向。他的床铺也睡过，可他显然没穿好衣服就走了，因为他的衬衫和袜子都丢在地上呐，他无疑也是顺着蔓藤滑下去的，他落到草地上的脚印儿清晰可见。他有辆自行车，平时放在草地旁边的小木棚里，也没影儿了。

“海德格跟我已经相处两年，来的时候带来的介绍信上面的评语好极了，不过他是个忧郁沉默的人，跟教员和学生相处的关系不是很融洽。这两个出走的人的踪影一点也查不到，到星期四上午还是跟星期二一样一无所知。出事后，我们当然到霍尔德内斯府去查询，府邸离我的学校只有几里路远，我们原以为孩子可能由于想家就突然回到他爹那儿去了。可他们一直没听到过孩子的消息。老公爵十分焦急——我呢，你们已经亲眼见到焦虑和职责使我失魂落魄，神经紧张得摔倒在地。福尔摩斯先生，您以往一向全力以赴地破案，我恳求您现在就这么办。您这辈子再也碰不上比这起案子更值得去调查啦。”

歇洛克·福尔摩斯一直聚精会神地倾听这位不幸的校长的叙述。他紧锁眉头，眉宇间现出深皱纹，这说明他无须乎别人敦促就已经全神贯注地思考这个问题了，因为除了优厚的报酬之外，这一事件也直接勾起他对不寻常的复杂案件的兴趣。他这时拿出笔记本记下一两点重要情况。

“你没早点儿来找我，真是太耽误事了，”福尔摩斯严厉地说，“直到出了很大的障碍，你才来找我去调查。调查专家居然在蔓藤和草地上没找到什么线索，真是咄咄怪事，叫人难以想像！”

“这不能怪我，福尔摩斯先生，公爵大人极想避免任何公开的丑闻。他担心自己的家庭不和的事会公诸于众。他非常害怕出现这类事。”

“官方不是已经做了一些调查吗？”

“对，可是结果却令人大失所望。当时查到了个很明显的线索，因为有人报告说在附近的火车站上见到一个男孩儿和一个年轻人乘早班火车离开了。昨天晚上我们才听说那两个人在利物浦给找到了，结果查明他们俩跟我们这一事件毫无关联。我的心情十分沮丧失望，使我彻夜未眠，今天一清早我就乘火车径直到您这儿来了。”

“我想当地警方发现跟踪了一条错误线索，失败后就放松调查了吧？”

“他们完全撒手不管了。”

“这就白白浪费了三个整天。这事真是给处理得太不得当了。”

“我也有这样的感觉，承认是这么一回事。”

“不过这个案子还是应该可以得到解决的。我很乐意调查一下。你有没有查明那个男孩跟那名德语教员之间的关系？”

“根本没有什么关系。”

“孩子是他班上的学生吗？”

“不是。据我所知，他们俩压根儿就没交谈过一句话。”

“这可真是件怪事。那个男孩有自行车吗？”

“没有。”

“有没有丢失另一辆自行车？”

“没有。”

“确实吗？”

“确实如此。”

“那你别是认为那个德国人在深更半夜用胳臂夹着那个孩子骑车跑了？”

“当然不会是那样的。”

“那你脑子里是怎么想的呢？”

“那辆自行车可能只是个幌子，也许给藏在哪儿了，他俩其实是步行走的。”

“说得也有道理，可这个幌子却似乎够荒谬的，是不是？那个小木棚里还有别的自行车吗？”

“还有几辆。”

“他要是想让人认为他俩是骑自行车走的，想必就会藏起**两辆**，对不对？”

“我想他会的。”

“他当然会那样做，可这个幌子的说法不大说得通。不过这件小事倒可以作为调查的良好开端。再说藏起一辆或消灭一辆自行车，毕竟都不是一件容易的事。另有一个问题，那个男孩儿失踪的前一天，有没有人来看过他？”

“没有。”

“他收到什么信没有？”

“收到过一封。”

“谁写给他的？”

“他爹。”

“你平时拆孩子们的信吗？”

“不拆。”

“那你怎么知道是他爹写来的信呢？”

“信封上有他的家徽，字体也是公爵本人特有的刚劲笔迹。再说，公爵也记得自己写了。”

“在这封信之前，他什么时候还收到过信？”

“几天前吧。”

“有没有收到从法国寄来的信？”

“没有，从来没收到过。”

“你当然明白我问这些问题的目的。这个男孩儿要么是让人劫持了，要么就是自愿出走的。在后一种情况下，那就得有外界的唆使才会叫这么小的孩子做出这种事。如果没人来看望过他，这种教唆想必是来自信中。因此，我想弄清楚哪些人在跟孩子通信。”

“这我恐怕也帮不了您很大的忙。据我所知，只有他爹跟他通信。”

“他爹恰巧在他失踪那天给他写了封信。他们父子之间的关系很亲近融洽吗？”

“公爵大人一向跟谁都不亲近融洽。他一门心思关注公众的大问题，一般的感情都很难影响他。不过，他倒一向以自己的那种方式挺好地对待那个孩子。”

“可是孩子的感情却在母亲一边吧？”

“是的。”

“孩子这么说过吗？”

“没有。”

“公爵说过？”

“老天！也不是。”

“那你怎么会知道的呢？”

“我曾经跟公爵大人的私人秘书詹姆斯·王尔德先生私下交谈过。是他告诉我萨尔特尔公子的感情的。”

“我明白了。顺便问一下，公爵最后那封信，在孩子走后，你们有没有在他的房间里找到？”

“没有，孩子把信带走了。福尔摩斯先生，我想咱们该动身去尤斯顿车站啦。”

“我会叫一辆四轮马车。再过一刻钟，我就跟你走。你要是给家里打电报，赫克斯泰伯先生，最好让你周围的人都以为调查还在利物浦进行呐，或者以为那个假线索把你们引导到什么别的地方去了。与此同时，我会在你的学校周围悄悄做些调查，也许留下的痕迹气味还没完全消失，华生和我这两条老猎狗还能嗅出点什么来。”

当天晚上，我们到达赫克斯泰伯先生那所知名学校的所在地皮克镇，那里天气清凉，使人心旷神怡。我们抵达时，天色已黑。门厅桌上放着一张名片，那位管家在主人耳边悄悄说了几句话。博士顿时转过身来，神情十分激动。

“公爵大人来了！”他说，“他和王尔德先生在书房里呐。二位请进，我要把你们介绍给他老人家。”

我当然挺熟悉那位大名鼎鼎的政治家的照片，可他本人却跟照片上的模样不大一样。他身材高大，神态庄严，衣着非常讲究，那张脸消瘦憔悴，鼻子弯而长得出奇，面色死人一般苍白，在那把飘散在白坎肩上的稀疏鲜红的长胡子衬托下，显得更加令人吃惊，坎肩前还挂着一条闪闪发光的表链。这位大人物站在赫克斯泰伯博士的书房壁炉前的地毯正中央，冷漠地望着我们。他身旁站着一个挺年轻的人，我料想他就是那位私人秘书王尔德先生。他是个小个子，神情紧张而又警觉，一双淡蓝眼睛透出机灵样儿，面貌的表情多变。是他立刻用尖锐而肯定的语调开始了双方的交谈。

“赫克斯泰伯博士，今天早晨我来迟了，没能阻止你去伦敦。听说你是去请歇洛克·福尔摩斯先生来调查这个案子。公爵大人十分惊讶，赫克斯泰伯博士，事先你没跟大人商量就擅自做主采取了这一步骤。”

“我听说警方已经没法儿……”

“公爵大人绝对没有认为警方已经无能为力。”

“可是，当然啦，王尔德先生……”

“赫克斯泰伯博士，你很清楚公爵大人特别希望避免公开的丑闻。他宁愿知道这事的人越少越好。”

“这事很容易就能纠正，”那位受了惊吓的博士说，“歇洛克·福尔摩斯先生可以明天乘早班火车返回伦敦。”

福尔摩斯毫不介意地说：“行了，博士，没关系。北部地区的空气使人精神振奋，也清爽怡人，所以我打算在你们这片沼泽地带住几天，尽量好好思考思考。住在你的校园里呢，还是村镇里的小客店，当然由你来决定。”

我看得出可怜的博士显得犹豫不决，倒是那位红胡子公爵深沉洪亮的嗓音——犹如宴会时的隆隆鸣锣声[①]——解了博士的围。

“赫克斯泰伯博士，我同意王尔德先生的说法，你要是事先跟我商量一下，想必就会更恰当些。现在嘛，你既然已经把这事透露给福尔摩斯先生了，我们如果拒绝他帮忙，那就太荒唐了。根本用不着去住什么小客店，福尔摩斯先生，你如果愿意住在我的府邸，我会十分高兴。”

“谢谢公爵的好意。我想为了便于调查，还是留在出事现场更合适些。”

“那就随你的便，福尔摩斯先生。你如果想要了解什么情况，只管问我和王尔德先生就是。”

“以后也许有必要到府上拜访，”福尔摩斯说。“眼下我只想问一下，公爵，您对贵公子的神秘失踪想到了什么起因没有？”

“没有，先生，没想到什么。”

“我若提到使您痛苦的事，就请您原谅，可我没有别的办法。您认为公爵夫人跟这事有牵连吗？”

那位大人物明明显出迟疑不决的神情。

“我想不会吧，”他最后说道。

“另一个最为明显的原因，劫持孩子是为了勒索一笔赎金。您有没有接到这类要求？”

“没有，先生。”

“还有一个问题，公爵。据我了解，贵公子出事那天，您给他写过一封信。”

“不对，我是在前一天给他写的。”

“正是这样，可他是在出事那天收到的。”

“是的。”

---

① 英国官方或贵族家的大宴会进行时，上每道菜或主人致辞前都有一名身着华丽制服的仆人在一面大铜锣架前鸣一下锣。

“您在信中是不是说了什么可能使他心情不稳定或者诱使他采取了那样一步呢？”

“没有，先生，当然没有。”

“您是自己投邮的吗？”

公爵正要回答，却让那位秘书打断了，后者有点发火地说：

“公爵大人从来不自己寄信。这封信和别的一些信一起放在书房桌子上，是我亲自放进邮袋里的。”

“你敢肯定那些信中有这一封？”

“有，我注意到了。”

“公爵，您那天写了多少封信？”

“二三十封吧，我有大量的书信来往。可这肯定跟这个案子没什么相干吧？”

“不是完全无关，”福尔摩斯说。

“就我这方面来说，”公爵接着说，“我已经向警方建议要把注意力转向法国南部。我已经说过我不相信公爵夫人会鼓励孩子做出这种荒唐的行动，可是这孩子生性固执，很可能在那个德国人的唆使和帮助下跑到公爵夫人那里去了。赫克斯泰伯博士，咱们现在该回霍尔德内斯府啦。”

我看得出福尔摩斯还想提出一些问题，可这位贵族却突然表示会见结束了。显然跟一个陌生人谈论自己的家庭私事，是跟他那倔强的贵族性格格格不入的，公爵也惟恐新提出来的问题会使自己身世中谨慎掩藏的角落给暴露出来。

这位贵族和他的秘书走后，我的朋友就立即怀着典型的迫切心情展开侦察。

我们仔细检查了孩子住的房间，除了更加确信他只能从窗户逃走外，什么线索也没发现。德语教员的房间和财物也没提供更多线索。在他这方面，窗前一根长蔓藤经受不住他的体重而折断了，我们在一盏提灯的亮光下看到他下到草地上所踩的脚后跟印儿。草地上这个凹痕是夜间这样莫名其妙的逃跑所留下的唯一证据。

歇洛克 · 福尔摩斯独自离开我们住的房间，11 点钟以后才回来。他弄到了一大张该地区的军用地图，把它拿进我的房间，展开在我床上，又把灯放稳在地图当中，便开始一边抽烟，一边看，偶尔用那冒着浓烈淡黄烟雾的烟斗指着值得注意的地方。

“华生，我对这个案子越来越感兴趣了，”他说。“地图上肯定有些地方是值得注意的。在咱们调查的初期阶段，我想让你了解一下这些可能会跟咱们的调查有很大关系的地理特征。

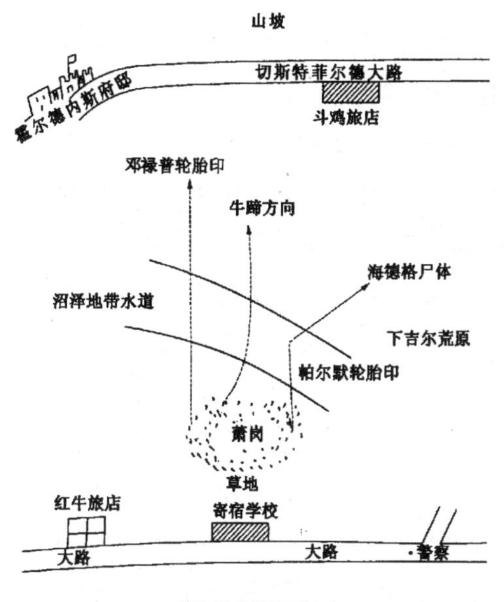

寄宿学校附近地图

“看这张地图！这个方块是那所寄宿学校，我插一根针在上面。这条线是大路，它是东西向的，从学校前经过，你还可以看到学校的东西两边一里内没有小路。那两个出走的人如果是沿着大路走的话，就是这条路。”

“正是这样。”

“我们很幸运，可以大致查清出事那天晚上什么人经过这条路。在这一点上，我放烟斗的这个地方有一个乡镇警察从 12 点到 6 点一直在值勤。你可以看到第一个交叉路口是在东边。那名警察说他一直没离开过岗位，并且肯定不管大人还是小孩要是经过这条路，他不会看不见。今天晚上我跟那名警察交谈过，我认为他是个完全可靠的人。因此东边就给排除了。咱们现在再看看另一边。那里有家客店，名叫红牛旅店，老板娘正生病。她派人到麦克尔顿去请一位医生，但是那位医生出诊去看另一个病人了，第二天早晨才到。旅店里的人通宵没睡，等待医生的到来，并且轮流总有一个人盯视着大路。他们都说没看见有人走过那条路。如果他们的证词可靠，那咱们就可以把西边也排除掉了。由此可以说那两名出走的人根本没走这条大路。”

“可是那辆自行车，怎么回事呢？”我反问道。

“对，咱们就要谈到自行车啦。继续咱们的推论：他俩如果没走这条大路，想必就一定穿过乡间走向学校的北边或南边。这一点是肯定的。咱们现在估量一下这两个方向。你可以看到学校南边是一大片耕地，分割成一块块田地，由石墙隔开。我认为那里自行车是没法通行的。咱们可以不考虑南边了。再看北边，那里有一片称之为‘萧岗’的小树林，再远些有一大片绵延起伏的荒野，叫做下吉尔荒原，地势逐步向上延伸十里。霍尔德内斯府邸在这片荒野的一边，从大路走有十里，穿过荒野走只有六里。那是一片特别荒凉的平原，有几所农民的小茅舍，他们在那里养些牛羊家畜。除此之外，在没到那条切斯特菲尔德大路之前，那里就只有些雎鸠和麻鹬。你看，大路那边有座教堂、几间农舍和一家旅店。再往远处去，山就变得陡峭了。显然咱们该向北边去调查。”

“可是那辆自行车呢？”我坚持问道。

“好，好！”福尔摩斯不耐烦地说，“骑自行车骑得好的人，不一定非选择大路不可。荒原上边有交叉的小道，而且当时正是皓月当空。慢着，听！什么声音？”

一阵急促的敲门声，随即进来了赫克斯泰伯博士。他手里拿着一顶打板球时戴的蓝帽子，帽舌上有白色锯齿形花饰。

“终于找到了一个线索！”他喊道，“谢天谢地！我们终于知道了那位公子出走的路径！这是他的帽子！”

“在哪儿找到的？”

“在荒原上扎过营的吉卜赛人的大篷车上。他们是星期二离开的。警察追上了他们，检查了他们的车队，找到了这顶帽子。”

“他们是怎样解释的呢？”

“他们又搪塞又撒谎，说是星期二早晨在荒原上找到的。那群流氓一定知道那孩子在哪儿。现在他们都给关押起来了。法律的威力或是公爵大人的钱包肯定会使他们交代出所知的全部情况。”

博士离开后，福尔摩斯说：“到目前为止，一切还算顺利，至少证实咱们该去下吉尔荒原那边寻找答案这个推论是对的。当地警察除去逮捕了那些吉卜赛人，确实什么也没做。你看，这儿，华生！这儿有条水道横穿荒原。你看地图上这儿标了出来。水道在有些地方变宽成了沼泽，尤其是在霍尔德内斯府邸和学校之间那块地方。在这样干燥的天气，到别处去找踪迹是徒劳的，而这一带肯定会留下些痕迹的。明天一清早，我会叫醒你，咱俩去找找，看看能否给这个神秘案件找到点线索。”

天一刚亮，我就发现福尔摩斯那瘦长的身影站在我的床旁边。他已经穿好衣服，而且也明明出去过了。

“我已经查过草地和自行车棚，”他说。“我也到‘萧岗’遛了个弯儿。华生，可可已经煮好放在隔壁屋里。我得要求你快一点，因为咱们今天要做的事很多。”

他两眼炯炯有神，面颊由于兴奋而红润，露出宛如巧匠看到自己的杰作即将完成时所流露出来的那种喜悦神情。福尔摩斯这当儿既灵活又机警，简直跟贝克街那个内省深思、面色苍白的人判若两人。我一看到他那敏捷的身躯和兴致勃勃的样儿，便感到等待着我们的一整天必定会是使人十分劳累的。

然而，这一天一开始就令人大失所望。我们满怀希望地穿过那片净是泥炭的黄褐色荒野，中间经过无数羊肠小道，来到一片把我们和霍尔德内斯府邸隔开的宽广的浅绿色沼泽地带。那个孩子如果往家走，必定经过这里，不会不留下痕迹。然而，孩子和那个德国人的足迹都没给找到。我的同伴面带阴沉的表情，在湿地边缘踱来踱去，仔细观察青苔地面上的每一处泥痕。到处都是羊群的蹄印儿，几里以外的地方还有些牛蹄印儿。再也没有什么别的了。

福尔摩斯忧郁地眺望着连绵起伏的辽阔荒原，说道："这儿首先给检查了。那边还有一片湿地，当中还有条窄路。嗨！嗨！嗨！快瞧，这是什么？"

我们踏上一条黑带子似的窄路，在那中间潮湿的泥泞中明显印有自行车的轨迹。

"啊！"我高兴地喊道，"咱们可把它找到了！"

福尔摩斯却摇摇头，满脸困惑不解的神情，并不显得高兴，而像是期望着什么似的。

"当然是一辆自行车的轮胎印儿，却不是那辆的车辙，"他说。"我熟悉的自行车轮胎印儿就有42种之多。你看得出这是邓禄普牌车胎，外胎上有个补丁。德语教员海德格骑的那辆车的轮胎是帕尔默牌的，有纵条花纹。数学教员埃夫林对这一点很肯定，因此这不是海德格那辆车的车印儿。"

"那就是那个孩子那辆了，对不对？"

"也许是吧，咱们如果能证明他也骑了一辆自行车，可咱们根本没办到这一点。你看，这个车印儿是从学校方向骑来的。"

“也许是骑向学校那个方向?”

“不是，不是，亲爱的华生。更深的轨迹当然是后轮的，因为身体重量落在后面。你看这里有几处是前后轮交叉的车印儿，前轮较浅的轨迹给埋住了，这辆车无疑是从学校骑来的。这跟咱们的调查可能有关，也可能无关。咱们在往前走之前，先返回去再查一查。”

我们就往回走，走了几百码，回到荒野上那片沼泽地带，自行车车印儿却不见了；我们沿着小道再往前走，来到一处有泉水滴答作响的地方。那里又出现了自行车的轨迹，尽管几乎让一些牛蹄印儿抹去了。再往前走就没有什么痕迹了，不过那条小道直通“萧岗”，也就是学校后面那片小树林。自行车一定是从这片小树林里出来的，福尔摩斯坐在一块大石头上，两手托着腮。我抽了两支烟卷儿，他才站起来。

“嗯，嗯，”他终于说道。“这当然可能是一个狡猾的家伙把轮胎换了，好留下让人不易辨认的轨迹。一个有这种鬼招儿的罪犯倒是个我愿意跟他较量较量的家伙。咱们先把这个问题搁下，还是去注意那片湿地吧，那边还有许多地方没调查呢。”

我们继续系统地调查荒野上那片湿地的边缘地带，我们这种坚持不懈的努力很快就得到了辉煌的成果。

那片湿地低洼处有条泥泞小道，福尔摩斯走近时惊喜地喊出了声。小道当中有些轨迹就像一捆电线摩擦地面留下的痕迹，正是帕尔默牌轮胎的印儿。

“这是海德格先生那辆自行车的车印儿，没错儿!”福尔摩斯兴高采烈地喊道，“华生，我的推理相当正确嘛。”

“祝贺你!”

“可咱们还有许多活儿要干。劳驾，你别在小道上走。现在咱们跟着轨迹走吧，我想不会走太远就会弄个明白。”

可我们向前走，发现这片荒原上交错着许多小块湿地。我们时不时见不到轮胎印儿，不过走了一段路又总能把它找到。

福尔摩斯说："你注意到那个骑车人在这儿加快了速度吗？这是毫无疑问的。看这些轨迹，前后车胎印儿一样清晰一样深。这只能说明骑车人把全身重量都加在车把上了，像是在比赛时做最后冲刺一样。哎呀，他摔了一跤！"

小道上至少有好几米的地面上出现形状不规则的宽印迹。随后又有一些脚印儿，轮胎印迹也重新出现。

"只是车向一边滑倒了，"我提出自己的看法。

福尔摩斯举起一把压坏了的金雀花，我惊恐地发现那朵朵黄花上有绯红的斑点。小道上的石南草丛上也沾满了凝结的血迹。

“不好！”福尔摩斯惊呼道，“不好！站开，华生！别再增加脚印儿！这是怎么回事呢？他摔倒受伤了，又站起来，骑上车往前赶。可是没有另一辆自行车的痕迹，牲畜的蹄印倒是出现在这条偏道上。他当然不会是让一头公牛抵伤了？不可能？可我也没看到别人的脚印儿。华生，咱们还得往前走。反正顺着自行车轨迹和血迹，咱们会发现他的踪迹的！”

我们继续追踪，没多会儿便看到轮胎在潮湿光滑的小道上急剧打转的轨迹。我向前一看，突然发现浓密的荆豆草丛里有个闪烁发亮的金属物。一辆自行车让我们从里面拖了出来，车胎是帕尔默牌的，一个脚蹬子弯了，车身前端净是斑斑血迹，十分吓人。一只鞋从草地另一边露了出来，我们急忙跑过去，发现那个骑车人不幸地躺在那里死了。他身材高大，满脸胡子，戴着眼镜，一个镜片已经不见了。他的死因是脑袋受了沉重一击，部分颅骨粉碎。受了这样的重伤他还能继续骑车走了一段路，可见此人有顽强的生命力，且有勇气。他穿着鞋，却没穿袜子，敞开的外衣露出里面的睡衣。这人无疑就是那位德语教员。

福尔摩斯恭敬地把尸体翻转过来，仔细检查一番。接着，他坐下沉思片刻，我从他皱起的眉头看得出这个悲惨的发现在他看来并没有使我们的调查取得很大的进展。

“下一步该怎么办还真有点困难，华生，”他终于开口道，“我个人倾向于继续进行调查，因为咱们已经花费了太多时间，不能再浪费另一小时啦。另外，咱们得把这一发现报告当地警方，好有人来看护好这个可怜的人的尸体。”

“我可以送一个你写的便条回去。”

“不行，我需要你的陪同和协助。等一下！那边有个人在挖泥炭，你去把他叫来，让他去报警吧。”

我把那个老乡带过来，福尔摩斯让那个受了惊吓的人马上给赫克斯泰伯博士送一张便条去。

接着，他说："华生，今天早晨咱俩找到了两条线索。一条是有帕尔默牌轮胎的自行车，咱们也看到了那辆车发生的情况。另一个线索是有个补丁的邓禄普牌轮胎的自行车。咱们现在开始调查后一线索之前，先试着总结一下咱们确实掌握了哪些情况，好充分加以利用，把本质现象和偶然现象区分开来。

"首先，我想让你确信那个男孩当然是自愿走掉的。他从窗户下来，不是独自一人就是跟另外一个人走的，这点是肯定的。"

我同意他的看法。

"那么，再谈一下那个不幸的德语教员。孩子出走时穿得整整齐齐，因此他预先知道要干什么；而那个德国人却连袜子都没穿，他肯定是临时匆忙做出决定的。"

“没错儿。”

“他干吗出去了呢？因为他从卧室窗口望见了孩子出走，因此想追上他，把他带回来。他便抄起自己的自行车，追那个孩子，在追赶时丢掉了性命。”

“看起来像是这么一回事。”

“现在要谈到我的推论最关键那部分。一个大人要追回一个小孩，当然会跑着去追。他明白自己能追上孩子。可是这位德语教员却没那样做，反倒骑自行车去追。我听说他曾经是一名优秀自行车运动员。要不是他看到那个孩子有了快速逃走的工具，他决不会这么干的。”

“这就涉及另一辆自行车了。”

“咱们继续设想这一事件。他是在离学校五里远的地方死去的——不是让一颗子弹打死的，请你注意，连一个孩子都会开这一枪，却是让一只强壮有力的臂膀用什么东西狠击而致死的。那么，看来那孩子逃跑时是有人陪同的。逃跑的速度是很快的，因为让一名优秀自行车运动员骑了五里路才追上他们。可咱们检查了悲剧发生的现场，却找到了什么呢？只有一些牛蹄印儿，没有别的了。我转了一大圈儿，五十码之内没有一条小道，另一个骑车人想必跟这件凶杀案没有任何关系。那里也没有任何别人的脚印儿。”

“福尔摩斯，这是不可能的，”我大声说。

“妙极了！”他说，“这话说得很有启发性。事情不可能是我所说的那样，所以一定有些方面我说错了。你已经看出来了，能不能指出哪儿错了？”

“他会不会因为摔倒而撞碎了头颅？”

“在一块沼泽湿地上吗，华生？”

“我智穷才尽，想不出来。”

“啧，啧！咱们以往破解过一些比这还难的案子呢。咱们现在已经掌握了不少材料，就看怎么利用啦。既然已经用尽帕尔默牌轮胎提供的材料，那就再去看看邓禄普牌轮胎能提供给咱们一些什么吧。”

我们找到了那辆自行车的轨迹，顺着它向前走了一段路；荒原随即出现一个石楠草丛生的斜坡，我们还过了一条水道。轨迹并没提供给我们更多的帮助。在邓禄普轮胎轨迹终止处有一条路一头通向霍尔德内斯府邸，它那座楼房雄伟的尖顶耸立在我们左方几里之外，另一头则通向前方地势较低、隐隐约约的一座农村，那正是地图上标着切斯特菲尔德大路的地方。

我们走近一家外观可憎而又肮脏的旅店，店门上方有块画着一只搏斗的公鸡的招牌；这当儿福尔摩斯突然呻吟一声，抓住我的肩膀以免摔倒。这种使人寸步难行的踝骨扭伤的毛病他过去有过一次。他挺费劲地一瘸一拐地磨蹭到店门前，那儿蹲着一个皮肤黝黑、上了年纪的人，叼着一个陶土制的黑烟斗正在抽烟。

“你好，卢宾·黑斯先生，”福尔摩斯说。

“你是什么人，怎么这样一点不差地知道俺的姓名？”那个乡巴佬抬起一双狡猾的眼睛，现出怀疑的目光，答道。

“哦，你头顶上方那块招牌上写着呐，很容易让人看出谁是这里的主人嘛。我猜想你的马厩里没有一辆四轮马车吧？”

“没有，我没有。”

“我的脚扭伤了，没法着地。”

“那就别让它着地吧。”

“可我就没法走路啦。”

“那就蹦吧。”

卢宾·黑斯先生的态度极不友好，福尔摩斯却仍然和蔼相待。

“老兄，你看，”他说，“我现在实在有点困难。只要能让我往前走就行，并不在乎采取什么办法。”

那个乖僻的店主说：“我也不在乎。”

“我有重要的事要去办。你要是能借我一辆自行车，我愿意给你一

镑金币。”

店主竖起了耳朵。

“你要上哪儿去？”

“去霍尔德内斯府邸。”

“那你们俩大概是爵爷的好朋友喽，呃？”店老板说，用讥讽的目光审视我们满是泥泞的衣服和鞋子。

福尔摩斯随和地笑笑。

“反正他老人家会高兴见到我们。”

“为啥呢？”

“因为我们给他带来了他的公子下落的消息。”

店老板显然吃了一惊。

“啥？你们在寻找他吗？”

“据说公子在利物浦。警方随时随刻都能把他找到。”

那张没刮胡子的阴阴沉沉的脸又一次迅速换了表情。他忽然变得温和了。

“我不像大多数人那样祝福爵爷，这是有理由的，”他说，“因为我曾经当过他的马车夫头儿，他待我太凶狠。我并不是那个粮谷杂货商信口瞎说的歹人，可是爵爷却把我解雇了。不过我还是很高兴听说小爵爷在利物浦给找到的消息。我帮你们送个信儿到府上去吧。”

福尔摩斯说：“我们想先吃点东西，然后你把自行车取出来。”

“我没有自行车。”

福尔摩斯拿出一枚一镑金币。

“我跟你说了我没有自行车，我倒可以借给你们两匹马骑到爵爷府上去。”

福尔摩斯说：“那好吧，等我们吃完东西再说。”

我们单独在那间石板盖的厨房里时，福尔摩斯扭伤的脚居然那么快就好了。这时已经接近傍晚，我们俩从清早直到现在什么也没吃过呢，所以吃这顿饭花费了些时间。福尔摩斯再次陷入沉思，有一两次他急切地朝外凝视。窗外是个肮脏的院子。远处角落里有一座铁匠炉，那儿有个邋里邋遢的男孩在干活儿。另一边是马厩。福尔摩斯从窗前踱步回来，刚坐下又突然站起来，惊呼一声。

“天啊！我想我弄明白了，华生！对，对，准是这么一回事。华生，你记得今天看见不少牛蹄印儿吗？”

“记得，是有不少。”

“在哪儿？”

“嗯，到处都有，湿地上啦，小道上啦，还有可怜的海德格遭到不幸的地方附近。”

“正是这样。那么，华生，你在荒原上见到了几条牛啊？”

“不记得见到过牛。”

“怪事儿，华生，可咱们一路上一直见到牛蹄印儿，而在整个荒原上却没见到一条牛。邪门儿，华生，是不是？”

“是啊，真够邪门儿的！”

“现在，华生，你再好好想想！你在小路上见过那些蹄印儿，是不是？”

“见过。”

“你能想起蹄印儿有时是这样的吗？”——他用一些面包屑排列成——∷∷——“有时又是这样的”——: · : · : · : ·——“偶尔是这样的”——. ˙ . ˙ . ˙ .——“你记得住吗？”

“不，不能。”

“可我能，我可以发誓是这样的。不过，咱们只能在有工夫的时候再回去验证。我当时没立刻做出结论，真是个睁眼瞎。”

“你的结论是什么呢？”

“只能说那是一头怪牛，又走，又慢跑，又飞跑。真格的，华生，我敢说一个乡村旅店老板的脑子是不可能想出这样一个骗局的！看来现在没有什么障碍了，只是那个男孩还在铁匠炉那边呢。好，咱俩偷偷溜出去，看看能不能发现点什么。”

那间摇摇欲坠的马棚中有两匹鬃毛乱蓬蓬的马，福尔摩斯抬起一匹的前蹄看看，不禁大笑起来。

“马掌是旧的，却是新钉上去的，掌钉是新的。这的确是个典型的案例。咱们再到铁匠炉那边去看看。”

那个男孩还在干活儿，并不理睬我们。福尔摩斯的两眼从右到左扫视地上一堆烂铁和木块，突然间我们听到身后传来脚步声，是那位店老板走过来了。他紧锁浓眉，目光凶恶，气得那张黝黑的脸直抖动。

他手里拿着一根包着铁头的短棍，气势汹汹地朝我们走来，使我不由得伸手掏摸兜儿里的那把手枪。

“你们这两个该死的奸细，”他喊道，“在哪儿干什么？”

福尔摩斯冷静地答道：“怎么，黑斯先生，这会叫人以为你害怕我们发现什么吧？”

店老板竭力控制住自己，狰狞的嘴角松弛下来，换成一副假笑的样儿，这比他皱着眉头还吓人。

他说：“你们可以在我的铁匠炉这儿随便搜查，不过，先生，俺不喜欢别人没经俺同意就在我这儿探头探脑地搜索。所以我乐意你们赶快给清账，越早离开俺这儿越好。”

福尔摩斯说：“好吧，黑斯先生，我们没有什么恶意，只是看了一下你的两匹马。不过我想府邸离这儿也不算太远，我们还是走着去吧。”

“从左边那条路走，到爵爷府上的大门不超过两里路，”他怒冲冲地望着我们离开他的小店。

我们在路上没走多远，刚一拐弯，店主人看不见我们的时候，福尔摩斯立即停下来。

“孩子们常说住在旅店里挺温暖，”他说，“我好像远离旅店一步，就会感到更冷点儿似的。不，我绝不能离开这家旅店。”

“我确信卢宾·黑斯这个家伙知道整个这件事，”我说，“他是我遇到过的一个不言而喻的恶棍。”

“哦，他给了你这样的印象吗？那儿有两匹马，有个铁匠炉。嗯，对，这个斗鸡旅店倒是个蛮有趣儿的地方。我想咱们还得悄悄地观察一番。”

我们背后是片长长的斜坡，大块灰色石灰岩石星罗棋布。我们离开那条大路，爬上山坡，朝霍尔德内斯府邸望去。我看到一个骑自行车的人疾驶而来。

"快蹲下，华生！"福尔摩斯使劲按我的肩膀，喊道。我们刚刚躲起来，那人便在大路上从我们面前飞驶而过。我透过一阵扬起的尘雾，瞥见一张显得焦急不安的苍白的脸——整个面孔透出惊恐的神情，嘴大张着，两眼慌里慌张地直视前方。这人有点像我们昨夜见到的衣冠楚楚的王尔德怪里怪气的漫画像。

福尔摩斯喊道："这是公爵的秘书！华生，咱们去看看他要干什么。"

我们连忙迈过一块块石头，不一会儿就走到一处可以看到旅店前门的地方。王尔德那辆自行车靠在门边的墙上呐。旅店里没人走动，我们也没看见窗户里有任何人出现。夕阳已经落在公爵府邸高高的尖顶后面，黄昏渐渐降临。我们在朦胧中看到旅店的马厩里点亮了一辆马车两边的灯。没多会儿就听到马蹄的嗒嗒声，一辆轻便马车转向大路，沿着切斯特菲尔德大路疾驶而去。

福尔摩斯悄声说："华生，你看这是怎么回事？"

"像是有人逃跑了。"

"我看见车上只有一个人，可那肯定不是詹姆斯·王尔德先生，因为他本人还站在旅店门前那儿呐！"

黑暗中蓦地出现一块红色亮光。亮光中是那位秘书的身影，他探头向前窥视着黑暗，显然是在期待什么人前来。没多会儿，路上终于传来脚步声，借着亮光我们又依稀看到另一个身影在门口一闪。接着，门就给关上了，又是一片黑暗。五分钟后，楼下一个房间里亮起一盏灯 。

福尔摩斯说："看来这个斗鸡旅店的规矩倒是挺怪的。"

"酒吧间设在另一头。"

"是啊，人们管这些夜访的人叫作黑客。王尔德先生深夜里在这里窝着究竟想要干什么呢？那个前来会见他的人又是谁啊？华生，咱俩真得冒冒险，走近一点去调查一下。"

我们俩便悄悄下了山坡来到大路，哈着腰溜到旅店门前。那辆自行车还靠在墙那儿呐。福尔摩斯划亮一根火柴照一下后车轮。亮光照出花纹是邓禄普牌车胎，我听见他轻声格格笑了。我们头顶上方是一扇亮着灯的窗户。

"华生，我想往窗户里瞧瞧。你弯着腰，扶着墙，我踩着你就可以看到啦。"

接着，他的两只脚便蹬在我的肩膀上，可他还没站直就跳下来了。

他说："走吧，我的朋友，咱俩今天干活儿干得够久了。我想已经把能弄到的情况全都搜集到了。回学校还要走很远的路，咱们越快动身越好。”

我和福尔摩斯疲惫不堪地穿越荒原时，他几乎没说什么话；到了学校，他也没进去，却径直走向麦尔克顿车站，在那儿他可以发几封电报。那天夜里，我听到他安慰赫克斯泰伯博士，后者正为那位年轻教员之死十分伤心。后来，福尔摩斯走进我的房间，仍然像一早出发时那样精神饱满，那样机警。“一切顺利，我的朋友，”他说，“我保证明天晚上以前，咱们就可以破解这个谜案啦。”

次日上午 11 点，我们俩走在霍尔德内斯府邸那条著名的紫杉林阴道上。我们给引进宏伟的伊丽莎白时代那种式样的门厅，进入公爵的书房。我们见到王尔德先生，他文雅且彬彬有礼，可是他那双诡秘的眼睛和颤动的颜面仍然潜藏着昨夜那种极度恐惧的痕迹。

“您是来见公爵大人吧？很遗憾，他老人家身体不大舒服，那个不幸的消息使他心中很不安。昨天下午我们收到赫克斯泰伯博士发来的电报，告诉了我们您发现的事。”

“王尔德先生，我必须会见公爵。”

“可他在卧室里。”

“那我就到卧室去见他。”

“我想他躺在床上呐。”

“那我就在他床边见他。”

福尔摩斯那种冷静而坚决的态度向那位秘书表明再争辩下去也白搭。

“那好吧，福尔摩斯先生，我去禀报您来了。”

过了半小时光景，那位尊贵的公爵才露面。他面色比先前更加死灰，耸着肩膀，我觉得他好像比前一天上午苍老多了。他庄严地跟我们寒暄后，便坐在书桌旁，那把红胡子飘散在桌上。

“怎么样，福尔摩斯先生？”他问道。

我的朋友却盯视着那位站在公爵椅子旁边的秘书。

“公爵，我想王尔德先生如果能不在场，我便可以说得更随便些。”

“大人，如果您愿意……”

“好，好，你最好走开吧。现在，福尔摩斯先生，你想说些什么？”

我的朋友等秘书退下关好房门后才开口。

“公爵，我和我的同事华生大夫得到赫克斯泰伯博士的保证，经办这起案子有一笔报酬。我想得到您的亲口确认。”

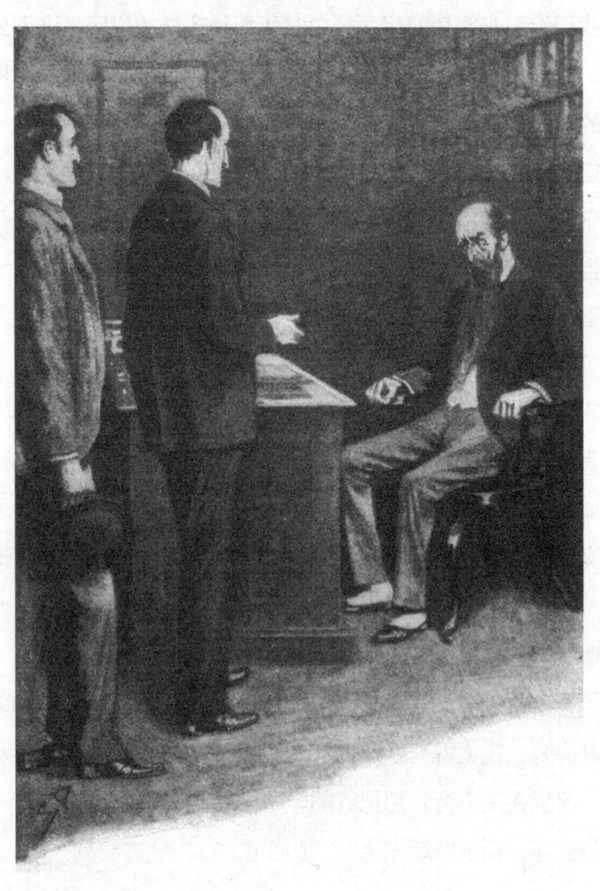

“当然有，福尔摩斯先生。”

“如果我没听错，那就是谁若向您说出贵公子下落的人，可获五千镑，是不是？”

“完全正确。”

“要是再说出扣押贵公子的罪犯姓名，可再获一千镑。”

“完全正确。”

“在后一项中，无疑不仅包括带走贵公子的人的姓名，也包括那些预谋此事的人的姓名，对不对？”

“对，对，”公爵不耐烦地说。“福尔摩斯先生，你要是把调查工作做得很好，就没有理由抱怨报酬太低。”

我的朋友带着一副贪婪的样儿，搓着两只手，这倒叫我感到惊讶，因为我知道他一向俭朴，从不贪财。

“我想您的支票本就在桌上吧，”他说。“那就请您给我开张六千镑支票，也许请您最好在支票上再写上我存钱的银行名字，那家银行是城乡银行牛津街支行。”

公爵严峻而又僵直地坐在他的椅子上，冷冷地望着我的朋友。

“你这是在开玩笑吧，福尔摩斯先生？这可不是什么逗乐儿的事。”

“一点也不是，公爵，我从来也没有这样认真过。”

“那你是什么意思？”

“我的意思是说我已经可以挣到这笔酬金啦。我知道贵公子如今在哪儿，而且至少还知道几个共谋扣押他的人。”

公爵的胡子在他那苍白的脸衬托下显得越发红得吓人。

“他在哪儿？”他气喘吁吁地问。

“他在或者说昨天晚上在斗鸡旅店，离您的花园大门两里路左右。”

公爵瘫靠在椅子上了。

“你要指控谁干的？”

歇洛克·福尔摩斯的答复使人大吃一惊。他轻快地走向前，用手按住公爵的肩膀。

“指控您，”他说，“现在，公爵，劳驾给我开张支票吧。”

我永远也忘不了公爵当时的样子，他跳起来，像个掉进深渊的人那样，双手向上紧抓，接着他又以贵族那种竭力克制的态度坐下，双手捂住脸。过了几分钟，他才说出话来。

“你到底知道多少？”他终于问道，但是没抬起头来。

“昨天晚上我看到您和他们在一起。”

“除去你这位朋友，还有别人知道吗？”

“我没跟任何人讲过。”

公爵颤悠悠地拿起钢笔，打开他的支票本。

“福尔摩斯先生，我言出必行，尽管你提供的情况我并不欢迎，可我还是要开张支票给你。当初定下这笔酬金时，我根本没料到事情竟会变成这样。不过，你和你这位朋友都是很谨慎的人，对不？”

“我不太明白您的意思。”

“我得说明白，福尔摩斯先生，如果只有你们二位知道这一事件，就没必要把这事宣扬出去。我想该付给你们的总数是一万两千镑吧，对不？”

福尔摩斯微笑一下，摇摇头。

“公爵，我担心这事并非如此简单就解决了。那名学校教员死亡的事也得考虑在内啊。”

“可是詹姆斯对这事一无所知，这个责任不应由他负。那是他不幸雇佣的那个残暴的恶棍干的。”

“公爵，可我得坚持这样的观点：一个人犯下一桩罪行时，对另一起可能由此而引起的罪行，他也得负道义上的责任。”

“福尔摩斯先生，从道义上讲，你无疑是对的，可当然不是法律上的观点。在一桩谋杀案中，一个不在犯罪现场的人是不能受到谴责的，何况他跟你一样痛恨并憎恶杀人。他一听说这事就立刻向我坦白了一切，而且是那么恐惧那么悔恨。他不出一小时便跟那个杀人犯完全断绝了来往。噢，福尔摩斯先生，你得救救他！你一定得救救他！我跟你说，你一定得救救他！”公爵再也控制不住自己了，颜面痉挛起来，在室内踱来踱去，两手握拳在空中挥舞。他最后好不容易才平静下来，在书桌旁坐下，说道：“我感谢你这一行动，没跟任何人说起这件事就先来到我这里。咱们至少可以商量一下怎样才能尽量缩小这个可怕的丑闻的扩散。”

“一点也不错，”福尔摩斯说，“公爵，我想这事只能在你我之间彻底坦诚相见才办得到。不过，要做到这一点，我得详细了解这事的来龙去脉。我理解你刚才说的话是指詹姆斯·王尔德，说他不是杀人犯。”

“不是，杀人犯已经逃走。”

歇洛克·福尔摩斯矜持地微微一笑。

“公爵，您可能没听说过我享有的那点小名声，否则您不会想像到逃脱我的注意是件很容易的事。根据我的报告，卢宾·黑斯先生昨天晚上 11 点已经在切斯特菲尔德被逮捕。今天早晨，我离开学校的时候收到了当地警长的电报。”

公爵朝椅背上一靠，惊讶地呆视着我的朋友。

“你像是有超凡的力量！”他说，“这么说，卢宾·黑斯已经给抓到了，是不是？如果这不会影响詹姆斯，我倒很高兴。”

“您的秘书？”

“不是，先生，是我的儿子。”

这次轮到福尔摩斯露出惊讶的神情。

“我承认对这事一点也不知道，公爵，那就请您详细说说吧。”

“我现在什么也不再向你隐瞒。我同意你的说法，不管这对我来说会是多么的痛苦，在这样的绝境中，只有坦诚相见才是最好的办法。全是詹姆斯的愚蠢和嫉妒使我们陷入了这种绝境。福尔摩斯先生，我年轻时有过人一辈子只有那么一次的热恋。我向那个女子求婚，可她认为我们的结合会毁了我的仕途，便拒绝了我；如果她还活着，我是决不会跟别的女人结婚的。她死了，留下了这个孩子，为了她，我一直抚养和培养这个孩子。我没法公开承认我们之间的父子关系，可我让他受到最良好的教育，并且在他成年后，我就一直把他留在身边。万没料到他竟出其不意地弄清了实情，从此便不断提出各种要求要挟我，并且滥用他那种会造成丑闻的力量威胁我，这使我非常憎恶。我的婚姻的不幸结果多少跟他留在府内有关，尤其是他一直痛恨我那个年幼的合法继承人。你一定会问我为什么还留他在家中，那是因为我能从詹姆斯的脸上看到他母亲的影子；为了怀念她，我的痛苦真是无尽无休。她的可爱之处詹姆斯都能叫我联想回忆起来。我没法让他离开，可我又担心他会伤害阿瑟——就是小萨尔泰尔勋爵——所以我才把那孩子送到赫克斯泰伯博士那所学校去。

“詹姆斯跟黑斯联系上了，因为那个家伙过去曾是我的一名佃户，詹姆斯是收租人。黑斯一开始就是个恶棍，詹姆斯却跟他结成了密友。他总喜欢跟下流朋友交往。詹姆斯决定劫持小萨尔泰尔勋爵，得到了黑斯那个家伙的协助。你记得我在前一天曾给阿瑟写了一封信，詹姆斯把那封信打开了，塞进去一张便条，要阿瑟到附近一个叫萧岗的小树林跟他会面。他盗用了公爵夫人的名义，孩子就这样给骗去了。那天晚上，詹姆斯骑自行车去找他——我告诉你的这些情况都是他亲自向我供认的——他在小树林里见到阿瑟，对他说他母亲想见他，一直在荒原那边等着他呢。阿瑟如果愿意午夜再到小树林里来，就会发现有一个人带着马在那里等他，会带他去见他的母亲。可怜的阿瑟落入了圈套，按时赴约，看见黑斯那个家伙牵着一匹小马，便上了马，跟他一块儿走了。看来——这事詹姆斯昨天晚上才听说——有人在后面追赶他们，黑斯便用棍棒打了那个追赶的人，那人受了重伤就死了。黑斯把阿瑟带进了他那个叫斗鸡的旅店，把孩子关在楼上一间屋里，由黑斯太太照管。那个女人倒心地善良，却完全受她那野蛮的丈夫的控制。

“唉，福尔摩斯先生，这就是我两天前头一次见到你时的情况。我当时并不比你知道得更多。你会问我詹姆斯这样做的动机是什么，我只能说他主要是对我的合法继承人怀有不假思量的极端仇恨。在他看来，他本人该是我的全部财产的继承人，深深痛恨那些使他不可能取得继承权的社会法律。同时他也有个明确的动机，那就是巴望我应该打破常规，认为我有权这样做。他打算跟我做笔交易——我如果愿意不顾限定继承权的法律规定，在遗嘱中明确规定全部财产由他来继承，他就把阿瑟送回来。他也明白我绝对不会报警来对付他。我是说他打算跟我达成这项交易，可他并没办成，因为事态发展得太快了，使他没来得及实现他的计划。

“他这个卑鄙的计划的破产，是因为你发现了海德格的尸体。詹姆斯听到了这个消息，真是吓坏了。我们是昨天坐在这个书房里听到这个消息的，赫克斯泰伯博士发来了一个电报。詹姆斯那么惊讶不安，引起了我的怀疑，其实我一直早有了这种猜疑，这时得到了证实。我便谴责他干的这种勾当，他就彻底做了坦白。然后他央求我把这个秘密再保留三天，好让他那个罪恶的同谋犯保住性命。我让步了——我一向对他让步。詹姆斯立即赶到斗鸡旅店，警告黑斯并资助他逃跑。我白天没法去那里，以免引起外人的议论，一到夜晚我便急着到那里去看望我亲爱的阿瑟。我发现他安然无恙，只是经历了这件可怕的事感到极为惊恐。为了遵守诺言，可这完全违背了我的意愿，我同意把孩子再留给黑斯太太照管三天，因为显然向警方报告孩子在哪儿，就不可能不说出谁是杀人犯，而且我也明白杀人犯受到惩处，不可能不毁掉我那不幸的儿子詹姆斯的前程。福尔摩斯先生，你要求我坦诚相见，我照办了，现在已经毫无保留地和盘托出。现在轮到你是不是也一样坦率呢？”

“会的，”福尔摩斯答道。“首先，公爵，我得说，在法律面前您处于一个很不利的地位。您宽恕了重罪犯，并协助杀人犯逃跑，因为我不能不怀疑詹姆斯·王尔德资助他的同谋犯逃跑的钱是您给的。”

公爵点头表示承认。

“这实在是件严重的事。在我看来，更严重的是，公爵，您对您的小儿子的态度，您居然让他继续留在贼窝里三天。”

“他们做了庄严的保证……”

“那种人的保证能算数吗？您没法保障孩子不会再次给劫持走。为了取悦您那犯罪的长子，您竟把无辜的幼子置于没必要的极其危险的境遇中，这种行为真是太不公平了。”

傲慢的霍尔德内斯公爵不习惯在自己的府内受到如此严厉的指责。他那高脑门儿涨得通红，可他的良心使他保持了沉默。

“我会帮助您，可是得答应我一个条件。这就是您按铃唤来仆人，由我来下达指示。”

公爵一言未发，按下电铃。一名仆人走了进来。

“你们一定高兴得知小主人已经给找到了，”福尔摩斯说，“公爵希望立刻派马车到斗鸡旅店去接回小萨尔泰尔勋爵。”

那个兴高采烈的仆人走出去后，福尔摩斯说：“咱们既然对未来已经有了安全感，那就对过去的事宽容一点吧。我没处于官方地位，只要正义得到伸张，我也就没有理由把我知道的事扩散出去。至于黑斯，我没什么可说的，绞刑架在等待他呐，我绝对不会拯救他。我不知道他会不会泄漏什么，可我毫不怀疑公爵您可以叫他明白保持沉默对他会有好处。从警方的观点来看，他劫持贵公子是想得到一笔赎金。如果警方没发现更多问题，我也就没必要提醒他们深究。可我想忠告您，公爵，詹姆斯·王尔德先生如果继续留在府内，那只会给尊府带来不幸。”

“这我明白，福尔摩斯先生，我们已经谈妥，他会永远离开我，前去澳大利亚寻找发迹的机会。”

“要是这样的话，公爵，您自己曾经说过您的婚姻生活上的不幸是詹姆斯留在府上造成的。我建议您和公爵夫人尽力言归于好，恢复你们不幸中断了的关系。”

“这事我也做了安排，福尔摩斯先生，今天早上我已经给她写了信。”

福尔摩斯起身说：“这样的话，我想我和我的朋友对这次在北方短暂的逗留，获得如此圆满的结果感到欣慰。另有一件小事我希望能弄明白。黑斯那个家伙给他的马钉上了冒充牛蹄的铁掌，是不是从王尔德先生那里学来的这么不寻常的一招？”

公爵站着沉思片刻，脸上显出十分惊讶的表情。随后，他便打开一扇门，领我们进入一间装饰得像博物馆的大屋子。他带我们走到旮旯里放着的一个玻璃柜前，指给我们看上面的说明：

> 这些铁掌系从霍尔德内斯府邸护城壕中挖出来的，供马使用的；铁掌底部却打成连趾形状，借以迷惑追赶者。它们可能属于中世纪那些经常出征的霍尔德内斯男爵所有。

福尔摩斯打开柜子，润湿自己的手指，触摸一下那个铁掌，手上又留下薄薄一层泥土。

“谢谢您，”他一边说，一边关上玻璃柜门。“这是我在北方见到的第二件最有趣儿的东西。”

“第一件是什么呢？”

福尔摩斯折好那张支票，小心翼翼地把它放进他的笔记本里。“我可是个穷人，”他说道，亲热地拍一下那个本子，把它塞进他的上衣里兜儿的深处。

（1904）

查尔斯·奥古斯塔斯·米尔弗顿

我现在要讲的这件事尽管发生在很多年以前，可眼下一提起我还是有点踌躇，因为长久以来，即使采用最谨慎而节制的手法，也想必不可能把这事公诸于世；但是如今有关的主人公已经不会再受到人间的法律制裁，这才使我能有所保留地讲述此事，而不至于损害谁的名望。这事是歇洛克·福尔摩斯和我平生所经历的一桩最奇特的案子。我如果隐瞒了日期或其他任何能使人追溯到事情真相的情节，还望读者诸君鉴谅。

在一个寒冬的傍晚，我和福尔摩斯出门散步，回来时已经六点钟。福尔摩斯进门后开了灯，灯光照出桌上放着一张名片。他瞥一眼就厌恶地哼一声，把它扔在地板上。我捡起来念道：

查尔斯·奥古斯塔斯·米尔弗顿

汉普斯特德区

阿普尔多塔

代理人

"他是谁啊？"我问道。

"伦敦城里最坏的家伙，"福尔摩斯一边说，一边坐下，把两只脚伸向炉火。"名片反面写什么了吗？"

我把名片翻过来。

"六点半前来拜访——C. A. M. ①，"我念道。

"哼！他就要来啦。华生，你在动物园里站在蛇面前，看着那种滑溜溜带毒的爬行动物，看着它那双吓人的眼睛和邪恶的扁脸，你有没有感到毛骨悚然而畏缩呢？米尔弗顿给我的感觉就是这样。我平生跟50

名杀人犯打过交道，其中最可恶的也没有他那样使我如此憎恶。可我又不能不跟他打交道——真格的，他到这儿来还是我约请的。”

“他是个什么样的人呢？”

“我告诉你，华生。在诈骗犯的圈子里，他堪称王。愿上帝保佑那些隐私和名誉受到了米尔弗顿控制的男人，尤其是那些女人。这个家伙面带微笑，怀着铁石心肠，勒索压榨他们，直到吸干他们的血为止。他很有办事才能，原本可以在别的较体面的行当里发迹。他的办法是：让人人都知道他愿支付高价收买那些会招致有钱有势的人受到伤害的信件。他不仅从背叛的男女仆人手里购买到那些货，而且还经常从那些骗得女人感情和信任的拆白党人手中搞到。他手面很大，决不吝啬。我曾听说他花七百镑从一名男仆手中买到一张有两行字的便条，结果毁灭了整整一个贵族家庭。市场上这种奇货可居的东西全都传入米尔弗顿手中。这座大城市里有上千人一听到他的名字就会吓得脸色发白。谁也说不清他的爪子哪天会落到谁的头上，因为他既有钱又有狡猾的手腕，可以为所欲为，所向披靡。他还会手里握着一张牌，多年暂不打出去，直到可以赢得最大赌注时才出手。我刚才说过他是伦敦城里最坏的家伙，这人能够有条不紊、从容不迫地折磨人，刺痛人的神经，只是为了往他那已经鼓鼓囊囊的钱袋里继续塞钱，试问一个打自己老婆的脾气暴躁的恶棍，怎能跟这个家伙相比呢？”

我很少听到我的朋友带着这样强烈的愤慨感情讲话。

“那个家伙当然该受到法律制裁，对不对？”我说。

“从法律上来说是应该的，可实际上却根本办不到。譬如说，一个女人控告他，让他坐几个月牢，可是她自己紧跟着就会身败名裂，这对她来说又有什么好处呢？那些受他害的人都不敢还击。他若敲诈了一个无辜的人，那咱们确实该抓他，可他狡猾得跟魔鬼一样，叫你抓不到

①查尔斯·奥古斯塔斯·米尔弗顿的姓名缩写。

把柄。不，不，咱们得另找别的办法来打击他。”

“那他到这儿来干啥啊？”

“因为有位著名的当事人把她遭遇不幸的事件交到我手里。就是那位上季度初进社交界的最美丽的伊娃·布莱克维尔小姐，她过两周就要嫁给德温考特伯爵啦。米尔弗顿那个恶棍弄到了她的几封不太慎重的信——有点轻率，华生，仅此而已——只是几封写给一位年轻绅士的信，然而这却足以破坏这桩婚姻。除非得到一大笔钱，否则米尔弗顿就会把那些信送交伯爵。我受托跟米尔弗顿见个面，尽力把他要的价压低些。”

这当儿，街上传来得得的马蹄声和嘎嘎的车轮声。我朝窗下望一眼，只见一辆富丽堂皇的双驾马车停在门前，亮晃晃的车灯照着一对栗色骏马光滑的腰腿。一名男仆打开车门，从车上下来一个身穿蓬蓬松松的黑色卷毛小羊羔皮大衣的矮胖男人。一分钟后，他进入屋内。

查尔斯·奥古斯塔斯·米尔弗顿约摸50来岁，长着一个显得挺精明能干的大脑袋，那张脸又圆又胖，皮肤光滑，总带着一副冷笑的神情，两只敏锐的灰眼睛在金丝边宽眼镜后面闪闪发光。他的外表真有点像匹克威克先生①，只是让脸上那种假笑和两眼射出的锐利而不安的寒光败坏了形象。他的声调跟他的表情一样温和而平稳，他伸出一只小胖手，口中喃喃表示头一次前来时没见到我们甚感遗憾。福尔摩斯没理睬他伸出的手，并且冷冰冰地望着他。米尔弗顿咧着嘴微笑，耸耸肩，脱掉大衣，仔仔细细地把它叠好放在椅背上，然后在一把椅子上落座。

“这位先生是谁？”他朝我摆下手。“咱俩这样交谈合适吗？行吗？”

“华生大夫是我的好友和同事。”

---

①匹克威克先生，英国作家狄更斯《匹克威克外传》中的主人公，为人朴实慷慨。

“那好吧，福尔摩斯先生，我这样问只是为您那位委托人考虑。这件事十分微妙……”

“华生大夫已经听说了。”

“那咱俩就谈公事吧。您说您是代表伊娃小姐进行交涉。她有没有授权您接受我的条件？”

“你的条件是什么？”

“七千镑。”

“可以削减些吗？”

“亲爱的先生，讨论条件对我来说是很不愉快的；如果 14 号不付款，那么 18 号肯定不会有婚礼，”他堆出令人难以忍受的微笑，一副比先前更加自鸣得意的样儿。

福尔摩斯想了一会儿。

“依我看，你似乎把这事看得过分理所当然了，”他最后说道，“那些信的内容我当然完全了解。我的委托人自然会按照我的建议去做。我会劝说她把事情真相都告诉她的未婚夫，相信他会宽容谅解的。”

米尔弗顿格格笑了起来。

“您根本不了解那位伯爵的为人，”他说。

我从福尔摩斯那副困惑的表情清楚地看出他确实是不了解。

他问道：“那些信的内容有什么害处吗？”

“写得很有味道，挺带劲儿，”米尔弗顿答道，“这位小姐信写得很漂亮，可我能向您保证德温考特伯爵是不会赞赏那些信的内容的。既然您另有办法，那咱们就不必多谈啦。这纯粹是一桩买卖生意。您如果认为为了维护您的委托人的利益，最好把那些信送到伯爵手中，那您付出那么一大笔钱买回那些信，就确实太傻了。”他站起来，拿起他那件黑色卷毛羊羔皮大衣。

福尔摩斯气得脸色直发灰。

“等一下，”他说，“你走得未免太急茬儿了。我们当然要尽力避免这样一桩敏感的事出现丑闻。”

米尔弗顿又坐回他刚坐的那把椅子。

“我肯定您会从这个角度看待问题，”他嘟囔道。

福尔摩斯接着说，“可是伊娃小姐并非是个富有的女人。我向你保证两千镑就会榨干她的全部财产。你提出的价码她根本没法办到。因此，我请求你降低要求，接受我说的价钱，退还信件，这可是你能得到的最高价儿了。”

米尔弗顿咧嘴一笑，诙谐地眯眯眼睛。

“我知道您讲的这位小姐的财力倒是真实的，”他说，“可您得承认，一位小姐在结婚时是她的亲朋好友为她出点力的最佳时机啊。他们也许在想买一件什么礼物比较合适时有所犹豫，我现在向他们保证这一小包信件会比伦敦任何宴会给他们带来的欢乐都要多得多。”

“那可办不到，”福尔摩斯说。

“哎呀呀，哎呀呀，多么不幸啊！”米尔弗顿拿出一个厚本子，大声说。“这叫我不由得想到那些女士误信别人的话而不愿出点血，真是太不明智了。瞧瞧这个！”他举起一封便笺，信封上印有家徽。“这是属于……嗯，也许在明天早晨之前不该公布她的名字。不过到那时这封信便会落到那女人的老公手里，只是因为她不肯轻而易举地把她的钻石首饰换成钞票，凑齐一笔少得可怜的款项。这真是太可惜了。您记得尊贵的麦尔斯小姐和多尔金上校的订婚突然间不算数了那件事吗？婚礼的前两天，《晨报》上有段报道宣布婚礼业已取消。为什么会这样呢？说起来真叫人难以置信。其实只消拿出区区一千二百镑就什么问题都可以解决了。您说可惜不可惜？可我眼下发现您这样有理智的人居然跟我讨价还价，竟然对您那位处于危机的委托人的前途和名誉全然不顾。福尔摩斯先生，阁下实在出乎我的意料。”

“我说的都是实话，”福尔摩斯答道。“她筹不出这笔款子。我认为你与其把那个女人的一生毁掉，还不如接受我提出的这笔实实在在的款项。你要是毁了她，什么也得不到啦，对不对？”

“这一点您可错了，福尔摩斯先生。这事传出去倒会间接地对我大有好处咧。我手中还有八到十件类似的事可以启动呐。我这样严厉地拿伊娃小姐开例，绝不退让，这事一传出去，我相信别的女人都会引以为戒，乖乖理智地想想后果。您明白我的意思了吗？”

福尔摩斯一下子从椅子上站起来。

“华生，站到他身后面去。别让他出去！先生，现在让我们看看你那本子里的内容！”

米尔弗顿像耗子那样快地溜到房间一边，背靠墙站着。

他随即撩开外衣前襟，露出一把插在坎肩兜儿里个儿挺大的手枪柄儿，说道：“福尔摩斯先生，福尔摩斯先生，我早就料到您会闹出些独出心裁的花样。这种事经常出现，又得到了啥好处呢？我老实告诉您，我早已武装到了牙齿，知道法律允许我自卫，随时准备动用我的武器。此外，您当我会把那些信夹在笔记本里带到这儿来，可真是大错特错了。我才不会干那种傻事。二位，今天晚上我还有一两个约会，去汉普斯特德区的路程也很远，就此告辞。”他走向前，抄起他的大衣，手按在枪上，朝房门走去。我抓起一把椅子，福尔摩斯却摇摇头，我只好把它又放下来。米尔弗顿鞠一躬，微微一笑，还眨眨眼，走出房间。没多会儿，我们便听到关上马车门的砰的一声响，接着是车轮嘎啦嘎啦声，

他就此走掉了。

福尔摩斯一动也不动地坐在炉火旁，两手深插在裤子兜儿里，下巴低垂在胸口，两眼盯视着闪亮的余火。他足有半个小时没吭声。随后，他带着打定了主意的神情站起来，走进卧室。片刻后从里面走出来一个俏皮的青年工人，蓄着山羊胡子，摆出自鸣得意的样子，在灯旁点燃他那个陶土制的烟斗，对我说："华生，我出去一趟，过一会儿回来。"接着，他就下楼，走上街头，消失在黑夜里。我明白他要跟查尔斯·奥古斯塔斯·米尔弗顿开始较量一番啦，可我却没料到这场战斗竟要采取那样怪的乔装打扮的方式。

此后好几天福尔摩斯都是这种打扮出出进进，不用说，他把时光都耗在汉普斯特德区那里了，而且没白白浪费，可他在那边干些什么我却一无所知。后来终于在一个暴风雨的夜晚，风在呼啸，雨点哒哒地敲打着玻璃窗，他出征归来，除去化装，坐在炉火前，默默得意地会心微笑。

“华生，你不会觉得我是个快要结婚的人吧？”

“不，当然不！”

“你乐意听到我订了婚吗？”

“亲爱的朋友，祝贺你跟……”

“跟米尔弗顿的女仆。”

“老天爷，福尔摩斯！”

“我需要信息情报啊，华生。”

“可你做过头了吧？”

“这是个非常必要的步骤。我是个生意火红的管子工，叫埃斯科特。每天晚上我都约她出来散步聊天。老天，那些谈话可了不得！我需要的情况全都搞到了，现在我对米尔弗顿家里方方面面的情况已经了如指掌。”

“可是那个姑娘，福尔摩斯？”

他耸耸肩。

“亲爱的华生，没有别的办法，赌注已经下在台面上，你只能尽量打好你的牌。不过嘛，我庆贺自己有个情敌，只要我一转身，那人就会替代我。今夜的天气多好哇！”

“你喜欢这种天气？”

“这倒适合我的计划。华生，我打算今夜去打窃米尔弗顿的家。”

我一听这句用十分坚定的口气慢慢说出来的话，不禁倒抽一口冷气，浑身发凉。这就像黑夜里打个闪电，刹那间使野外的夜景全都显露得清清楚楚，我似乎看到这一行动会带来的种种后果——侦察啦，逮捕啦，光荣的职业以无法挽回的失败兼屈辱而告终啦，再加上我这位朋友本人将受到可恶的米尔弗顿的摆布。

“福尔摩斯，这事你可得三思而行啊！”我大声说道。

“亲爱的朋友，这我已经彻底想过了。我从不鲁莽行事，如果能有别的办法，我也决不会采取这种干劲十足而确实冒险的措施。咱们公正地仔细想想这件事，我想你也会承认这种行为在道义上是无可厚非的，尽管在法律上是犯罪行为。闯入他家只不过强行拿走他那个笔记本罢了，一件你准备协助我干的事。”

我仔细琢磨了一下。

“对，”我说，“只要咱们拿走的是那些给用来做非法目的的东西，那在道义上就是正当的。”

“对极了，既然在道义上是正当的，那我需要考虑的只有个人的安危啦。一位女士如果急需别人帮助，一位绅士就不该多加考虑自身的安危。”

“可你会被人误解。”

“嗯，这倒是要冒冒险的，可是那些信没有别的办法可以取回来。这位不幸的小姐没有钱，也没有可以信赖的亲人。明天就是最后一天限期，除非咱们今晚弄到那些信，否则那个恶棍便会说到做到，叫那位小姐身败名裂。因此，要么让我的委托人听天由命，要么就打出这最后一张牌。华生，只在咱俩之间说说，我这是在跟米尔弗顿做生死决斗呐。你看到了，他已经赢了第一回合，可我的自尊心和名誉要我战斗到底，绝不罢休。”

“我虽然不大喜欢这样干，可我想也只好如此啦，”我说。“那咱俩何时动身？”

“你不必去。”

“那你也别去，”我说。“我拿名誉来担保——我平生从没食言过——我会叫辆马车直奔警察局告发你，除非你让我跟你一块儿分享这次冒险活动。”

“你啊，帮不了我什么忙。”

“这你怎么晓得？你也闹不清会发生什么事。反正，我已经决定。除你之外，别人也有自尊心甚至名誉啊！”

福尔摩斯显得有点不耐烦，不过慢慢舒展开眉头，拍拍我的肩膀。

“好吧，好吧，我的伙计，就这样吧。咱俩在一个屋檐下住了好多年，要是咱俩再合住一间牢房，那会多有意思。要知道，华生，不瞒你说，我一向有个想法，就是自己想必能做一名本事不小的罪犯，现在便是一次朝那个方向迈进的难得机会。你看！”他从抽屉里取出一个整洁的小皮箱，把它打开，亮出一批闪亮的工具。“这是一套最时兴的头等盗窃工具，镀镍的撬棒啦，切割玻璃的钻石头小刀啦，万能钥匙啦，还有文明发展需要的种种新改进的玩意儿。瞧，这儿有黑暗中使用的提灯，样样都准备就绪。对了，你有没有一双不出声儿的鞋？”

“我有一双橡胶底网球鞋。”

“太好了，有面具吗？”

“我可以用黑绸子做两个。”

“看得出你做这类玩意儿还蛮有天分咧。太棒了，那你就做两个面具吧。出门前，咱俩得先吃点冷餐，现在是九点半，11 点咱俩得乘马车赶到丘奇街，从那儿走到阿普尔多塔要一刻钟光景。午夜之前，咱俩便可动手。米尔弗顿睡得很沉，每天十点半准时睡觉。如果一切顺利，两点前我兜儿里就会揣着伊娃小姐的信，咱俩便可返回。”

福尔摩斯和我穿好晚礼服，看上去我们这样便像是两个看完戏回家的观众。在牛津街，我们喊了一辆双轮马车去汉普斯特德区某地。抵达后，我们付了马车钱，扣紧厚大衣——因为天气严冷，寒风刺骨，我们沿着荒地边缘走去。

“办这事得十分谨慎，”福尔摩斯说，“那些文件锁在那个家伙书房的保险柜里。他的书房就是他那卧室的前厅。跟所有那些会照顾好自己的胖老头儿一样，他睡得很死。阿加莎——这是我的未婚妻——

说，在仆人下房里，他们常把叫不醒老爷这件事当个笑话。他有个忠心耿耿的秘书，整个儿大白天都不离开书房，因此咱俩只好夜间行事。他还有一条凶猛的恶狗，总在花园里转悠。前两天夜里，我跟阿加莎幽会，她把那条狗锁住了，我才安然无恙地走出来。这就是那所房子，一栋在自家庭院里的大房子。走进这道门——现在往右拐，穿过月桂树丛。我想咱们现在可以戴上面具啦。你看，所有的窗户都没有灯光，一切都挺顺利。"

我们俩戴上丝绸黑面具，简直成了伦敦城里最好斗的人物。我们悄悄走向那栋寂静而阴暗的房子。房子一侧有条带瓦顶的走廊，还有几个窗户和两扇门。

"这是他的卧室，"福尔摩斯悄声说，"这扇门直通他的书房。这对咱们倒挺合适。可是门上了栓，还加了锁，我们要进去就准会弄出太大的响声。到这边来！这里有一间通向客厅的花房。"

花房也上了锁，福尔摩斯用钻石刀在玻璃门上划个圆圈，取下一小块玻璃，把手伸进去，从里面拨开锁。我们进去后，他随手关上门；从法律观点来看，我们俩已经成为重罪犯。花房里温暖的空气和异国花卉浓郁的芳香迎面袭来，简直使我们喘不过气来。福尔摩斯在暗中抓住我的手，领着我沿着一排排灌木迅速走过去，叶子直扫我们的脸。福尔摩斯有在黑暗中辨认事物的非凡能力，这是他多年精心培养出来的。他一边拉着我的手，一边打开一扇门，我模模糊糊地觉得我们进入了一个里面有人抽过雪茄烟的大房间。他在家具当中摸索着向前走，又打开一扇门，我们进去后把门关上。我伸手摸到墙上挂着几件外衣，心里明白这是个过道。我们走过去，福尔摩斯轻轻打开右边一扇门。忽然有样东西朝我们扑来，我的心几乎蹦到嗓子眼儿那儿，可我一觉察，那原来是一只猫，不由得笑出声来。这间屋里，壁炉燃着火，有股浓重的烟草味儿。福尔摩斯踮着脚尖走进去，等我跟进去便轻轻关上门。我们俩已经进入米尔弗顿的书房；尽端有道门帘，说明那里通向他的卧室。

炉火烧得挺旺，照亮了全屋。我看见房门边上有个电灯开关，即使亮着灯也安全，可还是没必要开灯。壁炉一边有道厚实的窗帘，遮住我们刚才在外面看到的那扇落地凸窗。壁炉另一边有扇门通向外面的走廊。屋子当中摆着一张书桌，后面有把锃亮的红色皮革转椅。书桌对面有个大书柜，顶上摆着一座雅典娜[①]半身大理石像。书柜和墙之间的旮旯里放着一个高高的绿色保险柜，柜门上光亮的铜把映着壁炉的火光。福尔摩斯蹑手蹑脚地走过去看看，接着又悄悄走到卧室门前，歪着脑袋在那儿聚精会神地听一会儿。里面没有什么动静。这当儿，我忽然想到走廊那扇门倒很合适作为我们的退路出口，就去检查一下，惊喜地发现门既没上闩也没上锁！我碰一下福尔摩斯的胳膊向他示意，他那张戴着面具的脸转向那扇门。我看出他明明跟我一样感到惊讶。

“呆会儿再说，”他对着我的耳朵小声说，“我还没拿定主意。不管怎样，咱们得抓紧时间。”

---

① 雅典娜，希腊神话中的智慧女神。

“我能干点什么？”

“就站在那扇门边上。听见有人过来，就闩上那扇门，咱俩还是从进来的那条路出去。要是有人从那边过来，咱俩的任务若已完成，就从那扇门出去；要是没完成，就马上躲在那道窗帘后面。听明白了吗？”

我点点头，便守在那扇门旁边，我刚才那阵担心的感觉已经消失，这当儿感到我们是在捍卫而不是在践踏法律，心情真是前所未有的激动。我们的任务崇高，行为并非自私而是富于骑士精神，并且认清我们的对手品质卑劣，这一切都使这次探奇冒险增添了乐趣。我没有了犯罪感，反而对这种险境感到振奋而高兴。我羡慕地观望着福尔摩斯打开他的工具箱，他就像一名正在进行复杂手术的外科医生那样科学而准确地冷静挑选工具。我知道福尔摩斯有开保险柜的特别爱好，我也了解他面对那个金绿色怪物所感受的喜悦心情，正是那条巨龙吞噬了许许多多美丽女士的名声。福尔摩斯卷起燕尾服的袖口——他早已把大衣放在一把椅子上面——取出两把手钻、一根撬棒和几把万能钥匙。我站在室内居中那扇门前，盯视着其他两扇门，以便应对任何紧急情况；可是说真格的，万一我们受到干扰，我还真不知该干些什么。福尔摩斯像个熟练的机械师那样灵巧能干，放下一件工具，又拾起另一件，集中精力足足干了半个小时光景。最后我听到咔哒一声响，那扇厚重的绿门给打开了，我瞥见里面放着不少纸包，都用绳子扎着，火漆封好，上面写着名字。福尔摩斯挑出一包，可是在闪烁的火光下难以看清字迹，他便取出那个在黑暗中使用的小灯，因为米尔弗顿就在旁边那间屋里，开电灯未免太危险。我忽然看见他停下来，专心侧耳倾听，接着立刻关上铁柜门，抄起他的大衣，把工具塞进兜儿里，奔向窗帘后面，同时招手叫我也赶快过去。

我刚跟他一起躲进窗帘后面，就听到什么使他敏锐感觉到的事。这栋房子某处有点声响。远处有扇房门砰的一声关上，接着是迅速走近的脚步声，那沉重的落步声中还夹杂着含混不清的嘟囔声。这阵声响来到过道，在门前顿住，门打开了。咔哒一声响，电灯亮了，门给关上，我们闻到一股刺鼻的雪茄浓烟味儿。接着，离我们几码远的地方响起有人在不断来回踱步声。最后脚步声停了，椅子嘎吱响一下，钥匙在书桌抽屉锁眼儿里啪嗒一声响，我听到纸张的沙沙声。

我方才一直没敢朝外张望，这当儿我轻轻把身前的窗帘撩开一点，往外窥视。我感到福尔摩斯的肩膀压在我的肩膀上，知道他也在朝外看。就在我们俩面前几乎可以伸手摸到的是米尔弗顿的又宽又圆的后背。我们显然完全错估了他的行动，他根本就没在他的卧室里，而是一直坐在房子另一远侧的吸烟室或台球室里，那边的几扇窗户我们方才没看见。他的脑袋大而圆，头发花白，有块发亮的秃顶，这些正出现在我们眼前。他仰靠在那把红皮椅子上，两腿伸向前，嘴上叼着一支黑不溜秋的雪茄。他身穿一件半军服式的、黑绒领的暗紫红色的休闲上衣，手里拿着一叠法律文件，一边懒散地看着，一边从嘴里吐出烟圈儿。从他那种平静舒适的姿态看来，他不会很快就离开。

我觉出福尔摩斯悄悄握着我的手，摇一下叫我放心，他像是在说他已掌握局面，心情也很轻松。从我站的位置那儿看得很清楚保险柜的门没关好，米尔弗顿随时都可能发现，我不知道福尔摩斯是否也看到了。我心中打定了主意，要是肯定米尔弗顿严峻的目光发现了这一疑点，我便马上冲出去，把我的大衣扑在他的脑袋上，按住他的双臂，剩下的事就由福尔摩斯来处理。但是，米尔弗顿压根儿没抬头张望，他明明呆滞地让手里的文件吸引住了，一页一页地翻阅，研究律师的申辩。我心想他至少在看完文件，抽完雪茄，就会回卧室吧，可他还没看完抽完，突然发生一桩意外的事，大大转移了我们的注意力。

我发现米尔弗顿多次看他的手表，还有一次不耐烦地站起来又坐下。我在听到外面走廊上传来微弱的响声之前，真没料到他在这么晚的钟点竟会有个约会。米尔弗顿放下文件，笔直地坐在椅子上。那声音响了一阵，接着是一记轻轻的叩门声。米尔弗顿站起来去开门。

“嗯，”他简慢地说，“你足足迟到了半个小时。”

这就是米尔弗顿为什么没锁上门、深夜不睡的原因。耳边传来女人衣裙的窸窸窣窣声。刚才米尔弗顿的脸转向我们这边时，我已经把窗帘中间那道缝合上，这时我又小心翼翼地冒险再拨开一点，只见他又坐回他那把椅子，嘴边依然傲慢地斜叼着雪茄。在明亮的灯光下，一位妇女站在他面前，她身材又高又瘦，一头黑发，戴着黑面纱，下巴那儿系着斗篷带子，呼哧呼哧地喘气，柔软的身躯处处都因心情激动而发颤。

“嗯，”米尔弗顿说，“亲爱的，你叫我一夜没好好休息。我巴望你不会辜负这一夜良辰。难道你就不能在别的时间来吗，呃？”

那女人摇摇头。

“好吧，不能就不能吧。伯爵夫人如果是个严厉的女主人，你现在便有机会跟她较量一番啦。祝贺你，可你干吗浑身这样哆嗦啊？好了，振作起来嘛！咱们现在谈谈交易吧。”他从抽屉里取出一个笔记本。“你说你有阿伯特伯爵夫人写的五封信要卖。我买。太好了，只消定个价儿就成。可我得先看看那些信，只要是好货……噢，老天，原来是您？”

那位妇女一语未发，揭开面纱，从下巴那儿解开斗篷。面对米尔弗顿的是一张清秀美丽的面庞，黑发，曲鼻梁，浓黑眉毛下一双坚定闪亮的眼睛，薄薄的嘴唇上挂着一丝危险的微笑。

“是我，”她说，“正是让你毁了她一生的那个女人！”

米尔弗顿笑了，可是恐惧却使他话音发颤。“您太顽固不化了，”他说，“干吗迫使我不得不走那样的极端呢？我向您保证我决不会为了自己而伤害一只苍蝇，不过嘛，人人都有自己的生意买卖，我又能怎么办呢？我定的那个价儿您是承担得起的，可您却坚决不肯付。”

“因此你就把那些信送交我的丈夫了。他是人世间最高尚的人，我连给他系鞋带都不配，那些信伤透了他那颗高贵的心灵，使他郁郁而死。你记得上次那天夜里我从这扇门走进来央求你怜悯我，可你却嘲笑我；眼下你还想嘲笑我，可你那胆怯的心却没法叫你的嘴唇不发颤。是啊，你压根儿就没想到又在这儿见到我吧，然而正是那天夜里教会了我怎样单独面对面会见你。好了，查尔斯 · 米尔弗顿，你还有什么话要说？”

“别以为您能威胁我，”他一边站起来，一边说，“我只消提高嗓门唤来仆人，就能马上把您抓起来，可我体谅您这番怒火并非做作。好了，您从哪儿进来就马上从哪儿出去吧。我不再多说什么。”

那位妇女站在那里，把手埋在衣服胸口那儿，薄薄的嘴唇上仍然带着一股想置人于死地的微笑。

“你啊，再也不能像毁了我的一生那样去毁更多的别人啦！你啊，再也不能像绞碎我的心那样去绞碎更多人的心啦！我要把你这头恶毒的禽兽从人世间消灭掉！你这条恶狗，吃我这一枪！一枪！一枪！再一枪！”

她掏出一把闪亮的小手枪，一颗颗子弹直射米尔弗顿，枪口跟他的胸膛相隔不到两尺距离。米尔弗顿蜷缩一下，就趴倒在书桌上，剧烈咳嗽一阵，双手抓挠文件，随后摇摇晃晃地站起来，又挨了一枪，便滚倒在地。“您要了我的命！”他大喊一声，倒在地上不再晃动。那位妇女目不转睛地盯视着他，用脚后跟踢一下他那张仰着的脸。她又瞧他一眼，可他不再动弹了。我听见一阵衣裙窸窸窣窣声，接着，夜晚寒风吹进这间炽热的房间，复仇者离开了。

我们即使出面干涉，也想必救不了那个家伙的命，可是那个女人一枪接一枪地射击米尔弗顿蜷缩的身体时，我正想跳出去制止，却被福尔摩斯使劲冷冷地抓住了手腕，我当即理解了他那坚定阻止的意思——咱们无须乎出面干涉，这是正义打倒了一个恶棍，咱们不该忘记自己的任务和目的。那名妇女刚一冲出屋去，福尔摩斯便赶紧轻轻地走到另一扇门前，转动一下门锁上的钥匙，就在这时我们听到这栋房子里有说话声和急促的脚步声。枪声惊动了整所房子里的人。福尔摩斯沉着冷静地快步走向保险柜，两手捧出一捆捆信件，把它们统统扔进壁炉，他一再这样做，直到保险柜里的东西都给掏光为止。有人在转动门把手，使劲咚咚敲门。福尔摩斯迅速朝四下里扫一眼。那封曾经预报米尔弗顿死期将至的信还摆在桌上呐，上面溅满了他的血。福尔摩斯把它也丢进火里。然后，他拔出那扇通往户外的门钥匙，我们先后走出去之后，他从外面把门锁上。“这边走，华生，”他说，“咱们可以从这边攀登花园的墙出去。”

我没料到警报会传得那么快，回头一看，整所房子的灯都亮了。前门已经打开，不少人影儿正冲向车道。花园里人声鼎沸，我们刚从走廊里出来，便有一个人喊了一声抓人，紧紧追随我们。福尔摩斯似乎挺熟悉这里的地形。他迅速穿过一片小树丛，我紧跟在后；那个抓我们的家伙气喘吁吁地紧追不舍。一道六尺高的墙挡住了我们的去路，福尔摩斯一跃而上，翻了过去。我也如法炮制时，觉出身后那个家伙抓住了我的脚踝。我把他踹开，爬过那满布玻璃碴儿的墙头，脸朝下跌在墙外草丛上。福尔摩斯立刻把我搀起来，我们俩便飞快穿越汉普斯特德广阔的荒地。我们大概跑了两里路，福尔摩斯才停下来，倾听一下，身后一片寂静。我们已经远远甩开追赶的人。

我记录的这次不平凡的经历的次日，我们吃过早饭，正在抽烟斗，伦敦警察厅的雷斯垂德，表情挺严肃感人，由仆人引进我们简朴的起居室。

“早安，福尔摩斯先生，”他说，“早安，可否问一声您眼下忙不忙？”

“还不至于忙得没工夫听你说话。”

“我是想您如果手头没什么特别要紧的事，也许能帮我们研究一下汉普斯特德区昨夜发生的一桩奇案。”

“是吗？”福尔摩斯说，“什么案子啊？”

“一桩凶杀案——一起非常戏剧性而惊人的谋杀案。我知道您对这类事特感兴趣。您如果能去阿普多尔塔一趟，给我们做些指点，我会感激不尽。这不是一般的犯罪活动，那位被害的米尔弗顿先生我们早已注意了很久；就咱们俩之间说说，他其实是个恶棍，听说他掌握一些文件，专门用来敲诈勒索别人。那些文件已经让杀人犯全部焚毁了。家里也没丢失什么贵重物品。凶手们很可能是些有身份地位的人。他们惟一的目的是防止那些材料公开曝光。”

“凶手们！”福尔摩斯说。“不止一个人！”

“对，一共两个人。他们差点儿给当场活捉。我们掌握了他俩的脚印儿，知道了他俩的外貌，十之八九会把他俩查出来。跑在前面那个家伙动作敏捷，后面那个家伙让园丁抓住，经过死命挣扎才逃脱。那家伙中等个儿，身强体壮——方下巴，粗脖子，蓄着唇髭，戴着的面具遮住了两只眼。”

“说得相当模糊，”歇洛克·福尔摩斯说，“听起来倒像是在描述华生！”

雷斯垂德逗趣儿地说：“说实在的，这还真可能是在描述华生呢。”

福尔摩斯说：“雷斯垂德，这事我恐怕没法相助。米尔弗顿那个家伙我了解，伦敦城里有些最险恶的人物，我认为他就是其中之一，而且我认为有些犯罪行为法律触及不到，因此在某种情况下，私人复仇行动也是有道理的。好了，不必再说啦。我已经做出决定，我同情犯人而不同情那个被害人，我不会承办这个案子。”

我们亲眼目睹的那场悲剧福尔摩斯那天上午对我只字未提，可我看得出他一直在沉思。从他那迷茫的目光和心不在焉的神情，我的印象是他像是在尽力回忆什么事呐。吃午饭时，他突然跳起来大声说：“老天，华生，我想起来了。戴上你的帽子！跟我来！”他飞快走出贝克街，沿着牛津街走下去，差不多到了摄政街广场。那里的左边有家商店

的橱窗里挂满贵胄名流和美人的相片。福尔摩斯盯视着其中一张，我顺着他的目光望去，只见一位身穿朝服的庄严的皇室妇女，头戴高高的镶着钻石的冕状头饰。我仔细观看她那缓缓弯曲的鼻子、浓黑的眉毛、端端正正的嘴和刚毅的小下巴。我一读到那位妇女的丈夫——一位伟大的政治家和贵族——的古老而高贵的头衔时，几乎屏住了呼吸。我和福尔摩斯对望一眼，转身离开橱窗时，他把一个手指放在嘴唇前，示意要我对此事保持沉默。

（1904）

第二块血迹

我原本计划《格兰奇庄园》是我记述我的朋友歇洛克·福尔摩斯光辉业绩并公开发表的最后一个篇章。这倒并非因为缺少素材，我手中还有数百个案例记录尚没使用过，也不是因为读者对这位卓越人才的非凡品格和独特的侦破方式失去了兴趣。真正原因在于福尔摩斯先生已经表示不愿再继续公布他的经历。其实只要他还在从事他那个专业，记录他的成功事迹对他来说总是有些实际价值的；但是由于他决定要从伦敦退休，到苏塞克斯丘陵地带去研究学问和养蜂，社会上的臭名昭著的犯罪案件已经使他感到嫌恶厌倦，因此他断然要求我严格尊重他在这方面的愿望。只是在我向他表示我已经向公众许诺《第二块血迹》一案的记述会在时机成熟时发表，并向他指出最后以这样一桩重要的国际性案件来结束这一系列案例记载是最恰当不过了，我才最后得到他的同意，允许我小心谨慎地把这一事件讲给公众听。因此，在讲述这个案子时，某些细节我似乎说得有点模糊不清，尚希读者谅解我不得不有所保留的苦衷。

某年秋季一个星期二上午，年代不能讲明，尚祈鉴谅，两位名声显赫的欧洲贵客来到贝克街我们简陋的住处。一位是那位高鼻梁、目光锐利、相貌威严的高官，正是曾经两度出任英国首相、杰出的贝林格勋爵。另一位肤色黝黑，面目清秀，举止文雅，几乎还不到中年，却具有英俊身材和聪颖天资的特征，正是负责欧洲事务的大臣、英国最有前途的政治家特里劳尼·霍普。他俩并肩坐在我们那张堆满文件的沙发上。从他们那种忧虑焦急的神情看得出他们前来一定有极为重要的事相求。首相那双青筋暴露的瘦手紧握着他那把雨伞的象牙柄头，那张苦行僧似的瘦削的脸显出忧愁的神情，两眼看看福尔摩斯，又看看我。那位欧洲事务大臣也心神不安地时而捻捻唇髭，时而摸摸挂表的表链。

“福尔摩斯先生，今天早晨八点钟我发现有一件重要文件丢失了，马上禀报了首相。在他的建议下，我们立即来到你这里。”

“你们通知警方了吗？”

“没有，先生，”首相用他那出了名的迅速果断的语气答道。“我们没有那样做，我们也不可能那样做。报了警，终究等于公诸于众了。这是我们最巴望避免的事。”

“为什么呢，先生？”

“因为丢失的那个文件非常重要，一旦公诸于众很容易会——甚至可以说很可能会——引起欧洲目前形势的复杂化。毋宁说战争与和平的问题完全取决于此都不为过。除非在极端保密的情况下追回那个文件，否则也就毫无意义了，因为那些盗窃了那个文件的家伙，目的就是要把它的内容公布出来。”

“我明白了，特里劳尼·霍普先生。请您准确地说说那个文件丢失的具体情况。”

“福尔摩斯先生，这好办，几句话就可以说清楚。六天前我们收到一位外国君主发来的一封信。这封信事关重大，我不敢把它留在保险柜里，每晚我都把它随身带回白厅街自己家中，锁在我的卧室内一个公文箱里。昨天晚上还在那里，这一点我敢肯定。我更换衣服去吃晚饭前还打开看了一下，见到那封信在里面，可是今天早晨它却不见了。那个公文箱一整夜都放在卧室内梳妆台镜子旁边。我和我夫人都不是睡得很沉。我们俩可以赌咒发誓夜里没人进入我们的卧室。可是那封信却不见了。”

“你们几点钟吃的晚饭？”

“七点半。”

“睡觉之前做了什么事？”

“我夫人去剧场看戏，我一直待在家里等她回来。11 点半我们才进入卧室。”

“也就是说那个公文箱放在那里有四个小时没人看守。”

“我们的卧室，早晨除了打扫房间的女仆，其余时间除了我的贴身男仆和夫人的侍女外，别人谁也不准进去。那两个仆人都是跟随我们多年的可靠的人。此外，他们俩不可能知道我的公文箱里除了日常文件外，还有更重要的信件。”

“谁知道有那封信呢？”

“家里没有一个人知道。”

“尊夫人一定知道吧？”

“不知道，先生，直到今天早晨那封信丢失了，我才对她说了。”

首相赞许地点点头，说道：“我早就知道你有很强的责任心。我深信你对这样一封重要的信件的保密态度大大重于家庭中最亲密的感情。”

那位欧洲事务大臣鞠一躬。“您对我是非常公正的。直到今天早晨我从没对我夫人提起过那封信。”

“她会猜到吗？”

“不会，福尔摩斯先生，她不会。谁也不会猜到。”

“您以前丢失过文件吗？”

“从来没有，先生。”

“英国还有人知道那样一封信吗？”

“昨天通知了各位内阁大臣有这样一封信。每天内阁会议上都强调保密，昨天首相在会上还特别郑重地提醒过大家。天哪，只过了几个小时我自己就把那封信丢了！”他用手揪扯自己的头发，那张英俊的面孔变了形，现出极为懊丧的神情。我们顿时看出他是个为人热情、感情容易冲动、非常敏感的人。随后他脸上那种高贵的神情慢慢恢复过来，语气又温和了。

“除了各位内阁大臣外，还可能有两三名部里的官员知道那封信，福尔摩斯先生，我可以保证英国再也没有什么别人知道这事了。”

“可是国外呢？”

“我相信除了写信人之外，没人看过那封信。我深信他的大臣们也没看过，那封信并非由官方渠道送来的。”

福尔摩斯考虑了一会儿。

“现在，先生，我不得不特别问一下那封信的内容是什么，为什么丢失了这封信会造成如此严重的后果？”

两位政治家迅速交换一下眼神，首相紧锁浓眉，说道：

“福尔摩斯先生，那个信封又长又薄，颜色是淡蓝的。封口处盖有一个蹲伏的狮子像的火漆印。收信人的姓名写得大而……”

福尔摩斯插嘴道：“您说的这些情况尽管有趣儿而且主要，可我为了调查，恐怕还有必要追本溯源。信的内容是什么？”

“那是最重要的国家机密，我不便告诉你，而且我认为也没有这个必要。你如果能靠你的本领找回我所说的那个信封和里面的信，就会受到国家的奖励，得到我们权限所允许的最大的酬劳。”

歇洛克·福尔摩斯微笑一下，站了起来。

“二位是英国最忙的人，”他说，“可我这个小小的行当也有许多人来访，活儿挺忙。很抱歉我没法在这件事情上效劳，再继续谈下去也会是白浪费时间。”

首相顿时站起来，两只深陷的眼睛射出那种令全体内阁大臣都望而生畏的凶狠目光。“我不习惯别人对我这样说话……”他开口道，可他竭力控制自己的满腔怒火，再次坐下来。我们默默地坐了约摸一两分钟光景。接着，那位年迈的政治家无奈地耸耸肩，说道，“福尔摩斯先生，你的要求我们应该接受。你无疑是对的，我们只有完全信任你，才能期望你采取行动。”

“我同意您的意见，大人，”那位年轻的政治家说。

“那我就告诉你吧，完全信赖你和你的同事华生大夫。我也相信你们二位的爱国心，因为这事一旦泄漏出去，便会给咱们国家带来难以想像的灾难。”

“您可以放心地信任我们俩。”

“一位外国君主，由于对我国最近在殖民地的扩展方面感到愤怒而写了那封信。是匆匆忙忙写成的，而且完全出于他个人的意见。调查后说明他的那些大臣对这件事毫不知情。同时，那封信也写得很不成体统，其中一些词句还带有挑衅性质；这封信一旦发表就会激怒英国人。这会引起轩然大波，我敢说这封信如果给发表了，一星期后便会引发战争。”

福尔摩斯在一张纸条上写下一个姓名，交给首相。

“对，正是他。这封信不知怎的竟会丢失了，它可能引起几亿镑的损失和几十万人的牺牲。”

“您通知写这封信的人没有？”

“通知了，先生，刚刚发了密码电报。”

“或许写信人希望发表这封信。”

“不，我们有理由认为写信人已经感到自己这样做太不慎重而且过于急躁了。这封信如果给公布，对他们国家的打击会比对英国的打击更加沉重。”

“如果是这样的话，那么公布那封信对什么人有利呢？为什么有人要盗窃并公布那封信呢？”

“福尔摩斯先生，这就牵涉到紧张的国际政治领域。你如果考虑一下欧洲目前的局势，就不难看出这个动机。整个欧洲是个武装起来的阵营，有两个势均力敌的军事联盟。大不列颠保持中立，维持它们之间的平衡。如果英国被迫跟某个联盟交战，就会使另一个联盟的各国占优势，不管它们是否参战。你明白了吗？”

“您讲得很清楚。也就是说，这位君主的敌人想得到并发表那封信，以便破坏发信人的国家和我们国家之间的关系。”

“是的，先生。”

“如果这封信落到某个敌人手中，他会把信交给谁呢？”

“送给欧洲任何一个国家的一位大臣。也许现在持信人正乘火车急速前往目的地呐。”

特里劳尼·霍普先生低下头，大声呻吟一下。首相慈祥地把手放在他的肩上。

“亲爱的朋友，你真不幸，可这谁也不能怪你。你没有玩忽职守。福尔摩斯先生，现在事情你全了解了，你建议该怎么办呢？”

福尔摩斯无奈地摇摇头。

“首相，您认为除非把那封信找回来，否则就会爆发战争吗？”

“我认为很有这个可能。”

“首相，那就准备打仗吧。”

“这可是个很刺耳的说法啊，福尔摩斯先生。”

“考虑到这些情况，首相，可以想象那封信是在夜里11点半之前已经让人拿走了，因为我明白霍普夫妇从那时起直到发现信丢失那时刻一直都在卧室里。那封信是在昨天晚上7点半到11点半，也可能是在7点过一点时给盗走的，因为不管是谁偷的，明明知道信放在那里，当然就会尽早弄到手。现在，首相，如果这么重要的一封信是在那时拿走的，现在会在哪儿呢？没人有理由把它扣住，信很快就会给送到了需要的人手中。我们眼下还有什么机会能把它找回来或者查出它在哪儿呢？”

首相从长靠椅上站起来。

“你说得完全合乎逻辑，福尔摩斯先生。我真感到我们确实无能为力了。”

“为了论证，咱们姑且假设那封信是女仆或男仆拿走的……”

“他们俩都是老用人，经受过考验。”

“按您所说，您的卧室是在三楼，并且没有从外面进去的入口；若有人从房内上楼去，又不可能不被人看见。那就一定是房内的人把信拿走的。那名窃贼会把信交给谁呢？交给一名国际间谍或特务，那些人我倒还算熟悉，其中有三个家伙可以说是他们那个行当的头头。我会去转一圈，看看他们是否都在各自的岗位上，由此来开展我的调查。要是有一个人不见了——尤其是从昨天晚上起就没影儿了——我们便可以得到点迹象，知道那封信到哪儿去了。”

“他干吗一定要失踪了呢？”那位欧洲事务大臣问。“他很可能把那封信送到外国驻伦敦的一家大使馆啊！”

“我想不会。这些特务都独立干活儿，他们跟大使馆的关系时常很紧张。”

首相点头表示同意。

“我相信你这话说得对，福尔摩斯先生。他会把这件宝贝亲自送交总部。我认为你要采取的步骤好得很。霍普，咱俩现在不能因为这件不幸的事而忽略别的职责。福尔摩斯先生，今天如果有什么新的发展，我们会跟你联系。你无疑也会让我们了解你的调查结果。”

两位政治家向我们告别，庄严地离去。

我们的显贵客人走后，福尔摩斯点上烟斗，默默地坐在那里沉思。我打开晨报，全神贯注地看一篇昨天夜里伦敦发生的一起骇人听闻的凶杀案的报道。我的朋友长叹一声，站起来，把烟斗放在壁炉台上。

“对，”他说，“只能这样着手解决，没有别的更好的办法了。情况十分危急，却并非完全没有希望。即使现在，咱们要是能确知他们仨当中谁拿走了那封信，信也很可能还没出手。对这帮人来说，无非是钱的问题，而我有英国财政部做后盾。只要信上市出卖，我就把它买下来——这不过意味着又得花人民上缴国家的一笔税款罢了。可以想像那个家伙眼下仍然把持着那封信，待价而沽，看看这一方能出多少钱，再试试另一方。只有这三个家伙敢冒风险玩这种把戏。他们是：奥伯斯坦、拉罗蒂埃和埃杜阿多·卢卡斯。我会分别去找他们摸摸底。”

我瞥一眼手中那份晨报。“是戈多尔芬街的埃杜阿多·卢卡斯吗？”

“对。”

“你啊，见不着他喽！”

“为什么？”

“昨夜他在家中被人谋杀了。”

在我们以往破案的过程中，我的朋友常叫我吃惊，而这次我却看到自己多么完美无缺地让他大吃一惊，心中真是感到美不滋儿的。他惊讶地瞪着大眼，一下子从我手中把报纸夺过去。下面就是他刚才站起来之前我读到的那段报道：

威斯敏斯特区谋杀案

昨夜戈多尔芬街16号发生一起神秘谋杀案。这条街位于泰晤士河和威斯敏斯特大教堂之间，几乎被议会大楼房顶的阴影笼罩着，幽静的街道两边全是18世纪的老式住宅。16号是栋小巧精致的楼房，埃杜阿多·卢卡斯先生在那里已居住多年。他由于人品极佳，又曾享有英国最佳业余男高音歌唱家的声誉，因而是伦敦社交界一位知名人士。卢卡斯先生，现年34岁，未婚，家中有位上了年纪的女管家普林格尔太太和一名男仆米顿。女管家住在阁楼上，很早便就寝了。男仆当晚没在家，外出探望一位住在汉默史密斯区的朋友。晚十时后，家中只有卢卡斯先生一人。这段期间发生何事尚未查清。不过，11点3刻时，巴瑞特警察巡逻经过戈多尔芬街，发现16号大门半敞着。他敲了敲门，却无人应答。他看见起居室里有灯光，便走进过道，再次敲门，仍无人回应。他便推门走进去，只见室内狼藉一片，家具全被推到室内一边，一把椅子倒在屋子正中央，死于非命的主人倒在椅子旁边，一只手仍然攥着椅子腿。他的胸口被扎进一刀，想必是当场死亡。杀人凶器是一把印度的弯曲匕首，原是挂在墙上作为装饰的一件东方武器。凶杀动机不像是抢劫，因为室内贵重物品无一丢失。埃杜阿多·卢卡斯先生很有名气，他的悲惨而神秘的死亡定会引起各界众多友人的哀悼和吊慰。

福尔摩斯过了片刻问道："华生，你对这件事怎么看？"

"这真是个惊人的巧合。"

"巧合？他就是我们刚才提到要在这场戏里表演的三个人物当中的一位，而且咱们知道这场戏正要上演的时刻，他却惨死了。这种奇数说明这并不是巧合，数字是解释不了这种怪现象的。不，亲爱的华生，这

两件事是有联系的——肯定有联系！咱们一定要找出这种联系。”

“现在官方警察一定什么都知道了。”

“不一定。他们只知道自己在戈多尔芬街看到的情况。白厅街发生的事他们肯定不知道，将来也不会知道。只有咱俩知道这两件事，而且可以弄清这两件事之间的关系。不管怎么说，有一点分明会使我怀疑卢卡斯，因为从威斯敏斯特区戈多尔芬街到白厅街只需步行几分钟就到了，而我提到的另两名间谍都住在西区，因此卢卡斯比另两人更容易跟欧洲事务大臣家里人建立联系或得到信息；这虽是小事一桩，可是考虑到作案时间只发生在几小时之内，这一点也就显得很重要了。啊，谁来了？”赫德森太太拿着托盘走进来，盘内有张女人的名片。福尔摩斯瞥一眼，扬起眉毛，把名片递给我。

“请希尔达·特里劳尼·霍普夫人上楼来吧！”他对赫德森太太说。

我们这间简陋的房间，那天早上已经接待了两位权贵，现在又有一位伦敦最可爱的女人光临。我常听说贝尔敏斯特公爵的小女儿长得漂亮，但是无论是别人对她的称赞还是她本人的照片，都不曾使我料到她竟长得那么婀娜多姿，容貌那样艳丽动人。然而她在那个秋天的上午给我们的头一个印象并不是她的美丽。她那漂亮的脸蛋儿由于激动而显得苍白，两眼尽管明亮，却是那种发高烧的明亮；为了尽量控制自己，她那敏感的嘴唇也紧紧闭拢着。我们这位漂亮的客人站立在门口那瞬间，最先进入我们眼帘的不是美丽而是恐惧。

“福尔摩斯先生，我丈夫来过这儿吗？”

“来过了，夫人。”

“福尔摩斯先生，我请求您千万别跟他说我来过这里。”

福尔摩斯冷淡地点点头，请她坐下。

“夫人，这真叫我很为难。请坐，说说您的要求吧，可我恐怕不一定都能无条件地答应您。”

她走到室内另一边，背着窗户坐下来。那风度真像个王后——高高的个子，姿态优雅，富有女性魅力。

“福尔摩斯先生，”她说——说话时，两只戴着白手套的手时而握紧，时而松开——“我会开诚布公地跟您讲，希望这能使您也同样对我开诚布公。我和我丈夫之间在所有的事情上都彼此完全信任，惟独一件事例外，那就是政治问题。他在这方面守口如瓶，什么也不告诉我。现在我才知道我们家昨天夜里发生了一件很不幸的事。我知道丢失了一个文件。但是，因为这事涉及政治问题，我丈夫便不肯完全跟我讲清楚。现在重要的是——我的意思是很重要——我应该彻底了解这件事。除去那些政治家，您是惟一了解实情的人。所以，福尔摩斯先生，我恳求您，务必告诉我到底出了什么事，那会导致什么后果。全都告诉我吧，福尔摩斯先生。请您别因为怕损害我丈夫的利益就向我隐瞒，因为我向您担保，只有他完全信任我，但愿他能看清这一点，他的利益才能得到充分的保障。请您告诉我，丢失的到底是什么文件啊？”

“夫人，您这个问题我不能答复。”

她叹口气，用双手捂住脸。

“您得明白我只能这样做，夫人。如果您丈夫认为不该让您知道这件事，而我呢，又是在遵守职业道德，发誓保密的情况下才得知那事的实情，难道我能讲出他不许泄露的话吗？问这件事是不公平的，您该去问他本人。”

“我问过他，他不肯说。我是万不得已才来找您的。您如果不便告诉我具体内容，福尔摩斯先生，就给我点启发吧，那也会给我很大的帮助。”

“指的是什么启发呢，夫人？”

“这事是否会伤害我丈夫的政治生涯？”

“夫人，这事除非得到纠正，否则当然会造成很不幸的后果。”

“啊！”她深吸一口气，好像疑虑都给解决了似的。

“还有一个问题，福尔摩斯先生，我丈夫对这事一开始就显得十分震惊，我从他露出的口风便明白这个文件的丢失会在全国造成非常可怕的后果。”

“他如果这么说，我当然不会否认。”

“那到底是什么样的性质呢？”

“不，夫人，您又问了我不能回答的问题。”

“那我就不再耽误您的时间啦，福尔摩斯先生，我不怪您讲话如此慎重，同时我相信您也不会怪罪我，因为我想分担我丈夫的焦虑，尽管这违背他的意愿。我再一次请求您别告诉他我来过这里。”她在门口又回头看看我们俩。她那美丽而焦虑的面孔、受惊的目光和紧闭着的嘴，再次给我留下深刻的印象。随后她就走了。

等到衣裙的窸窸窣窣声渐渐远去，大门砰地一声关上之后，福尔摩斯微笑着说：“华生，女性属于你研究的范围。这位漂亮的夫人要的是什么把戏？她的真正意图是什么呢？”

“她本人把意图说得很清楚了嘛，她那份焦虑也是蛮自然的。”

“哼！华生，你得仔细想想她的露面啦，她的态度啦，她那压抑着的激动心情啦，她的心神不安啦，还有她一再提出的问题。别忘了她可是出身于一个不轻易表露感情的社会阶层！”

“她倒确实十分激动。”

“你还得记住她一再古怪地恳求，说只有她了解了一切，才对她丈夫最有利。她说这话是什么意思呢？你一定也注意到她怎样背着光，不希望让我们看清她的神情吧。”

“对，她特别挑选屋子里那把惟一背着光的椅子坐下。”

“女人的心理活动是很难猜测的。你记得我曾经以同样的理由怀疑过马尔盖特市那位女士吧。从她鼻子上没抹粉而得到了启发，最终解决了问题。你怎么能这样轻信呢？有时她们的一个细微举动却包含着很深奥的意思，一个发针或一把卷发火剪就可能暴露她们最反常的行动。呆会儿见，华生。”

“怎么，你要出门？”

“对，我要去戈多尔芬街，跟咱们的伦敦警察哥们儿消磨一个上午。咱们手中这个问题要靠埃杜阿多·卢卡斯来解决，不过究竟采取什么方法来解决，我现在心中还没有一点谱儿。过早下结论是办案的大忌。请你留下接待新来的客人吧，华生老兄，我尽量赶回来跟你共进午餐。”

从那天算起，三天过去了，福尔摩斯那种情绪朋友们会称之为沉思默想，而外人则以为他闷闷不乐呢。他进进出出，不停地抽烟，拿起小提琴拉两段乐曲又放下，有时沉思得出了神儿，不定时地吃点三明治充饥，也几乎不回答我偶尔随便问问的问题。我明明感到他的活儿或调查进行得很不顺利。他对那起谋杀案只字不提，我只从报纸上得知一些细节，知道死者的男仆约翰·米顿遭到逮捕，后来又给释放了。验尸官确定这是一起明显的“蓄意谋杀”，可是仍然弄不清犯案人为何许人，杀人动机也不明。屋内有许多贵重物品，却无一丢失。死者的文件也没给翻动过。那些文件经过详细检查后，显示死者热衷于研究国际政治问题，是一名侃侃的健谈者，一位出色的语言学家，一个孜孜不倦的写信人。他跟几个国家的主要政治家都有联系，却从他那些抽屉里装得满满的文件中没发现什么引起轰动效应的东西。至于他和女人的关系，看来显得相当杂乱而又都交往不深。他认识许多女人，真正成为他的女友的却不多，没有一个是他深爱的。他没有什么特别的恶习，行为循规蹈矩。他的死亡完全是个谜，很可能无法侦破。

逮捕仆人约翰·米顿，只是警方一切调查失败后所采取的行动，以取代完全不行动的作法，可是又没有什么经得住控告他的证据。当天夜里他去哈默史密斯区一个朋友家做客。案发时他不在场的证据是很充分的。从他动身回家那个钟点算起，他原本应该抵达威斯敏斯特区的时候，那起凶杀案尚未被人发现，可他解释说那天夜色甚好，他步行了一段路，因此到家时已经12点，一到家便被这意外的惨剧吓蒙了。他一向跟主人的关系很好。主人的一些东西——引人注目的是一盒刮脸刀——被发现在他的衣箱里，可他说那是主人送给他的，那位女管家也证实了这事。米顿受雇于卢卡斯已有三年之久。值得注意的是卢卡斯去欧洲大陆从没带过米顿，有时卢卡斯在巴黎一住就是三个月，米顿则留在戈多尔芬街看家。至于那位女管家，出事那天晚上，她什么也没听见。如果有客人来访，那也是主人亲自开门迎进来的。

一连三天我都没从晨报上看到侦破此案的消息。福尔摩斯如果了解了更多情况，却一直保密不说。不过，他告诉我莱斯垂德警探把警方掌握该案的情况都吐露给他了。我明白他时时刻刻都在密切关注每一进展。直到第四天，报章上刊登了一篇从巴黎发来的很长的电文，才使这整个问题似乎得以解决了。《每日电讯报》的报道如下：

据悉巴黎警方刚刚发现了可以揭开埃杜阿多·卢卡斯先生惨死之谜。读者想必记得这位先生于上周一夜间在威斯敏斯特区戈多尔芬街家中被人用匕首行刺而死之事。他的男仆受到怀疑，后经查证他因不在犯罪现场而获释。昨日有几名仆人向巴黎警方报告他们的女主人亨利·傅纳叶太太精神失常，她住在奥斯特里兹街一幢小房子里。经医疗单位检查，证实傅纳叶太太确实长期以来患有危险的狂躁症。警方调查后发现傅纳叶太太上周二才从伦敦返回，有证据表明她跟威斯敏斯特区那起凶杀案有关。经核对相片，警方确证亨利·傅纳叶先生和埃杜阿多·卢卡斯先生实为一人，死者由于某种原因分别在巴黎和伦敦两地过着一种双重身份的生活。傅纳叶太太是克里奥尔人①，脾气异常急躁，过去因嫉妒多疑而转为癫狂。据推测该病人由于癫狂发作而持匕首行凶，以致轰动了整个伦敦。她在星期一夜间的活动尚未查清。但是，星期二清晨，查林十字街车站有一名容貌酷似她的妇女，由于外表粗野，举止狂暴，而引起人们的特别注意。因此，有关人士认为该病人要么是因处于疯狂状态而杀了人，要么就是由于行凶杀人而导致那个不幸的女人癫狂症复发。目前她尚不能连贯地叙述自己做的事，医生认为没有希望能使她完全恢复理智。有人证明本周一晚上有一名妇女，可能就是傅纳叶太太，曾经一连几小时盯视着戈多尔芬街那幢房子。

福尔摩斯吃完早饭的时候，我给他大声读完了这段报道，随口问道："你对这段报道怎么个看法？"

福尔摩斯站起来，在室内来回踱步，答道："华生，你真沉得住气，过去三天我什么也没跟你说，是因为实在没什么可以告诉你的。即使现在从巴黎来的这个消息，看来对咱们也没有多大用场。"

"这至少说明了卢卡斯的死因啊。"

"卢卡斯之死只是个意外事件，它跟我们要找回文件以避免一场欧

---

①克里奥尔人，常指出生于美洲的欧洲人及其后裔，也指其与黑人的混血儿。

洲灾难这一真正任务相比，实在是个小小的插曲。过去三天里只有一件事最重要，那就是什么事也没发生。这两天我几乎每小时都收到政府方面的报告，可以肯定欧洲何处都没发生动乱的迹象。要是那封信松手了——不，不可能松手了——可如果没松手，那它又在哪儿呢？在谁手中呢？为什么扣着不放呢？正是这个问题像一把榔头在敲打我的脑子。难道那封信的丢失跟卢卡斯那天夜里的死亡真是巧合吗？那封信有没有到他手里？要是收到了，为什么他那些文件里却没有呢？难道他那个疯老婆把信拿走了？如果是这样，那封信是不是在她巴黎的家里呢？我怎样才能去搜查她的家而又不引起法国警方的怀疑？在这个案子上，亲爱的华生，法律和凶犯都挺悬乎，在跟咱们为难作对呐。人人都在妨碍咱们，可是事态又异常严重。我如果能顺利侦破这个案件，那当然会是我这辈子的事业中最大的光荣。啊，前线又送来了情报！”他匆匆瞥一眼刚送进来的一封短信。“哦，莱斯垂德好像发现了什么新情况！华生，带上帽子，咱俩走着到威斯敏斯特区去一趟。”

这是我首次来到犯案现场，那是一幢高房子，外表显得旧些，中部较窄，整洁、正规而结实，风格像是19世纪初的建筑。大块头莱斯垂德正在前窗那儿眺望，冲我们热情地打个招呼，一个高个子警察打开门让我们进去。我们给引进去看的那间屋子是犯案现场，现在除去地毯上有块难看的参差不齐的血迹外，已经没有什么痕迹留下了。那是一小块粗毛方地毯铺在室内正中间，四周围着小方木块镶嵌成的漂亮的旧式地板，地板擦得光滑锃亮，壁炉上方的墙上挂满了华丽的武器装饰品，那把行凶的武器就是墙上的一把匕首，靠窗户放着一张贵重的写字台，室内的陈设，油画啦，地毯啦，墙上挂着的饰物啦，全都显得近于纤巧奢华。

莱斯垂德问道：“看到巴黎的消息了吗？”

福尔摩斯点点头。

“我们的法国朋友这次似乎抓住了要害。肯定就像他们所说的那样。傅纳叶太太敲门，我猜想那是突如其来的一次访问，因为卢卡斯从不邀人来访，以保持家中隐秘的生活。他让她进去了——没法把她挡在街上。她告诉他是怎样找到他的，责怪他，一件接着一件，没完没了，接着就抄起近旁那把匕首，结局很快便发生了，尽管一切并非出现在一瞬间，因为那些椅子都给推搡到一边，卢卡斯手中还攥着一把椅子的腿，像是试图用它来阻挡住她。我们已经弄清一切，就跟亲眼目睹一般。”

福尔摩斯扬起他的眉毛。

“那你还叫我来干什么？”

“哦，是为了另一件事——区区一件小事，你感兴趣的那种——奇特的，要知道，你也许会称作反常的。从表面上来看，这跟那主要事实无关——不会有什么关联。”

“那又是什么呢？”

“要知道，这种犯罪事件发生之后，我们都会很小心翼翼地保护现场，什么都没给移动过，白天黑夜都有警察值班。今天早晨死者下葬了，调查也结束了，我们就想把这个房间打扫一下。你看这条地毯并不是固定在地板上的，仅仅是铺在那儿，我们碰巧掀了它一下，结果发现了……”

“什么？你们发现了……”

福尔摩斯脸上现出急想知道的神情。

“我敢说你一辈子也猜不出我们找到了什么。你看见地毯上那块血迹吧，血大部分渗透了进去，对不？”

“应该说是这样的。”

“那你一定会感到惊奇，地毯下面的地板上并没有相应的血迹。”

“没有血迹，可是一定该有……”

“对啊，可你尽管这么说，事实上那里却没有。”

莱斯垂德拿起地毯一角，一下子掀起来，果然证实了他说的话。

“地毯下面和上面的血印儿该是同样的，肯定会留下痕迹的。”

莱斯垂德看到自己叫这位名探困惑不解，高兴得格格笑起来。

“现在我给你看看谜底。确实有第二块血迹，可它跟另一块的位置却不相符。你自己看看吧！”他一边说，一边掀起地毯另一角。那里，一点不假，旧式地板上有一大块紫红色血迹。“福尔摩斯先生，你认为这是怎么一回事啊？”

“怎么，这很简单嘛。两块血迹一模一样，但是地毯让人转动了。它是正方形，又没给固定住，转动一下很容易嘛。”

“福尔摩斯先生，警方用不着你告诉他们地毯想必是给转动过了。

这很明显，因为你如果把地毯转动一下，地毯上的血迹印儿正好盖住地板上的血迹印儿。可我要知道的是谁移动过这块地毯，干吗要那样做?”

我从福尔摩斯那张板起来的面孔看出他内心十分激动。

“听我说，莱斯垂德，”他开口道，“过道里那位警察是不是一直在这儿值班，看守着现场?”

“是的，他一直在这儿。”

“那就听我说，仔细盘问他一下，不过别在我们面前，我们在这儿等着。你把他带到后面那间屋里去。你单独跟他谈谈，也许更容易让他向你交代出实情。问他怎么竟敢让外人进来，还让他们单独留在这个房间里。别问他这样做过没有，只是直截了当地肯定他这样做了。你跟他说你知道有人进来过了。挤压挤压他。告诉他只有彻底交代才是得到谅解的惟一出路。就按我说的去做吧!”

“老天，我非得让他说个明白不可!”莱斯垂德一边说，一边冲出屋子；几分钟后他的吼声就从后面那间屋传了过来。

“现在，华生，快!”福尔摩斯急迫地说，一反他那副无所谓的神情，现出精神大振、欣喜若狂的样子。他迅速地掀起地毯，趴在地板上，试图抓起每块方木格子，不断地用指甲抠着地板，忽然有块木板活动了。那像盒盖儿给装上了铰链那样给打开了，下面有个小黑洞。福尔摩斯急忙伸手进去摸，可是抽回手时又生气又失望地哼了一声。洞里空空如也，什么也没有。

“快!华生，快放好地毯!”我们刚刚扣上那块方木板，放好地毯，就听到莱斯垂德在过道里的说话声。他看到福尔摩斯懒洋洋地靠着壁炉架，无所事事，显得很有耐心，而且在竭力克制自己不打呵欠。

“让你久等了，福尔摩斯先生，看得出你对这事已经显得不耐烦了吧?他已经指认了，麦克弗逊进来，让这两位先生听听你办的好事!”

那个高个子警察，满面通红，一副懊悔的样子，鬼鬼祟祟地走进来。

“我确实并没有什么恶意。昨天晚上有位年轻女人来到大门前，她找错了门。我们俩就攀谈起来。一个人整天呆在这儿，实在闷得慌！”

“那后来发生了什么事？”

“她想看看犯罪现场，说在报纸上看到了消息。她是个很体面、说话也很得体的年轻女郎，先生，我心想让她看一眼也没什么关系。可她一见地毯上的血迹就昏倒在地，躺在那里像是死了一样。我连忙跑到后面去倒点水，可还是没能让她醒过来，我便又跑到街头拐角那家常春藤商店买了点白兰地，可等我回来，那个女人已经醒了走掉了——我敢说她一定是感到不好意思，没脸再见到我吧。”

“那块地毯怎么给移动了呢？”

“我回来时，地毯当然给弄得有些不平整。你想她跌倒在上面，而地毯又是铺在光溜溜的地板上没有固定住。我就把它抻抻平呗。”

莱斯垂德严肃地说：“麦克弗逊，这可是个教训，你骗不了我。你一定认为自己玩忽职守不会被人发现，可是只消瞥一眼地毯就看得出有外人进来过。幸亏啥也没丢失，否则你就会遇到麻烦啦，算你走运。福尔摩斯先生，十分抱歉让你为区区这点小事到这里来一趟，可我想第二块血迹不跟第一块血迹相对应这件事总该会使你感到兴趣的。”

“这事确实叫我很感兴趣。那个女人只到这里来过一次吗，麦克弗逊？”

“是的，先生，只来过一次。”

“她是谁？叫什么名字？”

“这我闹不清，先生。她说看到招聘打字员的广告就去应征，结果找错了门。是一位很讨人喜欢、仪态端庄的女郎。”

“高个子？漂亮？”

“对，先生，她个头儿不矮，可以称得上是个漂亮女人，也许有人会说她是个美人儿咧！她对我说：‘哦，警官，让我瞧一眼嘛！’您可以说她蛮会哄人，我当时心想让她从门口探头看一眼，也没多大关系嘛。”

“她是怎样的打扮？”

“挺素雅，一件长袍拖到脚面。”

“那是在什么钟点？”

“当时天色刚刚暗下来。我从店里回来，街上正在点路灯。”

“很好，”福尔摩斯说，“华生，走吧，我想咱们还得到别处去办点更重要的事。”

我们便离开那幢房子，莱斯垂德留在前厅，那名悔悟的警察给我们开门让我们走出去。福尔摩斯在台阶上一转身，手里举着一样东西，那名警察仔细注视它一下。

“老天，先生！”他惊呼道，满脸惊讶的神情。福尔摩斯把食指贴在嘴唇上，示意让他别说话，随后他把手上那样东西放进上衣兜儿里。我们便朝前走去，他放声大笑。“太棒了！”他说，“来吧，华生老友，最后一幕就要开演啦。你放心吧，不会听到爆发战争的事啦，尊敬的特里劳尼·霍普的光辉前程也不会受到挫折啦，那位不慎重的君主不会因轻率的行为而受到惩罚啦，首相也不必担心欧洲会发生复杂变化啦，咱们只需略施小技，作些安排，这桩可能会成为惊天动地的丑闻事件便会以谁也不会损伤一根毫毛而告终。”

我对这位了不起的人充满钦佩的心情。

“那你已经破了这个案子！”我不禁喊道。

“还没有完全破，华生，还有几个疑点尚不清楚。咱们已经掌握了那么多情况，要是还不能弄清剩下的问题，那可就是咱们的过错啦。现在咱俩就直接去白厅街，结束这个案子吧。”

我们来到欧洲事务大臣府邸时，福尔摩斯要求会见希尔达·特里劳尼·霍普夫人。我们给引进小客厅。

“福尔摩斯先生，”夫人说，脸因气愤而涨得通红，“您这样做太不公平，也不够厚道。我解释过，希望我去找您的事保密，免得我丈夫会认为我在干涉他的公事。可您却来到这儿，暴露了我们之间打过交道，您这样做是在连累我。”

“很遗憾，夫人，我别无选择。我受托要找回那份极为重要的文件。因此，夫人，我得要求您立刻把那份文件交给我。”

夫人跳起来，脸刷地一下子变得苍白，两眼呆滞，身体摇晃，我以为她会晕倒呢。接着，她强打起精神，竭力保持镇定，一种十分惊讶和强烈愤慨的神情扫除了脸上其他的表情。

“福尔摩斯先生，您，您这是在侮辱我！”

“得了，夫人，得了，这没用。把那封信交出来吧。”

夫人奔向手铃。

“男管家会送您出去！”

“别摇铃，希尔达夫人。如果您这样做，那我为避免一桩丑闻而尽的全部力量就全都白费啦。交出那封信，一切便都会恢复正常。您若跟我配合，我可以把一切安排好。您若不肯配合，那我只好揭发您！”

她庄重而挑衅地站在那里，王后般威严，盯视着福尔摩斯的眼睛，仿佛要把他看透似的。她的手放在手铃上，可她终于克制住自己没有摇它。“您这是想吓唬我，福尔摩斯先生，到这里来恐吓一个女人家，这不是男子汉大丈夫的作风。您说您了解了一些情况，究竟知道了些什么呢？”

“请您坐下，夫人。您要是摔倒，会伤着自个儿。我等您坐下才会说。谢谢！”

“我只给您五分钟时间，福尔摩斯先生。”

“一分钟就够了，希尔达夫人。我知道您去过埃杜阿多·卢卡斯家，把那封信交给了他；我也知道您昨天晚上又巧妙地去过他那间屋子，从地毯下面隐藏的地方又把信取回来了。”

她面无血色地望着他，咽了两次唾沫才开口。

“您别是疯了，福尔摩斯先生——您疯了！”她终于大声说道。

福尔摩斯从上衣兜儿里拿出一小片硬纸板，是一张从照片上剪下来的女人头像。

“我身上一直揣着它，认为可能会有用，”他说，“那名警察已经认出照片上这个女人。”

她倒抽一口气，把脑袋靠在椅背上。

“行了，希尔达夫人，那封信在您手中。这件事还来得及纠正。我并不想给您找麻烦。我把那封丢失的信交还给您的丈夫，我的任务也就完成了。接受我的建议，跟我说实话，这可是您惟一的机会。”

她的勇气实在了不起，事已至此她还不肯承认失败。

“我再跟您说一遍，福尔摩斯先生，您一定是神志不清。”

福尔摩斯从椅子上站起来。

“我真为您感到遗憾，希尔达夫人。我为您已经尽了最大的努力，我看出这全都白费了。”

他摇下铃。男管家走了进来。

“特里劳尼·霍普先生在家吗？”

“他十二点三刻回家，先生。”

福尔摩斯看下手表。

“还有一刻钟，”他说。“那好吧，我等他。”

男管家刚把门关上，希尔达夫人就扑通一声跪倒在福尔摩斯脚前，向前伸出两臂，仰起美丽的脸，眼里噙满泪水。

“噢，饶恕我吧，福尔摩斯先生，饶了我吧！”她苦苦哀求道。“看在上帝分上，千万别告诉我的丈夫！我那么爱他，不想给他的生活带来一丝阴影，我知道这件事会伤透他那颗高贵的心的。”

福尔摩斯搀起夫人。“谢天谢地，夫人，您终于在这最后一刻明白过来了！一分钟也不能再耽搁啦。那封信在哪儿？”

她奔向写字台，打开锁，取出一个长长的蓝信封。

“在这儿，福尔摩斯先生，我向天发誓我没有拆开过。”

“咱们怎样才能把它放回去？”福尔摩斯嘟哝道。“快，快，咱们得想个办法！公文箱在哪儿？”

“还在卧室里呐。”

“运气真不错！快，夫人，快把它拿来！”

片刻后，她拿着一个扁红匣子走回来。

“您先前是怎么打开的？一定配了把钥匙吧？对，您当然有。打开吧！”

她从胸口那儿取出一把小钥匙。匣子盖儿给打开了，里面塞满了文件。福尔摩斯把那个蓝信封塞进去，夹在当中几份文件里，关上匣子盖儿，上了锁，又由夫人送回卧室。

“现在，咱们全准备好了，就等他回来啦，”福尔摩斯说，“还有十分钟时间。我出了那么大的力来保护您，希尔达夫人，您该利用这段时间坦率地告诉我，您干这件异乎寻常的事，真正的目的是什么啊？”

“福尔摩斯先生，我会全都告诉您，”夫人哭着说。“唉，福尔摩斯先生，我宁愿剁掉我的右手，也不愿让我丈夫有片刻的烦恼！全伦敦恐怕不会再有一个女人会像我这样爱自己的丈夫了，可他如果知道了我做的这件蠢事——尽管是被迫的——他也决不会原谅我的。他那么看重自己的荣誉，决不会忘记或原谅别人的一点过失。救救我吧，福尔摩斯先生！我的幸福，他的幸福，我们共同的幸福生活都会受到威胁，危在旦夕！”

“快讲讲吧，夫人，时间不多了！”

“问题出在我写的一封信上，福尔摩斯先生，是我结婚前不慎写的一封信——一个在谈恋爱的姑娘一时冲动下写的一封愚蠢的信。信中我并没有恶意伤害的意思，可我丈夫想必会认为那是犯罪行为。他如果读了那封信，就会永远不会信任我了。那封信是许多年前写的，我原以为这件事早就过去了。可是后来卢卡斯这个家伙写信告诉我那封信在他手中，他要把它交给我的丈夫。我央求他放过我。他说我如果能从我丈夫公文箱中取出他形容的某个文件给他，他就把那封信还给我。我丈夫的办公室里有卢卡斯安插的奸细，告诉了他那封信的事。他向我保证决不会伤害我的丈夫。请您处在我的位置上设身处地想一想，福尔摩斯先生！我该怎么办呢？”

“把实情都告诉您的丈夫。”

“不行，福尔摩斯先生，不行！那肯定会导致幸福的毁灭；可是另一方面，看来偷拿我丈夫的文件则会更可怕。我闹不清那会在政治上产生什么后果，然而在看重爱情和信任这方面我却十分清楚。福尔摩斯先生，我就干了！我取了公文箱钥匙的模子，卢卡斯那个家伙就给我复制了一把。我打开了他的公文箱，取出那封信送到戈多尔芬街去了。”

“在那里发生了什么事，夫人？”

“我按约敲了门，是卢卡斯开的门。我跟随他进了屋，没把门关紧，因为我害怕跟那个家伙单独在一起。我记得进去的时候，发现门外有个妇女站在那里。我和卢卡斯很快就进行交易。我那封信在他的写字台上；我给了他那份文件，他把信交还给我。就在那当儿，门口那儿有响声，从过道传来脚步声。卢卡斯迅速掀起地毯，把那个文件藏在下面一个隐藏的地方，然后把地毯又盖好。

“随后发生的事就像是一场恶梦。我见到一个女人，暗黑的脸，神色癫狂，还听见她用法语喊道，‘我没白等，终于发现你跟她在一起！’他俩随即凶狠地扭打起来。我看到卢卡斯抄起一把椅子，那个女人手里握着一把闪亮的刀。我急忙奔出那间屋子，离开那个可怕的现场。第二天早上我从报纸上看到了卢卡斯被谋杀那个可怖的消息。那天晚上我很高兴，因为我收回了我那封信，可我还没料到这会带来什么后果。

“第二天早晨我才意识到老的麻烦换来了新的麻烦。我丈夫丢失文件后的那种痛苦直扎我的心。我几乎真想当时就跪在他脚前告诉他我干的蠢事，可那又意味着得坦白往事。因此那天早晨我到您那儿去是想弄清我犯的错误会产生多大的危害。我从掌握了实情那一时刻起就一直只想着怎样把我丈夫那份文件弄回来。那封信肯定还在卢卡斯藏起来的地方，因为那是在那个可怕的女人进来之前藏好的。要不是她来了，我根本就不会知道信给藏在哪儿了。我怎样才能进入那间屋子呢？整整有两天我一直守望着那幢房子，大门总是关着。昨天晚上我又去试了一次。我干了什么，怎样成功地拿回了文件，这您都已经知道。我把文件带回家，心想销毁它，因为我没法把信还给我丈夫而不向他坦白我的过错。天哪，我听到他在楼梯上的脚步声了！”

那位欧洲事务大臣神情激动地冲进屋来。

“有消息吗，福尔摩斯先生？”他问道。

“有点希望。”

“噢，感谢上帝！”他脸上现出喜悦的神情。“首相前来跟我们共进午餐。他可不可以进来一块儿听听你说的希望？首相大人沉着稳健，有胆识，可我知道自从发生了这件可怕的事之后，他老人家几乎没睡过觉。雅各布，请首相大人到楼上来吧。亲爱的，我们恐怕要谈些政治问题。我们过几分钟就到餐厅跟你共进午餐。”

首相的举止是温和的，可我从他那炯炯的目光和两只发颤的瘦手看得出他跟他的年轻同事一样十分激动。

“听说你有好消息汇报，福尔摩斯先生？”

“目前还没有，”我的朋友答道。“我已经调查了那封信可能在的各处地方，却还没找到。不过，我敢肯定不用担心会出什么险情。”

“可这是不够的，福尔摩斯先生，我们不能永远坐在火山口上，我们一定得把这事查个水落石出才行。”

“我正因为有希望找到它才到这里来。我越想这事，越深信那封信压根儿就没离开过这幢房子。”

“福尔摩斯先生！”

“信如果出了这幢房子，现在肯定早已公诸于众了。”

“那为什么有人拿了那份文件，只是为了把它藏在这幢房子里呢？”

“我不信有人拿走了那份文件。”

“那它怎么没在公文箱里呢？”

“我也不信那个文件曾经离开过那个公文箱。”

“福尔摩斯先生，你这个玩笑开的可不是时候。我敢向你保证，信不在那个公文箱里。”

“星期二早晨以后您有没有再检查过公文箱？”

“没有，根本没有这个必要。”

“您也可能一时疏忽而没看见那封信。”

“我说了，那是不可能的。”

“这我不大相信；我知道这类事曾经发生过。我猜想公文箱里还有别的文件吧，那封信兴许跟别的文件混在一起了。”

“它是给放在最上面的。”

“没准儿有人晃动过那个箱子，弄乱了，把它晃到下面去了。”

“不可能，不可能，我把里面的文件都倒出来过。”

“这事好办，霍普！”首相说，“把那个公文箱拿到这儿来检查一遍好了。”

大臣摇下铃。

“雅各布，去把我的公文箱拿到这儿来。这简直是瞎浪费时间，太可笑了。不过，我要是说服不了你们，那就检查一下吧。谢谢，雅各布，放在这里吧。这个箱子的钥匙永远都系在我的怀表链上。你们看，文件都在这儿。梅洛勋爵的来信啦，查尔斯·哈代爵士的报告啦，贝尔格莱德的备忘录啦，俄—德谷物税务记事啦，马德里的来信啦，弗劳尔斯勋爵的短信啦——老天爷！这是什么？贝林格勋爵！贝林格勋爵！”

首相从大臣手中把那个蓝信封夺过去。

“对，就是这封信——没开封。霍普，祝贺你！”

“谢谢！谢谢！我心上压的那块大石头终于落了地！可这简直叫人没法相信啊——不可能嘛！福尔摩斯先生，你简直是位魔术师，一个巫师！你怎么知道信就在这里？”

“因为我知道信没在别处。”

“我简直不敢相信我的眼睛，”他奔向房门。“我夫人在哪儿？我得告诉她，没事儿了。希尔达！希尔达！”我们听见他在楼梯上的喊声。

首相两眼发亮地望着福尔摩斯。

“行啊，先生，”他说，“这里面肯定有比眼见到的更多的鬼花样吧。这封信怎么又会回到公文箱里去了呢？”

福尔摩斯避开那双敏锐、探索而奇妙的眼睛。

“我们也有自己的外交机密，”他一边说，一边拿起帽子，转身走向房门。

（1904）

魔鬼之足

我时不时记录自己跟知心老友歇洛克·福尔摩斯一起所经历的一些奇遇以及一些有趣儿的回忆，可是在这过程中，他却不断反对我把它们公开发表，这倒叫我感到挺为难。他性情沉郁，不喜俗套，厌恶人们的一切赞扬；一桩案子一旦侦破告捷，最叫他感到好笑的就是把一份破案经过的报告递交给正统的官方人员，还得装出一副笑脸倾听那套文不对题的齐声祝贺。正是由于我朋友的这种态度，而当然绝非缺少有趣儿的材料，使得我在后来几年里只能把极少数案情公诸于众。我参加过他的数次探奇历险，这对我来说当然是十分荣幸的事，因此也就要求我在这方面谨慎行事，保持缄默为重。

上星期二我十分意外地收到福尔摩斯发来的一封电报——只要有地方打电报，他就从来不写信——电文是："为何不把我经办过的最奇特的康沃尔恐怖事件告诉读者。"我闹不清是一阵什么回忆思路使他又想起了那一事件，或者说是一种什么怪念头促使他忽然要求我该叙述那个案子；可我在他没准儿又会变了卦，来封撤销这一要求的电报之前，赶紧翻出那本详细记载该案的笔记，谨向读者披露如下。

那是在 1897 年春季，福尔摩斯当时因长期操劳过度，也许再加上他自己平时不够关心自己的身体，他那铁打的身子骨渐渐有些支持不住，健康状况日益显露恶化迹象。那年三月里，哈利街的穆尔·阿加医生——有关这位大夫怎样经人介绍给福尔摩斯的戏剧性情节容我以后再谈——明确嘱咐这位私家侦探，如果不想完全垮掉的话，就得立刻放下他接办的所有的案子，彻底休息一阵子。他本人向来对自身的健康状况一点也不在乎，因为他觉得自己的思维能力健全正常；不过他也担心今后长期没法工作，最后终于听从劝告，决定彻底变变环境，换换空气。因此就在那年早春，我们一起来到康沃尔半岛尽头、波尔都海湾附近一个小别墅里住下。

那是一处独特的地方，特别适合我这位病人的恶劣心情。我们这座用石灰水刷得雪白的小房子坐落在一处绿草如茵的海岬上，从窗口俯瞰，可以看到整个芒兹湾险要的半圆形地势。这里是海船经常失事的地方，四周都是黑悬崖和海浪冲刷的礁石，无数海员曾在那里丧生。每当北风吹起时，这里倒是个平静的避风港，招引那些遭受风暴袭击的船只颠簸地来到这里停泊避险。随后风向骤变，西南风猛然袭来，拖动的海锚啦，背风海岸啦，都在滔滔白浪中做最后挣扎，聪明的海员又会远远离开这个凶险的地方。

在陆地上，我们的周围跟海上一样阴沉。这里是一片连绵起伏的沼泽地带，孤寂阴暗，偶尔有座教堂的钟楼，表明这里是一处古老乡村的遗址。在这片沼泽地上，四处是某个早已消失的民族所留下的遗迹，留下的是些奇异的石碑啦，埋有死者骨灰的零乱坟墩啦，以及暗示史前时期用来战斗的奇形怪状的土制武器。这里的神秘色彩的魅力，连带那被人遗忘的民族不祥的氛围，引发我朋友的奇思遐想，使他在沼泽地带消磨大量时间作长距离散步，独自沉思。康沃尔郡的古凯尔特语也引起他的注意，我记得他曾经推断那种语言近似古代巴比伦的迦勒底语，而且大都是由腓尼斯锡器商人的语言派生出来的。他已经订购了一批语言学方面的书籍，正安下心来研究这一论题，可是这时忽然叫我犯愁，却使他由衷高兴的是，我们发觉自己即使在这个梦幻般的地方，也还是陷进一个发生在我们家大门口的疑难问题，而且这事比那些使我们从伦敦躲避到这里来的任何一个难题都更紧张更吸引人，更加无比神秘。我们简朴的生活和宁静健康的日常生活规律遭到严重干扰，我们给牵连进一系列不仅使康沃尔也使英格兰整个西部大为震惊的重大事件当中。许多读者可能还记得当时称作“康沃尔恐怖事件”的情况，尽管发给伦敦报界的是一份极不完整的报道。如今已事隔 13 载，我愿意把这桩不可思议的事件的真相公诸于世。

我刚才说过那些分散的教堂钟楼表明康沃尔郡这一部分有零零落落的村镇，其中距离我们最近的是特里丹尼克·沃拉斯小村镇，那里有两三百户村舍围绕着一个长满苔藓的古老教堂。教区牧师朗德海先生可以说是位考古学家，福尔摩斯就是为此跟他结识的。他是个和蔼可亲、壮实的中年人，学识丰富，十分熟悉当地的情况。他邀请我们去他的教区住宅喝过茶，由此认识了莫蒂默·垂根尼斯先生，一位独自生活的绅士。垂根尼斯先生租用了牧师那座大而分散的住宅里的几个房间，从而增补了牧师那微薄的薪水。牧师是个单身汉，也乐意这种安排，尽管他跟那位房客很少有共同的志趣。垂根尼斯先生又瘦又黑，戴副眼镜，弯腰驼背，使人觉得他的身体有些畸形。我记得我们在那次短暂的拜访过程中，牧师喋喋不休，说个没完，而他那位房客却沉默得出奇，满脸愁容，两眼瞥向一边坐在那里，显然在想自己的心事。

3 月 16 日星期二那天，我和福尔摩斯刚用过早餐，正在抽烟，打算到沼泽地带去做每日例行的散步，这时忽然有两个人走进我们那间小起居室。

“福尔摩斯先生，”牧师声音发颤地说，“昨天夜里发生了一件极

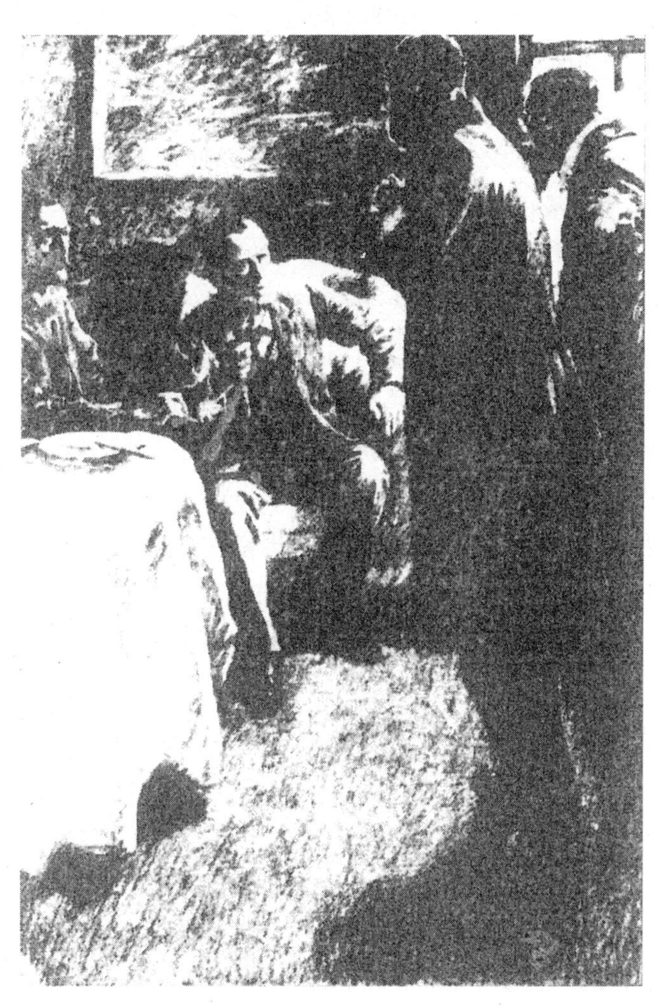

为离奇而悲惨的事，简直是一件压根儿没听说过的事！幸好您在这里，我们只能把这视为天意，您是我们在整个英格兰最需要的人啦。”

我不大友好地瞪视着这位破门而入的牧师，福尔摩斯却从嘴边取下烟斗，像一条老练的猎犬听见呼唤它的声音，在椅子上坐直身子，用手指指着沙发，示意请他俩坐下。那位惊恐不安的来客和他那焦急的同伴并肩在沙发上落座。莫蒂默·垂根尼斯先生较比牧师更能控制住自己一些，不过他那双瘦手在不停地捏来握去，两只黑眼珠炯炯发光，表明他俩紧张的情绪是一样的。

“是我说还是你说？”莫蒂默·垂根尼斯问牧师。

“嗯，不管是怎么一回事，看来是你先发现的，牧师了解的是第二手材料，我看最好还是由你来说吧，”福尔摩斯说道。

我瞥一眼牧师的衣服明明是匆忙穿上的，而那位坐在他身旁的来客则衣着整整齐齐。福尔摩斯这一简单明了的推论让他俩脸上都显出惊讶的表情，真叫我觉得好笑。

“还是让我先说几句吧，”牧师说，“然后您再决定是不是听听垂根尼斯先生讲讲详细情况，或者咱们是不是并不急于赶到现场去。那我就先说说，我这位房客昨天晚上跟他的两个兄弟欧文和乔治，还有妹妹布兰达在特里丹尼克·瓦尔萨镇他们的老家宅子里聚会。那所房子在沼地一个古老的十字架附近。他们身体都挺好，一直兴致挺高地坐在餐桌旁打牌玩，莫蒂默十点钟过后才离开他们。他一向起床挺早，今天清早没吃早饭就朝那所老宅子走去。理查德医生的马车这时赶到他身前，医生对他说刚才有人来请他立刻到特里丹尼克·瓦尔萨镇去看急诊，莫蒂默·垂根尼斯先生便自然搭车同行。到了特里丹尼克·瓦尔萨镇，他发现了怪事一桩。他的两个兄弟和妹妹还像他昨夜离开时那样坐在桌边，纸牌仍然摊在他们面前，蜡烛已经燃尽到烛台底端。妹妹僵死在椅子上，两个兄弟则分别坐在她的两边，又笑又嚷，还大声唱歌儿，神志完全不清了。三个人——一个死了的女人和两个发疯的男人——脸上都现出十分惊恐的神情，一种给吓得惊厥的表情，简直叫人惨不忍睹。那所房子里，除了那位女管家兼老厨娘波特太太外，没有别人进去过的迹象。波特太太说她夜间睡得很熟，啥也没听见。家里什么东西也没给偷窃或翻乱。究竟是什么恐怖景象会把一个女人吓死，把两个身强力壮的男人吓疯了呢，这真是没法让人作出解释。一句话，福尔摩斯先生，情况就是这样。您如果能帮助我们破这个案，那可就干了天底下一件了不起的大事。”

我原本指望想法劝说我的伙伴别忘了我们是来这里休养的，可我一见他皱起眉头，满脸认真的表情，就明白我的指望办不到了。他默默坐了会儿，专心思索这桩打破了我们平静生活的怪事。

“我会着手调查这件事，”他最后说道。“从表面上看，这件案子确实很不一般。你本人去过那里了吗，朗德海先生？”

“没有，福尔摩斯先生。垂根尼斯先生回到我家说起了这个情况，我就跟他马上赶到这儿来了。”

“发生这出奇特的惨剧的地方离这儿有多远？”

“朝镇里走，约摸一里路。”

“那咱们就一块儿走过去吧。出发之前，莫蒂默·垂根尼斯先生，我得先问你几个问题。”

另外那个人一直沉默没吭声，可我注意到他在竭力控制自己的激动情绪，甚至比牧师那种急巴巴闯进来的情绪还要强烈。他坐在那里，面色苍白，愁眉不展，目光焦虑地盯视着福尔摩斯，两只干瘦的手痉挛地紧握在一起。他在听人叙述他的家人遭遇这样可怕的事时，苍白的嘴唇在颤动，两只黑眼睛似乎反映出当时的情景使他惊恐的神情。

“福尔摩斯先生，您要问什么就问吧，”他急切地说，“谈这件事真叫人受不了，可我会如实回答您。”

“那就说说昨天晚上的情况吧。”

“正像牧师所说的那样，福尔摩斯先生，昨天晚上我在那里吃的晚饭，随后我大哥乔治建议玩一把惠斯特[1]。九点钟左右，我们便坐下玩牌。十点一刻，我走的时候，他们都兴高采烈地围坐在桌旁呢。”

“谁送你出门的？”

“波特太太当时已经睡了，我自己开的门，随手又把门关上。他们坐在那间屋子里，窗户都关着，百叶窗却没放下来。今天早晨我去的时候，看到门窗依然如旧，没有理由认为有外人进去过。可他们还都坐在那儿，却都给吓疯了，布兰达竟给吓死了，脑袋耷拉在椅子扶手上。我只要活着，简直就永远没法忘掉屋里那副可怕的景象啦。”

“按你的说法，那种情况确实非常奇怪，”福尔摩斯说。“我理解你自己也说不出什么解释这种情况的道理吧？”

“是魔鬼干的，福尔摩斯先生，是魔鬼干的！”莫蒂默·垂根尼斯大声说，“这决不是这个世界上的人干的。必定是有什么玩意儿进入了那个房间，扑灭了他们头脑里的理智之光。人怎能有力量办到这一点呢？”

“我担心，”福尔摩斯说，“这事若是人力所不能及的，那我当然也就无能为力破案啦。不过嘛，咱们在不得不信那套理论之前，还是应该先竭尽全力运用一切合乎自然规律的解释。至于你本人，垂根尼斯先生，我想你跟他们已经分家了吧，因为他们还都一起住在老宅子里，而你则另有住处？”

“对，福尔摩斯先生，尽管这事早已过去，而且已经了结。我们一家原是雷德鲁斯镇的锡矿主，后来我们把这项风险企业卖给了一家公司就退出不干了，手头的钱足以使我们的生活过得去。我不否认我们在分钱时，相互之间有段时间不和睦，不过后来还是取得了谅解，不再记在心头。我们又都和好如初。”

“回想一下你们一块儿度过的那个夜晚，你记不记得有什么事可能

---

①类似桥牌的一种牌戏。

说明是造成这一悲剧的原因？仔细想想，垂根尼斯先生，因为任何线索对我都会有些帮助。”

“什么也没有，先生。”

“你的亲人情绪都正常吗？”

“再好不过了。”

“他们是神经质的人吗？有没有显露什么忧虑情绪，担心即将会遇到什么险情？”

“没有一点那种表现。”

“那你不再有什么话可以帮助我破案了吗？”

莫蒂默·垂根尼斯认真考虑了会儿。

“我倒想起一件事来了，”他说，“我们当时围着桌子打牌，我是背朝着窗户，我大哥乔治跟我是牌搭档，坐在我对面，正好面对窗户。我看见他有一次一个劲儿朝我背后张望，因此我也回头望一眼。百叶窗没放下来，窗户是关着的，我只能看到草地上的树丛，一时觉得里面似乎有什么东西在晃动，可我说不清那是人还是动物，反正我认为那里确实有样东西。我问乔治在看什么，他说他也有跟我一样的感觉。我能说的就是这些了。”

“你有没有出去查看一下？”

“没有，我没把这当回事。”

“那你离开他们的时候，没有什么不祥的预感吗？”

“根本没有。”

“我闹不明白你今天早晨怎么会那么早就听到了那个消息？”

“我一向是个早起的人，通常在早饭之前都出外散散步。今天清晨，我正开始散步，医生乘着马车赶过来。他对我说管家波特老太太派一个小孩儿捎急信儿给他。我就跳上马车，坐在他身旁，跟他一同前去了。到了那里，我们向那间可怖的房间望去。蜡烛和炉火可能在几个钟头前就已燃尽。他们一直坐在黑暗里直到天亮。医生说布兰达至少已经死去六个小时了。没有任何暴力迹象。她只是坐在那里斜靠在椅子扶手上，脸上带着那副受了惊吓的表情。乔治和欧文哥儿俩断断续续地唱着歌儿，活像两头大猩猩在嘟囔什么。噢，看上去真是太可怕了！我实在受不了，医生那张脸也白得像张纸。真格的，他有点头晕就倒在一把椅子上，我们差点儿还得照顾他。”

“怪事儿——太邪门儿了！”福尔摩斯说，起身拿起他的帽子。“我想咱们最好还是到特里丹尼克·瓦尔萨镇去一趟吧。别再耽搁啦。我承认我还很少遇到过一开始就出现如此怪问题的案子呢。”

我们第一天的行动对调查没有取得什么进展。不过，一开始就有件意外的事给我留下极其不妙的印象。通向发生惨剧的那个地点是一条狭窄蜿蜒的乡间小巷。我们正沿路走去，忽然听到一辆马车嘎啦嘎啦地朝我们驶来，我们连忙闪在一旁站住，让它过去。马车驶过时，我瞥见那扇关着的车窗里有张龇牙咧嘴、扭曲得挺可怕的脸，两眼瞪视着我们，那两只瞪大的眼和那种咬牙切齿的样儿，就像个可怕的幻影从我们面前一闪而过。

“我的两个兄弟！”莫蒂默·垂根尼斯叫道，嘴唇都发白了。“这是把他俩送到赫尔斯顿去了。”

我们怀着恐惧的心情望着那辆黑色马车隆隆地驶过去，随后我们便转身朝那座使他们惨遭不幸的凶宅走去。

那是一座明亮的大房子，与其说是座村舍，不如说是幢别墅，房前有个相当大的花园，在康沃尔郡温暖的气候下，已经开满花卉，春色满园。起居室前窗面朝花园，按照莫蒂默·垂根尼斯的说法，那个邪恶的玩意儿想必是出现在这座花园里，纯粹是由于恐怖而一下子把兄弟俩吓疯了。福尔摩斯穿行在那些花盆之间沉思冥想，又沿着小路巡视，随后我们便走进门廊。我记得他是那么专心一致地思考，竟让一个浇花儿的喷壶绊了一下，壶水泼湿了我们的双脚和花园小径。进了屋，我们遇见了那位康沃尔本地的老管家波特太太，她是由一个年轻姑娘协助照料这

家人的家务。她爽快地回答了福尔摩斯提出的问题。昨天夜里她啥也没听见。近来她的三位主人情绪都蛮好，她还压根儿没见过他们那么兴高采烈过呢。今天清晨她一进屋，见到他们仨那样可怕地围坐在桌边就给吓得昏了过去。她一恢复神志，便连忙把窗子打开放进新鲜空气，随即跑进小巷，叫一个村童去请大夫。我们要是想看看那个死了的女人，她就躺在楼上卧室里床上呐。找来了四个身强力壮的大汉才把那兄弟俩推进精神病院那辆马车里。她不想再在这幢房子里多呆一天，当天下午就准备回圣伊夫斯她的家人那里去啦。

我们上楼看了那具尸体。布兰达·垂根尼斯小姐虽已接近中年，仍然是个挺美的姑娘，尽管已经香消玉殒，那张轮廓清秀的脸还是挺漂亮，不过遗留着她那最后的情感所流露出来的惊恐失色的神情。我们走

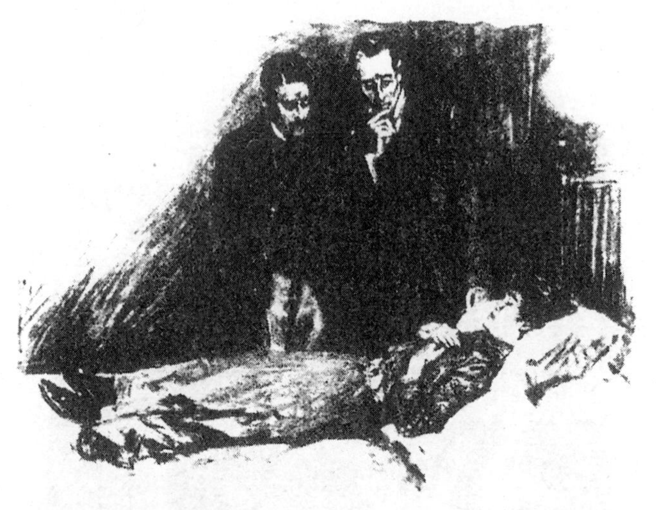

出她那间卧室，下楼来到那间发生悲惨怪事的起居室，隔夜的炉灰还残留在炉栅里。桌上放着四支燃尽的蜡烛，纸牌散乱在桌上。几把椅子已给搬到墙边放着，别的全是昨夜原样，没给动过。福尔摩斯在室内迈着小碎步来回走动观察，他在几把椅子上挨个儿坐一坐，把它们拖动一下，又重新放回原处。他察看一下能看见花园多大范围，随后又检查地板、天花板和壁炉，可我每次都没见到他两眼突然闪亮、嘴唇紧闭的表情，而每当他一有那种神情，就说明他在一片黑暗之中已经见到一丝曙光。

“干吗生火啊？”他有一次问道，“春天的夜晚，他们在这间小屋里一向生火吗？”

莫蒂默·垂根尼斯解释说那天夜里又寒冷又潮湿，所以他来到之后便生起了火。“您现在准备干什么，福尔摩斯先生？”他问道。

我的朋友淡然一笑，把一只手按在我的胳臂上。“华生，我想重新研究你经常很正确地指责的烟草中毒这个问题，”他说。“二位，请允许我们先回我们的小别墅，因为我认为这里不会再有什么新情况值得我们注意啦。垂根尼斯先生，我会把一切情况好好考虑一下，如果想到了什么，当然会通知你和牧师。现在，祝二位早安！”

我们一回到波尔都别墅后，没多会儿福尔摩斯便打破他那种聚精会神的沉默。他蜷缩在靠椅里，那张严肃而憔悴的脸隐没在烟草的缭绕青烟中，浓眉深锁，脑门皱缩，两眼茫然。他终于放下烟斗，蹦起来。

“这不行，华生！”他笑着说，“咱俩还是沿着悬崖走一趟，去寻找火石箭头吧。这比起寻找这个问题的线索可能容易得多。开动脑筋而又没有足够的材料，就好比让一部引擎空转，最终转成碎片。有了大海的空气，阳光，再加上耐心，华生——别的就全会来到啦。”

“咱们现在平心静气地明确一下自己的处境，华生，”他接着说，这当儿我们俩正沿着悬崖边缘走着。“咱们得紧紧抓住已经确实了解到的一点情况，一旦出现新情况，咱们就可以轻而易举地把它们一一对上号。首先，我认为你我都不承认魔鬼侵扰人间事，咱们得把这种想法完全排斥掉，然后开始工作。那好。这里有三个人遭到了人力有意无意地的重袭击。这是有充分根据的。那么，这事是什么时候发生的呢？假定莫蒂默·垂根尼斯先生说的情况属实，那显然就是在他离开那间屋子不久发生的。这一点挺重要。推测他走后没几分钟，那出惨剧便发生了。纸牌还放在桌子上呐。当时已经过了他们平时上床睡觉的时间，可他们却都没改变姿势，也没朝后挪动过椅子。我再说一遍，这事在他一离开后就发生了，不迟于昨夜 11 点钟。

“咱们下一步当然是尽量设法查一查莫蒂默·垂根尼斯先生离开后的行动。这方面没有什么困难，而且无容置疑。你一向知道我的工作方法，当然明白我今天笨笨咧咧地绊倒那个浇花喷壶的权宜之计，那可比别的方法取得他的脚印要清楚多了。印在潮湿的沙土小道上，真是妙不可言。你当然记得昨夜地上也很潮湿，得到了一个脚印标本，再从众多的脚印当中把他的脚印辨别出来，追查他的行踪，断定他的行动，这就不困难了。看来他是匆匆朝牧师住宅那个方向走去的。

“如果莫蒂默·垂根尼斯不在现场，而是外面某人惊动了玩牌的人，咱们又怎样才能推想出那个人呢？那种给人恐怖的印象又是怎样表达的呢？波特太太当然可以给排除，她明明是无害的。有没有什么证据可以说明有人在花园里爬到窗口那儿用某种方式制造出一种让人一见到就给吓疯了的可怕效果呢？这种独一无二的说法是莫蒂默·垂根尼斯本人提出来的。他说他大哥提起花园里有些动静。这实在有点奇怪，因为昨天晚上下了雨，多云，漆黑一片。有人若想有意吓唬那几个人，就不得不把脸贴在玻璃窗上才能让屋里人看到。那扇窗户外面有三尺宽的花坛，上面却没有一个脚印儿。难以想像的是，一个外人怎么能够使屋里的几个人产生如此可怕的印象，何况我们也没发现这样煞费苦心的怪念头出于什么动机。华生，你看出咱们的困难没有？”

“再清楚不过了，”我明确地答道。

“材料如果再增加一点，咱们就可以证实这些困难并非没法克服，”福尔摩斯说。“华生，你大概能在你那些广泛的案件档案中找到某些跟这个案子差不多一样模糊的资料吧。现在，咱们先把这个案子放一放，等有了更确切的材料再说吧。上午还剩下点时间，咱们去追踪新石器时代人的遗迹吧。”

我原本可以谈谈我朋友那种聚精会神思考问题的毅力，可我从来没有像康沃尔这个春天早晨那样纳闷过，整整两个小时他却一个劲儿轻松自在地谈论什么石凿啦，箭头啦，碎瓷片啦，仿佛根本就没有什么险恶的谜案在等着他破解呐。下午我们才回到住处，有人来访正在等待，这才又把我们的思路带回手头要办的那件事情上去。我们俩都不需要经人介绍来访者是谁。他那魁梧的身躯啦，那张满布皱纹、铁青的脸长着一对凶狠的眼睛啦，那个鹰钩鼻子啦，那几乎都擦到天花板的灰白头发啦，还有那部络腮胡子——腮边银色，唇边白色，而且留有雪茄烟的尼古丁斑点，所有这一切在伦敦跟在非洲一样都是大家所熟悉的，只会让人把他跟那位了不起的猎狮人兼探险家利昂·斯滕代尔博士的高大形象联系在一起。

我们早已听说他来到了这一带，有一两次在沼地小径上瞥见过他那高大的身影。他没走近我们，我们也没想去接近他，因为尽人皆知他喜欢孤独生活；他在旅行间歇期间，一般都住在布尚阿兰斯森林里一所小平房里，在书籍和地图堆里过着绝对孤独的生活，满足于自己简朴的需求，从不过问邻舍的闲事。因此我一听到他用急巴巴的声调向福尔摩斯打听是否在调查这桩奇案中取得了进展，就深感惊讶。“郡里警方的路数全然不对头，”他说，“凭你丰富的经验，你也许已经做出想像得到的解释吧。我只要求你把我当作知己，因为我多次在这里居住，很了解垂根尼斯一家人的情况——真格的，我老娘是康沃尔人，从母系一方面来讲，我还可以称是他们的表亲呐——他们这种不幸的遭遇当然叫我感到十分震惊。不瞒你说，我本来已经抵达普利茅斯正要去非洲，可我今天早晨听到这个噩耗，就立刻赶回来协助调查。”

福尔摩斯扬下眉毛。“您这样做，不免耽误船期了吧？”

“我可以乘下一班。”

“哎呀！您可真够朋友。”

“我说了，他们是我的亲戚嘛。”

“确实——令堂的表亲。您的行李上船了吗？”

“有些已经上船，不过主要的行李还在旅馆里。”

“原来如此，可我想这事不会已经登在普利茅斯晨报上了吧？”

“没有，先生，我是收到了一封电报。”

“谁打给您的？”

那位探险家瘦削的脸上掠过一丝阴影。“您可真会刨根问底，福尔摩斯先生。”

“这是我的工作嘛。”

斯滕代尔博士尽力定定神，恢复镇静。

“不瞒你说，是牧师朗德海先生发电报叫我回来的，”他答道。

“谢谢，”福尔摩斯说，“我现在可以答复您刚才提出的问题啦，我对这个案子还没完全搞清楚，不过我还是满怀希望，可以做出某种结论，再多说什么就为时过早啦。”

“你如果已经有了具体的怀疑对象，能不能跟我说说呢？”

“不行，这一点我很难从命。”

“那我只是在瞎浪费时间，就此告辞。”那位大名鼎鼎的博士大为扫兴地走出我们的住处。没过五分钟，福尔摩斯便出门去跟踪他。晚上我才见到他的面，他回来时，步伐疲沓，脸色憔悴，使我确信他这番调查肯定没有取得什么进展。他瞥一眼一封给他发来的电报，就随手把它扔进壁炉。

“从普利茅斯旅馆发来的，华生，”他说。“我从牧师那里打听到了那家旅馆的名字，就发了个电报核查一下斯滕代尔的话是否属实。看来他昨夜确实在那里过的夜，当真把一些行李运往了非洲，他自己则回来参加这项调查。你对这有什么看法，华生？”

“他非常关注这个案子。”

“非常关注——没错儿。这里有一条咱们还没抓住的线索，也许能叫咱们理清这团乱麻。华生，振作起来吧，因为我敢肯定材料还没全部到手。一旦到手，咱们就可以很快排除困难。”

我根本就没琢磨福尔摩斯说的话多久才能实现，也压根儿没料到我们为进一步调查而打开一条新出路又会多么奇特多么险恶。早晨我正在窗前刮胡子，忽然听见嗒嗒的马蹄声。我朝外一看，只见路上有辆双轮轻便马车奔驰而来，在我们门前停下。我们那位牧师朋友跳下车，从花园小径跑过来。福尔摩斯已经穿好衣服，我们俩赶快前去迎他。

来客激动得话都说不清楚了，最后他好不容易才气喘吁吁地道出另一件惨事。

“魔鬼把我们缠住了，福尔摩斯先生！我这个可怜的教区让魔鬼缠住了！”他喊道。“是魔鬼亲自在施展妖法！我们都已落入他的魔掌！”他激动得手舞足蹈，要不是他脸色煞白，两眼惊恐不安，活脱儿就像个小丑咧。最后他说出了那个可怕的消息。

“莫蒂默·垂根尼斯先生昨夜死了，症候跟他妹妹的死亡完全一样。”

福尔摩斯顿时猛地跳起来。

“您那辆马车坐得下我和华生吗？”

“可以。”

“华生，那咱俩先别吃早饭啦。朗德海先生，我们一切听从您的安排。快——快，趁现场的东西还没给弄乱。”

那位房客在牧师家里租了两间屋，楼上楼下各一间，都在一个角落里。楼下一间是个大起居室，楼上一间是卧室。从两间屋望出去，外边是片打槌球的草地，一直延伸到窗底下。我们赶在医生和警方之前到达，所以现场一切如旧，完全没有给动过。这是三月里一个雾蒙蒙的早晨，让我把我们当时见到的情景确切地描绘一下吧，那种可怖的景象在我脑海里真是永远也抹不掉了。

房间里的气氛十分阴沉恐怖，而且闷热得令人沮丧。首先进屋的那名仆人把窗户向上拉起来，否则更会叫人受不了，部分原因可能是因为室内正中一张桌子上还点着一盏冒烟的灯呢。那个死人就坐在桌旁，仰靠在椅背上，那部稀薄的胡子向前翘起，眼镜给推到脑门儿上，黑瘦的脸冲着窗户，让恐怖吓得歪扭得不成形了，跟他的妹妹临死时的模样完全一样。他四肢痉挛，手指扭曲，像是在一阵极度恐惧之中死去的。他衣着完整，尽管有迹象表明他是在慌忙中穿好衣服的。我们已经了解到他的床铺夜里睡过，这场悲惨的遭遇是在凌晨发生的。

福尔摩斯走进那个致人死命的住处那一刹那所发生的突然变化，就会使你看出他那冷静的外表里蕴藏着多么炽热的活力。他顿时变得又紧张又警惕，两眼炯炯有神，面孔板着，四肢由于过分激动而在发颤。他走到外面的草地上，又从窗户钻进屋，在房间里四处巡视，随即又回到楼上卧室，简直就像一条精神抖擞的猎狐狗在搜寻猎物。他在卧室里

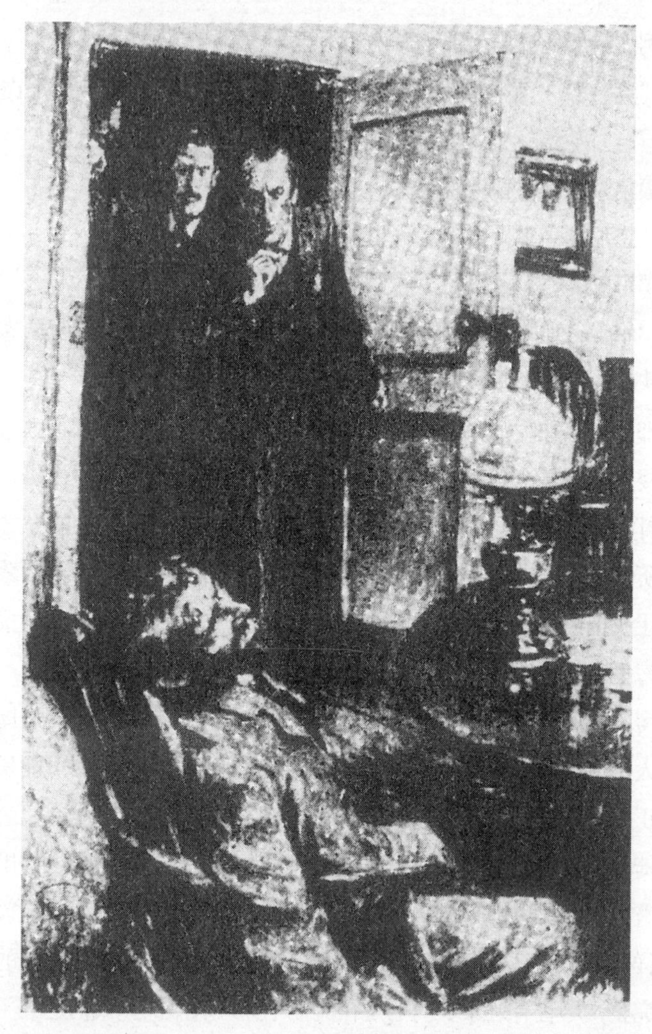

迅速环视一周，最后把窗户推开，看来这似乎使他增添了一阵新的激动，因为他把身子探出窗外，大声欢呼起来。接着他就冲下楼梯，从那扇敞着的窗户钻出去，扑倒在地，把脸贴在草坪上检查，随即又站起来，再次进屋，好似精力充沛的猎人寻到了猎物的踪迹。桌上那盏灯只是一盏普通的灯，他仔细检查一番，量量灯盘尺寸。他用放大镜细细查看那块盖在玻璃罩顶上的云母挡板，并把外壳上面的灰尘刮下来一点，收进一个信封，夹进他的笔记本里。最后正当医生和警察进来时，他招手叫牧师过去，我们仨便一起走到外面的草坪上。

“我很高兴说我的调查并非毫无结果，”他说道，“我不能留下跟警方讨论这事。不过，朗德海先生，你若能代我向警官致意，并请他们注意卧室窗户和起居室里那盏灯，我将十分感激，这两样都给人以启发，把两者联系起来便差不多可以得出结论啦。警方若想进一步了解情况，我会很乐意在我的住所跟他们任何一位见面。华生，我想咱们现在最好还是到别处去看看吧。”

警方可能对一名私家侦探插手介入感到不满，要么就是他们自以为另有可靠的调查途径；不过可以肯定的是我们在随后两天里没从警方听到什么消息。在这段期间，福尔摩斯呆在小别墅里抽烟思考，更多的时间则独自一人在乡间散步，一去就是几个钟头，回来后也不说他去过哪些地方。我们还曾一起做了一次试验，这倒使我对他的调查情况有了一些眉目。

他买了一盏灯，就跟悲剧发生那个早晨在莫蒂默·垂根尼斯起居室里那盏一模一样。他在灯里装满牧师家用的煤油，仔细记录灯火燃尽的时间。他还做了另一项试验，这可叫人实在受不了，叫我终生难忘。

“华生，你还记得咱们收到的几份不同报告中，只有一点是相同的，”他有一天下午对我说，“那就是每个案件中，首先进入出事房间的人都感到的那种气味。莫蒂默·垂根尼斯描述他最后一次在他兄弟家里的情况，曾说医生一进那间屋就倒在椅子上了，是不是？你忘了吗？嗯，我可以解答这个问题了。现在你还记得管家婆波特太太也跟咱们说过她一进那间屋就晕倒了，后来连忙把窗户打开。第二起案子——就是莫蒂默·垂根尼斯本人死亡那个案子——你不会忘记咱们一走进那间屋就感到闷得厉害。尽管女仆已经打开窗户。我后来了解后才知道那名女仆感到身体十分不适就去睡觉了。你该承认，华生，这些情况都非常有启发性，说明两起作案地点都有毒气。两起作案的房间里都有什么东西在燃烧，头一起有个炉火，第二起有盏油灯，炉火是需要的，可是已经是大白天——比较一下耗油量就清楚了——却点着灯。为什么呢？当然是因为有三件事相互关联：有东西在燃烧呀，闷人的气体呀，几个不幸的人当中有的发疯有的死了呀，这就很清楚了吧，对不对？”

“看来是这样的。”

“咱们至少可以把这看成是一种足够实用的假设。那咱们就可以想像每一起案子里都点燃过一种会产生有毒气体的奇特东西。那好，第一起案子——垂根尼斯那家人的案子——那种玩意儿给放在炉火里了。当时窗户是关着的，炉火自然会把一些烟雾通过烟囱冒出去，这就可以推测毒气在第一起案子里比在第二起案子里要少一些，而第二起案子中那个房间里，烟雾却消散得很少。结局也似乎说明了这一点，因为第一起案子中只有那个女人死了，可能是由于女性的机体更敏感吧，另两个男人则精神错乱了，不管是暂时还是永远精神错乱，分明都是毒药产生了初步效应。在第二起案子中，后果则是完整的。因此，看来事实证明这两起案子全是由于燃烧而产生一种毒气造成的。

“我进行了这一系列推断之后，当然要在莫蒂默·垂根尼斯的房间里寻找一下有没有这种造成毒气而残留下来的玩意儿。明显的地方就是油灯的云母罩或防烟罩。果然不出我所料，我在那上面发现了一些灰烬，还在一处边缘发现了一圈没烧尽的棕色粉末儿。你当时看见我取了一半放进一个信封里吧。”

“为什么只取一半呢，福尔摩斯？”

“亲爱的华生，我可不能妨碍警方的工作啊。我给他们留下我发现的全部证据，毒药还留在云母罩上呐，要是他们有智慧去发现它，那就好了。华生，咱们现在把这盏灯点上，不过得谨慎一点，把窗户打开，以免两名对社会有功劳的人士白白送掉性命。请你靠近那扇打开的窗子，坐在靠椅上，除非你像个有理智的人，决定不参与这项试验，那就作罢。唔，可我想你会参加到底的，对不？我是很了解我的老友华生的。这把椅子我放在你的对面，咱俩面对面坐着，这样两人就跟毒药保持同样的距离。房门半开着。现在彼此望着对方。要是出现险情，咱们就赶快结束这项试验。清楚了吗？好，那我就从信封里把药粉——或者说残余的那点药粉——撒在点燃的灯上。华生，咱们现在坐下来等待事态发展吧。”

没多会儿，情况就出现了。我刚坐下便闻到一股浓浓的麝香气味，幽香得令人作呕。我一吸进一点，头脑和想像力就失去了控制，眼前扬起一股浓黑烟雾，可我心里明白这股浓雾尽管还看不大清，却会向我受惊的感官猛扑过来，里面潜伏着宇宙间种种极其恐怖怪异而不可思议的邪恶玩意儿。模模糊糊的幽灵在浓黑的烟云中游荡，每个幽灵都构成一种威胁，预示有什么东西就要出现，接着便有一个邪恶得难以形容的人影儿来到门前，几乎吓得我灵魂出窍。一种令人冻僵的恐怖感攫住了我，我感到头发倒竖了起来，眼珠鼓了出来，嘴巴大张着，舌头已经发硬。脑子里阵阵翻腾，肯定哪儿出了毛病绷断了。我想大声喊叫，依稀觉得自己的声音是阵嘶哑的呼喊，却离我十分遥远而且孤单。就在那瞬间，我想到了逃离，便想拼命冲出那股使人陷入绝望的烟雾。我瞥一眼福尔摩斯，只见他惊恐得脸色煞白，脑袋僵硬歪扭——就跟死人的

脸一样。正是这一景象使我猛然惊醒，也有了力量。我从椅子这边冲过去，一把抱住福尔摩斯，我们俩便一起跌跌撞撞地奔出房门；片刻后，我们俩扑倒在草地上，并排躺着，只觉得那明晃晃的阳光正射透那股刚刚围困着我们的地狱般的恐怖烟云，烟云慢慢从我们心灵中消散，就像雾气从山水景致中消失一样，安静和理智又回到我们身上。我们俩在草地上擦擦脑门儿上黏糊糊的冷汗，彼此关怀地对视着，观察我们经历的那项可怕的试验留下的最后痕迹。

“说实在的，华生！”福尔摩斯最后说道，声调还在发颤。“我该向你致谢，也该向你道歉。这项试验，即使对我本人来说也是不大合情合理的，而对一个朋友来说则更成问题了。我实在非常抱歉。”

“你知道，”我颇为激动地回答，因为我还压根儿没见过福尔摩斯这样表露过真情实意呢，“我能协助你真是我的莫大荣幸，特别高兴。”

他顿时又恢复了他惯常对周围的人那种半幽默半挖苦的情绪。“亲爱的华生，要是把咱俩真搞疯了，那可多余，没这个必要，”他说道。“一位诚实的观察者，在咱俩着手做这样一种发疯的试验之前，肯定会说咱俩早就疯了。我承认自己压根儿没料到效果来得那么快那么厉害。”他冲进住所，又赶快跑出来，手臂伸得直直地举着那盏还在燃烧的灯，把它扔进荆棘丛里。“得让房间里换会儿空气。华生，我想你现在对这两出悲剧怎样发生的不再有什么怀疑了吧？”

“一扫而空。”

“可是作案的起因却还没给搞清楚呢。咱俩到那座凉亭里去歇会儿，讨论一下吧。我喉咙里好像还卡着那种恶劣玩意儿呐。我想咱们得承认所有的证据都证明莫蒂默·垂根尼斯这人是第一起案件的杀人犯，尽管他在第二起案件中又是个被害人。首先，咱们得记住他们家里闹过家庭纠纷，后来又言归于好，可是纠纷闹到了什么程度，和好又到了什么程度，咱们都不晓得。我一想到莫蒂默·垂根尼斯那张狡猾的脸，镜片后面两只阴险的小眼睛，就断定他不是那种特别厚道的人。另外，你还记得他说过花园里有动静之类的话，那曾经一时引开了咱们的注意力，放过了那种造成悲剧的真正原因，他其实是想把咱们引入歧途。最后一点，如果不是他在离开那间屋时把毒药扔进炉火中，又会是谁呢？那起事件是在他刚一离开就发生了。如果有外人进来，那家人肯定会从桌旁站起来。此外，在这宁静的康沃尔，晚上十点钟以后是不会有客人来访的。所以，咱们可以这样说，一切证据都证明莫蒂默·垂根尼斯是嫌疑犯。”

“那他自己是死于自杀了！”

“嗯，从表面上来看，这种设想也并非不可能。一个人给自己亲人带来那么悲惨的结局是会深感内疚的，可能会出于悔恨而自戕。可是又有一些很有说服力的理由可以推翻这种设想。幸好英格兰有一个人对这事全都了解，我已经作好安排，今天下午咱们便可以听他亲口讲出实情。嚯！他提前来了。请到这边来，利昂·斯滕代尔博士。我们刚才在室内做了个小试验，眼下室内还不适宜接待您这样的贵客。”

我听到花园的大门咔嗒一声响，那位非洲探险家高大威严的身影出现在小路上。他稍感惊讶地转身朝我们坐在里面的那座乡间小凉亭走来。

“是你约我来的，福尔摩斯先生，一个小时前我收到了你的信，我来了，尽管我闹不清自己干吗要遵命前来。”

“也许我们分手之前会把这一点弄清，”福尔摩斯说。“眼下您能以礼相待，光临寒舍，我非常感激，室外接待很是不周，尚请原谅。我的朋友华生和我已经接近完成一篇称之为《康沃尔恐怖》的文稿，准备再增添新的一章，我们目前倒需要一种清新的氛围，因为咱们不得不讨论的事会跟您本人密切相关，咱们也许找个没人能偷听的地方谈一谈为好。”

探险家从嘴里取出雪茄，严厉地注视着我的伙伴。

“我不明白，先生，”他说，“你不得不谈的事跟我有什么相干？”

“是关于莫蒂默·垂根尼斯被杀的事，”福尔摩斯说。

那一刹那我真巴不得手里有把枪。斯滕代尔那张凶狠的脸一下子涨得通红，两眼瞪起，脑门上的青筋根根鼓起。他攥紧拳头冲向我的伙伴。可他又站住，竭力使自己恢复冰冷僵硬的平静，这也许比他那暴躁的态度还要危险。

“我长期跟野人一块儿生活，不受法律约束，”他说。“因此我习惯把自己当成法律。福尔摩斯先生，你最好记住这一点，因为我并不想伤害你。”

“我也毫无伤害您的意思，斯滕代尔博士。最明显的证明就是我尽管知道了一切，可还是请您前来，而不是去找警方。”

斯滕代尔喘口气，坐了下来。他给镇住了，这在他那冒险生涯中恐怕还是头一回吧。福尔摩斯那种镇定自若的神态具有一种无法抗拒的力量。我们的客人一时张口结舌，焦虑得两只大手时而张开，时而握紧。

“你这是什么意思？”他终于问道，“你如果想吓唬我，那可找错了对象。别再兜圈子啦，你究竟是什么意思？”

“让我告诉你，”福尔摩斯说，“我找你来谈谈，是希望以坦率换取坦率。我要采取的下一步也许完全取决于你自己辩护的性质。”

“我的辩护？”

“对，先生。”

“辩护什么呢？”

“对杀害莫蒂默·垂根尼斯的控告的辩护。”

斯滕代尔用手绢儿擦擦脑门儿。“说实在的，你可越来越来劲儿啦，”他说。“你全靠这种惊人的虚张声势的力量取得成功吗？”

“是您在虚张声势，斯滕代尔博士，不是我。我把我的结论所依据的事实说些给您听，作为证明。您从普利茅斯回来，而把不少财物运往非洲，我不想多说，只说一点，您这种举动让我不得不考虑您是构成这出悲剧的一个因素……”

“我是回来……”

“您回来的理由我已经听您说过了，我认为那没法叫人信服，也不够充分。这暂且不说。您来问过我怀疑谁是凶手，我没答复，接着您就去找牧师，在他家外面等了会儿，最后回到您的住所。”

“这你是怎么知道的？”

“我跟踪了您。”

“可我并没看见有人在我身后啊。”

“我要是跟踪您,就不能让您看见。您在您的住处彻夜未眠，设计了一些计划，次日凌晨就准备执行。天一亮，您就出门了，您那门口旁边有堆微红的石子，您拿了些揣进兜儿里。”

斯滕代尔猛然一惊，困惑地望着福尔摩斯。

“随后您从您的住处匆匆走了一里路去牧师家。我注意到您当时穿的就是您现在脚上这双有罗纹的网球鞋。您穿过牧师住宅的果园和旁边的篱笆，去到垂根尼斯那位房客住的房间窗下。那时天已大亮，屋里却还没有什么动静。您就从兜儿里掏出几粒小石子朝楼上窗户扔去。”

斯滕代尔从座椅上跳起来。

“我敢说你就是魔鬼本身！”他嚷道。

福尔摩斯对这一赞扬淡然一笑。“您扔了两把，也可能是三把小石子，才把那位房客叫到窗口来，您打手势叫他下来。他赶快穿好衣服，下楼到他的起居室。您是从窗户钻进去的。你们俩交谈了片刻——时间并不长——您啊，一直在房间里走来走去。随后，您就出去了，把窗户关上，站在外面草坪上抽雪茄，观望着屋里发生的情况。后来，垂根尼斯死了，您就从原路回去了。斯滕代尔博士，现在您怎样为您这种行为辩护，您这样做的动机是什么？您如果说假话或者糊弄我，我向您保证，我可就撒手不再管这事，把它交给警方啦。”

我们的来客听完控告他的人这番话，脸已变成土色。他这时坐在那里，双手捂着脸，沉思片刻，接着突然一阵冲动，从上衣兜儿里掏出一张照片，把它甩在我们面前那张粗木桌上。

“这就是我干吗干了那事的原因！”他说。

照片上是一个非常美丽的女人的半身头像。

福尔摩斯弯身看看那张照片。

“布兰达·垂根尼斯，”他说道。

“对，布兰达·垂根尼斯，”来客重复一遍。“多年来我一直爱着她。多年来她也一直爱着我。这就是大伙儿一直纳闷我干吗要在康沃尔隐居的秘密。隐居可以使我接近我在这人世间最心爱的人。我不能娶她，因为我有一个离开我多年的老婆，可是按照英格兰糟糕的法律，我没法跟她离婚。布兰达等了好多年，我也等了好多年。没想到我们等的是现在这样的结果。”一阵沉痛的哭泣使他那壮身子颤动不已。他用手捏住那部花白胡子下面的喉咙，竭力控制住自己，接着说下去。

“牧师知道我们俩之间的秘密。他会告诉你布兰达是人间的天使，因此他打电报给我，我就回来了。我一听说我亲爱的人遭到不幸，我那些行李和非洲对我来说又算得了什么？福尔摩斯先生，你从我这方面的行动找到了缺失的线索。”

“说下去，”我的朋友说。

斯滕代尔博士从兜儿里掏出一个纸包，把它放在桌上。纸上写着“Radix pedis diaboli”这几个拉丁文字，下面盖有一个红色的毒品标记。他把纸包推给我。“我知道你是位医生，先生。你听说过这种药剂吗？”

“魔鬼足跟！没有，从来没听说过。”

“这也不能怪你的专业知识不足，”他说，“因为我相信除了布达[①]的一家试验室里有这种样品外，欧洲别处再也找不到这种毒药了。它没有给列入药典或毒物文献。它的根长得像只脚，一半像人脚，一半像山羊脚，一位研究植物学的传教士就给它取了这个怪名字。西非国家某些地区的巫医把它当做试罪判决法[②]的毒药，而且严加保密。我是在很特殊的情况下从乌班吉地区[③]得到了这种稀有的标本的。”他一边说，一边打开那个纸包，亮出一小撮像鼻烟那样的黄褐色药粉。

“还有呢，先生？”福尔摩斯严肃地追问道。

“福尔摩斯先生，我会把发生的事全都告诉你，因为你已经了解了那么多显然跟我有关的事，那你就该知道全部实情。我已经说了我跟垂根尼斯一家人的关系，为了那个姑娘，我跟她的几个兄弟一直友好相处。他们曾经为了金钱闹过家务，使莫蒂默这个家伙跟家人疏远了，不过据说后来又和好了，所以我就像接近另外两个兄弟那样也跟他来往。他是个阴险狡猾、诡计多端的家伙，有好几件事使我对他产生了怀疑，可我也没什么理由跟他正面争吵。

“几个星期前，有一天他来到我的住处，我给他看了一些我的非洲古玩。我也给他看了那种药粉，并把它的奇效告诉他了。我跟他说这种药会怎样刺激那支配恐惧情感的大脑神经中枢，那些不幸的非洲土著人怎样受到部落祭司的试罪判决法的摆布，不是给吓疯就是给吓死。我还告诉他，欧洲科学家没法把它检验分析出来。那家伙怎样偷走了一些我真说不清，因为我一直没离开过那个房间，反正我开柜橱弯身翻盒子的

---

①布达，匈牙利地名。

②让人服用毒品，如果服者不伤或不死，便算无罪。

③在今扎伊尔。

时候，他肯定想法偷取了一些魔鬼足跟。我记得很清楚，他怎样接二连三地向我打听产生那种效果需要多少用量和时间，可我绝对没料到他问这些是心怀鬼胎的。

“我在普利茅斯收到牧师的电报才想起这事。这个坏蛋以为我在收到这个消息之前早已远渡重洋，而且会在非洲杳无音信。可我却立刻回来了。我一听到详情，当然就肯定是使用了我的毒药。我上次去找你，是指望你会做出别的解释。不过这不可能有。我确信莫蒂默·垂根尼斯是谋财害命的凶手，他心想也许全家别人都疯了，他当然就会成为全部家族财产的惟一监管人，他便使用了魔鬼足跟毒药，害疯了两个兄弟，毒死了妹妹布兰达，她是我惟一爱过的人，也是惟一爱过我的人。莫蒂默犯下这样的重罪，该怎样惩治他呢？

“我该诉诸法律吗？我的证据呢？我明知这些事都是千真万确的，可我能指望一些老乡组成的审判团相信这件离奇的事吗？我也许做得到，也许做不到。可我经不起失败，我内心深处要求我报仇雪恨。福尔摩斯先生，我先前跟你说过，我的大半辈子从没受过法律的约束，最终我自己就成了法律。因此就出现了这种局面。我决定那个家伙也得分享他给别人造成的那种不幸的结局。要不那样做，我就没法主持公道。眼下全英格兰没有一个人比我更不珍惜自己的生命了。

“现在我已经把情况和盘托出，其余的是你本人提供的。我的确像你说的那样熬过了一个不眠之夜，一大早就从我的住处出发。我估计很难把他叫醒，就从你说的那个石堆里抓了把小石子，到了那里便朝他的窗户上扔。他下楼来，让我从起居室的窗户进了屋，我就当面揭露了他的罪行。我告诉他，我是以法官和死刑执行者的身份前来的。那个坏蛋倒在一把椅子上，见到我手中那管枪就吓瘫了。我点燃了油灯，把毒粉撒在上面，然后就站在窗户外边，威胁他如果胆敢动窝，想离开那间屋，我就开枪毙了他。不到五分钟，他就死了。我的上帝！他死得够惨的！可我心如铁石，毫不怜悯，因为我那无辜的心爱人在他之前遭受了同样的痛苦。这就是实情，福尔摩斯先生，你如果爱上了一个女人，兴许也会这样干的。不管怎么说，我现在听候你的处置。你愿意采取什么步骤都可以。我已经说过，没有哪一个活着的人能比我更不怕死了。”

福尔摩斯沉默地坐了一会儿，最后问道：“你原本还有什么打算？”

“我原本打算把自己的尸骨埋葬在非洲中部。我在那里的工作只完成了一半。”

“那就去完成剩下的一半吧，”福尔摩斯说。“至少我不打算阻止你。”

斯滕代尔博士挺直他那魁梧的身体，一本正经地点头致意，随后就离开那个凉亭。福尔摩斯点燃烟斗，把烟袋递给我。

“换一种没毒的烟享受享受吧，”他说。“华生，你大概也一定会同意咱们没必要再干预这个案子了吧。咱们的调查是完全独立自主的。咱们的行动也一样自主。你不会去告发那个人吧？”

“当然不会，”我答道。

“我从来没恋爱过，华生。可我如果恋爱过，我爱的那个女人要是遭到如此悲惨的结局，我也许会像我们这位目无法纪的猎狮人那样干的。谁知道呢？我不再给你解释那些显而易见的事来藐视你的智慧。窗台上的小石子就是我进行研究琢磨的起点，那跟牧师住宅花园里的石子完全不一样。我于是把注意力集中到斯滕代尔博士和他的住处时，才发现那个跟石子有关的人。大白天点着灯，灯罩上残余的毒粉，是这一非常明显的线索的另两个环节。亲爱的华生，我想咱们现在可以不必去管这件事啦，倒可以问心无愧地回去研究迦勒底语的词根啦，而这些词根肯定可以从了不起的凯尔特语的康沃尔分支里去探索。”

（1910）

显贵的委托人

多年以来，我一直要求歇洛克·福尔摩斯允许我披露下面这个案子，如今第十次提出来，他才说："现在不碍事了。"于是我终于得到了许可，把我的朋友一生中这段可谓不凡的经历记录下来。

福尔摩斯和我都喜欢洗土耳其浴。在那蒸汽弥漫的浴室里叫人舒坦懒散的气氛中，我发现他比在别处更爱聊天，更近人情些。诺森伯兰大街那家浴室楼上，有个清静的角落，并排放着两把躺椅，我们俩在1902年9月3日那天躺在那儿聊天，这个记事就是那天开始的。我问他新近有没有什么激动人心的事。他从那块裹着身子的被单里伸出瘦长灵敏的胳臂，在身旁挂着的上衣内兜儿里掏出一个信封来作为回答。

"这也许是个大惊小怪而妄自尊大的傻瓜，可也可能是个生死攸关的问题，"他一边说，一边把那封短信递给我。"我只知道信上所说的那点事儿。"

信是头天晚上从卡尔登俱乐部发出的，上面写道：

> 詹姆斯·戴默瑞爵士谨向歇洛克·福尔摩斯先生致意，并将于明日下午四点半登门拜访，有一件非常微妙而重要的事相商，尚祈赐教。若蒙俯允，即请电话通知卡尔登俱乐部为荷。

我把信递回去，福尔摩斯说："不瞒你说，华生，我已经同意他来了。你对戴默瑞这人有什么了解吗？"

"只知道他的大名家喻户晓。"

"嗯，我还可以多告诉你一点。他一向以善于处理那些不宜由媒体披露的微妙事端而闻名。你大概还记得他在哈默福特遗嘱一案中跟乔治·刘易士爵士的谈判吧。他是个天生有外交本领、老于世故的家伙。

因此，我当然希望他这次并非是虚伪做作，而是真需要我们帮助咧！”

“我们？”

“是啊，华生，你如果也愿意帮助的话？”

“这叫我感到很荣幸。”

“那就记住时间，是下午四点半。在这之前，咱们可以先把这档子事搁一搁。”

我当时住在安妮女王街寓所，可我在约定的钟点之前就赶到了贝克街。四点半整，詹姆斯·戴默瑞上校爵士来到了。根本用不着描述他，因为许多人都记得他那率直爽朗的性格啦，刮得蛮干净的宽脸啦，尤其是他那圆润悦耳的说话声调。那双爱尔兰血统的灰眸子显出坦率诚恳的眼神，微微翕动而带笑意的嘴唇浮现机智的幽默意味。还有那顶发亮的礼帽啦，深色的燕尾服啦，真格的，他身上的各个细节，从黑缎领带上镶着珍珠的别针到锃亮皮鞋上的淡紫色鞋罩，无一不显示他那讲究衣着而出了名的习惯。这当儿，这位气宇轩昂的贵族掌控了整个这个小房间。

“我当然早已料到会在这儿见到华生大夫，”他彬彬有礼地鞠一躬说，“他的合作可能非常必要，福尔摩斯先生，因为咱们这次要对付的是一个惯用暴力、简直无所顾忌的家伙，我该说他是整个欧洲的一个最危险的人物。”

“过去我有几名对手都曾浪得这个虚名，”福尔摩斯微微一笑，说，“您不抽烟吧？那我点上烟斗，请您原谅。您说的这个人若比已故莫里亚蒂教授或现在还健在的塞巴斯蒂安·莫兰上校更危险，那倒真值得跟他会一会。请问他的大名？”

“听说过格鲁纳男爵吗？”

“您是说那个奥地利杀人犯？”

戴默瑞上校举起戴着羊羔皮手套的双手，笑了笑。“福尔摩斯先生，真是什么也瞒不过你！太棒了！你已经把他评定为杀人犯了吗？”

“我的本职工作就是关注欧洲大陆的犯罪活动的细节。凡是读过布拉格事件报道的人，谁还会怀疑那个家伙的罪行呢！只是因为一条纯技术的法律条款和一位见证人可疑的死亡才救了他的命！史普卢根峡谷刚一发生那起所谓的‘事故’时，我就像亲眼目睹那样肯定是他杀害了他的妻子。我也听说他已经来到英国，而且不祥地预感到他早晚会给我找点活儿干。嗯，格鲁纳男爵现在又干了什么？我想这次该不会是在演那出悲剧吧？”

“哼，这次比那次还严重。惩罚犯罪行为固然重要，预防犯罪则更加重要。福尔摩斯先生，这真是一件糟糕透顶的事，眼看着一件可怕的事，一种残酷的情景，在你眼前渐渐形成，明知那会导致什么后果，却又根本没法制止。世上还有什么比这种处境更叫人难受？”

“大概没有。”

“那你就会同情我代表的那位委托人啦。”

“倒没料到您是个中间人。那位委托人是谁啊？”

“福尔摩斯先生，我得要求你别再追问这个问题。重要的是我得向他保证决不让他那尊贵的名字牵连到这件事里去。他的动机绝对高尚正派，可他宁愿站在幕后，不出头露面。不瞒你说，你的酬金绝对不成问题，而且你完全可以自行处理事务。因此那位委托人的真实姓名当然就不那么重要了，对不对？”

“对不起，”福尔摩斯说，“我只习惯案子一端是个谜，如果两端都是谜，那可太叫人摸不清头脑啦。詹姆斯爵士，这事我不得不谢绝。”

我们那位来客慌了神儿。他那张敏感的宽脸由于激动失望而现出阴沉不悦的神情。

“你简直没理解你这样做的后果，福尔摩斯先生，”他说。“你太叫我左右为难了，因为我敢肯定我如果把实情统统告诉你，你会认为接办这件事实在值得自豪，可我许下的诺言又不允许我和盘托出。我可不可以至少把我能说的告诉你？”

“当然可以，不过我有言在先，我对您并没许诺什么。”

“好吧。首先，你想必听说过德·梅尔维尔将军吧？”

“是那位在凯伯尔战役出名的德·梅尔维尔吗？对，我听说过他。”

“他有个女儿，叫薇奥莱特·德·梅尔维尔，年轻，富有，美丽，多才多艺，从各方面来说都是个了不起的姑娘。我们要从一个恶魔的爪子下拯救出来的正是这个女儿，这位天真可爱的姑娘。”

“难道格鲁纳男爵已经把她控制住了？”

“对一个女人来说，那是最强有力的控制——也就是爱情的控制。你也许听说过吧，那个家伙长得特别英俊，举止十分迷人，声调温柔，又富有女人喜爱的那种浪漫情调和神秘气质。据说女人都甘心情愿任他摆布，他也充分利用了这一点。”

“可是他这样的人怎么竟会遇见了薇奥莱特·德·梅尔维尔小姐这样高贵身份的女郎呢？”

“那是一次在地中海乘游艇旅游时发生的事。参加的游客虽经挑选，却都自付旅费。举办人显然不大知道那位男爵的真正品行，后来知道了，为时已晚。那个坏蛋缠住了这位小姐，结果完全而绝对地赢得了她的芳心。光说她爱上了他还是不够的，她简直对他一片痴情，彻底让他迷住了。人世间，除了他，什么都不存在了。她不许别人说他一句坏话。我们曾经想尽办法治疗她这种疯狂，却全都白搭。总而言之，姑娘打算下个月跟他结婚。由于她已经成年，意志坚强，我们真不知该怎样才能阻止她。”

“那起奥地利事件她听说过没有？”

“那个狡猾的魔鬼已经把他过去的每桩社会丑闻都告诉她了，可是总把自己说成是个无辜受害者。她完全相信了他的说法，对别人的话一概不听。”

“呵！可您当然已经无意中暴露了您那位委托人的姓名？——无疑就是梅尔维尔将军。”

我们那位客人显得局促不安起来。

“福尔摩斯先生，我倒可以顺着你的话说来蒙骗你，可那却不是事实。德·梅尔维尔已经一蹶不振。这件事已经使那位坚强的军人彻底垮了，他那久经战火考验的勇气已经丧失殆尽，使他变成了一个蹒跚虚弱的老头儿，再也没有精力跟那个英俊强壮的奥地利恶棍较量了。但是我那位委托人则是一位跟老将军深交多年的老朋友，从将军的女儿童年时代起就像父辈那样关怀她。他不能眼看着这场悲剧发生而不去设法阻止。伦敦警察厅对这种事无法插手。请你接办这件事就是他出的主意，可我刚才说过，他约定不能把他牵扯到这件事里去。福尔摩斯先生，以你那高超的本领，我相信你会很容易通过我本人来查出我的委托人是谁，不过我请求你以名誉来担保别那样做，别破坏他这片隐名埋姓的心意。”

福尔摩斯做个怪样儿的微笑。

“我想这我倒可以答应您，”他说。“我还可以说我对您这个问题挺感兴趣，打算着手进行。那我怎样跟您保持联系呢？”

“可以在卡尔登俱乐部找到我。万一出现紧急情况，可打这个保密电话，号码是XX31。”

福尔摩斯把号码记下来，依旧笑盈盈地坐在那儿，膝上放着那个打开的记事本。

“请告诉我那位男爵目前的地址，可以吗？”

“金斯敦附近的弗依宅邸。是座大宅院。那个家伙搞了些不正当的投机买卖，走运发了大财，如今是个阔佬，这自然使他成为一名更险恶的对手。”

“他目前住在家里吗？”

“在。”

“您除了告诉我这些情况之外，还能再提供些别的吗？”

“行。他爱花钱，喜欢养骏马，一度常在赫林厄姆打马球，后来因为那起布拉格事件闹得沸沸扬扬，他不得不离开。他收藏古书名画，在艺术方面颇有修养。据我所知，他是一名公认的中国陶瓷专家，还发表过一部这方面的著作呐。”

“头脑可真不简单，”福尔摩斯说。“有名的罪犯都有这种才能。我的老相识查理·皮斯是个小提琴演奏家。温莱特是位不寻常的美术家。我还可以提出许多人来。好吧，詹姆斯爵士，您可以告诉您的委托人，说我会盯住格鲁纳男爵。别的就不用说了。我有自己的一些情报来源，我敢说咱们会找到揭露这件事的办法的。”

来客离开后，福尔摩斯久久坐在那里沉思冥想，使我觉得他已经忘记我在场。最后他终于清醒过来。

“怎么样，华生，你有什么看法吗？”他问道。

“我认为你最好跟那位小姐见个面。”

“亲爱的华生，连她那心碎了的可怜的老爹都打动不了她的心，我一个陌生人能行吗？不过嘛，各种办法都行不通的话，你这个建议倒也不妨试一试。可咱们大概得从另一个角度着手。我想辛韦尔·约翰逊也许能帮上点忙。”

我还没机会在回忆录中提起过辛韦尔·约翰逊这个人，因为我很少从我朋友晚期的经历中提取资料。约翰逊在本世纪初成为福尔摩斯的一名得力助手。我不无遗憾地提一下，约翰逊起初是以非常危险的恶棍而闻名的，曾在帕克赫斯特监狱服过两次刑。后来，他改邪归正，悔过自新，投效福尔摩斯，在伦敦庞大的黑社会里充当他的耳目，从他那里得到的情报常常证明是极其重要的。约翰逊要是当了警方的‘线人’，想必早就暴露了；但是因为他涉及的案子从没直接上法庭，他的活动一直没让同伙识破。他由于有两次被判刑入狱的名声，可以随便出入伦敦城里每家夜总会、小客栈和赌场，再加上他那敏锐的观察力和灵活的头脑，这使他成为一名收集情报的理想密探。福尔摩斯现在要找的就是他。

我因为有几处急诊的活儿，不可能追随我朋友即时所采取的步骤。不过，他约我那天傍晚跟他在辛普森餐馆见面，我们俩坐在临街窗前的小桌旁观望着河滨大街上熙来攘往的人群，他告诉我一些新发生的情况。

“约翰逊正在四处打探，”他说，“他也许能在黑社会阴暗的角落里打听到一些杂七杂八的消息，因为只有在那犯罪根源的黑暗地方咱们才能搜集到那个家伙的秘密。”

“可是那位小姐既然连现有事实都不信，你的任何新发现又怎能叫她回心转意呢？”

“谁敢说呢，华生？女人的心理和想法对男人来说向来都是难解的谜。谋杀罪也许能得到宽容或辩解，而有些小小的冒犯却也许会使人痛恨不已。格鲁纳男爵对我说……”

“他跟你面对面说过话了！”

“哦，当然，我还没把我的计划告诉你呐！华生，我喜欢认真对待我的对手。我愿意面对面地观察一番，看看他到底是个什么货色。我向约翰逊做了指示后，就叫了一辆马车直奔金斯敦，见到了那位心情蛮愉快的男爵。”

“他认出你是谁吗？”

“这好办，因为我递进去了名片。他是一名出色的对手，冷漠如冰，声调丝绸般温柔，和顺得像是你的一位时髦的顾问，却又像眼镜蛇那样阴险毒辣。他蛮有教养，是个真正的犯罪贵族老爷，他表面上殷勤好客，骨子里却残忍恶毒得像坟墓一般阴森可怕。对，我很高兴有人找我来对付格鲁纳男爵。”

“你说他挺殷勤好客？”

“一只喵喵叫的猫儿认为它看到了要逮住的耗子嘛。有些人的和蔼可亲往往比粗人的蛮横无理更可怕。他的寒暄挺有特点。‘我早就料到迟早会见到阁下，福尔摩斯先生，’他说。‘你无疑是德·梅尔维尔将军派来试图阻止我和他的女儿薇奥莱特的婚事，对不对？’

“我没否认。

“‘先生，’他说，‘你这样做只会毁掉自己原有的好名声。这件事你成功不了，只会白费劲儿，更甭提还会招来危险，我就此奉劝阁下尽早抽身为妙。’

“‘巧得很，’我说，‘这正是我本来想对你说的话。我尊重阁下的才智，男爵，我尽管对你的人品略知一二，却也没减少这种尊重。让我坦率跟你说吧，谁也不愿意把你过去的丑闻抖搂出来，弄得你挺不自在。那些事都已经过去，你现在已经摆脱困境。可你如果坚持这门亲事，就会树立一大群劲敌，他们绝不会放过你，非弄得你无法在英国容身不可。这值得吗？放过那位小姐对你来说肯定是上策。若把你的往事都传到她的耳中。你想必不会愉快吧。'

“那位男爵鼻子底下有两小撮上了蜡的唇髭，活像昆虫的触须。他在听这番话时，那对触角玩赏地颤动，最后他终于轻轻笑出声来。

“‘请原谅我发笑，福尔摩斯先生，’他说，‘看到你手中没有牌还硬要赌一把，实在令人可笑。我认为没人能比你做得更好，可你还是显得怪可怜兮兮的。福尔摩斯先生，你一张稳操胜券的好牌都没有，只有小之又小的废牌。’

“‘你认为是这样。’

“‘没错儿。让我跟你明说了吧，我手中的牌太棒了，可以摆出来给人看。我尽管已把自己过去的每件不愉快的事都清清楚楚地告诉了她，还是幸运地得到了那位小姐的全部深情爱意。我也告诉了她有些别有用心的家伙——我希望你有自知之明——会来找她，告诉她这些事，我已经忠告她该怎样对付那些家伙。你大概听说过催眠术的启发吧，福尔摩斯先生？嗯，那你就会看到这种启发会怎样起作用，因为对一个有个性的人可以运用催眠术而不必采取任何庸俗手段和无聊作法。所以，她对你是有准备的，我敢肯定她会接见你的，因为除了结婚那桩小事外，她是十分顺从她爹的意愿的。’

“所以，华生，我也就没什么可说的了，只能尽量严肃体面地告辞，可我的手刚一碰到门把，他又把我叫住了。

“‘顺便问一声，福尔摩斯先生，’他说，‘你有没有听说过那位法国侦探勒布伦？’

“‘听说过。’

“‘知道他遇到了什么事吗？’

“‘听说他在蒙特马特区让流氓打伤，落了个终身残废。’

“‘正是这样，福尔摩斯先生。也属巧合，他在那一周前曾经调查

过我的事。福尔摩斯先生，别插手这事，这是个倒霉的差事。不少人对此已经深有体会。我给你的最后忠告是：你走你的路，我走我的路，各不相干。再见！’

“情况就是这样，华生，现在你已经掌握了事态的发展。”

“看来这家伙还挺危险。”

“危险得很咧。我倒不怕他的恐吓，不过他是那种说得少、干得多的家伙。”

“你非管这事不可吗？他要娶那个姑娘，真是事关重大吗？”

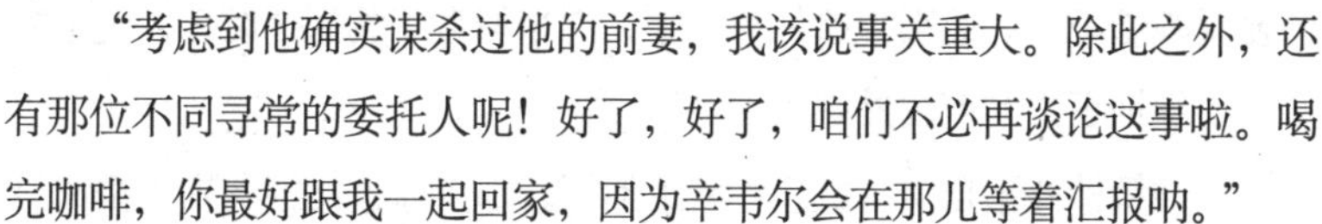

“考虑到他确实谋杀过他的前妻，我该说事关重大。除此之外，还有那位不同寻常的委托人呢！好了，好了，咱们不必再谈论这事啦。喝完咖啡，你最好跟我一起回家，因为辛韦尔会在那儿等着汇报呐。”

我们发现辛韦尔果然到了，他是个粗鲁魁梧、患有败血病的红脸膛汉子，只有那双滴溜溜的黑眼睛是他那挺狡猾的头脑惟一外在的标志。看来他已经潜入他那个特殊王国，还带来了一个女人坐在沙发上他的身边，那是个身材苗条、火辣辣的年轻女人，脸色苍白，神情紧张，虽然年轻，脸上却现出罪愆和忧愁造成的憔悴模样儿，人一眼就看出可怕的岁月给她留下的堕落痕迹。

“这位是凯蒂·温特小姐，”辛韦尔扬一下胖手算是作了介绍。“没有她不知道的——好，还是让她自己说说吧。福尔摩斯先生，接到您的纸条不到一小时，我就把她弄来了。”

“我是很容易让人找到的，”那个年轻女人说，“到伦敦的地狱那儿总能找到我，肥仔辛韦尔的地址也在那边，我们俩是老伙伴了。不过，天哪！世上如果还有公理的话，另外那个家伙就该下到比我们所在的更深层的地狱里去！说的就是你要对付的那个家伙，福尔摩斯先生。”

福尔摩斯微微一笑。“我明白你跟我们的想法一致，温特小姐。”

“我如果能帮得上忙，叫他得到应有的下场，就会彻底帮到底，”我们那位来客恶狠狠地说，苍白的脸和冒火的两眼都流露出刻骨仇恨的神情，那种仇恨男人办不到而只有少数女人才能达到。“福尔摩斯先生，您不必打听我的往事，那都不相干。但是我现在这副样子完全是阿德尔伯特·格鲁纳给我造成的，我真巴不得把他拉下马！”她向空中发狂地抓弄双手。“天哪，要是我能把他推到他把多少人推下去的那个深渊里去该多好哇！”

“你知道目前的情况吗？”

“肥仔辛韦尔告诉我了。那个家伙在纠缠另一个可怜的傻瓜，这次还要跟她结婚。您要阻止这件事。嗯，您当然很了解那个魔鬼，绝不能让一个精神正常的清白姑娘跟他结婚！”

“她精神并不正常，疯狂地爱上他了。那个家伙的情况别人都跟她说过了，可她并不在乎。”

“那起谋杀的事她知道吗？”

“知道。”

“我的天，她的胆子可真不小！”

“她认为那些都是对他的诽谤！”

“能不能把证据摆在那个傻瓜眼前呢？”

“说的是啊，你能帮助我们做到这一点吗？”

“我不就是活生生的证据吗？我如果站在她的面前，告诉她那个家伙怎样对待过我……”

“你愿意这样做吗?”

“难道我会不愿意吗?”

“那好，不妨试一下。可他已经把自己的劣行恶迹大都跟她说过了，而且得到了她的宽恕;我料想她不愿意再谈这个问题啦。”

“我敢说他并没有都告诉她，”温特小姐说，“除了那件轰动一时的谋杀案之外，我还知道他的另外一两件谋杀案呢。他一向用他那种柔和的腔调谈起某某人，随后直视着我的眼睛说，‘他在一个月之内就死了。’这些都不是空话，可我啥也不在意——您知道，那时候我也爱上他了。不管他干了啥，我都不在乎，就跟目前那个可怜的傻瓜一样!只有一件事使我大为震惊。是啊，天哪!要不是仗着他那张狡猾甜蜜的嘴皮子拼命解释并安抚我，我那天夜里就离开他了。那是他的一个日记本——一个加锁的棕色皮面本子，上面有他的金质家徽。那天晚上他大概有点醉了，否则他决不会给我看那个本子。”

“那是什么呢?”

“我跟您说，福尔摩斯先生，那个家伙喜欢收集女人的资料，而且引以自豪，就跟有人收集蝴蝶飞蛾一样。他把什么都收在那个本子里，相片啦，姓名啦，细节啦，种种关于她们的事。这是一本卑鄙下流的无耻记录，即使是贫民窟的人，也干不出这种事，而阿德尔伯特·格鲁纳却有那样一个本子。我毁掉的灵魂，他如果愿意的话，倒完全可以把这句话写在那个本子的封面上。可是，说也是白说，因为那个本子对您也没啥用，即使有用，您也弄不到手。”

“它放在哪儿?”

“我现在怎么知道它放在哪儿呢?我离开他已经一年多了，当初我倒是知道他把它放在哪儿。他在许多方面算得上是整洁而有秩序的。所以那个本子现在也许还放在老地方，就是在内书房里一个旧柜橱的格子里。您知道他的住宅吗?”

“我去过他的书房，”福尔摩斯说。

“已经去过了？您如果是今天早晨才开始这项工作，那可进展得真够快的。可爱的阿德尔伯特这次大概遇上对手了。外书房是一间摆着中国瓷器的屋子，东西都陈列在两扇窗户之间的大玻璃柜里。他的写字台后面是那扇通向内书房的门，那间小房间里存放着文件一类的东西。”

“难道他不怕小偷儿吗？”

“阿德尔伯特可不是个懦夫，连最恨他的敌人也不会说他胆小怕事。夜里有防盗警铃。再说，又有啥可偷的呢，除非偷走那些花里胡哨、毫无用场的瓷器。”

“确实没用。”辛韦尔摆出专家的武断口气说。“买卖赃物的人不要那种既不能融化又出不了手的玩意儿。”

“不错，”福尔摩斯说。“那么，温特小姐，你如果明天下午五点钟能来一下，我再考虑是否按照你的建议安排你跟那位小姐见个面。我非常感谢你的合作。不用说我那位委托人会慷慨地考虑……”

“用不着，福尔摩斯先生，”那个年轻女人大声说。“我不是为挣钱来的。只要让我亲眼看见那个家伙掉在烂泥塘里，我就得到了最好的报酬——掉在烂泥塘里，再让我的脚踩在他那张该死的脸上。这就是我的报酬。只要您在追踪他，我明天或者任何一天都能来。肥仔一向可以告诉您在哪儿能找到我。”

直到次日晚上，我才又见到福尔摩斯，我们俩再次在河滨大街那家餐馆用餐。我问他会见的情况如何，他耸耸肩，接着就讲给我听。他的叙述有点生硬乏味，需要稍加编辑润饰一番才能显出生活的本来面貌。我记录在下面。

“安排会见的事倒没遇到什么麻烦，”福尔摩斯说，“因为那位小姐为了弥补在婚姻大事上公然不听从父命，就竭力在次要的小事上表现出对她爹卑躬屈膝的服从。将军打电话说一切都已安排好，那位急性子的温特小姐也按时来到，于是下午五点半一辆马车就把我们送到了老将军的住处——伯克莱广场104号。那是一座比教堂还显得极为庄重而令人生畏的灰色伦敦古堡。一名男仆把我们引进一间挂着黄窗帘的大客厅，那位小姐在里面等着我们呐，她面色苍白，端庄持重，就像山上一座雪人雕像那样傲然冷漠。

“我真不知道该怎样把她给你形容清楚，华生。你也许会在咱们了结这件事之前见到她，那就可以运用你自己的词汇来描绘她啦。她美得不同寻常，那种美是狂热的信徒心中向往天使拥有的那种富有仙气之美。我在中世纪大师的绘画上见过这种美貌。我没法想像一个禽兽般的流氓怎么竟会把他的爪子落到这样一个超凡的女人身上。你想必注意过两个极端彼此吸引的现象吧，精神对肉体的吸引啦，野人对天使的吸引啦，可你从没见过比这件事的情况更糟糕的了。

“她当然已经知道我们的来意，那个流氓早已及时毒化了她的脑筋来反对我。我认为温特小姐的到来使她有点吃惊，可她就像个可尊敬的女修道院长接待两个患麻风病的叫花子那样，一挥手叫我们坐下。亲爱的华生，你若想自命不凡，倒可以向薇奥莱特·德·梅尔维尔小姐学习学习。

“‘嗯，先生，’她那说话的声音宛如从冰山刮来的风声，‘您是来诬蔑我的未婚夫格鲁纳男爵的。我不过是遵从父命才接见您的。我事先忠告您，您能说出的任何事都不可能对我产生丝毫影响。’

“我真替她难过，华生。一时间我想必就像关心自己的女儿那样关怀她，可我不是个善于辞令的人。我运用脑筋，不动感情。然而，我那天真是使用了一切发自内心的好话劝她。我给她描述一个婚后才发觉丈夫真正品质的女人处于多么可怕的境地，她不得不容忍那双沾满鲜血的手和淫猥的嘴唇的爱抚。我对她什么也没隐瞒——将来的羞辱啦，恐怖啦，痛苦啦，绝望啦，等等等等，都对她说了。可我这些发自肺腑的话既没能使她那象牙般乳白的脸蛋儿增添一丝血色，也没能使她那心不在焉而发呆的两眼闪现一丝动感情的光芒。我想到了那个流氓说过的那种催眠后的影响。她那副样子真让人相信她是生活在远离尘嚣的心醉神迷的梦境中。不过，她的回答却是坚决果断的。

“‘福尔摩斯先生，我耐心听您讲完了，’她说，‘但是这对我的效果完全像我预期的那样无效。我知道我的未婚夫阿德尔伯特有过惊涛骇浪的经历，招致了别人强烈的仇恨和不公平的诽谤。连续不断有人在我面前诋毁他，您不过是最后一名罢了。您也许出于好意，可我听说您是一名受人雇用的侦探；对您这种人来说，反对男爵或受雇于男爵想必都一样愿意干。但是无论如何我希望一劳永逸地让您明白，我爱他，他也爱我，世人的意见对我来说都像是窗外鸟儿嘁嘁喳喳的鼓噪声。如果说他的高贵品质偶有一点偏差，那我可能是上帝特意派来扶助他恢复并提高他真正崇高的水平的。唔，我闹不清……’她讲到这里把目光转向我那个同伴，‘这位小姐究竟是谁啊？’

“我正要回答，那个姑娘却旋风般开了腔。你若想见识见识冰火不相容是什么样子，就请观看这两个女人吧。

“‘我来告诉你我是谁，’她一下子从椅子上蹦起来，气得嘴都歪了，‘我是在你之前他的情妇。上百个女人曾经被他引诱、强暴、糟蹋、抛弃到垃圾堆里去，我就是其中之一，他日后也会这样对待你的。你这堆垃圾很可能是座坟堆，那也许还算是最好的下场了。我告诉你，你这个蠢娘们儿，你要是嫁给那个男人，他就会置你于死地。要么叫你心碎，要么叫你粉身碎骨，他带给你的不是这条路就是那条路。我并非出于对你有什么感情才说这些话，你死活我根本不在乎。我纯粹出于对他刻骨仇恨才诅咒他，我要以牙还牙地报仇。反正一报还一报，你用不着这样瞪着大眼瞧我，我的大小姐，因为你也许还没完蛋之前就比我还下贱。’

“‘我不想再谈论这种事，’德·梅尔维尔小姐冷冰冰地说，‘我再一劳永逸地说一下，我知道我的未婚夫平生有过三次受到诡诈的女人

纠缠，我确信他即使做过什么错事也早已衷心悔改了。’

“‘三次！’我的同伴尖声喊道。‘你这个大傻瓜！彻头彻尾的蠢货！’

“‘福尔摩斯先生，我请求您结束这次会见，’那个冷冰冰的声音说，‘我是遵从父命接见您的，可我没必要听这个女人语无伦次地疯叫。’

“温特小姐骂骂咧咧地冲过去，要不是我抓住她的手腕，她想必就会揪住那个叫人恼怒的女人的头发。我把她拉到门口，总算万幸没造成一场大吵大闹的局面就把她推上了马车，因为她已经气愤得控制不住自己了。华生，我自己虽然保持冷静，却也十分生气，那个我们想拯救的女人那种极端自信和漠然的态度实在叫人反感。现在你再次了解了咱们的处境。我明明得另想办法，因为这一招不起作用。我会跟你保持联系，华生，很可能你扮演的角色得上场啦，尽管下一步棋该由他们而不是我们走，这是大有可能的。”

果然如此，他们出手打击了——要么该说是格鲁纳男爵出的手，因为我压根儿不信那位小姐参与了这事。我想我可以给你指出当时我站在人行道上哪块方砖上，目光落在一块广告牌上，忽然感到一阵毛骨悚然的恐惧。地点是在格兰德大饭店和查林十字街车站之间，一个单腿卖报人正在那儿陈列晚报，日期正是上次会晤后的两天。黄底黑字的报上赫然登着可怕的大字标题：

福尔摩斯突遭谋杀袭击

我大概站在那里愣了会儿，随后记得慌乱地抓起一份报，没付钱，还挨了卖报人一顿申斥。接着我便站在一家药店门口阅读那段灾难性的报道。全文如下：

> 我们深感遗憾地获悉著名的私人侦探歇洛克·福尔摩斯先生今天上午突遭谋杀袭击，情况危急，迄今尚未获知详情。据传事件于12时左右发生在摄政王街皇家咖啡馆门前，福尔摩斯先生遭到两名持棍棒者攻击，头部和身躯均被狠击，据医生诊断伤势十分严重。他当即被送进查林十字街医院，随后由于本人坚持而被送回贝克街他的寓所。两名歹徒好像衣着蛮讲究，肇事后从人群中穿过皇家咖啡馆向葛拉斯豪斯街逃逸而去。凶手无疑属于常受

福尔摩斯追查而屡遭破获的犯罪集团。

不用说，我还没完全看完这篇报道，就急忙跳上一辆马车直奔贝克街。在门厅，我遇见著名外科医生莱斯利·奥克肖特爵士，门外停着他的马车。

“暂时还没有危险，”他说，“有两处头皮裂伤和几处严重青肿。已经缝了几针，打过吗啡针，需要静养，不过几分钟谈话倒也不绝对禁止。”

我在医生的允许下轻轻走进暗黑的卧室，病人完全醒着。我听到微弱的沙哑声唤我的名字。窗帘拉下四分之三，只有一缕斜阳射进来照在他那裹着绷带的脑袋上。一片殷红的鲜血浸透了白纱布。我在他的床旁边坐下，耷拉着脑袋。

“好了，华生，别这样害怕，”他轻轻嘟哝道，“情况并没有看上去那么严重。”

“谢天谢地，但愿如此！”

“你知道我是个棍术专家，完全可以抵挡那些乱棍。只因那第二个家伙上来，我才招架不住了。”

“我能为你做点什么，福尔摩斯？这当然是那个该死的家伙叫他们干的；只要你发话，我就去揭掉那个家伙的皮！”

“华生老伙计，不行，这事咱们什么也不能干，只能由警察抓他们。可他们早就做好了逃脱法网的准备，这是可以肯定的。等着瞧吧，我自有计划。首先得夸大我的伤势。他们会到你那里去打听消息。把病情说得严重些，华生，什么能活一周就算万幸啦——脑震荡啦，昏迷不醒啦——随你的便！说得越严重越好。”

“可是莱斯利·奥克肖特大夫不大会赞成吧？”

“哦，他那边好办。他会看到我病情最严重的一面，我会想办法应付。”

“还有别的事要做吗？”

“有。告诉辛韦尔·约翰逊把那个姑娘赶快藏起来。那些家伙会找她下手的。他们当然知道她在这件事情上是我的助手。他们既然敢这样对付我，就一定不会放过她的。这事很急，今天晚上就办！”

“我现在马上就去，还有别的事吗？”

“劳驾把我的烟斗放在桌上，还有那只盛烟丝的拖鞋。行了！每天上午来一趟，咱俩一块儿讨论作战计划。”

当天晚上我就和约翰逊立刻把温特小姐转移到一个偏僻的郊区暂避风险。

接下来的六天，公众都认为福尔摩斯已经濒临死亡。病情报告说得十分严重，报纸上刊登了一些不祥的报道。我天天去看望他，确信情况并没有那么糟糕。他那精瘦而结实的身子骨儿和坚强的意志正在创造奇迹。他康复得很快，我有时觉得他确实自我感觉康复得比装出来的还快，哪怕那只是对我一个人装的。他这个人有一种爱保密的怪脾气，时常由此而导致戏剧性效果，搞得连他最知己的朋友也摸不清他到底在打什么主意。他把这样一条原理坚持到了极端的地步，那就是最保险的策划人是那独自策划的人。我比谁都更接近他，却还是一向觉得自己和他之间有一层隔膜。

到了第七天他的伤口已经拆线，报章上却报道说他得了丹毒。同一份晚报上还有条消息，不管使我厌恶与否，我都非得去告诉他不可。那是条简单的报道，称本周五由利物浦开出的丘纳德轮船公司的“卢尼塔尼亚”号邮轮的旅客名单上有阿德尔伯特·格鲁纳男爵的名字，他有些重要财务的事得去美国处理，回来后再跟某人的独生女薇奥莱特·德·梅尔维尔小姐举行婚礼，等等等等。福尔摩斯那张苍白的脸现出全神贯注的冷漠神情听我念这条消息，我明白这对他触动很大。

“星期五！”他大声说。“只剩下三个整天了。我认为这个流氓是想躲过危险。可他跑不了，华生！我决不放他跑掉。华生，现在请你替我办点事。”

“我就是为你办事才来的，福尔摩斯。”

“那好，你就用24小时一门心思钻研一下中国陶瓷知识。”

他没做别的解释，我也没再问什么。长期的经验使我机灵地学会了服从。我离开他的房间，走上贝克街街头，脑子里一直在盘算该怎样执行这样一道命令。最后我乘车去圣·詹姆斯广场的伦敦图书馆，请教我的老友洛马克斯副馆长；临别时我夹着一部沉甸甸的厚书返回我的住所。

据说那种博闻强记案情的律师，星期一能质问一名老练的证人，星期六就把自己勉强学来的知识一股脑儿忘光。我现在当然不想自称是个陶瓷权威。可是那天傍晚和整个通宵，除了中间短暂休息外，再加上第二天一上午，我确实勤学了不少知识，强记了大批名词儿。我记住了著名烧制陶瓷艺术家的印章，神秘的甲子纪年法，洪武和永乐时代的标志和美点，唐寅的书法，以及宋元两朝初期鼎盛历史等等。次日晚上我去看福尔摩斯时，脑子里装满了这方面的种种知识。他已经下地走动，尽管你从报章上的报道不可能猜到这种情况。他用手托着他那裹满绷带的脑袋，坐在他常坐的那把扶手椅上。

“怎么，福尔摩斯，”我说，“要是相信报纸上说的话，还当你正在咽气呐。”

“那正是我有意要造成的印象，”他说，“嗯，华生，功课学习得怎么样了？”

“起码已经尽了最大的努力。”

“那好，你能就这个课题进行内行交谈吗？”

“大概可以吧。”

“那就请把壁炉上那个小匣子拿给我。”

他打开匣儿盖，拿出一个用东方丝绸紧包着的小玩意儿。他又打开丝绸，露出一个极为精致的深蓝色瓷盘儿。

“华生，你得小心拿好。这是明朝的真正薄胎瓷器。克里斯蒂拍卖

行从没遇到过再比这更好的货了。一整套这种瓷盘会价值连城——但是，除了北京紫禁城之外，还有没有一整套就很难说了。真正的收藏家见到这玩意儿没有不怦然心动的。”

“我拿它干什么？”

福尔摩斯递给我一张名片，上面印着“希尔·巴顿医生，半月街36号。”

“这是你今天晚上的姓名，华生。你去拜访一下格鲁纳男爵，我了解到一些他的生活习惯，晚上八点半他有点空闲。你事先给他写封信告诉他要去拜访，说你要带一件稀有的明代瓷器给他看看。你也可以说明自己的医生身份，这样便能真实地扮演好这个角色。你是一名收藏家，赶巧遇到这件精品，你听说男爵有这方面的爱好，而且你也不反对高价售出这件瓷器。”

“什么价钱呢？”

“问得好，华生。你要是不知道自己手中货的价钱，当然就会彻底失败。这个小瓷盘儿是詹姆斯爵士拿来的，是那位委托人的收藏品。如果说它是举世无双的，也不为过。”

“我也许可以建议由专家来评估。”

“太好了，华生！你今天可真是才华横溢，了不起！可以建议让克里斯蒂或苏兹比拍卖行估价。这类精品不好由你自个儿提出价钱。”

“要是他不肯见我呢？”

“会的，他会见你的，他的收藏狂热已经不一般了，尤其是在这方面，他已经是一位公认的中国陶瓷权威。坐下，华生，我来口述信的内容。不要求回信。只说你要去拜访，并且说清拜访的理由。”

这封信写得十分得体，简洁有礼，而且又能打动那位收藏家的好奇心。信立刻由区里的信使给送去了。当天晚上，我就手里拿着那件珍贵瓷器，兜儿里揣着巴顿医生名片，冒险前去了。

正如詹姆斯爵士所说，华丽的宅邸和庭院显示格鲁纳男爵非常阔绰。一条长而曲折的车道，两旁栽种着奇花异草，直通一个装饰着雕像、铺着砾石的广场。这座宅邸是一个南非金矿大王在他鼎盛时期修建的，那栋四角带塔楼的又长又矮的楼房，尽管在建筑设计上是个败笔，倒也显示其规模壮观，结结实实。一个气派足配当主教的男管家把我让进去，转交给一个身穿华丽长毛绒衣服的男仆，再由他领我来到男爵面前。

男爵正站在两扇窗户之间一个敞开的大柜橱前，那里面摆着他收藏的部分中国瓷器。我一进去，他便转过身来，手里拿着一个棕色小花瓶。

“请坐，大夫，”他说。“我正在察看自己的收藏品，不知是否还出得起高价增添珍品。这个唐代小瓷器是七世纪制造的，你也许会感兴趣。我敢说你从没见过比这更精致的手工或更美的彩釉吧。你说的那件明代瓷盘儿带来了吗？”

我小心翼翼地打开匣子，把盘子取出交给他。他细心鉴赏起来，黄色灯光照在他脸上，我正可以从容地观察他一番。

他确实是个蛮英俊的男子，他在欧洲享有美男子的称号也确实名不虚传。只是个中等个儿，体态却优雅而灵活，脸色黝黑，近似东方人，一双倦怠的又大又黑的眼睛颇具吸引异性的诱惑力。头发和唇髭乌黑；须短而尖，涂上蜡仔细修饰过。五官端正悦目，只有那又薄又扁的嘴唇除外。如果说我见过一名杀人犯的嘴，那就在这儿——脸上一道冷酷凶残的切口，口角紧绷，冷漠无情，令人望而生畏。他把须角修饰得向上翘起，露出嘴角，这是颇不明智的，因为这样就成了一个天然的危险信号，给了受害人一个警告。他声调迷人，举止完美。论年龄，我看他约摸30出头，尽管事后他的档案上表明他已经42岁。

“很好，实在好得很！”他终于开口道。“你说你有一套六件。叫我纳闷的是我怎么从没听说过这套如此稀罕精致的珍品呢。我知道全英国只存有一件可以跟这个相媲美，却肯定不会出现在市场上。我想冒昧地问一下，希尔·巴顿大夫，你是怎么搞到这个的？”

“这真有关系吗？”我问道，尽量装出一副无所谓的样子。“你看得出这是真品。至于价钱嘛，我愿意听听专家的评估。”

“这可太神秘了，”他说，那双乌黑的眼睛闪现怀疑的神情。“跟这么珍贵的东西打交道，我当然希望知道这项交易的来龙去脉。这样东西确实是真货，对此我并不怀疑。不过——我得考虑一切可能性——要是事后证明你根本无权出售它，那该怎么办？”

“我保证不会出事儿。”

“这当然又引出另一个问题：你的保证值多少价？”

“我存钱的银行会对此负责。”

“不错。可是这笔交易还是叫我觉得不大正常。”

"成不成交，悉听尊便，"我满不在乎地说。"我首先考虑的是阁下，因为我知道你是一位鉴赏家。我在别处成交也不会有什么困难。"

"谁告诉你我是一位鉴赏家。"

"我知道你写过一本这方面的著作。"

"那你读过那本书吗？"

"没有。"

"老天，这可叫我越来越闹不明白了！你是一名鉴赏家和收藏家，手里又有一件稀世珍品，却不愿意去查阅一下惟一能告诉你那件珍品价值的著作，这你怎么解释呢？"

"我是个大忙人，开业行医。"

"这是答非所问。一个人如果真有癖好，会尽力钻研的，不管他有什么别的职业。你在信中说你是个鉴赏家。"

"就是啊。"

"我可否提几个问题来试试你吗？我得告诉你——大夫——如果你真是个医生——这事可越来越可疑了。请问，你知道圣武天皇以及他和奈良附近的正仓院的关系吗？怎么，这把你难住了，那就给我说说北魏在陶瓷史的地位。"

我假装发怒地跳起来。

"这未免太过分了，先生，"我说。"我到这里来是给你面子，而不是当小学生接受你的考试。我在这方面的知识也许仅次于你，可我决不能回答如此无礼的提问。"

他瞪视着我，两眼那种倦怠的神情消失了，突然睁睁怒视，两片残酷的嘴唇之间龇出一排牙。

"你搞什么鬼把戏？你明明是一名奸细，福尔摩斯派来的密探。你是在对我耍花招。我听说那个家伙快死了，所以他就派个奸细来摸我的底。你啊，既然进了我的家门，就甭想再出去。好哇！你会明白进来容易出去难！"

他从椅子上蹦起来，我退后一步，准备他冲过来，因为这个家伙已经气得狂怒不已。他没准儿一开始就怀疑我了，那些盘问当然证实了他的看法；显然我没法再骗他啦。他把手伸进书桌边上的一个抽屉，疯狂地摸索。就在这当儿，他好像听到了点什么，便站在那里侧耳倾听。

"啊！什么声音！"他喊道，立刻冲进身后那间屋。

我一个箭步窜到门口，内室里的景象我这一辈子也忘不了。那扇通往花园的落地窗户大敞着，福尔摩斯头上缠着血迹斑斑的绷带，脸色煞白，像鬼影一般站在窗前。一转眼他就奔出窗口，我听到他穿越外面的月桂树丛，身子扫过树叶的哗哗声。那位房主人大吼一声，紧随着冲向那扇敞开的窗户。

随后嘛！刹那间就办完了事，可我看得清清楚楚，明明白白。从树从中伸出一只胳臂——一个女人的胳臂。就在这当儿，只听男爵可怕地大叫一声，这一声永远会回响在我的脑际。他用双手捂住脸，急忙冲回房间，脑袋使劲撞墙。接着他便倒在地毯上乱滚乱翻，一声声尖叫回响在室内。

“水！看在上帝分上，快拿水来！”他喊道。

我从茶几上抄起一个水瓶朝他奔去。这当儿，男管家和几个男仆也赶来了。我记得我跪下，把受伤人的脸转向灯光时，有一个仆人昏厥了过去。硫酸已经腐蚀了他的整个脸，从耳朵到下巴往下滴答着。一只眼已蒙上了白翳，另一只红肿起来。几分钟前我还在赞赏的五官，如今已像一幅美妙的油画让画家用粗海绵抹乱了，模糊变色，失去了人样儿，异常可怖。

我简要说说刚才发生投洒硫酸的袭击情况吧。有几个仆人爬出窗户，另有几个冲向草坪，但是天色已黑，又下起雨来了。受伤人在嗥叫，间或咬牙切齿地痛骂那个洒硫酸的复仇者。“就是那个女恶魔！凯蒂·温特！”他大声喊道，“噢，这个母夜叉！她跑不了！跑不了！老天，我实在受不了啦，疼死我了！”

我用油敷了他的脸，给他包扎好，还打了一针吗啡。经过这场惊吓后，他对我的怀疑全都消失了，他紧紧拉住我的手，好像我有能力把他那双呆望着我的死鱼般的眼睛治愈似的。要不是我十分清醒地想起他那咎由自取的罪恶一生，我也许还真会对这件毁容的事一洒同情之泪呢。他那发烫的爪子叫我感到恶心，因此他的家庭医生和一位会诊专家来到接替我时，我感到松了口气。另外还来了一名警官，我把真实名片递给了他。不这样做既愚蠢也没用，因为伦敦警察厅的人对我几乎跟对福尔摩斯一样熟悉。随后我便离开了那座阴森可怕的宅邸。不到一小时，我就来到贝克街。

福尔摩斯坐在他常坐的那把椅子上，显得脸色苍白，筋疲力尽，这不单单是由于他的伤势病情，当晚发生的事件也震惊了他那钢铁般的神经。他惊愕地听我叙述男爵遭毁容的情况。

“这就是罪恶的代价，华生，罪恶的代价！”他说。“罪恶一向迟早要遭到报应的。天晓得，这个家伙真是恶贯满盈！”他增添道，随后就从桌上拿起一个棕色本子。“这便是那个女人说起的那个本子。要是这个本子还不能打消这场婚姻，那就什么办法也没有了。不过，这个本子会的，华生，一定会的。但凡有点自尊心的女人都对这没法容忍。”

“是他的爱情日记吗？”

“不如说是他的淫乱日记，随你怎么说都行。那个女人一告诉我有这个本子，我就意识到要是能把它弄到手，那该是一件多么有力的武器啊。我当时没流露出这个想法，生怕那个女人会泄露出去。可我一直在盘算着它。后来发生了袭击我的事件，这倒给了我一个让男爵觉得没必要再提防我的机会，真是对我大为有利。我本想再多等些日子，可他就要访美，这便迫使我加快了步伐。他想必决不会把那个会殃及名誉的文件留在家里。因此咱们得马上行动。夜间行窃是不可能的，他防范得很严，可我只要能设法在傍晚把他的精力吸引住，就有机会办到。于是就用上你和那个蓝盘子。但是我得摸清楚那个本子放在哪里，我也知道自己只有几分钟时间办这事，因为我的时间受到你的陶瓷知识的限制。所以，在最后时刻我还是带上了那个姑娘。我怎么会知道她那么小心谨慎地藏在披风里的小包儿是什么？我还以为她完全是为我的任务而来的，没料到她居然还有自己要办的事！”

“格鲁纳男爵猜到了我是你派去的。”

“我也曾担心他会猜到，可你缠住他的时间刚好够我拿到那个本子，尽管还没够让我没被发现就溜掉。啊，詹姆斯爵士，很高兴见到您来了！”

我们那位彬彬有礼的客人应邀来到了。他全神贯注地倾听福尔摩斯讲述发生的事。

“你们可真了不起——了不起！”他听完后大声说，“不过那种伤势要是像华生大夫说得那么严重，咱们不用这个日记本子也足可以打消这场婚姻了。”

福尔摩斯摇摇头。

“德·梅尔维尔小姐这类女人不会那么做的。她会把他当成一名毁了容的殉难者而更加爱他。不，不，咱们要摧毁的是他那卑劣的品行，而不是他的肉体。这个本子会让她醒悟过来。我看这是人世间惟一能叫她清醒过来的东西。这是他亲笔写的日记，她无论如何也会相信的。”

詹姆斯爵士把日记本子和珍贵的瓷盘都拿走了。我由于还有自己的事要办，就跟他一起走出门，来到街头。一辆四轮大马车在等候，他跳上车，对那个戴帽徽的车夫匆匆发句话，马车就急驶而去。爵士把他的大衣一角甩出窗口遮住车厢上的家徽，可我早已借大门上方的扇形窗透出的亮光看清楚了。我大吃一惊，转身又跑上楼去，回到福尔摩斯的房间。

“我发现咱们的委托人是谁了，”我大声说出这个了不起的消息。“你当是谁，原来就是……”

“是个忠实的朋友和慷慨的绅士，”福尔摩斯举手止住我。“这事就到此结束，不必再提了。”

我闹不清那本罪恶的日记后来是怎样给利用的。大概是詹姆斯爵士办的，更可能是把这件微妙的差事交托给那位小姐的爹了。总而言之，达到了圆满的效果。三天后，晨报上刊登了一条消息，说阿德尔伯特·格鲁纳和薇奥莱特·德·梅尔维尔小姐的婚礼已经取消。同一份报纸上还报道了刑事法庭第一次开庭审讯凯蒂·温特小姐，她受到了投洒硫酸的严重指控。但是，在审讯过程中，弄清了种种情有可原的情况，结果只给她判了这类犯罪中最轻的徒刑。歇洛克·福尔摩斯受到盗窃指控的威胁，可是由于目的是好的，委托人又显贵，连铁面无私的英国法庭也网开一面，变得灵活而富有人情味。我的朋友一直没受到传讯。

(1925)

狮鬃毛

一桩跟我平生所办过的案子一样离奇难解的案子，竟会在我退休之后找上门来，这也可说是件很怪的事。事情发生在我退居到萨塞克斯郡小小的住家以后，我已经一心一意过恬静的田园生活。这正是我多年在阴阴沉沉的伦敦工作时久已企盼的生活。好心的华生自从我退休以来几乎远离了我这个窝。他偶尔来这里度个周末，我才见到他。因此，我不得不亲自动手记事了。唉！他要是跟我在一起，想必会多么精彩地描述一桩奇事，描述我怎样终于克服种种困难而取得的胜利成果呵！可他毕竟不在场，我只好按自己的朴素方式，把我在探索狮鬃毛之谜那条艰难的道路上所采取的每一步骤用自己的话平铺直叙出来。

我这栋乡间小屋坐落在萨塞克斯丘陵南麓，面对海峡辽阔的景致。在这一带，整个海岸遍布石灰岩峭壁；要下到海边去，只有通过惟一的一条挺长的崎岖陡峭而滑溜溜的小径。小径尽头，即使涨潮时分，也展现百码布满卵石的海滩。但是，这儿那儿却有不少弯弯扭扭的坑洼，形成良好的天然游泳池，每次涨潮都重新注满了海水。那片向两边延伸数里的美妙海滩，只有一处让伏尔沃斯村阻断了长长的直线。

我的住房在那里是孤零零的一座。只有我、我的老管家婆和我养的蜜蜂独享那一片地产。半里以外是哈罗德·斯泰赫斯特主办的著名培训学校。那栋三角屋顶的校舍是座相当大的房子，有几十名年轻人在接受不同职业的培训，校内有几名教员。斯泰赫斯特年轻时曾是剑桥大学的一名划船运动员，也是一名多才多艺的优秀学者。我自从移居到海滨来住以后，跟他相处的关系一直良好；他也是我惟一可以不经邀请就可以在晚上彼此访问的熟朋友。

1907 年 7 月底刮了一场大海风，狂风自海峡吹向海岸，把海水冲积到峭壁底层，退潮后形成一个咸水湖。我说的这天早晨，已经风平浪静，大地给冲刷后呈现一片清新景象。这样的美好天气真叫人没法呆在家里干活儿，早餐前我便出门散散步，享受一下新鲜空气。我沿着那条通向海滩的峭壁小径散步，正走着忽然听见背后有人在喊我，回头一看，原来是斯泰赫斯特在朝我招手致意。

“多好的清晨啊，福尔摩斯先生！我就知道你准会出来遛弯儿。”

“去游泳吧。”

“又来你那老一套推理！”他笑着说，拍拍他那鼓鼓囊囊的衣服兜儿。“对，麦克弗森一早就出来了。我会在海滩上找到他。”

菲茨罗伊·麦克弗森是教自然科学的教员，一个体态优美的小伙子，可他因患风湿病后又得心脏病而使健康大为削弱。不过，他天生来是个运动员，在各项不太剧烈的运动项目中都很杰出。不论冬夏，他都坚持游泳，我本人也爱游泳，所以时常跟他一块儿去游。

就在这当儿，我们俩看见了他。他的脑袋从小径尽头那边的峭壁边缘上方露了出来。接着他那整个身躯出现在路口，只见他像个喝醉了酒的人那样摇摇晃晃，随即双手一举，惨叫一声，扑倒在地。斯泰赫斯特和我赶紧跑过去——约摸 50 码距离吧——把他翻过身来，一看，他分明生命垂危，那双深陷的呆滞眼睛和吓人的发灰面颊只能是死亡的预兆。他那张脸上一时又掠过一线生机的光芒，他面带急巴巴的警告神情，嘴里吐出两三个含混不清的字眼儿，可我听出他最后尖声迸发出来的字眼儿是“狮鬃毛”。这可实在太不着边际，叫人摸不清头脑，而我又没法把那话音曲解成别的意思。随后，他半撑起身子，两手朝空中一伸，便侧身倒地而亡。

我的伙伴让这突如其来的恐怖景象吓呆了；我呢，可以料想，则浑身处于高度警觉状态，我非得这样不可嘛，因为十分明显我们正面对一桩极不寻常的案件。这人只穿着一件柏帛丽牌风衣和一条裤子，脚踏没系好鞋带的帆布鞋。他跌倒在地时，那件随便披在肩上的风衣滑落下来，露出他的身躯。我们惊恐地看到他后背上有许多暗红条纹，仿佛让人用极细的鞭子抽打过似的。造成这种伤痕的鞭子分明挺柔韧，因为他的肩头和肋条骨周围都有脓肿发炎的长长的鞭痕。他的下巴颏儿在滴着血，因为他在那一阵阵痛苦中咬破了下嘴唇。他那扭曲拉长了的脸说明他经受了多么大的痛苦呵！

我跪在死者身旁查看，斯泰赫斯特则站在一旁，这时忽有个阴影落在我们身前，回头一看，发现是伊恩·默多克站在我们身后。默多克是学校的数学教员，深发，瘦高个儿，一向沉默寡言，性情孤僻，没有什么朋友。他像是生活在圆锥曲线和不尽根的高级抽象的数学领域里，使他跟日常生活完全脱节。学生们把他视作怪人，他想必是他们喜爱嘲弄的对象，但是这人身上有股古怪的异乡气质，这不仅表现在他那漆黑的眸子和黝黑的皮肤上，还体现在他时而爆发的暴躁脾气上，那种脾气只能用凶恶这个词汇来形容。有一次，麦克弗森的小狗把他弄烦了，他就抓起那个小家伙，把它从窗口扔了出去。要不是因为他是个优秀教员，斯泰赫斯特早就会把他辞掉了。这时出现在我们身边的就是这个性格复杂的怪人。看上去他倒是真让眼前的景象吓呆了，尽管小狗那件事表明他跟死者之间并没有多么深厚的感情。

“可怜的人！可怜的人！我能做些什么吗？我能帮什么忙吗？”

“你刚才是跟他在一起吗？能不能告诉我们发生了什么事？”

“不，不在一起。我今天出来晚了。我根本没在海滩那边。我刚从学校直接来到这里。我能做点什么吗？”

“你赶快去伏尔沃斯警察局报案。”

他二话没说，当即飞快跑着去了；斯泰赫斯特对这桩惨事茫然失措，呆站在尸体旁，我决定把这桩案子承担起来。我采取的第一个步骤当然是记下案发时谁在海滨。从小径顶端我可以眺望到整个海滩，那里杳无人迹，只看得见很远的地方有两三个人影在朝伏尔沃斯村移动。搞清楚这点之后，我便顺着小径走下去。地上的黏土或软泥中掺和着白石灰。这儿那儿只见到上行和下行的同样脚印儿。这天早晨没有别人沿着这条小径到海滩去过。在一处地方，我看到手指按在斜坡上的手掌痕迹，这只能说明麦克弗森上坡时跌倒过。另有几个小圆坑儿，表明他不止一次跪倒过。小径底端有退潮留下的一个咸水湖。麦克弗森曾经在湖边脱下衣服，因为一块岩石上放着他的毛巾呐。可是毛巾是叠好干燥的，看来他并没下水。我在硬卵石上寻找线索时，有那么一两次见到了他的帆布鞋印和光脚丫子印，后者证明他已经准备下水，而干毛巾却又证实他根本没下水。

问题在这里明明已经呈现出来，一个我生平所遇到的最怪的问题。这人在海滩上至多待了一刻钟光景，斯泰赫斯特随后就从校舍跟来了，这一点毋庸置疑。那些光脚丫子印说明他确实是去游泳的，而且已经脱了衣服。可他又突然披上衣服——胡乱穿上，连扣子都没扣上——没下水，要么可以说至少没用毛巾擦干身子，就回来了。这种使他改变主意的原因就在于他受到了某种残酷野蛮的鞭打，给折磨到了咬破嘴唇的痛苦程度，只剩下最后一点力气爬离那里，随后便一命呜呼了。可是这种残忍的事究竟是谁干的呢？峭壁底层倒是有些窄小的洞穴，初升的太阳光芒直射入洞内，根本没法让人藏身。再说，海滩远处那几个人影儿离这里太远，看来跟这桩案子不可能有什么关联，何况还有麦克弗森要下水游泳的那个宽阔的咸水湖位于他和他们之间，波浪在拍打着礁石呢。海上有两三艘渔船离得并不太远，到时候倒可以查问一下船上的人。目前已有这么几条可以调查的线索，却没有一条通往十分明确的目标。

我后来又回到那具尸体旁边，一小群人正在那里围观。斯泰赫斯特当然还在那儿；伊恩·默多克刚把村里的警察安德逊带来，后者是个壮实的大个子，唇髭姜黄，动作迟缓，可以说是个典型的萨塞克斯郡人，这种人往往在体重寡言的外表下隐藏着明智的头脑。他默默地倾听，把我们说的话全记下来，随后就把我拉到一边。

“福尔摩斯先生，我想听听您的意见。这个案子对我来说是件大事，我如果出了差错，顶头上司刘易斯会拿我质问的。”

我建议他去把那位顶头上司找来，还去请个医生来；另外，在他们到来之前，不要移动现场的任何东西，尽量少增加新的脚印儿。与此同时，我搜查了一下死者的衣服兜儿，里面有一块手绢儿、一把大折刀和一个折叠式名片夹子。夹子里露出一张纸条，我打开把它交给了那名警察，上面是女人的潦草笔迹：“我会来，请放心。茉蒂[①]。”看上去是一封情人约会的短信，却没提具体时间和地点。警察看过又放进那个名片夹子，连同别的东西都放回那件柏帛丽牌风衣兜儿里。接着，没有什么别的情况了，我便安排好先彻底搜查一下峭壁底层一带，就回家去吃早饭。

一两个小时后，斯泰赫斯特前来告诉我，尸体已给移到学校，正在那里进行验尸。他带来一些明确的重要消息。正如我所料，峭壁底层的小洞穴里啥也没找到，不过他倒是检查了麦克弗森书桌上的文件，发现有几封他跟伏尔沃斯村的茉德·贝拉米小姐关系亲密的通信，我们由此弄清了写那张纸条的女人身份。

“警察把那些信拿走了，”他解释道，“我没法把信带来。不过可

① 茉蒂是茉德的昵称。

以肯定这是一场认真的恋爱。我看不出这跟那件可怕的事有什么关系，除去那个姑娘确实跟他订过一次约会。”

“总不会是在你们都常去的那个游泳的地方吧，”我说。

“今天纯属偶然，那几个学生没跟麦克弗森一块儿去游泳。”

“真是偶然吗？”

斯泰赫斯特皱起眉头沉思起来。

“伊恩·默多克把他们留住了，”他说。“他非要在早餐前给他们上些代数课不可。可怜的家伙，他对今天发生的事也挺难过。”

“可我听说他俩并不是好朋友。”

“他俩一度曾经不是。不过，近一年来默多克跟麦克弗森比跟任何别人都更接近。他在性格上不是个很合群的人。”

“原来是这样。我好像记得你跟我谈起过虐待狗那场争吵。”

“那件事早已过去了。”

“可也许留下了点怨恨吧。”

“没有，没有，我敢肯定他俩是真正的好朋友。”

“那咱们得去调查一下那个姑娘。你认识她吗？”

“谁都认识她。她是本地的大美人儿——一个真正的美人儿。福尔摩斯，她到哪儿都会引起人们注意的。我知道麦克弗森在追求她，却没料到他俩的关系已经发展到信中所表达的那种程度。”

“可她是什么人？”

“她是汤姆·贝拉米的女儿。伏尔沃斯村的渔船和游泳场更衣室都是他的产业；他本来是个渔民，现在已经相当殷实了。他和他的儿子威廉共同经营买卖。”

“咱们要不要到伏尔沃斯村去一趟看看他们？”

“凭什么借口呢？”

“哦，咱们很容易找个借口嘛。反正那个可怜的家伙决非自己用那种残暴的手段虐待自己吧。如果确实是一条鞭子造成了那种伤害，那必定有人手握着鞭子柄。他在这偏僻的地方交往的人肯定是有限的。咱们就四下里查个遍，不会查不到动机，而那动机便会引导咱们找到罪犯。”

我们的心情要是没让那个亲眼目睹的惨剧败坏，那么，在这飘散着麝香草芳香的草原上散步，想必会是蛮愉快的事。伏尔沃斯村坐落在海湾附近一处半圆的洼地。在那老式村镇后身，顺坡盖了几幢现代式房屋。斯泰赫斯特领着我朝其中一幢走去。

“那就是贝拉米称之为‘避风港’的庄园，一栋有角楼和青瓦屋顶的房子。对一个白手起家的人来说，这栋房子蛮不错了……嘿，你瞧那是谁！”

庄园的大门开了，走出一个人。那个游荡的瘦高个子不是别人，正是那位数学教员默多克。片刻后，我们俩便跟他在路上迎头相遇。

“喂！”斯泰赫斯特招呼道，那人点点头，用他那双古怪的黑眼睛斜瞟我们一眼，就要走过去，却让他的校长一把揪住。

“你到那儿干什么去了？”他问道。

默多克气得涨红了脸。“先生，我在学校里是你的下属，可我的私人行动我不知道干吗得向你汇报！”

斯泰赫斯特让这一天的事故搞得神经几近崩溃，否则的话他也许会容忍的。这当儿，他完全控制不住自己的脾气了。

“默多克先生，你这样回答我的话，真是太放肆了！”

“你的提问也许同样无理之至！”

“你已经不止一次这样放肆无礼，我没法再宽容。这只能是最后一次了，请你尽快卷铺盖另谋高就吧！”

“我啊，早就打算这样做了，今天我痛失了那个惟一能让我待在你这所学校里的人。”

说罢他就跨着大步走开了，斯泰赫斯特气得瞪着大眼望着他，转身大声对我说：“你可曾见过这样蛮不讲理的人？”

不过，给我印象最深的一点却是：伊恩·默多克当时一抓住了机会，就离开了那个犯罪现场。我脑中逐渐形成一个模模糊糊的怀疑想法。没准儿拜访一下贝拉米这家人，就能进一步弄清这件事。斯泰赫斯特打起精神，我们俩便一起进入那栋房子。

贝拉米先生原来是个中年人，留着一把火红的大胡子。他好像正在生气，脸很快就涨得跟他的头发一样红了。

"不，先生，我不想知道这事的任何细节。我的儿子"——他指指坐在起居室旮旯里的一个身强力壮、耷拉着脸的小伙子——"跟我想法一致，认为麦克弗森对茉德的追求是一种侮辱，先生，他压根儿没提起过结婚这档子事，但是通信和约会却不断，还有许多我们不赞成的做法。茉德的母亲早已去世，我们是她的保护人。我们……"

但是，那位小姐本人这时露面了，打断了她爹的话。她无论出席世间什么集会，都想必会为之增加光彩，这是无可置疑的。谁能想像得到这样一朵稀罕的鲜花竟会生长在这样的家庭和这种环境里呢？女性一向对我很少产生吸引力，因为我的头脑总在掌控我的心灵，可我一看到她那张充满草原上那种清新鲜艳色彩、轮廓完美的脸，就相信没有哪个青年男子会在她面前无动于衷。就是这样一个漂亮的姑娘推门进来了，此时此刻紧张地瞪着大眼站在斯泰赫斯特面前。

"我已经知道菲茨罗伊死了，"她说。"请不必顾虑，把细节告诉我吧。"

她爹插嘴道："是贵校另一位先生告诉我们那个家伙的死讯的。"

"没必要把我妹妹牵扯到这桩事情里去。"那个小伙子咆哮道。

妹妹向他狠狠瞪一眼。"这是我自己的事，威廉，不用你管，我自己会处理。根据各方面的说法，确实有人犯了罪。我如果能帮助找出罪犯，至少也可以为死者尽点心意。"

她在听我的同伴简单叙述情况时，那种专心镇定的神情使我觉得她不仅有绝世美貌，还有坚强性格。茉德·贝拉米在我的记忆中将永远是个了不起的完美女性。看来她已经知道我是谁，因为她最后转向我，说道：

“福尔摩斯先生，一定得把那些罪犯绳之于法。甭管他们是谁，我都会支持您，协助您。”我觉出她一边说，一边瞥了一眼她爹和哥哥。

“谢谢，”我说，“在这类事情上，我素来重视女性的直觉。你用‘他们’这个字眼儿，这么说你认为犯下这罪行的人不止一个人？”

“我太了解麦克弗森先生了，他是个勇敢强壮的人。没有谁能独自这样残暴地伤害了他。”

“我能否跟你单独谈谈？”

“茉德，我跟你说了，别掺和到这件事里去！”她爹气呼呼地说。

她无能为力地瞧着我。“这叫我有什么办法？”

“大家很快就会知道这件事，所以我在这里讨论讨论也没关系，”我说。“我本来想单独跟你谈谈，可你爹如果不允许，那他就一块儿参加议议吧。”我随即谈起那张在死者兜儿里发现的纸条。“这张纸条在调查案情时必然会公布。你能不能做些解释？”

“这没有什么可保密的，”她答道。“我们俩已经订了婚，准备结婚。我们一直保密，只是因为菲茨罗伊若不按照他那年迈病危的伯父的意愿结婚，便可能会取消他的继承权，再也没有什么别的原因了。”

“你早该把这事告诉我们，”贝拉米先生气愤地说。

“爹，你若表现出一点支持的话，我早就会告诉你了。”

“我反对我的女儿嫁给一个门不当、户不对的男人。”

“正是您这种对他的偏见妨碍了我们把实情告诉您。至于那个约会”——她从兜儿里掏出一张揉皱了的短信——“这是他的答复。”

“最亲爱的，”信纸上写道。“星期二太阳一落，老地方见。我只能在那个时间抽空出来。菲·麦。”

“今天就是星期二，我原本决定今天傍晚去跟他会面。”

我把那张信纸仔细看看，说：“这不是邮寄来的。那你是怎么收到

的呢？”

“我不想回答这个问题。这事跟你们正在侦察的案子真的没有什么关系。不过，任何跟案子有关的事，我都会直率地答复。”

她说话算话，可是提供的情况却没有什么有助于我们的调查。她认为她的未婚夫没有什么隐藏的敌人，可她承认自己倒是有好几个人在追求。

“那我可否问一下，伊恩·默多克也是其中一位吗？”

她脸刷地一下子红了，神情显得有点慌乱。

“有段时间，我认为他是。可他知道我跟菲茨罗伊相好的关系之后，就改变了态度。”

我再次觉得自己对那个怪人的猜疑更加可以肯定了。他过去的经

历得调查一下，他的房间也得私下搜查一遍。斯泰赫斯特是个愿意合作的人，因为他脑子里也产生了这种怀疑。我们俩从避风港庄园返回，巴望这团乱麻至少有个头绪已经掌握在我们手中。

一个星期过去了，验尸没提出什么线索，案子只好暂停审理，等待新的证据。斯泰赫斯特对他这位下属进行了谨慎的调查，还搜查了一下他的房间。我个人也专心一致地思考这个案子，又仔细检查一遍整个现场，却没得出什么结论。读者诸君可以在我的探案记录中发现至今还从来没有一个案子叫我如此无能为力，甚至连我的想像力也设想不出一个解决方案哩。接着发生了一起狗的事件。

这个消息是我的管家婆从奇妙的收音机听到的，她们就是通过它收集乡镇新闻的。

“先生，这真是件惨事，麦克弗森先生那条狗，”一天晚上她对我说。

一般来说，我是不鼓励这种谈话的，可她这句话引起了我的注意。

“麦克弗森先生的狗怎么了？”

“死了，先生，是因为对主人的怀念，悲痛而死的。”

“谁跟你说的？”

“怎么，先生，大伙儿都在谈论这件事啊。那条狗一直狂躁不安，一个星期没吃东西。今天学校里两个学生发现它死了，而且是死在海滩，就在它主人死的同一个地方。”

“同一个地方。”这句话突出地留在我的记忆里，我微微觉得这事至关重要。狗死了，原本也符合狗那种善良忠诚的本性，可是死在“同一个地方”！那偏僻的海滩怎么竟会使那条狗致命呢？难道它也是某个仇敌手下的牺牲品吗？难道——？嗯，这种察觉并不十分明朗，可我脑中已经形成一个概念。几分钟后，我走向学校，在斯泰赫斯特的书房里找到了他。他在我的请求下，把那两个发现狗的学生，萨德伯里和布朗特找来。

“对，那条狗就躺在那个湖边上，”一个学生说。“它想必是追寻主人的足迹去的。”

后来，我在门厅看到那条忠诚的小狗躺在一条席子上，是条艾尔谷猎犬①。尸体僵硬，两眼鼓出，四肢痉挛，处处现出痛苦的样儿。

我从学校又步行到那个咸水湖边。太阳已经下山，高耸的峭壁阴影笼罩着湖面，湖水像块铅板那样闪烁着暗光。那里十分荒凉，除了两只水鸟在空中盘旋鸣叫外，杳无人影。在那昏暗的光线下，我在狗主人放毛巾的那块岩石周围依稀看出那条小狗在沙滩上的爪印。四下里越来

---

①艾尔谷猎犬，一种有黑斑的棕色粗毛猎犬。

越暗，我久久站在那里陷入沉思，真是思绪万千。人人都经历过噩梦中那种滋味儿，你觉得明明知道那里有你要搜寻的一样十分重要的东西，可你却怎么也够不着它。这就是那天傍晚我独自站在那出了人命的地方内心的感触。后来我便转身慢慢走回家。

我快走到那条小径顶端时，脑中蓦地闪现一个念头，记起了我曾经急切而自负地掌握的宝贝。读者诸君想必都已知道，否则华生过去就白费心机描述我了，我脑子里存有大量冷僻的知识，杂七杂八并无科学系统，不过对我工作需要时却极为有用。我的脑子就像一间拥挤的贮藏室，储存着各式各样的包裹，数量之多，连我本人也只有个模糊的概念。我已经觉得其中有那么一样东西可能跟目前这个案子有关；然而那是什么，却还模糊不清，可我至少晓得怎样把它搞清楚。这事也真怪，令人难以置信，却一向有可能实现。我会竭尽全力测验一下。

我那栋小房子有个宽敞的阁楼，里面堆满书籍。我就钻进去，足足翻腾了一个多小时光景。最后我找到一本银字巧克力色小书。我匆匆翻到我依稀记得的那一章。嗯，这确实是种未必可能、牵强附会的做法，可我一心非弄个明白不可，要不然就没法安下心来。天色已经很晚，我才就寝，心中亟待次日的工作。

但是，这项工作却遇到了烦人的干扰。我刚喝下一杯早茶，正要去沙滩那当儿，萨塞克斯警察局的巴德尔警长来了。他是个壮实如牛的家伙，一双若有所思的眼睛忐忑不安地望着我。

“我知道您有丰富的经验，先生，”他说。“今天我来当然是非正式的拜访，也无须乎多说什么。可我对麦克弗森遇害这个案子实在没什么法子可想了。问题在于我该不该逮捕那个家伙？”

“你指的是伊恩·默多克先生吗？”

“对，想来想去也没有别人了。这个偏僻地方的优点就在于此。我们已经把嫌疑犯的圈子缩得很小了。如果不是他做的案，还会是谁呢？”

“你有什么指控他的证据吗？”

他跟我在搜查线索的思路上如出一辙。其中包括默多克的性格啦，那种似乎总围绕着这个家伙的神秘之谜啦，那种在小狗事件上所表现的火爆脾气啦，还有他跟麦克弗森吵过架，从而有理由相信他因麦克弗森对贝拉米小姐的追求而可能产生怨恨心理，等等。这位警官心中有了我原有的种种想法，没有什么新鲜的东西，惟独一点，那就是默多克似乎准备离开那所学校，远走高飞。

“既然已有这些对他不利的证据，我如果放他逃跑，自己会落到什么下场呢？”这位粗壮迟钝的警官心里确实挺苦恼。

“请你考虑一下，”我说，“你的设想有些重要的漏洞。出事那天早晨，他可以提出不在犯罪现场的证据。他当时跟他的学生在一起；麦克弗森出现几分钟之后，他才从我们后面来到现场。另外，要记住，他绝对不可能独自一人对一个跟他一样强壮的人那样行凶。最后，还有造成那种伤害的凶器那个问题。”

“无非是那么一种软鞭子，还会是什么呢？”

“你检查过伤痕了吗？”

“看过了。医生也检查过了。”

“可我用放大镜仔仔细细地检查过，发现伤痕有些特点。”

“什么特点，福尔摩斯先生？”

我走到写字台前，拿出一张放大的照片，解释道：“这是我处理这类案子一向采取的办法。”

“您办事真仔细，真彻底。”

“我要是不这么做，也就不会有今日的成就了。现在咱们一块儿研究一下这条围着右肩上的伤痕，你注意到什么特点了吗？”

“看不出。”

“很明显嘛，伤痕的深度并不一致。这儿有个淤血点，那儿另有一个。这边也有一条同样的鞭痕。这说明了什么呢？”

“想不出。您说呢？”

“我也许想出了，也许还没想出来。不过，我很快就能把它讲清楚。只要能解释那种伤痕是让什么造成的，那就离抓获凶手不远啦。”

“我倒有个当然是荒谬的想法，”警官说，“要是把一个烧红的铁丝网放在背上，那么，那些伤痕明晰之处便是错综交叉的网眼。”

“这是个很妙的比方。要么咱们可以说那是一根带有九条皮条的挺硬的鞭子，上面还有许多硬结，是不是？”

“哎呀，福尔摩斯先生，我想您真是说到点子上了！”

“不过也可能是另一种非常不同的致伤原因，巴德尔先生。看来你打算逮捕人，证据还显不足。再说，还有，死者临终前说的那两个字眼儿——‘狮鬃毛’呢。”

“我曾经怀疑‘Lion’（狮）是不是跟‘Ian’（伊恩）这个音有关……”

“嗯，这我也考虑过。可是第二个字眼儿一点也不像是‘默多克’。他几乎是尖声嘶喊出来的。我敢肯定他说的是‘Mane’（鬃毛）。”

“那您就没有别的想法了吗，福尔摩斯先生？”

“也许有，可我在没有更牢靠的证据之前，暂时不打算讨论这事。”

“那您什么时候可以讨论呢？”

“一个小时之后吧——也许还用不了。”

警长摸摸下巴，用疑惑的目光望着我。

“我真想能摸清您头脑里的想法。也许是指那些渔船吧。”

“不是，不是，它们离犯罪现场太远了。”

“那是不是指贝拉米和他那个大块头儿子？他俩对麦克弗森都没有好感。他们会不会伤害了他？”

“不，不，我没调查清楚之前，你休想从我嘴里套出什么来，”我

微笑一下，说道，“警官，咱们俩现在都各自有活儿要干。你要是中午能再来一趟，也许……”

我们俩正谈到这里，忽然受到重大干扰。这竟成了此案终结的起点。

我外屋那扇门猛地给撞开了，过道里响起一阵趺趺撞撞的脚步声。伊恩·默多克摇摇晃晃地进了屋，面无人色，头发松散，衣服零乱，两只瘦手抓住家具，勉强站直在那里。“白兰地！白兰地！”他气喘吁吁地喊道，接着就呻吟地倒在沙发上。

他并非独自一人前来，身后跟进来的是斯泰赫斯特，他没戴帽子，也喘着大气儿，几乎跟默多克一样衣冠不整。

“对，对，白兰地！”他喊道。“这个家伙奄奄一息，快不行了。我只好尽快把他送到这里来，半路上他晕倒两次了！”

大半杯烈酒灌下去之后，发生了奇妙的变化。默多克用一只胳臂支撑起身子，把上衣从肩膀上甩开。“快拿油来，吗啡，吗啡！”他喊道，“什么都行，快让我减轻点这要命的疼痛呵！”

警官和我一见他背上的伤痕，都惊呼起来。这人的光膀子上也纵横交错地布满同样奇怪的网状红肿伤痕，跟那种使菲茨罗依·麦克弗森致命的伤痕一模一样！

那种痛苦显然是非常可怖的，而且决不是局部疼痛，因为他时而停止呼吸，脸色发青，两只手直抓胸口，呼呼地喘气，脑门儿上淌下大颗大颗汗珠。他随时可能死亡。大伙儿又给他灌下更多的白兰地，每进一口就使他重新复苏。蘸上菜油的棉花团涂抹他身上的怪伤口，似乎叫他减轻些疼痛，最后他的脑袋沉甸甸地倒在靠垫上。人的本能的疲惫使他最后躲进了梦乡，处于半睡眠半昏迷的状态，不过这至少让他一时解除了痛苦。

这时根本没法问他话。我们确信他的情况有所稳定之后，斯泰赫斯特便转向我。

“天啊！”他大声说，“这是怎么回事，福尔摩斯，怎么回事啊？”

“你是在哪儿发现了他？”

“在海滩那边，就在麦克弗森惨死的地方。他的心脏要是跟麦克弗森的一样弱，也早就死了。我把他带到这里来的一路上，不止一次觉得他不行了。去学校的路太远，我就把他带到你这儿来了。”

“你当时看见他在海滩上吗？”

“我当时正走在峭壁小径上，听见了他的喊叫。他在水边上，像个喝醉了酒的人那样摇摇晃晃。我赶紧跑下去，给他披上一件衣服，就把他搀扶到这儿来了。福尔摩斯，务必请你使出浑身解数，不遗余力地给我们这个地方除害吧，这里简直都叫人没法住下去啦。难道你这样举世闻名的大侦探也没有一点辙吗？”

“我想我还是有办法的。斯泰赫斯特，跟我来！还有你，警官，也来吧！我倒要看看能不能把凶手逮住交给你。”

我们把昏迷的病人交给我那管家婆照顾，就一块儿去那致人死命的咸水湖。海滩的圆卵石上放着一小堆那个受伤人的衣服和毛巾。我沿着水边慢慢走着，两个伙伴跟在我身后。湖里的水大部分都相当浅，不过峭壁底层的洞穴那儿的水有四五尺深。游泳的人都会去那里，因为那儿形成了一个碧波晶莹的绿色小池。峭壁底层有一排岩石，我带头沿着石边走去，仔细盯视水的深处，终于在池水最深最静的地方找到了我要寻找的东西。我为这一胜利大声欢呼起来。

“氰水母！”我喊道，“氰水母！这就是狮鬃毛！”

我指的那个怪玩意儿确实像一团从狮鬃上扯下来的乱毛。它栖身于水下三尺深的一块礁石上，是个随波漂动的毛茸茸的怪物，黄色的长毛中有许多银色条带。它缓慢地时而膨胀时而收缩地抖动着。

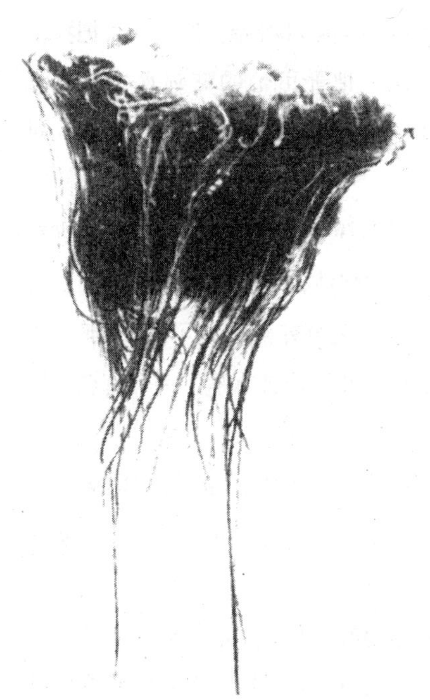

“这玩意儿干够了坏事，该结果它了！”我喊道。“斯泰赫斯特，帮我一下！咱们一劳永逸地砸死这个杀人的罪犯吧！”

岩礁上正好有块大石头，我们俩使劲一推，把它扑通一声推落水中。水波涟漪澄清后，我们看见大石头正压在水下那块礁石上，边上露出黄色黏膜，这说明那个氰水母给压在下面了。一股浓浓的油质黏液从石头下面挤了出来，污染了四周的水，慢慢升到水面上来。

“嘿，这玩意儿可把我蒙住了！”警官喊道。“福尔摩斯先生，这到底是啥啊？我是在这一带出生长大的，压根儿也没见过这种东西，这决不是萨塞克斯郡的产物。”

“没有它更好，”我说。“这大概是西南海风把它带过来的。二位请跟我一道回家。我给你们读一下一个人可怕的经历，他永远也忘不了在海上遇到了一次这种同样的灾难。”

回到我的书房，我们发现默多克已经恢复到可以坐起来的程度。他感到头晕眼花，痛疼得一阵阵抽筋。他断断续续地说自己根本不知道发生了什么事，只感到浑身突然一阵剧痛，就用尽力气爬上岸。

“这里有本书，”我拿起一本小书，说道，“首次揭露了这本来永远会是个谜的事。书名是《户外》，作者是著名的自然观测家J·G·伍德，他本人接触过这个坏家伙，差点儿送命，因此他用丰富的知识详细阐述了它。它的学名是Cyanea Capillata，这种水生物的毒性不低于眼镜蛇，致伤的疼痛更为剧烈。我来读点摘要。

"'游泳者见到一团蓬松的圆形褐色黏膜和纤维，好似一大把狮鬃毛和银纸，那就得特别警惕，因为这是那最可怕的螫刺水生物氰水母。'咱们遇到的这种邪恶的玩意儿在这里给描述得再清楚不过了，对不对?

"接着他讲到一次在肯特海滨游泳时撞上了这种水生物，发现它在方圆50尺处散发出一种几乎看不见的丝状体，人一进入这一范围就有生命危险。即使隔开了一段距离，那也使伍德差点儿丧了命。'那大量的丝状体使皮肤出现浅红条纹，细看则是小斑点或水疱，每一斑点都好似一根烧红的细针扎入了神经。'

"他解释说，局部疼痛只是极度痛苦中最轻微的部分。'剧痛向整个胸部扩散，使我像中了子弹那样摔倒。心脏骤然停止跳动，接着又狂跳六七次，好像要冲出胸膛似的。'

"它几乎叫他丧命，尽管他只不过是在波涛汹涌的大海中而不是在风平浪静的狭小游泳池里暴露在它面前。他说中毒后几乎认不出自己了，脸色异常苍白，满脸起皱，憔悴不堪。他大口大口地喝白兰地，喝了整整一瓶，似乎才叫他得以生还。警官先生，我把这本书留给你，这已经充分解释了麦克弗森悲惨的死因。"

"而且也洗刷了我的嫌疑，"伊恩·默多克苦笑一下，插嘴道。"警官先生，我不怪你，福尔摩斯先生，我也不怪您。你们对我的怀疑是可以理解的。我觉得自己在被捕前夕，多亏分享了我那可怜的朋友的遭遇，才得以澄清了自己背负的罪名。"

"不，默多克先生，我早已抓住了这个线索，要是尽早赶到海滩来，想必就会使你免除了这次可怕的经历。"

"可这您是怎么知道的呢，福尔摩斯先生?"

"我是个博览群书的人，脑子里什么琐碎的知识都记得住。'狮鬃毛'这个字眼儿始终萦绕在我的脑际。我记得曾经在什么书里读到过有关它的记述。你们已经看到对这个怪物的描述。我确信麦克弗森见到它时，它正浮在水面上呐，‘狮鬃毛’是他当时能想到的惟一名称，借此来提醒咱们他是那个怪物置他于死地的。”

“那至少使我澄清了罪名，”默多克一边说，一边慢慢站起来。“我也该说一两句话来解释一下，我知道你们调查过我。我确实爱过那位姑娘。可是自从她选择了我的朋友麦克弗森那天起，我惟一的心愿就是帮助她获得幸福。我甘心情愿退避，并做他俩的联系人。我经常为他俩传书送信。我得到他俩的信任，也因为她对我来说是个最亲近的人，因此我才抢先匆匆跑去告诉她我的朋友死亡的消息，免得由别人用突然而冷酷的方式把这不幸的事通知她。她不肯把我们两人之间的关系告诉您，那是惟恐你们会怀疑我，使我蒙受牵连。现在，请诸位原谅，我得回学校，很想躺在床上养养伤啦。”

斯泰赫斯特向他伸出手，说：“前两天咱们的神经都过度紧张，默多克，请原谅过去发生的事吧，默多克，咱们今后彼此会更加理解。”他俩友好地挽着手臂走出去。警官没走，睁着大眼瞧着我。

“嗯，您可真了不起！”他终于说道。“我以前阅读过您的事迹，可我压根儿也没相信过。现在我才看出来了，您可真了不起！”

我只好摇摇头。如果接受这样的恭维，简直就等于降低了我的档次。

“一开始我也挺迟钝，迟钝得该受罚。如果尸体是在水里发现的，我就不会看走了眼。是那块干毛巾让我误入了歧途。可怜的麦克弗森顾不上擦干身上的水，这就使我认为他根本没下水。因此，我怎么会想到什么水生物的侵袭呢？这正是我犯了错误的地方。好了，好了，警官先生，过去我时常敢于打趣你们警方各位，可这次氰水母近乎给警察厅报了仇嘛。”

（1909）

译文40

月亮和六便士 〔英〕毛姆 著 傅惟慈 译
老人与海 〔美〕海明威 著 吴劳 等译
罗生门 〔日〕芥川龙之介 著 林少华 译
茶花女 〔法〕小仲马 著 王振孙 译
我是猫 〔日〕夏目漱石 著 刘振瀛 译
变形记 〔奥〕卡夫卡 著 张荣昌 译
瓦尔登湖 〔美〕梭罗 著 潘庆舲 译
一九八四 〔英〕奥威尔 著 董乐山 译
傲慢与偏见 〔英〕奥斯丁 著 王科一 译
情人 〔法〕杜拉斯 著 王道乾 译
猎人笔记 〔俄〕屠格涅夫 著 冯春 译
局外人 〔法〕加缪 著 柳鸣九 译
爱的教育 〔意〕亚米契斯 著 储蕾 译
蝇王 〔英〕戈尔丁 著 龚志成 译
红与黑 〔法〕司汤达 著 郝运 译
简·爱 〔英〕夏洛蒂·勃朗特 著 祝庆英 译
巴黎圣母院 〔法〕雨果 著 管震湖 译
雾都孤儿 〔英〕狄更斯 著 荣如德 译
基督山伯爵㊤㊦ 〔法〕大仲马 著 韩沪麟 周克希 译
安娜·卡列尼娜㊤㊦ 〔俄〕托尔斯泰 著 高惠群 等译
少年维特的烦恼 〔德〕歌德 著 侯浚吉 译
海底两万里 〔法〕凡尔纳 著 杨松河 译
罪与罚 〔俄〕陀思妥耶夫斯基 著 岳麟 译
了不起的盖茨比 〔美〕菲茨杰拉德 著 巫宁坤 等译
包法利夫人 〔法〕福楼拜 著 周克希 译
格列佛游记 〔英〕斯威夫特 著 孙予 译
金银岛·化身博士 〔英〕斯蒂文森 著 荣如德 译
小王子 〔法〕圣埃克絮佩里 著 周克希 译
浮士德 〔德〕歌德 著 钱春绮 译
鲁滨孙历险记 〔英〕笛福 著 黄杲炘 译
悉达多 〔德〕黑塞 著 张佩芬 译
福尔摩斯探案精选 〔英〕柯南·道尔 著 梅绍武 屠珍 译
乱世佳人㊤㊦ 〔美〕米切尔 著 陈良廷 等译
最后一片叶子 〔美〕欧·亨利 著 黄源深 译
泰戈尔诗选 〔印〕泰戈尔 著 吴岩 译
牛虻 〔爱尔兰〕伏尼契 著 蔡慧 译
动物农场 〔英〕奥威尔 著 荣如德 译
荷马史诗：伊利亚特·奥德赛㊤㊦ 〔古希腊〕荷马 著 陈中梅 译
莎士比亚四大悲剧 〔英〕莎士比亚 著 孙大雨 译
呼啸山庄 〔英〕艾米莉·勃朗特 著 方平 译